JULIA FISCHER

Der SALON

*Wunder
einer neuen
Zeit*

ROMAN

LÜBBE

Die Bastei Lübbe AG verfolgt eine nachhaltige Buchproduktion. Wir verwenden Papiere aus nachhaltiger Forstwirtschaft und verzichten darauf, Bücher einzeln in Folie zu verpacken. Wir stellen unsere Bücher in Deutschland und Europa (EU) her und arbeiten mit den Druckereien kontinuierlich an einer positiven Ökobilanz.

Dieser Titel ist auch als Hörbuch und E-Book erschienen

Originalausgabe

Copyright © 2022 by Bastei Lübbe AG, Köln

Textredaktion: Ulrike Brandt-Schwarze, Bonn
Umschlaggestaltung: Sandra Taufer, München
Umschlagmotiv: © Dmytro Fomenko / shutterstock; NataVilman / shutterstock; Gemenacom / shutterstock; 1000 Words / shutterstock; Vitaly Korovin / shutterstock; Guilherme Penha / shutterstock; Zerbor / shutterstock; luciann.photography / shutterstock; © Magdalena Russocka / Trevillion Images
Satz: Dörlemann Satz, Lemförde
Gesetzt aus der Adobe Caslon
Druck und Einband: GGP Media GmbH, Pößneck

Printed in Germany
ISBN 978-3-7857-2760-7

2 4 5 3 1

Sie finden uns im Internet unter luebbe.de
Bitte beachten Sie auch: lesejury.de

Für Gunda und Franz,
die sich für mich erinnert haben

Prolog

Juli 1951

In der Schlafkammer nebenan knarrten die Dielen. Draußen war es längst hell, die Vögel zwitscherten im Garten um das alte Haus, die Wiesen erwachten, und Lenis innere Uhr sagte ihr, dass es halb sechs war. Sie hörte, wie ihre Mutter Käthe nebenan mit dem Waschkrug hantierte und mit beiden Händen das kalte Wasser aus der großen Porzellanschüssel schöpfte. Dann war es wieder still. Leni wusste, dass ihre Mutter sich jetzt anzog – immer noch eines der alten Vorkriegskleider, die neben den verwaisten Sachen des Vaters im Schrank hingen. Und dass sie dann ihre dunklen Haare, in denen sich immer mehr weiße Strähnen zeigten, im Nacken zusammensteckte, ohne in den Spiegel zu sehen. Ehe ihre Mutter ihre Schlafkammer verließ, würde sie noch in eine Kittelschürze schlüpfen, um ihr Kleid bei der Hausarbeit zu schonen, und wie immer vergessen, sie auszuziehen, wenn sie um halb acht gemeinsam mit ihr das Haus verließ, um ihr Geschäft aufzusperren.

Der Frisörsalon Landmann war dienstags bis samstags von acht bis zwölf und von vierzehn bis neunzehn Uhr geöffnet, montags machte Lenis Mutter Hausbesuche. Es gab nur zwei Stühle, und die Ausstattung war spärlich, aber die Frauen hier im oberbayerischen Hebertshausen waren nicht anspruchsvoll – Waschen, Schneiden, Legen und hin und wieder Ohrlöcher stechen, sehr viel mehr wurde nicht nachgefragt. Und die Männer fuhren ohnehin lieber in das nahe Dachau zum Kölbl, weil sie sich von einem Herrenfriseur bedienen lassen wollten, der auch rasierte – die meisten zumindest. Leni und ihre Mutter hatten trotzdem alle Hände voll zu tun, denn auch die Flüchtlinge und Vertriebenen aus den Baracken an der Münchner Straße kamen zu ihnen. Die Familien aus dem Sudetenland, aus Schlesien und Ungarn, die seit Jahren in den zugigen Bretterverschlägen wohnten, in denen der Schwamm hauste. »Menschenunwürdig«, sagte Leni über die Provisorien, die der Zeit trotzten, aber ihre Mutter meinte, dass sich die Würde der Menschen seit dem Krieg anders definiere.

Jetzt hörte Leni, dass sie die Treppe hinunterstieg, Pantoffeln an den Füßen. *Ich sollte auch aufstehen*, dachte sie, *und ihr zur Hand gehen*. Aber die Tage waren auch so schon lang. Bis vor einem Jahr war Leni noch auf die »höhere Schul«, die Volksschule hier oben auf dem Weinberg, gegangen, in der die Kinder von der ersten bis zur achten Klasse in nur zwei Klassenzimmern unterrichtet wurden – Buben und Mädchen natürlich getrennt. Sie hatte sie im letzten Jahr abgeschlossen und machte seitdem bei ihrer Mutter eine Friseurlehre. Einmal die Woche fuhr sie mit dem Zug nach München in die Berufsschule in die Hirschbergstraße, an den anderen Tagen stand sie mit ihrer Mutter zusammen im Salon. Das Zupfen, Hecheln und Stumpfziehen von Rohhaaren, um daraus kleine Haarteile zu knüpfen, und den Umgang mit Montierbändern, Gaze und Haartüll – allesamt Arbeiten eines Perückenmachers, die Bestandteil der Ausbildung waren – musste sie abends zu Hause üben. Und noch bevor sie zu Bett ging, schrieb sie ihr Werkstattwochenbuch mit den Facharbeitsblättern.

Die Schule fiel Leni leicht, auch wenn jetzt noch anatomische und physiologische Grundlagen, Chemie und Mathematik dazukamen. Als Friseur musste sie schließlich die genaue Zusammensetzung der Haarfarben, Dauerwellwasser und Fixierlösungen kennen, Mischungsverhältnisse berechnen oder in der ebenfalls zur Ausbildung gehörenden Schönheitspflege Hautanalysen erstellen können, auch wenn sie vieles davon im Salon ihrer Mutter gar nicht brauchte. Sie hatten ja nicht einmal einen Heiß- oder Thermwell-Apparat! Leni würde deshalb zur Prüfungsvorbereitung ein paar Tage im Friseursalon Kölbl arbeiten dürfen, der moderner ausgestattet war. Sie selbst experimentierte schon länger mit der Herstellung von Kosmetikprodukten. Nach Rezepturen ihrer Großmutter, der Landmann-Oma, siedete sie Seifen, setzte Gesichtswasser an und mischte Cremes, doch ihre Mutter hatte kein Interesse daran, in ihrem Salon Kosmetikbehandlungen anzubieten: Gesichtsmassagen, Pflegepackungen oder Maniküren. »Geh, Leni, wer will denn des bei uns?«, sagte sie.

»Die Frauen aus den Baracken zum Beispiel, da sind einige nämlich viel moderner als wir hier. Mehr so wie die aus München.«

»Die jungen vielleicht, die Ang'strichenen, die mit unseren Burschen poussieren.«

»Na und? Die sind doch auch Kundschaft. Und des Schminken ist heutzutag ganz normal. Alle tragen doch jetzt Lippenstift.«

»Alle net und du schon gar net!«

Ihre Mutter war eine strenge Ausbilderin, aber Leni lag die Arbeit. Sie hatte schon als Kind stundenlang im Salon Puppen frisiert und den Mädchen die Haare geflochten. Hatte hinter der Verkaufstheke gesessen, jeden Handgriff ihrer Mutter verfolgt und mit schöner Schreibschrift die Termine in das Auftragsbuch eingetragen, das dort lag. Die Kundinnen kamen persönlich vorbei, um sie zu vereinbaren, denn es gab im Salon kein Telefon. Die wenigsten Hebertshausener hatten eines, und wenn, dann einen Doppelanschluss, wie der Metzger Herzog, dessen Apparat in seinem Gasthof stand, mit dem Rabl, der Fahrräder und Motorräder verkaufte und eine eigene Werkstatt hatte. Wer von den beiden zuerst den Hörer abhob, wenn es klingelte, nahm das Gespräch entgegen, und war es nicht für ihn, musste der Anrufer eben ein zweites Mal durchklingeln.

Leni schlüpfte unter ihrer Bettdecke hervor. Sie richtete sich ebenfalls für den Tag her, zog sich an und flocht ihre langen kupferroten Haare zu Zöpfen. Die ungewöhnliche Farbe hatte sie aus der mütterlichen Linie, von der Bürglein-Oma, die sie nicht mehr kennengelernt hatte.

Die Haustür fiel ins Schloss. Leni sah durchs Fenster, dass ihre Mutter die Handtücher von der Leine nahm, die Leni gestern noch aufgehängt hatte. Die Hebertshausener hatten ein gemeinsames Waschhaus hinter der Feuerwehr unterhalb vom Hansbauer. Dort wusch Leni nicht nur die Leibwäsche der Familie, sondern auch die Handtücher für den Salon. Jeden Montag kochte sie sie aus, stampfte und rieb sie, spülte sie mit klarem Wasser nach und wrang sie mühsam aus. Und dann hievte sie die schwere feuchte Wäsche auf einen Leiterwagen und zog ihn den Berg hoch. Frau Kopp, der ihre Mutter immer samstags die Haare machte, besaß eine eigene Waschküche und sogar eine Schleuder – Leni hatte diese einmal gesehen. Man musste sich draufsetzen, wenn sie eingeschaltet wurde, weil sie sonst wie ein Geißbock herumsprang.

Leni öffnete ihre Zimmertür und horchte in den Flur. Ihr Bruder schlief noch. Kein Wunder – seit er letzte Woche sein Abitur bestanden hatte, schlug er sich die Nächte im Club der Amerikaner um die Ohren. Im Hinterzimmer des Gasthofs am Walpertshofener Bahnhof, in dem eine Jukebox stand, die Jazz und Rock'n'Roll spielte. »Negermusik«, sagte ihre Mutter, wenn Hans den Rundfunkempfänger anstellte – »*Good morning! This is AFN Munich ...*« – und dann versuchte, die Stücke auf seiner Trompete nachzuspielen.

»Die GIs haben die Decke im Hinterzimmer vom Domini mit Fallschirmseide abgehängt«, hatte Hans Leni begeistert erzählt, »das sieht aus wie ein Himmel, und da gibt's Cola und Whisky.«

»Den darfst du noch gar net trinken, weil du noch net volljährig bist!«, hatte sie ihm geantwortet. »Und rein darfst du da auch net. Des is nur für die vom Militär.«

»Die Liesl, mit der ich in die Schule gegangen bin, ist auch oft da.«

Aber über die Liesl redeten die Leute in der Gemeinde, das wusste Leni, die Kundinnen im Salon ihrer Mutter nannten sie »Ami-Flitscherl«.

Leni ging hinunter in die Küche. Das war ihr liebster Moment: wenn sie das Frühstück herrichtete, der Tag noch unberührt war und voller Möglichkeiten. Während sie den Ofen anschürte und einen Topf mit Wasser aufsetzte, das Geschirr auf den Tisch stellte und das Butterfass und das Brot aus der Speisekammer holte, träumte sie davon, dass sie sich bald verlieben würde, in einen jungen Mann, der durch Zufall in den Salon käme und sich von ihr die Haare schneiden lassen würde. Einen, der nicht aus dem Ort stammte und den sie nicht schon ihr halbes Leben lang kannte. Und sie träumte, dass ihre Mutter den Salon vergrößern und modernisieren würde und plötzlich eine bekannte Schauspielerin in der Tür stünde – »Arbeitet hier das Fräulein Landmann? Sie ist mir empfohlen worden« – und, dass sie eines Tages einen eigenen Salon haben würde, den Salon Marlene, modern eingerichtet und mitten in München.

Leni mahlte den Ersatzkaffee – den guten Kathreiner – und wartete, bis das Wasser kochte. Ihre Mutter war noch immer im Garten, aber jetzt stand sie wie jeden Morgen am Gartentor und wartete auf ein Wunder.

*

Er wird einen Koffer in der Hand haben, so wie die anderen, die zurückgekommen sind, dachte Käthe und sah zur Kirche hinüber. Nicht den, mit dem er fortgegangen ist, aber auch einen aus Pappe, die Ecken mit Stahlblech verstärkt und mit einem Lederriemen zusammengehalten oder einer Schnur. Dabei wird gar nicht viel drin sein in seinem Koffer, ein Kamm vielleicht, ein Stück Seife und ein kleiner Spiegel, ihre Briefe, die sie ihm ins Feld geschickt hatte, ein Hemd und Wechselsocken, die Fotos der Kinder. Was besitzt einer schon, wenn er aus einem russischen Kriegsgefangenenlager entlassen wird? Gerade genug, dass sich der letzte Rest Leben daran festklammern kann.

Ihr Otto galt seit der Schlacht um die Krim als vermisst, aber Käthe war davon überzeugt, dass er noch lebte. Sie hatte im März 1944 seinen letzten Brief bekommen, der ihr schier das Herz gebrochen hatte, so entmutigt war ihr Mann gewesen. Aber wegen der Kinder – Hans war damals erst elf und Leni acht gewesen – hatte sie weitergemacht und sich die Zweifel am Sinn dieses Krieges nicht anmerken lassen. Sie hatten sich hier alle nichts anmerken lassen, um sich und die Ihren zu schützen.

Die Köpfe der Spalierrosen schaukelten im warmen Sommerwind, die Obstbäume trugen schwer an ihren Früchten. Bald würde es frische Äpfel, Birnen und Quitten geben, aus deren Kernen Käthe Haarfixierer kochte. In den Gemüsebeeten, die Ottos Mutter zwischen den Kriegen angelegt hatte, waren die Kohlköpfe und der Sellerie schon reif. Was nicht gleich gegessen wurde, machte Käthe ein. So waren sie immer gut versorgt und hatten auch die Zeit der Rationierungen überstanden, als gleich *zwei* Flüchtlingsfamilien aus Lokut bei ihnen einquartiert worden waren. Die Landmann-Oma, wie sie Ottos Mutter genannt hatten, hatte sogar Hühner und Hasen gehalten, um den Speiseplan hin und wieder mit etwas Fleisch aufzubessern, und Tabak angebaut. In der Zeit, in der eine Schachtel Zigaretten zwanzig

Reichsmark gekostet hatte, war er als Tauschware begehrt gewesen.

Die Morgensonne fiel auf das kleine Gewächshaus, in dem Käthe ihren Salat vorzog, ehe sie ihn ins Freie setzte. Aber erst, wenn die Nachtfröste vorüber waren und das Wasser in ihrer Waschschüssel auf der Kommode in der Schlafkammer nicht mehr gefror. Sie bemerkte, dass eine Scheibe gesprungen war, die musste sie ersetzen, doch es gab so viel zu reparieren – das Dach, den Zaun –, dass sie kaum nachkam.

Käthe hielt weiter Ausschau. Otto würde von der Bahnhofstraße über die alte Friedhofstreppe, am Pfarrhaus und an Sankt Georg vorbei, heraufkommen, von wo aus man an klaren Tagen vom Watzmann bis zur Zugspitze die ganze Alpenkette sah. Und dann würde er stehen bleiben, den Koffer abstellen und winken. Und sie würde ihm entgegenlaufen, sich ärgern, dass sie schon wieder vergessen hatte, die Kittelschürze auszuziehen, und ihn umarmen. Genauso lange wie an dem Tag, an dem er fortgegangen war.

Jetzt lehnte sie sich an den Stamm der großen Kastanie, in die Otto das Baumhaus gebaut hatte. Sämtliche Kinder aus der Nachbarschaft hatten schon darin gespielt. Oft waren sie gleich nach dem Unterricht von der Schule herübergekommen, die nur einen Steinwurf weit entfernt lag.

Das Küchenfenster ging auf, und Käthe roch den Duft des Malzkaffees, den Leni gekocht hatte. »Guten Morgen, Mama!«, rief ihre Tochter.

»Morgen, Leni, hast gut g'schlafen?«

»Schon.«

Das zarte Kind rührte sie. Wie ein junges Fohlen sah sie aus mit ihren fünfzehn Jahren, dabei war sie genauso zäh wie sie selbst und arbeitete für zwei.

»Frühstück is fertig.«

Käthe versank kurz in Lenis blauen Augen, die immer so

fröhlich leuchteten. Die hatte sie von ihrem Vater geerbt, genau wie ihr Bruder. Sie hatten die Farbe des Wassers in dem kleinen Tümpel der Amper hinter dem Wehr. Da, wo der Fluss nur mit halber Kraft weiterfloss, weil er in den Mühlbach umgeleitet wurde, der die Turbinen der Holzschleiferei antrieb, in der Otto früher gearbeitet hatte und sein Vater auch.

Sie war ihm das erste Mal auf der Wiesn begegnet, auf dem Münchner Oktoberfest, wo Käthe mit ihren Eltern hingegangen war. Damals hatte sie schon ihre Friseurlehre im Geschäft ihres Vaters in Freising absolviert und – weil es nicht danach ausgesehen hatte, dass sie je einen Mann finden würde – ihren Meister gemacht. So konnte sie wenigstens einmal das elterliche Geschäft übernehmen, wenn sie schon keine eigene Familie gründen würde. Als Otto und sie sich verliebt hatten, war Käthe schon siebenundzwanzig Jahre alt gewesen und das, was viele eine alte Jungfer nannten. Drei Jahre später war Hans zur Welt gekommen.

»Ich komm gleich, Leni, ich hab nur …«, erwiderte Käthe.

»Ich weiß, Mama.«

Käthe setzte sich an den Küchentisch und schenkte den Malzkaffee ein.

»Soll ich den Hans wecken?«, fragte Leni und schmierte sich Butter und selbst gemachte Marmelade auf ihr Brot. Seit die Lebensmittelkarten letztes Jahr abgeschafft worden waren, hatten sie alle wieder mehr auf dem Teller, und Käthe musste den Pfannkuchenteig nicht mehr mit Wasser strecken.

»Nein, lass ihn schlafen, er hat sich's verdient«, sagte sie.

»Wir hätten's uns auch verdient! Nur weil er sein Abitur g'schafft hat, darf er doch net auf der faulen Haut liegen.«

Hans war in den letzten acht Jahren an sechs Tagen die Woche mit dem Zug nach München gefahren und dort aufs Humanistische Gymnasium gegangen, weil es in Dachau erst seit diesem Jahr eine Oberschule gab. Im Krieg war der Unterricht oft ausgefallen, da hatten sie Trümmer weggeräumt, trotzdem war letzte Woche seine Abschlussfeier gewesen. Käthe hatte ihr Sonntagsgwand angezogen – ein Dirndl mit reinseidener Schürze –, und Leni hatte sie frisiert. »Jetzt siehst aus wie die Magda Schneider«, hatte sie zu ihr gesagt. Käthe hatte sich im Spiegel betrachtet, aber die Ähnlichkeit mit Romy Schneiders Mutter beim besten Willen nicht erkannt. Seit Otto fort war, nahm sie sich als Frau gar nicht mehr wahr, in ihrem Leben gab es nur noch die Arbeit und ihre Kinder. Leni würde in zwei Jahren ihre Gesellenprüfung ablegen und Hans im nächsten Sommer sein Medizinstudium beginnen. »Du wirst amal a Doktor, damit du vor niemandem buckeln musst, Hans«, hatte sein Vater früher oft zu ihm gesagt.

»Im Garten gibt's jede Menge Arbeit, Mama«, stichelte Leni. »Und den Zaun hat der Hans auch noch net repariert.«

»Ich weiß, ich hab's ihm schon zweimal g'sagt.« Käthe seufzte. »Räum zamm, Leni, wir müssen los.«

Sie nahmen die Abkürzung zum Ortskern hinunter, wo der Metzger Herzog und der Bäcker Schaller mit dem Kramerladen schon geöffnet hatten. Der Rabl war auf dem Weg zu seiner Werkstatt. Erst gestern hatte er Käthe erzählt, dass er plane, eine Tankstelle in Hebertshausen zu bauen. »Eine ganz moderne, damit ich den Sprit für die Motorradl nimmer aus'm Fassl pumpen muss.«

»Glaubst du, des rentiert sich, Schorsch?«, hatte sie ihn gefragt und an den Schmiedschorle gedacht, der schräg gegenüber vom Rabl noch immer die Pferde der umliegenden Bauern und Fuhrunternehmer beschlug.

»Freilich, Käthe, die Zulassungen wern immer mehr. Seit der Währungsreform geht's bergauf.«

Ja, es ging bergauf, die Geschäfte in der Gemeinde florierten, und es kamen immer noch Flüchtlinge, die sich hier bei ihnen niederlassen wollten. Die Schule platzte aus allen Nähten, und Käthes Friseursalon konnte sich vor Terminen kaum retten. Kein Wunder, die Zeit der Kopftücher war vorüber, in der es für die Frauen außer Arbeit gar nichts gegeben hatte. Jetzt wollten sie sich wieder mit gepflegten Frisuren sehen lassen und in Kleidern, deren Schnitt nicht mehr am Stoff sparte. Wer nicht gerade in der Landwirtschaft arbeitete oder in der Fabrik, der schaute auf sich.

Dank Lenis Hilfe legte Käthe nun Monat für Monat ein paar Mark für Hans' Anmeldegebühren an der Universität zurück, für seine Bücher und die Miete für ein Zimmer im Studentenwohnheim. Die meisten waren zwar noch nicht wiederaufgebaut, aber es würde sich schon etwas Passendes finden.

Käthe sperrte ihren Salon auf und prüfte mit einem routinierten Blick, ob Leni am Vorabend auch den Boden, die Spiegel und die Waschbecken gründlich gewischt hatte. Die Einrichtung stammte noch von ihrem Vorbesitzer, der im Winter 1939 gefallen war, und Käthe hatte seither kaum etwas verändert. Sie hatte lediglich das Schild über dem Schaufenster übermalt, auf dem nun *Frisörsalon Landmann* stand, die eingedeutschte Schreibweise, wie im Salon ihres Vaters, nicht die aus dem Französischen abgeleitete. Tradition und Bodenständigkeit, das war ihre Devise.

»Magst die Handtücher für mich einsortieren?«, fragte sie ihre Tochter.

»Gleich.«

Leni studierte die Termine für den Tag.

»Was schaust denn?«

»Wer heut als Erstes kommt.«

»Na, die Frau Brunner und die Frau Brandl, wie jeden Dienstag um acht.«

»Es hätt ja sein können, dass mal jemand anderer kommt.«

»Und wer soll des sein?«

»Vielleicht die Sonja Ziemann oder die Liselotte Pulver«, sagte Leni und grinste.

Warum nicht, dachte Käthe und musste selbst schmunzeln, manchmal passierten auch Wunder – dass ihr Otto wieder heimkam zum Beispiel oder dass Hans endlich den Zaun reparierte.

*

Als die Haustür ins Schloss gefallen war, hatte Hans sich noch einmal umgedreht und versucht, wieder einzuschlafen, aber die Nachbarin hatte ihre Teppiche im Garten ausgeklopft. Ein dumpfer Klang wie Granatwerfereinschläge, und nur zwei Häuser weiter war das häusliche Störfeuer erwidert worden. An Schlaf war also nicht mehr zu denken, doch das schlechte Gewissen, weil seine Mutter und seine kleine Schwester arbeiten gingen, während er noch im Bett lag, hätte ihm ohnehin keine Ruhe gelassen. Die beiden schufteten für die Pläne seines Vaters, dessen größter Wunsch es gewesen war, dass Hans einmal Medizin studierte, dabei würde er viel lieber auf die Musikhochschule gehen.

»Diese musische Begabung muss man fördern, Herr Landmann, die ist ein Geschenk«, hatte der Lehrer Laut zu seinem Vater gesagt, als Hans in der zweiten Klasse gewesen war, »und im Musikverein mangelt es uns an guten Blechbläsern.«

»Wenn'S meinen, Herr Lehrer, aber beim ersten Vierer ist's vorbei mit der Trompeterei!«

Das Lernen war für Hans immer eine Qual gewesen. Er hatte am liebsten Völkerball und Fangen gespielt und mit seinem besten Freund, dem Wegener Rudi, im Baumhaus gesessen. Sie waren im Sommer an die Amper zum Baden gegangen und im Winter Schlitten gefahren und nie vor dem Betläuten heimgekommen. Bis Hans aufs Gymnasium gemusst hatte und er den Rudi nur noch an den Wochenenden und in den Ferien sehen konnte, weil er mit dem Lernen kaum nachkam. Diese Jahre waren schwer für ihn gewesen, und hätte er den Musikunterricht und seine Trompete nicht gehabt, wäre er vollends verzweifelt.

Hans setzte sich in seinem Bett auf und schaute zu seiner Kommode hinüber – da stand sie. »*Ah, look at you, lad. You're playing like Chet Baker*«, hatte gestern ein Offizier im Club zu ihm gesagt, als er ein Stück gespielt hatte, das er von einer der Victory Discs kannte, die die GIs in ihrem Marschgepäck mitgebracht hatten: *Freeway* – extrem schnelle Tempi, scharf, laut und voller Lebensfreude. Jazz war Hans' Lebenselixier, der floss ihm im Viervierteltakt durch die Adern und erzählte ihm Geschichten von Selbstbestimmung und Freiheit. Dem Aus- und Aufbruch. Allem, wonach er sich sehnte.

Du bist zu alt für solche Flausen!

Hans glaubte schon wieder, die Stimme seines Vaters zu hören. Sie begleitete ihn durchs Leben. Er stand auf und nahm seine Trompete in die Hand, strich zärtlich darüber und betrachtete sie. Das Mundrohr war aus Goldmessing, und die Ventile waren aus Edelstahl.

Verkauf sie, sagte die Stimme in ihm, die nur selten schwieg, *und konzentrier dich auf dein Studium. Du brauchst jetzt einen Praktikumsplatz, sonst wird das mit der Zulassung nix.*

Hans hätte sich längst danach umsehen sollen, und er hatte sich auch vorgenommen, zu Hause mit anzupacken. Der Zaun fiel ihm wieder ein, er hatte versprochen, ihn zu reparieren, aber dazu musste er erst Latten besorgen. Das Werkzeug seines Vaters stand im Schuppen, aber das Sägeblatt der Holzsäge war verrostet, und Nägel waren auch keine mehr da. Er würde nach Dachau müssen, um sie zu kaufen, und dafür brauchte er Geld. Er hatte seine letzte Mark für Zigaretten ausgegeben.

Der Frühstückstisch war noch für ihn gedeckt, als Hans in die Küche trat. Er trank den lauwarmen Malzkaffee, dann wickelte er seine Trompete in ein Tuch, legte sie in den selbst gebauten Holzkasten und schnallte ihn – die Stimme seines Vaters noch immer im Ohr – auf den Gepäckträger seines Fahrrads. Er würde sie in der Musikalienhandlung in Dachau verkaufen. Sich von den Träumen, die an ihr hingen und ihn ablenkten, trennen und den Zaun reparieren.

1

Juli 1956

Leni sah sich die Termine für den heutigen Dienstag an, während ihre Mutter frische Handtücher zurechtlegte. Frau Brunner und Frau Brandl erschienen um acht – so wie immer. Ein Tag war wie der andere, seit sie vor drei Jahren ihre Lehre abgeschlossen und die Gesellenprüfung bestanden hatte. Sie bediente die immer gleichen Kundinnen, die sich die immer gleichen Frisuren wünschten, und schnitt hin und wieder ein paar Handwerkern, die in ihrer Frühstückspause in den Salon kamen, oder Kindern nach der Schule die Haare. Dabei benutzte sie die ewig gleichen Produkte – »Bei uns bekommen die Kunden eine Seifenwäsche, Leni, und dann kommt die Essigspülung von der Landmann-Oma drauf« –, und es gab praktisch keine Beratung. Als sie noch auf der Berufsschule gewesen war, hatte Leni von den Lehrlingen aus anderen Friseurgeschäften gehört, dass den Damen dort die neuesten Schnitte und Frisuren aus Magazinen empfohlen wurden. Damals hatte sie noch stundenlang die verschiedenen Kopfformen in ihr Werkstattbuch gemalt und die passenden Ausgleichslinien, die runde Gesichter schmaler und schmale runder wirken ließen, eckige weicher oder lange kürzer. Die richtige Frisur schuf Ebenmäßigkeit und Harmonie, und Leni hatte einen guten Blick dafür entwickelt.

»Wir sollten renovieren, Mama«, hatte sie letztes Jahr zu ihrer Mutter gesagt, »das ganze alte Holz rausreißen, streichen und Linoleum verlegen.« Dann wäre wenigstens einmal ein Anfang gemacht, und der Salon sähe nicht mehr so altbacken aus.

»Bist narrisch! Wie soll ma denn des bezahlen?«
»Der Skrobanek tät's uns günstig machen.«
»Aber dann müsst ma ja zusperren.«
»Höchstens eine Woch.«
»Nix da, Leni, solang der Hans studiert, brauch ma jeden Pfennig. Und unser G'schäft läuft doch. Ich wüsst nicht, wie wir noch mehr arbeiten könnten.«

Damit hatte ihre Mutter recht. Fünf Tage die Woche neun bis zehn Stunden am Tag im Salon stehen, gerade genug Zeit, um zwischendurch etwas zu essen, und dann kamen am Montag für Lenis Mutter auch noch die Hausbesuche dazu und für Leni die große Wäsche. Der Sonntag war ihr einziger freier Tag, da erledigten sie die liegen gebliebene Hausarbeit und kümmerten sich um den Garten. Gleich nach dem Kirchgang schlüpften Leni und ihre Mutter aus ihrem Sonntagsgwand und werkelten los, so wie die meisten Frauen, während ihre Männer am Stammtisch saßen.

Noch mehr Arbeit würden sie nicht bewältigen können, aber darum ging es Leni auch nicht. Sie wollte den Friseursalon verschönern, um etwas Farbe in den grauen Alltag zu bringen und aus dem tristen Salon einen Ort zum Wohlfühlen zu machen, an dem sich die Kundinnen entspannen und ein wenig träumen konnten. So wie sie träumte, wenn sie in den Zeitschriften blätterte, die ihr Frau Reischl, die Wirtin vom Waldfrieden, schenkte, sobald sie sie ausgelesen hatte: die *Neue Illustrierte* oder die *CONSTANZE*, in denen junge Mädchen mit hohen Pferdeschwänzen und kurzen Ponys in Caprihosen abgebildet waren und Damen mit festlichen Steckfrisuren, in die allerlei Schmuck und Haarteile eingearbeitet worden waren – je größer der Anlass, desto höher die Frisur! Elegante, gepflegte Frauen, die wie Filmstars aussahen, wenn sie Suppenextrakt und Waschpulver anpriesen.

Seit ihre Mutter ihre Idee zu renovieren mit einem kurzen »Auf gar keinen Fall!« abgelehnt hatte, schnitt Leni die Werbeanzeigen aus und hängte sie im Salon auf. Am besten gefiel ihr die Anzeige für ein französisches Parfum – CHANEL N°5 –, auf der eine Frau, deren rabenschwarzes Haar in weichen Wellen über ihre Schultern fiel, im großen Abendkleid mit Pelzstola zu sehen war. Sie hielt einen Flakon in der Hand und küsste ihn wie die Königstochter aus dem Märchen den Frosch. Außerdem dekorierte Leni das kleine Schaufenster mit den Seifen, Cremes und Gesichtswassern, die sie immer noch selbst herstellte, wobei sie die Rezepturen ihrer Großmutter weiterentwickelt hatte.

»Und du glaubst wirklich, dass unsere Kundinnen so was kaufen?«, hatte ihre Mutter sie skeptisch gefragt. »Selber g'machte Kosmetik? Wo's doch jetzt wieder so schöne Sachen in der Drogerie gibt.«

»Solang du ihnen die Haar mit Seife wäschst und die Pomaden und des Haarwasser selber machst, kann ich ihnen auch meine Kosmetik verkaufen«, entgegnete ihr Leni.

Ihre Freundin Ursel hatte eine Ausbildung zur Schaufensterdekorateurin im Kaufhaus Rübsamen in Dachau gemacht. Sie hatte eine Preistafel für sie entworfen und ihr kleine Podeste gebaut, auf denen Leni ihre Produkte präsentierte. Die Podeste waren wie die Rückwand des Schaufensters mit Stoff bespannt, den die Ursel bei Rübsamen abgezweigt hatte. Eine schöne Komposition in Rosa und Lindgrün, die einen betörenden Duft verströmte.

»Mei, des riecht immer so gut da herin«, sagte jetzt auch Frau Brandl, als sie in den Salon kam und ihren Einkaufskorb abstellte. »Darf ich den da stehen lassen, Frau Landmann? Ich war nämlich schon beim Herzog, bei dem is der Tafelspitz heut im Angebot.«

»Natürlich, Frau Brandl.« Lenis Mutter deutete auf einen der beiden Stühle. »Die Leni wäscht.«

Leni legte Frau Brandl einen Frisierumhang um, drehte ihren Stuhl zum Waschbecken um und kippte die Lehne nach hinten, was immerhin eine kleine Neuerung im Frisörsalon Landmann war, denn bis vor wenigen Jahren hatten sich die Kunden noch mit dem Gesicht nach vorn ins Waschbecken beugen müssen und den Seifenschaum in den Augen ertragen.

»Net so schwungvoll, Leni«, mahnte ihre Mutter.

»Des macht doch nix, Frau Landmann, des is wie auf der Wiesn in der Schiffschaukel. Mei, bin ich da früher mit meinem Mann gern drauf g'fahren.«

»Grüß Gott, Frau Landmann.« Frau Brunner erschien nun ebenfalls, ihre Promenadenmischung an der Leine. »Leni, Gusti.«

Leni grüßte höflich zurück, nur Frau Brandl hörte gerade nichts, weil das Wasser lief und Leni ihr die Haare einseifte.

»Is die Frauenmantelcreme schon fertig?«, fragte Frau Brunner. »Batzi, sitz!«

»Was für eine Frauenmantelcreme?«, wollte Lenis Mutter wissen.

»Die Leni hat mir versprochen, dass sie mir eine macht. Sie hat g'sagt, dass ihre Oma die auch benutzt hat.«

»Ja, des stimmt.«

»Und die hat doch mit ihre Achtzig noch ausg'schaut wie ich heut mit meine Sechzig!«, sagte Frau Brunner anerkennend.

Leni wickelte Frau Brandl ein Handtuch um den Kopf und klappte ihre Stuhllehne wieder hoch. Der feine Duft der Seifen aus der Auslage war mittlerweile dem stechenden Aroma der Essigspülung gewichen.

»Ja, die Theres!«, sagte Frau Brandl, als sie sie sah. »Warst schon beim Metzger? Der Tafelspitz is heut im Angebot.«

»Den mag mein Mann nicht. Aber ich geh nachher noch hin und frag nach ein paar Resten für meinen Batzi.«

»Ich hab die Creme dabei«, kam Leni auf Frau Brunners Frage zurück. »Schauen'S, da im Regal steht sie.«

»Darf ich?« Frau Brunner hob den Deckel des kleinen Einmachglases an und schnupperte. »Wunderbar!«, sagte sie.

»Ich geb ein bisserl Rosenöl mit dazu, weil der Frauenmantel eigentlich nach nichts riecht. Und die Tropfen, die sich in der Früh in den Blättern sammeln, verarbeite ich auch in der Creme.«

»Nein, so was!«

»Die Oma hat g'sagt, dass die Alchimisten früher versucht ham, Gold daraus zu machen, weil sie so schön funkeln«, erzählte Leni.

Frau Brunner trug die Creme auf ihren Handrücken auf und verrieb sie. »Vielleicht is sie deshalb so geschmeidig?«, überlegte sie.

»Nein, des macht des Lanolin, des Wollwachs«, erklärte Leni. »Ich bekomm's von dem Schäfer, der seine Schafe auf den Wiesen hinter Deutenhofen stehen hat.«

»Himmelstau!«, sagte Frau Brandl unvermittelt.

»Bitte?«

»Meine Mutter hat den Frauenmantel Himmelstau genannt, wegen der Tropfen, die sich da drin sammeln. Jetzt weiß ich's wieder.«

»Und meine hat Marienblümerl dazu gsagt«, meinte Frau Brunner, »nach der Heiligen Jungfrau«, und bekreuzigte sich.

Lenis Mutter bat Frau Brunner, Platz zu nehmen, und legte ihr nun auch einen Frisierumhang um. »So wie immer?«, fragte sie sie pro forma, und Frau Brunner nickte.

»Wollen Sie Ihren Mann nicht amal mit was Neuem überraschen, Frau Brunner?«, hakte Leni nach und sah dabei ihre Mutter herausfordernd an.

»Ich hab ihn am Samstag schon mit dem neuen Puddingpulver von Mondamin überrascht«, gab Frau Brunner zurück, »weißt, des ma nur so einrührt, und der Pudding liegt ihm heut noch im Magen.«

»Ja, des neumodische Sach, wo alles schnell gehen soll, des is nix«, stimmte Frau Brandl ihrer Bekannten zu, während Leni ihr

Wasserwellen ins feuchte Haar legte. Sie verzichtete dabei auf das Fixativ, das ihre Mutter aus Quittenkernen kochte, weil es einen grauen Schleier im Haar hinterließ und die Trocknungszeit verlängerte.

»Mei, du bist a Künstlerin«, lobte Frau Brandl Leni und verfolgte im Spiegel, wie sie ihre Haare mit einer Hand abwechselnd von rechts nach links kämmte und die Wellenberge beim Richtungswechsel zwischen dem Zeige- und Mittelfinger der anderen festhielt. Die Spitzen drehte Leni in Sechserform auf und steckte sie mit Lockennadeln fest.

»Also *ich* kann die Wasserwellen nicht ohne Kämmchen legen«, stimmte ihre Mutter Frau Brandl zu.

»Aber die Kämme verziehen die Welle gern«, sagte Leni.

»Beim Kölbl nehmen's für die kurzen Haar im Nacken Wickler«, wusste Frau Brandl.

»Mit denen wird die Frisur aber viel zu wulstig.«

»Vielleicht sollt ich auch lieber wieder Wasserwellen machen lassen«, überlegte Frau Brunner. »Des Ondulieren strapaziert die Haare ja schon sehr.«

»Die Mama macht des ganz schonend, da brauchen Sie sich keine Sorgen machen. So gut wie sie temperiert keine des Eisen«, sagte Leni, obwohl sie im Stillen kein Freund des Ondulierens war. Die Hitze schädigte das Haar, und es verlor mit der Zeit seinen natürlichen Glanz. Immer.

»Ja, des glaub ich gern. Und meinem Mann g'fallen halt die Locken besser«, sagte Frau Brunner.

»Ich könnt Ihnen die Haar amal papillotieren, des sieht dann ähnlich aus und ma braucht keine Brennscher«, schlug Leni vor und band Frau Brandl ein Haarnetz um, bevor sie die Trockenhaube holte.

»Magst mir noch die *Abendzeitung* geben, Leni? Die is in meinem Einkaufskorb«, bat Frau Brandl sie. »Sonst is es immer so langweilig unter der Haube.«

»Ja, davon kann die Heller Luise ein Lied singen«, bemerkte Frau Brunner, »die kommt schier um vor Langeweile, seit sie unter der Haube is!«, und die Damen lachten herzlich.

»Geht's Haareschneiden?«, fragte ein Bub, der ohne Termin hereinkam. Der kurzen Lederhose, die er trug, sah Leni an, dass sie in der Familie schon länger durchgereicht und nicht geschont worden war, genau wie die abgewetzten Haferlschuhe.

»Hast du net Schul?«

»Na, wir teilen uns doch des Klassenzimmer mit die Zwergerl aus der ersten und zweiten Klass. Die san am Vormittag drin und wir am Nachmittag, weil die Oberstuf vom Lehrer Lieb des andere Zimmer braucht.«

Herrn Lehrer Lieb mussten jeden Tag zwei Buben in der Pause die Brotzeit holen: eine Schachtel Astor-Zigaretten und einen Riegel Blockschokolade. Daran erinnerte sich Leni noch gut.

»Dann setz dich da drüben hin«, sagte sie und deutete auf einen Stuhl neben der Tür. »Ich schieb dich kurz dazwischen.«

»Ganz die Mama«, lobte Frau Brunner Leni, »immer in Bewegung, des Mädel.«

Als Leni an diesem Abend gegen sieben den Boden im Salon fegte, war ihre Mutter bereits zu einer weiteren Kundin in den Baracken unterwegs, einer jungen Ungarin, die ihre kleinen Kinder nicht allein lassen konnte und gestern, am Montag, keine Zeit gehabt hatte. Leni wischte durch die Waschbecken und Regale und reinigte anschließend die Kämme und Bürsten in warmem Seifenwasser. Ihre Effilierschere klemmte, sie hatte es bemerkt, als sie dem Buben am Vormittag die Haare geschnitten hatte. Sie ölte das Schloss, legte sie zu den anderen Scheren und sah sich noch einmal um. Frau Brandl hatte vor Schreck ihre Zeitung vergessen, als sich Frau Brunners Hund über den Tafelspitz in ihrem Einkaufskorb hergemacht hatte. Leni nahm sie und begann, sie klein zu schneiden – das Zeitungspapier brauchte sie, um die rußgeschwärzte Brennschere zwischendurch abzuwischen –, als ihr Blick auf die Stellenanzeigen fiel. Der Salon Keller am Hofgarten, eine der besten Adressen in München, suchte eine Friseuse, wie die weiblichen Friseure neuerdings genannt wurden, da nun immer mehr Frauen diesen Beruf ausübten. Verlangt wurden eine abgeschlossene Ausbildung und Berufserfahrung. Leni setzte sich und las die Anzeige ein zweites Mal durch. Aber so sehr ihr der Gedanke auch gefiel, in einem Salon wie Keller zu arbeiten, in dem Stars und Ministerialangestellte bedient wurden, konnte sie doch ihre Mutter nicht mit ihrem Geschäft allein lassen. Oder doch?

Hans stand kurz vor seinem letzten Studienjahr. Er hatte nach einem sechsmonatigen Krankenpflegedienst vor vier Jahren die Aufnahmeprüfung an der Ludwig-Maximilians-Universität bestanden und seitdem kein Semester wiederholt, auch wenn er seine Prüfungen nur mit Mühe und manchmal erst im zweiten Anlauf schaffte. Bald würde er die finanzielle Unterstützung von zu Hause nicht mehr brauchen, überlegte Leni, und dann könnte sie ihren Meistervorbereitungskurs und die Prüfung machen und auf einen eigenen Salon sparen. Doch dazu musste sie zuvor bei einem renommierten Friseur Erfahrungen sammeln, der mit den neuesten Produkten und Techniken arbeitete. Einem, der mit der Zeit ging – so wie der Salon Keller.

Sie schnappte sich einen Lappen und putzte durch die Regale, die sie schon am Tag zuvor sauber gemacht hatte. Egal, sie musste irgendetwas tun, das half ihr beim Nachdenken. Wenn sie die Stelle bei Keller bekäme, trennten sie nur noch ein paar Jahre von ihrem eigenen Salon, in dem sie dann keinen Haarlack mehr verwenden würde, sondern das neue »flüssige Haarnetz«, das Taft zum Sprühen, und in dem ihre Kundinnen unter einer Steckfrisur keine Gretelfrisur verstanden, wie sie die Frauen hier auf dem Land trugen: die Haare zu Zöpfen geflochten und einmal um den Kopf gelegt. Auf dem Hochzeitsfoto ihrer Großmutter, das um die Jahrhundertwende aufgenommen worden war, hatte die Landmann-Oma ihr Haar auch schon so frisiert und ihre Mutter vor ihr ebenfalls.

Der Salon Keller am Hofgarten …

Leni betrachtete sich in dem breiten Spiegel über den Waschbecken, der am Rand schon blinde Flecken hatte, und versuchte, sich vorzustellen, wie sie dort arbeitete. Wie sie Schauspielerinnen, Mannequins und den Ehefrauen der Offiziere der US-Armee die Haare machte. In einem blütenweißen Kittel, auf dem ihr Name eingestickt sein würde – Marlene.

Gedankenverloren blätterte sie durch das Auftragsbuch mit den Terminen. Frau Brunner und Frau Brandl würden auch am nächsten Dienstag wieder um acht erscheinen. Und danach Frau Reischl und Frau Schaller um neun. Waschen, Schneiden, Legen und sich über die Angebote vom Metzger austauschen. Kochrezepte, Dorftratsch und zwischendurch Laufkundschaft. Ein Tag war wie der andere in der kleinen Gemeinde am Rande vom Dachauer Moos, während sich der Rest der Welt neu erfand.

2

Draußen vor dem Zugfenster zogen die Felder vorbei, der Mais stand jetzt Anfang Juli schon mannshoch, und die Wiesen blühten, aber Leni nahm die satte Landschaft kaum wahr. Sie hatte ihre Mutter angelogen, um nach München fahren zu können, und – schlimmer noch! – sie wollte sich dort heimlich um die Stelle im Salon Keller bewerben.

»Darf ich dem Hans morgen das Geld für die Miete bringen?«, hatte sie sie am Vorabend gefragt. »Bitte, Mama, ich hab schon so lang nimmer frei g'habt.«

In der Zeitungsanzeige stand, dass die Bewerber eine beglaubigte Abschrift Ihres Gesellenbriefes und ein Lichtbild schicken sollten. Aber Leni hatte nur das, auf dem sie ihre Firmkerze in der Hand hielt. Sie hatte deshalb beschlossen, persönlich vorzusprechen und Herrn Keller anzubieten, zur Probe zu arbeiten. Wenn er erst sah, wie fleißig sie war, gab er ihr vielleicht eine Chance.

»Und wie soll des gehen? Wir ham doch Kundschaft«, hatte ihre Mutter gesagt.

»Die Frau Weber hat für morgen früh abg'sagt, und die Frau Wimmer wird diesmal nur g'waschen und eingedreht. Bis du am Nachmittag nach Deutenhofen fährst, bin ich wieder da.«

»Ich weiß net, Leni ...«

»Dann könnt ich auch nach neuen Frisierumhängen schauen. Vielleicht find ich farbige, in Rosa oder Türkis.«

»Ich hab die alten schon g'flickt«, hatte ihre Mutter knapp erwidert.

Das war so typisch! Egal, was Leni vorschlug, ihre Mutter

blockte es ab. Dabei freuten sich die Kundinnen über kleine Neuerungen wie die Werbebilder im Salon und die Schaufensterdekoration. Und langsam wurden sie auch experimentierfreudiger.

»Mei, Leni, deine Haare glänzen immer so schön«, hatte eine der Damen kürzlich zu ihr gesagt, als sie am Mittwochnachmittag allein im Salon gewesen war, weil ihre Mutter da immer nach Deutenhofen ins Krankenhaus fuhr und den Patientinnen dort die Haare machte. »Wenn ich mir da meine anschau … Die sind irgendwie stumpf, findest du nicht?«

»Ich kann Ihnen eine Hennapackung draufmachen.«

»Henna? Sind's dann net rot?«

»Nein, bei Ihnen käm ein schönes leuchtendes Kastanienbraun raus, wie bei der Sophia Loren.«

»Bei der Loren? Ja, was du net sagst!«

Leni hatte das Hennapulver, das sie gegen den Willen ihrer Mutter in Dachau besorgt hatte – »Braucht's net!« –, mit heißem Wasser und Rotwein angerührt, damit der Farbton kräftiger wurde, und ihre Kundin war von dem Ergebnis so begeistert gewesen, dass sie ihr ein ordentliches Trinkgeld gegeben hatte.

Zum Glück hatte Leni einen Sitzplatz bekommen. Wenn die Arbeiter der Dachauer Papierfabrik, von MAN und Krauss-Maffei in der Früh den Zug am Walpertshofener Bahnhof nach München nahmen, standen viele bis Allach draußen auf den Plattformen zwischen den Holzwaggons, und drinnen drängten sie sich dicht an dicht.

Mit ihrem hellblauen Tellerrock, den Leni sich aus einem einfachen Baumwollstoff genäht hatte, der kurzärmeligen Bluse und schmalen Kappe, die ihr die Ursel wie die Spitzenhandschuhe geliehen hatte, stach sie aus der Menge heraus. Leni hatte ihre Sommersprossen unter feinem Puder versteckt und ihre Haare im Nacken zu einem Chignon zusammengedreht. Den hatte ein berühmter Pariser *maître coiffeur* erfunden, von dem Leni in der CONSTANZE gelesen hatte, dass er die Begum für ihre Hochzeit mit dem Aga Khan frisiert hatte.

»Fesch!«, hatte ihre Mutter beim Frühstück zu ihr gesagt, und Leni war kurz davor gewesen, ihr zu beichten, was sie vorhatte. Aber wenn sie die Stelle gar nicht bekam? Dann hätte sich ihre Mutter doch ganz umsonst gesorgt, wie sie die viele Arbeit in Zukunft ohne sie schaffen sollte.

»Nächster Halt Hauptbahnhof, Endstation, bitte alles aussteigen!«, rief der Schaffner durch den Waggon, und Lenis Aufregung war auf einmal größer als das schlechte Gewissen.

Sie liebte München! Zum ersten Mal war sie als kleines Mädchen mit Hans und den Eltern hier gewesen, auf der Auer Dult; dann an den Berufsschultagen, und vor zwei Jahren, an ihrem achtzehnten Geburtstag, hatte sie mit ihrer Mutter und ihrem Bruder einen Ausflug in den Tierpark Hellabrunn gemacht. Hans hatte der gewaltigen Elefantenkuh Stasi eine Semmel zugesteckt, die daraufhin ein Kunststück zeigte. Noch wochenlang hatte Leni den Kundinnen im Friseursalon davon erzählt, und von Mimi, dem Walross, das sich von ihr sogar hatte streicheln lassen. Einmal war sie mit der Ursel in München ins Kino gegangen, und hin und wieder begleitete sie ihre Mutter zum Einkaufen in die Stadt. Aber wenn ihre Mutter etwas zu erledigen hatte, das sie nicht auf den Montag legen konnte, an dem sie mit ihren Terminen flexibler war als an den anderen Tagen, sagte sie zu Leni: »Bleib du im G'schäft, sonst müss ma's zusperren«, und Leni insistierte nicht. Lieber nutzte sie die Gelegenheit, um ihren Kundinnen Schönheitstipps zu geben, ohne dass ihre Mutter sie ermahnte – »Net so viel reden, Leni, arbeiten!« –, und ihnen ihre Kosmetik zu verkaufen. Der Inhaber der Maximilian-Apotheke in Dachau, wo sie ihr Ätznatron zur Seifenherstellung kaufte, hatte sie bereits darauf angesprochen und gefragt, ob sie nicht Interesse hätte, ihre Rezepturen mit ihm gemeinsam weiterzuentwickeln. Das würde vielleicht ihr Problem mit der geringen Haltbarkeit der Cremes lösen, denn sie könnte dort mit Hydrolaten und ätherischen Ölen arbeiten, die sie mangels Destillierkolben nicht selbst herstellen konnte, und bestimmt kannte Herr Albrecht, der Apotheker, sich auch mit anderen Konservierungsstoffen aus.

Als der Zug zum Stehen kam, stieg Leni aus und ging durch die weitläufige Schalterhalle. Die große Uhr erinnerte sie daran, dass die Zeit in dieser Stadt schneller verging als zu Hause. Draußen staute sich vor dem Kaufhaus HERTIE der Verkehr. Das Schrillen der weiß-blauen Straßenbahn mit den neuen Stromabnehmern, die sich jetzt nicht mehr in die Oberleitung einhakten, mischte sich mit dem lauten Hupen eines Lastwagens. Der Fahrer schimpfte, und Leni vergaß kurz zu atmen.

»Obacht!« Ein Herr rempelte sie an und lief ohne Entschuldigung weiter. Vor ihr winkten zwei Damen nach einem Taxi. Sie trugen Bleistiftröcke und taillierte Kostümjacken, ihre Hüte waren farblich auf ihre Handtaschen und die spitzen Pumps abgestimmt. Leni schaute etwas betreten auf ihre Schnürschuhe und dachte an die ungeteerten Straßen in Hebertshausen, die staubig und voller Schlaglöcher waren.

»Kann ich Ihnen vielleicht helfen, Fräulein?«

Ein junger Mann sprach sie an, er war kaum älter als sie und hatte seine dunklen gelockten Haare mit reichlich Frisiercreme in Form gebracht.

»Nein, danke, ich komm schon zurecht.«

Seine Augen sind blau, nein, grau, dachte Leni, als spiegele sich in ihnen nicht der Himmel, sondern der Stein der Kriegsruinen.

»Wo müssen Sie denn hin?«, fragte er.

»In die Ludwigstraße.«

Er trug Hemd und Krawatte und einen dünnen Pullunder, seine Schuhe waren blank poliert. Über seiner Schulter hing ein

Fotoapparat an einem langen Lederriemen. »Mit der drei«, sagte er.
»Bitte?«
»Die Straßenbahn, Sie müssen die Linie 3 nehmen.« Mit der war Leni in entgegengesetzter Richtung immer zur Berufsschule gefahren. »Wissen Sie, wie viele Stationen es bis zum Hofgarten sind?«, fragte sie den jungen Mann, nur um sicherzugehen, dass sie nicht daran vorbeifuhr.
»Vier. Sie müssen am Odeonsplatz raus.«
»Danke«, sagte sie und spürte, dass ein Abenteuer begann. Hier in dieser Stadt fing es an, und vielleicht konnte sie ihre Mutter ja mit auf diese Reise nehmen, damit sie endlich wieder nach vorn schaute. »Lass los, Mama«, hatte Leni erst gestern am Gartentor zu ihr gesagt, »lass den Papa los, der kommt nimmer«, und ihre Mutter hatte ihr geantwortet: »Morgen vielleicht.«

Die Straßenbahn war so voll, dass Leni stehen musste. »Bitte in die Mitte durchgehen, Herrschaften!«, rief der Schaffner, und die Menschenmenge schob sich mit ihr weiter. Leni hielt sich nahe am Fenster an einer Schlaufe über ihrem Kopf fest, damit sie hinaussehen konnte und nichts verpasste. Die Straßenbahn fuhr am Justizpalast vorbei, in dem während des Krieges der Prozess gegen die Mitglieder der Weißen Rose stattgefunden hatte. Leni wusste es von Hans, da die meisten Mitglieder der Widerstandsgruppe Medizinstudenten gewesen waren. Sie hatten in denselben Hörsälen gesessen wie er heute, hatten dieselben Institute besucht und sogar ein paar derselben Dozenten gehabt. Leni legte den Kopf in den Nacken und sah an dem ehrfurchtgebietenden historischen Gebäude hoch, das seine dunkle Vergangenheit abgeschüttelt zu haben schien.

Überall wurde gebaut. Auch an der zweiten Haltestelle, am viel befahrenen Stachus, wo die Straßenbahn nun zum Maximiliansplatz und wenig später in die Brienner Straße abbog. Dort fuhr sie am ehemaligen Palastcafé vorbei, einst ein Prachtbau aus der Gründerzeit. Es hatte Platz für zweitausend Gäste gehabt und war ein Treffpunkt für Künstler und Literaten gewesen. Leni kannte das alte Gebäude nur von Bildern aus der Zeitung, ebenso wie den schlichten, neuen Luitpoldblock, der jetzt an seiner Stelle stand. Doch wirklich hier zu sein war ein anderes Gefühl, als eine Zeitung aufzuschlagen. Es war wie die heimliche Fahrt auf dem selbst gebauten Floß auf der Amper mit dem Katzlmeier Fritz und seinen Freunden oder der erste verstohlene Kuss auf dem Waldfest. Eine Mischung aus Angst und Euphorie.

»Nächster Halt Odeonsplatz!«

»Entschuldigung, darf ich?«, bat Leni einen Herrn, der den Ausstieg versperrte.

»Leit, lasst's d'Leit naus!«, rief der Schaffner.

Jetzt lag die lange Ludwigstraße vor ihr, an deren Ende das notdürftig geflickte Siegestor aufragte. Leni bestaunte die frisch verputzte Theatinerkirche, die Feldherrenhalle, die einer italienischen Loggia nachempfunden war, und das Café Annast, das die meisten Münchner noch immer nach seinem Vorbesitzer Tambosi nannten. Die Tische wurden auch im dahinterliegenden Hofgarten eingedeckt, wo die Leute unter gestreiften Sonnenschirmen zwischen jungen Nachkriegsbäumen saßen und Kaffee und Cognac tranken. Bis hierher hatte die rastlose Choreografie der Stadt Leni in weniger als fünfzehn Minuten gebracht, aber jetzt hielt sie inne und entdeckte in der an das Café angrenzenden Ladenzeile den Salon Keller. Der Name stand in Gold auf dunkelblauen Markisen. In einer der Schaufensterscheiben spiegelte sich das ausgebombte Leuchtenberg-Palais.

Sie ist wund, diese Stadt, wie so viele Städte, dachte Leni. Ein Patient in der Genesungsphase, hätte Hans gesagt, aber Leni sah sie schon vor sich, wie sie aussehen würde, wenn sie geheilt war, weil sie im Heute schon ein Stück vom Morgen und all seinen Möglichkeiten entdeckte.

Auf dem Bürgersteig saß eine alte Frau, neben ihr lag ein verbeulter Strohhut mit vergilbtem Blumenschmuck. Ihre Strümpfe waren verrutscht und ihre Kleider schmutzig. Sie fütterte Tauben. Leni bückte sich, gab ihr zwanzig Pfennig und beschloss, später zu Fuß zum Bahnhof zurückzugehen, um das Geld für die Straßenbahn zu sparen. Die Alte sah sie an und lächelte. Aus ihrem verwitterten Gesicht strahlten Leni klare blaue Augen entgegen, und sie spürte ein kleines Kribbeln in ihrer Magengrube. Ein bisschen so wie letztes Jahr, als ihr der scheue, abgemagerte Kater zugelaufen war, den jemand ausgesetzt hatte. Er war weiß und hatte rote Flecken auf einer Seite vom Bauch und blaue Augen. Sie hatte ihn Frank genannt, das sprach sie Englisch aus, wie Frank Sinatra, dessen Lieder sie liebte – *Love is here to stay*. Die spielten sie mittwochs im Wunschkonzert, das Fred Rauch moderierte und das sie mit ihrer Mutter im Radio anhörte.

Dieses Gefühl trug Leni bis vor den Friseursalon. Durch den Glaseinsatz der Tür erkannte sie hohe Decken mit Stuck und eine Empfangstheke aus Mahagoni, auf der eine große silberglänzende Registrierkasse und ein Telefon standen. Die Regale dahinter waren aus demselben Holz gefertigt, und es gab eine kleine Sitzecke mit feinen Polstersesseln und einer Garderobe gleich hinter der Eingangstür.

Leni brauchte zwei Anläufe, dann trat sie ein und ging über glänzenden Marmor so zielstrebig wie möglich auf die Dame hinter der Theke zu.

»Grüß Gott, ich bin die Marlene Landmann, ich würd mich bei Ihnen gern um die Stelle als Friseuse bewerben, die Sie inseriert ham«, sagte sie entschlossen, obwohl sie sich gerade wie eine Hochstaplerin vorkam.

»Bei mir nicht«, entgegnete die Dame. »Wenn, dann bei Herrn Keller, aber der ist zu Tisch.«

»Oh, schon so früh?«
»Lassen Sie mir Ihre Unterlagen da, dann gebe ich sie ihm.«
»Ich hab g'hofft, ich könnt ihn persönlich sprechen. Darf ich warten?«

»Gleich hier.« Die Dame deutete auf die Sitzgruppe, auf deren Resopaltischchen die *Elegante Welt* und *MADAME* – die Zeitschrift der gepflegten Frau – lagen, mit der neuesten Mode aus London und Paris, und für die Herren Automagazine. Leni blätterte durch die Haute Couture und beobachtete aus den Augenwinkeln die Friseusen in ihren weißen Kitteln und deren Kundinnen unter roséfarbenen Frisierumhängen. Sie saßen auf höhenverstellbaren, mit rotem Kunstleder bezogenen Stühlen unter Trockenhauben, die an der Decke über ihnen befestigt waren und nur heruntergezogen werden mussten, lasen, rauchten oder tranken Sekt aus funkelnden Kristallgläsern. Leni zählte auf der Stirnseite des Salons vier Stühle, und möglicherweise standen weitere hinter der halben Wand, die den Damensalon von dem kleineren Bereich der Herren abtrennte. Ein riesiger Philodendron diente als zusätzlicher Sichtschutz.

Ein Mädchen wusch einer Kundin Färbemittel aus dem Haar und wirkte nervös. Ein junger Bursche fegte den Boden, ein anderer verteilte mit ernstem Gesicht zu viel Haarwasser auf dem Kopf eines Herrn. Der frische alkoholische Duft stieg Leni in die Nase, und sie dachte an das selbst angesetzte Haarwasser, das ihre Mutter in ihrem Salon benutzte – Birkenblätter in Obstessig.

Das Telefon klingelte, die Dame hinter der Theke hob den Hörer ab: »Ja, natürlich, Frau Biederstedt, der Chef färbt persönlich, ich trage es ein. Und schneiden und legen wie immer bei Frau Berger?« Hinter ihr im Regal stand das neue Taft mit der Aufschrift: *Viel länger frisch frisiert.*

Der Herr, der jetzt hereinkam, trug eine rotgeblümte Fliege zu einem braunen Nadelstreifenanzug, ein Hemd mit goldenen

Manschettenknöpfen und ein schmales geschwungenes Bärtchen über der Oberlippe. Leni schätzte ihn auf Mitte vierzig, sein Haar war unnatürlich schwarz, und seine Bewegungen waren ausladend. An seiner linken Hand prangte ein Siegelring.

»Herr Keller, da ist ein Mädchen, das sich auf die Stelle bewerben möchte«, sagte die Dame am Empfang zu ihm und deutete auf Leni.

»Frau Mai wartet auf mich, Maria. Helga, auswaschen und durchkämmen!«, rief er dem Lehrmädchen zu. »Ich bin sofort da.«

»Frau Mai ist schon so weit«, sagte Helga, die bereits ein Handtuch um den Kopf der Kundin geschlungen hatte, und ihre Stimme zitterte.

Leni sprang auf. »Entschuldigung, Herr Keller, wenn ich stör, aber ich wollt mich gern persönlich vorstellen ...«

»Gesellenbrief«, unterbrach sie Keller, und Leni gab ihm ihre Unterlagen. »Ausbildungsbetrieb Käthe Landmann, Friseurmeister, Hebertshausen«, las er vor. »Wo ist das?«

»In der Nähe von Dachau. Der Salon meiner Mutter.«

Keller sah Leni abfällig an. »*Oh, my goodness!* Sie kommt vom Land«, seufzte er. »Wo soll ich denn da anfangen? Der Dialekt, die schlichte Erscheinung und kein Blick für Gestaltung.« Er sah auf ihre staubigen Schuhe, und Leni schluckte. »Junge Dame, Sie sind hier im Salon Keller, der ersten Adresse der Stadt.«

»Ich weiß, Herr Keller, ich ...«

»Und dann nur drei Jahre Berufserfahrung! Nein, ausgeschlossen, ich bedaure.« Keller ging zu seiner Kundin und ließ Leni einfach stehen. Sie überlegte, ob sie noch etwas sagen sollte. »Verzeihung, Herr Keller!«

»Was ist denn noch?« Er zog eine Augenbraue hoch.

»Die Farb bei der Frau Mai is zu früh ausg'waschen worden. Des Blond hat jetzt an Blaustich.«

»Bitte?« Er sah sein Lehrmädchen entsetzt an, und die nickte kaum merklich.

»Sie sollten die Haar noch amal mit zweiprozentigem Wasserstoffsuperoxyd bestreichen«, schlug Leni vor, »damit die Oxydation wieder anläuft. Pfüa Gott.«

Draußen kämpfte Leni mit den Tränen. Sie musste in die Haimhauserstraße, wo Hans zur Untermiete wohnte, und fragte, nachdem sie sich etwas beruhigt hatte, eine Passantin nach dem Weg.

»Zu Fuß brauchen Sie vielleicht zwanzig Minuten«, klärte die Dame sie auf, »aber mit der Trambahn keine fünf Minuten. Immer nur die Ludwigstraße hinunter und die Leopold entlang.«

Diesmal kaufte Leni ihre Fahrkarte bei einer Schaffnerin mit feschem Kurzhaarschnitt, die genau wie ihre männlichen Kollegen Uniform trug und den Galoppwechsler für das Kleingeld umgehängt hatte.

Die Straßenbahn fuhr an der Universität vorbei, an der Hans studierte. Viele seiner Vorlesungen fanden in den Instituten rund um das Sendlinger Tor statt, hatte er ihr erzählt, aber das hier musste das Hauptgebäude am Geschwister-Scholl-Platz sein. Auf beiden Seiten der Straße standen große Springbrunnen, neben denen sich Studenten verschiedenster Nationen niedergelassen hatten und die Sonne genossen. Leni sah zwei Inderinnen im Sari und junge Männer mit schulterlangen Haaren. *So fühlt sich Freiheit an*, dachte sie, *der Schritt ins Ungewisse, wo etwas wartet, jenseits der ausgetretenen Pfade.* Wie sehr sie ihren Bruder darum beneidete!

Die Schaffnerin tippte sie an, als sie an der Münchner Freiheit aussteigen musste, und Leni bedankte sich und wünschte ihr einen schönen Tag.

»Das wird er«, gab die junge Frau zurück, »nach Feierabend, wenn ich die Verkleidung los bin.«

An der gesuchten Adresse stand kein Haus. Leni sah nur

eine bröckelnde Fassade. Sie versicherte sich, dass sie die richtige Hausnummer notiert hatte, überquerte dann einen Hof und fand den Namen von Hans' Vermietern am Rückgebäude auf einem provisorischen Klingelschild. Die Tür zum Hausflur war nicht verschlossen. Sie ging hinein und klopfte im zweiten Stock. Ein alter Herr in Anzug und Krawatte öffnete ihr. »Ja, bitte?« Er trug ein seidenes Einstecktuch.

»Sind Sie der Herr Pohl?«

»Ja.«

»Mein Name is Leni Landmann, ich bin die Schwester vom Hans«, sagte sie, und ein Lächeln ging über sein Gesicht.

»Das Fräulein Landmann, wie schön, kommen Sie doch herein.«

»Is er da?«

»Das Zimmer hinten links, ich sage ihm Bescheid.«

»Danke.«

»Darf ich Ihnen vielleicht eine Tasse Tee anbieten? Meine Frau hat gerade etwas aufgebrüht, das entfernt an Earl Grey erinnert.«

»Des wär sehr nett. Ich bin seit heut früh unterwegs.«

»Dann setzen Sie sich doch zu uns ins Wohnzimmer, und ich hole Ihren Bruder. Hildchen, wir haben Besuch!«, rief er in die Küche.

Bald saßen sie alle zusammen um einen Tisch herum, der kaum genug Platz für die vier Tassen und die bauchige Teekanne bot. Ihr Deckel hatte einen Sprung, er wurde nur vom Tropfenfänger zusammengehalten. Leni sah sich um. Die wenigen Möbel der Pohls schienen zusammengetragen zu sein, die Vorhänge waren verschlissen, ein paar schöne Landschaftsbilder schmückten die Wände, und neben einem der hohen Fenster stand ein Flügel. Von der Decke blätterte der Putz.

»Du hättest doch nicht extra herkommen müssen«, sagte Hans, der müde aussah.

»Ich wollt sowieso was in München erledigen«, erwiderte Leni, und Frau Pohl schenkte den Tee ein. Sie hatte neben ihrem Mann auf dem Sofa Platz genommen und hielt seine Hand. Genau wie er war auch sie adrett gekleidet, ein wenig aus der Mode, aber farblich auf ihn abgestimmt. Ihr silbernes Haar schimmerte gepflegt.

»Und da hat die Mutter dich allein fahren lassen? Unter der Woche?«, fragte Hans.

»Ich hab ihr gesagt, dass ich mir anschauen will, wo du jetzt wohnst, und dir dein Geld bringe.« Wie gern hätte sie Hans von ihren Plänen und dem verunglückten Vorstellungsgespräch erzählt, aber dann hätte sie vor seinen Vermietern, die sie kaum kannte, zugeben müssen, dass sie ihre Mutter belogen hatte.

Von der Decke rieselte der Putz in Herrn Pohls Teetasse. Leni sah nach oben und entdeckte einen Wasserschaden, der die Aufhängung des Kristallleuchters dunkel umrahmte.

»Stellen wir uns vor, es wäre Zucker«, sagte Herr Pohl.

»Wird er halten, Theo, was meinst du?« Seine Frau blickte unschlüssig zum Leuchter hinauf.

»Unser Hans hier sagt, der Balken, an dem er hängt, ist tadellos. Für alles andere kann ich nicht sprechen, Hildchen, aber der Balken hält.« Die Pohls nickten sich aufmunternd zu.

»Wir lassen Sie beide jetzt mal allein«, meinte Herr Pohl wenig später und stand auf. »Bleiben Sie und plaudern Sie noch miteinander.«

»Danke, des is sehr nett, Herr Pohl«, sagte Leni.

»Aber rutschen Sie ein bisschen nach links, Fräulein Landmann, sonst kann ich nicht für Ihre Unversehrtheit garantieren.«

»Theo, du machst der jungen Dame Angst!«

»Nicht doch, Hildchen, das Fräulein hat starke Nerven, das sehe ich doch. Genau wie du.«

Ehe Herr Pohl die Türe hinter sich zuzog, sah Leni noch,

wie er seine Frau im Flur küsste und sie ihm die Krawatte richtete.

»Übrigens, hier ist dein Geld, Hans«, sagte sie zu ihrem Bruder und gab ihm ein Kuvert. »Zweihundertvierzig Mark, mehr bekommen wir diesmal net zamm.«

»Sag der Mutter danke von mir.«

»Sag's ihr am Wochenende selber.«

»Leni, ich kann nicht kommen, ich muss lernen. In vier Wochen fangen die Semesterferien an, wir haben Prüfungen.«

»Sind die sehr schwer?«

»Ja.«

»Bald hast du's ja geschafft«, versuchte Leni ihren Bruder aufzumuntern, »und dann bist du ein richtiger Arzt.«

Hans nickte und schwieg. »Weißt du noch, Leni, früher im Baumhaus, da haben wir uns immer alles erzählt«, sagte er nach einer Weile und zündete sich eine Zigarette an.

»Gibt's denn was, des du mir erzählen magst?«

»Nein …«, kam es zögernd. »Aber ich habe das Gefühl, dass *dir* etwas auf der Seele liegt. Du bist doch nicht nur meinetwegen nach München gekommen, oder?«

Leni schüttelte den Kopf.

»Und warum dann?«

»Ich hab mich im Salon Keller am Hofgarten für eine Stelle als Friseuse beworben.«

»Heimlich?«

»Ja, erst mal schon, falls es nicht klappt.« Und das tat es ja wohl eindeutig nicht!

Leni stand auf und ging durchs Zimmer. Sie sah sich die Fotos an, die auf dem Flügel in Silberrahmen standen – Herr und Frau Pohl auf einem Faschingsball, sie als Ägypterin verkleidet und er in einer römischen Toga. Das Bild musste an die dreißig Jahre alt sein. In einem Regal entdeckte sie Trophäen von Tanzwettbewerben aus den Zwanzigerjahren und stapelweise Notenhefte.

»Is er Musiker, der Herr Pohl?«, fragte sie und strich über den glänzenden Flügel.

»Ja, Pianist. Er hat vor dem Krieg in allen großen Konzerthäusern der Welt gespielt und war lange im Orchester des Staatstheaters am Gärtnerplatz. Seine Frau hat dort getanzt, so haben sie sich kennengelernt.«

Herr Pohl klopfte. »Entschuldigung, störe ich?«

»Nein«, sagte Hans. »Meine Schwester hat gerade Ihren Flügel bestaunt. Würden Sie vielleicht etwas für sie spielen?«

»In Wahrheit spielt man immer nur für sich selbst«, antwortete der alte Herr erfreut über Hans' Bitte und öffnete die Fenster.

Draußen war es wunderbar warm. Ein Bilderbuchtag, den viele Studenten im Englischen Garten und an der Isar anstatt in ihren Hörsälen verbrachten. Herr Pohl setzte sich an den Flügel, griff in die Tasten und spielte *Summertime*, während seine Frau in der Tür stehen blieb und ihn betrachtete. Die Klänge erfüllten den ganzen Raum und schwebten in den Hof hinaus.

»Welche Musik hören Sie, Fräulein Landmann?«, fragte er am Ende des Stücks.

»Leni liebt Sinatra«, antwortete Hans für sie.

»Ah ...«

Hans' Vermieter horchte in sich hinein, fand die gesuchte Melodie und ließ seine Hände wieder über die Tasten wandern. »*April in Paris*«, erklärte er, denn ohne die Orchestrierung und Sinatras Stimme war das Lied kaum zu erkennen. »Hildchen und ich sind über die Champs-Élysées spaziert, die Allee der elysischen Felder. Erinnerst du dich, mein Herz?«, fragte er seine Frau. Sie stand noch immer im Türrahmen, lächelte verträumt und nickte. »Das erste Grün an den Bäumen und du in deinem gelben Kleid ...« Jeder Ton schien Leni eine Liebeserklärung zu sein, jeder Anschlag der Tasten barg für die beiden eine Erinnerung.

»Danke, Herr Pohl, das war wunderschön«, sagte sie, als der alte Mann den Deckel über den Tasten schloss.
»Vielleicht noch eine Tasse Tee?«, bot seine Frau an.
»Nein, danke, Frau Pohl, ich muss leider schon gehen, damit ich meinen Zug net verpass. Ich sperr um zwei unser G'schäft wieder auf, wenn die Mama die Leut im Krankenhaus frisiert.«
»Ich bringe dich zum Bahnhof«, sagte Hans.

Leni setzte sich im Damensitz auf den Gepäckträger seines alten Fahrrads und hielt sich an ihm fest. So wie früher, den Berg hinunter und nach Dachau zum Zauner in die Augsburger Straße, um eine neue Tafel für die Schule zu kaufen. Hans hatte seine immer wieder zerbrochen, wenn er und der Rudi im Winter auf ihren Schulranzen den verschneiten Hügel hinuntergesaust waren.

Auf dem Weg zum Marienplatz staunte Leni über die Kranlandschaft und wie sich in dieser Stadt in jede noch so kleine Baulücke ein provisorischer Laden drückte. *Das ist wie in unseren Gemüsebeeten*, dachte sie, *da kommt auch in jeder Furche etwas hoch, das leben will.* Und dann der Verkehr! Leni hielt ihren weiten Rock zusammen, damit er nicht in die Speichen geriet, und Hans umrundete auf dem überfüllten Stachus einen Polizisten, der auf einer Verkehrskanzel stand und versuchte, Ordnung ins Chaos zu bringen. Im Windschatten eines Lastwagens ging es am Pini-Haus mit den bunten Leuchtreklamen vorbei und weiter zum Bahnhof.

»Glaubst du, dass du die Stelle bekommst?«, fragte Hans, als sie wenig später zusammen auf dem Bahnsteig standen. Lenis Zug war schon eingefahren.

»Nein, ich glaub net. Die wollen jemand, der net so provinziell is und keinen Dialekt spricht.«

»So ein Unsinn, du bist doch nicht provinziell! Ich glaube, ich muss da mal hin und mit diesem Keller ein Wörtchen reden.«

»*Oh, my goodness*«, rief Leni und musste plötzlich lachen. Denn so sehr sie der Rückschlag auch schmerzte, beschloss sie, sie würde sich davon nicht den Wind aus den Segeln nehmen lassen!

3

Das Medizinische Quartett hatte sich an diesem Abend im Club Cubana im Studio 15 an der Leopoldstraße verabredet. Georg, Karl und Frieda – Hans' engste Freunde und Kommilitonen – wohnten wie er in der Nähe. Georg, den alle Schorsch nannten, mit seinem Vater, einem Postbeamten im gehobenen Dienst, in einer Genossenschaftswohnung in der Ansprengerstraße, Karl, dessen Vater Chefarzt der Kinderklinik an der Lachnerstraße war, bei seinen Eltern in einer schmucken Villa am Englischen Garten und Frieda in einem Studentenwohnheim. Sie finanzierte ihr Studium als Einzige selbst mit der Arbeit als Straßenbahnschaffnerin und lernte noch, wenn sie nachts aus den Clubs zurückkam.

»Heute tritt die de Vet auf«, sagte Karl, als sie sich vor der umgewidmeten Villa in Uni-Nähe trafen, über deren Rundbogenfenstern in großen weißen Lettern *STUDIO 15* stand, »und für den Kurvenengel lege ich gern ein paar Mark mehr an.« Er fuhr sich filmreif durchs Haar, und Hans wusste, dass er ihm auch heute wieder jedes hübsche Mädchen ausspannen würde, mit dem er sprach. Sie konnten Karl einfach nicht widerstehen – das hübsche Gesicht, die saloppe Frisur, der verletzte Blick – wer ihn ansah, dachte an James Dean und entdeckte erst auf den zweiten Blick die Narbe über der rechten Augenbraue. Einen Schmiss, der von einem Fechtkampf stammte, einer Pflichtmensur von Karls Studentencorps. Manchmal beneidete Hans ihn um sein sorgloses Leben, das reiche Elternhaus, die guten Beziehungen und die Unbekümmertheit, mit der Karl studierte. Aber wie er mit Frauen umging, die er als »Eintagszahn« oder »Appetithappen« bezeichnete, gefiel Hans weniger. »Die sind selbst schuld, die dummen Hühner, wenn sie sich von ihm abschleppen lassen«, sagte Frieda oft, »so einer wie unser Karl *kann* dir doch nur das Herz brechen.«

»Du findest ihn also auch unwiderstehlich?«

»Ich finde keinen von euch unwiderstehlich, ich habe was im Kopf und verliebe mich nicht, nur um mich dann mit einem Doktortitel in einer schicken Einbauküche wiederzufinden und mit Frauengold zu betrinken.«

Frieda nahm kein Blatt vor den Mund. Sie war es, die Hans von seinen Freunden am meisten imponierte. Ein Hosenmädchen mit Kurzhaarschnitt, das immer einen Gedichtband in der Tasche hatte und genauso gut Literatur oder Germanistik hätte studieren können. Aber in der Medizin könne sie mehr bewegen, meinte sie, und den Frauen, die nach ihr studierten, den Weg ebnen. Ihr Engagement hielt alle bei der Stange: Karl, der lieber feierte als lernte, Schorsch, der sich manchmal in Tagträumen verlor, und sogar Hans selbst, dem es von allen am schwersten fiel, den komplexen Stoff zu behalten. Doch Frieda ließ ihn das nie spüren. Sie war fast wie eine Mutter, die jedes ihrer Kinder mit Nachsicht betrachtete, und – wenn nötig – auch ein General, der Dienstpläne aufstellte.

»Dann kannst du mich ja einladen«, sagte sie jetzt zu Karl, »vorausgesetzt, wir kommen am Portier vorbei.«

Im Studio 15 befand sich einer der wenigen Jazzclubs der Stadt, in dem es etwas formeller zuging. Die meisten drückten sich in irgendwelche Keller und schenkten hauptsächlich Bier aus. So wie der Keller-Club in Freimann, in dem man schon mal Dizzy Gillespie oder Ella Fitzgerald antreffen konnte, wenn sie nach einem ihrer Konzerte in der Kongresshalle vorbeischauten. Das Fendilator, die Tarantel, das Gisela und das Tabu, das Romy Schneiders Stiefvater gehörte und in dem Hans oft an den Lippen des Trompeters Hansi Küffner hing, waren ihre Stamm-

Clubs. Und manchmal, wenn Hans seine Beziehungen spielen ließ, kamen sie auch in die Offiziersclubs der Amerikaner, in denen der Jazz in dieser Stadt nach dem Krieg wiederauferstanden war. Freddie Brocksieper, der Eigentümer des Club Cubana, hatte schon vorher in großen Orchestern und dann in Goebbels-Propaganda-Band *Charlie And His Orchestra* Jazz gespielt. Er war ein ungemein guter Schlagzeuger und versammelte die Großen um sich: Lionel Hampton, Count Basie oder Nat »King« Cole. Wenn die unter der gestreiften Markise, die seine Bühne im Club überdachte, mit seiner Stammbesetzung jammten, stand Hans wie gebannt an der Bar und bewegte seine Finger, als würde er selbst die Ventile drücken.

»Lasst mich nur machen«, sagte Karl und zückte einen Geldschein, »ich kenne da ein Zauberwort.«

Der Club Cubana war brechend voll und die Luft so stickig und verraucht, dass die vier kaum die gegenüberliegende Wand erkennen konnten. Karl bestellte für alle zum Aufwärmen eine Runde Korn – »Den mit zweiunddreißig Volt!« – und steckte sich eine Chesterfield hinters Ohr, ehe er in der Menge verschwand.

Mariette de Vet kam auf die Bühne, sie sang *I must have that man*. Dabei lehnte sie lasziv am Piano, auf dem ein gut gefülltes Glas Whiskey stand und ein Aschenbecher, der überquoll. Hans hörte ihr von der Bar aus zu und verstand, was Karl an ihr gefiel, auch wenn er fand, dass ihr Sex-Appeal etwas zu aufgesetzt war. Erotik ohne Gefühl.

»Willst du tanzen?« Ein Mädchen versperrte ihm die Sicht auf den Trompeter, der gerade makellose Linien spielte. Sie hatte fröhliche Augen hinter runden Brillengläsern und ein Glas in der Hand.

»Später vielleicht«, sagte Hans abgelenkt, »ich bin eben erst gekommen«, und sah wieder zur Bühne hinüber. Wie gern würde er selbst dort stehen und sich die Seele aus dem Leib blasen, bis der Boden bebte und die Töne allen wie ein Zittern durch den Körper fuhren.

An einem der Tische in der ersten Reihe bemerkte er eine Blondine in einem engen roten Abendkleid. Die Musik schien förmlich durch sie hindurchzufließen, und ihr schöner Köper schwang im Rhythmus der Bassläufe mit. Sie war mit einem Mann da, der wie ein Generalvertreter aussah und auf sie einredete.

Als die de Vet nach zwei weiteren Liedern die Bühne verließ und Freddies Band *Bugle Call Rag* anstimmte, tauchte das Mädchen wieder auf und lächelte Hans an. »Tanzt du jetzt mit mir?«, fragte sie, und er ging mit ihr auf die Tanzfläche.

Karl hatte ihm den Lindy Hop beigebracht, ein paar Grundschritte – Triple Step und Kick Steps – und reichlich Improvisation. Das Mädchen, sie hieß Gisi, konnte ihn richtig gut. Die Band spielte aus allen Rohren, und sie tanzten ausgelassen, bis ein junger Mann Gisi mitten in einer Drehung an sich zog und sie mit ihm nahtlos in einen Lindy Charleston wechselte. Gisi zuckte entschuldigend mit den Schultern.

Hans kehrte zur Bar zurück und sah sich nach seinen Freunden um. Frieda lehnte mit Schorsch an der Wand neben der Tür zu den Toiletten. Hans wollte gerade zu ihnen hinübergehen, als er eine weiche warme Stimme hinter sich hörte, die den Barmann um Feuer bat. *Blues,* dachte er sofort, *so klingt Blues* – sanfte, melancholische Akkorde. Er zückte sein Zippo und drehte sich um. »Darf ich?«, fragte er und sah in blaue Augen.

»Gerne, danke«, erwiderte die Blondine, die er vorhin an ihrem Tisch beobachtet hatte. Sie lehnte sich ihm, die Zigarette zwischen den vollen Lippen, entgegen. Nur ganz leicht, nur ein paar Millimeter, es war beinahe nur die Intention einer Bewegung.

»Ich heiße Hans«, sagte er und spürte, wie nervös er war, »Hans Landmann. Und du?« Hätte er sie siezen sollen? Aber sie waren im Club Cubana, hier siezte sich niemand.

»Charlotte. Charlotte Lembke.«

Sie war jünger, als er zunächst gedacht hatte, vielleicht Mitte zwanzig und wirkte reserviert. »Bist du öfter hier?«, fragte er und kam sich wie ein Schuljunge vor.

»Nur, wenn mein Mann nicht zu müde ist. Er arbeitet viel.«

Hans bemerkte den Ring an ihrem Finger und ihren verzagten Blick. Sie erinnerte ihn an Lenis Kater, der zusammenzuckte, sobald jemand eine schnelle Bewegung machte, weil er wohl schlechte Erfahrungen gemacht hatte. Die kannte Hans auch. Sie schrieben sich einem ins Fleisch.

»Na, Satchmo, spielst du später was für uns?« Piet, ein Saxophonist, den Hans aus dem Fendilator kannte, sprach ihn an. Irgendwie trafen sich immer dieselben Leute, Vollblutmusiker, Profis wie Laien, Amerikaner wie Deutsche, schwarz und weiß. Wenn der letzte Gast gegangen war, veranstalteten sie in den Clubs spontane Jamsessions. Da gab einer ein Thema vor, ein anderer wandelte es ab, und dann wurde frei variiert. Manche beschrieben diese nächtlichen Zusammenkünfte als Untergang des Abend- und Morgenlandes, andere als komprimierten Wahnsinn, aber Hans kamen sie eher wie ein heftiger Stromschlag vor, der ihn jedes Mal wieder ins Leben zurückkatapultierte.

»Klar, ich habe sie dabei, Piet«, sagte er und deutete hinter den Tresen.

Als Hans damals in Dachau vor der Musikalienhandlung gestanden hatte, um seine Trompete zu verkaufen, hatte er seinen ältesten Freund, den Wegener Rudi, wiedergesehen, der zu der Zeit schon in der Papierfabrik gearbeitet hatte. »Servus, Rudi«, hatte er ihn begrüßt.

»Servus, Hans.«
»Wie geht es dir?«
Still war er gewesen, der Rudi, und bedrückt. Das hatte schon angefangen, bevor Hans aufs Gymnasium gekommen war, und war dann immer schlimmer geworden. »Sie sagen alle nix«, hatte er ihm geantwortet und auf den Tag am Hebertshausener Schießplatz angespielt, der ihnen die Unschuld geraubt hatte.
»Wir haben doch auch nichts gesagt, Rudi.«
»Weil's uns abg'holt hätten für des, was wir da mitbekommen ham!«
»Genau.«
»Aber jetzt, wo's vorbei is, da müssten's doch was sagen.«
»Vielleicht ist es nicht vorbei, Rudi. Vielleicht wird es nie vorbei sein«, hatte Hans gesagt und die Ignoranz gemeint, die die Menschen im Schatten des Konzentrationslagers an den Tag gelegt hatten, obwohl die blanke Verzweiflung aus dem Schornstein des Krematoriums aufgestiegen war. Die Blindheit, mit der sie die bemitleidenswerten Gestalten, die er als Kind auf der Hauptstraße in Hebertshausen gesehen hatte, einfach ausgeblendet hatten. Kahl geschorene Männer – auch solche, die sie gekannt hatten –, die wie Vieh zum Arbeitseinsatz nach Ampermoching getrieben worden waren. »Die Seidenbergerin steckt ihnen schon was zu, Bub«, hatte seine Mutter damals zu ihm gesagt und ihn weggezogen.
»Ich geh da fei oft hin, weißt'«, hatte der Rudi ihm mit leerem Blick anvertraut, »auf den Schießplatz. Ich setz mich ins Gras und bet. Und du?«
»Ich spiele Trompete.«
An diesem Tag vor der Musikalienhandlung hatte der Rudi ausgesehen wie die armen Teufel, die sie ihnen bei den Visiten in der Nervenklinik zur Beurteilung vorführten. Und hätte Hans seine Trompete nicht gehabt, wäre es ihm vielleicht ähnlich ergangen. Wie hätte er sie da verkaufen können?

»Welches Instrument spielst du?«, fragte ihn Charlotte und holte ihn aus seinen Gedanken zurück.

»Der Junge ist Trompeter, und sein Blech fetzt ganz schön«, antwortete Piet für ihn. »Dann bis später, Satchmo.«

»Ja, bis später.«

»Ich sollte auch gehen«, meinte Charlotte und sah zu ihrem Tisch hinüber. Er war leer.

»Nein, bitte, bleib!« Hans nahm seinen ganzen Mut zusammen. »Würdest du mit mir tanzen? Nur einmal?«

Freddies Combo stimmte *It's Always You* an, und die de Vet kehrte auf die Bühne zurück.

»Willst du mich nicht vorstellen?« Karl hing plötzlich an Hans' Schulter und nahm Charlotte ins Visier, was Hans nicht überraschte.

»Das ist Charlotte«, sagte er zu seinem Freund und wollte mit ihr auf die Tanzfläche, als Karl sich prompt dazwischenschob.

»Und ich bin Karl. Freut mich, Charlie.«

»Mich auch«, entgegnete sie und sah Hans fragend an. »Wollen wir?«

Hans' Herz blieb kurz stehen. Es gab keine Frau, die Karl für ihn links liegen ließ, und doch stand sie jetzt vor ihm und zog ihn sogar auf die Tanzfläche.

Hans umfasste ihre Taille und versank in den Klängen des Pianos. Das Lied war verdammt langsam, die de Vet kostete jede Note aus, und die Paare kamen sich näher. Gisi tanzte jetzt mit Schorsch und schmiegte sich an ihn. Bestimmt hatte sie ihn aufgefordert, und Schorsch, der sonst nie tanzte, hatte sie nicht abweisen wollen. Niemand respektierte die Gefühle anderer so sehr wie er.

Die de Vet sang: »*Funny, each time I fall in love, it's always you*«, und Hans wünschte sich, der Moment möge nicht enden. Er spürte, wie Charlotte ihn ansah, aber er traute sich nicht, ihr in die Augen zu schauen. Karl hätte es getan und ihre Blicke deuten können, aber Hans fehlte die Erfahrung mit Frauen. Da war nur diese eine gewesen, die im Fendilator zu viel getrunken und ihn mit zu sich nach Hause genommen hatte, wo sie miteinander geschlafen hatten. Sie hatten sich eine Weile lang getroffen, aber sie hatten sich nicht geliebt. Hans wusste nicht, wie sich Liebe anfühlte, aber womöglich begann sie so.

»Du benimmst dich wie ein Flittchen!« Charlottes Mann war wie aus dem Nichts aufgetaucht. Er griff nach ihrem Handgelenk und zog sie von der Tanzfläche.

»Aber Kurt, wir haben doch nur miteinander getanzt. Du warst plötzlich weg, und ich hab nur …«

»Nur getanzt? In meiner Welt nennt man das anders.«

»Brauchst du Hilfe, Charlotte?« Hans hatte sich durch die Menge zu ihr durchgekämpft.

»Misch dich da ja nicht ein, Bürschchen«, schrie Lembke ihn an. »Wir gehen, Charlotte!«

Die Musik wechselte, Freddie Brocksieper spielte jetzt ein Solo auf seinem Schlagzeug, und das Publikum tobte. Charlottes Mann versuchte, sie nach draußen zu ziehen, da stellte sich ihm Frieda in den Weg, die Hans und Charlotte schon eine ganze Weile beobachtet hatte.

»Sie werden sich doch nicht an einem Mädchen vergreifen«, sagte sie laut.

»Sie ist kein Mädchen, sie ist meine Frau!«, brüllte Lembke.

»Na, dann wollen wir doch erst recht gesittet bleiben.«

Lembke sah aus, als wolle er Frieda schlagen, da sprang Karl ihr zur Seite und fragte flapsig: »Jungfrauen in Not?«

»Der Herr war nur ein bisschen grob zu seiner Gattin«, klärte Frieda ihn auf, und der Barmann kam hinter dem Tresen hervor. Als Lembke sah, wie er sich vor ihm aufbaute, verließ er den Club.

»Es tut mir leid, Charlotte«, sagte Hans. »Ich wollte dich nicht in Schwierigkeiten bringen.«

»Er ist sonst nicht so«, verteidigte sie ihren Mann.
»Und was machst du jetzt?«
»Wenn er ohne mich nach Hause gefahren ist, rufe ich mir ein Taxi.« Charlotte ging an ihren Tisch zurück, nahm ihre Stola und ihre Handtasche vom Stuhl und kam dann noch einmal zur Bar zurück. »Mach's gut, Hans«, sagte sie. »Ich hätte dich gern noch spielen gehört.«
Die Band stimmte ein neues Lied an: *Bei dir war es immer so schön.*
Kurz darauf tauchte Schorsch neben Hans auf, seine Krawatte baumelte offen um seinen Hals. »Ich glaube, ich gehe auch«, sagte er.
»Schon so früh? Was ist mit dem Mädchen?«
»Nichts, Gisi ist nett, aber ich habe noch was zu tun.« Schorsch klopfte Hans auf die Schulter. »Wir sehen uns morgen im Institut. Trink lieber noch was, du weißt, was auf dem Stundenplan steht.«
Hans stand unentschlossen an der Bar. Irgendwie war ihm nicht mehr nach so vielen Leuten. Er ließ sich seinen Trompetenkasten geben, verabschiedete sich von Frieda und Karl, der jetzt in jedem Arm ein Mädchen hielt, und ging ebenfalls.
Charlotte stand am Straßenrand, sie weinte.
»Kommt das Taxi nicht?«, fragte Hans.
Sie schüttelte den Kopf und wischte sich über die Wangen.
»Hast du es weit?«
»Bogenhausen.«
Hans reichte ihr sein Stofftaschentuch, ein Erbstück seines Vaters. »Fährt da nicht die Straßenbahn hin?«
»Der Bus, glaube ich.« Sie steckte es in ihre Handtasche.
»Soll ich dich begleiten?«
»Nein. Aber wenn du hier noch kurz mit mir warten würdest, das wäre sehr nett.«
Hans stellte seinen Trompetenkasten ab, öffnete ihn und

nahm sein Instrument heraus. Er setzte es an die Lippen, blies die ersten Takte von *My Funny Valentine* und sang dann leise: »*My funny valentine, sweet comic valentine, you make me smile with my heart* ...«

Die Leute, die vorbeischlenderten, drehten sich nach ihm um, und Charlotte sah ihn überrascht an. Ein Taxi näherte sich, sie hob den Arm und winkte. Ihre Stola verrutschte, und ihre Schultern leuchteten im Mondlicht.

»*Your looks are laughable, unphotographable* ...«, sang Hans weiter, und sie musste lachen.

»Komisch und unfotogen?«, fragte sie ihn, und er setzte seine Trompete wieder an die Lippen und spielte für sie, bis das Taxi mit ihr davonfuhr.

*

Schorsch ging zu Fuß nach Hause. Sein Weg führte ihn über die Herzogstraße zum Pündterplatz, wo er rechts in die Ansprengerstraße einbog. Das Schwabinger Krankenhaus war in der Nähe, das die Amerikaner noch immer beschlagnahmt hatten und als General Hospital betrieben.

Die warme Nachtluft tat ihm gut. So gern Schorsch mit seinen Freunden ausging – die laute Musik, die vielen Stimmen und das Gedränge strengten ihn an. Er zog die Stille vor, Spaziergänge durch den Englischen Garten, ein spontanes Picknick an der Isar zwischen den Vorlesungen, Treffen in kleiner Runde im Biergarten oder in einem der vielen Cafés, die ihre Tische draußen stehen hatten. Solange er nur an der frischen Luft war. Aber Frieda und Hans waren in den Jazzclubs zu Hause und Karl mit dabei, soweit es ihm die Verpflichtungen seines Corps erlaubten.

Die Straßenlaternen brannten, die Fenster der hohen Mehrfamilienhäuser waren hell erleuchtet, und die Sterne schienen.

Stimmungen, die Schorsch schon mit seiner Leica festgehalten hatte, mit langer Belichtungszeit und offener Blende.

Mit dem Fotografieren hatte er kurz nach dem Krieg angefangen, mit einer alten Kamera, die er an einem Lederriemen über der Schulter trug, wenn er die Stadt erkundete. Die Leute, die ihn beim Fotografieren beobachteten, dachten meist, dass er sich nur für die Fassaden interessierte, ein Architekturstudent womöglich, dabei sammelte er auch Seelen: die alte Bettlerin, die sich am Odeonsplatz wie Unkraut an den Asphalt und ans Leben klammerte; den feisten Geschäftsmann, der vor dem Hotel Königshof aus seinem schwarzen Mercedes-Benz 300 S mit Weißwandreifen stieg, die Welt im Gepäck; die Schönheit im Englischen Garten, die sich einsam in der Bewunderung seiner Linse spiegelte, oder die Kinder, die zwischen Ruinen spielten, als wäre es der Garten Eden. Er sammelte und bewahrte sie, die Schwachen und Starken, die Armen und Reichen und alle, die ihn berührten. So wie das Mädchen, das er am Vormittag am Hauptbahnhof getroffen hatte und deren Bild er heute noch entwickeln wollte. Ihres und das der anderen Reisenden, deren Gesichter er eingefangen hatte. In Schwarz-Weiß, nicht in Farbe, da ihm die Farbtonverschiebungen und Kontrastverfälschungen, die sich immer wieder ergaben, sobald sich die flüchtigen Augenblicke auf dem Fotopapier manifestierten, nicht behagten. Seine Welt bestand aus Grautönen und dem Paradox der Umkehrung: Was schwarz war, wurde weiß, die Schatten strahlten, das Licht war pure Dunkelheit, und dann begann die Verwandlung.

Schorsch schlüpfte schon im Treppenhaus aus seinen Schuhen und sperrte dann leise die Wohnungstür auf. Sein Vater schlief bereits, er stand früh auf und ging aufs Amt in die Oberpostdirektion in der Arnulfstraße. In der Küche stand noch das Geschirr von ihrem Abendessen, sie kochten spartanisch und sprachen nicht viel. Manchmal erzählte ihm sein Vater von seiner Arbeit und seiner Briefmarkensammlung und Schorsch ihm von seinen Vorlesungen: Teilbarfrankatur, Kalanderbug und Schmitzdruck als Metaphern für die Liebe und die Termini der Physiologischen Chemie als Synonyme versteckter Zärtlichkeit.

»Ich hab die violette Zwölf-Kreuzer bekommen, gezähnt, Schorsch, mit dem Mühlradstempel zweihundertneunzehn. Ein Kollege vom Amt kennt jemanden, der seine Sammlung auflöst.«

»Vielleicht hat er noch andere?«

»Nein, keine, die ich brauche. Der sammelt Europa.«

»Schade.«

»Ja, schade ... Und du?« Sein Vater deutete auf Schorschs Hausarbeit.

»Die Biosynthese von Molekülen und die zentrale Stellung der Glucose. Sechs Seiten«, antwortete er, und sein Vater nickte, ohne ein Wort zu verstehen, was auch nicht nötig war, denn er verstand ja die Bedeutung dahinter.

Schorsch würde die Teller nur in die Spüle stellen, beschloss er, und sie erst morgen früh abspülen, um seinen Vater nicht zu wecken. Das Licht brauchte er dann auch nicht extra anzumachen. Nur die rote Lampe in seiner Dunkelkammer, die er sich aus dem Rücklicht eines alten Fahrrads gebastelt hatte.

Die umgewidmete Speisekammer hinter der Küche war der Ort, an dem Schorsch alles andere vergaß. Den Ballast ließ er draußen, der nahm solange am Küchentisch Platz und hängte sich erst später wieder an ihn, wenn er über seinen Büchern brütete und seine Gedanken umherwandern ließ. Wenn er sich das Haus mit dem großen Garten vorstellte, in dem er einmal leben würde, sobald er sich als Landarzt in Murnau niedergelassen hatte, wo sie früher alle zusammen Urlaub gemacht hatten, bei seiner Tante Olli. Schorschs Schwester hatte ihm dort das Schwimmen beigebracht und er ihr, wie man flache Steine über den See springen ließ. *In meinem Garten werden Obstbäume ste-*

hen, dachte er oft, *und jede Menge Blumen wachsen.* Wie sehr hatte er ihre Farben im Krieg vermisst! In den Jahren, in denen keiner mehr richtig geschlafen und immer ein Koffer mit dem Nötigsten neben der Wohnungstür gestanden hatte. Als die Stadt nur noch aus Inseln der Normalität bestanden und sich drumherum die Hölle aufgetan hatte. Eine Hölle, über die niemand sprach, weil sie längst Alltag gewesen war.

Im schwachen Schein der roten Lampe goss Schorsch jetzt Entwicklerlösung in eine flache Schale, setzte das Unterbrechungsbad mit dem verdünnten Essig in einer zweiten Schale an und gab den Fixierer in die dritte. Er begann mit einer Probebelichtung, um die exakte Belichtungsdauer für seinen Abzug zu ermitteln. Sie variierte je nach Filmmaterial und Motiv zwischen zwei, vier oder sechs Sekunden, er entschied sich für letztere. Dann überprüfte er noch einmal die Position des Negativs in der Kleinbildbühne des Vergrößerungsapparats, bestimmte den Ausschnitt, öffnete die Blende und stellte scharf. Vorsichtig holte er das Fotopapier aus der Schachtel.

Nach der Belichtung war es immer noch weiß und das Bild unsichtbar. Schorsch nahm den Abzug, legte ihn in den Entwickler und schwenkte die Schale vorsichtig hin und her. Jetzt sah sie ihn wie durch einen dünnen Nebel hindurch an, aber vielleicht war sie auch selbst der Nebel, unwirklich und diffus. Nicht von dieser Welt.

Wo müssen Sie denn hin?
In die Ludwigstraße.

Zum Hofgarten hatte sie gesagt, und wenn er nur ein bisschen Schneid gehabt hätte, so wie Karl ihn hatte, dann hätte er ihr angeboten, sie zu begleiten. Und vielleicht hätten sie dann zusammen im Tambosi in der Sonne gesessen und Limonade getrunken.

Schorsch hasste sich dafür, dass er so schüchtern und verschlossen war. Dass er das, was in ihm vorging, nie in Worte fassen konnte. Warum konnte er denn nicht mehr wie Karl sein, fröhlich, unbekümmert und offen? Oder wenigstens wie Hans? Der hatte heute Abend die hübscheste Frau im Club angesprochen und mit ihr getanzt. Und wenn er auf der Bühne stand und Trompete spielte, dann legte er den Leuten sein Herz vor die Füße, da hielt er nichts von sich zurück – eine Seelenschau in Noten. Aber er? Er versteckte sich hinter der Linse seines Fotoapparats und studierte das Leben und die Menschen in der Nachschau.

Als Schorsch die Schwärzen auf dem Fotopapier wahrnahm, holte er es mit einer Zange aus der Schale, ließ es abtropfen und tauchte es anschließend in das Essigbad. Nur ein paar Sekunden, ihr Gesicht schwebte unter der Oberfläche der gelblichen Flüssigkeit. Wieder nahm er den Abzug aus der Schale und ließ ihn dann in die Fixierflüssigkeit gleiten. Sie verlieh dem vergänglichen Ausdruck Ewigkeit oder schenkte ihm zumindest Dauer. Weitere Minuten vergingen, in denen er wieder an die kurze Begegnung mit ihr am Hauptbahnhof dachte. Gab es Liebe auf den ersten Blick?

Zum Schluss hielt Schorsch das Bild über dem emaillierten Spülbecken, das ihm hier in der Dunkelkammer gute Dienste leistete, unter fließendes Wasser. Nun musste der Abzug nur noch trocknen, und er konnte den nächsten anfertigen. Den des alten Mannes im Speisesaal des Ledigenheims auf der Schwanthalerhöhe vielleicht, einem der vielen Entwurzelten, die noch immer wie Strandgut durch die Straßen der Stadt trieben. Hin und wieder steckte er ihnen etwas Geld zu oder setzte sich zu ihnen, und sie unterhielten sich, weil er nicht ertrug, wie geschäftig die meisten an diesen Menschen vorbeiliefen. Wie sie die Schwachen ausblendeten. Dabei war das Nichtgesehenwerden, das Übersehenwerden schlimmer als die beißende Kälte schutzloser Winternächte oder der nagende Hunger, denn es besiegelte das Verschwinden.

Acht bis zehn Vergrößerungen schaffte Schorsch in einer Nacht, bevor ihm die Augen zufielen, aber nicht heute. Heute nahm er das Foto des Mädchens und kehrte mit ihr in die Realität seiner Küche zurück. Setzte sich an den Tisch und betrachtete sie im flackernden Licht einer Kerze. Ihr Schein tanzte über den Herd und die kahlen Wände.

Ihre Augen waren in Wirklichkeit blau, tiefblau, das wusste Schorsch noch, wobei jeder seine eigene Wirklichkeit hatte. Ihre Haare waren rot, Schorsch sah sie vor sich, sie waren kupferrot, so wie die seiner Schwester. Und dann der Ausdruck des Staunens auf ihrem Gesicht ... Er hatte den Auslöser gedrückt, ohne dass sie es gewusst hatte. Die Leute wussten nie, dass er sie fotografierte, ihre Gesichter einfing und die Geschichten dahinter. Momentaufnahmen, ungestellt und wahrhaftig. Er fuhr die Linie ihrer Augenbrauen nach und die ihres energischen Kinns. Ihr Gesicht kam ihm vor wie ein kleines Gebet.

Aus dem Schlafzimmer seines Vaters drang ein Geräusch. Schorsch horchte in die Nacht. Manchmal schlief sein Vater unruhig, murmelte vor sich hin oder wachte schweißgebadet auf. Dann setzte er sich in die Küche und trank ein Glas Wasser, schlug seine Alben auf und versank in der kleinen gezackten Glückseligkeit, in der die Entwertung eine Aufwertung war. Die Bayern-Sammlung, die sein Vater seit Jahren vervollständigte – Kreuzer und Pfennige –, hatte er von einem früheren Nachbarn übernommen: Rudolf Sternberg, ein Freund der Familie, Buchhändler, Schöngeist und Philatelist. Sie war ein Erbe und eine Verpflichtung, ein Weg der Heilung für ein krankes Herz.

»Du solltest ins Bett gehen, Schorsch.« Sein Vater stand im Pyjama im Türrahmen, während Schorsch noch immer am Tisch saß und das Foto des Mädchens betrachtete. »Ist morgen nicht ...?«

»Ja.«

»Kannst du deshalb nicht schlafen?«

»Vielleicht.«

»Sorg dich nicht. Bald hast du es geschafft.«

»Ja, bald«, sagte Schorsch und dachte an die Praxis in Murnau, die er haben würde, das Haus und den Garten. Daran, dass er diese Stadt für immer verlassen würde.

4

Hans stand mit den anderen Medizinstudenten des achten Semesters in weißen Kitteln im Sektionssaal des Gerichtsmedizinischen Instituts. Vor ihnen lag ein Toter auf einem Stahltisch. »Kommen Sie ruhig etwas näher, meine Herren, der tut ihnen nichts«, sagte ihr Dozent, Dr. Brandstätter. Er war Mitte dreißig und damit nur unwesentlich älter als die meisten von ihnen, aber er vergaß genau wie seine älteren Kollegen immer noch die Anrede der weiblichen Studenten, was Frieda gleich kommentierte.

»Ja, treten Sie nur vor, meine Herren, Sie werden den Vorsprung brauchen.«

»Ich nicht«, erwiderte Karl, was Dr. Brandstätter mit einem Goethe-Zitat bedachte: »Es irrt der Mensch, solang' er strebt, Herr Bornheim!«

Heute stand der Sektionskurs auf dem Stundenplan – das komplette Obduzieren einer Leiche zur Bestimmung der Todesursache –, und Hans fühlte sich ins zweite Semester zurückversetzt. Er erinnerte sich noch mit Schrecken an seine ersten Präparierübungen an isolierten Organen und abgetrennten Gliedern und den kalten wächsernen Spenderkörper im großen Saal der Anatomischen Anstalt, dessen Nerven, Muskeln und Leitungsbahnen sie hatten freilegen müssen.

»Ich habe unseren Fritz getauft«, hatte Frieda an diesem Tag zu ihm und Schorsch gesagt, als sie routinierter als alle anderen das Skalpell angesetzt hatte. Karl war ihnen zu der Zeit noch ein Semester voraus gewesen und deshalb nicht mit dabei. Das Medizinische Quartett hatte sich erst in Hans' drittem Studienjahr zusammengefunden, um gemeinsam zu lernen und zu den Prüfungen anzutreten. »Ist ein Hübscher, finde ich«, hatte Frieda noch eins draufgesetzt, und ein Kommilitone war darauf eingestiegen: »Ist das ein Haarteil da auf seinem Kopf, oder sitzt seine Frisur nur schlecht?«

»Ich möchte dich mal sehen, nach ein paar Monaten in Fixierlösung.«

Hans hatte es gerade noch in die Waschräume geschafft und sich dort übergeben.

»Benennen Sie die Muskulatur, Landmann!«, hatte ihn sein Professor am Ende des Semesters aufgefordert – eines der üblichen Testate –, und Hans hatte nach wie vor gegen die Übelkeit und den stechenden Geruch angekämpft, den alle mit Minzöl zu vertreiben versuchten. Gegen den Kopfschmerz, den das Formalin verursachte, half es leider nicht. »Und zeigen Sie mir die genaue Position am Spender.«

»Musculus subscapularis, Musculus teres major, Musculus …« Hans stockte, die Hand auf dem großen ledrigen Rundmuskel.

»Latissimus dorsi, Landmann!«

»Richtig, Herr Professor. Musculus latissimus dorsi, Musculus triceps brachii…«, und das Ganze bis zum Musculus tibialis anterior hinunter. Zwischenzeitlich in Leichentrögen im Keller verwahrt, wurde so über mehrere Jahre an ein und demselben Körper gearbeitet, den die angehenden Mediziner nur als »Material« bezeichneten. Mangelware, seit die Amerikaner dem Leichendienst verboten hatten, die Körper hingerichteter Straftäter anzuliefern, und sie auf Spenderkörper angewiesen waren.

»Ich werde auf keinen Fall Chirurg«, sagte Schorsch jetzt zu ihm, »oder Gerichtsmediziner«, und holte Hans damit in den Sektionssaal zurück.

Dr. Brandstätter setzte gerade ein Messer an und zog einen langen Schnitt vom rechten zum linken Ohr des Toten am Haaransatz entlang. Hans sah weg und versuchte, an etwas anderes zu denken. An die kleinen spontanen Gesellschaften der Pohls, die in ihrer Wohnung Künstler um sich scharten: Maler, auf der Suche nach einer neuen Bildsprache und selbst ernannte Dichter, Sängerinnen oder Darsteller von Schwabinger Kleinkunstbühnen – ein kreativer Mikrokosmos, flankiert von Schinkenröllchen und angebrochenen Likörflaschen. Und an die Konzerte im Kongresssaal, zu denen sie ihn manchmal einluden, oder die Revue des Pariser Nachtclubs Lido im Deutschen Theater letzten Monat. Frau Pohl hatte gestrahlt wie ein junges Mädchen, als die Bluebell Girls in ihren spektakulären Kostümen aufgetreten waren, ein Ballett mit dreißig der schönsten Frauen, die Hans je gesehen hatte.

»Landmann, sind Sie noch bei uns?«

»Ja, Herr Doktor.«

»Dann bitte ich um Ihre Aufmerksamkeit, wenn ich jetzt gleich die Säge ansetze und den Schädel eröffne.«

Hans war kalt. »Natürlich, Herr Doktor«, sagte er und ließ seine Finger in Gedanken auf den Ventilen seiner Trompete tanzen. Vor zwei Wochen hatte er mit der Combo von Pepsi Auer im Fendilator gespielt und dafür seine erste Gage bekommen. Ihr Trompeter war an dem Abend ausgefallen, und er war eingesprungen. Hans hatte noch nie zuvor vor so vielen Leuten gespielt, abgesehen von den Festen in Hebertshausen – dem Osterschießen des Schützenvereins, dem sein Vater und Großvater angehört hatten, dem Maifest oder der Kirchweih –, wenn die Blaskapelle des Musikvereins aufmarschierte. Aber das ließ sich nicht vergleichen.

»Darf *ich* das vielleicht machen?« Frieda drängte sich nach vorn.

»Beherzt!«, konstatierte Dr. Brandstätter. »Aber leider nicht gestattet. Die Obduktion ist von einem Fachmann auszuführen, sonst entbehren die Ergebnisse jeder Beweiskraft.«

Das schabende Geräusch der Säge … die fahle Haut des Toten ... seine lidlosen Augen starrten Hans unverwandt an. So wie ...

Schemenhafte Bilder stiegen in ihm auf, und er hörte die Stimme vom Wegener Rudi. »Die finden uns nie!«

Sie hatten mit den Schulkameraden Räuber und Gendarm gespielt und sich im Gebüsch neben dem Schießplatz versteckt – da waren sie neun gewesen.

»Das ist verrückt, Rudi«, hatte Hans gesagt, »was ist, wenn die Soldaten uns sehen?«

»Der Platz ist doch leer, und die Hunde sind eingesperrt.«

Aber dann kamen plötzlich Lastwagen angefahren, sie luden Menschen ab – russische Kriegsgefangene, wie Hans heute wusste –, und überall wimmelte es von Angehörigen der Lager-SS. Die Angst war ihnen so in die Glieder gefahren, dass sie wie verrückt gezittert hatten und sich immer tiefer ins Gras gedrückt.

Dr. Brandstätter führte einen Längsschnitt von der Drosselgrube bis zum Schambein des Toten aus und forderte seine Studenten auf, mitzuschreiben und sich Zeichnungen anzufertigen, wenn er die Seiten des Toten herunterpräparierte und die Rippen freilegte. Sie verfolgten gespannt das Geschehen, nur Hans war noch immer beim Schießplatz.

Stillhalten, nicht hinhören und den Bildern im Kopf entfliehen. Dem Flehen, den Pistolenschüssen und dem Klang der berstenden Köpfe. Eine Stunde wie ein ganzer Tag. Hundert Leben wie ein Grashalm zertreten unter schweren Stiefeln.

Nachdem sie sich davongestohlen hatten, hatte sich Hans zu Hause reingeschlichen, an der Landmann-Oma vorbei, sich in sein Zimmer eingesperrt und Trompete gespielt – ohne Noten, wie die Schwarzen in Amerika, von denen der Musiklehrer ihm erzählt hatte. »Das heißt Blues, Hans. Da hörst du den Schmerz. Und jeder hat seine eigene Stimme.«

Die Studenten wurden zunehmend stiller, und sogar Karl, der seinem Vater schon bei Operationen zugesehen hatte und bei den Mensuren seines Corps Blut fließen sah, war heute angespannt. Dr. Brandstätter entnahm nun das Herz des Toten, und Schorsch war auf einmal genauso blass wie Hans.

»Welche Asservaten werden gesammelt?«, fragte Brandstätter in die Runde.

»Herzblut, Schenkelvenenblut, Leber- und Nierengewebe und Urin zur chemisch-toxikologischen Bestimmung«, zählte Frieda auf.

»Alles in Ordnung, Landmann?«

Hans weinte. Er weinte um die Schwarzen in einem weißen Land, die Russen vom Schießplatz, die Toten aus den Leichentrögen der Alten Anatomie und den, der da gerade vor ihm auf dem Tisch lag. Jeder Schnitt fuhr ihm selbst ins Fleisch und trennte ihn weiter von der Zukunft, die er sich erträumte.

»Gehen Sie an die frische Luft, Landmann, und schauen Sie sich später die Notizen Ihrer Kommilitonen an«, sagte Dr. Brandstätter.

»Danke, Herr Doktor.«

»Und wer denkt, er muss lachen, kann gleich mitgehen. Sie stoßen schon auch noch an Ihre Grenzen, meine Herren.«

»Danke, dass Sie mich da ausnehmen, Herr Doktor«, sagte Frieda, und Dr. Brandstätter lächelte leise.

Hans saß lange vor dem Institut. Er bemerkte gar nicht, dass es anfing zu regnen. Erst als Schorsch ihm nachkam und ihn unter ein Vordach zog, spürte er die nassen Sachen am Leib. »Denk dir nichts, Hans, die anderen überspielen es nur besser.«

»Ich schaffe das nicht, Schorsch«, gestand Hans seinem Freund.

»Du wärst ja auch viel besser auf dem Konservatorium aufgehoben.«

»Aber mein Vater hat sich nun mal die Medizin für mich gewünscht.«

»Das sagt sich leicht, wenn man nicht weiß, was dranhängt. Außerdem ist dein Vater doch tot.«

»Das erzähl mal meiner Mutter. Die steht heute noch jeden Morgen am Gartentor und hält nach ihm Ausschau.«

»Dieses Jahr sind die Letzten zurückgekommen, Hans, jetzt kommt keiner mehr«, sagte Schorsch.

»Ich weiß das und meine Schwester auch, aber unsere Mutter nicht.«

Hans zündete sich eine Zigarette an, rauchte und schwieg.

»Willst du denn immer noch Landarzt werden?«, fragte er Schorsch, und der nickte. »Würde dir die Stadt nicht fehlen?«

»Ich nehme ja meine Fotos mit.«

Der Regen hatte aufgehört, und die beiden schlenderten zum Eingang des Instituts zurück, um ihre Freunde nicht zu verpassen.

»Das war die Wucht in Tüten!«, rief ihnen Frieda dort kurz darauf zu, als sie mit Karl und einer Traube von Studenten herauskam. »Ihr habt wirklich was verpasst. Wir waren noch in der Leichenhalle.« Sie drückte Hans ihre Aufzeichnungen in die Hand. »Da, die wirst du brauchen, aber gib sie mir schnell zurück.«

Dr. Brandstätter verließ das Institut ebenfalls und kam auf die vier Freunde zu. »Meine Herren.«

»Tun wir einfach so, als wäre ich nicht da«, sagte Frieda.

»Entschuldigen Sie, Fräulein Schmidt, es ist eine alte, lästige Angewohnheit. Bitte verstehen Sie es nicht als Zurücksetzung.«

»Nicht doch, Herr Doktor, ich verstehe es als Sonderbehandlung.«

»Na, wenigstens haben Sie Humor. Den werden Sie brauchen, wenn erst Ihre Assistenzzeit beginnt.«

»Hoffen wir, dass die Herren Vorgesetzten ihn dann auch haben«, erwiderte Frieda salopp, und Dr. Brandstätter schmunzelte.

»Wie geht es Ihnen, Landmann?«, erkundigte er sich bei Hans.

»Besser, Herr Doktor, danke.«

»Kommen Sie doch in meine nächste Sprechstunde, dann können wir uns einmal in Ruhe unterhalten.«

»Jawohl, Herr Doktor.«

Dr. Brandstätter verabschiedete sich mit einem erneuten »Meine Herren«, und nickte Frieda dabei zu.

»Denkst du, er will dir raten, das Studium aufzugeben?«, fragte Schorsch Hans, als sie zu ihren Fahrrädern gingen. Karl nahm Frieda auf seinem Motorrad mit zum Geschwister-Scholl-Platz.

»Ich kann es jetzt nicht mehr aufgeben, Schorsch. Meine Mutter und meine Schwester haben dafür von früh bis spät gearbeitet. Ich kann ihnen doch nicht sagen, dass das alles umsonst gewesen ist.«

»Aber auch, wenn du durchkommst, willst du denn dann wirklich praktizieren?«, wollte Schorsch von Hans wissen.

»Ich könnte unterrichten«, antwortete er zweifelnd und dachte: *Oder mich gleich lebendig begraben lassen.* Das würde sich auch nicht anders anfühlen, als am Leben zu sein, ohne zu leben.

*

Nach ihrem missglückten Vorstellungsgespräch im Salon Keller hatte Leni im Zug gesessen, den Zeitungsausschnitt zerknüllt und in den Aschenbecher gedrückt. Sie war bis Allach ratlos gewesen, hatte ab Karlsfeld Mut gefasst und kurz vor dem Bahnhof Walpertshofen beschlossen, es im nächsten Jahr, wenn Hans sein Studium abgeschlossen haben würde, noch einmal woanders zu versuchen. Vielleicht im Salon Kölbl in Dachau. Und bis dahin würde sie ihre Kosmetikherstellung weiter vorantreiben und das Angebot des Herrn Albrecht von der Maximilian-Apotheke überdenken. Es schadete ja nicht, mehrere Eisen im Feuer zu haben, zumal sich ihre Arbeit langsam rechnete.

Am Sonntag nach dem Kirchgang kochte Leni deshalb neue Seifen. Sie verwendete dazu die Mazerate, die sie das ganze Jahr über ansetzte, sobald sich die ersten Blüten öffneten. Im März die kleinen violetten Duftveilchen, die als dicker Teppich im Halbschatten der Kastanie wuchsen und frühe Bienen und Schmetterlinge anzogen. Im Mai den Frauenmantel mit seinen samtenen Blättern, den sie auf einer abgelegenen Waldlichtung fand, und dann die üppigen Pfingstrosen. Und ab Juni die tröstlichen Ringelblumen, die die Landmann-Oma Morgenröte genannt hatte, und Rosen. Den Rosenstock neben der Haustür hatte Lenis Vater am Tag ihrer Geburt gepflanzt, er leuchtete glutrot und duftete intensiv.

Die Ringelblumen- und Pfingstrosenseifen waren schon fertig, jetzt wollte Leni noch Rosenseifen gießen. Ihre Mutter arbeitete derweil im Garten, wo Frank, der Kater, im Gemüsebeet schlief.

»Du darfst nicht hierbleiben«, hatte Leni zu ihm gesagt und ihn vor die Tür gesetzt, damit er ihr, wenn sie die Lauge anrührte, nicht um die Beine strich. Die aufsteigenden Dämpfe konnten die Atemwege verätzen und der kleinste Spritzer zu Verletzungen führen.

Leni hatte den Herd angeschürt, obwohl es draußen fast dreißig Grad waren, und im Erdgeschoss sämtliche Fenster und Türen geöffnet, um Durchzug zu schaffen. Der Schweiß lief ihr in Strömen übers Gesicht, sie tupfte ihn immer wieder mit einem Geschirrtuch ab und hatte zum Schutz ihrer Haare ein Kopftuch über ihre aufgesteckten Zöpfe gebunden. Das gute Sonntagsgwand hing schon wieder im Schrank.

»Was hältst du davon, wenn ich Sahne mit in den Leim geb, Mama?«, fragte Leni ihre Mutter, die gerade die Geranien in dem Blumenkasten vor dem Küchenfenster goss.

»Steht des im Rezept?«

»Nein. Aber ich nehm ja auch kein Schweineschmalz mehr

oder Rindertalg, so wie die Oma früher, sondern Öl. Da werden die Seifen viel feiner, mehr so wie die Lux-Seifen.«
Leni öffnete das Einmachglas mit dem Rosenöl, und der weiche, runde Juniduft stieg auf.
»Jessas, wenn ich des riech, denk ich immer an die Oma«, sagte ihre Mutter wehmütig.
»Und ich, wenn ich Sandkuchen riech«, erwiderte Leni.
Die Landmann-Oma war erst lange nach dem Großvater gestorben. Sie hatte sich um Hans und Leni gekümmert, wenn Lenis Mutter in ihrem Friseursalon oder auf Hausbesuch gewesen war. Hatte den Garten versorgt, gebacken und gekocht und Leni die Verwendung der Blüten und Kräuter erklärt: »Da nimmst eine Handvoll Zitronenmelisse, kleine Hex, hackst sie schön klein und vermischt sie mit einer Stockmilch und dem Honig von der Seidenbergerin. Und des gibst dann a Viertelstund lang aufs G'sicht. Wirst sehen, davon wird die Haut schön klar, und dein Gemüt klart auch auf, wenn'st grad a bissl dasig bist.«
An diese Zeit dachte Leni gern zurück. Daran, wie glücklich sie hier oben auf dem Weinberg immer gewesen war, sogar als in der unmittelbaren Umgebung Bomben gefallen waren. Wie frei und unbekümmert sie großgeworden war. Doch jetzt kam ihr Hebertshausen mit jedem Jahr kleiner vor. So wie der blaue Pullover, den ihre Mutter für sie gestrickt hatte und in den sie sich noch hineingezwängt hatte, als ihr die Ärmel nur noch knapp über die Ellenbogen reichten.
»Der Otto hat sich gar net von seiner Mutter verabschieden können«, sinnierte Lenis Mutter und sah zum Friedhof hinüber. Sie hatte am Morgen Sonnenblumen auf das Grab ihrer Schwiegereltern gestellt.
»Glaubst net, dass sie jetzt alle da oben zusammen sind, Mama?«, fragte Leni, und ihre Mutter schüttelte zum ersten Mal nicht den Kopf.
»Du bist ein braves Mädel, Leni«, erwiderte sie nur, »ich weiß

gar net, was ich ohne dich tät«, sagte sie und machte sich wieder an die Arbeit.

Leni schluckte und schämte sich fast für ihr Vorhaben, ihre Mutter in ihrem Salon allein zu lassen und woanders zu arbeiten. Wen hatte sie denn außer ihr? Hans würde ganz sicher nicht nach Hebertshausen zurückkommen, wenn er sein Studium beendet hatte.

Leni nahm den Topf vom Herd. Sie vermischte das goldgelbe Rosenöl mit dem geschmolzenen Bienenwachs, gab vorsichtig die Lauge dazu und rührte den Seifenleim kräftig, bis er die Konsistenz von Pudding hatte. Dann gab sie flüssige Sahne dazu, erschrak kurz über den unangenehmen Geruch, der aufstieg, hoffte, er würde sich wieder verflüchtigen, und füllte die Masse in die letzten freien Holzformen. »Die nennen wir Rosenmilchseife, das klingt luxuriös«, sagte sie zu sich selbst. Anschließend stellte sie die Seifen zu den anderen in die Wohnstube aufs Buffet. Morgen Abend würde sie sie schon ausformen können und nach ein paar Wochen, die sie noch reifen mussten, verkaufen. Und in die Maximilian-Apotheke würde sie auch ein paar bringen, Herr Albrecht hatte sie darum gebeten und ihr das Ätznatron diesmal geschenkt.

Gerade als Leni anfing, die Küche aufzuräumen, kam ein Auto mit vier Leuten den Berg hochgefahren. Ein blauer Volkswagen – die Amerikaner nannten ihn *Beetle*, also Käfer, was Leni passend fand – mit offenem Verdeck. Der junge Mann auf dem Beifahrersitz war Hans.

»Mein Gott, Bub, wieso hast denn nix g'sagt, wir sind ja gar net auf Besuch eing'stellt«, hörte sie ihre Mutter sagen, als die vier in den Garten kamen.

»Mama, das sind meine Studienfreunde«, stellte Hans alle vor, »Frieda Schmidt, Schorsch Lindner und Karl Bornheim.«

»Grüß Gott.«

»Guten Tag, Frau Landmann. Die sind für Sie.« Schorsch

streckte Lenis Mutter einen selbst gepflückten Blumenstrauß entgegen.
»Ich habe ihm gesagt, dass du im Garten genug Blumen hast«, sagte Hans.
»Ach, Blumen hat ma doch nie genug. Danke, Herr Lindner.«
»Bitte, sagen Sie Schorsch.«
»Gern.«
»Wir haben den ganzen Tag gelernt, aber dann ist uns die Decke auf den Kopf gefallen«, erklärte Hans die spontane Landpartie. »Da hat Karl sich das Auto von seiner Mutter geliehen.«
»Wird ja auch höchste Zeit, dass ich euch alle mal kennenlern«, sagte seine Mutter.
Leni, die die Begrüßung vom Fenster aus beobachtet hatte, kam in ihrer Küchenschürze in den Garten, das Kopftuch noch auf den Haaren. Als sie ihren Bruder umarmte, sah Schorsch sie verwundert an. »Wir kennen uns«, sagte er zu ihr, »aus München. Du hast mich doch am Montag am Bahnhof …«
»… nach der Straßenbahn gefragt«, unterbrach ihn Leni, damit Schorsch nicht erzählte, dass sie zum Odeonsplatz gewollt hatte, »richtig, als ich dich besucht hab, Hans. Ich hab net g'wusst, welche ich nehmen muss.«
»Die Drei«, sagte Schorsch.
»So ein Zufall«, meinte Hans, »München ist doch wirklich ein Dorf.« Ein Gedanke, der Leni auch gerade gekommen war.
»Und hast *du* mir net g'sagt, wo ich rausmuss?«, fragte sie Hans' Kommilitonin, die sie ohne ihre Uniform kaum erkannt hatte. Frieda trug heute schmale schwarze Hosen und ein Herrenhemd. In ihrem kurz geschnittenen Haar steckte eine Sonnenbrille.
»Nächster Halt Münchner Freiheit, Umsteigen Richtung Kölner Platz«, ahmte Frieda die typische Durchsage der Straßenbahnschaffner nach und lachte. »Ja, das kann schon sein. Ich führe ein Doppelleben, Medizin und Verkehrswesen.«

Lenis und Hans' Mutter fragte die jungen Leute, ob sie auf einen Kaffee bleiben wollten.

»Das wäre sehr nett, danke, Frau Landmann.«

»Dann setzt's euch doch da auf die Bank, und die Leni macht uns einen.«

»Kann ich helfen?«, fragte Karl.

»Ja, lass ihn ruhig helfen, Leni«, bestimmte Frieda, »unserem Karl tut ein bisschen Hausarbeit gut. Der wird zu Hause nämlich viel zu sehr verwöhnt.«

»Wohnen Sie noch bei Ihren Eltern?«, fragte Lenis Mutter.

»Ja, in Schwabing.«

»In einer flotten Hütte mit fünf Schlafzimmern und zwei Garagen«, zog Frieda Karl auf, »in die die halbe Fakultät hineinpassen würde.«

»Das kommt dir nur so vor«, entgegnete er ihr und grinste, »weil du im Studentenwohnheim in einer Schuhschachtel wohnst.«

»Du musst mir aber erst aufräumen helfen«, unterbrach Leni das Geplänkel, »ich hab nämlich grad Seifen gekocht, und in unserer Küch schaut's noch chaotisch aus.«

»Das Genie beherrscht das Chaos«, meinte Karl und spülte dann mit ihr zusammen ab, ehe Leni Holz nachlegte und Wasser aufsetzte. »Du bist also eine Alchimistin«, stellte er fest. »Davon hat Hans gar nichts erzählt.«

Leni schloss das Küchenfenster und richtete die Gardine. »Ich mach Seifen und Kosmetik«, sagte sie, »kein Gold.«

»Wer weiß …«

Karl fischte die Kaffeemühle vom Küchenbord, als wäre er hier zu Hause. »Wieso hat Hans dich denn so lange vor uns versteckt?«

»Hat er net eher euch versteckt?«, fragte sie zurück und reichte ihm die Büchse mit den Bohnen. Er berührte ihre Hand, als er sie nahm. Ihr Herz schlug schneller, sie wusste selbst nicht warum. Vielleicht, weil er sie an den jungen Mann aus ihren Tagträumen erinnerte, den, der plötzlich im Salon ihrer Mutter auftauchte und sich von ihr die Haare schneiden lassen wollte. Seine breiten Schultern und das schiefe Lächeln, der Aufruhr im Blick ...

»Frieda und Schorsch vielleicht«, sagte Karl, »aber mich nicht. Ich bin erst später dazugekommen.«

»Warum?«

»Ich habe zwei Semester wiederholt. Der Ernst des Lebens beginnt noch früh genug, da lasse ich mir lieber Zeit.«

»Bei mir hat der Ernst des Lebens mit vierzehn begonnen«, sagte Leni ohne Vorwurf in der Stimme, »seitdem arbeite ich, damit mein Bruder studieren kann.«

Sie goss den Kaffee auf, und Karl saß am Küchentisch und beobachtete sie dabei. Irgendwie wirkte er fehl am Platz in seinem schicken Anzug mit der schmalen Krawatte und den guten Schuhen. Trotzdem spürte Leni, dass er sich in der altmodischen Küche mit dem Herrgottswinkel wohlfühlte.

»Hans erzählt nicht oft von zu Hause, aber ich weiß, dass er dich bewundert, Leni.«

»Bewundert? Wofür?«

»Er sagt, du bist mutig.« Karl stand auf und kam zu ihr. »Der Kaffee riecht gut!«

Seine Nähe machte Leni nervös. Er war so anders als die jungen Burschen in Hebertshausen – forsch und selbstsicher, mehr wie die Amerikaner, die immer noch da waren. Und jetzt wusste sie auch, an wen er sie erinnerte: an Caleb, den Jungen aus *Jenseits von Eden*, der verzweifelt um die Anerkennung und Liebe seines Vaters kämpfte. Sie hatte den Film letzten Sommer mit Ursel im Kino gesehen und geweint, als Calebs Vater gestorben war und er an seinem Bett gesessen und sich von ihm verabschiedet hatte.

»Darf ich?« Karl streckte seine Hand nach ihr aus.

»Was?«

Er zog ihr das Tuch vom Kopf und betrachtete ihr kupferrotes Haar. »Trägst du es manchmal offen?«

»Nein, nie.«

Leni war kurz erstarrt, aber jetzt riss sie sich los, holte Tassen aus dem Regal und stellte sie auf ein Tablett. Ihr Kopftuch steckte sie in ihre Schürzentasche.

»Muss man als Friseuse nicht immer nach der neuesten Mode frisiert sein?«, wollte Karl wissen.

»Nicht in Hebertshausen. Und nicht im Salon meiner Mutter.«

»Schneidest du da auch Männern die Haare?«

»Natürlich. Und Hunden«, Leni lachte, »aber nur den Rauhaardackeln vom Mesner.«

»Du nimmst mich auf den Arm.«

»Nein, warum?«

»Und wann ist der ruhigste Tag in der Woche?«

»Am Mittwoch. Meistens.«

»Da habt's aber lang gebraucht«, bemerkte Lenis Mutter, als sie mit Karl in den Garten zurückkam.

»Wir ham noch aufg'räumt. Da is ja noch alles vom Seifenmachen rumg'standen.«

Schorsch bedankte sich für den Kaffee und ging mit seiner Tasse zum Zaun. Er sah nachdenklich über die Felder, während Karl sich neben Leni und zu den anderen setzte. »Hast du schon ... *denn sie wissen nicht, was sie tun* im Kino gesehen?«, fragte er sie. »Wir wollten zusammen reingehen, vielleicht begleitest du uns?«

»Für so was hat die Leni kei Zeit«, sagte ihre Mutter.

»Is des der neue mit James Dean?« Leni hatte in der *CONSTANZE* etwas darüber gelesen.

»Ja. Wir könnten am Wochenende reingehen, nächsten Sonntag, da hast du doch sicher frei.«

»Darf ich?«, fragte Leni ihre Mutter. »Bitte, Mama.«

»Na, meinetwegen, du arbeitest ja genug unter der Woch. Aber dass du fei net zu spät heimkommst. Ich mag's net, wenn du auf d'Nacht allein vom Bauhof rübergehst.«

»Ich bringe sie mit dem Auto nach Hause, Frau Landmann«, versprach Karl.

Die Kirchenglocken schlugen halb sieben.

»Wir sollten uns wieder auf den Weg machen«, meinte Hans, »wir müssen morgen früh raus. Ich hole dich dann am Sonntag vom Bahnhof ab, Leni, um drei, ja?«

»Fahrt's vorsichtig, Kinder«, sagte Käthe und winkte, als der Wagen den Berg hinunterrollte.

Am nächsten Morgen zwitscherten die Vögel in der Kastanie, und auf den Feldern bogen sich die Halme des reifen Getreides, als Lenis Mutter wieder zur Kirche und zum Friedhof hinübersah. Seit elf Jahren stand sie nun jeden Morgen auf genau diesem Fleck und wartete auf den Vater, aber Leni wusste, dass auch ihre Erinnerung an ihn langsam verblasste. Vielleicht stand sie ja deshalb noch immer dort, überlegte sie an diesem Morgen, als sie ihre Mutter wieder vom Küchenfenster aus beobachtete, um wenigstens die Erinnerung am Leben zu halten, wenn schon nicht den Vater selbst.

Leni öffnete das Fenster. »Frühstück is fertig, Mama«, rief sie ihrer Mutter zu.

»Ich komm gleich, Leni, ich hab nur ...«, erwiderte sie, da kam ein Mann auf sie zu. Er winkte, und Leni blieb das Herz stehen. Die Knöpfe seiner abgetragenen Uniformjacke glänzten in der Morgensonne.

5

Am Mittwoch stieg Lenis Mutter nach der Mittagspause mit einem großen Korb voller Wickler, Scheren, Kämme und Bürsten in den Beiwagen vom Rabl, der nun seit drei Jahren Bürgermeister war, sich aber trotzdem die Zeit nahm, sie jede Woche zum Schloss Deutenhofen zu fahren, in dem eine Filiale des Kreiskrankenhauses Dachau untergebracht war. An seiner Werkstatttür hing dann das Schild *Komme gleich wieder*, auf das seine Kundschaft auch traf, wenn er eben mal schnell mit ein paar Freunden beim Herzog eine Runde Schafkopf klopfte oder zum Landrat musste, um Gemeindeangelegenheiten zu regeln.

Zur selben Zeit erschien die Tochter von Lenis nächster Kundin im Salon und sagte deren Termin ab. Ihre Mutter sei krank, es täte ihr sehr leid. Leni kam das gerade recht, denn sie war seit Montag ohnehin nicht mehr ganz bei der Sache. Seit der Postbote, Joseph Mittermaier, in der Früh den Berg heraufgekommen war und ihrer Mutter diesen Brief gegeben hatte.

»Der is für die Leni, den hab ich am Samstag übersehen, Käthe«, hatte er sich entschuldigt. »Deshalb hab ich mir gedacht, ich fang meine Runde heut bei dir da heroben an.«

»Jessas, Sepp, der Umstand!«, hatte ihre Mutter gesagt.

»Nicht doch, Käthe, ich komm eh viel zu selten bei euch vorbei. Ihr bekommt's net oft Post.«

Da Leni die Abschrift ihres Gesellenbriefs im Salon am Hofgarten vergessen hatte, kannte Herr Keller ihre Adresse und hatte ihr völlig überraschend geschrieben und sie für den nächsten Samstag zu einem Probearbeitstag eingeladen. Sie solle sich um halb acht in seinem Salon einfinden, wenn sie noch Interesse an der Stelle hätte.

»Wer schreibt dir denn aus München, Leni?«, hatte ihre Mutter sie verwundert gefragt, und Leni hatte gewusst, dass sie ihr jetzt die Wahrheit sagen musste.

»Der Salon Keller am Hofgarten, Mama. Da hab ich mich um eine Stelle beworben, als ich beim Hans in München gewesen bin.«

»Warum des?«

»Weil ich irgendwann meinen Meister machen will, Mama, so wie du. Und hier lern ich einfach net genug, die ganzen neuen Techniken und Produkte, des Färben und die Kaltwelle ...«

»Es is net alles Gold, was glänzt, Leni, des darfst glauben«, hatte ihre Mutter skeptisch erwidert.

»Aber trotzdem muss ich's können, schließlich fragen immer mehr Kundinnen danach.«

»Und was is mit dem Geld für den Hans?«

»In München verdien ich doch auch was, Mama, das reicht schon, solang ich hier bei dir wohnen bleib.«

»Willst du des denn?«

»Freilich, Mama.«

»Auch wennst volljährig bist nächstes Jahr?«

»Schon. Ich wohn doch gern hier.« Ihre Mutter hatte sie ungläubig angesehen. »Bitte, Mama, es is ja erst mal nur ein Probetag. Jetzt am Samstag.«

»Am Samstag? Ja, aber was is denn dann mit der Kundschaft? Wir ham doch feste Termine!«

»Kannst du net a paar verschieben?«

»Ja, wohin denn?«

»Bitte, Mama ...«

»Na, meinetwegen, ich überleg mir was.«

Ihre Mutter war seitdem seltsam still, doch schlimmer als das war, dass sie jetzt in der Früh nicht mehr am Gartentor stand.

Als Leni gestern heruntergekommen war, um das Frühstück herzurichten, hatte sie schon am Küchentisch gesessen und den Kaffee gemahlen. Und heute auch.

»Gehst gar net raus, Mama?«, hatte sie sie gefragt.

»Na ...«

»Bist krank?«

»Na ...«

»Is des wegen München?«

Ihre Mutter hatte ihr nicht geantwortet, aber sie hatte ausgesehen, als wäre etwas in ihr zerbrochen. So wie damals, als die Landmann-Oma gestorben war.

»Du könntest doch jemanden einstellen, Mama, falls ich die Arbeit beim Herrn Keller bekomm. Dann wärst net allein im Salon«, sagte Leni voller schlechtem Gewissen.

»Mir macht's doch keine andere recht, Leni, des weißt doch.«

Das war das größte Kompliment, das ihre Mutter ihr je gemacht hatte, aber anstatt sich darüber zu freuen, schnürte es Leni das Herz ab. Und als ihre Mutter dann auch noch die Haustür abgesperrt hatte, als sie zur Arbeit gegangen waren, obwohl sie sie sonst immer offen ließ – »Weil der Otto doch seinen Schlüssel gar net dabeihat« –, wäre sie am liebsten im Boden versunken.

Das laute Knattern eines Motorrads schreckte Leni auf. War etwas passiert, und der Rabl brachte ihre Mutter schon wieder zurück? Sie lief zur Tür des Salons und sah eine lindgrüne NSU Max mit cremefarbenen Sitzen auf der staubigen Straße vorfahren, die Chromteile blitzten in der Sonne, und der Auspuff röhrte, als ihr Fahrer im Leerlauf noch einmal kurz Gas gab. Er nahm die Schutzbrille und den Halbschalenhelm ab, und Leni erkannte Karl. Auf der Straße drehten sich die Leute nach ihm um. Frau Schaller kam sogar aus ihrer Bäckerei gelaufen, um ihn und seine Maschine besser sehen zu können.

Leni stellte sich hinter die Verkaufstheke und tat so, als würde sie im Auftragsbuch lesen. Sie sah erst auf, als Karl schon im Salon stand, den Helm unter dem Arm, während sich draußen die Buben in ihren kurzen Hosen mit großen Augen um sein Motorrad scharten. Eine Maschine wie diese hatten sie noch nicht einmal beim Rabl gesehen, der vor allem Mopeds wie die NSU-Quickly, die Victoria Vicky und Zündapps verkaufte. Eine NSU Max kannten sie höchstens aus seinen Katalogen.

»Hätten Sie Zeit, mir die Haare zu schneiden, Fräulein Landmann?«, fragte Karl und lächelte breit. Er trug heute Jeans, ein weißes T-Shirt und eine Lederjacke. Als er sie auszog, sah Leni seinen muskulösen Körper unter dem dünnen Baumwollstoff, etwas, worauf sie bei den Burschen in Hebertshausen nie achtete.

»Da haben Sie Glück, Herr Bornheim«, ging sie auf sein Spiel ein, »grad hat eine Kundin abgesagt.«

Karl lümmelte sich in einen der beiden Stühle.

»Waschen auch?«, fragte ihn Leni.

»Nein, ist nicht nötig. Ich glaube, dass sie nur im Nacken etwas kürzer werden müssen.«

»Darf ich?«

Leni fuhr mit ihren Fingern durch Karls Haare, um zu sehen, wie sie fielen und wo er Wirbel hatte. Diese Handgriffe waren Routine für sie, doch diesmal spürte sie, dass sie rot wurde. »Des Deckhaar is zu schwer«, sagte sie und versuchte, ihre Verlegenheit zu überspielen, »und hier is der Übergang net gut g'schnitten.«

»Ich werde es unserer Haushälterin ausrichten.« Karl zwinkerte Leni im Spiegel zu und steckte sich eine Zigarette an. Sie holte ihm einen Aschenbecher.

»Eure Haushälterin schneidet dir die Haare?«, fragte sie ihn überrascht.

»Genau genommen ist sie eher so etwas wie eine Ziehmutter. Sie war schon vor meiner Geburt bei uns und hat sich neben der Hausarbeit auch um mich und meinen Bruder gekümmert.«

»Du hast einen Bruder?«

»Ja.«

»Is er jünger oder älter als du?«

»Älter.«

»Und was macht er?«

»Er ist Arzt, was sonst. So wie mein Vater.«

Leni legte Karl einen Frisierumhang um, besprühte seine Haare mit Wasser, kämmte sie durch und begann mit dem Schneiden. Auf dem Oberkopf teilte sie sie ab und verdünnte die einzelnen Strähnen mit einem Rasiermesser, damit die Frisur mehr Stand bekam. Dabei überprüfte sie immer wieder, wie die Haare fielen, und versank darüber in einem Tagtraum: Karl nahm sie auf seinem Motorrad mit nach München, und sie lagen im Englischen Garten auf der Wiese wie Caleb und Abra in *Jenseits von Eden*. Zufällige Berührungen und Andeutungen, vielsagende Blicke und stumme Versprechen, die Leni sich gar nicht einzulösen getraut hätte.

»Gibt es ein Problem mit meiner Frisur, Fräulein Landmann?«, fragte Karl.

»Nein, warum?«

»Weil du auf einmal so still bist.« Er drehte sich mitsamt dem Stuhl zu ihr um und sah sie von unten herauf schelmisch an. »Gib es zu, du hast sie verschnitten.«

»Du bist ganz schön mutig, so einen Spruch zu riskieren, wo ich doch die Scher in der Hand hab.«

Karl lehnte sich zurück und hielt Lenis Blick fest – Sekunden, die sich wie Stunden anfühlten, eine halbe Ewigkeit voller Herzklopfen und Glück. Das alles war so neu.

»Halt still und setz dich richtig hin«, wies sie ihn zurecht, wie sie es sonst immer mit ihrem Bruder machte, wenn sie ihm die Haare schnitt, und Karl drehte seinen Stuhl wieder um, »sonst fehlt dir am End noch a Stück vom Ohr!«

»Kein Problem, ich bin angehender Arzt, das nähe ich selbst. Gleich hier bei dir.«

Draußen standen noch immer Kinder um Karls Motorrad herum. »Dein Motorrad is jetz Stadtgespräch«, sagte Leni. »Damit bringe ich dich am Sonntag nach Hause. Aber nur, wenn du mir versprichst, dass du dich gut an mir festhältst.«
»Hast du meiner Mutter net g'sagt, du fährst mit dem Auto?«
»Schon, aber Fahren ist Fahren.«
Leni spürte, dass ihre Hände zitterten. Das war nicht gut.
»Hast du denn schon mal auf einer Maschine gesessen?«
»Auf so einer net«, antwortete sie ihm, dabei war sie noch nie auf einem Motorrad mitgefahren. Aber er sollte nicht glauben, dass sie ein dummes Mädel vom Land war, das noch nichts erlebt hatte.
»Wo ist eigentlich deine Mutter?«, fragte Karl nach einer Weile. »Arbeitet ihr hier nicht zusammen?«
»Am Mittwoch fährt sie am Nachmittag immer nach Deutenhofen ins Krankenhaus und macht den Leuten dort die Haare.«
»Ich verstehe.«
»Was verstehst du?«
»Warum du mich am Mittwoch herbestellt hast.«
»Ich hab dich überhaupt net herbestellt!«, sagte Leni entrüstet. »Sag's noch mal, und ich schneid dir einen Stiftelkopf wie den GIs!«
»Einen schönen Menschen entstellt nichts«, konterte Karl.
Leni kämmte seine Haare erneut durch und überprüfte, wie sie fielen. Dabei blieb ihr Blick an einer Narbe über seiner rechten Augenbraue hängen. »Woher hast du die?«
»Ich bin in einem schlagenden Corps. *In fortitudine honos*, das ist unser Waffenspruch – In der Tapferkeit liegt Ehre.«
»Is des eine Studentenverbindung?«
»Ja.«
»Und ihr fechtet?«, fragte Leni ungläubig. »Mit echten Degen?«

»Ist Pflicht. Aber die Degen heißen bei uns Schläger. Die sind schwerer.«

»Bis Blut fließt?«

»Nein, bis eine Partie ausgefochten ist. Wenn du sie vorher abbrichst, gilt sie als nicht geschlagen, auch wenn du verletzt bist.«

»Und wozu soll des gut sein?«

»Es stärkt den Charakter und den Gemeinschaftssinn«, erklärte Karl. »Und du bekommst einen Adrenalinschub. Ist wie auf der Maschine, wenn du dich mit hundert Sachen in die Kurve legst.«

Leni schüttelte verwundert den Kopf, gab Pomade in Karls Haare und hielt einen kleinen Spiegel hoch, damit er sich von hinten sehen konnte.

»Du bist wirklich gut«, lobte er sie und schlüpfte aus seinem Umhang. Leni schüttelte ihn aus und hängte ihn wieder an den Haken. »Was macht das?«

»Eins zwanzig.«

Karl legte ihr das Geld abgezählt auf die Theke und zwei Kinokarten dazu. »Die sind für Sonntag«, sagte er, »die anderen haben ihre schon.«

»Warum zwei?«

»Na, deine und meine. Und wenn du nicht kommst, stehe ich draußen im Regen und komme nicht rein, weil die Vorstellung schon ausverkauft ist.«

»Woher willst du wissen, dass es regnet?«

»Könnte ja sein, oder? Und dann fange ich mir eine Lungenentzündung ein, und du musst mich im Krankenhaus besuchen.«

»Dann bin ich wohl besser pünktlich.«

Karl stand schon wieder so nah bei ihr wie am Sonntag in ihrer Küche. Wenn sie sich nur ein klein wenig nach vorn gebeugt hätte, hätte sie ihr Gesicht an seine Brust lehnen können, so groß war er. »Ich glaube, ich lasse mir jetzt immer von dir die Haare schneiden«, sagte er.

»Ich bin aber vielleicht gar nicht mehr lange da.«
»Warum?«
»Weil ich mich beim Friseur Keller in München beworben hab, da hab ich am Samstag meinen Probetag.«
»Ich sehe schon, du willst dich verbessern.«
»Und meinen Meister machen und irgendwann meinen eigenen Salon eröffnen.« Der Vorbereitungskurs dauerte ein Jahr, in dem Leni an drei Abenden die Woche nach der Arbeit die Schulbank drücken und auch praktisch üben müsste. In München bei der Friseurinnung in der Holzstraße.
»So große Träume?«, fragte Karl.
»Das sind keine Träume, das sind Pläne.« Jetzt, da Keller ihr die Stelle vielleicht doch gab, waren es Pläne.
»Geht's Haarschneiden?« Franz Fortner, Zimmermann und Mühlenbauer aus dem Ort, kam herein.
»Freilich«, sagte Leni, »nehmen'S ruhig Platz, Herr Fortner.«
Leni beobachtete durch die Scheibe der Tür, wie Karl auf sein Motorrad stieg und davonfuhr. Sie lächelte.
»Kommt die Kundschaft jetzt schon aus München?«, fragte Fortner, der wohl das Nummernschild gesehen hatte.
»Des war a Freund vom Hans, mit dem er studiert.«
»Respekt«, sagte Fortner und: »So wie immer, Leni.« Aber diesmal klang das »wie immer« für sie nicht so trostlos wie sonst, weil sie spürte, dass bald nichts mehr so wie immer sein würde.

*

Tatsächlich regnete es schon am nächsten Morgen – schönstes Fritz-Walter-Wetter! –, und Karl hatte keine Lust aufzustehen. Er hätte eine Vorlesung gehabt, aber er würde Frieda um ihre Aufzeichnungen bitten und dann das Nötigste für die Prüfungen lernen. Das Sommersemester war fast vorüber, was sollte er da schon noch groß verpassen? Er hatte seine Vorlesungen in sein

Studienbuch eingetragen und die Gebühren bezahlt. Die Anwesenheit wurde überschätzt, wozu gab es Fachliteratur?

Karl fiel das Lernen leicht, er hätte bessere Noten haben können, wenn er mehr Zeit in sein Studium investiert hätte, aber diese Genugtuung wollte er seinem Vater nicht geben. »Wenn du *noch* ein Semester wiederholen musst, Karl«, hatte der ungehalten zu ihm gesagt, »dann kannst du eine Ausbildung als Schleifer für Brillenoptik machen und in der Firma deines Onkels arbeiten!« Einer Firma, die während des Krieges neben Brillengläsern und Fassungen auch Rüstungsgüter wie Panzerfernrohre und Ausblickprismen hergestellt und gut daran verdient hatte. »Dann bleibst du dein Leben lang ein kleiner Angestellter.«

»Mein Onkel ist Mitglied der Geschäftsführung«, hatte Karl zu bedenken gegeben.

»Dein Onkel hat Betriebswirtschaft studiert, er hat gedient *und* promoviert. In unserer Familie kommen alle ihren Verpflichtungen nach, nur du denkst, du könntest dich durchlavieren und uns mit deiner Mittelmäßigkeit brüskieren.«

Karl lag im Bett und blickte durch sein Zimmer. Seine Studentenmütze und das krapprot-grün-schwarze Band lagen auf seinem Schreibtisch. Achtlos hingeworfen. Er gehörte dem Corps Gotharia an, einer Verbindung mit Mensur und Couleur, genau wie sein Vater und sein Bruder Erich. Eine unausweichliche Familientradition, der Karl vor allem jenseits der Pflichttermine und in den inoffiziellen Teilen der sogenannten Kneipen, der Feiern mit stark reglementiertem Ablauf, etwas abgewinnen konnte. Dann, wenn Füchse und Burschen Trinkduelle abhielten und die Zeit in Bierminuten gemessen wurde. Oder die Burschenprüfungen anstanden, die für ihn damals nackt an einen Laternenpfahl gebunden auf dem Marienplatz geendet hatte. Eine der vielen Eseleien, die sie sich aus Übermut leisteten.

Karls Blick wanderte weiter. Von den zwei curryfarbenen Cocktailsesseln neben seiner Tütenlampe über die langen Bücherregale, vor denen ein petrolfarbener Teppich lag, der so dicht war, dass er barfuß wohlig darin versank. Die bunten, geometrisch gemusterten Vorhänge strahlten unbegründeten Optimismus aus. Seine Mutter hatte sie, wie die ganze Einrichtung des Hauses, ausgesucht. Sie arbeitete nicht, partizipierte von ihren Firmenanteilen an den Optischen Werken ihrer Familie, die ihr Bruder leitete, und genoss die Unabhängigkeit, die ihr das ererbte Vermögen garantierte. Auch wenn rein rechtlich Karls Vater als ihr Ehemann über ihre Anteile verfügte, so hatte der Bruder seiner Mutter doch die Macht, Einfluss zu nehmen. Im Falle einer Scheidung bliebe Karls Vater nur der Zugewinn, aber das war eine hypothetische Erwägung, denn seine Eltern verstanden sich ausnehmend gut. Der Ehrgeiz seines Vaters, des Dr.Dr. Friedrich Bornheim, Chefarzt der Chirurgie an der Klinik in der Lachnerstraße, und die Freude seiner Mutter am Repräsentieren ergänzten sich beispielhaft. Und dann war da ja auch noch Erich, über den Karl so gut wie nie sprach. In den ersten Semestern von Karls Medizinstudium hatten seine Dozenten ihn noch ständig nach ihm gefragt. *Sind Sie mit Erich Bornheim verwandt? – Ja, Herr Professor, mein Bruder. – Mein bester Prüfling bis heute, hat seinen Doktor mit Bravour gemacht! – Ich weiß, Herr Professor.* Seit Erich seine Approbation hatte und in der Facharztausbildung war, arbeitete er Seite an Seite mit seinem Vater und hatte sich mit der Tochter des Chefs einer bekannten Privatklinik verlobt. Neben ihm konnte Karl nicht bestehen, weshalb er sich erst gar nicht bemühte.

Der Regen trommelte ans Fenster. Wenn die Vorhänge offen gewesen wären, hätte Karl in den Englischen Garten hinübersehen können. Die Villa seiner Eltern lag westlich des Parks an der Königinstraße. Beste repräsentative Lage und nur vier Bewohner – seine Eltern, sein Bruder und er. Eigentlich war das Haus für sie viel zu groß, da hatte Frieda völlig recht. Und sobald sein Bruder heiratete, wären sie nur noch zu dritt, denn die junge

Familie plante, etwas Eigenes, Moderneres zu bauen. Vielleicht verwendete seine Mutter deshalb so viel Zeit auf die Einrichtung, um zu kaschieren, dass so viele Zimmer ungenutzt blieben. Karl dachte an die Gästezimmer, die niemanden beherbergten, das Billardzimmer, in dem er mit sich allein spielte, oder das Atelier seiner Mutter unter dem Dach, in dem seit Jahren eine leere Leinwand auf einer Staffelei stand, seit sie einen Malkurs gemacht und dann das Interesse verloren hatte. Der Überfluss war Programm in dieser Familie, und die Inhaltslosigkeit.

Karl sah auf seinen Wecker. Es war halb zehn. Gertie, ihre Haushälterin, würde sein Zimmer aufräumen und sein Bett machen wollen. Und im Speisezimmer würde noch immer der Kaffee für ihn warm gestellt sein, obwohl Gertie sicher schon mit den Vorbereitungen für das Mittagessen begonnen hatte. Sein Vater und sein Bruder waren bereits in der Klinik, und seine Mutter blätterte wahrscheinlich gerade im Wohnzimmer durch Einrichtungskataloge oder telefonierte mit Freundinnen aus dem Golfclub. Plante irgendwelche Wohltätigkeitsveranstaltungen oder ihre Friseurtermine.

Friseurtermine ... Karl musste lächeln. Er stand auf und ging in sein Bad, das direkt an sein Zimmer angrenzte, sah in den Spiegel und fuhr sich durchs Haar. Seit er Leni letzte Woche kennengelernt hatte, dachte er ständig an sie. Sie war hübsch, aber anders als die Mädchen an der Uni oder die, die er in den Clubs traf. Sie war ernsthafter und bodenständiger, hatte gleich nach der Volksschule eine Ausbildung gemacht und arbeitete seitdem, um ihrem Bruder das Studium zu finanzieren, ohne sich zu beklagen. Im Gegenteil, Leni und ihre Mutter liebten Hans, das hatte Karl gespürt, als sie sie in diesem alten, windschiefen Haus auf dem Land besucht hatten, in dem es so viel Wärme gab. Sie liebten ihn, auch wenn er nicht perfekt war. Anders als sein Vater ihn, Karl. Der alte Bornheim vergab Zuneigung nur für Wohlverhalten und Leistung. Auf seiner Liebe klebte ein

Preisschild, doch Karl wollte sie sich nicht verdienen müssen, er wollte sie um seiner selbst willen bekommen – trotzdem, nicht deshalb.

Jetzt besann er sich auf den Duft der Seifen in Lenis Küche und im Friseursalon ihrer Mutter. Den Rosenduft, der eine frühe Erinnerung in ihm wachrief: die Berührung seiner Mutter, ein Kinderlied, eingehüllt in den weichen, warmen Duft von Damaszenerrosen, ein Flakon von Guerlain auf ihrer Schminkkommode und ihr Lächeln. Das Parfum gab es nicht mehr, und ihr Lächeln war auch nicht mehr dasselbe, die Rosen waren verblüht.

Leni war rot geworden, als sie ihm gestern durchs Haar gefahren war. Er hatte jede ihrer Bewegungen beobachtet und sie unentwegt betrachtet. Ihre tiefblauen Augen, die feine, zarte Haut und ihr Haar. Er hätte es so gern geöffnet und seine Hände in der Glut vergraben. Und dann der Klang ihrer Stimme ... *Woher willst du wissen, dass es regnet?« – Könnte ja sein, oder? Und dann fange ich mir eine Lungenentzündung ein und du musst mich im Krankenhaus besuchen. – Dann bin ich wohl besser pünktlich.*

Jetzt regnete es tatsächlich, aber hoffentlich nicht bis Sonntag, sonst könnte er sie nicht auf seiner Maschine nach Hause bringen. Und er wollte doch wissen, wie es sich anfühlte, wenn sie sich an ihn presste, sobald er in den Kurven Gas gab. Ob ihr Herz schneller schlug? Seines tat es, wenn er sie sah, was sie hoffentlich nicht merkte, weil es seine ganze Inszenierung über den Haufen warf. Die, in der er die Richtung vorgab und das Tempo bestimmte.

Karl genoss dieses Spiel. Lenis Unsicherheit und ihre resolute Art, die sich abwechselten, je nachdem, welchen Knopf er bei ihr drückte. Klar, sie war Hans' Schwester und damit eigentlich tabu für ihn, aber er hatte ja auch gar nicht vor, sie zu verführen. Leni würde keine seiner zahlreichen Liebschaften werden, die ihm alle nichts bedeuteten und ihm nur ein wenig Abwechslung und Bestätigung brachten. So weit würde er nicht gehen, obwohl das die einzige Sache war, in der er seinem Bruder überlegen war. Karl wusste, dass Erich ihn um sein Aussehen und seine gewinnende Art beneidete. Die Lässigkeit, mit der er durchs Leben ging, seine Sorglosigkeit. Ob Leni diese Fassade durchschaute? So wie Schorsch, der in Menschen las wie andere Leute in Büchern, aber keine Worte für sie fand? Karl sehnte sich danach, von ihr erkannt zu werden. Der kleine Junge in ihm, den sein Vater einst stolz auf seinen Schultern getragen hatte, sehnte sich danach.

Es klopfte. Karl stand noch immer nur in seiner Pyjamahose vor dem Spiegel. »Komm rein, Gertie, ich bin auf!«, rief er in sein Zimmer, und die rundliche kleine Haushälterin erschien in der Tür. Sie war Ende fünfzig und verheiratet. Ihr Mann Alois arbeitete als Gärtner für Karls Familie und machte Hausmeisterarbeiten. Die beiden wohnten in der alten Gärtnerwohnung auf dem Grundstück und hatten, seit Karl denken konnte, noch nie Urlaub gemacht. Ganz im Gegensatz zu seinen Eltern, waren Alois und Gertie immer für ihn und seinen Bruder da gewesen.

»Das ganze Haus ist seit Stunden auf den Beinen, und der junge Herr Doktor vertrödelt seinen Tag«, schimpfte Gertie und sah Karl dabei liebevoll an. Sie konnte nicht streng mit ihm sein. »Zieh dir etwas an, um Himmels willen, oder willst du, dass eine alte Frau einen Herzinfarkt bekommt, Adonis?«

»Ist meine Mutter unten?«

»Nein, sie ist ausgegangen. Wir sind allein in unserem Schloss, mein Prinz. Was magst du zum Frühstück?«

»Ich weiß nicht ...«

»Arme Ritter?« Gertie wusste, dass Karl ihnen nicht widerstehen konnte. Er liebte Süßes.

»Machst du mir welche?«

»Nur, wenn du endlich herunterkommst und dich an den Frühstückstisch setzt – mit einem Buch!« Gertie wischte mit einem Staubtuch über Karls Schreibtisch. »Wenn ich das nicht jeden Tag täte«, sagte sie, »würde hier eine dicke Staubschicht liegen. Die Bücher sehen aus, als hätte sie noch nie jemand aufgeschlagen.«

»Das kommt dir nur so vor, Gertie. Mein Bruder hat sie schließlich auch schon benutzt.«

»Und du befürchtest, er hat das gesamte medizinische Wissen schon herausgelesen, sodass jetzt nichts mehr für dich übrig ist?« Gertie schlug Karls *Lehrbuch der Chirurgie und Orthopädie des Kindesalters* auf. »Ach, sieh an, jede Menge Buchstaben, Zeichnungen und Tabellen«, tat sie erstaunt, »wer hätte das gedacht? Dann gibt es zum Glück ja doch noch etwas für dich zu tun.«

»Ich werde sowieso kein Kinderarzt«, entgegnete Karl.

»Weil du nicht wie dein Vater werden willst? Oder dein Bruder?«

»Genau.«

»Wir sprechen uns in ein paar Jahren wieder, mein kleiner Rebell.«

»Ich werde kein Abziehbild meines Bruders, nur um meinem Vater zu gefallen, da kannst du dir sicher sein!«

»Wohnst du nicht hier und studierst Medizin?«

Manchmal hasste Karl Gerties unverblümte Art. »Was soll ich denn sonst tun?«, fragte er sie.

»Ausziehen und arbeiten und deinen eigenen Weg gehen, so wie deine Freundin Frieda.« Gertie tippte vielsagend auf Karls Studentenmütze. »Und dem allem hier den Rücken kehren, wenn es dir so wenig gefällt.«

»So einfach ist das nicht.«

»Und trotzdem wirst du früher oder später eine Entscheidung treffen müssen – für deine Familie oder gegen sie«, sagte Gertie gelassen, als würde sie nur das Wetter kommentieren, während sie ihm ein frisches Hemd aus dem Schrank holte. »Wie heißt doch gleich noch mal der Wahlspruch der Gotharen?«

»*In congregatio procedamus* – In der Gemeinschaft wachsen wir«, sagte Karl mürrisch.

»Interessant, findest du nicht?«

Karl schlüpfte in das Hemd und strich sich die Haare aus dem Gesicht. »Wer zum Teufel hat dir die geschnitten, treuloser Geselle?«, wechselte Gertie abrupt das Thema.

»Ein Mädchen.«

»Und hat das Mädchen auch einen Namen?«

»Sie heißt Leni und ist Hans Landmanns Schwester.«

»Das klingt nach Ärger, mein Freund.«

»Oder nach einer Entscheidung«, erwiderte Karl und fürchtete, dass er, wie so oft, die falsche treffen würde.

6

Am Samstag strahlte die Sonne vom Himmel. Leni hatte sich von ihrer Freundin Ursel ein mintfarbenes Sommerkleid geliehen und wieder den Hut und die Handschuhe, damit sie bei Herrn Keller einen ordentlichen Eindruck machte. Diesmal ging sie zu Fuß vom Hauptbahnhof zum Odeonsplatz, weil ihr die Straßenbahn auf Dauer zu teuer wurde, und wischte sich, kurz bevor sie die Straße überquerte, mit einem Taschentuch über ihre staubigen Schuhe. Es waren dieselben, die sie schon beim letzten Mal angehabt hatte, flach und robust. Sie hatte keine anderen.

Leni hatte einen früheren Zug genommen. Herr Keller hatte sie für halb acht bestellt, da der Salon um acht Uhr öffnete, aber jetzt war es erst Viertel nach sieben. Durch den Glaseinsatz der Tür sah sie trotzdem schon einen der beiden Lehrlinge und eine Friseuse, die sie ebenfalls bereits vom Sehen kannte.

»Guten Morgen, ich bin die Marlene Landmann, ich darf heut bei Ihnen zur Probe arbeiten«, sagte sie, als sie eingetreten war, »der Herr Keller erwartet mich.«

Die edle Atmosphäre des Salons zog sie sofort wieder in ihren Bann. Er war wie ein behaglicher Kokon, in dem sogar unscheinbare Damen zu anmutigen Schmetterlingen mutierten.

»Er hat sie angekündigt«, antwortete die Kollegin, eine herbe Erscheinung Anfang vierzig mit perfekt sitzender Frisur. Sie betrachtete Leni argwöhnisch und stellte sich vor – »Barbara Berger« –, ehe sie in ihren Kittel schlüpfte und ihre Kämme und Scheren an ihrem Arbeitsplatz bereitlegte.

Leni stand etwas verloren im Raum, während zwei weitere

Friseusen hereinkamen, das Lehrmädchen Helga und die beiden Herrenfriseure, die bei Keller angestellt waren und im Gegensatz zu ihrem Chef ausschließlich die männliche Kundschaft bedienten. Sie liefen an ihr vorbei, ohne sie zu beachten, unterhielten sich und scherzten miteinander.

Keller erschien pünktlich um halb acht. Er trug heute eine gelbgeblümte Fliege zu einem nachtblauen Anzug mit taubenblauem Samtrevers und strahlte die gleiche Überheblichkeit aus wie beim letzten Mal. »Die junge Dame vom Land«, sagte er statt einer Begrüßung und hielt sich nicht weiter mit Höflichkeiten auf. Leni fragte sich nach wie vor, warum er sie eingeladen hatte. »Ich erwarte von Ihnen eine schnelle Auffassungsgabe und geistige Regsamkeit, da Sie hier in meinem Salon mit Kunden höherer Bildungsschichten Umgang pflegen«, teilte er ihr mit. »Und ich lege Wert auf Bescheidenheit, Freundlichkeit, Sauberkeit und gutes Benehmen!«

Leni sah, dass der Lehrling, der höchstens fünfzehn Jahre alt war, leise mitsprach. »Bescheidenheit, Freundlichkeit, Sauberkeit und gutes Benehmen«, las sie von seinen Lippen ab.

»Und ich hasse Geschwätzigkeit! Gespräche, junge Dame, müssen immer vom Kunden ausgehen. Sie bieten lediglich Ihre Beratung an und glänzen mit fachlicher Kompetenz.«

»Natürlich, Herr Keller.«

»So Sie darüber verfügen.«

»Selbstverständlich, Herr Keller.«

»Hände!«

»Bitte?«

»Zeigen Sie mir Ihre Hände!«

Leni zog ihre Handschuhe aus und kam sich wie ein Schulmädchen vor, als Keller vor den Kolleginnen und Kollegen ihre Hände begutachtete. Zum Glück sahen sie gepflegter aus als die manch anderer Friseuse, da sie sie jeden Abend vor dem Schlafengehen mit ihrer Ringelblumensalbe eincremte.

»In Ordnung. Nehmen Sie sich einen Kittel, und lassen Sie sich von Frau Berger alles zeigen«, wies Keller sie an.

Die Kollegin führte Leni zunächst ins Lager, einen großen hellen Raum hinter dem Empfangsbereich, der ein Fenster zum Hofgarten hinaus hatte. Leni sah die Tische und Stühle des Café Annast, die sich auf der Rückseite der Ladenzeile, in der der Salon seine Räume hatte, ausbreiteten, und den eben erst wieder errichteten Dianatempel im Zentrum des schlichten Parks. Falls sie eine Mittagspause machen durfte, würde sie ihn sich aus der Nähe ansehen.

Um sie herum standen Haarwaschmittel, Vitamin-Haarkuren und Cremepackungen in den Regalen des Lagers, Brillantinen, Pomaden und allerlei Chemikalien zum Anrühren von Haarfarben sowie Dauerwellwasser – überwiegend Produkte von WELLA und Schwarzkopf. Flauschige Handtücher stapelten sich, Schalen, Pinsel und Wattevorräte, die roséfarbenen Frisierumhänge der Damen hingen neben den schwarzen der Herren an Haken. Beim Anblick der vielen Tuben, Fläschchen und bunt bedruckten Verpackungen fühlte sich Leni wie damals vor dem Süßigkeitenstand auf der Auer Dult, nur der Duft nach gebrannten Mandeln und Zuckerwatte fehlte, stattdessen roch es nach Waschpulver.

Frau Berger deutete auf eine nagelneue Waschmaschine, neben der ein Paket Sunil stand, und auf einen Trockner. »Herr Keller beschäftigt eine Putzfrau, die das Waschen und Trocknen übernimmt«, sagte sie. »Sie kommt um sieben, wenn wir schließen, und kümmert sich auch um die Grundreinigung des Salons.«

»Ich verstehe.«

»Alles andere übernehmen die Lehrlinge und die Angestellten, die noch nicht so lange hier sind.« Leni nickte. »Ich bin seit fünfzehn Jahren dabei und arbeite als Friseurmeister in leitender Position.« Sie betrachtete Leni streng. »Wir schließen über

Mittag von zwölf bis zwei, eine Stunde steht Ihnen als Pause zu, die andere verwenden Sie darauf, Ihren Arbeitsplatz und Ihr Werkzeug in einwandfreiem Zustand zu halten, im Lager und im Salon neue Ware einzusortieren oder Handtücher zu bügeln, desgleichen nach Ladenschluss, falls nötig.«

Leni legte ihren Hut ab und zog sich einen weißen Kittel über. Dort, wo später vielleicht einmal ihr Name eingestickt sein würde, stand in dunkelblauer geschwungener Schrift *Salon Keller am Hofgarten*. Als sie zurückkam, fragte Keller mit Blick auf seine goldene Armbanduhr: »Wo ist Fritz?«

»Dem haben Sie doch aufgetragen, die neuen Zeitschriften zu besorgen, Herr Keller«, antwortete Lenis Kollegin.

»Aber nicht während seiner Arbeitszeit. Ich bezahle den Taugenichts nicht fürs Herumbummeln!«

»Er wird sicher gleich da sein, Herr Keller.«

Die erste Kundin kam in den Salon, eine kurvige Blondine Mitte zwanzig mit schmaler Taille in einem gelben Etuikleid und einem kleinen Strohhut mit zartem Federschmuck. Sie trug ihr gewelltes Haar kinnlang, und ein Hauch CHANEL N°5 umwehte sie. Leni glaubte, dass sie ein Mannequin oder eine Schauspielerin war, so graziös waren ihre Bewegungen. Keller begrüßte sie überschwänglich – »Charlotte, *it's a pleasure to welcome you*« – und wandte sich dann an Leni. »Marlene, Umhang, Handtücher und das Onalkali!« Er führte die Kundin zu ihrem Stuhl, wo sie ihren Hut abnahm, und Leni ging ins Lager. Sie nahm die Flasche mit der Aufschrift Onalkali-Kamillen-Haarwäsche, eines der Kabinett-Produkte von Schwarzkopf, aus dem Regal, und schnappte sich zwei weiße Handtücher und einen Frisierumhang.

»Sie dürfen Frau Lembke waschen, Marlene«, sagte Keller und bat Frau Berger, ein Auge darauf zu haben.

Leni stellte sich der Kundin vor, während sie ihr den Umhang umlegte. »Ich bin neu«, sagte sie, »des is mein Probetag.«

»Ich hatte auch einmal einen Probetag«, erwiderte sie, »das war bei Bogner, da haben sie in der größten Sommerhitze stundenlang Keilhosen und Anoraks an mir abgesteckt.«

»Sie arbeiten für Bogner?«

»Früher, unter anderem, aber das war, bevor ich geheiratet habe. Jetzt führe ich meine Kleider nur noch meinem Mann vor.«

»Was wird denn heut bei Ihnen g'macht, Frau Lembke?«, erkundigte sich Leni.

»Alexander sagt, wir ondulieren, und wenn Alexander das sagt, wollen wir ihm nicht widersprechen.«

Sie sprach Kellers Vornamen Englisch aus, was Leni wunderte, und auch, dass ihr Chef selbst so oft Englisch sprach.

»Darf ich?«, fragte sie, drehte den Stuhl der Kundin um und kippte ihn nach hinten. Eine weitere Dame nahm Platz. Eine korpulente Frau in den Sechzigern, die ihr Haar in einem auffälligen Roséton gefärbt hatte und deren weites wallendes Sommerkleid sie wie eine mintfarbene Wolke aus Seide und Chiffon umgab. Sie hatte ihre Nägel rot lackiert und liebte offensichtlich Modeschmuck. Die langen Ketten um ihren Hals und ihre vielen Armreife klimperten, als sie sich setzte.

»Ein neues Gesicht in den heiligen Hallen«, sagte sie mit tiefer rauchiger Stimme und lächelte Leni entwaffnend an. »Und noch dazu so ein hübsches. Lotte-Schatz, wer ist die junge Dame, die dir die Haare wäscht?«

»Das ist Marlene, Sasa, sie hat heute ihren Probetag«, erklärte Lenis Kundin, die die Frau neben ihr wohl an ihrer Stimme erkannt hatte.

»Sasa Sorell, freut mich sehr, Herzchen«, stellte sich die füllige Dame vor, und eine weitere Kundin, die Gattin eines hohen amerikanischen Offiziers, die mit ihrer Familie in der neuen Siedlung am Perlacher Forst nahe der McGraw-Kaserne wohnte, was Leni wenig später von ihr erfuhr, begrüßte sie ebenfalls: »*You're welcome.*«

»*Thanks, Missis* ...«, versuchte sich Leni an dem wenigen Englisch, das sie beherrschte.

»Randall«, sagte Charlotte Lembke, der Leni die Haare zum zweiten Mal schamponierte, »den Namen müssen Sie sich merken, falls Sie mal Ihr Silberbesteck oder die Kronjuwelen zu Geld machen wollen.«

Leni wollte gerade fragen, warum, da traf sie ein strafender Blick ihrer Kollegin. Dass sich die drei Stammkundinnen, die jeden Samstag um acht auf diesen Stühlen Platz nahmen, gleich auf Anhieb so gut mit der Neuen verstanden und sie sich so schnell eingewöhnte, missfiel ihr offensichtlich.

»Können Sie mit dem Onduliereisen umgehen, Marlene?«, fragte sie Leni deshalb lauter als nötig, damit es auch alle mitbekamen.

»Ja, Frau Berger.«

»Dann heizen Sie es an, während Helga Frau Lembkes Haare trocknet. Herr Keller wird sich das dann ansehen.«

Leni ging ins Lager und suchte die Brennscheren und Frisierlampen, über deren offener Flamme die Eisen erhitzt wurden. Sie fand sie zusammen mit vorgeschnittenem Papier. Helga hatte derweil ein Tischchen neben den Stuhl der Kundin gestellt, auf dem Leni die Frisierlampe platzierte, die mit Spiritus betrieben wurde. Sie versicherte sich, dass die Haare der Kundin auch nicht zu trocken waren, wischte mit dem Papier den Ruß vom Eisen, führte es vorsichtig in die Nähe ihrer Lippen, um die Temperatur zu überprüfen, und begann dann unter der Aufsicht des Chefs die Locken einzudrehen.

Leni wickelte mit der rechten Hand eine Strähne nach der anderen vom Ansatz zu den Spitzen auf und öffnete und schloss die Brennschere dabei regelmäßig, während sie mit der linken Hand die Haarsträhnen glättete, um ein Verdrehen zu verhindern. Zwischendurch steckte sie die fertigen Locken fest. Das Eisen musste immer wieder erhitzt, abgewischt und die Hitze erneut überprüft werden. Leni arbeitete so zügig wie möglich und sprühte zwischendurch Wasser aufs Haar.

»Warum wickeln Sie vom Ansatz zu den Spitzen und nicht umgekehrt?«, fragte Keller sie – eine rhetorische Frage, wie ihr schien –, obwohl viele Friseure diese Methode noch immer anwendeten, aus Angst, mit der heißen Brennschere zu nah an die Kopfhaut der Kundin zu kommen. Verbrennungen kamen beim Ondulieren immer wieder vor.

»Damit die größte Hitze nicht an die empfindlichen Spitzen kommt, Herr Keller.«

»So ist es. Hier denkt jemand mit«, sagte er mit Blick auf Helga, das Lehrmädchen, aber Lenis Kolleginnen, von denen sie sich bisher nur den Namen von Frau Berger gemerkt hatte, fühlten sich offenbar auch angesprochen. Eine Friseuse nickte.

Mittlerweile waren alle Stühle im Salon besetzt, und auch die Herrenfriseure waren bei der Arbeit. Es gab zwei: einen hageren Mann Anfang vierzig und einen, der nicht viel älter als Leni war. Als sie auf ihrem Weg ins Lager durch den Herrensalon gekommen war, hatte sie gesehen, wie sein Kamm in beachtlicher Geschwindigkeit durch die Haare seines Kunden geglitten und die Schere förmlich darüber hinweggeflogen war.

»Wie ich sehe, kommen Sie zurecht«, sagte Keller nach einer Weile zu Leni und ging zu der Dame hinter der Verkaufstheke, die das Telefon und die Kasse bediente. Keller hatte sie bei Lenis erstem Besuch Maria genannt. Sie half ihm, wie es schien, auch im Büro.

»Sag, Lotte, hast du schon gelesen, dass die Herzogin von Windsor ihre Memoiren nach Hollywood verkauft hat?«, fragte Sasa Sorell Lenis Kundin und zog sich im Spiegel die Lippen nach.

Leni spitzte die Ohren. Sie wusste, dass der englische König Edward VIII. vor zwanzig Jahren abgedankt und die Amerikanerin Wallis Simpson geheiratet hatte.

»Reist sie immer noch mit ihrem Mann und den Möpsen von Hotel zu Hotel?«, erkundigte sich Charlotte Lembke.

»Und mit zwanzig Koffern, ja. Im Juni sind sie im Splendido in Portofino abgestiegen.«

»Da habe ich meine Flitterwochen verbracht. An der ligurischen Küste«, sagte Lenis Kundin, ohne das Strahlen, das man bei einer jung verheirateten Frau erwarten würde.

Leni kannte einen Film mit Romy Schneiders Vater Wolf Albach-Retty in der Hauptrolle, der in Portofino spielte. Es war ein kleines Fischerdorf in Italien mit bunten Häusern und einem Hafen, in dem teure Segelschiffe und Jachten ankerten. Und überall gab es Palmen, und berühmte Schauspieler saßen in sündhaft teuren Restaurants. Sie hatte ein Bild von Portofino aus der *Neuen Illustrierten* im Salon ihrer Mutter aufgehängt und träumte, wenn sie es ansah, von einer Reise ans Meer.

»Und weißt du, wer Wallis spielen soll?«, kam Sasa Sorell auf ihre Frage zurück. »Jane Russell! Das dürre Huhn hat sich Jane Russell für ihre Rolle ausgesucht, da hätte sie auch dich nehmen können, Lotte, oder die Monroe.«

»Aber nur, wenn Marlene unsere Charlotte brünett färbt«, mischte sich Mrs. Randall in das Gespräch ein, die sowohl Lenis als auch Charlotte Lembkes Vornamen englisch aussprach. »*Alexander, can you dye Charlotte's hair like Jane Russell's?*«, fragte sie den Chef.

»Verzeihung bitte?« Keller kam zu ihr herüber. Mrs. Randall übersetzte ins Deutsche, ob er Charlottes Haare nicht wie die von Jane Russell färben könne. Leni beschloss, dass sie, wenn sie die Stelle bei Keller bekäme, ihren Englisch-Wortschatz erweitern und auch an ihrem Dialekt arbeiten würde. Hans sprach ihn fast gar nicht mehr.

»Wir färben jeden Ton, gnädige Frau, aber empfehlen würde ich es auf Blond nicht, *not a bit*.«

»Mir hat er von Rosé abgeraten«, sagte Sasa Sorell, »und Silber empfohlen. Silber, meine Damen, das habe ich zuletzt 1920 getragen, als ich auf der Bühne des Moulin Rouge mit zwei Briefmarken bekleidet aus einem Schaumbad gestiegen bin.«

Leni glaubte, sich verhört zu haben. Instinktiv griff sie an die Knopfleiste ihrer Bluse, die bis zum Kragen hinauf geschlossen war.

»Sasa, du schaffst es noch, dass Marlene rot wird«, rügte Charlotte Lembke sie und erklärte dann: »Sie war ein bekanntes Revue-Girl, müssen Sie wissen, Marlene, und managt heute ihre eigene Tanztruppe.«

Leni frisierte nun die Locken ihrer Kundin aus und zeigte ihr das Ergebnis im Handspiegel. Sie wollte die fertige Frisur gerade taften, da zückte Keller einen Stielkamm aus echtem Schildpatt, drapierte demonstrativ eine Locke neu, rief »*Marvelous!*« und sprühte dann das Taft darüber. Eine der Kolleginnen seufzte anerkennend. »Sehen Sie den Unterschied?«, fragte er Leni, und sie nickte, obwohl sie ihn nicht sah. Frau Berger lächelte süffisant und schaltete Sasas Trockenhaube ein.

Lenis Tag ging arbeitsreich weiter. Sie bediente bis zwölf Uhr vier weitere Kundinnen und saß dann mit den Lehrlingen im Hofgarten und aß das Wurstbrot, das sie sich mitgebracht hatte.

»Warum nennen denn die Kundinnen den Herrn Keller alle Alexander?«, fragte sie Helga, die ebenfalls ihre Brotzeit auspackte.

»Weil er in London gelernt hat«, erklärte sie ihr ehrfurchtsvoll.

»Genau«, stimmte Fritz Helga zu, »zusammen mit ›Mr Teasy-Weasy‹, der eigentlich Bessone heißt, Raymond Bessone, so ein Starfriseur.«

»Das musst du wissen«, meinte Helga ernst, »da ist der Herr Keller stolz drauf, deshalb spricht er ja auch dauernd Englisch.«

Leni war beeindruckt. Von Raymond Bessone hatte sie zwar noch nicht gehört, aber dass es Friseure gab, die berühmt waren, und manche von ihnen sogar im Fernsehen auftraten, wusste sie. Allesamt Männer natürlich, mit eigenen Salons in New York, London oder Paris.

Am Nachmittag legte Leni Wasserwellen und sah zu, wie Frau Berger einer Kundin die Haare mit einem Blondierbad aufhellte, sie anschließend mit einer Lecithin-Ölkur behandelte und dann eine Kaltwelle machte. Der richtige Umgang mit den Chemikalien, wie etwa der Kaltwelllösung, sowie dem Wasserstoffsuperoxyd und Weinstein zum Fixieren, bedurfte großer Erfahrung, doch das Ergebnis war phänomenal. Am Ende der Verwandlung sah die Kundin fast wie Marilyn Monroe aus, deren Bild sie aus einer Illustrierten ausgeschnitten und mit in den Salon gebracht hatte. »Genau so!«, hatte sie zu Frau Berger gesagt, und die hatte das Unmögliche möglich gemacht.

»Ich empfehle einen kräftigen Lidstrich, *my dear*«, riet Herr Keller der Dame, bevor sie seinen Salon strahlend verließ, »und Ihre Lippen müssen leuchten. Darf es noch eine Pflegepackung für zu Hause sein?«

Am Abend putzte Leni mit Helga, Benny und Fritz zusammen die Waschbecken und Spiegel, während die Putzfrau, die pünktlich um sieben Uhr gekommen war und die Waschmaschine befüllt hatte, fegte und die Böden wischte. Als Leni ihren Hut aufsetzte und die Spitzenhandschuhe über ihre geröteten Hände zog, war es bereits acht.

»Marlene«, zitierte Herr Keller sie zu sich ins Büro.

»Ja, Herr Keller?«

»Ihre Arbeit war akzeptabel, Sie haben ein gutes Auge und sind geschickt.«

»Vielen Dank.«

»Und die Kundinnen mögen Sie, wie es scheint, Sie haben heute das meiste Trinkgeld bekommen. Frau Lembke hat Sie ganz besonders gelobt.«

Leni war erleichtert.

»Aber Frau Berger sieht noch Defizite, sie wollte sie deshalb nicht uneingeschränkt empfehlen, und dem stimme ich zu.«

»Ich lern schnell, bestimmt.«

»Ich lerne schnell«, verbesserte Herr Keller ihre Aussprache.

»Ja, ich lerne schnell. Und mein Englisch werd aa no besser.« Keller rollte mit den Augen und fuhr sich über den schmalen Oberlippenbart. »Sie fangen am 1. September an«, sagte er dann zu Lenis Überraschung, »und verdienen im ersten Jahr dreihundertsechzig Mark im Monat plus Trinkgeld. Haben Sie Fragen zu Ihren Arbeitszeiten?«

»Nein, Herr Keller. Montag bis Samstag, ich komm um halb acht und geh, wenn die Arbeitsplätze für den nächsten Tag hergerichtet sind.« Offiziell hatte Leni eine Achtundvierzig-Stunden-Woche, doch in Wahrheit würden es mehr werden. Aber das war sie aus dem Salon ihrer Mutter gewohnt.

»Urlaub gibt es im ersten Jahr keinen, aber Sie haben alle zwei Wochen einen freien Tag zum Ausgleich der Überstunden. Stimmen Sie sich mit Ihren Kolleginnen und mit Maria ab, die die Termine koordiniert. Der Samstag ist ausgenommen. Ich schicke Ihnen Ihren Arbeitsvertrag zu. Ach, und Marlene ...«

»Ja, Herr Keller?«

»Bitte verzichten Sie in meinem Salon auf diese Schuhe.«

7

Das Medizinische Quartett hatte sich am Sonntag bei Schorsch zum Lernen verabredet, aber Frieda war die Einzige, die erschien.

»Hans hat noch gespielt, als ich letzte Nacht gegangen bin, und Karl hat einen ganzen Bienenschwarm betört«, berichtete sie. Sie waren zu viert im Tabu gewesen, aber Schorsch war wie immer als Erster nach Hause gegangen und hatte noch in seiner Dunkelkammer gearbeitet.

»Dann sehen wir sie wohl erst am Nachmittag im Kino«, meinte er.

»Wenn Hans bis dahin ausgeschlafen hat.«

»Hat er dir eigentlich erzählt, was Brandstätter zu ihm gesagt hat? Er sollte doch in seine Sprechstunde kommen.«

»Nein, kein Wort.«

Schorschs Vater saß in der Küche über einem Briefmarkenalbum, als Schorsch mit Frieda hereinschaute, und hielt eine Pinzette in der Hand. Auf dem Stuhl neben ihm stapelten sich Fachzeitschriften: *Der Sammler-Express* und *Die Lupe*, in denen er oft stundenlang las.

»Grüß Gott, Fräulein Schmidt«, begrüßte er Frieda.

»Sagen Sie doch endlich Frieda und du zu mir, Herr Lindner«, bat sie ihn zum wiederholten Mal.

»Einen Kaffee, Frieda?«, fragte er.

»Gern, ich bin heute kaum aus dem Bett gekommen.«

»Wird wieder gelernt?«

»Die Anatomie des Herzens und kardiovaskuläre Erkrankungen. Wir frischen den Stoff aus den letzten Semestern auf.«

»Die Anatomie des Herzens«, wiederholte Schorschs Vater andächtig, und Schorsch erinnerte sich, dass er ihm das Wort einmal erklärt hatte: Anatomie – dem Erkenntnisgewinn dienende Zergliederung von menschlichen und tierischen Körpern. Ein zergliedertes Herz, hatte er damals gedacht. In Fachbüchern stand alles über die Pathologie, aber kein Wort über den Schmerz, nicht im Handbuch der Inneren Medizin und auch nicht im Anatomie-Atlas, die beide in Schorschs Zimmer im Regal standen. Und auch kein Wort über die Liebe.

»Und Sie?«, fragte Frieda seinen Vater.

»Ich habe den Anfang von allem gefunden«, erklärte er glücklich.

»Den Anfang der Welt?«

»Den Anfang meiner Welt. Einen schwarzen Einser von 1849, Frieda, der Grundstein der Sammlung, siehst du?« Sein Vater deutete auf die Briefmarke auf der ersten Seite des Albums. »Breitrandig mit vollständigen Zwischenlinien und einem schönen zentrischen Abschlag«, sagte er andächtig, als beschriebe er das Gesicht eines geliebten Menschen.

Schorsch sah es vor sich. Er sah sie beide vor sich – immerzu.

»Wir fangen dann mal an«, unterbrach er das Gespräch.

»Kommst du, Frieda?«

»Klar. Noch einen schönen Sonntag, Herr Lindner.«

Schorsch hatte das größte Zimmer in der Genossenschaftswohnung, einen Schreibtisch, um den Frieda ihn, wie sie sagte, beneidete, und eine stattliche Sammlung an Fachliteratur, wenngleich sie nicht so umfangreich war wie Karls. Schorschs *Pschyrembel* – das klinische Wörterbuch – und seine Enzyklopädie der Medizingeschichte stachen besonders heraus. Weniger privilegierte Studenten wie Frieda mussten sich jedes Buch ausleihen, das wusste Schorsch, sie verbrachte halbe Tage in der Medizinischen Lesehalle am Beethovenplatz oder versuchte, alte Ausgaben auf dem Trödelmarkt zu erstehen.

»Hast du deine Lernkarten dabei?«, fragte er.

»Natürlich, hier.« Frieda holte ein Bündel handbeschriebener Karteikarten mit kleinen schematischen Zeichnungen aus ihrer abgewetzten ledernen Aktentasche, die überquoll.

»Was schleppst du denn da alles mit dir herum?«, fragte Schorsch, und Frieda begann zu kramen.

»Mein Stethoskop«, zählte sie auf, »Simone de Beauvoirs *Das andere Geschlecht*, einen abgebrochenen Kamm, die andere Hälfte benutzt meine Zimmernachbarin, einen Gedichtband von Stefan George und meine Geldbörse.« Frieda stutze. »Verflucht, wo sind meine Schlüssel?«

»Die hast du gerade mit den Lernkarten aus deiner Tasche gezogen.«

»Oh! Na, dann …« Frieda steckte sie wieder ein.

»Wann machst du die Karten nur?«, wollte Schorsch wissen.

»Nachts.«

»Da mache ich Abzüge.«

»Kann ich die endlich mal sehen? Diese Geheimniskrämerei ist auf Dauer ermüdend. Und dass es in eurer gesamten Wohnung kein einziges Bild von deiner Mutter gibt, finde ich, ehrlich gesagt, auch ziemlich merkwürdig.«

»Im Schlafzimmer meines Vaters steht eines.«

»Sprecht ihr manchmal über sie?«

»Nein. Können wir jetzt bitte anfangen?«

Frieda setzte sich zu Schorsch auf den Boden und nahm die oberste Karte vom Stapel. »Gut. Was versteht man unter einer Mitralklappeninsuffizienz?«

»Die akute oder chronische Schlussunfähigkeit der Mitralklappe aufgrund morphologischer Veränderungen am Klappensegel, Klappenanulus, Chordae tendineae …«

»Zeigst du sie mir?«, unterbrach Frieda Schorschs Aufzählung.

»Wen?«

»Na, deine Fotos, ich will sie sehen.«

»Die sind nichts Besonderes.«

»Das kann ja wohl kaum sein, so viel Zeit, wie du darauf verwendest.«

»Frieda, ich …«

»Fotos gegen Lernkarten«, sagte Frieda, schnappte sich den Stapel und hielt ihn über ihren Kopf. »Entweder ich darf deine Fotos sehen, oder du lernst in Zukunft ohne mein geniales System.« Schorsch zögerte. »Die weite Welt der Medizin, Schorsch«, lockte ihn Frieda, »selektiert und komprimiert.«

»Ich zeige sie niemandem«, log er.

»Ich *bin* niemand, das siehst du doch jeden Tag an der Uni. Ich bin quasi gar nicht vorhanden.«

Schorsch kämpfte mit sich. Eigentlich gab es keinen Grund, Frieda die Bilder nicht zu zeigen. »In der Schublade«, sagte er nach einer Weile und deutete zu seinem Schreibtisch hinüber. »Die tiefe, unten.«

Frieda zog sie auf und nahm die alten Kartons für Fotopapier heraus, die sich dort stapelten. Sie öffnete einen, blätterte durch die Bilder und legte sie nebeneinander vor sich auf den Boden.

»Leute?«, fragte sie. »Ich dachte, du fotografierst, wie die Stadt wiederaufersteht. Die Geschichte des bayerischen Phönix – eine Zeitreise.«

»Auch, aber nicht nur.«

»Kennst du die denn alle?«

»Nein, keinen.«

»Das da ist gut«, sagte Frieda und zeigte auf die Fotografie einer Frau, die in einem Polstersessel vor einer Ruine saß. Sie las Zeitung, als würde sie sich nur eben ein paar Minuten ausruhen, ehe sie wieder in ihre Küche zurück und an den Herd ging, nur dass da keine Küche mehr war und auch kein Herd. Ihr Gesichtsausdruck war gleichmütig. »Und das …« Ein alter Mann mit seinem Enkel auf dem Arm. Er betrachtete ihn voller Staunen, so als könne er nicht fassen, dass es ein Morgen gab. Eine neue hoffnungsvolle Generation, der das Versagen nicht mehr in den Genen steckte – hoffentlich. »Sie erzählen alle eine Geschichte«, sagte Frieda nachdenklich. »Darf ich?« Sie deutete auf einen anderen Karton, und Schorsch nickte. Auch er war voll mit Schnappschüssen von fremden Menschen, aber es gab auch Bilder von Parks, Bäumen und Großaufnahmen von Blumen. »Hast du uns auch fotografiert?«, fragte sie ihn.

»Hans, als er gespielt hat«, gab Schorsch zu und zog ein Foto aus einem Karton.

»Das war im Fendilator!«, sagte Frieda.

»Ja.«

»Verdammt, ist das gut!« Hans hatte seine Trompete an den Lippen und die Augen geschlossen. Er war so bei sich, als wäre er allein. Dabei spürte man die tobende Menge im Hintergrund und roch förmlich die rauchgeschwängerte, verbrauchte Luft, die um ihn herum vibrierte. »Das wäre ein erstklassiges Motiv für seine erste Plattentasche.«

»Und das«, sagte Schorsch und gab Frieda ein weiteres Bild, das Karl an der Bar zeigte, am selben Abend, eine Zigarette im Mundwinkel. Er starrte gedankenverloren in ein Glas.

»Ich weiß nie, ob das nur eine Masche ist oder ob er wirklich so zerrissen ist, wie er immer tut«, sagte Frieda. »Manchmal möchte ich Karl einfach nur in den Arm nehmen und dann wieder schlagen. Er ist so widersprüchlich, man kann einfach nicht in seinem Innenleben blättern.«

»Ich glaube, dass er sich oft mit seinem Vater streitet«, meinte Schorsch.

»Sind die nicht beide in derselben Verbindung?«

»Schon. Und sein Bruder auch. Das Lebensbundprinzip, da bleibst du für immer dabei.«

»Das passt überhaupt nicht zu Karl.«

»Findest du?«

»So ein schnöseliger Verein, der Frauen nur als Accessoires betrachtet und deutsches Liedgut singt?«, erregte sich Frieda. »Regeln wie im Mittelalter und dann diese alberne Fechterei und das ganze Gerede von Ehre. Dabei trinkt die selbst ernannte akademische Elite sich nur gegenseitig unter den Tisch und quält Neulinge.«

»Die nennen sie Füchse und das Anwerben keilen«, wusste Schorsch.

»Das muss am Alkohol liegen, der vernichtet bekanntlich Gehirnzellen«, kommentierte Frieda die waidmännische Sprache trocken und schob die Fotos wieder zusammen. »Danke, dass du mir die gezeigt hast«, sagte sie. »Es ist schön, die Welt mal mit deinen Augen zu sehen.« Sie wollte sie gerade zurücklegen, als sie auf ein Foto stieß, von dem Schorsch vergessen hatte, dass es in diesem Karton lag. »Das ist Hans' Schwester!«, sagte sie überrascht. »Wann hast du das denn gemacht?«

»Bevor sie mich am Bahnhof nach dem Weg gefragt hat. An dem Tag, an dem sie Hans in München besucht hat.«

Frieda sah ihn verwundert an, und Schorsch hatte das Gefühl, es erklären zu müssen.

»Es war nur ein Zufall. Ich habe sie fotografiert, und kurz darauf hat sie mich angesprochen und nach dem Weg gefragt.« Tatsächlich hatte er sie angesprochen, aber das war nicht wichtig.

»Hey, das Foto ist wunderschön, das musst du ihr schenken. Wir treffen sie doch heute, da kannst du es ihr geben.«

»Nein. Sie könnte es falsch verstehen.«

»Wie denn?«

»Na, eben … falsch.« Schorsch rang schon wieder um Worte. »Und so gut ist es auch wieder nicht.« Er nahm Lenis Bild, legte es in den Karton zurück und räumte ihn und die anderen weg. Dass er noch einen zweiten Abzug gemacht hatte, einen kleineren, den er in seiner Brieftasche mit sich herumtrug, erwähnte er nicht. Andere hatten Glücksbringer in ihren Geldbeuteln –

Ein-Pfennig-Stücke mit dem G der Münzprägeanstalt von Karlsruhe zwischen dem Kleingeld oder ein gepresstes, vierblättriges Kleeblatt bei den Ausweispapieren. »Machen wir weiter?«, fragte Schorsch.

»Ich erinnere mich gerade an meine Famulatur in der Kardiologie der Medizinischen Klinik, wo ich mit Hans war«, sagte Frieda. Nach der neuen Bestallungsordnung waren zwar nur noch drei Monate praktischer Arbeit in verschiedenen Fachrichtungen und Krankenhäusern vorgeschrieben, die die Studenten über ihre gesamte Studienzeit von zehn Semestern verteilt in der vorlesungsfreien Zeit ableisten mussten, doch viele Studiosi waren länger als Famulus tätig, um Erfahrungen zu sammeln. »Da sollte ich einer herzinsuffizienten Patientin, die kaum noch punktierbare Venen hatte, Blut abnehmen. Der Oberarzt hat natürlich gehofft, dass ich mich blamiere.«

»Und?«

»Geschafft beim ersten Versuch! Das war zwar pures Glück, aber das Gesicht des werten Herrn Doktor war Gold wert, *das* hättest du fotografieren müssen!«

Schorsch ärgerte sich häufig darüber, wie Ärzte und Dozenten Frieda behandelten – überheblich und im besten Fall gönnerhaft. Alle außer Dr. Brandstätter, der ihr auf Augenhöhe begegnete. »Wie hältst du das nur durch, Frieda? Das frage ich mich oft«, sagte er.

»Ich visualisiere, wie ich in zehn Jahren ihre Stelle übernehme. Und das rate ich auch den anderen weiblichen Medizinstudenten. Ich bin ja nicht die Einzige.« Frieda überflog die Lernkarte in ihrer Hand. »Nenne mir Komplikationen bei der Mitralklappeninsuffizienz«, forderte sie Schorsch auf.

»Kardiogener Schock, Lungenödem, Thromboembolien, bakterielle Endokarditis.«

Frieda blickte skeptisch. »Das glaube ich dir nicht, Schorsch«, sagte sie.

»Doch, sicher, ausgelöst durch Streptokokken oder Staphylokokken.«

»Ich meine das mit Lenis Bild, dass es nur eines unter vielen ist, das glaube ich dir nicht. Ich habe doch mitbekommen, wie du sie angesehen hast, als wir bei Hans' Mutter waren. Und wie du Karl angesehen hast, als er mit ihr in der Küche verschwunden ist und sie später ins Kino eingeladen hat.«

Schorsch starrte auf den Fußboden. »Glaubst du, dass es das gibt, Frieda«, fragte er sie leise und hatte Angst, sie würde ihn auslachen, »Liebe auf den ersten Blick?«

»Natürlich. Ist mir zwar noch nicht passiert, aber ich bin ja auch anders. Wenn ihr *mein* Herz mal auf dem Tisch liegen habt, findet ihr kein Gramm Romantik in dem Ding.«

»Das stimmt nicht, Frieda, das sagst du nur, weil du dich fürchtest. Aber ich habe auch Augen im Kopf.«

Frieda stutzte. »Was meinst du damit?«

»Dass du dich auch nach jemandem sehnst.«

»Was du dir einbildest ...«

»Ich bilde mir ein, dass du unsere Dozentin vom Impfkurs gernhast, die, die in der Poliklinik arbeitet.« Frieda schwieg.

»Frieda, wenn ich es zugeben kann, dann kannst du es auch.«

»Nein, *ich* kann es nicht, Schorsch«, sagte sie bitter.

8

Leni war am Morgen schon vor ihrer Mutter aufgestanden und hatte einen Korb Wäsche gebügelt, frisches Brot beim Bäcker Schaller geholt, im Garten ein paar Rosen geschnitten, sie in einer Vase auf den Küchentisch gestellt und Kaffee aufgebrüht.

»Des hast aber heut schön herg'richt«, sagte ihre Mutter, als sie herunterkam, und legte etwas auf den Tisch, das in Packpapier eingeschlagen war.

»Ich wollt nur …« Leni konnte den Satz nicht zu Ende sprechen. Sie merkte, wie der Kloß in ihrem Hals immer größer wurde, weil ihre Mutter am Vorabend so gut wie nichts dazu gesagt hatte, dass sie die Stelle in München bekommen hatte. Jetzt weinte sie, und ihre Mutter nahm sie in den Arm. »Es is nur, weil …«

»Weil ich mich gestern net für dich g'freut hab.«

»Du bist der wichtigste Mensch in meinem Leben, Mama, du und der Hans, und wenn …«, Leni schluchzte, »wenn dich des so traurig macht, dann geh ich nicht nach München, dann bleib ich da.« Das hatte sie in der Nacht beschlossen, als sie sich in ihrem Bett von einer Seite auf die andere gewälzt hatte und die halbe Nacht nicht schlafen konnte.

»So weit kommt's noch!«, protestierte ihre Mutter. »Dass du dich von mir abbringen lässt.«

»Aber …«

»Nix! Ich hab drüber g'schlafen, Leni, und jetzt gewöhn ich mich langsam an den Gedanken.«

»Wirklich?«

»Wirklich.« Lenis Mutter griff zur Erdbeermarmelade, die sie im Frühjahr zusammen eingekocht hatten. »Und nach dem Gottesdienst zünd ma heut in der Kirch a Kerzerl an und bedanken uns beim Himmivater für die gute Stell.«
Jetzt musste Leni noch mehr weinen, die Erleichterung war einfach zu groß. Ihre Mutter nahm das Päckchen und schob es ihr über den Tisch. »Mach's auf«, sagte sie.
Leni wickelte das Papier ab und hielt einen petrolfarbenen, schimmernden Baumwollstoff in der Hand.
»Den kenn ich gar net«, sagte sie und strich andächtig darüber.
»Den hab ich mir für ein Kleid gekauft, des ich nähen wollt, wenn dein Vater heimkommt.«
»Und jetzt?«
»Jetzt näh ich dir eins. Für München. Damit du dir net immer was von der Ursel ausleihen musst.«

Das mintfarbene Kleid von der Ursel zog Leni trotzdem noch einmal an, diesmal sogar mit einem Petticoat darunter, und stieg dann damit in den Zug nach München – zum zweiten Mal an diesem Wochenende. Im Fenster, das die Reisenden trotz der Hitze nicht öffneten, da sonst der schwarze Qualm der Lokomotive hereinzog, sobald der Heizer vorne Kohlen nachlegte, sah sie ihr Spiegelbild. Sie trug noch ihre strenge Kirchgangsfrisur, aber jetzt machte sie ihre Zöpfe auf und steckte ihre langen Haare an den Seiten mit zwei Kämmchen hoch, die sie aus ihrer Handtasche fischte. Dass die Mitreisenden sie dabei beobachteten, störte sie nicht, und auch nicht, dass eine alte Bäuerin, die einen großen Korb auf ihrem Schoß balancierte und ihr schwarzes Kopftuch tief in die Stirn gezogen hatte, verständnislos den Kopf schüttelte. Sie brachte ihren Verwandten in der Stadt sicher frische Lebensmittel.

»Seit wann trägst du denn deine Haare offen?«, fragte Hans sie verwundert, als er Leni vom Bahnsteig abholte.

»Seit ich die Stelle im Salon Keller bekommen hab«, erwiderte sie stolz und erzählte ihrem Bruder von ihrem Probetag.

»Ich wusste, dass er dich nimmt!«, freute sich Hans. »Und was sagt unsere Mutter dazu?«

»Sie ist enttäuscht, dass ich bald nimmer mit ihr im Salon arbeite, aber sie will's mir auch net verderben. Und ich wohn ja weiter bei ihr.«

Die beiden gingen am Nachlöseschalter vorbei und neben der Milchstube und dem Zeitungsladen durch die großen Schwingtüren in die Schalterhalle. Vor dem Raritätenkino, das hier für fünfzig Pfennig die Wochenschau und Dokumentationen aus aller Welt zeigte, stand eine Menschenschlange, doch draußen auf dem sonst so quirligen Bahnhofsvorplatz ging es heute vergleichsweise ruhig zu. Leni raffte ihre Röcke, setzte sich auf Hans' Gepäckträger, und sie fuhren den gleichen Weg zum Kino, den sie gestern schon zu Fuß zur Arbeit gegangen war, nur nicht ganz so weit. Am Platz der Opfer des Nationalsozialismus, Ecke Brienner Straße saßen Frieda und Karl vor dem Café Espresso, das Fred Krauss unweit des Luitpoldblocks in einem Neubau mit moderner Glasfassade eröffnet hatte. Aus dem Café drang Musik von Bill Haley und den Comets: *Rock Around The Clock*.

»Willst du was trinken, Leni?«, fragte Frieda sie, nachdem sie sich begrüßt hatten. »Wir haben noch Zeit.«

»Ach, ich brauch nix, danke.« Leni wollte ihr Geld lieber zusammenhalten, sie musste sich bald ein neues Paar Schuhe kaufen.

»Trink bei mir mit«, sagte Karl und schob ihr sein Limonadenglas über den Tisch.

Leni nippte daran. Sie wusste nicht, ob Karl seinen Freunden erzählt hatte, dass er am Mittwoch bei ihr im Friseursalon gewesen war, und sagte deshalb nichts, als er sich demonstrativ durch die Haare fuhr und sie anlächelte.

»Gleich wirst du Autogramme schreiben müssen«, witzelte Frieda, die eine Traube junger Mädchen im Blick hatte, die abwechselnd auf das überdimensionale Filmplakat mit James Dean über dem Eingang des Luitpold-Filmtheaters und auf Karl zeigten. »Setz lieber deine Sonnenbrille auf, Herzensbrecher.«

»Du weißt, dass James Dean tot ist, Frieda?«, fragte Karl und zündete sich eine Chesterfield an, dieselbe Marke, die auch sein berühmter Doppelgänger geraucht hatte. Er schob die Packung über den Tisch, und Frieda und Hans bedienten sich.

»*Ich* weiß es«, erwiderte Frieda, »aber die kleinen Groupies hoffen womöglich auf eine Wiederauferstehung.«

»Wo bleibt eigentlich Schorsch?«, fragte Hans.

»Den habe ich unterwegs verloren«, erklärte sie ihm. »Wir haben im Gegensatz zu gewissen anderen Leuten stundenlang Stoff bei ihm wiederholt, sind dann zusammen losgegangen und haben am Pündterplatz einen alten Mann gefunden, der in der Grünanlage lag. Kaum ansprechbar.«

»Betrunken?«, fragte Karl.

»Nein, Diabetes mellitus. Er hatte seit dem Frühstück nichts mehr gegessen.«

»Eine Schnelldiagnose?«

»Nein, Schorsch kannte ihn. Es war einer aus dem Ledigenheim.«

»Ach so.«

»Was ist das?«, fragte Leni.

»Eine Einrichtung, in der alleinstehende Männer, die sich keine Wohnung leisten können, billig ein Zimmer mieten können«, wusste Frieda. »Mit Gemeinschaftsduschen und einer Küche für alle, wo sie sich versorgen können.«

»Und wieso kannte Schorsch den Mann von da?«

»Na, er arbeitet dort. Ehrenamtlich.«

»Wirklich?«

»Wirklich. Schorsch rettet für uns die Welt«, sagte Frieda.

»Und keiner rettet ihn!«, spottete Karl und stand auf. »Wollen wir dann? Oder kommt er noch?«

»Nein. Er hat den Mann mit Schokolade auf die Beine gestellt und wollte ihn in die Bergmannstraße bringen.«

Der Film zog Leni sofort in seinen Bann. *... denn sie wissen nicht, was sie tun* spielte in Los Angeles, einer Stadt am Pazifischen Ozean, deren Namen sie auf einer der großen Landkarten in der Schule gelesen hatte, die sie für den Erdkundeunterricht immer zu zweit aus dem Keller hatten heraufholen müssen. Eine Bande jugendlicher Rowdys zwang einen Jungen, der neu in der Stadt war, zu einer lebensgefährlichen Mutprobe.

Leni saß in dem großen Kinosaal, der voll besetzt war, zwischen Karl und Frieda.

»Mutproben! So was fällt nur Jungs ein«, flüsterte die ihr ins Ohr, aber Leni reagierte nicht. Sie war so angespannt, als auf der Leinwand zwei Autos los- und auf eine Klippe zurasten, dass sie Frieda gar nicht wahrnahm. Buzz – der, der die Mutprobe angezettelt hatte – schaffte es nicht rechtzeitig, sich aus dem Wagen zu werfen, ehe er ins Meer stürzte, und Jim, den James Dean spielte, blickte fassungslos in die Kamera. Ein Raunen war durch den Zuschauerraum gegangen, als die Autos über die Klippe gerast waren, und ein Mädchen hatte sogar aufgeschrien.

Leni spürte Karls Blicke auf sich. Jetzt legte er seinen Arm auf die Rückenlehne ihres Sessels und neigte seinen Kopf in ihre Richtung. Nur ein wenig, gerade so weit, dass er ihr Haar berührte. Dass sie es heute offen trug, hatte seine Wirkung nicht verfehlt. Sie hatte einen kurzen Augenblick lang in Karls bewunderndem Blick gebadet, der ihr wie das kühle Wasser der Amper über die sonnengewärmte Haut gelaufen war.

Die Musik wurde lauter, Jim stritt sich mit seinem Vater, er schrie ihn an, und im Hintergrund heulten Polizeisirenen. Diese Welt der Halbstarken, die zu viel Alkohol tranken, mit dem Gesetz in Konflikt gerieten und sich gegen die Ideale ihrer Eltern auflehnten, war Leni fremd. Die kannte sie nicht aus Hebertshausen. Ihr Elternhaus glich einer Schneekugelwelt, einem bescheidenen Paradies unter einem Glassturz mit Regeln, an die sie sich hielt. Einer Welt, die Sicherheit bot, voller Geborgenheit war und ... eng, dachte sie jetzt immer öfter, da sie ein gläserner Himmel umspannte, der ihre Grenzen unpassierbar machte. Wenngleich ... Hans hatte einen Weg hinaus gefunden.

»Dieser Natalie Wood glaube ich ihre Rolle kein bisschen«, sagte Frieda und holte Leni aus ihren Gedanken zurück. »Die ist ja süßer als Karamellbonbons, und ihre Frisur sitzt einfach zu gut. So eine schleicht sich doch nachts nicht raus.«

»Ich weiß nicht«, antwortete Leni, die sich selbst gerade so fühlte, als hätte sie sich heimlich von zu Hause fortgeschlichen. Karls Arm lag noch immer auf der Rückenlehne ihres Kinosessels, und sein Knie berührte ihres. Natalie Wood und James Dean küssten sich in einer Großaufnahme. Die Mädchen im Kinosaal seufzten, und Leni war plötzlich wieder auf dem Waldfest. Dort, wo sie mit fünfzehn ihren ersten Kuss bekommen hatte, vom Müller Harry, der früher mit ihrem Bruder und den anderen Burschen seines Jahrgangs bei der Hitlerjugend gewesen war.

Hans hatte sich beim Jungvolk gequält, der Drill und die Disziplin lagen ihm nicht und dass er sich von einem Hordenführer, der kaum älter gewesen war als er, zum Strafexerzieren verdonnern lassen musste, nur weil die Uniform nicht richtig saß. Aber der Beitritt war nun mal nicht freiwillig gewesen oder das Erlernen des martialischen Liedguts: »Drum lasst die Fahnen fliegen in das große Morgenrot, das uns zu neuen Siegen leuchtet oder brennt zum Tod ...« Harry hatte die Lieder gemocht und sie noch lange gesungen, aber das hatte Leni damals nicht gewusst.

Ein lauter Knall erschreckte sie und dann noch einer. Im Film gab es eine Schießerei, bei der ein Junge, den sie Plato nannten, ums Leben kam. Er lag tot auf einer Bahre, und Jim alias

James Dean zog ihm mit zittrigen Fingern den Reißverschluss der roten Jacke zu, die er ihm geliehen hatte. »Ihm ist immer so kalt«, erklärte er mit bebender Stimme und kämpfte gegen seine Tränen an. Leni spürte, dass sie auch weinte. Karl gab ihr sein Taschentuch, und sie schämte sich, dass sie so rührselig war.

»Hat dir der Film gefallen?«, fragte er sie, als wenig später das Licht im Saal anging und alle aufstanden. Der Abspann lief.

»Schon, aber die Filme mit James Dean sind immer so traurig.«

»Das war sein Leben auch«, sagte Karl, »obwohl er berühmt gewesen ist, aber es ist eben nicht alles so, wie es scheint.«

Draußen auf dem Platz vor dem Kino sah Leni eine Frau, die ihr bekannt vorkam. Ihr blondes Haar war perfekt onduliert. Sie kam mit einer Freundin näher, und beide hatten Marilyn Monroes atemberaubende Sanduhr-Figur oder die von Liz Taylor oder der Loren. Sie trugen Keilhosen, schulterfreie Oberteile mit V-Ausschnitten und breite Gürtel, die neiderregend schmale Taillen betonten, wie sie nur Mieder und Korseletts zauberten. Leni konnte sich leider keines leisten. Sie trug nur ein einfaches Miederhöschen, einen Hüftgürtel und Büstenhalter.

»Was für ein Zufall, Marlene!«, sprach die Frau sie an, und Leni erkannte ihre erste Kundin aus dem Salon Keller wieder. »Waren Sie auch im Kino?«

»Ja, mit meinem Bruder und seinen Freunden.« Leni stellte ihr Hans und die anderen vor.

»Freut mich, dich wiederzusehen«, sagte Charlotte und strahlte Hans an.

»Ihr kennt euch schon?«, fragte Leni Hans verwundert.

»Aus einem Jazzclub, in den wir manchmal gehen. Charlotte war mit ihrem Mann dort. Und ihr?«

»Frau Lembke war gestern meine erste Kundin im Salon Keller«, erklärte Leni.

»Und Sie sind?« Frieda wandte sich an Charlottes Freundin.

»Oh, Entschuldigung«, holte sie die Vorstellung nach. »Das ist eine ehemalige Kollegin von mir aus Berlin, Eva Arendt. Wir treffen uns hin und wieder, wenn Eva in der Stadt ist.«

»Ehemalig?«, fragte Frieda und taxierte Eva. Sie war eine große schlanke Brünette mit dem Gesicht einer spätgotischen Madonna und einem ähnlich frechen Haarschnitt wie Friedas.

»Lotte ist die ehemalige«, stellte Eva die Sache richtig, »ich bin immer noch dabei.«

»Wo dabei?«, wollte Leni nun wissen, die sich erinnerte, dass ihre Kundin erzählt hatte, sie hätte für Bogner gearbeitet.

»Eva ist Mannequin und Fotomodell, so wie ich früher. Sie ist zurzeit im Modehaus Gehringer und Glupp unter Vertrag«, sagte Charlotte Lembke, »und führt morgen im Hotel Vier Jahreszeiten eine Kollektion vor.«

»Ich trete in die Fußstapfen der Miss Germany 1950«, erklärte Eva und lachte. »Susanne hat den Sprung über den Großen Teich in die Staaten geschafft.«

»Susanne?« Frieda wusste nicht, von wem Eva sprach, aber Leni glaubte, über die Miss Germany 1950 schon einmal etwas gelesen zu haben. In der CONSTANZE war ein Bild von ihr gewesen, auf dem sie am Frankfurter Flughafen in einem fantastischen Pelzmantel auf einem Berg von Koffern saß und sich daneben edle Hutschachteln stapelten. Leni hatte sie damals glühend darum beneidet, gleich in ein Flugzeug steigen und nach Amerika fliegen zu dürfen – das Land der unbegrenzten Möglichkeiten.

»Susanne Erichsen«, meinte Eva. »Das amerikanische *Time Life Magazine* nennt sie das ›Fräuleinwunder‹. Die kennen Sie nicht?«

»Nicht, wenn sie nicht in München Trambahn fährt«, entgegnete Frieda, »oder sich ab und zu irgendwo einweisen lässt.«

»Wollen wir vielleicht alle zusammen noch etwas trinken gehen?«, fragte Hans in die Runde, ohne Friedas Anspielungen zu erklären.

»Ich hab der Mama versprochen, dass ich gleich nach dem Kino heimkomm«, erinnerte ihn Leni.

»Du hast versprochen, dass du nicht allein im Dunkeln vom Bahnhof heimgehst«, korrigierte er sie. »Aber jetzt ist es erst sieben.«

»Oh, bitte, Marlene«, sagte Charlotte Lembke, »ich würde mich so darüber freuen. Dann können Sie mir auch erzählen, wie Ihr Tag gestern noch verlaufen ist.«

»Na, gut«, stimmte Leni zu, »aber dann müssen Sie mich duzen.«

»Und Sie mich. Frau Lembke klingt nach meiner Schwiegermutter.«

Die jungen Leute beschlossen, sich an einen der Tische direkt neben dem Haupteingang des Café Annast zu setzen, von wo aus sie auf den Odeonsplatz blicken konnten, und Leni erzählte Charlotte unterwegs, dass sie im September bei Keller anfangen würde.

»Dann lasse ich mich rechtzeitig bei dir eintragen«, sagte Charlotte, »nicht, dass Sasa dich mir wegschnappt.«

»Aber im Salon darf ich Sie …, ich mein, da darf ich dich dann net duzen«, meinte Leni.

»Natürlich nicht, Fräulein Landmann«, scherzte Charlotte, und Leni fing einen Blick von Karl auf, der sich in ihrem Bauch wie eine warme Welle ausbreitete.

Hätten Sie Zeit, mir die Haare zu schneiden, Fräulein Landmann?

Hatte er auch gerade daran gedacht?

Die jungen Leute saßen zusammen, bis die Straßenbeleuchtung anging und die Theatinerkirche in der Dämmerung hell erstrahlte. Die Stadt war voller Passanten, chromblitzende Autos mit fabrikneuer Lackierung rollten auf der Ludwigstraße vorbei, und das Bimmeln der Linie 3 unterbrach ihre Gespräche im Zehn-Minuten-Takt. Leni kannte München bei Nacht noch nicht, es strahlte so viel heller als Dachau, aber eigentlich hatte sie nur Augen für Karl, seine Blicke und die kleinen Gesten, die alles bedeuten konnten oder nichts.

Dein Motorrad is jetz Stadtgespräch – damit bringe ich dich am Sonntag nach Hause. Aber nur, wenn du mir versprichst, dass du dich gut an mir festhältst.

»Ich sollte jetzt wirklich langsam heim«, sagte Leni, weil sie sich wünschte, mit Karl allein zu sein.

»Mein Motorrad steht vorne am Illusionsbunker«, sagte er prompt, und Leni brauchte kurz, bis sie verstand, dass er das Kino damit meinte.

»Ich kann aber auch den Zug nehmen. Meine Mutter muss es ja nicht wissen«, entgegnete sie, nur um sich nicht anmerken zu lassen, wie sehr sie sich darauf freute, dass er sie nach Hause brachte.

»Kommt überhaupt nicht in Frage!« Karl stand auf und verabschiedete sich. »Wir sehen uns morgen«, sagte er zu Frieda und Hans und reichte Charlotte und Eva die Hand.

»Du kannst meinen Helm aufsetzen«, bot er Leni an, als sie vor seiner NSU standen, die zwischen unzähligen aufgefrisierten Mopeds am Straßenrand parkte. Ihre abmontierten Auspuffrohre verliehen ihnen den markerschütternden Sound, den die jungen Burschen, die sich keine richtige Maschine leisten konnten, so liebten.

»Des braucht's net, danke.« Leni flocht sich einen Zopf und band sich ein Kopftuch um, das sie wie Grace Kelly einmal um den Hals schlang, ehe sie es zuknotete. Ihre weiten Röcke legte sie, so gut es ging, um ihre Beine und bereute es, den Petticoat angezogen zu haben. Zum Motorradfahren eignete er sich nicht.

»Na dann«, sagte Karl.

Der Ruck, als er Gas gab, ging Leni durch und durch. Ihre

Arme um seinen Bauch geschlungen, drückte sie sich an seinen Rücken. Weil es so warm war, trug Karl keine Jacke, nur ein weißes Hemd, dessen Kragen offen stand. Sie spürte jeden seiner Muskeln unter ihren Fingern und atmete den Duft seines Rasierwassers ein und den von Benzin. Ihr war ein wenig schwindelig. Sie legte sich voller Angst, die Maschine könne wegrutschen, mit Karl in die Kurven und fuhr mit ihm über die Dachauer Straße an Allach vorbei und über Karlsfeld zwischen den Feldern hindurch bis Hebertshausen. Die Fahrt war viel zu kurz. Auf der Hauptstraße, an der Tankstelle vom Rabl, bedeutete Leni Karl anzuhalten.

»Was ist?«, fragte er sie mit laufendem Motor.

»Du kannst mich am Ende von der alten Dorfstraße absetzen, ich geh den Berg dann allein hoch.«

»Ich setze dich oben an der Schule ab«, sagte er und gab wieder Gas.

»Du willst wohl nicht, dass deine Mutter sieht, dass ich dich nicht mit dem Auto heimgebracht habe«, meinte Karl, als sie vor dem alten Schulhaus angekommen waren. Lenis Elternhaus lag gleich hinter der nächsten Kurve. Karl bockte die Maschine auf.

»Ist der Ausblick von der Kirche aus gut?«, fragte er und sah zu Sankt Georg hinüber.

»Wenn es hell ist schon.«

»Zeigst du ihn mir?«

»Jetzt?«

»Ist der Friedhof abgeschlossen?«

»Ich glaub schon.«

Karl ging zum Tor und drückte die Klinke herunter. Es schwang auf. »Komm«, sagte er leise.

»Wenn uns der Pfarrer sieht, bekommen wir Riesenärger«, flüsterte Leni und sah sich ängstlich um. Auf dem Grab ihrer Großeltern funkelte ein kleines Licht.

»Dann sollten wir hier nicht auf dem Präsentierteller stehen bleiben.«

Karl zog Leni zwischen den Gräbern hindurch über den dunklen Friedhof hinter die Kirche, von wo aus sie über eine niedrige Mauer in den Ortskern hinunter und auf Dachau und das Schloss sehen konnten. Der Mond stand schon am Himmel, die ersten Sterne blinkten, und die Nacht war immer noch warm. Grillen zirpten in den Wiesen und Hecken.

»Der Ausblick ist wirklich gut«, sagte Karl und sah Leni dabei an. Sie wurde schon wieder verlegen. Er knöpfte ihr Tuch auf, öffnete ihren Zopf und fuhr ihr durchs Haar. Sie stand wie angewurzelt vor ihm und hörte ihr Herz schlagen. Er musste es auch hören. »Deine Haare sehen aus wie ein Sonnenuntergang am Meer«, sagte er.

»Ich war noch nie am Meer.«

»Dann kennst du das Gefühl nicht, wenn dir das Wasser den Sand unter den Füßen wegzieht und deine Spuren verschluckt«, sagte er ernst, und Leni spürte wieder diese Verletzlichkeit, die ihr schon früher an ihm aufgefallen war. Er versteckte sie hinter lockeren Sprüchen, wie die Kriegsversehrten ihre Narben unter langen Hemdsärmeln, die sie nie aufrollten, oder Prothesen unter weiten Hosenbeinen. Der Wittmann Franz, mit dem ihr Vater zur Schule gegangen war und der der beste Schwimmer in der Gemeinde gewesen war, saß jetzt immer im Anzug an der Amper und sah stundenlang aufs Wasser, ohne hineinzugehen.

»Du kommst nirgendwoher und gehst nirgendwohin«, fuhr Karl fort.

»Nein, des Gefühl kenn ich net«, stimmte Leni ihm zu.

»Ich habe es oft.«

»Jetzt auch?«

»Jetzt habe ich das Gefühl, dass ich in deinen Spuren gehe.«

Karl legte seine Hand in Lenis Nacken und beugte sich zu ihr herunter. Er wird mich küssen, schoss es ihr durch den Kopf. Sie fühlte seinen Atem auf ihrem Gesicht, er roch nach Wein und dem Rauch der amerikanischen Zigaretten. Lenis Herz schlug noch schneller, sie stand in ihrer Schneekugelwelt, und um sie herum war ein einziges Wirbeln, bis Karl seine Hand zurückzog und sich auf die Mauer setzte. Er fingerte eine Zigarette aus seiner Hemdtasche und zündete sie an. Die Glut tanzte mit einem Glühwürmchen um die Wette.

Die Mädchen, die Karl vor dem Kino angehimmelt haben, waren alle wie Natalie Wood in diesem Film, dachte Leni in dem Moment. Sie schminkten sich, gingen nach der Arbeit aus, tranken Alkohol und flirteten. Sie stießen nicht wie sie ständig an Grenzen. Und deshalb würde Karl sie auch nicht küssen, er mochte sie, das schon, aber mehr war da nicht. In seinen Augen war sie nur die Schwester eines Freundes.

Die Nacht machte noch immer Geräusche, eine Katze strich über den Friedhof, vielleicht war es Frank. Die Turmuhr schlug zehn.

»Meine Mutter macht sich sicher Sorgen«, sagte Leni, denn sie wollte auf einmal nur noch nach Hause.

»Ja, du solltest gehen«, erwiderte Karl.

Zurück auf der Straße stieg er auf seine Maschine, setzte seinen Helm und die Schutzbrille auf, wendete und fuhr ohne ein weiteres Wort davon. Leni hörte den Motor der NSU noch, als Karl schon auf die Hauptstraße abbog und dort kräftig beschleunigte. Es klang fast wie das Aufheulen der Motoren im Film, als Buzz und Jim mit ihren Autos auf die Klippe zugerast waren.

In der Küche brannte noch Licht, Leni erkannte ihre Mutter hinter den Gardinen, sie saß am Küchentisch über einer Näharbeit. Leni öffnete das Gartentor und drehte sich noch einmal zur Kirche um. Sah in die Dunkelheit und sehnte sich nach einem Wunder.

9

Charlotte schlenderte mit Hans durch den Hofgarten und weiter Richtung Friedensengel. Ihre Freundin Eva war in ihr Hotel zurückgegangen, und Hans' Kommilitonin Frieda hatte angeboten, sie ein Stück zu begleiten.

Dass sie ihn wiedergetroffen hatte und jetzt mit ihm gemeinsam in die anbrechende Nacht spazierte, machte Charlotte glücklich. Sie hatte so oft daran gedacht, wie er am Straßenrand für sie Trompete gespielt und gesungen hatte. Und dann hatte sie *My Funny Valentine* auf Vinyl gekauft. Es war nur eine Fantasie, der Traum einer traurigen Ehefrau.

»Dann studierst du also Medizin«, sagte sie, »und ich dachte, du wärst Musiker.«

»Das wäre ich auch viel lieber. Ich habe mich nie als Arzt gesehen, ich mache das nur, weil mein Vater es sich gewünscht hat.«

»Kannst du ihn nicht umstimmen?«

»Er ist im Krieg geblieben, in Russland.«

»Das tut mir leid.« In seinem Blick lag dieselbe Verlassenheit, die auch in ihr war. Doch der Mensch, den sie verloren hatte, war sie selbst.

»Ich erinnere mich gar nicht mehr richtig an ihn«, sagte er und fragte: »Leben deine Eltern noch?«

»Ja, beide, in Frankfurt. Da komme ich ursprünglich her.«

»Besuchst du sie manchmal?«

»An Geburtstagen und zu Weihnachten. Seit ich verheiratet bin, bin ich bei ihnen wieder willkommen, davor hatten sie sich von mir distanziert. Sie waren mit meiner unmoralischen Berufswahl nicht einverstanden.« Besonders ihre Mutter nicht.

»Aber mit deiner Ehe sind sie es schon?«

»Mein Mann ist Prokurist der Mang KG – Entwicklung und Vertrieb von Miederwaren, Damenwäsche und Damenunterbekleidung«, spulte Charlotte die offizielle Firmenbezeichnung herunter. »Er verdient mehr als mein Vater als Oberamtsrat, und seine Familie hat Geld. Das ist für meine Eltern alles, was zählt.«

Sie überquerten bereits die Prinzregentenbrücke und hörten die Isar unter sich rauschen. Der breite Fluss führte viel Wasser für die Jahreszeit.

»Und für dich?«, fragte Hans und sah mit ihr hinunter ins schwarze Wasser.

»Ich habe mir immer einen Menschen gewünscht, zu dem ich gehöre und mit dem ich glücklich sein kann. Und eine richtige Familie.«

»Und? Bist du es jetzt? Glücklich?«

»Ich muss mir nur mehr Mühe geben«, sagte sie und ging mit ihm weiter, »und mehr auf Kurt eingehen. Aber er ist oft verreist und erzählt mir kaum etwas über seine Arbeit. Er redet überhaupt sehr wenig.« Charlotte seufzte. »Manchmal kommt er mir wie ein Fremder vor, dabei sind wir jetzt schon seit zwei Jahren miteinander verheiratet.«

»Ist er jetzt zu Hause?«, fragte Hans. »Wartet er auf dich?«

»Nein, er ist auf Geschäftsreise. Er kommt erst morgen zurück.« Wie sonst könnte sie hier mit Hans durch die Nacht laufen und sich dieses kleine Glück stehlen?

»Darf ich dich dann zur Tür bringen?«

»Lieber nur bis zur Ecke.«

Charlotte wohnte in einer herrschaftlichen Gründerzeitvilla im Physikerviertel, das wegen seiner Straßennamen, die nach Laplace, Scheiner, Gauß und anderen Gelehrten benannt worden waren, so hieß. Das Haus war von einem kunstvoll geschmiedeten Zaun umgeben und hatte vor dem Krieg einer anderen Münchner Familie gehört, über die Kurt nie sprach. Charlotte wusste, dass vor gut zwanzig Jahren noch der Name Rubinstein auf dem Klingelschild gestanden hatte.

»Das ist dein Haus?«, fragte Hans sie perplex, als sie in Sichtweite am Galileiplatz vor der alten Sternwarte unter einer Straßenlaterne stehen blieben.

»Es gehört der Familie meines Mannes.«

»Verläufst du dich da manchmal?«

»Jetzt nicht mehr.«

Charlotte verabschiedete sich von Hans und bedankte sich, dass er sie begleitet hatte. Als sie gerade ihren Hausschlüssel aus ihrer Tasche ziehen wollte, drehte er sich noch einmal nach ihr um. »Du solltest dir keine Mühe geben müssen«, sagte er.

»Was meinst du?«

»Das Glück sollte leicht sein.«

Charlotte legte ihre Handtasche an der Garderobe ab und machte kein Licht, als sie ins Wohnzimmer ging, um sich einen Cognac einzuschenken. Über dem Kamin hing das überdimensionale Porträt von ihr, das Kurt nach einem Foto hatte malen lassen, und auf der Anrichte standen weitere Bilder von ihr – Modeaufnahmen von Cecil Beaton, Hubs Flöter und anderen bekannten Fotografen, die Charlottes Verwandlungen zeigten, all ihre flüchtigen Metamorphosen.

»Wo warst du?« Die Stimme kam aus einem der schweren Polstersessel. Charlotte erschrak.

»Therese! Mein Gott, du hast mich erschreckt. Warum sitzt du denn hier im Dunkeln?« Sie machte das Licht an.

»Wo warst du?«, wiederholte ihre Schwiegermutter ihre Frage und klopfte, um ihr Nachdruck zu verleihen, mit ihrem Gehstock aufs Parkett. Der Klang ging Charlotte durch und durch.

»Mit Eva im Kino«, sagte sie und kam sich vor wie ein Kind, das über jeden Schritt Rechenschaft ablegen musste. Kurt gegenüber und, wenn er auf Geschäftsreisen war, gegenüber seiner Mutter, die sich seit dem Tod ihres Mannes vor einem Jahr mit der Verzweiflung einer Ertrinkenden an ihren Sohn klammerte und über Enkelkinder sprach.

»Dem kleinen Flittchen, mit dem du dich früher zusammen ausgestellt hast?«, fragte Therese.

Als ob meine Mutter vor mir säße, dachte Charlotte, dieselbe Verachtung und Engstirnigkeit, nur dass ihre Mutter auch noch bigott war. »Eva arbeitet für das bekannteste Modehaus Berlins«, verteidigte Charlotte ihre Freundin und damit auch den Beruf, der ihr immer noch so viel bedeutete.

Therese sah sie verächtlich an. »Kurt hat angerufen«, erklärte sie, »und ich konnte meinem Sohn nicht sagen, wo du dich herumtreibst oder wann du nach Hause kommst.«

Meinem Sohn …

Charlotte hatte ihn vor drei Jahren auf einer Modenschau von Bogner kennengelernt: Kurt Lembke, einziger Sohn des pensionierten Direktors einer bekannten Privatbank, Prokurist des umsatzstärksten Produzenten von Damenwäsche in Süddeutschland und Liebling der Frauen – charmant, weltgewandt, großzügig. Er hatte sie für die Mang KG abwerben wollen – »Sie wären das perfekte Modell für uns!« –, aber sie wusste, dass sie nie wieder den Laufsteg eines guten Modeschöpfers betreten würde, wenn sie erst einmal als Miedermädchen Wäsche vorgeführt hatte. Außerdem hatte sie damals bei Bogner, der sogar die amerikanische Olympiamannschaft der Damen mit seiner Skibekleidung ausstattete, in einer Saison das verdient, was ein durchschnittlicher Arbeiter im ganzen Jahr in der Lohntüte hatte. Und dann die Werbeaufnahmen – »Mit meinem Rondo Waschautomaten ist das Wäschewaschen ein Kinderspiel!«. Ein Tag in einer gestärkten Küchenschürze im Fernsehstudio, und sie hatte dreihundert Mark in der Tasche gehabt.

»Kurt kommt morgen zurück«, sagte Charlotte zu ihrer

Schwiegermutter,»dann kann ich ihm ja sagen, wo ich heute Abend gewesen bin.«

»Und mit wem!«

Therese stand aus dem Sessel auf und stützte sich dabei auf ihren Stock, den sie mit gichtstarren Fingern umklammerte. In ihren schwarzen Kleidern erinnerte sie Charlotte an eine Saatkrähe. Sie fürchtete sich vor ihr und ihrem Einfluss auf ihren Mann.

War es möglich, dass ihre Schwiegermutter Hans gesehen hatte? Es war nicht richtig, dass sie ihm erlaubt hatte, sie nach Hause zu begleiten, aber es war so schön gewesen, einmal wieder mit jemandem ihres Alters zusammen zu sein und über ihr Leben zu reden. Unbeschwert zu sein und umworben zu werden. Die Blicke, die Hans ihr zugeworfen hatte, waren unschuldig und doch voller Sehnsucht gewesen.

»Das Glück sollte leicht sein«, hatte er zu ihr gesagt, und Charlotte hatte sich in diesem Moment daran erinnert, wie ihr Mann ihr vor drei Jahren nach Rio de Janeiro nachgeflogen war, wo sie Aufnahmen für Bademoden gemacht hatte. Kurt hatte ihr an einem der schönsten Strände der Welt einen Heiratsantrag gemacht und versprochen, dass sie weiterarbeiten dürfe, wenn sie verheiratet wären. Sie war damals dreiundzwanzig gewesen und er bereits Mitte dreißig, aber der Altersunterschied hatte Charlotte nicht gestört. Kurt war sportlich und galant, und sämtliche ihrer Kolleginnen hatten für ihn geschwärmt.

»Ich weiß, dass du dir wünschst, dass unsere Ehe scheitert«, sagte Charlotte trotzig, »aber Kurt liebt mich, und er vertraut mir.« Dass das nicht so war, musste Therese nicht wissen, sie bekam schon viel zu viel von ihrer Ehe mit. Die Wände waren mitteilsam in diesem trostlosen, alten Haus.

»Du denkst, er hat dich geheiratet, weil er dich liebt?« Therese kam auf sie zu – *Tack, Tack, Tack*. »Er hat dich geheiratet, weil du ein hübsches Gesicht hast und er etwas zum Repräsentieren braucht, das ist wichtig in seiner Position. Und er hofft, dass du ihm Kinder schenkst!«

Ein hübsches Gesicht ...

Wenn Charlotte in einer Abendrobe von Schulze-Varell, der schon Zarah Leander und Lilian Harvey ausgestattet hatte, über den Laufsteg gegangen war, hatte das Publikum den Atem angehalten und sie angesehen, als wäre sie einem Märchenbuch entstiegen. Ja, sie war schön, das wusste sie, aber sie hatte diese spezielle Schönheit, die vor allem die Fotografen liebten: ebenmäßige Züge, ohne allzu großen Wiedererkennungseffekt, austauschbar, wandelbar. An einem Tag ein Vamp und am nächsten ein unschuldiges Mädchen. In einer Minute die Dame von Welt und in der anderen sportlich-leger.

Diese Schönheit war der Schlüssel zu ihrer Freiheit gewesen, als sie an ihrem einundzwanzigsten Geburtstag von zu Hause aus- und nach München zu Eva gezogen war, die ihr ihren ersten lukrativen Auftrag verschafft hatte. Das Leben, das an diesem Tag für Charlotte begonnen hatte, war schon fast unwirklich gewesen, auch wenn der Beruf eines Mannequins schwerer war, als die meisten Menschen es sich vorstellten. Die ständigen Diäten – Charlotte war einen Meter fünfundsiebzig groß und hatte nie mehr als hundertzehn Pfund wiegen dürfen –, das stundenlange regungslose Stehen, wenn die Kollektionen an ihr abgesteckt wurden, all die Hände, die an ihr herumzupften, und kritischen Blicke. Disziplin, Konzentration und lange Nächte. Und im Gegensatz zu dem, was ihre Schwiegermutter ihr vorwarf, ein einwandfreier Lebenswandel, da ein Mannequin das Modehaus, für das es arbeitete, repräsentierte. Als sie bei Bogner Hausmannequin gewesen war, hatte sie in ruhigen Zeiten auch im Büro ausgeholfen, das Telefon bedient und die Ablage gemacht, was durchaus üblich war.

»Ich gehe zu Bett«, sagte Therese, »wir sehen uns morgen zum Frühstück. Gute Nacht.«

»Gute Nacht.«

Das *Tack-Tack-Tack* des Gehstockes entfernte sich, ihre Schwiegermutter quälte sich die Treppe hinauf, und Charlotte hörte, wie die Tür ihres Schlafzimmers ins Schloss fiel. Es lag nur zwei Zimmer von ihrem entfernt.

Als sie schon im Nachthemd an ihrer Schminkkommode saß, fiel Charlottes Blick auf das Taschentuch, das Hans ihr vor dem Club gegeben hatte, und die Puderdose, die darauf stand. Die hatte ihr Susanne Erichsen in Rom geschenkt, als sie dort zusammen für Emilio Pucci fotografiert worden waren. Das Starmannequin und berühmte Fotomodell hatte sich auf Anhieb gut mit ihr verstanden, und auch, wenn keine enge Freundschaft aus dieser Begegnung erwachsen war, weil Susanne damals schon in New York gelebt hatte, so war sie doch ihr größtes Vorbild. Sechs Jahre älter als sie und von einer zeitlosen Schönheit, die nichts von den Jahren der Zwangsarbeit in den Steinbrüchen Stalins verriet, in die Susanne mit gerade mal zwanzig, gemeinsam mit ihrem frisch angetrauten Ehemann, deportiert worden war.

»Deportiert?«, hatte Charlotte sie fassungslos gefragt, als sie ihr die Geschichte erzählt hatte. »Einfach so?«

»Einfach so. Wir haben in Berlin gelebt, im Ostsektor, das hat nach dem Krieg genügt.«

Der Optimist lernt Englisch, hatte es im Mai 1945 auch in Charlottes Elternhaus geheißen, der Pessimist Russisch. Aber damals war ihr nicht bewusst gewesen, was das tatsächlich bedeutete. »Und dein Mann?«, hatte sie von Susanne wissen wollen.

»Den habe ich nach Stalinogorsk nicht mehr wiedergesehen. Ich weiß nicht, was aus ihm geworden ist.«

Die Modefotografin Lore Wolf, mit der Charlotte auch schon gearbeitet hatte, hatte Susanne später in München auf der Straße entdeckt und damit eine Karriere begründet, die sie zum Inbegriff von Luxus und Eleganz gemacht hatte. Ihre Kraft und innere Stärke bewunderte Charlotte und verband sie seither mit ihrem Geschenk. Mit der kleinen silbernen Puderdose, die immer auf ihrer Schminkkommode lag.

Kraft und innere Stärke, überlegte Charlotte, während sie ihre Nachtcreme auftrug, Träume und Durchhaltevermögen. All diese Eigenschaften hatte sie auch an Hans' Schwester gesehen. Sie war wie sie früher, als sie aus Frankfurt fortgegangen war, um die Welt zu erobern. Bevor sie sich zwischen der Copacabana und dieser finsteren Villa in Bogenhausen verloren hatte.

Das Telefon klingelte. Charlotte hatte sich von Kurt einen zweiten Apparat für ihr gemeinsames Schlafzimmer gewünscht, die einzige Neuerung, die sie in diesem Haus vorgenommen hatte. Die wuchtigen Eichenholzmöbel stammten noch von den Vorbesitzern und die dunklen Vorhänge und schweren Teppiche auch. Die Einrichtung entbehrte jeder Leichtigkeit, sie war unmodern und bieder. Dabei liebte Charlotte die neue zeitgemäße Architektur, zweckmäßige Grundrisse, große Fensterflächen und pastellfarbene Küchen. Doch hier lebte sie in der Vergangenheit und in fremden, unverwandten Biografien.

Charlotte hob den Hörer nach dem zweiten Läuten ab. Es war Kurt. »Du bist wieder da?«, fragte er. »Mutter wusste nicht, wo du bist.«

»Ich war mit Eva im Kino. Sie ist für ein paar Tage in München.«

»Du hättest ihr Bescheid sagen können. Du weißt, sie hasst es, allein beim Essen zu sitzen.«

»Eva hat die Karten geschenkt bekommen und sich spontan bei mir gemeldet. Deine Mutter hatte sich hingelegt, und ich wollte sie nicht wecken. Es tut mir leid, Kurt. Kommst du morgen nach Hause?«

»Nein, erst am Mittwoch. Da hat sich noch etwas in Düsseldorf ergeben.«

»Was denn?«

»Charlotte, das ist geschäftlich, das verstehst du doch sowieso nicht.«

Hatte sie im Hintergrund das Lachen einer Frau gehört?

»Wo bist du?«, fragte sie ihren Mann.

»Im Hotel, wo sonst?«

»Auf deinem Zimmer?«

»Nein, in der Lobby. Mang und ich sitzen noch an der Bar, warum fragst du?«

»Ach, nur so.«

Wenn Hubert Mang mit Kurt unterwegs war, dann saß bestimmt gerade irgendein junges Ding auf Mangs Schoß. Kurt hatte Charlotte erzählt, wie sie sich vor ihm auszogen und in seinem Büro auf dem Sofa rekelten, damit er sie einstellte. Er hatte es ihr so plastisch geschildert, dass sie geglaubt hatte, Kurt wäre selbst dabei gewesen, und vielleicht war er das ja auch.

»Mang gibt eben gern damit an, wie er die Puppen tanzen lässt«, war seine Erklärung gewesen, und Charlotte wusste, dass Kurt Mangs Verhalten billigte, obwohl sein Chef verheiratet war. Machtspiele waren auch ihm nicht fremd.

»Mutter hat bald Geburtstag«, sagte Kurt jetzt zu ihr.

»Ich weiß, ich habe die Einladungen verschickt.«

»Besorgst du das Geschenk?«

»Das habe ich schon in Auftrag gegeben. Ich habe dir doch erzählt, dass ich …«

»Ja, ja, das wird schon alles seine Richtigkeit haben. Ich muss zu Mang an die Bar zurück, wir sitzen dort mit zwei Großhändlern. Gute Nacht, Charlotte.«

»Gute Nacht, Kurt.«

Charlotte plante den Geburtstag ihrer Schwiegermutter am 8. September schon länger. Sie wollte ihn zu etwas Besonderem machen und ihrem Mann damit zeigen, dass er sich auf sie verlassen konnte und sie alles für ihn tat – wirklich alles. Denn vielleicht würde er ihr dann doch erlauben, wieder zu arbeiten, nur ein paar kleine Aufträge anzunehmen, wenigstens ab und an, um ein Stück ihres alten Lebens zurückzubekommen und nicht mehr so allein zu sein.

Das Glück sollte leicht sein.

Aber das war es nicht.

10

*L*enis erste Arbeitswoche im Salon am Hofgarten war schon fast vorüber. Sie hatte nun ihren eigenen Kittel, auf dem ihr Name stand, und sie hatte sich für dreißig D-Mark neue Schuhe gekauft: cremefarbene Pumps mit mittelhohem, nicht zu dünnem Absatz, da sie in ihnen den ganzen Tag stehen musste. Um sie zu schonen, trug sie sie nur im Salon und stellte sie abends in ein Regal im Lager.

Von Karl hatte Leni seit ihrem gemeinsamen Kinobesuch nichts mehr gehört, bis vor zwei Tagen eine Postkarte aus Florenz von ihm angekommen war, wo er im August mit seiner Familie Urlaub gemacht hatte. »Die is aus Italien«, hatte der Postbote zu ihrer Mutter gesagt, als er sie ihr am Gartentor in die Hand gedrückt hatte.

»Geh, Sepp, die darfst doch net lesen, des is gegen's Postgeheimnis!«

»Ich hab ja auch nur auf den Poststempel g'schaut, Käthe«, hatte er geflunkert und sie angelächelt, wie er es immer tat, wenn er sie sah.

»Wieso schreibt dir denn der Freund vom Hans?«, hatte ihre Mutter sie dann prompt gefragt.

»Ich weiß net«, hatte Leni geantwortet. »Nur so ...«

»Aha.«

»Da is nix, Mama. Wir sind nur Freunde, so wie der Hans und die Frieda.«

Leni hatte die Karte in dieser Nacht unter ihr Kopfkissen geschoben und träumte seitdem von Zypressenalleen, von Sommern, die leicht waren und heller als ihre, und von Karl, der mit ihr auf diesem Platz zwischen den Marmorstatuen saß, der auf der Karte zu sehen war, den bitter-süßen Geschmack von gezuckertem Espresso auf den Lippen.

»Nicht träumen, Marlene!«, riss Frau Berger sie aus ihren Gedanken. Leni war gerade erst in den Salon gekommen und hatte vor dem großen ovalen Spiegel an ihrem Arbeitsplatz ihren neuen Hut abgenommen und die Handschuhe ausgezogen. Sie trug das petrolfarbene Kleid, das ihre Mutter für sie nach einem Schnitt aus *Burda Moden* genäht hatte: eine elegante A-Linie nach einem Entwurf von Christian Dior, in dem Leni sich wie eine der Frauen vorkam, deren Bilder sie aus den Illustrierten ausgeschnitten und im Salon ihrer Mutter aufgehängt hatte. Die, die wie Filmstars aussahen, wenn sie Suppenextrakt und Waschpulver anpriesen.

»Entschuldigung, Frau Berger, ich war in Gedanken.«

»Es lässt sich unschwer erraten, woran«, erwiderte diese streng, und Leni wurde rot. Die beiden Herrenfriseure – Anton Riedmüller, er war der jüngere, und Fred Lingen – pfiffen ihr anzüglich hinterher, als sie ins Lager ging, um ihren Kittel anzuziehen und die Schuhe zu wechseln. Vor dem Regal, in dem sie standen, blieb Leni wie angewurzelt stehen. Etwa auf Augenhöhe lag ein offenes Fläschchen mit Oxydationshaarfarbe, das umgefallen und ausgelaufen war. Durch den Luftsauerstoff war die Farbe bereits oxydiert. Sie war über ihre neuen Schuhe, die darunter standen, gelaufen, und bildete eine dunkle Pfütze auf dem Steinboden. Leni griff nach ihren Pumps, und die Tränen stiegen ihr in die Augen. Sie fand einen Putzlappen, der am Wischeimer neben der Waschmaschine hing, und versuchte die Flecken abzureiben, aber nichts tat sich. Die Farbe war bereits in das Leder eingedrungen.

»Wie ist denn das passiert?«, fragte Christel, eine der beiden Kolleginnen, deren Namen Leni sich erst diese Woche gemerkt hatte: Christel Neumayr und Irmi Müller. Sie waren beide Ende zwanzig und sehr nett, auch wenn sie – genau wie Frau Berger, die als Einzige verheiratet war – Leni noch etwas misstrauisch beäugten. Ganz im Gegensatz zu den Lehrlingen, mit denen sie sich ausnehmend gut verstand und ihre Mittagspausen verbrachte: Benny, der Spaßvogel, der jede Gelegenheit nutzte, um die anderen zum Lachen zu bringen; Fritz, der immer zu spät kam, und Helga, der ständig kleine Missgeschicke passierten. Leni hatte ihr beim Knüpfen der Probehaarteile geholfen und ihr geduldig den Berufsschulstoff erklärt. »Herr Keller muss vergessen haben, mich darüber zu informieren, dass Sie auch bei uns ausbilden, Marlene«, hatte Frau Berger in spitzem Ton zu ihr gesagt, als sie Helga gestern gezeigt hatte, wie man Wickler aufdrehte, ohne die Haarspitzen umzuknicken.

»Entschuldigung, Frau Berger, ich wollt nur ...«

»Ihre Kompetenzen übertreten«, hatte sie erwidert und Leni zur Strafe dazu verdonnert, nach Feierabend die Schaufenster zu putzen. Helga hatte ihr geholfen, sie waren bis halb neun im Salon gewesen.

Jetzt sah Leni fassungslos auf ihre neuen Schuhe, die ruiniert waren. »Ich weiß nicht, wie des passiert is«, antwortete sie ihrer Kollegin, und ihre Tränen liefen noch immer. Frau Berger hatte den Vorfall aus den Augenwinkeln beobachtet, als sie mit Keller ins Lager gekommen war.

»Nein, wie ärgerlich«, sagte sie ohne jedes Mitgefühl. »Was für ein dummer Unfall.«

»Ein Unfall?«, fragte Leni wütend. »Des war doch kein Unfall. Als ich gestern gegangen bin, war des Regal ordentlich eing'räumt.«

»Tja, dann wird wohl unsere Putzfrau drangekommen sein.«

»Was mach ich denn jetzt?« Leni sah ihren Chef hilfesuchend an.

»Sie putzen das weg und gehen an die Arbeit!«, wies er sie an.

Mittlerweile standen auch Helga, Benny, Fritz und Irmi um Leni herum.

»Die Schuh ham dreißig Mark gekostet«, sagte Leni verzweifelt und stellte ihre Pumps neben den Putzeimer. Sie begann die Haarfarbe vom Boden aufzuwischen und warf das leere Fläschchen in den Müll. Der Blick, den sie dabei von Frau Berger einfing, wühlte in ihrem Bauch. Vielleicht hatte *sie* ja die Farbe umgeschüttet, absichtlich, sie war in der Früh immer eine der Ersten im Salon. Und sie schikanierte und korrigierte Leni schon die ganze Woche lang, ohne dass Keller etwas dazu sagte. Im Gegenteil, Leni kam es so vor, als täte sie es auf seine Anweisung hin. Wollte ihr Chef sie testen und sehen, wie lange sie es aushielt? Vielleicht hatte er sie ja nur eingestellt, um ihr eine Lektion zu erteilen, weil sie ihn an dem Tag, an dem sie sich bei ihm vorgestellt hatte, auf die verunglückte Blondierung aufmerksam gemacht hatte? Hatte sie ihn damit vor seinen Angestellten und den Kunden vorgeführt?

In ihrer Mittagspause ging Leni allein in den Hofgarten und setzte sich auf eine Bank im Schatten eines Baumes. Sie hatte ihre Pumps mitgenommen, sie standen jetzt neben ihrer Brotbüchse auf der Bank, weil sie gehofft hatte, dass ihr irgendeine Möglichkeit einfiel, sie doch noch zu retten.

»Darf ich?«

Leni vernahm eine bekannte Stimme und sah auf. Vor ihr stand Schorsch. Seine dunklen Locken hatte er wieder mit Frisiercreme gebändigt, und er trug, wie bei ihrem ersten Zusammentreffen am Bahnhof, Hemd und Krawatte. Seine schmale Statur ließ ihn jünger erscheinen, als er war.

»Was machst du hier?«, fragte sie, als er sich zu ihr setzte. »Müsst ihr nicht im Krankenhaus arbeiten?«

Hans und seine Freunde absolvierten wieder eine Famulatur. Sie arbeiteten auf unterschiedlichen Stationen der Poliklinik.

»Karl hat mich gebeten, dir etwas auszurichten, weil ich heute früher fertig bin als er, und deine Kollegin hat mir gesagt, wo du bist.«

»Welche?«

»Ich weiß nicht, sie sitzt unter den Arkaden und liest.« Schorsch deutete zu Christel hinüber, die in eine Zeitschrift vertieft war. Sie nannte sich *BRAVO* und war letzte Woche zum ersten Mal erschienen. Leni hatte am Bahnhof im Zeitschriftenladen hineingeblättert, auf dem Titelblatt waren Marilyn Monroe und andere Filmstars abgebildet. Die *BRAVO* berichtete über die neuesten Filme aus Europa und Amerika, Klatsch und Tratsch rund um die beliebtesten Stars und druckte einen Fortsetzungsroman ab: *Gepeinigt bis aufs Blut*, er spielte in Schauspielerkreisen. Leni wollte sich das Heft von Christel leihen, wenn sie es ausgelesen hatte. »Vielleicht ist sie aber auch Ärztin«, meinte Schorsch beim Anblick von Lenis Kollegin und lächelte verhalten, »das ist mit den weißen Kitteln schwer zu unterscheiden, findest du nicht?«

»Was sollst du mir denn von Karl ausrichten?«, fragte Leni voller Hoffnung.

»Dass er dich heute Abend um halb acht abholt. Du sollst auf ihn warten.«

»Wirklich?«

Schorsch sah auf Lenis Schuhe, die neben ihr auf der Bank standen. »Sind das deine?«

»Das waren meine.« Wieder liefen ihr Tränen über die Wangen, und sie wischte sie mit einer energischen Bewegung weg.

»Die Farbe ist ... ungewöhnlich.«

»Sie sind ganz neu«, sagte Leni. »Ich muss sie im Salon tragen und hab so lang dafür gespart, aber jetzt sind sie hinüber, weil Haarfarbe ausgelaufen is.« Schorsch sah sie mitfühlend an. »Die Mama wird schimpfen, und ich kann mir keine neuen leisten.«

Schorsch schien mit sich zu kämpfen. Er wollte etwas sagen, tat es dann aber doch nicht und nahm Leni stattdessen zaghaft in den Arm. »Zeig her«, sagte er, als sie sich beruhigt hatte, und sie griff neben sich und gab ihm die Schuhe.

»Warum hast du denn helle gekauft?«, wollte er wissen. »Ist das Vorschrift im Salon?«

»Nein. Ich hab sie nur so schön gefunden.«

»Ja«, sagte Schorsch.

Spaziergänger flanierten auf den Kieswegen an ihnen vorbei, die Sonne schien, und das Wasser der Springbrunnen plätscherte munter. In den Beeten blühten Begonien in leuchtendem Rot und säumten die Rasenflächen.

»Ich werd dann später auf Karl warten«, sagte Leni.

Schorsch nickte. Er hielt noch immer ihre Schuhe in der Hand. »Darf ich die mitnehmen?«, fragte er.

»Was machst du denn damit?«

»Ich weiß noch nicht. Aber ich bringe sie dir wieder.«

»Ich brauch sie nicht mehr. Nicht so.«

Leni war immer noch wütend, aber jetzt war da auch noch ein anderes Gefühl in ihr. Schorsch hatte gesagt, dass Karl sie heute Abend abholen würde! Vielleicht setzten sie sich ja in ein Café oder bummelten gemeinsam durch die Stadt. Zwar musste ihre Mutter dann schon wieder auf sie warten, aber daran wollte sie jetzt nicht denken.

»Vielleicht als Negativ …«, überlegte Schorsch, während er ihre Schuhe betrachtete.

»Wie meinst du des?«

»Das siehst du dann.« Er stand auf und deutete auf ihre Brotbüchse. »Hast du schon etwas gegessen?«

»Nein, ich bring nix runter.«

»Aber du musst etwas essen, Leni. Du arbeitest doch, und das ist sicher anstrengend.«

»Schon, aber …«

»Das ist eine ärztliche Anordnung«, unterbrach Schorsch sie ungewohnt bestimmt und öffnete die Büchse. »Ein Wurstbrot auf Rezept.«

Leni nahm es heraus. »Danke, Herr Dr. Lindner«, sagte sie und lächelte schon fast wieder.

»Und versprich mir, dass du nicht mehr weinst, sonst kann ich nicht gehen, und ich muss um halb zwei in der Bergmannstraße sein.«

»In diesem Ledigenheim?«

»Ja.«

»Bist du da oft?«

»Jeden Freitagnachmittag und manchmal auch am Wochenende.«

»Die andern ham erzählt, dass du dort ehrenamtlich hilfst.«

»Für soziale Projekte ist immer zu wenig Geld in der Staatskasse«, erklärte er.

»Und warum grad da?«

Schorsch zuckte mit den Schultern, aber seine grauen Augen erzählten Leni eine Geschichte, für die er, wie es schien, keine Worte fand. »Vielleicht, weil es ein Ort ist, an dem man ankommen kann, wenn man gar nichts mehr hat«, sagte er, »und sie lassen nachts das Licht an.«

Leni gab sich alle Mühe, an diesem Tag nicht anzuecken, damit Frau Berger sich keine neue Arbeit für sie einfallen ließ, die sie nach Feierabend erledigen sollte. Zum Glück ging ihre Kollegin an diesem Abend schon vor allen anderen und war deshalb nicht mehr im Salon, als Karl sein Motorrad draußen parkte, den Helm abnahm und sich eine Zigarette ansteckte. Er blieb auf seiner Maschine sitzen und wartete, dass Leni herauskommen würde.

»Wartet der auf dich?«, fragte Helga, die noch die Regale hinter der Kasse auffüllte, und sah sie mit großen Augen an.

»Ja«, antwortete Leni stolz und spürte, wie ihr Herz klopfte. Hoffentlich merkte Karl nicht, wie aufgeregt sie war.

»Gehört der Bordstein-Casanova etwa zu Ihnen?«, wollte dann auch Anton Riedmüller wissen.

Leni steckte gerade ihren Hut fest und zog ihre Handschuhe an. Ihre Hände litten bei Keller mehr als im Salon ihrer Mutter, weil sie hier viel öfter mit Chemikalien arbeitete. Und auch den anderen Friseusen ging es nicht besser. Frau Berger hatte sogar Ekzeme, die gar nicht mehr abheilten.

Die Abendluft roch schon fast ein wenig herbstlich, auch wenn es noch sommerlich warm war, als Leni auf die Straße trat.

»Fräulein Landmann«, begrüßte Karl sie.

»Herr Bornheim«, erwiderte Leni und dachte bei seinem Anblick an die Märchen, die ihr die Landmann-Oma oft vorgelesen hatte, als sie noch klein gewesen war. An rosenumrankte Schlösser und Prinzen auf weißen Pferden, die durch die Träume kleiner Mädchen galoppierten. Geschichten, die nichts mit der Wirklichkeit zu tun hatten, und doch war Karl hier.

»Was führt dich her?«, fragte sie ihn so gelassen wie möglich, »sitzt die Frisur nicht mehr?« Er sollte nicht denken, dass sie ihn vermisst hatte.

»Na, ich hole dich ab. Hat Schorsch es dir nicht ausgerichtet?«

»Schon.«

»Und hast du meine Postkarte bekommen?«

»Vorgestern. Du warst in Italien.«

»Ja, mit meiner Mutter.«

Die Tür des Salons ging auf, und Anton kam mit seinem Kollegen sowie Christel und Irmi heraus. »Wir gehen noch ins Tambosi, wollen Sie beide mit?«, fragte Christel.

»Nein, danke«, antwortete Karl für Leni.

»Dann bis morgen.«

»Ja, bis morgen«, sagte Leni. »Einen schönen Abend noch.«

»Sie sind nett«, stellte Karl fest, der noch immer auf seiner Maschine saß.

»Die schon, aber die andere Kollegin, die Frau Berger, ist furchtbar. Ich dachte, Herr Keller wär schwierig, aber die ist schlimmer.«

»Bereust du es?«

»Dass ich hier ang'fangen hab? Keinen Tag!« Leni sah zur Turmuhr der Theatinerkirche hinüber. »Meine Mutter wartet auf mich, Karl, und ich bin gestern schon so spät heimgekommen«, sagte sie.

»Hat dich da auch jemand auf seinem Motorrad entführt?«

»Nein, da hab ich die Schaufenster dekoriert«, bog Leni die Wahrheit etwas zurecht.

Karl griff nach ihrer Hand. »Bitte, Leni, nur eine Stunde, ich habe mich so auf dich gefreut.«

»Na gut«, stimmte sie zu, »aber ich muss den Zug um neun erwischen.«

Leni legte diesmal nur einen Arm um Karl, als er losfuhr, und hielt mit der freien Hand ihren Hut fest. Karl fuhr im Stadtverkehr nicht allzu schnell und parkte seine Maschine nach zehn Minuten schon wieder. Vor ihnen lag die Hackerbrücke, eine Bogenbrücke aus Schmiedeeisen aus dem letzten Jahrhundert, die erst vor drei Jahren rekonstruiert worden war und über die Gleisanlagen im Vorfeld des Hauptbahnhofs führte. Leni sah sie jeden Morgen und jeden Abend, wenn sie mit dem Zug darunter hindurchfuhr. An den Streben klebten Plakate, die in knalligen Farben das Oktoberfest auf der nahen Theresienwiese in zwei Wochen ankündigten, und auf den genieteten Querträgern auf knapp zwei Metern Höhe über dem schmalen Fußweg saßen, nach Westen gewandt, junge Leute und genossen den Blick über die Schienenlandschaft und auf den Sonnenuntergang.

»Is des erlaubt?«, fragte sie.

»Solange kein Ordnungshüter vorbeikommt, interessiert das niemanden. Komm!«

Karl zog sich mühelos an einem der Träger hoch und half Leni nach oben. Über ihr ragte die geschwungene Eisenkonstruktion noch sechs Meter in den Himmel. »Ich halte dich«, sagte Karl, »dir passiert nichts«, und legte seinen Arm um sie. Alles, was an diesem Tag schwer gewesen war, fiel plötzlich von ihr ab.

»Warum war dein Vater nicht im Urlaub mit dabei?«, fragte sie ihn.

»Er hat gearbeitet. Er arbeitet immer.«

»War's trotzdem schön? Wie ist die Stadt?«

»Jede Menge Museen, Palazzi und Parks. Hast du das Bild vom Dom auf der Karte gesehen? Von der Kuppel? Da war ich oben.«

»Ist die hoch?«

»Über hundert Meter.«

»Wie hoch ist des?«

Karl drehte sich zu den Resten des ausgebombten Verkehrsministeriums um, das nicht weit entfernt stand, und deutete auf dessen skelettierte Kuppel. »Noch mal gut dreißig Meter höher als die da«, sagte er. »Aber die in Florenz ist fast fünfhundert Jahre alt und die vom Ministerium nur fünfzig.«

»Ich würd so gern mal nach Italien«, sagte Leni und hörte selbst, wie sehnsüchtig sie klang. »Vielleicht lern ich irgendwann Italienisch.«

»Ist so ähnlich wie Latein.«

Leni zog ein kleines Vokabelheft aus ihrer Rocktasche und zeigte es Karl. Hans' Name stand vorn auf dem Einband. »Ich fang erst mal mit Englisch an«, erklärte sie. »Ich lern im Zug Vokabeln. Und eine Amerikanerin, die ich aus dem Salon Keller kenne, meint, dass ich im Amerikahaus einen kostenlosen Sprachkurs machen könnte – abends.«

»Du solltest in die Stadt ziehen, Leni. Das würde es leichter machen.«

»Für mich schon, aber nicht für meine Mutter, die wär dann nämlich ganz allein. Und ein Zimmer zu finden ist auch net leicht, und kosten tut's mehr als der Zug.«

Karl sah auf seine Armbanduhr.

»Wie spät ist es?«, fragte Leni.

»Acht. Du hast noch Zeit.«

Die untergehende Sonne glühte jetzt rot-orange am Horizont, und der Himmel verfärbte sich immer mehr.

»Des is wunderschön«, sagte Leni andächtig, als sie das warme Abendlicht umfing. Ihr war auf einmal so leicht zumute, als würde sie schweben, wie kleine, tanzende Löwenzahnsamen, die einem neuen Aufblühen entgegensegelten.

»So wie du«, erwiderte Karl und betrachtete sie.

Leni wich seinem Blick aus, da beugte er sich zu ihr und küsste sie. Erst zaghaft und sanft und dann leidenschaftlich und so lange, bis ihre Schneekugelwelt, die schon ein paar Risse bekommen hatte, lautlos zersprang.

»Ich habe versucht, das nicht zu tun«, sagte er später und klang verzagt.

»Warum?«

»Weil ich nicht gut für dich bin.«

»Wieso denkst du des?«

»Leni, ich habe schon viele Freundinnen gehabt. Kleine Appetithappen, verstehst du? Mit den meisten war ich nur eine Nacht lang zusammen oder vielleicht ein paar Wochen.«

Was Karl da sagte, machte ihr Angst.

»Aber ich habe noch nie eine wie dich getroffen«, fuhr er fort.

»Eine mit so wenig Erfahrung?«

»Nein, eine, die so … so echt ist und ehrlich. Dein Bruder würde mich umbringen, wenn er wüsste, dass wir …«

»Was?«

»Na, dass wir ... zusammen sind.«

»Sind wir des denn?«, fragte Leni ihn und spürte die Angst immer noch. Wie sollte sie denn einem wie Karl genügen? Und was wäre, wenn er mehr von ihr wollte, als sie nur im Arm zu halten und zu küssen? Die Ursel hatte mit ihrem Freund geschlafen, das hatte sie Leni erzählt, und das, obwohl sie nicht einmal mit ihm verlobt war. Würde sie diese Grenze auch überschreiten?

Karl griff in seine Hosentasche und zog ein Silberkettchen mit einem Anhänger heraus – ein kleiner Stier, Lenis Sternzeichen. »Das habe ich dir aus Florenz mitgebracht«, sagte er, »von einem Juwelier auf dem Ponte Vecchio. Das ist eine alte Brücke mit einem Geheimgang, die über den Arno führt, die einzige, die im Krieg nicht zerstört worden ist.«

»Mei, is die schön! Danke!«

Karl legte sie Leni um, ohne ihre Frage, ob sie jetzt zusammen waren, zu beantworten. Aber vielleicht war ja das Kettchen seine Antwort. »Woher kennst du denn mein Sternzeichen?«, fragte sie ihn.

»Hans hat mal erzählt, dass du im Mai Geburtstag hast.«

»Dann könnt ich ja auch Zwilling sein.«

»*Den* Anhänger habe ich auch gekauft«, sagte er und lachte.

»Und wann hast du?«, fragte Leni.

»Am 23. September.«

»Des is am ersten Wiesn-Wochenende, am Sonntag.«

Das Datum stand auf den Plakaten, die nicht nur hier auf der Brücke, sondern in der ganzen Stadt an jeder Litfaßsäule hingen. In den Zeitungen wurde seit Tagen darüber geschrieben, dass die Wirte den Preis für die Maß Bier in diesem Jahr von einer Mark siebzig auf zwei Mark erhöhen wollten, wogegen sich nicht nur Oberbürgermeister Wimmer verwahrte. Nichts konnte in Bayern so leidenschaftlich diskutiert werden wie die Wiedereinführung der Monarchie und der Bierpreis.

»Gehst du mit mir hin?«, fragte Karl.

»Des kommt drauf an.«
»Auf was?«
»Ob du eine Lederhose hast.«

Auf dem Heimweg im Zug nahm Leni ihr Kettchen ab und betrachtete es glücklich – für sie war es ein Versprechen. Sie würde es zu Hause nicht tragen können, ihre Mutter würde wissen wollen, wo sie es herhatte, aber im Salon konnte sie es umlegen.

Jetzt fielen ihr ihre Schuhe wieder ein. Dass sie kaputt waren, sagte sie ihrer Mutter besser auch nicht. In der *Neuen Illustrierten* hatte eine Anzeige von einem Schuhhaus gestanden, das Ratenzahlung anbot. Vielleicht könnte Ursel dort ein neues Paar für sie bestellen und Leni es dann abzahlen. Sie beschloss, sie am Sonntag nach dem Gottesdienst darum zu bitten, ehe sie nach Dachau zur Maximilian-Apotheke fuhr. Herr Albrecht arbeitete dort neuerdings mit ihr an der Weiterentwicklung ihrer Kosmetik. Doch als Leni am nächsten Morgen, am Samstag, um halb acht in den Salon am Hofgarten kam, reichte Christel ihr einen alten Schuhkarton und sagte: »Den hat der junge Mann für Sie abgegeben, der gestern Mittag nach Ihnen gefragt hatte.«

»Wann?«

»Vor fünf Minuten, Sie haben ihn gerade verpasst. Er hat gesagt, dass er es eilig hat, weil er ins Krankenhaus muss.«

»So krank hat er gar nicht ausgesehen«, witzelte Benny.

Leni nahm den Karton mit ins Lager und öffnete ihn dort. Die Pumps, die darin lagen, waren eindeutig ihre, nur dass sie jetzt schwarz waren. Das Leder glänzte frisch poliert, und unter den Schuhen lag eine Karte:

Liebe Leni, ein Schuster aus dem Ledigenheim hat deine Schuhe eingefärbt. Sie sind jetzt wie neu. Beste Grüße, Schorsch PS. Würdest du mit mir aufs Oktoberfest gehen?

11

Die Gratulanten, die zu Thereses Geburtstagsfeier gekommen waren, hatten sich in der großen Eingangshalle und im Wohnzimmer verteilt, wo eine kleine Band bekannte Schlager und Operettenmelodien spielte. Charlotte reichte Cocktails und andere Spirituosen. Eine Gruppe älterer Herren stand mit Cognacschwenkern in der Hand, erhitzt diskutierend, vor den geöffneten Terrassentüren. »Das ist die reinste Anarchie! Dieser Nasser hat die Büros der Suez-Gesellschaft praktisch überfallen und besetzt!«

»Die Verstaatlichung des Kanals wird einen neuen Krieg heraufbeschwören.«

»Na und? Die Franzosen und Briten müssen Stärke zeigen. Die britische Erdölversorgung hängt am Kanal. Das hat Auswirkungen auf den Ölpreis und damit auch auf unsere Industrie.«

»Meine Herren, bitte, keine Politik am heutigen Abend«, unterbrach Charlotte die Runde. »Meine Schwiegermutter feiert ihren Geburtstag.«

»Das sagen Sie mal diesem ägyptischen Verbrecher, Frau Lembke, der mit den Russen paktiert!«

Charlotte hatte Freunde und Bekannte ihres verstorbenen Schwiegervaters und deren Gattinnen eingeladen – Bankiers, Aufsichtsratsvorsitzende, Juristen und Stadträte. Die Verbindungen der Familie reichten weit, und nicht wenige Freunde hatten auch schon während des Krieges einflussreiche Posten innegehabt, die ihnen erlaubt hatten, an der »Arisierung« der Stadt aktiv mitzuwirken.

»Gnädige Frau, meinen Glückwunsch«, gratulierte der langjährige Hausarzt der Familie, Dr. Bergmüller, Charlottes Schwiegermutter.

»Danke, Herr Doktor, mit siebzig sollte man wohl für jedes neue Jahr dankbar sein«, antwortete sie.

»Sie sehen keinen Tag älter aus als sechzig, Frau Lembke. Beneidenswert!«

Kurt hatte seinen Chef und dessen Frau eingeladen, sie standen gerade mit Charlotte am Buffet und bedienten sich.

»Erste Sahne, Lotte-Mädchen«, lobte Mang sie, »du weißt, wie man einen Mann glücklich macht!«, und lud sich den Teller voll. Sein Sakko spannte über seinem ausladenden Bauch, und er schwitzte.

Charlotte hatte sich selbst um das Buffet gekümmert. Es gab erlesene Wurstwaren und internationale Käsesorten, die sie gleich nach ihrem morgendlichen Friseurbesuch bei Feinkost Käfer in der Prinzregentenstraße gekauft hatte. Elsa Käfer hatte sich persönlich für sie Zeit genommen und ihr ein paar ihrer Spezialitäten empfohlen: den Crevettensalat, die Eier nach Großherzogsart auf Mürbeteigtörtchen mit Käsesoße und allerlei frisch gefüllte Gemüse, die Charlotte auf großen Platten präsentierte und aufwendig garniert hatte. Dazu servierte sie warme Häppchen aus dem Ofen, die sie gemeinsam mit Hedy vorbereitet hatte, ihrer Haushälterin, die unter der Woche tagsüber in die Villa kam.

»Zu meiner Zeit hat man seine Gäste am Tisch versammelt«, hatte ihre Schwiegermutter zu Charlotte gesagt, als sie gerade dabei gewesen war, das Wohnzimmer zu dekorieren und einen Beistelltisch für die Geschenke herzurichten.

»Aber Kurt liebt diese Cocktailpartys«, hatte Charlotte erwidert, »bitte mach ihm doch die Freude.«

Dr. Bergmüller legte Thereses Geschenk ab und gab Kurt ein Kuvert, auf dem sein Name und in großen Lettern *PERSÖNLICH* stand. Sie unterhielten sich in seinem Arbeitszimmer, ehe sie wieder auf die Feier zurückkamen.

»Ist etwas nicht in Ordnung?«, fragte Charlotte ihren Mann leise, damit es die Gäste nicht mitbekamen. Ihre Schwiegermutter war erst kürzlich zu einer Routineuntersuchung in Bergmüllers Praxis gewesen. »Doktor Bergmüller hat so ernst ausgesehen.«

»Nichts, das dich interessieren müsste. Meine Mutter scheint glücklich zu sein«, lenkte Kurt dann das Gespräch auf die Feier. »Sie stand schon immer gern im Mittelpunkt.«

»Sie hätte lieber ein traditionelles Essen gehabt, hat sie mir gesagt, so wie früher.«

»Ich gebe zu, ihre Einladungen waren spektakulär.«

»Aber ich dachte, dass du ...«

»Das war keine Kritik, Charlotte«, unterbrach Kurt sie. »Du weißt, dass man es ihr nicht leicht recht machen kann. Ganz im Gegensatz zu mir.«

Kurt trank einen Schluck von seinem Martini-Cocktail und lächelte anzüglich. Charlotte wusste, woran er dachte. Sie trug das rote Mieder unter ihrem Abendkleid, das er ihr im Juni aus Wien mitgebracht hatte, auch wenn sie fand, dass es billig aussah. Die Tänzerinnen in den Bars am Hauptbahnhof trugen so etwas.

»Liebe Gäste«, rief Kurt in den Raum und klopfte mit einer Gabel an sein Glas, bis die Gespräche verstummten und die Band aufhörte zu spielen, »ich möchte mich auch im Namen meiner lieben Mutter bei euch für euer Kommen bedanken und für eure Glückwünsche. Es ist eine große Freude, euch heute alle hier zu haben.«

Die Gäste applaudierten. Therese hatte auf einem Sessel Platz genommen und hielt ihren Stock umklammert. Die beiden Eheringe an ihrer rechten Hand – sie trug den Ring ihres verstorbenen Mannes zusammen mit ihrem eigenen – blitzten im Licht des Kronleuchters.

»Wie ihr wisst, ist meine Mutter eine Frau, die sich selbst nur selten etwas gönnt, aber heute möchte ich sie mit einem besonderen Geschenk überraschen. Charlotte.«

Charlotte zog die Damasttischdecke von dem Ölgemälde, das unbeachtet an der Wand gelehnt hatte. Es zeigte Thereses verstorbenen Mann Richard. Charlotte hatte es von demselben Maler anfertigen lassen, der auch ihr Porträt gemalt hatte. Er hatte mit einem Foto Richard Lembkes gearbeitet und das Bild sehr lebendig gestaltet.

Kurt hob es an und stellte es vor seine Mutter auf den Boden. Die Umstehenden waren begeistert, und Thereses Augen füllten sich mit Tränen.

»Wir hängen es in der Eingangshalle auf, Mutter«, sagte Kurt, »damit jeder Besucher weiß, wer dieses Anwesen begründet hat.«

Charlotte dachte an die Rubinsteins, deren Name aus dem Grundbuch getilgt worden war. Dass es sie überhaupt gegeben hatte, wusste sie nur von Hedy, die Kurt und seiner Mutter nicht so verbunden war, wie die beiden glaubten. »Die ham's nach Dachau bracht und z'rück is keiner kommen«, hatte sie Charlotte einmal hinter vorgehaltener Hand erzählt. »Ich bin in der Nachbarschaft groß worn, ich hab die no kennt. War'n nette Leut, ham a kleine Fabrik für Zahnradl g'habt. Die ham's braucht, die Nazis.«

Therese weinte vor Freude über das Bild. »Ich weiß gar nicht, was ich sagen soll! Was für eine wundervolle Idee, Kurt, ich danke dir.«

Jetzt applaudierten die Gäste wieder und erhoben die Gläser. Kurt umarmte seine Mutter, und Charlotte stand an der Tür und schwieg. Ihr Mann hatte mit keinem Wort erwähnt, dass es ihre Idee gewesen war, dieses Bild malen zu lassen, und er hatte sich auch nur flüchtig bei ihr dafür bedankt. *Aber das kommt noch*, dachte sie bitter, und trank ihr Glas in einem Zug leer.

Nachdem die letzten Gäste gegangen waren und Therese sich in ihr Schlafzimmer zurückgezogen hatte, räumte Charlotte die

Gläser, Teller und Platten in die Küche. Hedy würde morgen ausnahmsweise an einem Sonntag kommen und sich um den Abwasch kümmern. Dann ging sie nach oben und hoffte, ihre Schwiegermutter möge schon schlafen.

Kurt saß auf dem Bett, er trug seinen Hausmantel und nichts darunter. Charlotte setzte sich an ihre Schminkkommode und nahm ihre Ohrringe ab. Sie sah auf Susannes Puderdose und das Taschentuch, auf dem sie lag.

»Nicht so schnell«, sagte Kurt. »Zieh zuerst das Kleid aus.«

Charlotte stand auf und drehte sich zu ihm um. Sie legte ihre Arme auf den Rücken und öffnete geschickt den Reißverschluss. Das konnte sie noch immer – schnelle Umzüge in der Hektik hinter der Bühne. Sie dachte an ihre letzte Modenschau und bemühte sich, dieses Zimmer und Kurt auszublenden, schlüpfte aus dem Oberteil und streifte dann das Kleid zusammen mit dem weiten Unterrock ab. Kurt betrachtete sie in ihrem Mieder. Es bestand nur aus roter Spitze und ließ ihren Körper durchscheinen, die Strapsbänder hielten schwarze Strümpfe.

Charlotte versuchte, sich nicht anmerken zu lassen, wie unwohl sie sich fühlte, aber sie musste an das erste Mal denken, als sie sich vor ihrem Mann ausgezogen hatte, damals in ihrer Hochzeitsnacht. Sie war erwartungsvoll und auch ein wenig ängstlich gewesen, da sie ohne jede körperliche Erfahrung in diese Ehe gegangen war. Hatte darauf gehofft, dass er sie in den Arm nehmen, küssen und behutsam verführen würde, aber in dieser Nacht hatte er sie genommen, wie es Männer miteinander taten, so wie Cecil, der sie in Rom fotografiert hatte, und sein heimlicher Geliebter. Die anderen Mädchen hatten darüber getuschelt. Es sei widernatürlich, hatten sie gesagt, auch wenn die Liebe, die die beiden verband, Charlotte nicht widernatürlich vorgekommen war. Zwischen Mann und Frau jedoch ... Damals hatte sie Angst gehabt, dass es nun immer so sein würde zwischen Kurt und ihr, aber am nächsten Morgen hatte er sie doch noch entjungfert, unsanft und nur auf seine eigene Lust bedacht.

»Lass dir Zeit«, mahnte er sie noch einmal, und Charlotte streifte ihr Höschen ab, das sie über den Strapsen trug, da Kurt es mochte, wenn sie ihr Mieder und die Strümpfe anbehielt, wenn er mit ihr schlief. Jetzt stand er auf und kam zu ihr herüber. Er strich mit der Hand über den roten Spitzenstoff. »Die Feier war großartig«, sagte er gut gelaunt und angetrunken. »Und mit Mutters Geschenk hast du dich selbst übertroffen.«

»Danke.«

Kurt sah ihr in die Augen, während seine Hand zwischen ihre Beine fuhr. Sie erstarrte. Die Stille im Raum war angespannt, Charlotte wartete auf den Ausbruch.

»Ich habe mich noch gar nicht bei dir dafür bedankt«, fuhr er gefährlich leise fort.

Das war das Stichwort. Charlotte kannte das Spiel.

»Dreh dich um!«

»Nein, Kurt, bitte …«

»Dreh dich um und versuche, diesmal nicht so laut zu sein. Oder willst du, dass meine Mutter hört, wie wir uns amüsieren?«

Charlotte zitterte, aber sie wusste, dass es bald vorbei sein würde. Je weniger sie sich wehrte, umso schneller ging es vorbei. Sie drehte sich zum Spiegel ihrer Schminkkommode um, und ihr Mann griff nach ihrem Handgelenk, zog ihren Arm auf ihren Rücken und drückte ihren Oberkörper auf die Ablage. Ihre Haarbürste und Susannes Puderdose fielen herunter, und der Stuhl neben ihr kippte um.

Jede Bewegung schmerzte. Kurt drang in sie ein, und sie griff mit der freien Hand nach dem Einzigen, das sie erreichen konnte und das ihr Halt gab: Hans' Taschentuch. Es war ein Rettungsring, und doch versank sie und ließ ihren Körper zurück. Trennte sich von ihm, streifte ihn ab und schlüpfte in ein anderes, ihr altes Ich.

Jetzt war sie in Rom auf der Via Veneto, der Prachtstraße, die sich von der Piazza Barberini bis zu den Ulmen des ehemaligen Kapuzinerklosters an der Porta Pinciana hochwand, und trug einen Nachmittagsmantel aus Matelassé. In ihrer Hand hielt Charlotte ein Dutzend bunter Luftballons, während Cecil vor ihr kniete und jeder ihrer Regungen mit seiner Kamera folgte. Ihrem Lächeln, dem stolzen Blick, der traumverlorenen Pose. Junge Römer riefen ihr Komplimente zu, amerikanische Matrosen staunten, und in dem Café mit den Stühlen aus pfefferminzgrünem Plastikgeflecht, in dem am Tag zuvor noch Coco Chanel gesessen hatte, handelten Agenten schwindelerregende Honorare für ihre Mannequins aus. Nur wenige Meter von ihr entfernt posierte ein Mädchen aus Neuilly sur Seine für Dior und weiter oben an der Straße zwei Kolleginnen aus London für Sir Norman Hartnell.

Rom atmete Mode. Diese Stadt war eine einzige Bühne für Tupfen und Blumen, Karos und Streifen, entworfen von den bekanntesten Dessinateuren der Welt. Diese Stadt war ...

Kurt griff in Charlottes Haar und riss ihren Kopf hoch. Mit der anderen Hand umklammerte er noch immer ihr Handgelenk. »Mach die Augen auf!«, sagte er schnell atmend, und der Schmerz holte sie in ihr Schlafzimmer zurück. Den Spiegel nur Zentimeter vor ihrem Gesicht, sah sie, wie Kurt sich an ihr verging und dann seinem Erguss nachspürte. Die tiefe Befriedigung in seinem Blick. Den Triumph der Macht und die Freude an der Demütigung. Kurz darauf ließ er sie los, löste sich von ihr und schloss seinen Hausmantel. Ging zu seinem Nachttisch und griff nach dem Glas, das dort stand.

Charlotte hielt noch immer Hans' Taschentuch umklammert. Sie legte es auf den Schminktisch zurück und hob Susannes Puderdose und ihre Bürste vom Boden auf, stellte den Stuhl wieder hin. Zog sich einen Morgenmantel über und ging leise ins Bad. Dort weinte sie.

Als ihre Schwiegermutter am nächsten Morgen zum Frühstück herunterkam, schlief Kurt noch, und Charlotte saß bereits am Esstisch im Speisezimmer. Hedy schenkte ihr Kaffee nach.

»Guten Morgen, Frau Lembke. War's schön gestern?«, fragte sie Therese.

»Ja, danke, Hedy, mein Sohn hat keine Kosten und Mühen gescheut.«

»Ich bring Ihnen Rührei«, sagte Hedy und verschwand in der Küche.

»Hast du gut geschlafen?«, fragte Charlotte ihre Schwiegermutter, um die Stille zu verscheuchen, die immer entstand, wenn sie allein am Tisch saßen.

»Irgendwann schon, ja«, antwortete sie mit einem vielsagenden Blick.

Charlotte rieb sich das gerötete Handgelenk und sah sie mit erhobenem Kopf an. Sie hatte gebadet, sich geschminkt, das farbenfrohe Kostüm von Pucci angezogen und ihren Schmuck angelegt. Ihr Parfum aufgetragen und ihr Haar frisiert. Sie hatte sich nach einem alten Bild von sich selbst wieder zusammengesetzt und begegnete ihrer Schwiegermutter nun mit einem der Gesichter, die sie perfektioniert hatte: dem stolzen, unnahbaren, als sei sie unverwundbar. »Haben dich die Geister des Hauses wachgehalten?«, fragte sie Therese provokant.

»Du weißt selbst am besten, was mich wachgehalten hat«, entgegnete ihre Schwiegermutter abschätzig.

»Glaub mir, Therese«, Charlotte legte ihre Serviette neben den Teller, »es besteht kein Grund zur Eifersucht. Manchmal glaube ich sogar, dass Kurt in Wahrheit dich meint, wenn er mich … liebt.«

12

Hans und seine Freunde hatten Semesterferien. Zwar nutzten sie die freie Zeit für eine Famulatur in der Poliklinik – Schichtdienst, Klinikalltag und das Leben eines Arztes aus der zweiten Reihe betrachtet –, doch an den Abenden, an denen sie gemeinsam frei hatten, gingen sie zusammen aus und stießen auf die bestandenen Prüfungen an. Hans hatte als Einziger die Abfrage in Physiologischer Chemie wiederholen müssen und wäre wegen seiner schlechten Noten in allen übrigen Fächern von Professor Butenandt, einem leibhaftigen Nobelpreisträger, fast dazu verdonnert worden, das Halbjahr zu wiederholen. »Junger Mann, wie mir bekannt ist, haben Sie immer wieder Probleme, Ihre Scheine zusammenzubekommen«, hatte Butenandt zu ihm gesagt, »und Ihr Physikum haben Sie auch erst im zweiten Anlauf geschafft. Das Scheitern scheint mir symptomatisch.« Dr. Brandstätter hatte sich jedoch für Hans eingesetzt, nachdem er ihm in ihrem Gespräch Anfang Juli versichert hatte, dass er nicht vorhabe, später als Arzt zu praktizieren.

»Ich überlege zu unterrichten, Herr Doktor«, hatte Hans damals zu ihm gesagt.

»Landmann, alles, was recht ist, aber ich würde Ihnen eher eine Karriere bei einer Zeitung empfehlen. Fachjournalisten sind gefragt. Oder Sie gehen in die Forschung.«

Sie hatten sich lange unterhalten, und Dr. Brandstätter hatte Hans nachdrücklich geraten, sich mit seiner Mutter auszusprechen und reinen Tisch zu machen. »Mit Verlaub, Hans, Sie sind jung«, hatte er zu ihm gesagt und ihn zum ersten Mal mit seinem Vornamen angesprochen, »Sie können sich doch Ihr Leben nicht

von einem Geist diktieren lassen. Als Ihr Vater diesen Wunsch geäußert hat, waren Sie noch auf der Volksschule.«
»Und nicht einmal da war ich unter den Ersten.«
»Ich habe Sie im Fendilator spielen gehört«, hatte Brandstätter erwidert. »Wissen Sie, ich bin ein großer Fan von Duke Ellington und spiele in meiner Freizeit ganz passabel Klavier, aber mir liegt die Musik nicht annähernd so im Blut wie Ihnen. Verschwenden Sie dieses Talent nicht.«

Brandstätters Intervention bei Butenandt hatte Hans diesmal noch den Hals gerettet, was er heute im Club Cubana feierte. Nach Tanzen war ihm zwar nicht zumute, aber er genoss, wie der Club unter den Klängen von Freddie Brocksiepers Stammbesetzung vibrierte und der Pianist zu fortgeschrittener Stunde psychedelisch in den Tasten wühlte. Wilde heidnische Klänge, die Hans gierig inhalierte – Sauerstoff war ohnehin keiner mehr da.

An dem Tisch da vorn hat Charlotte gesessen, als ich ihr zum ersten Mal begegnet bin, dachte er, und sah sie vor sich. Und dann ihren Mann. »Nick, gib mir noch ein Bier!«, bat er den Barmann und leerte das Glas in einem Zug.

Karl stand rauchend in der Nähe der Bühne und flirtete mit der Freundin des Bassisten, während Frieda mit Schorsch und zwei Germanistikstudenten an einem der Tische saß. Sie hielt ein Buch in der Hand und redete sich in Rage. Bestimmt ging es wieder um Sartre, den sie gerade las, und das Gefühl der kosmischen Verlassenheit. Das Leben als Dasein in den Kulissen der Täuschung. Wer sie einriss, starrte ins Nichts. Eine trostlose These, mit der Frieda neuerdings ihre Mitmenschen frustrierte.

Hans überlegte, sich zu ihnen zu setzen, als das Gerücht die Runde machte, Miles Davis sei im Hot Club in der Arnulfstraße gesehen worden. Womöglich würde es zu später Stunde noch eine Jamsession mit ihm geben, meinte Piet, der Saxophonist, den Hans aus dem Fendilator kannte, und der heute auch wieder hier war, und dass sie da unbedingt hinmüssten. »Miles Davis, der jetzt mit John Coltrane spielt! Mensch, Satchmo, das erzählst du noch deinen Enkeln!«

»Aber wie kommen wir da rein?«, fragte Hans ihn. »*For Members only!*«

»Ich bin so ein Member«, mischte sich Karl in das Gespräch der beiden ein. Der Bassist machte gerade Pause und markierte sein Revier.

»Wie das?«

»Na, ich habe die Mitgliedschaft von einem Burschen aus meinem Corps übernommen, der Bares gebraucht hat. Ist ein angesagter Club.« Karl lächelte triumphierend. »Außerdem steht der VW meiner Mutter vor der Tür, falls jemand eine Fahrgelegenheit braucht.«

»Frieda und Schorsch wollen bestimmt mit«, sagte Hans.

»Frieda und Schorsch?«, fragte Piet. »Verflucht, das könnte eng werden in deiner Asphaltblase, Karl. Winnie holt nämlich gerade seinen Bass von zu Hause, der hofft auch auf ein Ständchen mit Davis.«

Winnie war wie Piet Berufsmusiker, er spielte im Orchester Hugo Strasser, einer sechzehnköpfigen Big Band, und war gerade von einer Tournee zurückgekommen. Seine Freizeit verbrachte er in diversen Jazzclubs und nutzte jede Gelegenheit, um mit den Großen zu jammen.

»Ob ich ein ganzes Orchester abgestempelt bekomme, weiß ich nicht«, gab Karl zu bedenken, und spielte darauf an, dass der Hot Club keine Eintrittskarten verkaufte. Der Einlasser drückte den Club-Mitgliedern und ihren Gästen nur einen Stempel auf die Hand, den sich viele tagelang nicht mehr abwuschen – er kam einem Ritterschlag gleich.

»Ich trommle trotzdem mal alle zusammen«, entgegnete ihm Hans enthusiastisch.

Das Verdeck des VW Käfers blieb offen. In Hans' Fußraum vor dem Beifahrersitz lagen sein Trompetenkasten und Piets Saxophonkoffer, weshalb Hans mit angezogenen Beinen neben Karl saß. Er hatte die schmale Blumenvase vom Armaturenbrett abgenommen und ins Handschuhfach gelegt, damit ihr nichts passierte – Karls Mutter hing sicher an ihr. »Kannst du mir erklären, warum dein Sax-Koffer so groß ist?«, fragte er Piet, der hinter ihm auf der Karosserie saß, die Beine im Wagen.

»Junge, ich bin Profi«, antwortete er und lachte. »Wenn ich in den Offiziersclubs spiele, fällt immer was Essbares ab, das ich rausschmuggle. Oder Zigaretten. Die waren vor ein paar Jahren noch richtig was wert.« Piet deutete auf seinen Anzug, der durchaus etwas hermachte. »Ich sage nur: *Deep in the heart of Texas*.«

»Wie meinst du das?«, wollte Frieda wissen, die zusammen mit Schorsch auf der Rückbank unter Winnies Bass versank, den er in eine alte Wolldecke eingewickelt und mit zwei ausgeleierten Gepäckspannern fixiert hatte. Winnie selbst hockte Piet gegenüber und hielt sich wie er an der Abdeckung des Verdecks fest.

»Den Titel wünschen sich die Amis ständig«, erklärte Piet. »Heimweh und so. Und dann werfen sie dir dafür ein Päckchen Lucky Strikes auf die Bühne. Dieser Anzug hier hat mich anno neunundvierzig zehn Päckchen gekostet. Maßanfertigung!«

»Nichts zu essen, aber angezogen wie ein Gigolo«, zog Karl Piet auf und sah in den Rückspiegel, bevor er in gemäßigtem Tempo losfuhr und das Autoradio aufdrehte – AFN. Die Amerikaner sendeten aus der Kaulbach-Villa, nur einen Katzensprung vom Studio 15 entfernt.

»Man muss als Künstler eben Prioritäten setzen«, entgegnete Piet gut gelaunt. »Außerdem hättest du unsere Instrumente doch in den Kofferraum legen können.«

»Da passt kein Atom mehr rein«, sagte Karl. »Da hat meine Mutter gerade ihren halben Hausstand drin.«

»Verlässt sie euch endlich?«, feixte Frieda.

»Nein, sie spendet für die Freie Selbsthilfe. Die Frauen vom Golfclub pflegen ihre soziale Ader.«

Der voll besetzte Käfer fuhr Richtung Hauptbahnhof und weiter in die Arnulfstraße. Karl parkte am Busbahnhof vor dem ehemaligen Verkehrsministerium. Das mächtige, kriegszerstörte Gerippe der Kuppel thronte noch immer wie ein Geist über der Stadt, und die Reste der neubarocken Tuffsteinanlage zeugten mit ihren leeren Fensterlaibungen und einsturzgefährdeten Geschossen von der Sprengkraft der alliierten Bomben. Einzig eine Bronzeskulptur, die die Hinterbliebenen der im Ersten Weltkrieg gefallenen Postler und Eisenbahner symbolisierte, hatte die Zerstörung überstanden. »Eine effiziente Investition, dieses Kunstwerk«, hatte Schorsch, dessen Vater früher im Postamt München 2 im süd-östlichen Trakt des Ministeriums gearbeitet hatte, einmal zu Hans gesagt. »Jetzt trauern sie schon in der zweiten Generation, und wer weiß, vielleicht überstehen sie auch noch einen Atomkrieg.«

Aus der Kuppelhalle hatte früher der Hörfunk gesendet, ehe *Die Deutsche Stunde* in Bayern mit dem Riemerschmidbau einen eigenen Sendekomplex bekommen hatte. Und dort, im Studio 1 des Bayerischen Rundfunks, hatte heute Miles Davis ein Konzert gegeben, das bis auf den letzten Platz ausverkauft gewesen war, obwohl die Presse über Veranstaltungen wie diese kaum berichtete. Zum Hot Club hinüber waren es keine zweihundert Meter, weshalb die Chancen gut standen, dass der amerikanische Trompeter dort war.

»Wie wir dich da samt deinen Bass reinbekommen sollen, Winnie, ist mir schleierhaft«, sagte Karl, als die sechs durch den Torbau zum Augustiner-Bräu gingen, in dem sich eine enge Wendeltreppe zum alten Bierkeller hinunterwand.

»Ich sage einfach, dass ich zu Miles' Truppe gehöre. Ich bin Percy Heath«, schlug Piet vor.

»Der ist schwarz, du Trollo.«

»Weißt du, wie dunkel es da unten ist?«, gab Winnie zurück.

»Heißt nicht umsonst ›Tunnel‹.«

Karl schob Frieda vor, die schon allein optisch perfekt in den Hot Club passte, da die Mädchen in diesem Existenzialisten-Keller allesamt Hosen trugen. Sie verdrehte dem Einlasser so sehr den Kopf, dass es nur noch einiger Geldscheine und wenig Überredung bedurfte, dass alle ihren Stempel aufgedrückt bekamen und in die Katakomben hinuntersteigen konnten. Winnie durfte mit seinem Bass sogar den Künstlereingang auf der Rückseite benutzen.

Die Ziegelwände des alten Tonnengewölbes, in dem die Augustiner-Brauerei früher bis in den Sommer hinein ihr Bier zwischen Eisblöcken aus dem Nymphenburger Kanal gelagert hatte, waren noch aus Luftschutzkellerzeiten mit Beton ausgekleidet und mit modernen Höhlenmalereien verziert. Zu beiden Seiten standen Bierbänke und Tische, auf denen Kerzenlicht flackerte. Zigarettenrauch, schweres Parfum und der Geruch von verschüttetem Bier fluteten die Gruft – die typischen Abendtoxine –, und durch die alten Lüftungsschächte drang ein Hauch von Nachtluft herein. Der ganze Club war ein einziger Verstoß gegen feuerpolizeiliche Auflagen, aber der zuständige Beamte war selbst Mitglied, hatte Hans einmal gehört, weshalb die drohende Schließung wohl ausblieb.

Der Weinbrand, den sie hier ausschenkten, entfaltete die Wirkung von Kerosin. Karl hatte gleich eine Runde organisiert – »Ist ein echter Schuhauszieher! Ich hoffe, ihr legt euch nicht hin« –, und Hans nahm nun, sein Glas in der Hand, die Band ins Visier. Es war ein relativ junges Quartett, das geschmeidig spielte und sich Munich Jazz Combo nannte. Ihr Saxophonist war ein echter Feinmechaniker. Hans hörte ihnen zu, während Winnie und Piet die Ecke mit den übrigen Musikern ausmachten, die es in jedem Jazzkeller irgendwo gab. Meistens nah an der Küche oder beim Garderobenfräulein, doch hier unten gab es beides nicht. Im Hot Club drückten sich ihre Kollegen in eine Ecke in der Nähe der provisorischen Bühne, wo heute ein paar dunkelhäutige Männer beisammenstanden. Kein ungewohnter Anblick, manche Clubs waren sogar durch und durch schwarz besetzt, wie das Orlando di Lasso, in dem Max Greger auftrat und Bebop und den rauen Jump-Style spielte.

Hans überlegte, ob einer der Männer, die dort standen, Miles sein könnte. Er kannte kein Bild von ihm, da die großen Label Schwarze nur selten auf ihre Cover druckten.

»*Ladys and Gentlemen, jazz enthusiasts, Mr. Miles Davis!*«, kündigte der Pianist der Munich Jazz Combo – er hieß Marty, hatte Piet gesagt – in dem Moment den amerikanischen Trompeter an, und Hans war wie elektrisiert, als ein kleiner, gut aussehender Typ mit blendend weißen Zähnen in einem perfekt sitzenden Anzug nach vorn ging.

Der ganze Keller tobte, es gab Beifall, und ein Mädchen rief: »*I love you, Miles!*« Miles setzte seine Trompete an die Lippen, spielte eine Phrase und brach kurz darauf wieder ab. Alle erschraken, denn er galt in der Szene als schwierig. Dass er sich heute hier eingefunden hatte, war schon ein Wunder für sich.

»*Anybody here playing alto sax?*«, fragte er ins Publikum, und Piet rief sofort »Hier!«. Nur Sekunden später stand er, den Riemen seines Instruments umgelegt, neben dem Baritonsaxophonisten der Combo. Miles raunte ihm etwas zu, und Piet nickte aufgeregt. Als Miles dann erneut zu spielen begann, erkannte Hans die Melodie: *Moon Dreams*, eine Ballade aus Miles' Album *Birth of the Cool*, das in Deutschland noch gar nicht zu haben war, aber von AFN gespielt wurde. Die Besetzung war hier unten in dem engen Keller natürlich kleiner, als Hans sie aus dem Radio kannte. Die Posaune, die Tuba und das Waldhorn fehlten, aber der Klang war trotzdem sensationell – reiner, kühler Jazz.

Hans konnte sein Glück kaum fassen. Halb in Trance arbeitete er sich durch die Leute und blieb wie auf Wolken vor der Bühne stehen. Diesen Klang konnte sowieso keine Scheibe der Welt wiedergeben!

»*What d'you have in there, boy?*«, fragte Miles Hans zur fortgeschrittenen Stunde, als der Club offiziell bereits geschlossen hatte, und er vergaß schlagartig jede englische Vokabel, die er je gelernt hatte. Er öffnete mit wild schlagendem Herzen seinen Trompetenkasten und zeigte Miles sein Instrument. »*Okay, let's play*«, forderte der ihn daraufhin auf und gab ein Thema vor. Hans versuchte, es zu variieren. Nachdem der Typ am Schlagzeug, er hieß Rocky, und Wolle am Bass in die Improvisation eingesetzt und beide Saxophonisten ihr Können gezeigt hatten, übernahm Hans wieder, und Miles ging nach einer Weile dazwischen.

Für die Berufsmusiker, die sonst im engen Korsett ihrer Auftritte nach Noten spielten, war das *die* Gelegenheit, den artigen, allseits populären Swing, den Mainstream, der ihre Miete hereinholte, für ein paar Stunden hinter sich zu lassen, und für Hans die Erfüllung eines Traums. Wenn er die Augen schloss, stand er in New York im Birdland, dem populärsten Club der Stadt.

Miles bot Hans später eine Selbstgedrehte an. »*Do not fear mistakes*«, sagte er zu ihm, während sie rauchten, »*there are none*«, und dieser eine Satz – und möglicherweise auch das Kraut, das sie inhalierten – befreite Hans' Spiel dann vollends. Als sie auf die Bühne zurückgingen, führten sie eine spontane Instrumentalkonversation – Miles vulkanisch schwelend, Hans klagend und sanft –, und Hans entdeckte Ressourcen in sich, die ihm bisher nicht zugänglich gewesen waren: Kraft, Mut und Rebellion. Der Applaus wurde zum Hintergrundrauschen.

Irgendwann kamen Karl und Schorsch, die Hans längst aus den Augen verloren hatte, über die Wendeltreppe nach unten in den stickigen Keller zurück, und Schorsch machte Fotos. Frieda war an der Schulter eines Mädchens eingeschlafen, Winnie lehnte an einem der Biertische und zupfte entrückt seinen Bass, Wolle, der Bassist der Munich Jazz Combo, stimmte mit ein, und dann flossen alle Stimmen noch ein letztes Mal zusammen, ehe sie nachtschwer verebbten.

Das Medizinische Quartett verließ den Hot Club gegen vier Uhr früh, nachdem Miles sich von Hans verabschiedet hatte. »*I really like your tone, boy*«, hatte er zu ihm gesagt, »*You've got a fucking good black sound!*«, und die Munich Jazz Combo hatte Hans gefragt, ob er nicht mit ihnen auftreten wolle. »Ein paar Mark sind schon drin, nicht die Welt, aber mit dir bekommen wir sicher bessere Gagen.«

»Ich studiere Medizin«, hatte Hans ihnen geantwortet. »Ich muss in meiner Freizeit lernen, nächstes Jahr habe ich die Klinische Prüfung.«

»Überlege es dir, wir proben zwei, drei Mal die Woche, wenn wir neues Repertoire einstudieren, und spielen vor allem in München und in der Umgebung. Vielleicht steigst du erst mal nur an den Wochenenden mit ein.«

Hans hatte versprochen, darüber nachzudenken, und war dann mit seinen Freunden gegangen. Schorsch wollte zu Fuß nach Hause, Frieda, die zu viel getrunken hatte, schloss sich ihm an – »Ich brauche unbedingt frische Luft! O Gott, ich muss in zwei Stunden auf der Station sein!« –, und Hans stieg zu Karl in den Käfer.

»Kannst du überhaupt noch fahren?«, fragte er seinen Freund.

»Glaub mir, das meiste hat Frieda intus. Willst du bei mir schlafen?«, bot Karl ihm an, aber Hans war hellwach. Ein Cocktail aus Adrenalin und Endorphinen überschwemmte seinen Körper, und er befand sich in einem Zustand höchster Euphorie.

»Also?«, hakte Karl nach.

»Nein, danke. Bring mich bitte woandershin.«

»Und wohin?«

»Zu ihr«, sagte Hans.

Dass das keine gute Idee war, war auch Hans klar, und doch wollte er in diesem Moment nirgendwo anders sein als bei Charlotte. Er war nie zuvor so glücklich gewesen wie in dieser Nacht und wollte es mit ihr teilen. Und wenn er nur in der Nähe ihres Hauses stand, vorn am Galileiplatz unter der Straßenlaterne, unter der sie sich voneinander verabschiedet hatten, und hinübersah. Hans hatte schon wieder das Gesicht ihres Mannes vor Augen und stellte sich vor, wie er herausgestürmt kam und ihn ohne Vorwarnung verprügelte. Aber nicht einmal das würde ihm heute etwas ausmachen.

Nachdem Karl ihn oben am Friedensengel abgesetzt und ihn beschworen hatte, doch besser nach Hause zu gehen, war Hans traumwandlerisch ins Physikerviertel spaziert und hatte sich in Sichtweite von Charlottes Haus auf dem Gehsteig niedergelassen. Er hatte keine Uhr, aber es musste etwa halb fünf sein, langsam wurde es hell. Bald würden die ersten Wecker in den Schlafzimmern des Viertels rasseln.

Karl hatte ihm sein Sakko überlassen und dafür Hans' Trompetenkasten mitgenommen. »Nicht, dass dir noch einfällt, wieder für sie zu spielen«, hatte er zu ihm gesagt.

»Das war vor dem Club, und da war ich sicher nicht der Erste«, hatte Hans sich verteidigt.

»Aber vor ihrem Haus lässt dich ihr Mann verhaften. Wegen Ruhestörung oder Belästigung oder was immer ihm einfällt. Mensch, Hans, sei doch vernünftig, sie ist verheiratet! Das bringt jede Menge Ärger.«

Hans horchte in sich hinein. Da waren alle möglichen Gefühle, aber Vernunft war nicht dabei. Erhoffte er sich, dass sie irgendwann herauskam? Dass sie vielleicht zum Bäcker ging oder womöglich einen Hund Gassi führte? Aber vielleicht stieg ja auch ihr Mann in den protzigen Fünf-Null-Einser – Bayerische Motorenwerke –, der hinter einer roten Borgward Isabella vor der Tür stand, und fuhr weg.

»*Do not fear mistakes – there are none*«, hörte Hans Miles immer wieder sagen, und zum ersten Mal, seit er denken konnte, war eine andere Stimme in ihm lauter als die seines Vaters. »*I really like your tone*« – sie füllte ihn ganz und gar aus. Bis auf den einen Fleck, der ihr gehörte, und der Liebe, die er für sie empfand. In dem Moment, in dem er den Club verlassen hatte und zu Karl ins Auto stieg, war es ihm klar geworden. Da hatte er sich gefragt, mit wem er diese unglaubliche Erfahrung gern teilen wollte ... und hatte an sie gedacht.

Es war noch still in der Straße. Auf dem Herweg waren sie an einigen Straßenkehrern vorbeigefahren, und eine einsame Droschke auf dem Weg in den Englischen Garten war ihnen auch begegnet, aber in dieser ruhigen, gutbürgerlichen Ecke schlief die Stadt noch. Hans sah zu den Fenstern der Villa hinauf. Bewegte sich da ein Vorhang? Im ersten Stock? War das Charlottes Gesicht, das er am Fenster sah? Er wollte schon aufspringen und gehen, aber die Hoffnung hielt ihn fest. Ihr Mann könnte verreist sein, sie hatte gesagt, dass er oft unterwegs wäre. War sie dann ganz allein in diesem großen dunklen Haus? Und was machte sie den ganzen Tag, sie arbeitete doch nicht mehr?

Er hätte so gern eines ihrer Fotos gesehen, die Aufnahmen aus Rom, von denen sie ihm erzählt hatte, von der Via Veneto. Dort mit ihr bei einem Aperitif sitzen, und die Sonne legt sich auf ihre Haut ... auf ihre zarte helle Haut ... Hans dachte daran, wie ihre Stola verrutscht war und ihre Schultern im Mondlicht geleuchtet hatten. Aber jetzt hatte der Himmel den Trabanten schon fast verschluckt, er zeichnete sich nur noch als blasser Bogen ab.

Die Haustür öffnete sich, und Hans duckte sich. Eine zarte Gestalt in einem Trenchcoat schlüpfte heraus – das war sie! Hans'

Herz klopfte wie verrückt. Sie zog das Gartentor hinter sich zu, leise, mit vorsichtigen Bewegungen, und kam zu ihm herüber.

»Was machst du hier in aller Früh?«, fragte sie ihn aufgebracht im Flüsterton und zog ihn ein Stück vom Platz weg. Die ersten Vögel zwitscherten schon, und der Himmel färbte sich im Osten rot.

»Ich weiß es nicht«, erwiderte Hans.

»Wenn mein Mann dich sähe, würde er dich umbringen!«

»Entschuldige, ich …«

»Er ist nicht da«, beruhigte ihn Charlotte.

Sie dirigierte Hans auf das Grundstück der alten Sternwarte, das an dieser Stelle nur durch einen Bauzaun abgesperrt war, in dem eine Lücke klaffte. In der Nähe des historischen Refraktorgebäudes mit seiner metallisch schimmernden Kuppel, unter der Joseph von Fraunhofers Teleskop stand, setzten sie sich unter eine Eiche ins Gras. Damals, vor hundertvierzig Jahren, war Bogenhausen noch ein Dorf am Rande von München gewesen und das Gelände damit der perfekte Ort, um die Planeten des Sonnensystems zu erforschen, weit entfernt von den Lichtern der Stadt. Ein Tor in eine fremde Welt, die zu der Zeit noch unendlich und ewig zu sein schien.

»Hans, bitte, du darfst das nicht!«, sagte Charlotte. »Wir dürfen uns nicht wiedersehen, verstehst du?«

»Ich habe heute mit Miles Davis gespielt, Charlotte«, entgegnete er ihr beseelt. »Im Hot Club. Ich habe die halbe Nacht mit ihm gespielt!«

»Ist das dein Ernst?«

»Er hat gesagt, dass er meinen Sound mag und dass ich mich nicht vor Fehlern fürchten soll, weil es die überhaupt nicht gibt.«

Sie lächelte. »Du bist so aufgeregt«, sagte sie, »und so glücklich.«

»Weil ich es jetzt verstanden habe, und du musst es auch verstehen.« Hans griff nach ihren Händen, aber sie zog sie zurück und zupfte die Ärmel ihres Mantels noch ein Stück weiter über ihre Handgelenke.

»Was verstehen?«, fragte sie.

»Dass es, wenn wir wahrhaftig sind, keine Fehler gibt.« Sanft strich er ihr eine Haarsträhne aus dem Gesicht. »Und dass das, was ich für dich empfinde, wahrhaftig ist.«

»Und trotzdem ein Fehler …«

»Nein, Charlotte. Deine Ehe ist der Fehler, weil du nicht glücklich bist. Ich weiß es, auch wenn du es nicht zugibst. Ich spüre es, wenn du bei mir bist. Wenn du einfach nur hier bei mir bist.«

»Hans, ich …«

Er überlegte keinen Moment und zog sie an sich. Er küsste sie, ihre Lippen, ihre Augen, die Stirn, doch als er sie dann im ersten Morgenlicht betrachtete, erschrak sie.

»O Gott! Ich bin gar nicht geschminkt!«, sagte sie und schlug die Hände vors Gesicht.

»Und du bist wunderschön«, antwortete er, »wahrhaftig schön.« Und damit sie es ihm auch glaubte – wenngleich er ihre Zweifel nicht verstand –, küsste er sie noch einmal.

Charlotte weinte. »Was soll denn aus uns werden?«, fragte sie. »Ich kann doch meinen Mann nicht einfach verlassen!«

»Und ich kann mein Studium nicht einfach aufgeben. Aber beides wird passieren. Vielleicht noch nicht heute, aber bald.«

»Wieso bist du dir da so sicher?«

»Weil ich heute auf dieser Bühne unsere Zukunft gesehen habe. Und sie war wundervoll.«

»Vielleicht war es nur deine.«

»Ich habe keine Zukunft ohne dich.«

»Du bist müde und kannst nicht klar denken«, sagte Charlotte. »Ich muss zurück. Meine Schwiegermutter steht bald auf, und ich weiß nicht, wie ich erklären soll, dass ich mich so früh aus dem Haus geschlichen habe.«

»Wann sehe ich dich wieder?«
»Ich weiß es nicht. Kann ich dich irgendwie erreichen?«
»In der Poliklinik, da bin ich noch bis Ende September auf der Onkologischen Station. Du kannst bei den Schwestern eine Nachricht hinterlassen.«
»Auf der Krebsstation?«, fragte Charlotte mitfühlend.
»Ja, jede Menge Hoffnung und Tod, aber ich versuche, mich an der Hoffnung festzuhalten.« Gerade schien es ihm möglich, zum ersten Mal, seit er angefangen hatte zu studieren.
»Ich auch«, sagte Charlotte und zog Hans' Taschentuch aus ihrer Manteltasche.
»Du hast es noch?«
»Ich gehe damit auf Reisen«, sagte sie. »Ich halte mich daran fest und bin dann woanders.«
»Bei mir?«
»Ja, bei dir.«

Die Pohls saßen in der Küche beim Frühstück, als Hans an diesem Morgen nach Hause kam. Er war das ganze Stück zu Fuß gegangen, quer durch den Englischen Garten und vorbei am Chinesischen Turm und dem Kleinhesseloher See, auf dem die Wildgänse und Enten schon laut geschnattert hatten.
»Setzen Sie sich zu uns, Hans«, sagte Herr Pohl, und seine Frau schenkte ihm Kaffee ein. »Hildchen war schon beim Bäcker, greifen Sie zu.«
»Danke.«
Hans nahm an dem alten Tisch Platz, an dem ein Bein fehlte, das Herr Pohl durch eine Blumensäule und einen Stapel Bücher ersetzt hatte. Wie die übrige Wohnung war auch die Küche ein einziges Provisorium: das Ofenrohr mehrfach geflickt und abgedichtet, der emaillierte Dreiersatz über der Spüle für Seife, Sand und Soda an vielen Stellen abgesprungen – genau wie am Brotkasten und dem Kochgeschirr – und die Tapete nur

partiell vorhanden. Frau Pohl kaschierte die Lücken mit Plakaten, die längst vergangene Tanzveranstaltungen im Künstlerhaus am Lenbachplatz ankündigten. Grandiose Feste einer Generation von Überlebenden, die auch so manche Nacht durchgefeiert hatte – eine Zeitschleife.

Hans' trug noch immer Karls Sakko, sein Haar war verstrubbelt, aber seine Augen leuchteten, als er hungrig nach einer Semmel griff.

»Haben Sie gespielt?«, fragte ihn Frau Pohl, und Hans erzählte ihr und ihrem Mann von Miles Davis und der Jamsession im Hot Club, die noch immer in ihm nachklang.

»Er ist anders als Rex Stewart oder Dizzy Gillespie oder Armstrong«, sagte er begeistert. »Er ist viel jünger und …«, Hans versuchte Miles zu beschreiben, »und selbstbewusst, ein Kämpfer. Er hat uns von der Rassentrennung in Amerika erzählt und der Polizeigewalt.«

»Das merken Sie doch schon, wenn die Militärpolizei hier bei uns in den Offiziers-Clubs für Ordnung sorgt. Da sind die Neger immer die Ersten, die sie verprügeln«, gab Herr Pohl zu bedenken. »Ist überall dasselbe und zu jeder Zeit. Nur die Volksgruppen wechseln.«

Menschen zweiter Klasse, denen man ihre Grundrechte aberkennt, dachte Hans. Aber die Musik überwand diese Gräben, die die Ewiggestrigen immer wieder aushoben, die brachte sie alle zusammen. »Miles ist erst dreißig«, fuhr er fort, »aber er kann schon von seiner Musik leben. Er hat in diesem Jahr innerhalb von zwei Tagen vier Alben aufgenommen!«

»Mit Jazz berühmt zu werden ist sicher nicht einfach«, meinte Herr Pohl, »das gelingt nur wenigen. Die meisten Berufsmusiker müssen sich mit Konventionellerem durchschlagen und führen ein bescheidenes Leben, glauben Sie mir.«

»Aber ein gutes.«

»Sie überlegen doch nicht etwa, die Medizin aufzugeben?«

»Doch, immer öfter.«
»So kurz vor dem Ziel?« Herr Pohl sah Hans besorgt an.
»Es ist nicht *mein* Ziel.«
»Natürlich«, sagte Herr Pohl verständnisvoll, »aber überlegen Sie, wie weit Sie trotzdem schon gekommen sind. Das sagt viel über Ihren Charakter aus.«
»Die Klinische Prüfung schaffe ich nie.«
»Wollen Sie es nicht darauf ankommen lassen und dann erst eine Entscheidung für Ihr Leben treffen?«
»Sie haben sich doch auch für die Musik entschieden, Herr Pohl«, gab Hans zu bedenken. »Haben Sie es bereut?«
»Keinen Tag«, sagte Hans' Vermieter und griff nach der Hand seiner Frau. »Die Musik hat mir mein Hildchen geschenkt und uns all die Jahre den Mut bewahrt.« Frau Pohl nickte zustimmend. »Aber guten Gewissens *empfehlen* kann ich Ihnen diese Laufbahn nicht. Sie sehen ja, wo es endet.« Herr Pohl ließ den Blick durch seine karge Küche wandern.

»Ich sehe, wo es endet, wenn ich Sie beide ansehe, Herr Pohl«, erwiderte Hans und dachte über das Angebot der Munich Jazz Combo nach. Sollte er den Sprung wagen?

»Gehen Sie zu Bett, und schlafen Sie darüber. Glauben Sie mir, ich will Sie zu nichts überreden, Hans, aber der Rausch sollte sich erst gelegt haben, ehe Sie eine Entscheidung treffen.«

Hans nickte.

»Ich würde Ihnen ja gerne noch ein Zitat von Jean Paul zum Thema Besonnenheit mit auf den Weg geben«, ergänzte Pohl, »aber auf dem Guten lastet gerade unsere Frühstücksrunde. Es war irgendetwas mit Helden und Stürmen.« Herr Pohl deutete auf eines der Bücher unter der Tischplatte: *Dämmerungen für Deutschland*.

»Die höchste Krone des Helden ist die Besonnenheit mitten in Stürmen der Gegenwart?«, fragte Hans, und über Pohls Gesicht huschte ein Lächeln.

»Alle Achtung!«, sagte er.
»Humanistisches Gymnasium«, erwiderte Hans.
»Sehen Sie, Bildung ist dem Menschen doch immer eine Stütze.«

13

Die Kunden gaben sich am ersten Wiesn-Tag im Salon am Hofgarten die Türklinke in die Hand, und Leni stellte sich auf einen langen Arbeitstag ein, als sie im Lager nach der neuen Duftöl-Wäsche aus ihrem eigenen Kosmetik-Sortiment griff.

Sie hatte mit Herrn Albrecht von der Dachauer Maximilian-Apotheke, einem studierten Pharmazeuten, der ein paar Jahre älter war als sie, schon in kurzer Zeit erste Erfolge erzielt. Als Anhänger der Reformhaus-Bewegung und Verfechter von Naturheilverfahren begeisterte er sich für die Rezepturen ihrer Großmutter und brachte sein Wissen ein, um sie markttauglich zu machen. Leider hatte Leni nur sonntags und an ihrem freien Tag alle zwei Wochen Zeit, um mit ihm gemeinsam zu destillieren und Cremes anzumischen, aber Albrecht arbeitete auch unter der Woche an ihren Produkten weiter und überraschte sie dann mit den Ergebnissen. »Eine Duftöl-Wäsche, Fräulein Landmann, was halten Sie davon?«

»Mit ätherischen Ölen?«

»Und natürlichen Pflegestoffen. Ich habe die klassische Ölwäsche neu interpretiert!«

Leni wusste, dass Schwefelmilch-Ölkuren und Lecithin-Ölwäschen bei Schuppen, beanspruchtem, blondiertem und dauergewelltem Haar wahre Wunder wirkten, aber sie rochen selbst in Verbindung mit sauren Waschmitteln nicht unbedingt gut. Sie hatte ihrem Chef deshalb von der Idee des Apothekers erzählt, sie künftig mit dem Duft von Maiglöckchen, Rosen, Magnolien oder Minze anzureichern und so zu einem sinnlichen Erlebnis zu machen, und er war im Handumdrehen überzeugt gewesen. Jetzt bezog er die Dachauer Duftöl-Wäsche zum Vorzugspreis und verlangte dafür stolze achtzig Pfennig extra, bei steigender Nachfrage.

»Das ist herrlich«, seufzte Charlotte, als Leni ihr die Haare mit dem Duft von Damaszener-Rosen wusch. Ihre Finger kreisten langsam und kräftig von Charlottes Haaransatz über ihren Kopf bis in den verspannten Nacken, eine Technik, die sie in der Berufsschule gelernt hatte.

»Besser als eine Nacht mit Albers«, raunte Sasa Sorell auf dem Platz neben ihr. Sie wurde heute von Christel bedient, da Frau Berger sich krankgemeldet hatte. Ihre Hände machten ihr immer mehr Probleme, sie konsultierte mittlerweile einen Hautarzt und klagte neuerdings auch über Probleme mit der Atmung.

»Hans Albers?«, fragte Charlotte. »Du kennst den blonden Hans? Woher, Sasa?«

»Lotte-Schatz, ich habe mit ihm *Die Nacht gehört mir* gedreht. Eine kleine Nebenrolle als Tänzerin, aber ein großer Auftritt in seinem Hotelzimmer, wenn du weißt, was ich meine.«

»*You are a naughty, little girl, my dear*«, kommentierte Mrs. Randall Sasa Sorells Zweideutigkeit, und Leni versuchte, sich das Wort zu merken – *naughty* –, damit sie es nachschlagen konnte.

»Gehen die Damen denn auch aufs Oktoberfest?«, fragte Christel in die Runde, nachdem alle wieder aufrecht saßen, frische Handtücher um die Köpfe geschlungen, und Leni leuchtete förmlich vor Vorfreude. Zwar würde sie den heutigen Einzug der Wiesn-Wirte, angeführt vom Münchner Kindl und dem Oberbürgermeister, auch in diesem Jahr nicht sehen können, aber dafür war sie am nächsten Tag um elf mit ihrem Bruder und seinen Freunden auf der Wiesn verabredet, weil Karl dort seinen Geburtstag feiern wollte.

»Mein Mann geht morgen mit seinem Chef und einigen Mitarbeitern ins Bräurosl-Zelt«, antwortete Charlotte, »und natürlich müssen die Ehefrauen mit, wenn die Herren sich betrinken.«

»Ich geh morgen auch auf die Wiesn«, erzählte Leni freudig, »mit meinem Bruder und seinen Studienfreunden.«

»Dann treffen wir uns vielleicht, Herzchen«, sagte Sasa Sorell mit ihrer unverwechselbar tiefen Stimme und inhalierte den Rauch ihrer filterlosen NIL.

»Sasa geht immer mit der halben Tanztruppe aufs Oktoberfest«, erklärte Charlotte.

»Und meine kleinen Paradiesvögelchen mutieren dort jedes Jahr zu Schnapsdrosseln!« Sasa Sorell lachte rau und herzlich.

»Und Sie, Mrs. Randall? Gehen Sie auch hin?«, fragte Leni die Majorsgattin, der Irmi gerade die Haare schnitt.

»*Of course*. Wir Amerikaner lieben diese ›Wiesen‹ and Bratwurst *and lots of bavarian beer*.«

Mrs. Randall schwärmte geschlagene zehn Minuten von den blumengeschmückten Kutschen der Wirte und ihren Familien, die heute um kurz vor elf in der Sonnenstraße losfahren würden, begleitet von Festwagen mit Maßkrug schwenkenden Kellnerinnen, Schaustellern und Marktkaufleuten sowie den pompösen, klirrenden Prachtgespannen der Brauereien. Im Herrensalon unterhielt man sich derweil über die glücklich abgewendete Bierpreiserhöhung: »Das hätt dem Wimmer das Kreuz gebrochen!«

»Gehen'S, Herr Nachbar, da kann doch der Wimmer nix dafür, wenn die Wirte gierig werden.«

Mrs. Randall, der Irmi wie den anderen beiden Damen ein frühes Glas Sekt kredenzt hatte, hielt ihres in die Höhe und rief: »O'zapft is!« – der traditionelle Ausruf des Oberbürgermeisters, wenn er um Punkt zwölf das erste Fass Bier im Schottenhamel-Zelt anstach. Ein Spektakel, das Leni noch nie erlebt hatte, obwohl es die Wiesn schon seit sieben Jahren wieder gab.

»Ihr Bayerisch ist wirklich gut, Mrs. Randall«, lobte sie die

Majorsgattin, von der Charlotte bei ihrem Kennenlernen gesagt hatte, Leni müsse sich ihren Namen merken, falls sie einmal ihr Silberbesteck oder die Kronjuwelen zu Geld machen wolle. Mrs. Randall hatte nämlich kurz nach dem Krieg, gemeinsam mit anderen Ehefrauen amerikanischer Offiziere und einer echten bayerischen Prinzessin, den gemeinnützigen Verein Freie Selbsthilfe gegründet. Damals, als die Not noch groß gewesen war, waren die Damen mit einem Bauwagen auf den Odeonsplatz gezogen und hatten allerlei wertvolle Dinge, die den Krieg überstanden hatten, in Kommission genommen: Pelze, Schmuck, Silberbesteck oder Möbel. Familienschätze, die weiterverkauft und deren Erlöse von ihren ehemaligen Besitzern auf dem Schwarzmarkt in einen Sack Kartoffeln oder Brennstoff verwandelt werden konnten. »Sie müssen uns einmal in unsere *treasury*, äh, in die Schatzkiste besuchen«, hatte Mrs. Randall erst letzten Samstag zu Leni gesagt und ihr die Adresse genannt, denn die Freie Selbsthilfe war mittlerweile in einem alten Pferdestall im Bau des Circus Krone sesshaft geworden. Das Sortiment hatte sich vergrößert, der Kundenstamm auch, und manchmal bekam der Verein sogar Sachspenden. »Dort können Sie – *how do you say it?* – stöben, Marlene.«

»Stöbern.«

»*Right*, stöbern. Wir haben faire Preise und geben das ganze Gewinn an die Verkäufer weiter. Wir verdienen nichts, *you know?*«

»Ihr seid Gebrauchtwarenhändler, Schätzchen«, hatte Sasa Sorell gesagt. »Nur ohne Geschäftssinn.«

»*I call it second hand and it's an inventive, helpful project, darling.*«

Leni drehte Charlottes Haare zu Sechserlocken auf und steckte sie fest. Sie hatte sie dazu überredet, sie künftig von ihr papillotieren zu lassen, da das Ondulieren das Haar auf Dauer zu sehr strapazierte.

»Grüßen Sie Ihren Bruder und Ihre Freunde von mir, Marlene, wenn Sie sie morgen sehen«, bat Charlotte und schmunzelte wie immer, wenn sie sie im Salon siezte.

Helga kam aufgeregt an Lenis Platz. »Ich glaub, ich hab die Tochter von der Frau Biederstedt angezündet«, flüsterte sie ihr ins Ohr. Helga war jetzt im dritten Lehrjahr, weshalb ihre Arbeit nicht mehr ständig beaufsichtigt wurde.

»Was? Wo? Ich mein, wie?«, fragte Leni erschrocken und stellte Charlottes Trockenhaube an.

»Sie sitzt da drüben.« Helga deutete auf einen der zwei Plätze schräg gegenüber, gleich neben dem ausladenden Philodendron. »Ich sollte ihre kaputten Spitzen sengen.«

Leni sah sich um: Keller war in sein Büro gegangen, Christel ins Lager, und Irmi war in ihre Arbeit vertieft. »Komm!«, sagte sie zu Helga und ging eilig mit ihr zu ihrem Arbeitsplatz hinüber.

»Das riecht komisch«, klagte die kleine Biederstedt-Tochter. Sie war erst zehn Jahre alt und hätte eigentlich Schule gehabt, aber wegen der heutigen Wiesn-Eröffnung entschuldigten viele Eltern ihre Kinder mit diversen erdachten Unpässlichkeiten, und die meisten Schulleiter drückten ein Auge zu.

Leni inspizierte die langen dunklen Haare des Mädchens und stellte fest, dass Helga eine Strähne nicht fest genug zusammengedreht hatte, bevor sie die Spitzen herausgerieben hatte. Deshalb waren beim Abbrennen mit dem Wachsdocht auch Haare in den Längen verschmort.

»Des ist ganz normal«, flunkerte Leni, um das Mädchen zu beruhigen. »Wir waschen nachher durch, dann duften deine Haare nach Maiglöckchen. Magst du die?«

»Ja, schon.«

»Waschen reicht nicht«, flüsterte Helga ihr zu.

»Ich weiß«, murmelte Leni, griff kurzerhand zur Schere, schnitt die versengten Strähnen heraus und ließ sie in der Tasche ihres Kittels verschwinden. »Du hast Glück, dass des Deckhaar drüberfällt«, sagte sie leise und lauter: »Sehr gut, Helga. Jetzt musst du die Haare nur noch gut ausbürsten und waschen. Und weil des Fräulein Biederstedt heut auf die Wiesn geht, flechtest du ihr dann einen schönen französischen Zopf und steckst Schleierkraut rein, des liegt im Lager.«

Das Mädchen strahlte, und Helga griff zur Bürste. Als Herr Keller wenig später die Zeitschaltuhr von Charlottes Trockenhaube klingeln hörte, kam er an ihren Platz und frisierte ihre Haare mit den üblichen ausladenden Bewegungen aus. Dann griff er zum Taft, rief wie immer enthusiastisch »*Marvelous!*«, und hielt einen Handspiegel hoch.

Leni stand artig daneben und sah ihm zu. »Und sie fallen perfekt, Frau Lembke«, sagte ihr Chef. »Wer hat zuletzt geschnitten? Frau Berger oder ich?«

»Das war Marlene, Alexander.«

»*She's really a stroke of luck, ain't she?*«, meinte Mrs. Randall und übersetzte es, als Keller sie fragend ansah: »Sie ist ein Glücksgriff, Alexander.«

Dass das Englisch ihres Chefs nicht so gut war, wie er vorgab, merkte selbst Leni mittlerweile, da sie noch immer fleißig Vokabeln lernte.

»Gewiss«, stimmte er seiner Kundin zu, ohne eine Miene zu verziehen, »aber Lob verdirbt bekanntlich den Charakter.«

Der Sonderzug nach München war am Sonntag übervoll. Das halbe Umland hatte sich für die Wiesn herausgeputzt und war gleich nach dem Dankgebet und dem Segen eilig zum Bahnhof gelaufen. *Die Stammtische dürften verwaist sein*, dachte Leni beim Anblick der vielen Lederhosen, Gamsbärte und Charivari. Die Dachauer Männer trugen ihren typischen runden Velourshut und einen kurzen Janker mit Samtweste und ihre Frauen schwarze plissierte Röcke. In der schweren historischen

Festtagstracht mit dem Boinkittl, dem fünfzehn Pfund schweren Rock, marschierten nur die Mitglieder der Trachtenvereine beim großen Umzug mit.

Leni hatte ihre Zöpfe aufgesteckt und kleine Rosen in die Frisur eingearbeitet, ihr Sonntagsdirndl anbehalten und ihre schönen Schuhe aus dem Salon angezogen. Zwar hatten die Damen gestern im Salon erzählt, dass die meisten *Münchner* nicht in Tracht auf die Wiesn gingen, doch das kümmerte sie nicht.

»Waren die Schuh net weiß?«, hatte ihre Mutter sie beim morgendlichen Kirchgang gefragt, und Leni hatte geantwortet: »Cremefarben, aber ich hab sie einfärben lassen, die Farb war zu empfindlich.«

»Hast gar nix g'sagt.«

»Ich hab's vergessen.«

»Und wer hat des g'macht?«

»Ein Schuster, den ein Freund vom Hans kennt.«

»Der Freund, der dir die Kartn g'schrieben hat?«

»Nein, der andere, der Schorsch, der dir die Blumen mitgebracht hat, weißt noch?«

»Aha.«

Aha sagte ihre Mutter in letzter Zeit oft, und es bedeutete: Erzähl mir nix, Leni, ich versteh mehr, als du denkst.

Leni sah Hans und seine Freunde schon von Weitem. Frieda trug wie immer schwarze, schmale Hosen und ein Herrenhemd; Hans und Schorsch waren im Anzug mit Krawatte gekommen und Karl tatsächlich in einer nagelneuen Lederhose und mit einem Strickjanker und Haferlschuhen!

»Der is aber schön!«, sagte Leni und bestaunte den Janker.

»Den hat Schorsch mir geliehen.«

»Wer hat den g'macht?«

»Meine Tante«, erklärte Schorsch, »sie strickt viel«, und sah auf Lenis Schuhe. »Du trägst sie wieder«, stellte er fest.

»Ja, natürlich, vielen Dank. Was bekommst du denn dafür?«

»Nichts, es war ein Gefallen.«

»Was war ein Gefallen?«, wollte Hans wissen, und Leni erzählte ihm von dem Vorfall im Salon und wie Schorsch sie gerettet hatte.

»Dann hast jetzt was gut bei mir, Schorsch«, versprach sie ihm.

»Und was ist mit mir?«, drängte sich Karl dazwischen. »Habe ich auch was gut? Ich hab schließlich heute Geburtstag.«

»Ach, ja richtig, alles Gute!« Leni tat so, als hätte sie es vergessen, weil Karl und sie ihrem Bruder und den anderen noch nicht erzählt hatten, dass sie jetzt ein Paar waren. »Ich hab gar kein G'schenk für dich«, entschuldigte sie sich, und Karl grinste, denn er wusste, dass ihr Geschenk ein gemeinsamer freier Tag sein würde, an dem sie mit dem Auto seiner Mutter einen Ausflug machen wollten.

Hans deutete auf Lenis Kettchen, das sie im Zug angelegt hatte und unter ihrem Miedertuch hervorlugte. »Ist das neu?«

»Ich hab's mir vom Trinkgeld geleistet«, schwindelte sie und spürte, dass sie rot wurde.

In diesem Moment kam der Zug der Trachten- und Schützenvereine gegenüber der Bavaria an, und die Trachtler marschierten mit lauter Marschmusik auf sie zu. Die Klänge vermischten sich mit denen der Fahrgeschäfte und den Ansagen der Schausteller. Bunt und blinkend lag das große Volksfest vor ihnen, der Duft von gebratenen Hendln und Steckerlfisch zog zur Bavaria herauf, von gebrannten Mandeln und Zuckerwatte, und Leni sah unvorstellbare Menschenmassen, die zwischen den Bierzelten und Karussellen flanierten. Viele hatten ihre Autos gleich hinter der Achterbahn und den Wirtsbuden geparkt oder waren mit einem der Omnibusse gekommen, die dort standen. Die Besucherzahlen stiegen jedes Jahr.

»Halt dich an mich, Leni«, sagte Karl, als sie losgingen, »dann gehst du nicht verloren.«

»Fragt sich, wer da wen führt«, entgegnete sie fröhlich.

»Ihr könntet heute ohne Weiteres als Paar durchgehen, so wie ihr ausseht!«, sagte Frieda. Sie stupste Schorsch an, der seinen Fotoapparat dabeihatte und das bunte Volksfesttreiben einfing.

»Leni ist schon vergeben«, erklärte Hans. »Die hat sich in der vierten Klasse mit dem Katzlmeier Fritz verlobt, damit sie mit auf sein Floß durfte.«

»Welches Floß?«, fragte Karl.

»Das, mit dem wir die Amper runtergefahren sind«, sagte Leni wie selbstverständlich. »Hat aber leider nicht gehalten.«

»Was? Das Floß oder die Verlobung?«

»Beides!«

Als sie vor dem Rotor ankamen, den es erst seit letztem Jahr auf der Wiesn gab, fragte Karl: »Eine kleine Demonstration der Zentrifugalkraft gefällig?«

»Was passiert denn da?«, wollte Leni wissen.

»Stell es dir wie eine große Waschtrommel vor«, erklärte ihr Frieda, »nur dass sie waagerecht liegt. Und wenn sie sich schnell genug dreht, wirst du gegen die Wand gedrückt.«

»Und dann?«

»Nichts«, flunkerte Karl und kaufte fünf Karten.

Leni erschien der Rotor nicht sehr spektakulär zu sein, bis er anfing, sich zu drehen, und sie spürte, wie sie langsam immer schwerer wurde und dann förmlich an der Wand klebte wie eine Stubenfliege.

»Ich hoffe, du hast Nerven wie Überseekabel!«, rief Frieda ihr zu, als plötzlich der Boden unter ihnen abgesenkt wurde. Die Leute schrien wie verrückt, und Leni griff instinktiv nach Karls Hand.

»Du siehst ganz schön blass aus«, zog Hans sie auf, als sie wieder herauskamen.

»Gesichtsfarben werden erst nach der Fahrt in der Achterbahn verglichen«, sagte Frieda.

Als Nächstes steuerten die fünf den Zeppelin an. Leni sah erst einmal zu, um sich zu versichern, dass sie nicht wieder den Boden unter den Füßen verlor, aber die Fahrt schien ungefährlich. Die kleinen Luftschiffe waren sternförmig angeordnet. Sie drehten sich um einen mit Stadtansichten bemalten Turm mit großer blauer Zwiebelhaube und stiegen dabei etwa sechs Meter in die Höhe. Leni wagte es. Und auch die Fahrt mit dem Kettenkarussell, in dem Karl ihren Sitz fing und zu sich heranzog, während sie über den vielen Menschen hinwegsausten. Leni wurde schwindelig, und die Art, wie Karl sie heute ansah, verstärkte das Gefühl noch.

»Jetzt die Schiffschaukel«, bestimmte er gleich im Anschluss, »wer kann mit Überschlag?«

Hans und Frieda machten mit, wobei nur Karl und sie den Überschlag auch wirklich schafften. »Ist nicht so nach meinem Geschmack«, erklärte Schorsch, der mit Leni danebenstand und hin und wieder auf den Auslöser seiner Leica drückte. »Ich bin dann wieder beim Toboggan dabei.«

»Ist das die lange Rutsche da drüben?«

»Ja, da ziehen sie dich auf einem Förderband hoch. Tolle Aussicht von da oben.«

Mittags aßen sie im Löwenbräu-Zelt Brezen und Hendl, und Leni trank bei Hans' Bier mit. Der Alkohol stieg ihr sofort zu Kopf, sie war ihn nicht gewöhnt, und er machte sie übermütig. In der Achterbahn setzte sie sich deshalb in den vordersten Wagen und stellte zur Überraschung aller fest, dass sie die Geschwindigkeit und die Höhe liebte.

»Dich schreckt wohl nichts?«, fragte Schorsch anerkennend, als sie ausstiegen und seine Beine sichtbar zitterten.

»Doch, die Frau Berger aus dem Salon«, verriet sie ihm und lachte.

»Na, dann können wir ja noch mit der Geisterbahn fahren«, schlug Karl vor. »Traust du dich das auch?«

»Warum nicht?«

»Weil da drin schon ein paar Seelchen in Ohnmacht gefallen sind«, erwiderte Karl und mimte wie immer den starken Mann.

»Dann ist's ja gut, dass ich mit vier angehenden Medizinern unterwegs bin«, gab Leni zurück, die wusste, dass Karl hinter seinen flapsigen Sprüchen eine sanfte, verletzliche Seite verbarg, die er nur selten zeigte – am wenigsten, wenn er mit seinen Corpsbrüdern unterwegs war, von denen er ihr erzählt hatte.

Als sie aus der Geisterbahn herauskamen, stand Sasa Sorell mit ihren Mädchen davor, und Charlotte war bei ihnen. Sie wurden von amerikanischen Soldaten flankiert, die mit den Tänzerinnen anbändelten.

»Bist du nicht mit deinem Mann hier?«, fragte Leni Charlotte und umarmte sie spontan zur Begrüßung.

»Doch, er sitzt mit seinem Chef im Bräurosl-Zelt, und sie können jetzt schon nicht mehr stehen. Sasa hat mich gerettet und gesagt, dass sie mich in einer Stunde zurückbringt.«

»Wer hat Lust aufs Teufelsrad?«, fragte Karl, der die Mädchen neugierig taxierte, und Sasa Sorell winkte ab.

»Über das Riesenrad können wir reden, junger Freund, aber den Teufel möchte ich heute lieber nicht mehr beschwören. Meine Paradiesvögelchen haben mich schon zum Schnaps überredet.«

»Viel Überredung hat es nicht gebraucht!«, rief eines der Mädchen und warf ihr eine Kusshand zu.

»Kommst du auch mit?«, fragte Hans Charlotte, und sie nickte.

Karl kaufte unterwegs gebrannte Mandeln, die er verteilte. In der engen offenen Gondel des Riesenrads, das die Münchner »Russenschaukel« nannten, weil sich seine Vorgänger im Zarenreich gedreht hatten, saß er Leni dann gegenüber, genau wie Hans und Charlotte neben ihnen. Karls Knie stießen an Lenis und Hans' an Charlottes. Die Mädchen hatten sich Frieda und Schorsch angeschlossen, und Sasa Sorell zwei GIs, mit denen sie während der Fahrt heftig flirtete. Leni war von ihr fasziniert, denn sie machte ihrem Wahlspruch alle Ehre: »Wenn ich zur Hölle fahre, dann mit falschen Wimpern und glutroten Lippen! Man weiß nie, wen man trifft!«

Als die Gondel, in der Leni saß, am höchsten Punkt ankam, hielt das Riesenrad an. Sie stand auf und überblickte die ganze Festwiese. Die Paulskirche war zum Greifen nah, und unter Leni wogte ein Meer aus Frohsinn und Farben. Leierkastenmusik tönte über den Platz, und Sasas Mädchen, zwischen denen Schorsch etwas verloren wirkte, lachten schrill. Am Rande eines Bierzelts entspann sich eine Rauferei, und die Gewehre der zahlreichen Schießbuden knallten. Karl schoss Frieda, Charlotte und ihr später Papierrosen und lud alle zur Völkerschau ein, ehe sie den Tag am Autoscooter beendeten, aus dem er, Frieda und Hans gar nicht mehr herauswollten, nachdem sie sich von Sasa Sorell und Charlotte verabschiedet hatten.

Leni stand mit Schorsch neben der überdachten Fahrbahn und sah zu, wie Karl eine Karambolage nach der anderen provozierte. »Ich glaub, ich möcht meinen Führerschein machen«, sagte sie zu Schorsch, die bunt lackierten Autos im Blick.

»Bist du denn schon mal gefahren?«

»Nein, nie. Aber es macht sicher Spaß«, erwiderte Leni und überlegte, was ihre Mutter wohl dazu sagen würde.

»Hast du denn jemanden, mit dem du üben kannst?«

»Ich könnte Karl fragen, wenn er den Wagen seiner Mutter hat«, rutschte es Leni heraus, und sie erschrak. »Ich meine, wenn ihr mal wieder damit nach Hebertshausen kommt.«

»Lass gut sein, Leni«, erwiderte Schorsch und sah sie traurig an. »Ich weiß, was du meinst. Ich hab's verstanden.«

Leni schluckte. Ihre ausgelassene Stimmung kippte. »Wirst du es Hans sagen?«, fragte sie ängstlich.

»Nein, das wirst du tun, wenn du so weit bist.«

»Schorsch, es tut mir so leid, ich …«

»Das muss es nicht, Leni, ehrlich nicht«, sagte er. »Wir sind Freunde, du und ich, und egal, was ist, ich bin für dich da. Immer, hörst du?«

14

Für Hans vergingen die nächsten Wochen wie im Zeitraffer. Er hatte sich entschieden, das Angebot der Munich Jazz Combo anzunehmen, weshalb er nun an den Wochenenden für fünfundzwanzig Mark Abendgage, ein kostenloses Abendessen und verbilligte Getränke in verschiedenen Münchner Clubs und Tanzlokalen auftrat. Die gemeinsamen Proben und langen Nächte bewahrten ihn davor, verrückt zu werden, denn Charlotte hatte sich nicht bei ihm gemeldet und sich bei ihrem zufälligen Treffen auf dem Oktoberfest bemüht, nicht mit ihm allein zu sein. Im Riesenrad hatten sich ihre Knie berührt, und sie hatte seinem Blick nicht mehr ausweichen können, aber der ihre hatte ihm nichts gesagt, nicht einmal *Vielleicht*. Ein Vielleicht, an dem er sich hätte festhalten und das er sich zu etwas Größerem hätte umdeuten können. Manchmal fragte er Leni nach ihr, so ganz nebenbei, aber sie erzählte ihm nur von ihren Gesprächen im Salon und einmal, dass sie mit Charlotte im Kino gewesen wäre.

Ab dem 25. November wurden die Engagements weniger – »Kathrein stellt den Tanz ein« – und »die staade Zeit« begann. Die Geschäfte rund um die Münchner Kaufingerstraße, allen voran der Oberpollinger, waren jetzt mit leuchtenden Christbaumkugeln und Lichterketten geschmückt, und in den Schaufenstern präsentierte sich der neue Überfluss: feinste Krokodilleder-Handtaschen und weiche Saffiankoffer, Handschuhe aus Ziegenleder und Kaschmirschals, Gold und Edelsteine, fantasievolle Damenhüte und zartes Porzellan, ganz nach dem Motto: je kleiner das Preisschild, desto höher der Preis! *Herzerfreuende Festgeschenke* versprach das Kaufhaus Ludwig Beck am Rathauseck in Großbuchstaben auf seiner Fassade, aber für Hans, der nach einem passenden Weihnachtsgeschenk für Leni und seine Mutter suchte, waren diese Herzensfreuden schlichtweg zu teuer. Vielleicht hatte er ja mehr Glück auf einem der Weihnachtsmärkte, die überall aus dem Boden schossen und die ganze Stadt in den Duft von Glühwein hüllten.

Am Weihnachtstag, einem Montag, begann es zu schneien, und München verschwand unter einer dünnen Schneedecke. Hans hatte nun bis siebten Januar Ferien und fuhr für eine Woche nach Hause. Als er am Nachmittag die Tür seines Elternhauses öffnete, über der ein Mistelzweig hing, roch es schon im Flur nach dem vertrauten Gänsebraten, und Leni und seine Mutter schmückten den Baum in der guten Stube.

»Mei, Bub, da bist ja«, begrüßte ihn seine Mutter und umarmte ihn lange. »Wir sind schon fast fertig mit dem Baumputz.«

»Hast du heute noch arbeiten müssen?«, fragte Hans seine Schwester.

»Ich hab der Mama bei ihren Hausbesuchen geholfen. Da, halt die mal.« Leni drückte ihm eine Schachtel mit Baumschmuck in die Hand. Viel war es nicht, aber der Baum war nicht groß.

»Hat der Schmidschorle ihn wieder geschlagen?«, fragte Hans.

»Wennst einen Tag früher gekommen wärst, hättst es du machen können«, meinte seine Mutter.

»Ich habe meinen Vermietern mit dem Baum geholfen«, entschuldigte er sich. Er wäre am liebsten dortgeblieben. Die Pohls würden den Heiligen Abend mit Freunden feiern, mit all den Künstlern, die wie sie allein waren und auch keine Familie hatten. Es würde ein frohes, geselliges Fest werden, sie würden sich dicht an dicht um den dreibeinigen Küchentisch drängen, zu viel Wein trinken und zu den Klängen des alten Flügels Weihnachtslieder singen, rezitieren und diskutieren – Christen, Juden, Heiden und die, die Gott in allem feierten, das sich verkorken ließ.

Hans setzte sich in den Sessel seines Vaters, in dem eben noch Frank gelegen hatte, und betrachtete die Strohsterne, die er mit Leni gebastelt hatte, den Engel auf der Spitze des Baums, dem die Landmann-Oma im Jahr vor ihrem Tod noch einen neuen Umhang genäht hatte, und die Kugeln. Seine Mutter hatte kleine Pferdchen aus Lebkuchenteig gebacken und Vanillekipferl, Zimtsterne und Anisplätzchen. Sie lagen in einer Schale auf dem Buffet, und ihr Duft vermischte sich mit dem der frischen Tannennadeln und der Bienenwachskerzen, die die Seidenbergers, die unten an der Hauptstraße Bienenstöcke in ihrem Garten stehen hatten, von Hand zogen.

Leni stellte das Radio an. Es erklangen Weihnachtslieder, und Hans fühlte sich in seine Kindheit zurückversetzt. Ein Sehnsuchtsort mit dunklen Flecken. Derselbe Ort, an den auch Leni an Tagen wie diesem zurückkehrte, das wusste er, und doch ein anderer, denn Hans erkannte im Gegensatz zu ihr die Verleugnung in den Gesichtern der Christenmenschen, mit denen er um Mitternacht in der Kirchenbank sitzen, beten und singen würde. Jenen, die älter waren als er und sich trotzdem weggeduckt hatten.

»So, Kinder«, sagte seine Mutter, »ich schau jetzt nach unserm Ganserl und koch uns einen Kaffee.«

»Soll ich dir nicht helfen, Mama?«, fragte Leni.

»Geh, lass mich euch doch ein bisserl verwöhnen«, erwiderte ihre Mutter, »wenn ich euch schon amal beide da hab.« Sie strahlte und ging in die Küche hinüber, die Kittelschürze noch immer über dem guten Kleid. Draußen fiel Schnee.

»Und? Wie geht's dir, Hans?«, fragte Leni ihren Bruder, als sie allein waren.

»Gut.«

»Gibt's was Neues?«

»Nein.«

»Spielst du heute wieder *Stille Nacht* für uns? Die Mama freut's immer so.«

Jetzt, dachte Hans. Jetzt wäre ein guter Moment, Leni von seinen Auftritten zu erzählen und dass er womöglich sein Studium aufgeben würde. Aber wenn sie es dann der Mutter sagte? Hans war noch nicht so weit, dieses Gespräch mit ihr zu führen, und deshalb hatte er auch seine Freunde gebeten, Leni nichts von seinen Gigs zu sagen, als sie Anfang Dezember alle zusammen auf einem Weihnachtsmarkt gewesen waren.

Schorsch hatte ihr an dem Tag einen Schal geschenkt, den seine Tante gestrickt hatte, und Karl hatte ihm einen eifersüchtigen Blick zugeworfen und sie, wie schon bei ihrem gemeinsamen Wiesn-Besuch, bei der Hand genommen.

»Spiel nicht mit ihr«, hatte Hans ihn später zurechtgewiesen, »Leni ist nicht wie die anderen Mädchen.«

»Für wen hältst du mich?«, hatte Karl gekränkt gefragt.

»Für einen, der mit jeder Krankenschwester anbändelt.«

»Ist doch nicht meine Schuld, wenn sich die Karbolschnecken an mich ranwerfen. Die wollen sich eben alle einen Arzt angeln.«

Fast hätten sie sich gestritten, dabei wollte Hans Karl wirklich nicht kränken. Er mochte ihn doch, aber für ein Mädchen wie seine Schwester war er nun mal nicht der Richtige, als Corpsstudent aus reichem Haus, der nichts im Leben wirklich ernst nahm. Und Leni war unerfahren und in Herzensangelegenheiten leicht zu beeindrucken.

Hans stellte die Schale mit den Plätzchen auf den Tisch, setzte sich zu seiner Schwester und sah zu, wie Frank es sich wieder im Sessel gemütlich machte.

»Natürlich spiele ich für euch«, beantwortete er Lenis Frage und überlegte, ob er sie noch einmal nach Charlotte fragen sollte. Aber wie könnte er sein Interesse an ihr erklären?

Diese Liebe isolierte ihn von seiner Familie und seinen Freunden. Alles, wofür sein Herz schlug, isolierte ihn.

»So, da kommt der Kaffee. Und den Knödelteig hab ich auch schon ang'setzt«, sagte seine Mutter und stellte die guten Kuchenteller und Tassen auf den Tisch. »Nach dem Essen mach ma die Bescherung, und später geh ma in d'Kirch.«

Leni schenkte Hans in diesem Jahr einen Reflexhammer, weil er seinen verloren hatte, und Hans ihr zwei neue Hornkämmchen für ihr langes Haar. Für ihre Mutter hatten sie einen Bilderrahmen gekauft, und Schorsch hatte ein Foto von ihnen auf dem Weihnachtsmarkt gemacht, das sie hineingetan hatten. Ihre Mutter weinte vor Freude und stellte es neben das Bild des Vaters aufs Buffet. Das letzte, das es von ihm gab und ihn mit stolzem Blick in Uniform zeigte. Wann immer Hans es ansah, versetzte es ihm einen Stich, und er fragte sich, wie sehr sein Vater von der menschenverachtenden Ideologie, in deren Namen er gekämpft hatte und für die er gestorben war, überzeugt gewesen war.

»Jetzt hab ich euch immer da«, sagte seine Mutter gerührt, »und wenn ich euch vermiss, dann schau ich mir euer Bild an.«

»Geh, Mama, ich bin doch eh jeden Tag da«, erwiderte Leni.

»Des weiß ich doch, Leni, aber manchmal fühlt sich's halt net so an.«

Am zweiten Weihnachtsfeiertag ging Hans abends zum Herzog in die Wirtschaft hinunter und bat darum, telefonieren zu dürfen. Er wollte Charlotte anrufen, ihre Nummer stand im Münchner Telefonbuch unter dem Namen Kurt Lembke, aber dann fehlte ihm doch der Mut, und er betrank sich. Der Wegener Rudi, um den die meisten Hebertshausener einen Bogen machten, weil er immer eigentümlicher wurde, brachte ihn heim, und Leni half ihm die Treppe hinauf in seine Schlafkammer, in der seine Mutter, seit er ausgezogen war, nichts verändert hatte. Zum Glück schlief sie schon und verließ am nächsten Morgen kurz nach Leni das Haus, bevor er verkatert aufwachte. Es war eiskalt in seinem Zimmer, an den Fenstern blühten Eisblumen, und er sah das Kondensat seines Atems wie einen Nebelhauch aufsteigen. In München stand ein Ölofen in seinem Zimmer.

Hans zog sich an und ging in die Küche hinunter. Er trank Kaffee und sah in den Garten hinaus. Der Schnee lag nicht hoch, er konnte spazieren gehen, die frische Luft würde ihm guttun. Er schlüpfte in seine Stiefel und den Mantel, setzte seinen Hut auf und stapfte los. Lief über Straßen und beinhart gefrorene Felder, bis er am alten Schießplatz ankam, der verwaist vor ihm lag. Er sah das Wirtschaftsgebäude und den Pistolenschießstand, der damals von einem Bretterzaun umgeben gewesen war, damit niemand hineinsehen konnte. Und doch begleiteten Hans die Schrecken der Hinrichtung, die ihm und dem Rudi die Seelen verbrannt hatte. Ihre kleinen heilen Seelen …

Die Amerikaner hatten den Platz nach dem Krieg übernommen und bald wieder aufgegeben, ebenso wie das ehemalige KZ, in dem seither Flüchtlinge und Vertriebene lebten. In denselben Baracken, in denen einst die Häftlinge ihr Dasein gefristet hatten. Die GIs, die Hans aus dem Domini kannte, hatten ihm Fotos von der Befreiung gezeigt und den ausgezehrten Gestalten, deren Augen vor Hoffnung geglüht hatten, von den Massengräbern, Leichenbergen und Kisten voller persönlicher Habe: Brillen, Schuhe, Kinderspielzeug …

Warum zog es ihn nur immer wieder hierher? Warum riss er die Wunde immer wieder auf, während alle anderen sie verheilen ließen und die Narben verbargen? Fürchtete er sich noch immer vor den Ungeheuern, die während seiner Kindheit nicht im Kleiderschrank oder unter seinem Bett gehaust hatten, sondern vor seiner Tür? Hatte er Angst vor ihrer Verkleidung und davor, dass so viele noch unter ihnen waren? Sie hatten ihre Uniformen ausgezogen und mit ihnen die Schuld abgelegt oder, schlimmer noch, sie hatten sie überhaupt nicht empfunden, und lebten nun weiter – unbehelligt und im Schutz der Verleugnung so vieler, im Schutz ihrer Befangenheit.

Was war es nur, das seine Füße lenkte? Weiter Richtung Dachau und zur »Plantage«, die die Häftlinge des KZs einem gewaltigen Moor abgerungen hatten: sengende Hitze und Schlamm, klirrende Kälte, nasse Kleider – auch bei Minusgraden – und im Bauch nur die Angst. Die tägliche Prozession taumelnder Leiber zurück in die Baracken, die Toten und Sterbenden auf Schubkarren geladen. Freiland I und Freiland II und von Freiheit keine Spur. Äcker, von Juden, Zigeunern und Priestern bestellt, und eine öffentliche Verkaufsstelle, an der die Bewohner des Umlands ihr frisches Gemüse eingekauft hatten. »Wir nicht!«, hatte seine Mutter einmal zu ihm gesagt und sich damit freigesprochen.

Es war schon Mittag und begann erneut zu schneien. Hans riss sich los und ging nach Hause. Zwei Worte, die für ihn keine rechte Bedeutung hatten, weil er nur Scham aus seinen Wurzeln zog.

Seine Mutter hantierte in der Küche, als er sich an den Tisch setzte. »Wo warst' denn, Bub?«, fragte sie. »Ich wollt dir was kochen, bevor ich den Salon wieder aufsperr.«

»Auf dem Schießplatz. Und am Kräutergarten.«

»Geh, Hans, was suchst denn da?«

»Antworten.«

»Von wem?«

»Von dir, Mama. Und von den anderen hier. Von allen, die jetzt so tun, als wäre das Lager immer schon nur eine Flüchtlingsunterkunft gewesen.«

»Irgendwo ham's ja hinmüssen, die Leut aus'm Osten. Und a paar sind ja auch bei uns untergekommen.«

»Denkst du nicht manchmal, dass ihr hier alle auf einem riesigen Leichenacker wohnt?«
»Ja, glaubst du denn, dass des in München anders is? Dass die da net umbracht worn sind?«, fragte ihn seine Mutter. »Ich weiß überhaupt net, was du von mir willst, Hans!«
»Nur, dass du zugibst, dass du es gewusst und nichts dagegen getan hast. Und unser Vater hat sogar mitgemacht.«
»Du weißt gar net, was du da sagst!« Sie sah ihn fassungslos an. »Deinem Vater is doch derselbe Gewehrkolben im Genick g'sessen wie den armen Seelen im Lager«, schluchzte sie. »Glaubst, er is gern nach Russland? Glaubst, er hat gern auf den Iwan g'schossen?« Ihre Stimme bebte. Sie stützte sich an der Tischplatte ab und schien sich nicht mehr auf ihren Beinen halten zu können. »Die Verweigerer ham's doch alle an d'Wand g'stellt!«

Hans erschrak und griff nach ihren rauen Händen. »Entschuldige, Mama, es tut mir leid«, sagte er und bereute seine harten Worte. Er verstand ja selbst nicht, was da immer wieder mit ihm durchging und wo die unbändige Wut in ihm herrührte.

Am Silvestermorgen stieg Hans mit Leni zusammen in den Zug und war erleichtert, Hebertshausen hinter sich lassen zu können. Als sie in München ankamen, knallten schon die ersten Pulverfrösche in den Straßen, und die Hausfrauen machten sich auf, um letzte Einkäufe zu erledigen. Auf dem Viktualienmarkt herrschte Hochbetrieb, und die Angestellten der Feinkostläden kamen mit dem Bedienen kaum hinterher. Natürlich wurde die Jahreswende 1956/1957 in so mancher Hinterhauswohnung auch bescheidener gefeiert, da kam kein Fleisch auf den Teller, und es wurden noch Blechlöffel und Zinkgabeln eingedeckt. Die Sozialrentner zählten bang ihre Kohlevorräte und flickten ihre selbst gestrickten Socken, aber echte Not gab es nur noch selten in der Landeshauptstadt.

Am Abend trat Hans wieder mit der Munich Jazz Combo auf, doch diesmal firmierten sie unter dem Namen Alpen Quintett und spielten in einem Tanzlokal Schlager und Swing, eingängige Stücke, die bei der breiten Masse beliebter waren als der »verkopfte«, intellektuelle Jazz. Karl und Frieda kamen auch und feierten mit ihm ins neue Jahr hinein, während Schorsch den Jahreswechsel zusammen mit seinem Vater im Ledigenheim verbrachte, wo sie eine Feier für die Bewohner ausrichteten.

Als um Mitternacht der Himmel über der Stadt in bunten Farben explodierte und alle ihre guten Vorsätze für das neue Jahr formulierten, dachte Hans an Charlotte. Er dachte immer an sie, denn *sie* war sein Zuhause, seine Heimat, sein Sehnsuchtsort. Sie und seine Musik. Und egal, was die anderen sagten oder die Konventionen ihnen diktierten, und egal, wie viel Angst Charlotte hatte oder wie wenig Perspektiven ihm sein Leben bot, an diesem Ort würde er festhalten.

Ihren größten Auftritt hatten Hans und das Alpen Quintett dann Ende Januar zusammen mit den Kapellen Ernst Jäger und Max Greger auf dem Schwabinger Modell-Ball, dem legendärsten Faschingsball der Stadt im Haus der Kunst. Hans glaubte an diesem Abend, er wäre in den Fundus der Staatsoper eingetaucht oder in die Ausstattung des Shakespeare'schen Sommernachtstraums, denn nirgendwo sonst hatte er je so skurrile Masken und ausgefallene Kostüme gesehen.

Karl, der sich mit einem dunklen Nadelstreifenanzug und weißem Borsalino als Al Capone verkleidet hatte, kam mit seinen Eltern, seinem Bruder und dessen Verlobter sowie einem befreundeten Ehepaar nebst Tochter. Sie saßen an einem der teuersten Tische und bestellten Champagner. »Ihnen gehört ein Pharmaunternehmen – die Goldschmidt-Werke«, verriet Karl Hans. »Und ich fürchte, unsere alten Herren haben Pläne für uns.«

»Du meinst, für dich und das Fräulein Tochter?«
»Genau. Das Goldstück ist gerade einundzwanzig geworden und das, was man eine gute Partie nennt.«
»Und kennst du sie schon länger?«, wollte Hans wissen.
»Ja, sie ist Couleurdame bei den Gotharen.«
»Was ist das?«
»Na, eine von denen, die zu offiziellen Feiern eingeladen wird und hilft, Feste auszurichten. Mein Vater war früher mal der Leibfuchs ihres Erzeugers, die kennen sich schon ewig.«
Hans fragte nicht weiter nach. Karls Corps-Angelegenheiten waren ihm suspekt. Die Art, wie Karl sich benahm, wenn er an der Uni auf seine Corpsbrüder traf, und diese merkwürdige Sprache, in der sie »Bierskandale wegbluteten« oder »Stoff pokulierten«. Wozu gab es Vereine? Von den Schützen- über die Musikvereine bis zu den Kaninchenzüchtern oder Gartenbauern? Die schufen auch Gemeinschaft, und ihre Mitglieder versammelten sich um so manchen Stammtisch. Und wer sich was beweisen wollte, der ging zur Freiwilligen Feuerwehr, da hatten wenigstens alle etwas davon. Doch was kümmerte es ihn, das war Karls Leben.

Als die Malermodelle, denen der Schwabinger Modell-Ball seinen Namen verdankte, um Mitternacht in einem Hauch von Nichts zur traditionellen Parade antraten, platzte das Haus der Kunst aus allen Nähten, und Hans verlor Karl und das Mädchen an seiner Seite aus den Augen. Er spielte noch bis fünf Uhr früh in einem der drei übervollen Säle und sah Karl erst am nächsten Morgen in der Vorlesung von Titus von Lanz wieder – Topographische Anatomie –, in der sie beide einschliefen.

Mittlerweile hatte Hans schon vierhundert Mark beiseitegelegt, trotzdem arbeitete er im Februar noch als Aushilfe im Krankenhaus rechts der Isar in Haidhausen. Das Thermometer war letzte Nacht auf minus dreiundzwanzig Grad gesunken, die Schulen blieben auf Anordnung des Kultusministeriums geschlossen, um Kohlen zu sparen, und die Straßenbahnen fuhren nicht. *Hoffentlich kommt Leni rechtzeitig zur Arbeit*, dachte Hans, dessen Nachtdienst in der Ambulanz bald endete. Sie hatte in diesem Winter schon zweimal bei ihm auf einem Klappbett übernachtet, das die Pohls für sie organisiert hatten. Wenn die Zugverbindungen wegen der Schneemassen ausfielen, rief sie von einem Telefonhäuschen aus den Rabl in seiner Werkstatt an, und der richtete ihrer Mutter aus, dass sie nicht heimkommen konnte.

»Gut, dass wir kein staatliches Krankenhaus sind, Herr Landmann«, sprach ihn eine der Schwestern an, »da fehlt das Pflegepersonal jetzt vorne und hinten.«

»Ach, ja? Warum?«

»Na, die kündigen alle, weil sie bei den Lohnerhöhungen der städtischen Kliniken nicht mit dabei gewesen sind und immer noch vierundfünfzig Stunden die Woche arbeiten müssen, während wir hier nur noch achtundvierzig haben.«

Hans hatte die Tagespolitik in den letzten Wochen aus den Augen verloren, obwohl er wusste, dass sich auch Lenis Arbeitszeiten verkürzt hatten, aber auf dem Flur der Ambulanz holte ihn die Politik wieder ein, als sich zwei beleibte Männer, die sich offensichtlich kannten, miteinander unterhielten.

»Woast scho, Alois, was die mit dene radioaktiven Abfälle vom Atommeiler vorham?«

»Na, was?«

Es ging um den ersten Versuchsreaktor der Bundesrepublik vor den Toren Münchens in der Garchinger Heide, dessen Richtfest im Januar gewesen war. Unter den Studenten der Münchner Universität sorgte er, ebenso wie die Atombombentests der USA und UdSSR, für anhaltende Proteste.

»In Kisten wollen's es neipackeln und nach Amerika verschicken.«

»Und dann?«

»Vielleicht vergrabn's as in da Wüsten.«

Frieda hatte an der Uni Flugblätter verteilt und zu einer Anti-Atom-Demonstration aufgerufen.

»Mir san eh alle verstrahlt, Hias, zwengs dene Atomversuche. D'Zeitung schreibt, die Grenzwerte san scho lang überschritten.«

Der Mann, den sein Freund Alois nannte, sprach Hans an. »Herr Doktor, wie merkt ma denn des, wenn ma von dem Atomregen verstrahlt worn is?«

Mit seinem weißen Kittel hielt er Hans für einen approbierten Arzt. »Haben Sie denn irgendwelche Beschwerden?«, fragte er höflich nach.

»Na, no net. Aber welche wärn's denn dann?«

»Es könnten grippeähnliche Symptome auftreten, Haarausfall oder Anämie.«

»Sauber! Und was raten'S uns da?«

»Zur Prophylaxe einen Regenschirm«, scherzte Hans, der die Situation nicht so ernst nahm wie Frieda, »und essen Sie nach Möglichkeit keine Pilze. Der Nächste, bitte, der Herr Doktor hat jetzt Zeit.«

»Die Dame is scho wieder weg«, erklärte Alois und deutete durch die Glastür in Richtung Eingangshalle. »Eine Wunderheilung.«

Hans sah eine Frau im Pelzmantel, die ihm bekannt vorkam. Er lief ihr nach. »Entschuldigung, gnädige Frau!« Kurz vor dem Ausgang holte er sie ein. »Wir sind heute Morgen sehr voll, das Wetter ...« Er stockte. »Charlotte?«

Sie trug eine große Sonnenbrille und band sich gerade ein Seidentuch um.

»Wolltest du zu mir? Woher weißt du, dass ich hier bin?«, fragte er sie überrascht.

»Ich wusste es nicht.« Sie sprach leise und zitterte.

Hans nahm ihr vorsichtig die Brille ab, sie hatte einen Blut-

erguss unter dem linken Auge und eine Platzwunde entlang dem Wangenknochen. »Mein Gott, wie ist das passiert?«
»Ich bin gestürzt. Es war eisig.«
»Das muss versorgt werden, Charlotte!«, sagte Hans.
»Kannst du vielleicht …?«
»Ja, natürlich, komm mit.«
Hans entschuldigte sich bei der Schwester in der Aufnahme mit einer Zigarettenpause und ging mit Charlotte in einen freien Behandlungsraum.
»Wie geht es dir?«, fragte er sie, sobald sie allein waren.
»Gut«, antwortete sie, aber Hans wusste, dass sie log. Sie war verstört und versuchte, es zu überspielen.
»Bitte sag mir, was los ist«, insistierte er.
»Nichts. Ich bin nur auf dem Weg zum Auto ausgerutscht.«
»Wann?«
»Heute früh.«
»Ich würde sagen, letzte Nacht. Ich sehe das an der Verfärbung des Hämatoms.«
Hans bat sie, sich auf die Untersuchungsliege zu setzen, säuberte ihre Wunde und brachte einen Verband an. Er untersuchte Charlottes Auge, um eine Netzhautschädigung auszuschließen, obwohl ihm klar war, dass der Bluterguss von der Platzwunde herrührte, und gab ihr eine Heparinsalbe aus einem unverschlossenen Medizinschrank mit. »Warum bist du nicht zu eurem Hausarzt gegangen?«, wollte er von ihr wissen, aber sie antwortete ihm nicht. Sie stand wortlos auf und ging zur Tür. »Charlotte!« Hans stellte sich ihr in den Weg. »Du hast dich nicht gemeldet. Du hast auf dem Oktoberfest so getan, als würden wir uns kaum kennen, und jetzt läufst du schon wieder vor mir weg. Bitte rede doch mit mir.«
Hans streckte seine Hand nach ihr aus, und sie zuckte zurück. Da zog er sie einfach an sich und hielt sie so lange fest, bis ihr Widerstand brach, und sie weinte.

»Das war Kurt«, schluchzte sie. »Es wird schlimmer.«
»Hast du dich deshalb nicht bei mir gemeldet, weil du Angst vor ihm hast?«
»Er will Kinder, und ich werde nicht schwanger, obwohl mein Arzt sagt, dass ich gesund bin«, sagte sie.

Hans bot ihr einen Stuhl an, und sie setzte sich. Die Tränen strömten ihr unaufhörlich über die Wangen. Er durchsuchte die Taschen seines Arztkittels nach einem Taschentuch, da zog sie seines aus ihrer Manteltasche.

»Charlotte, du musst ihn verlassen!«, bedrängte er sie, denn ihm brach schier das Herz bei ihrem Anblick.

»Nein!«

»Bitte geh nicht zu ihm zurück«, flehte Hans.

»Wo soll ich denn sonst hin? Zu meinen Eltern vielleicht? Die werfen mich raus, wenn ich mich scheiden lasse. Und außer ihnen habe ich doch niemanden.«

»Du hast mich.« Hans küsste sie zärtlich und wiederholte: »Du hast doch mich.«

»Danke für die Salbe«, sagte sie und stand wieder auf. Sein Taschentuch ließ sie auf dem Stuhl liegen.

Hans bekam Angst und schrieb eilig seine Adresse auf ein Stück Papier. »Da wohne ich«, sagte er. »Du kannst jederzeit kommen … und sollte ich nicht da sein, dann sag meinen Vermietern, dass du auf mich warten willst. Bitte, Charlotte!« Er hielt ihr den Zettel entgegen. Sie griff nach kurzem Zögern danach und steckte ihn ein. Als sie fort war, stürzte er zum Fenster und riss es auf, denn er hatte das Gefühl zu ersticken. Seine Hände zitterten wie ihre vorhin, und sein Herz raste.

Am Abend stand sie vor seiner Tür, und die Pohls erlaubten ihm, dass sie über Nacht dablieb. Hans versprach ihnen, Charlotte sein Bett zu überlassen und auf dem Klappbett zu schlafen, aber als er sie gegen Mitternacht weinen hörte, legte er sich zu ihr und nahm sie in den Arm. Küsste sie aufs Haar und war froh um die Dunkelheit, damit sie nicht sah, dass auch er weinte. Wie gern wäre er für immer so mit ihr liegen geblieben, doch als er am nächsten Morgen aufwachte, war sie verschwunden. Sein Taschentuch, das er auf den Nachttisch gelegt hatte, hatte sie mitgenommen. Und sein Herz auch. Endgültig.

15

Charlotte hatte sich zwei Wochen lang zu Hause versteckt, bis ihr Gesicht so weit abgeheilt war, dass sie die verbliebenen Blessuren überschminken konnte.

»Kurt sagt, dass du unvorsichtig gewesen bist«, hatte ihre Schwiegermutter an dem Morgen, an dem sie in die Ambulanz gefahren war, zu ihr gesagt. »Er meinte, du wärst letzte Nacht auf der Treppe gestürzt. Ich habe es gar nicht mitbekommen, ich muss wohl schon geschlafen haben.«

»Ja, das glaube ich dir gern«, hatte Charlotte ihr verbittert geantwortet.

»Du solltest damit zu Doktor Bergmüller gehen.«

»Damit es in der Familie bleibt, meinst du«, erwiderte sie, denn Bergmüller war nicht nur seit vielen Jahren der Hausarzt der Lembkes, sondern auch ein enger Freund der Familie.

»Ich weiß nicht, was du damit sagen willst.«

»Damit will ich sagen, dass dein Sohn ein Unmensch ist. Und du bist nicht besser, weil du es genießt, wie er mich behandelt.«

»Werd schwanger, und er lässt dich in Ruhe.«

»Eher stürze ich mich in die Isar, als von deinem Sohn ein Kind zu bekommen!«

Charlotte war an diesem Tag nicht mehr nach Hause zurückgegangen. Sie hatte Hedy vom Krankenhaus aus angerufen und Kurt ausrichten lassen, sie bliebe über Nacht bei einer Freundin und wisse noch nicht, wann sie zurückkäme. Sie war stundenlang mit dem Auto herumgefahren, hatte einen langen Spaziergang am Starnberger See gemacht, später bei Sasa geklingelt, die aber nicht zu Hause gewesen war, und dann bei Hans.

Er hatte sie aufgefangen, war zu ihr unter die Bettdecke gekrochen und hatte sie in den Arm genommen. Er hatte sie nur festgehalten, wie ein kleines, verängstigtes Tier, und sie seinen warmen nackten Oberkörper an ihrem gespürt, seinen Herzschlag, den Atem.

Es war von ihr ausgegangen. Sie hatte gehofft, dass seine Liebe ihren geschundenen Körper, den sie schon gar nicht mehr als den ihren wahrnahm, heilen könnte. Und für ein paar Stunden hatte sie Kurt wirklich vergessen. Ihr Körper hatte ihn vergessen. Aber als sie am nächsten Morgen neben Hans aufgewacht war, war ihr klar geworden, dass sie zu ihrem Mann zurückkehren musste. Als getrenntlebende Ehefrau würde sie keine Arbeit bekommen, schon gar nicht in der Modebranche. Und ohne ihre Ersparnisse, die Kurt verwaltete, konnte sie nicht einmal die Kaution für eine Wohnung hinterlegen, geschweige denn Möbel kaufen oder Miete bezahlen.

Kurt hatte mit seiner Mutter am Frühstückstisch gesessen, als Charlotte nach Hause gekommen war, und sie hatten beide so getan, als wäre sie nur eben beim Einkaufen gewesen. Doch am Abend hatte Kurt sich dann für seinen »Aussetzer«, wie er es genannt hatte, bei ihr entschuldigt und ihr ein Diamantarmband geschenkt. Da hatte Charlotte ihre Bitte, wieder arbeiten gehen zu dürfen, noch einmal wiederholt, aber diesmal hatte sie ihn nicht gebeten, auf den Laufsteg zurückkehren zu dürfen, sondern ihm einen anderen Vorschlag gemacht.

Gerade als Charlotte beschlossen hatte, einen neuen Termin im Salon am Hofgarten auszumachen, wo sie sich in den letzten zwei Wochen mit einer Grippe entschuldigt hatte, rief Leni bei ihr an und fragte sie, wie es ihr ginge.

»Schon viel besser, danke. Ich komme nächsten Samstag wieder, ich geb Maria noch Bescheid.«

»Ich habe morgen meinen freien Tag«, sagte Leni, »und treffe mich am frühen Nachmittag in München mit einem Freund. Hast du vorher vielleicht Zeit? Wollen wir uns sehen?«

Charlotte hatte schon ein paarmal mit Leni in deren Mittagspause einen Kaffee im Annast getrunken, und im November hatten sie zusammen einen Dokumentarfilm im Kino angesehen – *Kein Platz für wilde Tiere* von Bernhard Grzimek. Da hatte Leni ihr von ihrem achtzehnten Geburtstag erzählt, als sie mit Hans und ihrer Mutter im Tierpark gewesen war, und von den Elefanten und Löwen, die sie dort gesehen hatte. Sie hatte wie ein Kind geschwärmt, und Charlotte hatte in ihren Augen – diesen unbeschreiblich blauen Augen – Hans gesehen.

»Wie wäre es um zwölf in der Cafeteria am Dom?«, fragte sie Leni. »Die wird von einer Familie aus der Toskana betrieben, und da gibt's eine echte italienische Mandeltorte, die du unbedingt probieren musst.«

Der Tag war sonnig und kalt, Schneeberge türmten sich an den Straßenrändern, und der Verkehr rollte mit der gebotenen Vorsicht durch die Innenstadt, als Charlotte und etwas später auch Leni in das Café kamen.

»Entschuldige«, sagte Leni, »mein Zug hatte Verspätung«, und setzte sich zu ihr an den Tisch.

»Das macht doch nichts.«

»Ich freue mich so, dass du Zeit hast. Bist du wieder gesund?«

»Ja, danke, alles wieder gut. Es war eine hässliche Grippe«, log Charlotte.

»Und das da?« Leni deutete auf ihre Wange. Sie war eine gute Beobachterin.

»Ein dummer Haushaltsunfall«, tat Charlotte es ab. »Ich habe den Kronleuchter geputzt und bin von der Leiter gefallen. Ich hätte einfach nicht so früh aufstehen sollen.«

»Du weißt, dass die schlimmsten Unfälle im Haushalt passieren.«

»Oder im Salon Keller, wenn keiner eure Helga beaufsichtigt«, sagte Charlotte, und die beiden lachten. Das tat gut. Einfach nur hier zu sitzen, mit einer Freundin und zu lachen. »Was gibt es bei dir Neues?«, fragte Charlotte Leni und bestellte bei einer jungen Italienerin mit gestärkter Schürze Kaffee und zwei Stücke *Focaccia di mandorla*. Die große verchromte Siebträgermaschine fauchte hinter der Kuchentheke, und der Duft von frischem Espresso zog durch das enge Café.

»Letzten Sonntag haben Herr Albrecht und ich endlich die richtige Rezeptur für unsere Vitamin-Kräuter-Creme gefunden, an der wir so lange gearbeitet haben.«

Leni hatte Charlotte erzählt, dass sie seit einiger Zeit in den Räumen einer Dachauer Apotheke Naturkosmetik nach alten Rezepturen ihrer Großmutter produzierte, die sie in bescheidenem Rahmen auch verkaufte. Die Duftöl-Wäsche, die der Salon Keller anbot, war so ein Produkt.

»Wann machst du das nur alles, Leni?« Charlotte war beeindruckt. »Du bist doch jeden Tag von früh bis spät im Salon.«

»Seit das neue Ladenschlussgesetz gilt und der Herr Keller am Montag erst mittags aufmachen darf, hab ich ein bisschen mehr Zeit. Und dann baue ich doch zweimal im Monat meine Überstunden ab, und sonntags und an den Feiertagen habe ich auch frei.«

»Aber du kannst doch nicht immer nur arbeiten!«

»Manchmal sitze ich auch mit einer Freundin im Café.«

»Oder triffst dich mit einem Freund«, sagte Charlotte und signalisierte Leni, dass sie über diesen Freund, den sie am Telefon erwähnt hatte, gern mehr erfahren würde. Sie beugte sich Leni entgegen und senkte ihre Stimme, da am Nebentisch zwei ältere Damen mit Kompotthüten saßen und immer wieder zu ihnen herübersahen. »Ist es ein heimlicher Verehrer?«

»Du kennst ihn«, sagte Leni und sah glücklich aus.

»Wirklich?«

»Ja.«

»Nun spann mich nicht auf die Folter!«, drängte Charlotte sie, weil sie spürte, dass Leni sich ihr anvertrauen wollte.

»Es ist Karl, der Freund vom Hans«, rückte sie heraus.

»Der Sonnyboy?« Charlotte hätte sich Leni eher mit Schorsch vorgestellt, dem Stillen, Zurückhaltenden. »Seit wann geht das denn schon?«

Ein Herr kam herein, der einen Schwall eiskalter Luft mitbrachte, und sie unterbrachen ihr Gespräch, bis er sich an einen freien Tisch gesetzt hatte. Er hinterließ eine Pfütze auf dem Linoleumboden, die die Bedienung hinter ihm aufwischte.

»Seit September«, gestand Leni. »Aber wir sehen uns nicht so oft. Ich muss ja abends immer heimfahren.«

Charlotte griff nach ihrer Hand. »Liebst du ihn?«, fragte sie Leni leise, und die errötete und nickte. »Na, so was, Leni und der kleine James Dean. Wer hätte das gedacht …«

»Die meisten halten ihn für einen Frauenhelden.«

»Es ist doch egal, was andere über ihn denken. Wichtig ist nur, wie er dich behandelt, Leni. Dass er dich respektiert und nicht mit dir spielt.«

»Fräulein, wir zahlen!«, kam es vom Nebentisch, und Charlotte bemerkte aus den Augenwinkeln, dass die Damen noch immer ihr Gespräch verfolgten.

»Mein Bruder wäre bestimmt dagegen«, meinte Leni.

»Weiß er es denn nicht?«

»Nein, und meine Mutter auch nicht. Sie würden sagen, dass Karl nicht zu mir passt, weil seine Eltern reich sind und er Arzt wird, und ich bin nur eine kleine Friseuse.«

»Du bist eine Friseuse, die ihren Meister machen und eines Tages ihren eigenen Salon haben wird«, sagte Charlotte und warf einen strengen Blick zum Nebentisch hinüber. »Du hast Träume und verwirklichst sie aus eigener Kraft. Darauf kannst du stolz sein.«

»So wie du«, sagte Leni.
»Früher vielleicht. Wobei ...«
Charlotte sprach nicht weiter. Sie dachte an das Gespräch, das sie mit ihrem Mann geführt hatte, als er sich bei ihr entschuldigt hatte. »Ich verstehe, dass du mich nicht mehr auf dem Laufsteg sehen willst«, hatte sie an diesem Abend so devot wie nur möglich zu ihm gesagt und das Diamantarmband angelegt. »Aber vielleicht könnte ich halbtags bei Mang im Büro arbeiten? Ich war doch auf der Wirtschaftsschule und könnte mich in der Buchhaltung nützlich machen.«
Kurt hatte gezögert.
»Bitte, Kurt, nur, bis ich schwanger bin«, hatte sie versprochen, und gehofft, dass ihn diese Aussicht milde stimmen würde.
Leni sah Charlotte neugierig an. »Wobei was?«, fragte sie sie.
»Ich werde wieder arbeiten«, verriet Charlotte.
»Als Fotomodell?«
»Nein, Kurt will nicht, dass ich so viel reise, weil er doch selbst oft unterwegs ist und seine Mutter dann allein wäre.« Das war zwar nicht die Wahrheit, aber es klang plausibel. »Ich habe ab März eine Halbtagsstelle als Sekretärin in der Buchhaltung seiner Firma. Genau genommen arbeite ich an drei Tagen«, erklärte sie und aß ein Stück vom Mandelkuchen. Eine Sünde, die sie sich nur alle paar Monate einmal leistete. Der Geschmack nach Vanille und Buttercreme brachte die Erinnerung an ihre erste Italienreise zurück – Venedig – Florenz – Rom. An das Gefühl, als Fotomodell die Welt zu erobern und frei zu sein. Die Enge ihres Elternhauses abgestreift und die ständige Bevormundung hinter sich gelassen zu haben – nur um wenig später hinter neuen Gittern zu verschwinden.
»Kannst du das denn?«, fragte Leni sie.
»Aber ja. Ich war auf der Wirtschaftsschule. Mit den Modeaufnahmen habe ich erst angefangen, als ich volljährig geworden und von zu Hause fortgegangen bin. Vorher hätte ich ja die Ein-

willigung meiner Eltern gebraucht, und die hätten sie mir nie gegeben. Genauso wenig wie Kurt.«

Leni wurde plötzlich still.

»Worüber denkst du nach?«, fragte Charlotte.

»Darüber, dass Eltern bestimmen, welche Ausbildung ihre Kinder machen. Und dass Mädchen nicht die gleichen Chancen bekommen wie Jungen. Bei mir und Hans war das auch so. Er durfte aufs Gymnasium gehen und studieren und ich nicht.«

Hans hatte mit Charlotte in ihrer gemeinsamen Nacht darüber gesprochen, dass er jetzt mit einer Jazz-Combo auftrat und überlegte, Berufsmusiker zu werden. Aber ihm fehlte der Mut, es seiner Familie zu sagen, so wie Leni der Mut fehlte, Hans von Karl zu erzählen.

»Und dass Ehemänner ihren Frauen verbieten dürfen zu arbeiten«, fuhr Leni fort, »oder den Führerschein zu machen oder über ihr selbst verdientes Geld zu bestimmen, das ist doch genauso ungerecht.«

»Ich weiß.«

»Mir war das bis jetzt gar nicht so klar, weil meine Mutter und die Oma immer alles selbst entschieden haben. Sonst war ja keiner da.«

Die beiden Damen am Nebentisch standen auf und griffen nach ihren Mänteln, die hinter Lenis Stuhl an der Wand hingen. Sie rutschte ein Stück zur Seite, damit sie drankamen.

»Dank'schön, Fräulein«, sagte eine der beiden, eine füllige Matrone mit wachem Blick, zu ihr. »Und wenn ich des sagen darf, *ich* hab meinem Mann gleich Fünfundvierzig, als er aus Frankreich z'rückkommen is, g'sagt, Xaver, hab ich g'sagt, des brauchst net glauben, dass ich mich jetzt hintern Ofen setz.«

Charlotte und Leni schmunzelten.

»Uns zwei« – die Dame deutete auf ihre Freundin – »ham's nämlich im Krieg ins Heeresbekleidungsamt g'steckt, und dann hama danach eine Schneiderei aufg'macht, die Burgl und ich.«

Die andere Dame nickte. »Und unsere Männer vor vollendete Tatsachen g'stellt.«

»Wer viel fragt, geht viel irr«, stellte Burgl resolut klar und griff beherzt nach ihrem Regenschirm.

»Ich glaube, ich heirate lieber nicht« sagte Leni, als die Türe des Cafés hinter den beiden zufiel und sie durch den Schnee Richtung Dom davonstapften.

»Oder du findest einen Mann wie Gertraud Gruber«, erwiderte Charlotte. »Die hat vor zwei Jahren am Tegernsee die erste Schönheitsfarm Europas eröffnet, und ihr Mann hilft ihr, wo er kann.« Leni horchte auf. »Ich bin mit Eva mal übers Wochenende dort gewesen und habe die beiden kennengelernt.«

»Wie ist das so, auf einer Schönheitsfarm?«, wollte Leni wissen.

»Na, du machst Gymnastik, bekommst Rosmarinabreibungen und Selleriehaarkuren, und sie haben uns mit Gelée royale gefüttert«, Charlotte lachte. »Wie Bienenköniginnen.«

»In der Vitamin-Kräuter-Creme, von der ich dir erzählt habe, sind Blütenpollen drin«, sagte Leni.

»Bringst du mir einmal eine deiner Cremes mit? Welche würdest du mir empfehlen?«

»Die Rosencreme, die passt zu deiner zarten Haut. Und meine Ringelblumensalbe, falls du wieder mal unvorsichtig bist und von der Leiter fällst …«

»Das passiert nicht mehr, bestimmt«, versprach Charlotte ihr, vor allem aber sich selbst. Denn als Kurt sie gestern mit dem Arbeitsvertrag für die Stelle bei der Mang KG überrascht und seine Unterschrift neben ihre gesetzt hatte – sicher nur, weil ihm der Gedanke gefiel, sie unter seiner Aufsicht zu haben –, da hatte sie bereits einen Plan gefasst, wie sie sich von ihm befreien und sich eine neue Existenz aufbauen konnte.

*

Leni hatte sich mit Karl vor dem Nymphenburger Schloss verabredet. Sie war mit der Straßenbahn aus der Innenstadt hergefahren und sah ihn schon von Weitem. Er lehnte in seinem Wintermantel und mit Schal und Mütze warm eingepackt am Auto seiner Mutter und rauchte.

Auf dem Kanal, der von der herrschaftlichen Residenz der Wittelsbacher bis zum Schloss-Rondell nahe dem Waisenhaus über eineinhalb Kilometer zugefroren war, tummelten sich Eisstockschützen und Schlittschuhläufer. Die Bäume vor den alten Gründerzeit- und Jugendstilvillen an der Nördlichen und Südlichen Auffahrtsallee waren mit Raureif überzogen, und in einer Bretterbude wurde Glühwein verkauft.

Leni saugte die Eindrücke förmlich in sich auf, denn sie war noch nie in diesem Stadtteil gewesen.

»Bist du schon lange da?«, fragte sie Karl.

»Stunden!«, erwiderte er und lachte.

Leni liebte es, wie er dann aussah, wie ein Schuljunge, der Streiche aushedkte. »Ich hoffe, es hat sich gelohnt«, neckte sie ihn.

»Mal sehen ...« Karl küsste sie und bugsierte sie ins Auto, schälte sie dort aus ihrem Mantel, zog seinen aus und schob seine Hände unter ihren Pullover. »Hat es«, sagte er dann und klappte seine Sitzlehne zurück.

Wenn Karl ihr Fahrunterricht gab, irgendwo am Stadtrand, dann parkten sie an Waldrändern und Feldwegen, um sich heimlich zu berühren – Augenblicke, die Leni liebte. Doch beim letzten Mal hatte Karl ihren Büstenhalter geöffnet und seine Hände waren von ihren Brüsten zu ihrem Bauch gewandert und tiefer. Da hatte sie ihn gebeten aufzuhören. »Schon klar, der moralische Äquator wird nicht überschritten«, hatte er gewitzelt und ihr versprochen: »Ich mache nichts, was du nicht willst, Leni.«

»Ich weiß.«

»Aber willst du es denn wirklich nicht? Ich meine, wir sind

jetzt fast ein halbes Jahr zusammen. Ich habe noch nie so lange gewartet.«

»Für dich ist das was anderes«, hatte sie ihm geantwortet. »Du bist ein Mann. Du musst dir keine Sorgen über eine Schwangerschaft machen.« Oder es im Beichtstuhl erzählen, hatte sie gedacht. Besinnen, bereuen, bekennen, büßen und bessern. Leni ging nur noch ihrer Mutter zuliebe hin – in einer kleinen Gemeinde wie Hebertshausen würde sie sonst ins Gerede kommen –, aber sie verschwieg dem Pfarrer ihre Beziehung zu Karl. Er würde ja doch nur sagen, dass sie »Unzucht« beging, und Vergebung suchte sie auch nicht, für etwas, dass sie gar nicht als Sünde empfand. Mord, ja, und Diebstahl. Habgier und Bosheit auch, aber Liebe? Doch davor, mit Karl zu schlafen und ihre Jungfräulichkeit zu verlieren, schreckte Leni trotzdem zurück. Das war kein kleiner Schritt, das war die eine große Sache, von der sie immer überzeugt gewesen war, sie würde sie erst tun, wenn sie verheiratet war. Mit einem Mann, mit dem sie für immer zusammenbliebe. Doch jetzt wusste sie nicht einmal mehr, ob sie überhaupt heiraten wollte. Das Gespräch mit Charlotte hatte sie nachdenklich gestimmt.

»Du musst dir *auch* keine Sorgen über eine Schwangerschaft machen, Leni«, hatte Karl sie an dem Tag beschwichtigt. »Ich passe doch auf.«

»Das hat Ursels Freund auch zu ihr gesagt, und jetzt heiraten sie, weil sie im September ein Kind bekommt.« Worüber Ursel überglücklich war, denn ihr Zukünftiger – ein Schlesier, der im Wohnlager Dachau-Ost in den Baracken auf dem Gelände des ehemaligen Konzentrationslagers wohnte – bekam bald eine Wohnung in der Dachauer Friedlandsiedlung. Ein Neubau mit Zentralheizung und Bad.

Die Scheiben des Wagens beschlugen, und das Schloss, der Kanal und die Eisläufer verschwanden im Kondensat ihres schnellen Atems. »Karl, hör auf. Wir sind doch nicht allein«, wehrte Leni ihn halbherzig ab, und prompt klopfte ein Mann heftig an die Fahrertür.

»Was glauben Sie, wo Sie hier sind?«, rief er laut und ging verärgert weiter.

»Dann werden wir wohl doch besser eislaufen«, meinte Karl unbeeindruckt und griff auf die Rückbank. »Ich habe dir die alten Schlittschuhe meiner Mutter mitgebracht, die sollten dir passen.«

Leni hatte schon länger nicht mehr auf dem Eis gestanden, aber sie konnte es noch. Schließlich war sie früher oft mit den Buben aus ihrer Klasse um die Wette gelaufen und schneller gewesen als die meisten von ihnen, was Karl ihr nicht glaubte. Er versuchte, sie zu fangen, und Leni sauste unter der Ludwig-Ferdinand-Brücke hindurch, über die die Straßenbahn fuhr, weiter zur Gerner Brücke und wieder zurück zum Schloss. Dort zog Karl ihr dann seine Handschuhe an, weil sie nur den Schal trug, den Schorsch ihr zu Weihnachten geschenkt hatte, setzte sie auf eine Bank und kaufte ihr eine Tasse Glühwein.

»Ist da noch was anderes drin als Wein?«, fragte sie ihn nach dem ersten Schluck.

»Vielleicht.«

»Du willst mich wohl betrunken machen.«

»Einen Versuch ist es wert.«

Der Himmel zog sich langsam zu, die Sonne verschwand, und es begann zu schneien. Leni befürchtete, ihre Zugverbindung könnte wieder ausfallen. Dabei hatte sie ihrer Mutter versprochen, sie auf dem Heimweg in ihrem Friseursalon abzuholen, wo sie nach der Arbeit im Deutenhofener Krankenhaus heute noch zwei Kunden bedienen musste. Leni und sie wollten gemeinsam zu Abend essen und das Wunschkonzert im Radio anhören. Früher hatten sie das jeden Mittwoch gemacht, aber seit Leni in München arbeitete, schafften sie es nur noch hin und wieder.

Karl sah in den Himmel. »Fahren wir noch zu mir?«, fragte er. »Meine Eltern sind nicht zu Hause.«
»Ich weiß nicht …«
»Bitte, Leni. Ich will dir mein Zimmer zeigen.«
»Ach, so nennt man das heutzutage – dein Zimmer!«, zog sie ihn auf.
»Und dir Gertie vorstellen, unsere Haushälterin«, sagte Karl und grinste.
»Die dir immer die Haare schneidet?«
»Ich würde ja *dich* bitten, aber du bedienst ja jetzt nur noch die Prominenz.«
Leni hatte Karl erzählt, dass sie eine neue Kundin im Salon Keller hatte: Annette von Aretin, die erste Fernsehansagerin des Bayerischen Rundfunks! Keller hatte sie zuerst persönlich bedient, aber dann hatte sie, sehr zum Unmut von Frau Berger, nach Leni gefragt, die sie bei der Wahl ihrer Haarpflegeprodukte beraten hatte. Im Verkauf war Leni geschickt, da konnten ihre Kollegen noch etwas von ihr lernen, aber sie schaute sich natürlich auch vieles von ihnen ab. In der Ballsaison etwa, zwischen Silvester und Faschingsdienstag, die Abendfrisuren, die sie nach Kreationen des Pariser Meisterfriseurs Garland im Akkord gesteckt hatten. Zuckerwattetürme, die nach dem Taften ähnlich klebten, aber die Nacht überstanden. Leni hatte geübt und geübt und war im Umgang mit den Haarteilen am Ende fast so gut gewesen wie ihr Chef und Frau Berger.
»Also, was ist, Leni? Kommst du noch mit zu mir?«, fragte Karl.
»Wie spät ist es denn?«
»Halb vier.«
»Kannst du mich dann mit dem Auto heimbringen, ich will um halb sieben bei meiner Mutter sein.«
Auch der Salon in Hebertshausen musste jetzt unter der Woche um halb sieben schließen und samstags sogar schon um

sechs, was ihrer Mutter genauso wenig gefiel wie Lenis Chef. Dass sie montags dann erst um eins öffnen durfte, störte ihre Mutter hingegen nicht, da sie an diesem Tag ohnehin ihre Hausbesuche machte, für die die neue Regelung nicht galt. Und auch nicht für Salons an Flughäfen und Bahnhöfen.

»Muss ich mich dann wieder verstecken und dich irgendwo auf dem Weg rauslassen?«, wollte Karl wissen.

»Ja, besser schon«, entgegnete sie ihm, denn sie hatte ihrer Mutter nur gesagt, dass sie sich heute mit Charlotte traf. Wenn ihre Mutter wüsste, dass Leni einen Freund hatte, und noch dazu einen aus München, würde sie ihr verbieten, ihren freien Tag dort zu verbringen.

»Andere Mädchen stellen mich ihren Müttern gerne vor«, zog Karl sie auf.

»Dann solltest du besser eine von denen nach Hause bringen.«

Karl half Leni aus den Schlittschuhen, und sie gingen Richtung Parkplatz. Als sie dort in den Käfer stiegen, Karl ihn startete und das Autoradio anmachte, erklang in voller Lautstärke Caterina Valentes Schlager *Steig in das Traumboot der Liebe*, und Leni musste laut lachen. »Und da wunderst du dich, dass ich dich vor meiner Mutter verstecke«, kommentierte sie seine Musikauswahl.

»Was kann ich dafür, wenn meine Mutter ständig den Sender verstellt!«

»Ich bin gespannt auf deine Plattensammlung. Hast du auch was von Peter Alexander oder Freddy Quinn?«, fragte Leni.

Sie stiegen noch einmal aus, um die vereisten Scheiben freizukratzen, damit sie losfahren konnten.

Karls Elternhaus lag direkt gegenüber dem Englischen Garten und erinnerte Leni an eine Dachauer Künstlervilla in der Hermann-Stockmann-Straße. Wenn sie früher dort vorbeigekommen war, hatte sie sich immer gefragt, wer wohl in einem so feudalen Haus wohnte.

Die Eingangshalle war mit Antiquitäten möbliert und der Boden mit schwarz-weißem Marmor ausgelegt. Karl hängte ihre Mäntel an die Garderobe neben einen überdimensionalen Kristallspiegel und ging mit Leni ins Souterrain hinunter in die Küche. »Gertie!« Er suchte die Haushälterin.

»In der Speisekammer, mein Kleiner!« Gertie erschien mit einem Bratenstück auf einem Porzellanteller. »Der Kühlschrank ist zu kalt eingestellt, kannst du dir das nachher mal ansehen? Alois macht gerade Holz.«

»Klar«, sagte Karl und griff nach Lenis Hand. »Gertie, das ist Leni«, stellte er sie vor. »Und das ist Gertie, ich hab dir von ihr erzählt.«

»Sie sind die junge Dame, die ihm die Haare geschnitten hat«, stellte Gertie fest. »Du meine Güte, was für eine Schönheit. Sie haben die Augen Ihres Bruders.«

»Sie kennen Hans?«

»Ich kenne alle Freunde dieses charmanten Burschen«, sagte Gertie und tätschelte Karl im Vorbeigehen die Wange. »Kann ich etwas für euch tun? Wollt ihr Tee oder etwas zu essen?«

»Nein, wir gehen auf mein Zimmer. Leni muss bald nach Hause.«

»Tut nichts, was ich nicht auch tun würde«, rief Gertie ihnen nach.

Karl zeigte Leni zuerst das Haus. Am schönsten fand sie das Atelier seiner Mutter unter dem Dach, das sie nicht benutzte, und den Ausblick in den Park hinüber. »Ich würde mir dort ein Labor einrichten«, schwärmte Leni, »für meine Kosmetikherstellung.«

»Sind die Räume in Dachau schon zu klein?«

»Nein, noch nicht«, erwiderte sie, und Karl öffnete die Tür zu seinem Zimmer. Es war modern eingerichtet, Leni sah zwei kleine Cocktailsessel auf einem petrolfarbenen Teppich und gemusterte Vorhänge. Auf einem der Sessel lagen eine Smokingjacke und Karls rote Studentenmütze. »Wann trägst du denn einen Smoking?«, fragte sie ihn neugierig.

»Ich habe ihn nur anprobiert, ob er noch passt. Ich brauche ihn Anfang Juli zum Stiftungsfest auf unserem Corpshaus.«

»Tragt ihr da nicht irgendwelche Uniformen?«

»Schon, die Wichs, aber nicht am letzten Abend beim Ball. Da kommen die Herren im Smoking und die Damen in großen Abendkleidern.«

»Ich denke, bei euch gibt es keine Frauen.«

»Zum Stiftungsball gehen die Ehefrauen mit, und die unverheirateten Corporierten laden ihre Freundinnen oder Couleurdamen ein. Mit wem sollten wir sonst tanzen?«

»Du meinst, Walzer und so was?«

»Genau – und so was.« Karl machte nicht den Eindruck, als wäre er besonders erpicht darauf.

»Und wer begleitet dich?«, fragte Leni ihn und spürte, dass sie eifersüchtig war. Von Couleurdamen hörte sie heute zum ersten Mal, was immer das sein sollte.

»Na, du, wenn du willst«, erwiderte Karl.

»Ich habe nicht mal ein Abendkleid.«

»Kannst du dir keines leihen? Von deiner Freundin Charlotte vielleicht?«

»Doch, ich könnte sie fragen.«

»Dann ist das also abgemacht. Siebter Juli, das ist ein Sonntag. Ich hole dich von zu Hause ab und bringe dich wieder heim.«

Leni strahlte. Sie würde auf einen richtigen Ball gehen, in einem bodenlangen Abendkleid und womöglich sogar mit einer der eleganten Frisuren von Garland.

»Vielleicht stellst du mich dann endlich deiner Mutter als deinen Freund vor, zumal du an dem Abend meine Eltern kennenlernst«, sagte Karl und lotste Leni zu seinem Bett. Dort küsste er sie, zog ihr, ohne sich lange aufzuhalten, den Pullover aus und knöpfte ihre Bluse auf. Leni genoss jede Berührung, ihr Herz schlug immer schneller, aber sie war auch nervös.

»So ein Bett ist schon bequemer als die Rückbank der Amöbe«, meinte Karl und warf die Aufzeichnungen auf den Boden, die auf seiner Tagesdecke gelegen hatten.

»Hast du keine Angst, dass eure Haushälterin hereinkommt?«

»Nein. Ich habe abgesperrt.«

Jetzt schob Karl Lenis Rock hoch, seine Hand lag auf ihrem Strumpfhalter. »Zieh das aus«, sagte er, und Leni spürte, wie erregt er war.

»Karl, ich …«

»Bitte, Leni.« Er öffnete ihren Reißverschluss und schob ihren Rock herunter, zog Stück für Stück auch seine Sachen aus, bis er nur noch seine Shorts anhatte und Leni ihre Unterwäsche.

»Karl, das geht mir zu schnell«, versuchte sie, ihn aufzuhalten.

»Willst du es denn nicht?«, fragte er sie und küsste sie wieder, ihre Lippen, den Hals. Sie hatte das Gefühl, das Zimmer würde sich um sie drehen. Und dass sie ihn verlieren würde, wenn sie jetzt nicht mit ihm schlief. »Ich bin vorsichtig«, flüsterte er ihr ins Ohr.

Leni hätte sich gewünscht, dass Karl wenigstens die Vorhänge zugezogen hätte, als sie wenig später nackt neben ihm lag und er sie betrachtete. Das war ein seltsames Gefühl, eine Mischung aus Neugier und Scham, denn außer ihrer Mutter und Großmutter hatte sie noch nie jemand nackt gesehen. Jetzt öffnete Karl ihre Haare und breitete sie auf dem Kissen aus. »Hast du Angst?«, fragte er.

»Nein …« Die hatte sie wirklich nicht, aber Zweifel schon.

»Das musst du auch nicht.«

Karl griff in die Schublade seines Nachttischs und holte ein Präservativ heraus, etwas, wovon Ursel Leni erzählt hatte. Die Automaten, an denen man sie kaufen konnte, standen an Bushaltestellen und am Bahnhof. Karl öffnete es, und Leni spürte kurz darauf – mit geschlossenen Augen –, wie er sich zwischen ihre Beine schob und vorsichtig in sie eindrang. Es war schmerzhaft, sie verspannte sich, aber mit jeder seiner Bewegungen wurde es leichter, und als Karl nur Minuten später aufstöhnte, sich über ihr aufbäumte und dann wieder zurückzog, war sie sogar ein bisschen traurig, dass es schon vorbei war und sie von dem »Feuerwerk«, von dem Ursel ihr erzählt hatte, nichts gespürt hatte. »Beim ersten Mal klappt es wahrscheinlich nicht, aber das wird schon mit der Zeit, Leni«, hatte ihre Freundin ihr gesagt, »und irgendwann findest du's dann genauso schön wie er.«

Das, was Leni jetzt schon schön fand, war der Moment danach und die Art, wie Karl sie ansah – zärtlich und stolz. »Du bist so verdammt hübsch, Leni«, sagte er, und sie konnte kaum glauben, dass es jetzt wirklich passiert war. Einfach so.

»War es so, wie du es dir vorgestellt hast?«, fragte sie ihn unsicher.

»Besser. Es war mit dir.«

Leni hätte Karl in dem Moment gern gesagt, dass sie ihn liebte, aber sie wünschte sich, dass er es zuerst tat.

»Da drüben geht's ins Bad, wenn du dich frisch machen willst.« Karl deutete auf eine Tür und zündete sich eine Zigarette an.

»Danke.«

Leni kramte ihre Kleider und Haarnadeln zusammen. Blickte im Bad in den Spiegel und fragte sich, ob ihre Mutter es ihr ansehen würde. Hatte der kurze Moment sie verändert? Der letzte unumkehrbare Schritt über den Rand ihrer Schneekugelwelt?

Als sie zurückkam, war Karl auch angezogen. Er hatte das Licht angemacht und saß in einem seiner Sessel. »Magst du auch eine?«, fragte er und deutete auf seine Zigarettenschachtel. Leni schüttelte den Kopf und erschrak. Sie hatte gar nicht mitbekommen, dass es dunkel geworden war!

»Wie spät ist es?«

»Halb sieben.«

»Was? Ich habe doch meiner Mutter versprochen, um halb sieben am Salon zu sein.«

»Wir hätten es eh nicht geschafft, es schneit wie verrückt.«

»Aber sie wartet doch auf mich«, sagte Leni verzweifelt.

»Heute ist Mittwoch.«

»Ruf an und sag, dass du hierbleiben musst. Unser Telefon steht im Arbeitszimmer meines Vaters.«

»Und was sage ich, wo ich übernachte?«

»Hast du dich nicht mit Charlotte getroffen? Sag doch, du übernachtest bei ihr, weil du es sonst morgen früh nicht pünktlich zur Arbeit schaffst.«

»Und dann?«

»Dann bitten wir Gertie, dass sie uns was zu essen macht, und du übernachtest hier im Gästezimmer.« Karl zwinkerte ihr vergnügt zu. »Zumindest offiziell.«

»Was sagen denn deine Eltern dazu?«, fragte Leni und hatte ein fürchterlich schlechtes Gewissen. Ihre Mutter hatte sich so sehr auf den gemeinsamen Abend gefreut, und Leni hatte sich extra eine Überraschung für sie ausgedacht, die sie schon seit Wochen plante.

»Die kommen erst morgen wieder, und mein Bruder hat Dienst. Die Hütte gehört uns«, versicherte ihr Karl.

Lenis Gefühle fuhren Achterbahn. Sie hatte mit Karl geschlafen und belog ihre Mutter, sie schämte sich, war verzweifelt – und so glücklich wie nie.

»Komm, nimm das nicht so schwer«, sagte Karl und zog sie auf seinen Schoß. »Ich hole uns eine Flasche Wein, und wir feiern das miese Wetter!«

16

Der Rabl hatte Käthe noch im Salon erwischt und ihr ausgerichtet, dass Leni bei der Freundin, mit der sie sich heute getroffen hatte, übernachten würde. »Käthe, du brauchst ein Telefon in deinem G'schäft«, hatte er zu ihr gesagt. »Net, dass ich net gern zu dir rüberkomm, aber ein eigener Anschluss tät sich langsam wirklich rentieren.«

Ein eigenes Telefon ... Käthe dachte darüber nach, als sie später mit dem Kater auf dem Schoß in ihrer guten Stube vor dem Radio saß und träumte, das Telefon stünde schon auf dem Buffet und Leni riefe an – »Mama, ich schaff's doch, ich steig gleich in den Zug«. Käthe würde dann ihre schweren Schuhe anziehen und zum Walpertshofener Bahnhof laufen, durch den Schnee, in die eisige Nacht hinaus, und sie abholen, damit ihr nichts passierte, weil in Dachau kürzlich eine Frau überfallen und ihr die Handtasche gestohlen worden war. Der Täter hatte sein Opfer mit einer Eisenschlinge gewürgt und mit einem Messer bedroht, das jetzt im Schaufenster der Geschäftsstelle der *Dachauer Nachrichten* ausgestellt wurde, da die Polizei Zeugen suchte. Die Leute standen in Trauben davor und gruselten sich. Diskutierten den Fall an den Stammtischen und in den Waschhäusern.

Im Radio lief das Wunschkonzert – *Sie wünschen? Wir spielen Ihre Lieblingsmelodien*, das Käthe nie verpasste. Die Hörer schrieben an den Bayerischen Rundfunk und Fred Rauch, der Moderator mit der unverwechselbar sonoren Stimme, präsentierte ihre Lieblingsmelodien im charmanten Wiener Plauderton. Käthe liebte seine Stimme und wie er die Grüße der Hörer an

Freunde und Familie vorlas. Meistens wünschten sich die Leute aktuelle Schlager – *Zwei Spuren im Schnee*, *Arrivederci Roma* oder *Schenk deiner Frau doch hin und wieder rote Rosen* –, aber manchmal kamen auch Lieder aus ihrer Zeit. Solche, die sie mit Otto gehört und zu denen sie mit ihm getanzt hatte. *Liebling, mein Herz lässt dich grüßen* von Lilian Harvey und Willy Fritsch im Vier-Viertel-Takt.

Sein Sessel gegenüber war so leer. Noch leerer, seit sie akzeptiert hatte, dass Otto tot war und sie sich fragte, wie er wohl gestorben war, wann und wo. Ob er hatte leiden müssen und an sie und die Kinder gedacht hatte. Mit Leni und Hans konnte sie darüber nicht reden, und es gab auch sonst niemanden. Keiner wollte mehr ans Sterben erinnert werden, dabei hatten doch alle jemanden verloren. Witwen wie sie gab es zuhauf! »Oh, mei«, seufzte Käthe und zog sich eine Decke über die müden Beine. Frank schnurrte.

Eigentlich war sie keine Frau, die im Selbstmitleid versank. Sie war allein durch den Krieg gekommen, und nur die Landmann-Oma hatte ihr geholfen und sie unterstützt. Aber mit ihrem Tod hatte die schleichende Auflösung der Familie angefangen. »Des is scho alles, wie's sein soll«, hätte sie zu ihr gesagt. »Die Alten sterben, und die Jungen bauen sich ihr eigenes Leben auf.« Aber Käthe hatte gehofft, dass ihr wenigstens Leni bleiben würde. Dass sie eines Tags einen Burschen aus der Gegend heiratete, den Wegener Rudi oder besser noch den Katzlmeier Fritz, der war nicht verkehrt und arbeitete auf dem Hof seines Vaters. Eine Landwirtschaft mit zwölf Hektar Grund und zehn Kühen im Stall. Milchviehwirtschaft und Getreide. Bei so einem hatte ein Mädel immer ihr Auskommen. Aber Leni hatte von jeher verrückte Träume gehabt, sie wünschte sich einen eigenen Friseursalon. »In München«, sagte sie oft, »einen ganz modernen, Mama, nicht so gediegen wie der Salon Keller, aber genauso bekannt.«

Wenn sie abends todmüde nach Hause kam und Käthe ihr schon den heißen Dachziegel unters Plumeau gelegt hatte, damit ihr Bett nicht so kalt war, wenn sie später hineinschlüpfte, erzählte Leni ihr, was sie am Tag gelernt oder wen sie frisiert hatte – »Die Annette von Aretin, Mama, die Fernsehansagerin, und sie hat mir sogar ein Autogramm gegeben, schau!« Käthe hatte der Name nichts gesagt, sie hatten ja keinen Fernseher, und sie ging auch nicht in die Wirtschaft, wenn sich die Hebertshausener dort trafen, um Robert Lembkes heiteres Beruferaten *Was bin ich?* anzusehen. Die Krönung der englischen Königin und das Wunder von Bern waren auch an ihr vorbeigegangen. Na ja, die Frau Reischl hatte ihr und Leni die Bilder von der Elisabeth in einer Illustrierten gezeigt, und Leni waren die Augen übergegangen. Als hätte die Landmann-Oma das dicke Märchenbuch aufgeschlagen.

Die Stimmung im Salon war jetzt auch anders. Es wurde nicht mehr so viel gelacht, die Kundinnen erzählten weniger, und die alten Werbeanzeigen an den Wänden verblassten. Über Weihnachten, als Hans da gewesen war, hätte Käthe ihren Salon am liebsten zugesperrt, so wenig Freude hatte sie an der Arbeit, aber daheim war es ja auch nicht besser gewesen, zumindest, solange sie mit Hans allein gewesen war.

Käthe verstand nicht, welcher Teufel dem Buben im Leib steckte. Warum er immer wieder auf den alten Geschichten herumritt, wo er damals doch noch so klein gewesen war. Anders als sie im Großen Krieg, den sie jetzt den Ersten nannten, weil es einen zweiten gegeben hatte. Irgendwo war da eine Dunkelheit in ihrem Sohn, die sie nicht fassen konnte, eine Not, die sie ihm gern von der Stirn geküsst hätte, so wie früher den Schmerz von den aufgeschlagenen Knien. Damit die Freude, die er zuletzt empfunden hatte, als er seine Trompete geschenkt bekommen hatte, auf sein liebes Gesicht zurückkehrte. Diese unbändige helle Freude.

Vielleicht lag es am Studieren, auf der Universität waren sie alle politisch. Und jetzt verlangten die Studenten sogar, dass keiner, der einmal ein Parteibuch in der Tasche gehabt hatte, mehr einen öffentlichen Posten bekleiden dürfe, das hatte die Frau Brandl in der Zeitung gelesen. Aber wo täten sie die Leute denn dann hernehmen? Die waren doch alle tot, die, die keine Beziehungen nach oben gehabt hatten. Fachkräfte und Akademiker wuchsen nun mal nicht auf den Bäumen, die schnitt man sich auch vom Galgen, wenn man sie brauchte, das war schon immer so gewesen.

Käthe seufzte schon wieder. So kannte sie sich gar nicht. Vielleicht war es die Kurzatmigkeit und dass sie spürte, dass sie nicht mehr so belastbar war wie früher. Auf ihren Körper hatte sie sich sonst immer verlassen können, aber jetzt ließ er sie manchmal im Stich. Beim Haareschneiden setzte sie sich sogar auf einen Hocker, den sie vom Herzog aus dem Gasthof bekommen hatte.

Leni war das zum Glück noch nicht aufgefallen. Wenn sie nach Hause kam, war die meiste Arbeit schon getan. »Wenn ich meinen eigenen Salon habe, dann musst du nicht mehr arbeiten, Mama«, hatte sie kürzlich gesagt, »dann bauen wir eine richtige Heizung in unser Häusl und ein Bad. Und eine Waschmaschine und einen Fernseher kaufen wir auch und ein Telefon.«

Leni liebte ihr Zuhause, sie war hier glücklich. Vielleicht war es ihr in letzter Zeit ein wenig zu eng geworden, aber vom Fortgehen hatte sie im Gegensatz zu ihrem Bruder nie gesprochen. Und sie stellte Käthe auch nicht solche Fragen wie Hans und quälte sie mit ungerechtfertigten Vorwürfen. Ja, ungerechtfertigt! Denn auch, wenn sie damals um ihrer Kinder willen keine Zivilcourage bewiesen hatte, so war sie doch noch lange nicht schuld gewesen am Leid der armen Seelen im Lager! Und ihr Otto auch nicht, obwohl er …

»Der nächste Musikwunsch kommt aus Hebertshausen bei Dachau«, hörte Käthe Fred Rauch im Radio sagen und saß

plötzlich kerzengerade auf dem Sofa. Die dunklen Wolken über ihr verzogen sich.
So was! Wer da wohl an den Rundfunk geschrieben hatte? Der Frau Brandl würde sie es zutrauen.
»Das Fräulein Marlene Landmann schreibt, sie wünscht sich für ihre Mutter *Liebling, mein Herz lässt dich grüßen* aus der Operette *Die drei von der Tankstelle* von 1930. Ein Klassiker, liebe Zuhörer, mit dem die Marlene ihre Mutter grüßt und ihr sagen möchte – Moment, ich les es vor – ›Du bist die allerbeste Mama auf der Welt, und ich hab dich lieb‹.«
Käthe konnte kaum glauben, was sie da hörte.
»Liebe Käthe«, sagte Fred Rauch, »das ist für Sie.«
Aus dem Radio ertönte jetzt ihre Lieblingsmelodie, die Tränen stiegen ihr in die Augen, und Käthe sah sich hier in der guten Stube mit Otto tanzen. Der Plattenteller des Grammophons, das sie zur Hochzeit geschenkt bekommen hatten, drehte sich, und die Nadel kratzte. »Otto«, flüsterte sie und hob den schlafenden Kater vorsichtig vom Schoß, legte ihn neben sich, stand auf und schmiegte sich in Ottos Arme. Wie fest er sie hielt! Und wie er sich mit ihr drehte! *Nur mit dir allein, kann ich glücklich sein ...* Und dabei hatte sie doch schon wieder vergessen, die Kittelschürze auszuziehen! »Des macht nix, Käthe«, sagte er zu ihr, »du bist trotzdem die Schönste.«

Als sie am nächsten Morgen beim Frühstück saß, klopfte es an der Haustür. Käthe schaute zum Küchenfenster hinaus und sah, dass das Gartentor offen stand und Stiefelspuren zum Haus führten. »Ich komm schon«, rief sie und öffnete. Der Mittermaier Joseph stand draußen, der Postbote, die schwere Posttasche umgehängt.
»Fängst heut amal wieder bei mir heroben an?«, fragte sie ihn.
»Net direkt, Käthe.«
»Warum? Hast gar nix für mich, Sepp?«

»Na. Aber fragen wollt ich dich was. Hättst kurz Zeit?«

»Freilich, komm rein. Magst an Kaffee?«

Joseph zog seinen Mantel und die Stiefel im Flur aus – »Damit ich dir net den ganzen Schnee reintrag, Käthe« – und stellte seine Tasche neben dem Küchentisch ab.

»Und, was kann ich für dich tun?«, fragte sie ihn neugierig.

»Die Vevi hat ihr Zwischenzeugnis bekommen. Im Sommer is mit der Schul fertig.«

Joseph hatte vor drei Jahren seine Frau verloren und seine Tochter Genoveva, die damals erst elf Jahre alt gewesen war, ihre Mutter. Das Mädchen, das alle Vevi nannten, hatte es lange nicht verwunden, aber jetzt führte sie ihrem Vater den Haushalt und schloss bald die Volksschule ab.

»Wie geht's ihr denn?«

»Es geht scho. Sie is ein braves Mädel, fleißig und sauber.«

»Ja, des is sie«, stimmte Käthe ihm zu. »Und sie schaut ihrer Mutter immer mehr gleich.«

Joseph rührte nachdenklich Zucker in seinen Kaffee.

»Bist auch noch net drüber weg, Sepp, gell?«

»Und du?«

»Ach, red ma net«, sagte Käthe und zuckte mit den Schultern.

»Des könn ma am besten«, entgegnete ihr Joseph und sah sie an.

Er ist ein fescher Mann, dachte Käthe. Es war ihr früher gar nicht aufgefallen. Die Uniform stand ihm gut. »Und was is jetzt mit der Vevi?«, fragte sie ihn.

»Ach so, ja. An Lehrplatz braucht's. Und da hab ich an dich gedacht. Wo doch die Leni jetzt in München is.«

»Bei mir?« Käthe war überrascht. Daran, noch einmal auszubilden, hatte sie keinen Gedanken verschwendet.

»Ihr g'fällt's bei dir, und du magst sie doch gern. Sie sieht dich ein bisserl als Mutterersatz.«

Käthe hatte sich nach dem Tod von Vevis Mutter um die

Kleine und ihren Vater gekümmert. Sie hatte Leni ab und zu mit Essen vorbeigeschickt – einem Apfelstrudel, saurem Kartoffelgemüse oder auch mal mit einem Stück Braten mit Knödel und Sauce. Und am Sonntag saßen Leni und sie mit der Vevi und ihrem Vater in der Kirchenbank.

»Ich weiß net, Sepp. Ich bin nimmer die Jüngste.«

»Geh, Käthe, du bist doch des blühende Leben. Eine Frau im besten Alter!«

Käthe lachte verlegen und strich über ihre Kittelschürze. Ihre Hände waren so rau und dann die grauen Strähnen im Haar. Sie sah ja bald aus wie ihre eigene Mutter kurz, bevor sie gestorben war – mit fünfundfünfzig Jahren! Käthe wurde im März vierundfünfzig.

»Bitte, Käthe«, insistierte Joseph. »Nimm die Vevi. Sie hilft dir, wo sie kann. Du wirst es net bereuen.«

Warum eigentlich nicht, überlegte sie. Es wäre doch schön, wieder einen jungen Menschen um sich zu haben, und Leni hatte es ja auch schon vorgeschlagen. »Is recht, Sepp«, sagte sie. »Sie soll mit ihrem Zeugnis vorbeikommen, und dann bekommt sie von mir einen Lehrvertrag. Aber zahlen kann ich ihr fei net viel.«

»Mei, da machst ihr a Freud!«, erwiderte Joseph und strahlte.

Er hatte grüne Augen, das bemerkte Käthe heute zum ersten Mal, und sein Lächeln war wie ein Sonnenaufgang an einem milden Herbstmorgen.

»Und mir auch, Käthe.«

»Dann is recht.«

Joseph stellte seine leere Tasse ab. »An deinen Kaffee könnt ich mich g'wöhnen«, sagte er und stand auf.

»Dann b'suchst mich halt amal wieder, Sepp.«

*

Der große Raum hinter der Offizin und der Rezeptur der Maximilian-Apotheke, der früher als Lager genutzt worden war, duftete jetzt wie einst Lenis Seifenküche in Hebertshausen. Herr Albrecht, der die Apotheke gemeinsam mit seinem Vater führte, hatte ihn zu einem Labor umgebaut, das er mit unzähligen Glasballons, Pipetten, Messgläsern und einem Liebigkühler zur Destillation ausgestattet hatte, einem Wasserbadkessel, verschiedenen Präzisionswaagen und Thermometern, einem Aräometer, Alkoholmeter und Viskosimeter, einer elektrischen Rührvorrichtung sowie einem Apparat zur Bestimmung des Schmelzpunkts. Und dann war in dieser Woche auch noch die nagelneue Piliermaschine aus Mannheim geliefert worden, ein Dreiwalzenwerk, das zur Homogenisierung von Cremes verwendet wurde. Nebenan standen auf wenigen Quadratmetern Verpackungstische und Regale, in denen Tuben, Tiegel und Glasfläschchen auf ihre Befüllung warteten, und die Umverpackungen aus bedrucktem Pappkarton, die wie die Produkte selbst von Hand etikettiert wurden.

Als Leni an diesem Sonntag wie immer über den Hintereingang in die Apotheke trat, begrüßte sie Albrecht schon fast enthusiastisch und zeigte ihr zuerst das neue Walzenwerk und dann die Etiketten, die er hatte drucken lassen.

»Was sagen Sie dazu?«, fragte er gespannt. »Landmanns Leichte Leinsamen-Lotion, eine wunderbare Alliteration.«

Leni nickte, auch wenn sie das Wort Alliteration nicht kannte.

»Gefällt Ihnen die Aufmachung?«, hakte er noch einmal nach.

Leni betrachtete die Etiketten. Der Schriftzug *Landmanns* stand in schöner lateinischer Schreibschrift präsent über der Produktbezeichnung, und darüber prangte ein stilisiertes lindgrünes Blatt, das über einer rosaroten Schale schwebte, die nur durch einen geschwungenen Pinselstrich angedeutet war.

»Das sieht sehr edel aus, Herr Albrecht«, meinte Leni erfreut.

Dass sie dank seinem außerordentlichen Engagement bei der Weiterentwicklung ihrer Kosmetik und nun auch noch mit der Produktion und Präsentation in so kurzer Zeit schon so weit gekommen waren, konnte sie kaum glauben.
»Ja, das finde ich auch«, stimmte er ihr zu. »Edel, natürlich und vertrauenerweckend. Der Slogan, der mir für die Werbung vorschwebt, wäre: Landmanns Naturkosmetik – ein Jungbrunnen für Haut und Haar.«
»Glauben Sie, dass wir die Haarpflege auch schon anbieten können?«, fragte Leni.
»Warum nicht? Wir haben zwei Schaumpons, die Cremepackung, die Ölwäschen mit Duft und ein Haarwasser. Ich würde das gerne noch um eine Pomade erweitern, aber die Entwicklung sollte nicht allzu zeitaufwendig sein. Ein paar Nachtschichten, und wir sind komplett.«
Leni dachte an die Pomade, die ihre Mutter aus ausgelassenem Speck und mit Nelken gespickten Äpfeln herstellte. Sie duftete angenehm süß, aber die Verarbeitung tierischer Inhaltsstoffe kam für Albrecht, der ein überzeugter Vegetarier war, genauso wenig in Frage wie synthetische oder künstliche Substanzen und damit die meisten handelsüblichen Riech- und Farbstoffe, Emulgatoren und Konservierungsmittel. »Schon komisch«, sagte sie, »ich habe meiner Mutter früher ständig damit in den Ohren gelegen, dass sie mit den Produkten von WELLA und Schwarzkopf arbeiten soll, weil die viel moderner und besser sind als ihre eigenen Mixturen, und jetzt produziere ich selbst so was.«
»Unsere Produkte mögen Ihnen unmodern erscheinen, weil sie auf Rezepturen Ihrer Großmutter beruhen, aber sie haben durchaus ihre Vorzüge«, erwiderte der Apotheker und wandte sich dem neuen Walzenwerk zu. »Ich möchte heute eine letzte Charge der sauren Tagescreme produzieren, um sicherzugehen, dass die Emulsion jetzt stabil bleibt.«
Während das Walzenwerk die Zitronencreme auf immer fei-

nerer Stufe passierte und sie ihren zarten Duft verströmte, ging Leni in Gedanken das Sortiment durch: Sie hatte mit Albrecht Gesichtswasser mit Hamamelis, essigsaurer Tonerde, Honig, Rosen- und Orangenblütendestillat ohne vergällten Alkohol entwickelt, weil dieser die Flüssigkeit schnell trüb werden ließ. Sie hatten die Rosencreme für zarte, empfindliche, die Ringelblumensalbe für stark beanspruchte, die Zitronencreme für unreine, die Frauenmantelcreme für die reife und die Vitamin-Kräuter-Creme für normale Haut im Angebot sowie die Leichte Leinsamen-Lotion und eine nährende Gesichtsmaske. Und natürlich die Seifen, die Leni nun auch hier im Labor siedete, da es über einen leistungsstarken Abzug verfügte, und sie dann bis zum Verkauf im Flaschenkeller lagerte.

Albrecht reichte ihr einen Spatel mit der verarbeiteten Zitronencreme. Leni trug sie auf ihrem Handrücken auf, roch daran und verrieb eine kleine Menge zwischen ihren Fingern, um die Viskosität zu prüfen. Die Creme war angenehm leicht und zog schnell ein. »Jetzt muss sich kein Mädel mehr mit dem Kummerfeld'schen Wasser herumschlagen, um ihre Unreinheiten loszuwerden«, sagte sie zufrieden. Die Mischung aus Kalk- und Rosenwasser, arabischem Gummi, Kampfer und Schwefelmilch des Kummerfeld'schen Wassers war neben Palmolive-Seifenschaum immer noch eines der meistempfohlenen Mittel gegen unreine Haut und brannte beim Auftragen höllisch. Leni hatte es einmal ausprobiert und den unangenehmen Schwefelgeruch noch gut in Erinnerung.

Der Apotheker stimmte ihr zu und verschwand im Aufenthaltsraum, einem kleinen Zimmer auf der anderen Seite des Flurs, in dem die Angestellten ihre Pausen machten. Kurz darauf kam er mit zwei Gläsern und einer Flasche Söhnlein Rheingold zurück, die er mit lautem Knall öffnete. »Fräulein Landmann«, sagte er feierlich und schenkte ein, »ich möchte Ihnen heute offiziell das Du anbieten.«

Leni musste lachen. Er benahm sich manchmal, als wäre er sein eigener Vater, den sie hier, seit sein Sohn die Apotheke mit ihm gemeinsam führte, nur noch den Senior nannten. »Gern«, sagte sie.

»Ich heiße Max.«

»Nach der Apotheke benannt?«

»Nein, nach meinem Großvater.«

»Freut mich, Max. Ich bin die Leni«, sagte sie und stieß mit ihm an.

»Ich weiß«, erwiderte er und räusperte sich. »Leni«, setzte er dann an, »es ist an der Zeit!«

Sie hatte keine Ahnung, was Max meinte, aber es klang fast so, als wolle er ihr gleich einen Heiratsantrag machen.

»Wir hatten doch …«, fuhr er fort und wurde von einem Klopfen an der Hintertür unterbrochen.

»Das muss meine Mutter sein«, sagte Leni. »Ich habe ihr gesagt, dass sie vorbeischauen darf. Ich hoffe, es ist dir recht«, Leni stockte kurz, »Max.«

»Der perfekte Moment«, erwiderte er und ging zur Tür.

Leni hatte es nicht über sich gebracht, ihre Mutter schon wieder den ganzen Tag über allein zu lassen, nachdem sie sie bereits am Mittwoch versetzt und bei Karl übernachtet hatte. Zwar hatte ihre Mutter sich unglaublich darüber gefreut, dass sie an den Bayerischen Rundfunk geschrieben und sich ihre Lieblingsmelodie für sie gewünscht hatte – »Jessas, Leni, ich bin ja fast in Ohnmacht g'fallen. So eine Überraschung! Und die halbe Gemeinde hatt's g'hört« –, aber sie war auch traurig darüber gewesen, dass Leni nicht dabei gewesen war. Deshalb hatte sie ihrer Mutter heute nach dem Kirchgang vorgeschlagen, im Laufe des Tages einmal in der Apotheke vorbeizuschauen und sich ihre Fortschritte anzusehen, auf die Leni wirklich stolz war.

Genau wie Max und sie musste jetzt auch Lenis Mutter ihre Schuhe vor dem Labor aus- und einen weißen Kittel überziehen und eine Haube aufsetzen, ehe sie in den bereitgestellten Pantoffeln eintreten durfte.

»Ihr kennt euch schon, gell?«, sagte Leni, als ihre Mutter sich staunend umsah.

»Freilich, Leni, ich hab ja schon in der Maximilian-Apotheke eingekauft, da is der Herr Albrecht noch ein Bub g'wesen.«

»Und ihre verehrte Schwiegermutter habe ich auch noch gekannt, Frau Landmann«, erklärte Max. »Was mich zum Grund unseres kleinen mittäglichen Umtrunks führt.« Max reichte ihr nun ebenfalls ein Glas und erhob das seine. »Frau Landmann, Leni, lassen Sie uns auf unsere erfolgreiche Zusammenarbeit, auf die Fortschritte und die gute Nachricht anstoßen.«

»Welche gute Nachricht?«, fragte Leni.

»Ach so, ja natürlich«, sagte Max verwirrt und griff nach dem Ordner, den er neben einem Filtertrichter abgelegt hatte. »Leni, wir hatten doch die Eintragung des Markennamens beantragt – Landmanns – und den Schutz des Firmenzeichens«, fuhr er fort und schlug den Ordner auf. »Und gestern kam die Bestätigung vom Patentamt. Bitte schön.« Er reichte Leni die Unterlagen, und sie las sich den Bescheid durch. »Jetzt kommen wir um eine gemeinsame Firmengründung nicht mehr herum«, erklärte Max, und Leni musste sich setzen.

»Wie gründet man denn eine Firma?«, fragte sie leicht panisch. Auf einmal nahm das alles Dimensionen an, die sie sich seifensiedend in der Küche ihres Elternhauses nie hatte träumen lassen.

»Keine Angst, Leni«, beruhigte Max sie, »darum kümmere *ich* mich. Ich schlage vor, wir beide werden Partner zu gleichen Teilen, fünfzig – fünfzig, wäre das für dich in Ordnung?«

»Aber ich tue doch viel weniger«, gab Leni zu bedenken. »Ich hab ja so wenig Zeit neben der Arbeit in München, und die will ich auf keinen Fall aufgeben.«

»Wenn es nötig wird, stellen wir noch jemanden ein«, beruhigte Max sie, »und bis dahin konzentrieren wir uns auf den Vertrieb. Frau Landmann«, wandte er sich an Lenis Mutter, »könnten Sie sich vorstellen, in Ihrem Salon mit unseren Haarpflegeprodukten zu arbeiten? Sie bekommen sie natürlich zum Vorzugspreis und könnten sie dort auch verkaufen.«

»So wie meine Kosmetik, Mama«, sagte Leni, »die läuft doch auch gut.«

»Darf ich's amal sehen?«, fragte ihre Mutter immer noch skeptisch und ließ sich dann von Max und Leni die gesamte Produktpalette vorführen, von den Schaumpons bis zur Zitronencreme. Die neuen Tiegel und Flaschen kannte sie noch nicht und auch nicht das Firmenemblem. »Mei, wenn des die Oma noch erlebt hätt …«, sagte sie wehmütig, »die hätt sicher gleich mitmachen wollen. Weißt noch, wie sie immer ihr Blütenöl ang'setzt hat und die Cremes im Kochtopf zammg'rührt?«

»Freilich, Mama.«

»Sie is a richtiges Kräuterweiberl g'wesen. Und dich hat's immer ›kleine Hex‹ g'nannt.«

»Wie passend«, sagte Max, »in Anbetracht der Haarfarbe. Und heutzutage auch kein Todesurteil mehr.« Er lachte, was selten vorkam, und seine blasse, hagere Erscheinung wirkte gleich etwas lebhafter.

»An der Duftöl-Wäsche verdient der Herr Keller wirklich gut«, versicherte Leni ihrer Mutter.

»Und die Kosmetik verkauft sich hier bei uns in der Apotheke fabelhaft«, meinte Max. »Nächste Woche kommt sogar ein Herr aus München, der dort zwei Reformhäuser führt. Er ist daran interessiert, unsere Produkte in sein Sortiment aufzunehmen.«

Leni kam das alles vor wie ein Traum. Es war noch kein Jahr her, dass sie die Anzeige des Salon Keller in der Zeitung entdeckt hatte, und jetzt arbeitete sie in einem der bekanntesten Friseursalons Münchens, hatte ihre eigene Kosmetiklinie und sogar einen festen Freund. Sie war nicht mehr länger das kleine, naive

Mädel, die Unschuld vom Lande, die zu einem jungen Mann wie Karl nicht passte. Sie war eine selbstständige, berufstätige Frau, die bald eine eigene Firma gründen und ihren Friseurmeister machen würde, und ihm damit ebenbürtig.

»Du bist ja eine richtige Karrierefrau, Leni«, sagte ihre Mutter anerkennend, als hätte sie ihre Gedanken gelesen. »Wenn des so weitergeht, machst am End noch einen Schönheitssalon auf.«

Oder eine Schönheitsfarm wie Gertraud Gruber, dachte Leni, wobei sie sich nicht vorstellen konnte, irgendwann nicht mehr als Friseuse zu arbeiten. »Erst mal möchte ich meinen Führerschein machen, Mama«, antwortete sie, »und mir für den Anfang einen Motorroller kaufen.«

»Eine ausgezeichnete Idee, Leni, das Steuer selbst in die Hand zu nehmen«, stimmte Max ihr zu, bevor ihre Mutter Bedenken äußern konnte. »Unabhängigkeit ist ein nicht zu unterschätzendes Gut.«

17

Mit Ausnahme der Lehrlinge hatten alle Angestellten des Salon Keller, trotz kürzerer Arbeitszeiten, eine Gehaltserhöhung bekommen, und Leni hatte sich daraufhin in Dachau in der Fahrschule angemeldet. Da sie mit Karl geübt hatte und die Verkehrsregeln überschaubar waren, würde sie schon am 6. Mai, der zufällig auch ihr einundzwanzigster Geburtstag war, zur Fahrprüfung antreten. Der Rabl Schorsch hatte eine goldfarbene Vespa aus einem deutschen Werk, die erst drei Jahre alt und in gutem Zustand war. Die würde sie mit dreißig Mark monatlich abstottern und bei gutem Wetter damit zur Arbeit fahren – eine halbe Stunde von Tür zu Tür –, damit sie sich endlich nicht mehr an den Zugfahrplan halten musste. »Und wann sehen wir uns noch«, hatte Karl sie gefragt, »wenn ich dich dann nicht mal mehr vom Bahnhof abholen kann?« Seit ein paar Monaten holte er sie dort am Morgen, noch bevor seine Vorlesungen begannen, ab und brachte sie zum Odeonsplatz.

»Nach der Arbeit. Ich bin in der Früh etwas länger zu Hause bei meiner Mutter und komme dafür am Abend ein bisschen später heim.«

»Seit du so viel Zeit mit diesem Giftmischer in Dachau verbringst, habe ich das Gefühl, ich müsste Termine bei dir machen.«

Die Arbeit bei Keller machte Leni nach wie vor Spaß. Obwohl Frau Berger so streng und unleidlich war wie eh und je und Herr Keller Lenis Arbeit nach wie vor korrigierte, war sie dort endlich angekommen, und die Kollegen betrachteten sie nun als eine der ihren. Selbst Maria, die am Monatsende die Lohntüten verteilte, und von der Leni manchmal glaubte, sie habe vielleicht ein heimliches Verhältnis mit ihrem Chef, weil sie so oft mit ihm tuschelte und sie gemeinsam in seinem Büro verschwanden, behandelte sie mit Respekt. In den Pausen saßen meist alle zusammen unter den Hofgarten-Arkaden und unterhielten sich über ihre Familien, Kinofilme, Urlaubspläne oder Flirts und über Helgas bevorstehende Gesellenprüfung im September. Leni lernte nach wie vor mit ihr und gab ihr Tipps, wenn Frau Berger nicht hinsah. Dass Leni gerade dabei war, ihre eigene kleine Firma zu gründen, die Kosmetik produzierte und ihren Namen trug, behielt sie jedoch für sich, um keinen Neid zu erregen, und auch, dass sie an ihrem nächsten freien Tag den Kunden eines Münchner Reformhauses ihre Produkte vorführen und sie bei der Wahl ihrer Hautpflege beraten durfte.

»Marlene, ich habe kurzfristig einen Arzttermin bekommen«, sagte Frau Berger am heutigen Montag zu ihr, noch bevor der Salon mittags öffnete. »Maria hat für mich zwei Termine umgelegt, aber um eins kommt Frau Wieland. Übernehmen Sie sie bitte, Sie sind als Einzige frei.« Ihr Tonfall legte nahe, dass es sich nicht um eine Bitte handelte.

»Natürlich, Frau Berger, gern. Was wird denn gemacht?«

»Frau Wieland kommt zum Färben. Ich habe bereits die Verträglichkeit getestet.«

»Gut.«

»Besprechen Sie mit ihr den Farbton, und legen Sie dann eine Farbkarte an. Sie kommen zurecht?«

»Sicher.«

»Ach, und Marlene?«

»Ja?«

»Frau Wieland ist die Vorzimmerdame des Innenministers. Sie arbeitet gegenüber. Behandeln Sie sie also äußerst zuvorkommend.«

Als die Kundin in den Salon kam, war Frau Berger bereits gegangen. Leni stellte sich Frau Wieland vor und erklärte ihr, dass ihre Kollegin sich leider entschuldigen müsse. »Frau Berger hat einen wichtigen Termin. Ich hoffe, es ist Ihnen recht, wenn ich Sie heute bediene, Frau Wieland.«

»Warum nicht«, sagte die Dame, eine aschblonde Endvierzigerin mit ersten grauen Haaren, die sie trotz einer schönen Naturwelle zu einem Dutt zusammensteckte. Leni konnte sie sich gut im Vorzimmer des Ministers vorstellen, als letztes Bollwerk zwischen den kleinen Beamten und ihrem Chef.

»Frau Berger hat gesagt, wir färben heute. Was hatten Sie sich denn vorgestellt?«, wollte Leni wissen und zeigte Frau Wieland Farbproben aus einem Musterbuch.

»Ich hätte es gern etwas lebhafter und die grauen Haare gut abgedeckt. Frau Berger hat einen jugendlichen Goldton vorgeschlagen.«

»Ungefähr so?« Leni deutete auf eine Haarsträhne. »Oder so?«

»Irgendetwas dazwischen, würde ich sagen«, meinte Frau Wieland, »es soll natürlich aussehen.«

Leni machte sich ein Bild von ihrer Haarstruktur und fragte zur Sicherheit nach, ob die Kundin ihre Haare schon einmal selbst gefärbt hatte. »Die Produkte aus der Drogerie enthalten Metallsalze«, erklärte sie ihr, »da dürfte auf keinen Fall mit den Oxydationshaarfarben draufgefärbt werden, die wir im Salon verwenden.«

»Ich habe noch nie gefärbt«, erwiderte Frau Wieland. »Bisher war es nicht nötig, aber jetzt werden die grauen Haare langsam mehr.«

»Wir werden das Haar deshalb vorbehandeln«, sagte Leni, »mit einer alkalischen Wäsche, dann wird die Coloration besser angenommen.«

Leni bat Helga, Frau Wielands Haare zu waschen, während sie im Lager die Farbe in einer Porzellanschale anmischte. Sie wählte zwei Blondtöne von WELLA Koleston, einer modernen Cremehaarfarbe mit Lanolin, die im Salon am Hofgarten erst seit diesem Jahr benutzt und mit zerstoßenen und in Wasser aufgelösten H_2O_2-Tabletten angerührt wurde. Anders als die flüssigen Färbemittel, mit denen ihre Mutter noch immer arbeitete – wenn sie denn überhaupt Haare färbte! –, konnte Koleston, ohne zu tropfen, mit einem flachen Pinsel aufgetragen werden, während die flüssigen Färbemittel umständlich mit Wattestreifen aufgetupft werden mussten, die der Friseur um ein Glasstäbchen wickelte.

»Haben Sie das gelesen, Marlene?« Frau Wieland, blätterte in der *Neuen Illustrierten*, als Leni anfing, die Farbe aufzutragen. »Karin Baal hat sich verlobt.«

»Ist das die Schauspielerin, die in *Die Halbstarken* mitgespielt hat? Mit Horst Buchholz?« Darüber hatte etwas in der *BRAVO* gestanden.

»Haben Sie den Film gesehen?«

»Nein, ich gehe nicht so oft ins Kino«, sagte Leni, da sie es sich nicht leisten konnte. Aber für heute hatte Karl sie ins Filmtheater am Sendlinger Tor eingeladen. Sie wollten *Der Glöckner von Notre Dame* ansehen, mit Anthony Quinn und Gina Lollobrigida.

»Die Filmgesellschaft hat Fräulein Baals Ausbildungsvertrag gekündigt, steht hier. Hören Sie sich das an: ›Die Interwest glaubt nicht mehr, dass Karin noch ernsthaft an ihrer Karriere arbeiten wird.‹ Das ist doch unerhört!«

»Darf ich fragen, ob Sie verheiratet sind, Frau Wieland?«

»Ich bin ledig, und das ist auch gut so. Verheirateten Frauen spricht man in dieser Gesellschaft offenbar jegliche Karriereneigung ab.«

»Eine Freundin hat mir kürzlich von Gertraud Gruber erzählt. Die hat eine Schönheitsfarm am Tegernsee, mit der sie sehr erfolgreich ist, und ihr Mann unterstützt sie.«

»So etwas geht nur, wenn Sie Ihr eigener Chef sind, Marlene.«

»Ich glaube, da haben Sie recht«, stimmte Leni ihrer Kundin zu und zog ihr eine Kunststoffhaube übers Haar, um die Eigenwärme für die Reaktion der Farbe auszunutzen. »So, Frau Wieland, das war es schon«, sagte sie. »Ich überprüfe das Ergebnis nach zehn Minuten. Kann ich in der Zwischenzeit noch etwas für Sie tun?«

»Ihr Lehrmädchen wollte mir ein Glas Wasser bringen. Ich glaube, sie hat es vergessen.«

»Ich hole es gleich.«

Als Leni nur Minuten später mit dem Wasser an Frau Wielands Platz zurückkam, beklagte die sich, dass ihre Kopfhaut jucke. »Das kann vorkommen, aber Frau Berger hat ja bereits die Verträglichkeit der Farbe getestet. Sie müssen sich also keine Sorgen machen«, beruhigte Leni sie.

»Ach, hat sie das?«, fragte Frau Wieland verwundert.

»Etwa nicht?«

»Hätte ich das nicht gemerkt?«

Leni nahm ihrer Kundin sofort die Haube ab und begutachtete ihre Kopfhaut. Sie war tatsächlich ungewöhnlich gerötet. Lenis Herz begann zu hämmern, ihre Hände zitterten. »Es tut mir leid, wir müssen die Farbe auswaschen«, sagte sie und spülte Frau Wielands Haare sofort mit klarem, kühlem Wasser aus. Anschließend tupfte sie mit einem Schwämmchen eine leichte Kochsalzlösung auf die Kopfhaut.

»Das fühlt sich an, als würde ich in Flammen stehen!«, sagte Frau Wieland laut. »Das ist doch nicht normal. Was ist denn da passiert?«

Christel und Irmi machten erschrockene Gesichter.

»Es ist eine Reaktion auf die Farbe, aber es müsste gleich besser werden«, sagte Leni. »Bitte entschuldigen Sie mich kurz, ich hole den Chef.«

Leni überlegte nicht lange und klopfte an Kellers Bürotür.

»Ja, bitte.«

»Entschuldigung, Herr Keller, haben Sie einen Moment Zeit?«

»Was gibt es?«

Leni erklärte aufgebracht, was geschehen war. »Ich kann mir das nicht erklären. Frau Berger hat mir gesagt, dass sie die Verträglichkeit der Farbe schon getestet hat ...«

Keller eilte im Stechschritt an Frau Wielands Platz.

»Es scheint sich um eine Idiosynkrasie zu handeln, gnädige Frau«, sagte er nach kurzer Inaugenscheinnahme. »Eine Überempfindlichkeit. Das kommt äußerst selten vor. Wo hatte Frau Berger die Farbe denn getestet? In Ihrer Armbeuge oder hinter dem Ohr?«

»Sie hat überhaupt nichts getestet. Sie sagte nur, sie würde beim nächsten Mal färben«, erklärte Frau Wieland und sah verzweifelt in den Spiegel. Sie hatte Tränen in den Augen. »Die Rötung breitet sich ja immer mehr aus, sehen Sie doch nur!«

Leni tat das alles so leid, aber sie war sich wirklich keines Fehlers bewusst. »Wir sollten einen Umschlag mit kalter Milch machen, Herr Keller«, schlug sie ihrem Chef vor und wäre am liebsten im Boden versunken. Von Vorfällen wie diesem hatte sie in der Berufsschule gehört, manche Unverträglichkeit verursachte sogar Blasen, die eine gelbliche Flüssigkeit absonderten und später verschorften. In diesen Fällen half nur noch ein Gang zum Hautarzt.

»Helga, hol kalte Milch im Tambosi, und zwar schnell!«, wies Keller sein Lehrmädchen an, und wandte sich dann wieder Frau Wieland zu. »Gnädige Frau, würden Sie mich vielleicht in mein Büro begleiten? Dort haben Sie es bequemer«, sagte er mit bemüht ruhiger Stimme. »Wir werden kühle Umschläge machen, während Sie die Füße hochlegen und sich entspannen.«

»Wie lange dauert das denn? Ich muss ins Ministerium zurück«, entgegnete Frau Wieland ungehalten.

»Möchten Sie vielleicht drüben anrufen?«

Keller redete mit Engelszungen auf die Kundin ein, als sie bei ihm im Büro Platz nahm. Leni tränkte derweil Wattestreifen mit der eilig herbeigeholten Milch und legte sie sorgfältig in Bahnen zwischen die abgeteilten Haarpartien. Zwei Handtücher über Frau Wielands Schultern verhinderten, dass die Milch auf ihren Frisierumhang tropfte. »Ich wechsle die Watte alle fünf Minuten«, versprach sie ihrer Kundin. »Wie fühlt es sich jetzt an?«

»Was denken Sie?«, fragte Frau Wieland gereizt zurück, und Herr Keller wandte sich Leni zu.

»Marlene, auf ein Wort.« Er ging mit ihr ins Lager hinüber und fragte sie dort mit sichtlich unterdrückter Wut: »Wie konnte Ihnen das passieren?«

»Ich weiß es nicht, Herr Keller. Die Konzentration des Wasserstoffsuperoxyds war richtig berechnet, ich habe sie zweimal überprüft.«

»Die Karteikarte bitte«, forderte Keller Leni auf, und sie holte sie und wartete voller Angst, was er sagte. »Ich sehe hier *nicht*, dass Frau Berger irgendetwas getestet hat«, erklärte er.

»Aber sie hat es mir doch gesagt«, versicherte ihm Leni.

Die kalte Milch hatte die Rötung deutlich gemildert. »Es wird noch ein paar Stunden dauern, bis sie ganz verschwunden ist, Frau Wieland«, erklärte Keller der Kundin, als er wieder mit ihr an ihren Platz zurückging. »Ich empfehle Ihnen, in den nächsten Tagen unparfümierten Puder aufzutragen. Unsere Helga wird ihn in der Apotheke besorgen und später zu Ihnen hinüberbringen.«

»Und jetzt?«, fragte Frau Wieland, der die feuchten Haare auf dem Kopf klebten.

»Nun, vom Färben müssen wir leider Abstand nehmen, gnädige Frau. Aber zum Glück haben Ihre Haare die Farbe noch nicht angenommen, und wir können sie wie gewohnt frisieren.«

»Wie gewohnt? Das ist ja wunderbar«, erwiderte Frau Wieland sichtlich enttäuscht. »Von Ihrem Salon hatte ich mir mehr erwartet.«

Leni, die mit etwas Abstand danebenstand, sah, wie ihr Chef, einem Impuls folgend, nach der Zeitschrift griff, in der seine Kundin zuvor gelesen hatte, und eine großformatige Anzeige von *Max Factor Hollywood* aufschlug. »*Wir schminken die Stars*« stand in der Überschrift, und neben einem Fläschchen mit *Foundation*, wie die Amerikaner die Hautschminken nannten, und einer Puderdose, posierte eine Schönheit in großer Abendrobe vor einer Kamera. Sie trug den berühmten Kurzhaarschnitt von Audrey Hepburn aus dem Film *Sabrina*. »Ich verstehe natürlich, was Sie sich von einer neuen Haarfarbe versprochen haben, Frau Wieland«, sagte Keller schmeichelnd und zeigte ihr die Werbeanzeige. »Aber viele Wege führen ja bekanntlich nach Rom, nicht wahr? Ich würde als Alternative einen modischen Schnitt vorschlagen. Sehen Sie, in etwa so. *Fresh as a young morning!*«

Frau Wieland musste unfreiwillig lächeln.

»Er würde Ihnen ausgezeichnet stehen, gnädige Frau, und Sie um Jahre jünger wirken lassen.«

Die Kundin schien unentschlossen. »Ein Kurzhaarschnitt?«, fragte sie zweifelnd.

»Das ist kein Kurzhaarschnitt«, sagte Keller, »das ist ein Statement. Ein Ausdruck von Selbstbewusstsein und Eleganz.«

»Denken Sie?«

»Absolut!«

»Also gut, meinetwegen«, lenkte Frau Wieland ein, »dann schneiden Sie eben, Alexander.«

»Wunderbar, gnädige Frau, *magnificent!*«, rief Keller begeistert. »Sie werden es nicht bereuen.«

Als Frau Berger zurückkam und erfuhr, was passiert war, sah sie aus, als kämpfe sie gegen einen Nervenzusammenbruch an.

»Ich habe *was* zu Ihnen gesagt?«, fragte sie Leni aufgebracht. Sie waren in Kellers Büro gegangen, da im Salon Hochbetrieb herrschte und Lenis nächste Kundin bereits wartete.

»Dass Sie die Verträglichkeit getestet haben, Frau Berger«, wiederholte Leni.

»Ich sagte, testen Sie die Verträglichkeit! Das und nichts anderes!«

»Aber dann hätte ich doch erst in zwei Tagen färben können!«

»Seien Sie versichert, Marlene«, unterbrach Herr Keller die Auseinandersetzung, »dass das Konsequenzen haben wird!«

Leni war am Boden zerstört. Nicht nur, dass sie den Vorfall zutiefst bedauerte, jetzt unterstellte Frau Berger ihr auch noch zu lügen, und der Chef glaubte ihr!

»Ich möchte Sie heute nach Ladenschluss in meinem Büro sehen«, sagte er zu Leni.

»Aber Frau Berger hat wirklich …«, versuchte sie noch ein letztes Mal, sich zu verteidigen.

»Ich denke, ich habe mich klar ausgedrückt.«

Der Kinobesuch fiel ins Wasser. Als Karl kurz nach halb sieben mit seiner Maschine vorfuhr, lief Leni zu ihm auf die Straße hinaus und erzählte ihm in kurzen Worten, was passiert war, und dass sie zu ihrem Chef müsse, sobald die Kollegen gegangen waren. »Ich glaube, dass er mich entlässt«, sagte sie, Angst, Wut und Enttäuschung in der Stimme.

»Soll ich warten?«

»Ich weiß nicht, wie lange das Gespräch dauert. Können wir es nicht auf morgen verschieben?«

»Da findet die Antrittskneipe auf dem Corpshaus statt. Da muss ich hin. Was ist übermorgen, da hast du doch frei?«

»Aber ich bin den ganzen Tag im Reformhaus und habe meiner Mutter versprochen, dass wir uns am Abend zusammen das

Wunschkonzert anhören«, entgegnete Leni und spürte, wie enttäuscht er war.

»Vielleicht schaffe ich es, dich morgen früh vom Bahnhof abzuholen«, sagte er, »damit du mir erzählen kannst, wie es ausgegangen ist, aber versprechen kann ich es dir nicht.«

»Danke, das ist sehr lieb von dir.«

Karl ließ den Motor seiner Maschine aufheulen und raste ohne ein weiteres Wort davon. Leni sah ihm nach und hätte am liebsten von sich aus gekündigt, jetzt sofort, nur um bei ihm zu sein.

Friseurmeister Keller hatte die Kollegen den ganzen Nachmittag über einzeln in sein Büro gerufen, aber keiner von ihnen – nicht einmal Helga – hatte Leni gesagt, worüber sie gesprochen hatten. Jetzt verabschiedete sich einer nach dem anderen, und sie nahm, als die Putzfrau die Waschmaschine belud, all ihren Mut zusammen und klopfte an die Türe ihres Chefs.

»Herein!«

Leni blieb ängstlich im Türrahmen stehen. Auf dem Couchtisch vor den cremefarbenen Polstermöbeln lagen noch immer etliche Ausgaben der *Lockenden Linie*, der Friseur-Kundenzeitschrift von Schwarzkopf, die monatlich erschien. Frau Wieland hatte darin geblättert, die Milch getränkten Wattestreifen auf dem Kopf, und dabei einen Espresso aus dem Café Annast getrunken, den Helga ihr auf Kellers Anweisung hin von nebenan geholt hatte.

»Schließen Sie die Tür, Marlene«, sagte er, »und setzen Sie sich.«

Er saß hinter seinem Schreibtisch, auf dem eine Flasche Cognac und ein Glas standen. Er hatte sein Sakko abgelegt und die Fliege gelöst. Leni nahm ihm gegenüber auf der Stuhlkante Platz, ihre Handtasche auf dem Schoß, damit sie gleich wieder aufstehen konnte. Nervös umklammerte sie die Henkel.

»Ich bin ehrlich erschüttert«, sagte Keller, schenkte sich einen Cognac ein und trank ihn in einem Zug aus. »Ehrlich erschüttert.« Er wirkte erschöpft.

»Ich …«, setzte Leni an, doch er gab ihr mit einer schnellen Handbewegung zu verstehen, dass er nichts hören wollte.

»Und es hätte noch viel schlimmer kommen können«, fuhr er fort. »Schwere Schwellungen am ganzen Körper oder Blasen.« Leni schwieg, ihr Herz raste, die Ungerechtigkeit war kaum zu ertragen. »Das in Kauf zu nehmen ist mehr als fahrlässig, es ist schon beinahe kriminell.«

»Wie können Sie …«

Keller ließ sie nicht zu Wort kommen. Er sprach einfach weiter und schenkte sich währenddessen nach. »Von der Geschäftsschädigung abgesehen, ist es für mich auch eine menschliche Katastrophe, verstehen Sie, Marlene?«

»Aber ich war nicht fahrlässig«, verteidigte sie sich und musste sich beherrschen, nicht laut zu werden. »Ich habe mich nur auf das Wort einer Kollegin verlassen.«

»Die seit fünfzehn Jahren bei mir ist und mit der ich gemeinsam im Luftschutzkeller gesessen habe. Sobald die Sirenen losgegangen sind, sind wir mit unseren Kunden aus dem Salon gerannt und haben dort weiterfrisiert.«

Leni hatte ihren Chef noch nie in so eigenartiger Stimmung erlebt.

»Wir haben Wasserwellen gelegt und Wickler aufgedreht, während die Amerikaner über unseren Köpfen die Stadt in Schutt und Asche gebombt haben«, erging sich Keller in Erinnerungen, dabei hatte Leni erwartet, dass er sie anschrie. »Und dann sind wir durch die Trümmer zurück, haben gefegt und weitergemacht, obwohl nicht einmal mehr Scheiben in unseren Fenstern gewesen sind.«

»Ich verstehe«, sagte Leni. Keller war mit seiner ältesten Friseuse über viele Jahre und gemeinsame traumatische Erlebnisse zusammengewachsen und vertraute ihr deshalb mehr als ihr. Was konnte sie da schon ausrichten?

»Ich möchte, dass Sie wissen, dass es mir außerordentlich schwerfällt, hier einen harten Schnitt zu machen, Marlene«, sagte er und nahm noch einen Schluck. Es schien fast so, als wolle er sich bei Leni dafür entschuldigen, dass er sie entließ. »Ausgesprochen schwer«, wiederholte er und deutete auf die Flasche. »Möchten Sie auch einen?«

»Nein, danke.«

Keller wischte sich mit einem Taschentuch über die Stirn und sah Leni lange an. »Ich habe etwas in Ihnen gesehen, als Sie zum ersten Mal in meinen Salon gekommen sind«, gestand er ihr dann. »Sie haben mich an jemanden erinnert, den ich schon fast vergessen hatte.«

»Ach ja?«

»Ja«, sagte er. »An mich.«

War die Flasche auf dem Schreibtisch ihres Chefs womöglich nicht die erste, die er heute geöffnet hatte?

»Alexander Kellermann aus Straubing in Niederbayern!«

»Herr Keller«, entgegnete ihm Leni, »ich glaube, Sie sollten nichts mehr trinken. Ich hole Ihnen drüben im Tambosi einen Kaffee.«

»Nein, Marlene, bleiben Sie da. Wir sind noch nicht fertig.« Keller sah sie verwirrt an. »Wo war ich stehen geblieben?«

»Ich glaube, Sie haben gesagt, dass Sie aus Niederbayern kommen.«

»Grauenhafter Dialekt. Hat mich Jahre gekostet, ihn loszuwerden. Und Sie haben es in einem halben Jahr geschafft.«

»Danke. Englisch kann ich jetzt auch schon besser.« Leni vergaß fast, dass Keller ihr gerade kündigte.

Jetzt lehnte er sich über seinen Schreibtisch und meinte verschwörerisch: »Ich habe es nie richtig gelernt. Aber sagen Sie das nicht weiter.«

»Wie lange haben Sie denn in London gelebt?«, fragte sie ihn.

»Überhaupt nicht.«

»Was?«

»Ich kenne diesen Teasy-Weasy Bessone, den die Stars neuerdings sogar einfliegen lassen, damit er sie frisiert, nur aus der Presse«, beichtete Keller. »Die Wahrheit ist, ich habe mein Handwerk bei meinem Vater in der Koppgasse gelernt, so wie Sie bei Ihrer Mutter.«

»Wieso erzählen Sie mir das?«, fragte Leni verwundert.

»Aus demselben Grund, aus dem ich Sie eingestellt habe, Marlene. Weil wir verwandte Seelen sind.«

Irgendwie nahm diese Unterhaltung eine merkwürdige Wendung.

»Ich war damals genauso ehrgeizig wie Sie heute und wusste immer, wo ich hinwill.«

Lenis Nervosität, die Angst und Wut legten sich. Der Knoten in ihrem Magen löste sich.

»Wo wollen *Sie* hin, Marlene?«, fragte Keller und sah sie eindringlich an.

»Ich will meinen Meister machen und dann irgendwann meinen eigenen Salon eröffnen.«

»In Dachau?«

»Nein, in München.«

»Es gibt in München schon über tausend Friseursalons. Wenn Sie da Erfolg haben wollen, müssen Sie sich wie ich von den anderen absetzen«, sagte Keller und verkorkte die Flasche. »Am besten treten Sie im Fernsehen auf, so wie dieser Bessone. Der hat seine eigene Show zur *Tea Time*.« Keller räusperte sich und zog sein Sakko zurecht. Vor der Tür hantierte die Putzfrau.

»Nun denn ...«

»Wann soll ich gehen?«, wollte Leni wissen. »Zum nächsten Ersten?«

»Sie?« Keller sah sie entgeistert an. »Warum denn Sie? Frau Berger hat Ihnen kalt ins Gesicht gelogen, um Ihnen Ärger zu bescheren, so wie sie es schon seit Monaten macht. Diese Sache mit Ihren Schuhen war nur der Anfang, und ich bedaure wirklich zutiefst, dass ich nicht früher eingeschritten bin.«

»Ich verstehe nicht ...«

»Sie ist offensichtlich eifersüchtig. Sie bekommen das meiste Trinkgeld, Marlene, sie verkaufen die meisten Produkte, die Kunden plaudern mit Ihnen, die Kollegen schätzen Sie, und dann haben Sie auch noch diese Duftöl-Wäsche angeregt, auf der neuerdings Ihr Name steht.«

Hatte Max etwa schon eine Charge mit den neuen Verpackungen geschickt? »Dann wollen Sie mich gar nicht entlassen?«, fragte sie ihren Chef ungläubig.

»Nein, zu meinem größten Bedauern muss ich wohl Frau Berger entlassen! Ich weiß nur nicht, wie.«

Leni war wie vom Donner gerührt. »Aber Sie haben ihr doch geglaubt, dass Sie mir aufgetragen hat, die Verträglichkeit zu testen.«

»Herr Riedmüller hat mitangehört, wie Frau Berger Sie gebeten hat, ihre Kundin zu übernehmen, und zu Ihnen sagte, sie hätte es bereits getan. Er stand direkt hinter dem Philodendron.«

»Davon hat er mir gar nichts erzählt.«

»Ich wollte erst mit Ihnen sprechen, bevor ich Frau Berger morgen damit konfrontiere.« Keller seufzte und schüttelte ratlos den Kopf. »Eine furchtbare Situation, in die sie Sie da gebracht hat – Sie, mich, die Kundin und den Salon.«

»Sie haben die Sache ja gerettet«, erlaubte sich Leni zu sagen, so erleichtert war sie. »Das war ein toller Haarschnitt, den Sie der Frau Wieland gemacht haben.«

»Unter uns«, sagte Keller, »*Ihnen* würde er noch viel besser stehen.«

»Mir? Nein!«

»Marlene, Sie sind nicht mehr die, die hier im September angefangen hat. Sie haben sich verändert, das bemerken wir alle.«

»Alle?«

»Alle. Einschließlich Frau Berger, aber die gönnt es Ihnen nicht. Ich wusste das und habe aus alter Verbundenheit weggesehen.«

»Ich will wirklich nicht, dass sie meinetwegen gehen muss, Herr Keller«, sagte Leni und konnte es selbst kaum glauben, denn obwohl Frau Berger sie offensichtlich schikanierte, schätzte Leni sie als Friseuse. Sie war neben Herrn Keller die beste Kraft im Salon, und sie war mit dem Zustand ihrer Hände, auf die sie immer öfter von ihren Kundinnen angesprochen wurde, genug geschlagen.

»Es is net alles Gold, was glänzt, Leni, des darfst glauben«, hatte ihre Mutter im letzten Jahr zu ihr gesagt, als sie über die neuen Techniken und Produkte gesprochen hatten – das Blondieren, Färben und Dauerwellen –, und langsam verstand Leni, was sie damit gemeint hatte: Hautkrankheiten und Atembeschwerden bei den Friseusen und überschießende Reaktionen, wie die von Frau Wieland, bei den Kundinnen. Ganz zu schweigen von Haaren, die sich nach dem Blondieren wie Watte anfühlten oder abbrachen, weil sie beim Dauerwellen zu straff gewickelt oder der Gummi der Wickler zu fest gespannt worden war. Das war im Salon am Hofgarten zwar noch nie vorgekommen, aber es passierte. Mitunter war der Gang zum Friseur eine Mutprobe.

»Wenn Sie als Geschäftsfrau erfolgreich sein wollen, müssen Sie zwei Dinge beachten, Marlene«, holte Herr Keller Leni aus ihren Gedanken. »Sie müssen besser sein als jeder Mann auf derselben Position und Ellenbogen zeigen. Da dürfen Sie nicht so zart besaitet sein. Wenn Ihre Angestellten Schwäche wittern, verlieren Sie ihren Respekt. Warum glauben Sie, bin ich so streng?«

»Weil Sie hohe Ansprüche haben«, sagte Leni.

»Und die besten Leute«, erwiderte Keller, »aber zitieren Sie mich bitte nicht. Dieses Gespräch muss unter uns bleiben.«

»Natürlich.«

»Ich meine wirklich alles.«

»Aber Frau Berger weiß doch sicher, dass Sie nie in London gewesen sind. Ich meine, wo sie schon so lange bei Ihnen ist.«

»In der Tat, sie weiß es. Und noch ein paar andere Dinge.«

Leni glaubte, dass Keller womöglich von seiner Beziehung mit Maria sprach. »Dann sollten Sie sie lieber nicht entlassen«, riet sie ihm, »das wäre nicht klug.«

Keller nickte resigniert. »Kommen wir noch einmal auf Ihre Frisur zurück«, sagte er dann und betrachtete Leni mit dem Blick des Profis. »In Ihrem Beruf sollten Sie sich nach der neuesten Mode frisieren, Marlene. Da sind Sie die Visitenkarte des Salons und Ihrer Arbeit.«

»Aber ich schneide mir doch nicht meine Haare ab ...«

»*Sie* nicht, aber ich, wenn Sie erlauben.«

»Meine Mutter würde tot umfallen.«

»Dann sind Sie auf dem richtigen Weg«, kommentierte Keller Lenis Einwand trocken, und sie dachte, dass er womöglich recht hatte. Sie war nicht mehr dieselbe wie im letzten Jahr. Es hatte sich so viel verändert und sie sich auch. Aber gleich eine derart radikale Verwandlung? Was würde Karl dazu sagen?

»Kommen Sie mit«, bat Keller Leni und stand auf. »Ich zeige Ihnen, was ich meine.«

»Jetzt?«

»Unbedingt!«

Leni wusste nicht, wie ihr geschah. Nur Minuten später saß sie an ihrem Platz, hatte einen der schönen roséfarbenen Frisierumhänge um, und Keller öffnete ihr Haar und drapierte ihre

Spitzen über ihrer Stirn. »So in etwa«, meinte er. Die Putzfrau kam neugierig aus dem Lager und sah ihm zu. »Ich schneide einen Pony und frisiere die Seiten nach hinten. Der Nacken wird kurz, und am Hinterkopf lasse ich Ihnen gerade genug Länge, um das Haar zu locken, damit es Volumen hat.«

»Ich weiß wirklich nicht …«

»Entschuldigung, Herr Keller«, unterbrach die Putzfrau das Gespräch. »Ich geh heut früher. Wenn Sie dem Fräulein jetzt noch die Haare schneiden wollen, dann kann ich des fei nimmer wegkehren.«

»Wir machen das schon.«

»Net, dass die Frau Berger dann morgen sagt, ich wär net gründlich. Die hat nämlich immer was auszusetzen.«

»Morgen sicher nicht«, erwiderte Keller prophetisch.

»Na dann, auf Wiederschaun.«

»Auf Wiederschaun«, sagte auch er und wandte sich wieder Leni zu. »Wollen wir?«

Leni war genauso unentschlossen wie Frau Wieland vor Stunden. Aber als die Kundin den Salon mit ihrem neuen Haarschnitt verlassen hatte, hatte sie fantastisch ausgesehen.

»Ich weiß nicht …«, sagte sie zögernd.

»Augenblick!« Ihr Chef verschwand in seinem Büro und kam mit dem Cognac zurück. »Nehmen Sie einen Schluck!«, sagte er. »Und dann zeigen Sie der Welt, was in Ihnen steckt!«

»Aber in mir steckt doch keine Audrey Hepburn«, versicherte ihm Leni.

»Was reden Sie denn da? Die Augenbrauen betont, die Lippen rougiert, und fertig ist der Look.«

Leni überlegte und nippte vorsichtig am Glas. Hochprozentige Spirituosen waren nicht ihr Fall.

»Schlüpfen Sie aus Ihrem Kokon«, raunte Keller ihr zu, wie er es immer machte, wenn er eine Kundin von etwas überzeugen wollte, »und breiten Sie Ihre Flügel aus, Marlene.«

Jetzt nahm Leni einen größeren Schluck.

»Also?«, fragte Keller, und sie sah in den Spiegel und gab sich einen Ruck.

»Gut, wir machen es!«, stimmte sie zu.

»*Magnificent!*« Keller zückte die Schere.

18

*D*ie offiziellen Feiern auf dem Corpshaus entwickelten immer eine Eigendynamik. Karl schlüpfte zu Hause in seinen schwarzen Anzug, legte sein Band an, setzte die krapprote Mütze auf und zog sich einen anderen Lebensentwurf über. Einen, in dem er sich mit seinem Bruder verbunden fühlte und seinen Vater respektierte, die bei den Gotharen bereits zu den Alten Herren gehörten – ehemalige Studenten, die mit ihren Einkünften das Corps finanzierten –, während er noch zu den Burschen zählte. Allerdings war Karl bereits ein Inaktiver, der in seinem letzten Semester von den meisten Pflichten gegenüber seinem Corps freigestellt war, um sich auf seinen Abschluss konzentrieren zu können.

An den Antrittskneipen, die am Beginn jedes neuen Semesters abgehalten wurden, nahm er jedoch, genau wie sein Vater und sein Bruder, teil und saß dann mit ihnen nach einer strengen Sitzordnung im großen Kneipsaal auf dem Corpshaus beisammen, den das überdimensionale Wappen der Gotharen schmückte: ein von einer Helmzier mit Decken bekrönter Wappenschild, in dessen Zentrum der Zirkel des Corps prangte, die verschlungenen Anfangsbuchstaben des Spruchs *Vivat, crescat, floreat Gotharia* – Es lebe, wachse und gedeihe unsere Gotharia.

»Fesch, mein kleiner Rebell«, neckte Gertie Karl, als er in die Eingangshalle herunterkam, wo er auf seinen Bruder wartete. »Wirklich sehr respektabel.«

»Fährt mein Vater mit uns zusammen?«, fragte Karl.

»Nein, der Herr Doktor lässt ausrichten, dass ihr euch im Corpshaus trefft.«

»*Auf dem* Corpshaus, Gertie«, korrigierte Karl sie und richtete im Spiegel sein Band, als Erich ebenfalls in die Halle kam.

»Na, Bruderherz, präparat?«, fragte er Karl und stellte sich neben ihn.

Sie sahen sich nicht ähnlich, Erich kam nach ihrem Vater, die Haare dunkel, die Statur fester und die Züge herb. Doch an Tagen wie diesem blickten Karl aus dem Spiegel nicht zwei ungleiche Brüder entgegen, sondern Gleichgesinnte, die gemeinsam schon so manche Nacht durchgefeiert hatten, verbunden durch eine Maxime – *Congregatio procedamus* – In der Gemeinschaft wachsen. Als Corpsbrüder begegneten sie sich als Freunde, da gab es keine Eifersüchteleien, keine Kämpfe um die Gunst des Vaters oder die Blicke der Frauen, da zählten nicht die Unterschiede, nur die Gemeinsamkeiten.

»Kann losgehen, Alois fährt uns«, erwiderte Karl.

»Und ich möchte morgen früh keine Bierleichen am Frühstückstisch sitzen sehen«, warnte Gertie die zwei und reichte ihnen ihre Mäntel.

»Was sollen wir machen, wenn uns die übermütigen Burschen einen Bierjungen nach dem anderen anhängen«, verteidigte sich Karl, und Erich fügte noch an: »Oder das Präsidium uns in die Kanne schickt.« Alles nur Ausreden, da es keiner der Jüngeren wagen würde, einen Alten Herren wie Erich herauszufordern. Da brauchte es schon höhere Instanzen.

»Reichlich blumige Umschreibungen für ein einfaches Besäufnis!«, kommentierte die Haushälterin die fantasievollen Trinkrituale, öffnete die Haustür, vor der ihr Mann schon mit der Limousine wartete, und schob die beiden hinaus.

Die Fahrt ging Richtung Innenstadt in die Nähe des Hofbräuhauses, wo diverse Korporationshäuser angesiedelt waren, nicht zuletzt, um den täglichen Nachschub des goldgelben Grundnahrungsmittels zu gewährleisten. Das Gotharenhaus, erbaut im Stil des Historismus, war das größte am Platz und hatte wie das Corps selbst den Krieg überstanden. Wobei sich die Gotharia vorübergehend suspendiert hatte, als sie von der nationalsozialistischen Regierung aufgefordert worden war, sich von ihren »nichtarisch versippten« Corpsbrüdern zu trennen.

In der weiten Säulenhalle hatten sich bereits etliche Gäste versammelt, ein Meer schwarzer Anzüge und weit und breit keine einzige Frau. Dem schwachen Geschlecht, das in der Welt der Corporierten Haus und Kinder versorgte, unpolitisch war und ohne Führungskraft, war der Zutritt die meiste Zeit über verboten. Das schwache Geschlecht ... *Die kennen eben nicht Frieda*, dachte Karl. Und Leni. Die hatten ihn dazu gebracht, sein Frauenbild gründlich zu überdenken, auch wenn er sich immer noch den einen oder anderen flapsigen Kommentar gegenüber Krankenschwestern und Couleurdamen erlaubte, das war er seinem Ruf einfach schuldig.

Draußen war es noch nicht dunkel, aber das Corpshaus war bereits hell erleuchtet. Karl und sein Bruder drückten ihre Mäntel einem Jungfuchs in die Hand, der hier wohnte, und trugen sich ins Gästebuch ein. Die angehenden Studiosi, die von außerhalb kamen, zahlten eine verschwindend geringe Miete und wurden von der corpseigenen Haushälterin mit warmen Mahlzeiten versorgt, was für viele allein schon ein Anreiz war, dem Corps beizutreten.

Der Jungfuchs trug die Mäntel zur Garderobe und hängte sie mit zittriger Hand auf. Die Tür zum angrenzenden Billardzimmer stand offen, und Karl sah, dass er den edlen Neun-Fuß-Tisch bestaunte, an dem Karl schon so manche Partie gewonnen hatte. Auf den Neuling musste das große Haus mit seiner gut bestückten Bibliothek, dem altehrwürdigen Kneipsaal und dem Conventzimmer ehrfurchtgebietend wirken. Der Ballsaal im zweiten Stock fasste an die zweihundert Gäste, und der Paukboden – Karls zweites Zuhause in seiner Zeit als Fechtwart – nahm das ganze Dachgeschoss ein. Und dann waren da ja auch noch die Alten Herren, die sich hier regelmäßig versammelten – Politiker, Wirtschaftsbosse oder Mediziner wie sein Vater –, die die Frischlinge sicher ebenso einschüchterten wie das forsche Auftreten der Farbenbrüder befreundeter Verbindungen, die zu Besuch kamen.

»Meine Herren«, begrüßte der amtierende Fuchsmajor, ein junger Mann aus Westfalen, Karl und seinen Bruder. Er war noch damit beschäftigt, seine Füchse anzuhalten, die Tafeln für die Antrittskneipe einzudecken. »Fuchs Junkers, die Platten schaffen sich nicht von allein hinauf! Tempus fugit, junger Mann!«

»Fuchsmajor Reimann«, grüßten Karl und sein Bruder den Corporierten zurück, und Erich fragte: »Wie macht sich der Nachwuchs?«

»Faule Gimpel, die erst noch ordentlich geschliffen werden müssen, Bornheim!«, gab der zur Antwort, denn Füchse zählten in der Hierarchie der Corps zu den Kriechtieren, die lediglich zum Befehlsempfänger taugten. Selbst der Fax – die Abkürzung für das Faktotum, was aus dem Lateinischen übersetzt so viel wie »Mache alles!« bedeutete und sich in der Stellenbeschreibung der Gotharen Hausmeister schrieb –, war bessergestellt. Aber dieses Tal der Tränen hatten sie alle durchschritten und es sich nach Möglichkeit schöngetrunken.

Karl entdeckte seinen Vater, er sprach mit seinem alten Leibburschen Goldschmidt. Als er Karl und seinen Bruder sah, breitete sich ein Leuchten auf seinem Gesicht aus, das Karl nur selten zu sehen bekam: der Stolz eines Vaters auf seine korporierten Söhne. »… hat ein paar teuflisch gute Partien geschlagen«, hörte er Goldschmidt sagen, als er näher kam, weil der ihn zu sich winkte, und Karl wusste, dass sie über ihn sprachen, denn er war einer der besten Fechter des Corps. Seine Mensuren waren legendär, was unter den Corpsbrüdern mehr zählte als gute Noten oder ein Doktortitel. In dieser Welt war er der Sohn, den sich sein Vater immer gewünscht hatte – in der anderen war es Erich.

»Guten Abend«, begrüßte Karl die Alten Herren und tippte sich an die Mütze. Nicht nur sein Anzug saß wie angegossen, sondern auch seine Manieren waren tadellos.

»Famoser Auftakt«, sagte sein Vater und war bester Laune. Zu Hause war die Stimmung zwischen Karl und ihm angespannt, doch hier waren sie im Niemandsland, auf dem befriedeten Streifen zwischen den Fronten, wo ein corpsbrüderlicher Geist herrschte.

»Habe gerade zu deinem Vater gesagt, was für ein unerschrockener Bursche du bist, Karl«, sagte Goldschmidt zu ihm. »Und galant. Meine Tochter schwärmt heute noch.«

»Danke, Wilhelm«, entgegnete Karl, da im Corps der Duz-Comment galt.

»Hat sie dich nicht zum Segeln eingeladen?«, fragte sein Vater und klopfte Karl auf die Schulter, als hätten sie nicht erst heute Morgen bis aufs Messer darüber gestritten, dass er noch immer keine Stelle als Medizinalassistent in Aussicht hatte.

»Ich weiß doch nicht einmal, ob ich die Prüfungen bestehe«, hatte Karl seinen Vater angeschrien.

»Dann sitz das ruhig aus, mein Freund, dann wirst du am Ende noch in der Provinz versauern. In irgendeinem Kreiskrankenhaus!« Der Stimme seines Vaters war die Verachtung für Karls »Inkompetenz« deutlich anzuhören gewesen. »Goldschmidt hat Verbindungen ins Schwabinger Krankenhaus, von denen ich nur träumen kann, Karl«, hatte er dann versöhnlich auf ihn eingeredet. »Und die Amerikaner geben die Klinik in diesem Jahr zurück. Bitte ihn um Hilfe, und du hast eine Stelle, die einem Bornheim angemessen ist.«

Goldschmidt steckte Karl eine seiner übel riechenden Zigarren in die Reverstasche und sagte mit einem anzüglichen Lächeln: »Mein Bienchen legt am Sonntag mit ein paar Freunden auf ihrem Drachen ab, und sie könnte noch einen strammen Steuermann brauchen, wenn du verstehst, was ich meine.«

So ähnlich muss es auf arabischen Märkten zugehen, dachte Karl. Wobei das Bienchen, das er »Goldstück« nannte und eigentlich Sabine hieß, die Vermittlung gar nicht nötig hatte. Sie war hübsch, hatte Abitur, einen Segelschein und lernte von ihrer Mutter, wie man einen Haushalt wie den Goldschmidt'schen führte, Gesellschaften gab und Wohltätigkeit organisierte, eben alles, was Karls Mutter auch machte. Die Kleine war ein stilles Wasser, aber tief. Karl war auf ihre Avancen auf dem Schwabinger Modell-Ball nicht eingegangen, er fühlte sich zum ersten Mal in seinem Leben gebunden, aber wie sie ihn angehimmelt und bewundert hatte, hatte ihm schon geschmeichelt. Leni tat das nicht, sie liebte ihn, aber sie brauchte ihn nicht. Sie war ihr eigener Steuermann.

Karl, Erich und sein Vater saßen in dem von Kerzen erhellten Kneipsaal am rechten Zapfen, der in U-Form aufgebauten rustikalen Kneiptafel, im sogenannten Burschensalon, während am linken Zapfen die Füchse und ihr Fuchsmajor im Fuchsenstall Platz genommen hatten. Ein Marsch vom Piano begleitete den Einzug der Chargierten, die ihre krapproten Kneipjacken – den Uniformen von Husaren nachempfunden –, weiße Buxen und hohe Stiefel trugen, Schärpen in den Corpsfarben, Stulpenhandschuhe und den Schläger am Gehänge. Als Kopfbedeckung war das flache runde Cerevis vorgeschrieben, bestickt mit dem Zirkel der Gotharen. Karl war in seinem dritten Semester Consenior gewesen, also Zweitchargierter, und hatte die Wichs mit Stolz getragen. Aber da hatte er auch Frieda noch nicht gekannt, die sich ausgeschüttet hätte vor Lachen, hätte sie ihn je so gesehen, und Feierlichkeiten, bei denen sich die Corporierten in der Öffentlichkeit in Uniform zeigten, gab es durchaus.

Die Anwesenden erhoben sich, als die drei Chargierten einzogen und an ihre Plätze an der Stirnseite der Tafel gingen, auf der schon die ersten befüllten Bier- und Schnapsgläser standen. Der Senior, der die Antrittskneipe leitete, begrüßte die Gäste, allen voran Aktive und Inaktive der »sehrverehrlichen Corps Cisaria, Ratisbonia und Makaria und der hochwohllöblichen Akademischen Sängerschaft Neuwittelsbach«. Erich stieß Karl in die Seite, und der grinste.

Die Mitglieder der hochwohllöblichen Akademischen Sängerschaft hatte Karl einst anlässlich eines Couleurbummels als »Jodelbuxen« bezeichnet, was einen Bierjungen nach sich gezogen hatte – eine feucht-fröhliche Aufforderung zu einem Duell am Glas, das Karl mit einem mutigen »Hängt vierfach!« angenommen hatte. Sie hatten es gleich in den Waschräumen ausgetragen, direkt am Bierpapst, einem Becken mit Haltegriffen, in das die Corporierten sich bei Bedarf übergaben, und Erich hatte als Unparteiischer kommandiert: »Das Kommando zieht scharf!« Karl hatte zwei Liter Bier in Rekordgeschwindigkeit heruntergestürzt und war als Sieger aus diesem Bierstreit hervorgegangen, da sein rot-blau-goldener Farbenbruder noch einen »schäbigen Rest« im letzten Glas gelassen hatte. Und dann hatte Karl sich auch noch frech nachschenken lassen, was ihm den Respekt sämtlicher Burschen gesichert und seinen Ruf als unbezwingbarer Zecher zementiert hatte.

»So trinke ich nun mit den Anwesenden einen feurigen Salamander auf ein erfolgreiches Sommersemester im korporativen wie akademischen Sinne«, fuhr der Senior fort, und Karl entdeckte den besagten Sangesbruder an der langen Tafel. »Sind die Stoffe präpariert?«

»*Sunt!*«, bestätigten alle im Saal.

»*Ad exercitium Salamandri!*«, gab der Senior das Kommando, die Schnapsgläser wurden erhoben, auf dem Tisch gerieben, an das linke und rechte Ohr gehalten, an die Nase gesetzt, geleert und mit einem derben Klopfen auf den Tisch gestellt.

»*Salamander ex!*«, rief der Senior daraufhin. »Es erschalle zur freudigen Begrüßung der Cantus *Gaudeamus igitur*, der sich da findet *ad pagina* fünfundsechzig des Commersbuches. Bierorgel präparat?«
    Der Bursche am Klavier rief: »*Est!*«
    »Der Cantus steigt mit seiner Ersten! *Ad Primam!*«
Wenigstens steuerten die Neuwittelsbacher eine exzellente zweite Stimme bei, befand Karl, dem das Singen immer ein Gräuel war, auch wenn er sich der viel beschworenen Burschenherrlichkeit nicht ganz entziehen konnte. Aber für einen, der am liebsten AFN hörte und durch die Jazzclubs zog, war das studentische Liedgut dann doch etwas befremdlich.

Die Tische bogen sich unter den frisch befüllten Gläsern, nach jedem »*Silentium ex!*« prostete Karl irgendwer zu, und er spürte bereits den Alkohol. Während der langen Rede des Seniors, von der er kein Wort mitbekam, dachte er an Leni. Wie ihr Gespräch mit ihrem Chef wohl ausgegangen war? Er hatte sie am Morgen nicht vom Bahnhof abgeholt, der Streit mit seinem Vater war ihm dazwischengekommen. Aber vielleicht schaffte er es ja, morgen nach Ladenschluss am Reformhaus vorbeizuschauen, wo sie ihre Kosmetik vorstellte – Widmann oder so ähnlich. Und dann würde er sie fragen, ob sie am Sonntag mit ihm aufs Land fahren würde, einfach nur Richtung Berge, so wie sie es am Tag nach seinem Geburtstag gemacht hatten. Falls Leni nicht wieder in Dachau in der Apotheke arbeiten musste oder Zeit mit ihrer Mutter verbringen wollte. Wenn sie jetzt auch noch ihre eigene Firma gründete, was sie ihm voller Stolz erzählt hatte, hätte sie bald gar keine Zeit mehr für ihn.
    Karl sah sich im Kneipsaal um, die Kerzen brannten, und seine Corpsbrüder saßen Seite an Seite vor den unzähligen Couleurbildern, die die mit dunklem Holz getäfelten Wände zierten. Sein Foto war auch dabei, er war Teil dieser Gemeinschaft.

»À la bonne heure, Bornheim«, flüsterte ihm von Walther zu, mit dem er seinerzeit gemeinsam geburscht worden war. »Dem Lerchenberg hast du die Kauleiste aber mit chirurgischer Präzision veredelt!« Er blickte ans Ende der Tafel auf den Cisaren, mit dem Karl seine erste Pflichtmensur als Bursche gefochten hatte.

Karl erinnerte sich an die Furcht, die ihm damals im Genick gesessen hatte, und an den typischen Geruch auf dem Paukboden, den er jetzt nur noch als Zuschauer betrat: eine Mischung aus kaltem Rauch, Rasierwasser und Bier mit einer gehörigen Portion Angstschweiß, der sich im Paukzeug hielt wie eine Seuche. Die Schutzkleidung bedeckte Augen und Ohren, den Hals, den Oberkörper und den Schlagarm. Tiefe Schläge waren verboten. Der Abstand der Kontrahenten betrug eine Schlägerlänge, und sie durften sich keinen Millimeter bewegen oder auch nur »mucken«, wenn die scharfe Klinge ihres Gegenübers, die die Sekundanten vor jedem neuen Gang desinfizierten, auf sie zuraste. Dreißig Gänge zu fünf Hieben nebst einem Ehrengang, verfolgt von einem Unparteiischen, zwei Sekundanten, zwei Testanten, den Schleppfüchsen, Protokollführern und Paukärzten sowie einer Schar von Corps- und Farbenbrüdern, die sich alle auf dem Paukboden versammelten, um der Mensur beizuwohnen.

Karl hatte in seinem ersten Fuchsenjahr täglich zwei Stunden geübt – Kraft und Ausdauer –, um den schweren Korbschläger auch noch beim letzten Gang so sicher führen zu können, dass er seine Kontrahenten nicht zu sehr entstellte. Denn Burschenpartien wurden schneller geschlagen als die der Füchse und endeten immer wieder mit Treffern. Die Hartgesottenen sehnten sich zwar nach einem »korrekten Schmiss«, aber zu denen gehörte er nicht.

»Waffenschwein, Bornheim!«, hatte ihm sein Sekundant an diesem Tag gewünscht und dann ausgerufen: »Wir bitten um das Silentium für die scharfen Gänge!«

Das Adrenalin kreiste in der Blutbahn, der Fokus verengte

sich, die Sicht war durch die eiserne Paukbrille ohnehin eingeschränkt, der Magen zog sich zusammen, und das Herz hämmerte in den Ohren. An diesem Punkt spürte man gar nichts mehr. Einmal war einer mitten in einer Partie tot umgefallen, absolutes Kreislaufversagen aus purer Angst.

»Hoch, bitte!«
»Hoch!«
»Fertig!«
»Los!«

Auf dem Paukboden lernten sie, mit Extremsituationen umzugehen und ihren Mann zu stehen, es war ein Akt der Persönlichkeitsbildung, und am Ende der Mensur – die weder Sieger noch Besiegte kannte – stand das hehre Gefühl, ein Held zu sein. Siegfried persönlich mit seinem Schwert Notung in Händen, und so nannten sie Karl auch ehrfurchtsvoll auf dem Haus Siegfried, das war sein Couleurname, und der seines Bruders, des alten Strebers, Cicero.

Karl hatte Lerchenberg an diesem Tag an der rechten Wange getroffen, aber der Schnitt war nicht tief gewesen. Er hatte wirklich mit chirurgischer Präzision gefochten, und der Paukarzt hatte den Cisaren mit vier Stichen oder »Nadeln«, wie sie sagten, wieder zusammengeflickt. Eine technisch und moralisch einwandfreie Partie und nicht Karls letzte. Aber das lag hinter ihm, die Pflichtmensuren hatte er durchgepaukt und ein paar andere auch, die reichten ihm fürs Leben. Jetzt musste er keinem mehr etwas beweisen, nicht einmal seinem Vater.

»Werde Lerchenberg später mal darauf ansprechen und ihn fragen, ob er sich die Verzierung eingefangen hat, als er besoffen aufs Pflaster gekippt ist«, sagte von Walther mit einem diabolischen Lächeln zu Karl, und der Senior warf ihm einen strengen Blick zu. »Hab schon länger keinen Bierjungen mehr provoziert!«, setzte von Walther noch nach.

»Corona hoch! *Silentium strictissime!*«, rief der Senior, und

Karl merkte, dass sie den Aufruf zum Totengedenken verpasst hatten, das mit der fünften Strophe des Cantus *Vom hoh'n Olymp herab* beschlossen wurde. Er sollte sich lieber mal etwas zusammennehmen, sonst lief er noch Gefahr, dass er abgemahnt wurde und auf die Kneipehre des Seniors trinken musste, wie der Jungfuchs, der sein Commersbuch offen auf dem Tisch hatte liegen lassen. Oder die Frischlinge, die heute schon kurz nach der Begrüßung zur Toilette gegangen waren, um ihre schwachen Konfirmandenblasen zu leeren, was unweigerlich ein erneutes »Einpauken« in den ordentlichen Verlauf der Feier nach sich zog: etliche Gläser Bier, die sie unter dem Kommando des Fuchsmajors *ad profundum*, also auf ex, leeren mussten, und wehe, sie bewahrten dabei keine Haltung!

Der offizielle Teil der Kneipe ging zu Ende, nachdem noch zwei Jungfüchse feierlich ihre Bänder verliehen bekommen und die Gotharen ihr Farbenlied angestimmt hatten: »Gotharia, Dir gehör' ich, Dir weih' ich Herz und Hand, auf Deine Farben schwör' ich, rot-grün-schwarzes Band ...« Endlich durften alle aufstehen und sich am Buffet bedienen, die Toiletten aufsuchen oder rauchen, um sich dann am Ende der Inoffiz auf dem Haus zu verteilen und noch ausschweifender zu trinken, als sie es bereits getan hatten. Einige der Alten Herren – die wirklich betagten – verabschiedeten sich nach einer Weile, andere, wie Goldschmidt und Karls Vater, zogen sich in ihr Besprechungszimmer zurück, aus dessen bequemen Lederfauteuils heraus die Geschicke des Landes mitbestimmt wurden.

Karl spielte währenddessen mit seinem Bruder eine gepflegte Partie Billard. Zu Hause hatte Erich nie Zeit dafür, denn er arbeitete schon fast so viel wie ihr Vater. Seine Verlobte übte derweil das Leben einer Arztgattin – allein und gelangweilt. Leni würde das nie passieren. Die hatte mehr Pläne, als der Tag Stunden hatte. *Wenn sie wenigstens nach München ziehen würde*, dachte

Karl, denn er konnte gar nicht mehr zählen, wie oft er schon diesem vermaledeiten Zug hinterhergesehen hatte, mit dem sie abends nach Hause fuhr, oder sie auf dem Rücksitz des Käfers miteinander geschlafen hatten, die Zeit im Blick. Gestern hatte er im Kino gesessen, in der kleinen Loge, für die er extra die Karten besorgt hatte, damit sie unter sich waren, und Leni war schon wieder nicht bei ihm gewesen. Verdammt!

»Die Rote geht in die Seitentasche, Bruderherz«, sagte Erich seinen nächsten Stoß an, aber er hatte zu viel getrunken und stand nicht richtig zum Tisch, das sah Karl sogar von dem Sessel aus, in dem er gerade saß. Die Heimsuchung der Apokalyptischen Reiter war Erich morgen gewiss: Kopfschmerzen, Übelkeit, Zittern und ein höllischer Brand! Am besten gönnte er sich zum Frühstück einen halben Liter Kochsalzlösung intravenös.

»Hoffe, Sie sind bei Ihrer Holden geschickter beim Einlochen«, provozierte ein Ratisbone Erich, als die Kugel von der Bande abprallte, und stellte sein Glas aufs Tuch.

»Wo bleiben die Manieren, Reithmaier?«, fragte ihn Karl und stand auf, als er sah, dass sein Bruder eine Visitenkarte aus seiner Tasche zog. Würde Erich sie einreißen und dem Ratisbonen überreichen, träfen sie sich bei einer Contrahage auf dem Paukboden wieder, um die Klingen zu kreuzen, und das Ergebnis würde Erichs Verlobter womöglich nicht gefallen. »Nehmen Sie das Glas vom Tisch, oder wir haben ein Problem«, sagte Karl betont ruhig und baute sich vor dem Ratisbonen auf. Der überlegte kurz, wie er reagieren sollte, griff dann nach seinem Bier und entschuldigte sich, da er sich wohl an die Mensur erinnerte, die er einst mit Karl ausgepaukt hatte. Reithmaier hatte dabei keine gute Figur gemacht.

»Diesen Kindergarten brauchen wir nicht«, meinte Karl, als sich der Ratisbone davongemacht hatte.

»Hast ja recht«, stimmte Erich ihm zu.

»Was hältst du von einem frühzeitigen Abgang, Alter Herr?«

»Willst du laufen?«

»Auf jeden Fall! Du brauchst frische Luft.«

Erich sang auf dem Heimweg aus vollem Hals »So ein Tag, so wunderschön wie heute …«, und Karl tat ihm den Gefallen und stimmte mit ein. Sie kamen an der Ruine des Bayerischen Armeemuseums am hinteren Ende des Hofgartens vorbei, setzten sich kurz darauf auf eine Bank am Schwabinger Bach und unterhielten sich über Erichs bevorstehende Hochzeit.

»Schon nervös?«, fragte Karl seinen Bruder.

»Nein. Es ist schön, wenn du jemanden hast, mit dem du dir was aufbauen kannst«, sagte Erich in ungewohnter Offenheit. Die kühle Nachtluft tat ihm gut.

»Wisst ihr schon, wo ihr bauen wollt?«

»Inges Eltern schenken uns ein Grundstück am Stadtrand, am Perlacher Forst.«

»Und will sie arbeiten?«

»Wozu? Sie wird genug mit dem Haus und der Familie zu tun haben. Außerdem wird es nicht gerne gesehen, wenn Ehefrauen von Männern in unserer Position arbeiten, das weißt du doch.«

»*Unsere* Position?«, fragte Karl amüsiert zurück.

»Wart's nur ab, Bruderherz, du hast deine Approbation schneller in der Tasche, als du denkst.«

»Unser Vater sieht das anders.«

»Unser Vater versteht jede Unregelmäßigkeit in unseren Lebensläufen als persönliche Beleidigung, aber das solltest du nicht zu ernst nehmen.«

»Du redst dich leicht – Musterknabe!«

Karl hörte dem Murmeln des Baches zu und genoss die Ruhe des nächtlichen Parks. Sein Bruder, den er immer für einen Opportunisten gehalten hatte, der es ihrem Vater in allem recht machen wollte, schien mit seinem Leben überraschend zufrieden zu sein, ja, er wirkte sogar glücklich.

»Darf ich dich um etwas bitten, Karl?«, fragte Erich.
»Sicher.«
»Du kannst es natürlich ablehnen, aber ich würde mich wirklich freuen, wenn nicht.«
»Was denn?«
»Würdest du mein Trauzeuge sein?«
»Ich?« Damit hatte Karl nicht gerechnet.
»Es wäre schön, an diesem Tag einen tapferen Mann an meiner Seite zu wissen. Einen, der sogar Ratisbonen in die Flucht schlagen kann«, sagte Erich und lachte.
»Ist mir eine Ehre«, erwiderte Karl gerührt. Er hätte nicht gedacht, dass es ihm so viel bedeutete, aber ein Teil von ihm hatte sich lange nach einer Geste wie dieser gesehnt. Danach, dass sein Bruder ihm die Hand reichte und ihm das Gefühl gab, ihm ebenbürtig zu sein.

19

Leni war noch nie in einem Reformhaus gewesen. Auf dem Land kauften die Leute beim Kramer, Bäcker und Metzger ein. Auf die Idee, sich auf fleischlose Kost aus organischem Anbau zu beschränken und auf Tabak oder Alkohol zu verzichten, wäre dort niemand gekommen. Doch hier im Münchner Reformhaus Wiedemann, in dem Leni heute den Kundinnen ihre Kosmetik präsentieren durfte, tummelten sich Gesundheitsapostel und Anhänger einer naturnahen Lebensweise, die Sebastian Kneipps Wasserkuren huldigten und die Lehren des »Semmeldoktors« Schroth oder des Rohkostpioniers Bircher-Benner beherzigten.

Schon beim Betreten des Ladens schlugen Leni die unterschiedlichsten Aromen entgegen. Vor dem großen Teeregal kam sie sich vor wie auf einer Wildblumenwiese, und bei den Naturarzneimitteln wie Franzbranntwein, Baldrian- oder Weißdorntropfen dachte sie an die Landmann-Oma und ihre selbst angesetzten Essenzen. Bei Wiedemann wurden Mohn und Getreide gemahlen und Vollkornbrot verkauft, das bei der breiten Bevölkerung verpönt war. Die Kriegsjahre mit ihrem dunklen gestreckten Brot, das den »Volkskörper stählen« sollte, waren noch immer präsent. Und wer griff schon zur pflanzlichen Reformhausmargarine, wenn er sich Butter aufs Brot streichen konnte? Vitaquell! Die Quelle der Vitalität war für die meisten Bayern ein knuspriger Schweinebraten oder sprudelte aus einem Zapfhahn.

Im Kosmetikregal fand Leni Lavendelwasser und Arnikaessenzen, Hautcremes und Massageöle, Zusätze für Kräuterbäder, Seifen, Haarwaschpulver und die Toilettenmilch einer anthroposophischen Firma, die auch homöopathische Arzneimittel herstellte, die Max in seiner Apotheke verkaufte. Zwei Dinge, von denen Leni, bevor sie ihn kennengelernt hatte, nichts gewusst hatte – Anthroposophie und Homöopathie –, über die er aber bei der gemeinsamen Arbeit gern referierte. Die Pflegeprodukte, die Wiedemann führte, waren wie die Landmanns Kosmetik ausschließlich aus natürlichen Grundstoffen hergestellt, aber Lenis Flaschen und Tiegel präsentierten sich moderner – genau wie ihre Entwicklerin, deren neuer Haarschnitt Aufmerksamkeit erregte.

»Jessas, Maria und Josef! Leni, was hast denn g'macht?«, hatte ihre Mutter sie zwei Tage zuvor bestürzt gefragt, als sie am Abend damit nach Hause gekommen war.

»Der Herr Keller hat mir die Haare geschnitten. In Amerika nennen sie das Pixie-Cut.«

»Jetzt schaust ja aus wie … wie …«

»Wie Audrey Hepburn in *Sabrina*«, hatte sie geantwortet und breit gegrinst.

»Des is bestimmt wieder irgend so ein Kinofilm.«

»Geh, Mama, die Bilder kennst du doch aus der *CONSTANZE*, wo die Audrey Hepburn die Kleider von Givenchy trägt, dem französischen Modemacher.«

»Was du alles weißt, Leni.«

»Die Damen im Salon reden immer über Mode.«

Leni hatte *Sabrina* zwar auch nicht im Kino gesehen, aber die Ursel hatte ihr erzählt, dass der Film die Geschichte einer jungen unscheinbaren Amerikanerin erzählte, die nach Paris ging, dort einen Kochkurs machte und völlig verwandelt zurückkam – äußerlich und innerlich. Plötzlich zog sie alle Blicke auf sich, und so ähnlich erging es Leni auch, seit ihr Chef die Schere angesetzt und sie mit ihren langen Haaren auch ein Stück ihrer Angepasstheit und Fügsamkeit aufgegeben hatte.

Gestern früh hatten die jungen Männer im Zug immer wieder zu ihr herübergesehen und getuschelt, und am Hauptbahnhof hatte ihr ein Herr die Flügeltüre zur Schalterhalle aufgehalten. Leni hatte sich bedankt und nach Karl umgesehen, aber er war nicht gekommen. Die beiden Herrenfriseure Anton und Fred hatten ihr wenig später Komplimente gemacht, Christel und Irmi große Augen und Benny, der Schelm, hatte ihr sogar hinterhergepfiffen. Den Zwischenfall vom Vortag hatte keiner mehr erwähnt, bis Frau Berger kurz vor der Öffnung des Salons aus Herrn Kellers Büro gekommen war und sich vor der versammelten Belegschaft bei Leni für das »unglückliche Missverständnis« entschuldigt hatte. Leni hatte nicht erfahren, was genau ihr Chef zu seiner ältesten Kraft gesagt hatte, aber der Frieden schien – zumindest für eine Weile – wiederhergestellt.

Nun stand Leni im Reformhaus Wiedemann an einem Präsentationstisch, der extra für sie vor dem Regal mit der Kosmetik aufgebaut und mit ihren Produkten bestückt worden war. Kurz nach der Ladenöffnung war das Interesse der Kundinnen noch verhalten, doch als sie sich traute, die ersten Damen anzusprechen, und ihnen eine persönliche Hautanalyse anbot, brach das Eis, und immer mehr Frauen kamen an ihren Tisch.

Leni verteilte ihre Cremes auf kleinen Holzspateln, die Gesichtswasser auf Wattebällchen und führte die Wirkung ihrer nährenden Maske vor, indem sie sie auf dem Handrücken einer alten Dame auftrug und nach fünf Minuten wieder abnahm. Der Vergleich der rechten zur linken Hand war deutlich sichtbar: Die Haut war glatter, weicher und duftete angenehm.

»Haben Sie auch Faltencreme, Fräulein?«, fragte eine andere Kundin. »So eine wie die Hormocenta?«

»Nein, so was stellen wir nicht her«, erklärte ihr Leni. »In unseren Cremes sind weder tierische noch menschliche Ingredienzen, sonst dürften wir sie hier im Reformhaus gar nicht anbieten.«

»Menschliche?«, fragte eine andere Dame erschrocken nach.

»In der Hormocenta werden Mutterkuchen verarbeitet, die Hebammen an Kosmetikfirmen verkaufen.«

»Das schreibt der Herr Professor Sauerbruch in seiner Werbung aber nicht. Da heißt es nur, dass die Creme von Frauenärzten empfohlen wird.«

Leni erwähnte nicht, dass Professor Sauerbruch seit sechs Jahren nicht mehr lebte und seine Empfehlungen aus dem Jenseits kamen. »Probieren Sie doch stattdessen einmal unsere Frauenmantelcreme«, schlug sie vor. »Die wird nach einem alten Rezept meiner Großmutter hergestellt, und ich verspreche Ihnen, dass sie genauso gut wirkt.«

»Und gibt es auch etwas für junge Haut?«, wollte eine andere Kundin wissen. »Oder genügt da das Reinigen?«

»Reinigen, befeuchten, pflegen«, sagte Leni und reichte der Dame eine Reinigungsmilch, ein adstringierendes Gesichtswasser und ihre Rosencreme. »Mit diesen drei Schritten bleibt Ihre Haut gesund und strahlt.«

»Reinigen, befeuchten, pflegen«, wiederholte die Dame Lenis Pflegeritual. »Wenn einem das so ein hübsches junges Fräulein rät, möchte man's schon glauben. Ihre Haut sieht ja aus wie Porzellan.«

»Meine Oma hat immer großen Wert auf die Pflege gelegt«, erklärte Leni, »obwohl sie eine ganz einfache Frau war, die immer viel gearbeitet hat. Ich habe das von ihr gelernt.«

Die Damen an Lenis Tisch wurden mehr und mehr, alle kauften begeistert ihre Produkte, und sogar die Geschäftsführerin des Reformhauses ließ sich beraten. Kurz vor der Mittagspause wallte dann eine üppige, pinkfarbene Wolke in der Gestalt von Sasa Sorell in den Laden, und ihre unzähligen Armreife klimperten, als sie Leni zuwinkte. »Dass ich einmal einen Körnertempel wie diesen betrete, hätte ich auch nicht gedacht, Herzchen!«, rief sie ihr schon von der Tür aus im gewohnten Alt zu. »Ich tauge so gar nicht zur Asketin.«

»Frau Sorell!«, begrüßte Leni sie überrascht. »Was machen Sie denn hier?«

»Na, ich wohne direkt gegenüber und sehe die Ankündigung Ihrer Produkte schon seit Tagen im Schaufenster.«

»Sie haben am Samstag gar nichts gesagt.«

»Ich dachte, Sie wollten es nicht an die große Glocke hängen, damit Frau Berger nicht daran erstickt.«

Sasa Sorell betrachtete erst Lenis neue Frisur – »Fabelhaft!« – und dann ihre Fläschchen und Tiegel. »Landmanns«, las sie laut, »Chapeau, Mademoiselle! Dann zeigen Sie mir Ihre Schätze doch mal.«

Leni führte ihr zuerst ihre Frauenmantel- und dann die Rosencreme vor, die, seit Max und sie Rote-Beete-Extrakt dazugaben, zart roséfarben schimmerte und so die Assoziation frischer Rosenblätter weckte. »Du lieber Himmel, sie ist rosarot«, sagte die Sorell entzückt und griff sich ins Haar, »und der Duft ist ein Traum. Was das angeht, bin ich empfänglich. Meinen letzten Mann habe ich wegen eines Eau de Cologne verlassen.«

»Er hätte doch ein anderes benutzen können«, meinte Leni arglos.

»Nicht wegen *seines* Eau de Cologne, Herzchen!« Sasa Sorell lachte kehlig. »Es war das eines anderen. *Eau de Cologne Russe!* Dieses Teufelszeug hat die Wildheit von Kosaken in mir geweckt.«

Leni verbrachte auf Sasa Sorells Einladung hin ihre Mittagspause bei ihr. Sie wohnte im dritten Stock eines alten, aber von Grund auf sanierten Wohnhauses mit Gemeinschaftstoiletten auf der halben Treppe, das den Krieg fast unbeschadet überstanden hatte. Sie hatte vier Zimmer mit schönem dunklem Parkett, ihre Türen und Holzvertäfelungen waren in einem frischen hellen Grünton lackiert und die Wände über und über mit fantasievollen Blumen und Tiermotiven bemalt. »Das hat ein junger

Student der Akademie der bildenden Künste für mich gemacht«, verriet sie Leni beim Kaffee, »als wir anno 1930 eine selige Woche lang die Wohnung nicht verlassen haben. Seitdem residiere ich im Garten Eden.«

»Ganz allein, Frau Sorell?«, fragte Leni.

»Mal mehr, mal weniger«, erwiderte Sasa Sorell und griff in eine Schale mit Schokoladenkonfekt, »aber überwiegend weniger. Und nennen Sie mich Sasa, Herzchen.«

Die Möbel waren bunt zusammengewürfelt, es gab kleine farbige Laternen statt Lampen und zarte, im Wind wehende Vorhänge. Die Einrichtung erinnerte Leni an Bilder aus einem Reiseprospekt, die sie einmal gesehen hatte, an Zelte in der marokkanischen Wüste und Paläste am Meer. Und überall standen alte Fotos von Sasa, die sie in atemberaubenden Kostümen aus wenig Stoff zeigten. Noch vor ein paar Monaten wäre Leni bei ihrem Anblick rot geworden, jetzt fand sie sie pikant.

»Seit wann haben Sie denn Ihre eigene Kosmetik, Herzchen?«, fragte Sasa, als Leni sich die Fotos genauer ansah, und sie erzählte von ihrer Großmutter, ihren gehegten Blumenbeeten, den Kräutern auf versteckten Waldlichtungen, dem Seifensieden in ihrer Küche und von Max und der anstehenden Firmengründung.

»Dann werde ich mal die Werbetrommel für Sie rühren«, versprach Sasa. »Meine Mädchen sind genau die richtige Klientel für Sie, und sie kennen Gott und die Welt. Und unsere Missis Randall hat Kontakt zu Prinzessin Pilar, mit der sie die Freie Selbsthilfe gegründet hat. Da stehen Ihnen der Hochadel, die Münchner Künstlerkreise und die halbe Besatzungsmacht als Kundschaft zur Verfügung.«

»Ich möchte aber nicht aufdringlich sein.«

»Unsinn. Beziehungen muss man nutzen, Herzchen, und sobald Sie Erfolg haben, helfen Sie anderen. Das Leben ist ein Geben und Nehmen.«

Leni dachte an Karl und seine Gotharen. Die unterstützten sich auch ein Leben lang, verschafften sich einträgliche Posten und schmiedeten Karrieren. Sie knüpften einen Teppich aus geeigneten Kontakten und rollten ihn auf ihrem Weg zum Erfolg vor sich aus. Etwas, das Frauen sicher genauso gut konnten – Kolleginnen, Freundinnen und Gleichgesinnte.

»Meine Rede«, stimmte Sasa ihr zu, als Leni es aussprach, »und *wir* müssen dafür nicht einmal mit Säbeln rasseln und komische Mützen tragen.«

Leni verließ Sasa um zwei, weil diese zur Probe mit ihren Mädchen musste, und ging ins Reformhaus zurück, das kurz darauf wieder öffnete. Sie verkaufte an diesem Tag fast alle Produkte der Landmanns Kosmetik, die vorrätig gewesen waren, und Herr Wiedemann versprach ihr am Abend, ihre Kosmetik in sein Sortiment aufzunehmen und einen Artikel über sie und Max im *Reformhaus KURIER* zu lancieren, der landesweit in den Geschäften auslag. Der Tag war also ein voller Erfolg, und dann stand auch noch Karl vor der Tür! Er stieg von seinem Motorrad, las das Plakat im Schaufenster, das Leni angekündigt hatte, und war sprachlos, als sie wenig später mit ihrer neuen Frisur und leuchtend roten Lippen nach draußen kam.

»Herr Bornheim«, sagte sie und hielt etwas Abstand, da sie sich vor Herrn Wiedemann und seiner Geschäftsführerin, die beide noch im Laden waren, nicht wie ein verliebter Backfisch benehmen wollte.

»Ich wollte das Fräulein Landmann abholen. Kommt sie noch?« Karl sah Leni erstaunt an. »Du siehst so anders aus«, sagte er dann.

»Gut anders oder schlecht anders?«

»Wann hast du sie denn abgeschnitten?«

»Vorgestern.«

»Als du das Gespräch mit deinem Chef hattest?«

»Ja.«

»Und wie ist es ausgegangen?«

»Das ist eine längere Geschichte, die erzähle ich dir gleich. Bringst du mich zum Bahnhof?«

»Klar, solange du mich noch lässt. Wenn du erst deinen Führerschein hast, bin ich als Chauffeur ja abgeschrieben.«

»Du bist nie abgeschrieben«, sagte Leni, setzte sich hinter Karl auf die Maschine und schmiegte sich an seinen Rücken. Es fühlte sich noch immer so an, wie bei ihrer allerersten gemeinsamen Fahrt. Aber jetzt war da auch noch diese Vertrautheit, die gewachsen war, seit sie miteinander schliefen, und das unausgesprochene Versprechen, einander treu zu sein, die sie noch enger miteinander verbanden.

Bevor Leni in den Zug stieg, saßen sie noch in der Milchbar am Bahnhof, teilten sich einen Bananen-Shake, und Leni erzählte Karl von ihrem überraschenden Gespräch mit ihrem Chef, wobei sie den Teil, in dem er ihr gebeichtet hatte, nie in London gewesen zu sein, ausließ.

»Ich bin nicht sicher, ob ich dich heute allein in den Zug steigen lassen sollte«, unterbrach Karl sie, als sie dann auch noch ihren Tag bei Wiedemann schilderte, und taxierte ein paar Jungs am Nebentisch. »Die Typen radaren ganz schön.«

»Radaren?«

»Die suchen alle Blickkontakt mit dir, Leni, merkst du das nicht?«

Karl war eifersüchtig! Ihr Freund, dem die Frauen reihenweise hinterherguckten, war tatsächlich eifersüchtig – das war ein tolles Gefühl. »Ich weiß, was du meinst«, sagte sie deshalb. »Heute Morgen habe ich kurz vor Allach sogar einen Heiratsantrag bekommen.«

»Und hast du Ja gesagt?«

»Natürlich. Er hat mir sein Brausepulver geschenkt. Waldmeister«, zog Leni ihn auf.

»Wie alt war er denn?«

»Sieben.«

Karl legte demonstrativ seinen Arm um Leni, als er sie später auf den Bahnsteig begleitete, und sprang dann in der letzten Minute mit in den Zug, nur um vom Walpertshofener Bahnhof aus wieder nach München zurückzufahren.

»Du bist verrückt«, sagte sie, als sie sich dort zum zweiten Mal an diesem Abend von ihm verabschiedete.

»Klar, nach dir.«

»Dann magst du also meine neue Frisur?«, fragte sie noch einmal, denn Karl hatte ihr darauf noch keine Antwort gegeben.

»Ist magniperb«, gab er zu, was so viel hieß wie *magnifique* und *superb*.

Karl zog Leni an sich und fragte sie, ob sie am Sonntag mit ihm zusammen aufs Land fahren würde. »Nur du und ich«, sagte er.

»Der Herr Wiedemann gibt eine große Bestellung auf, das schaffen wir nur, wenn ich am Sonntag im Labor mitarbeite«, entgegnete sie. Diese Chance durfte sie sich nicht entgehen lassen.

»Bitte, Leni, mach eine Ausnahme. Du hast mich schon am Montag versetzt.«

»Ich kann nicht, Karl, wirklich nicht, das ist wichtig.«

»Es ist immer wichtig«, erwiderte er enttäuscht.

»Ich mach's wieder gut«, versprach sie ihm mit einem vielsagenden Blick.

»Wann?«

»Bald.«

Karl nickte und küsste Leni zum Abschied, als Franz Fortner, ein Kunde aus dem Salon ihrer Mutter, an ihnen vorbeilief. »Kommen's jetzt schon aus München, um mit unsere Mädel anzubändeln?«, kommentierte er die öffentliche Liebesbekundung, die sich sicher schnell herumsprechen würde, »Respekt!«, und

Leni wusste, dass es höchste Zeit war, ihrer Mutter und ihrem Bruder von Karl zu erzählen.

*

Charlotte arbeitete nun seit fast zwei Monaten bei der Mang KG und hatte sich mit Elly Stein, einem geschwätzigen Miedermädchen, angefreundet, das sie über den Flurfunk der Firma informierte. Das Getuschel darüber, was sich in der Chefetage zutrug und welches der neuen Mädchen Mang in sein Büro zitierte, um sich dort mit ihr zu vergnügen, oder wen er auf seinen Reisen mit auf sein Hotelzimmer nahm. Dass auch Kurt seine Dienstreisen für außereheliche Begegnungen nutzte, entnahm sie den Spesenabrechnungen, die sie auf dem Schreibtisch ihres Vorgesetzten entdeckt hatte. Quittungen für Abendessen zu zweit auf Kurts Namen und Champagner vom Zimmerservice, obwohl er weder Sekt noch Champagner trank – niemals. Zusammen mit der einen oder anderen Spur Lippenstift auf den Kragen seiner Hemden, die Charlotte Hedy kommentarlos zum Waschen gab, vervollständigte sich das Bild, doch Charlotte empfand keine Eifersucht, im Gegenteil. Jede Nacht, die er mit einer anderen verbrachte, war eine Nacht weniger, in der er sich ihr aufzwang, immer in der Hoffnung, Vater zu werden. Charlotte errechnete die Wahrscheinlichkeit mit der Knaus-Ogino-Methode, mit der sich bei einem regelmäßigen Zyklus des monatlichen Unwohlseins die fruchtbaren und unfruchtbaren Tage einer Frau bestimmen ließen. Das Buch, in der die Methode erklärt wurde, hatte Kurt ihr vor einem Jahr gegeben, und er verlangte seither von ihr, ihren Zyklus in einen Kalender einzutragen. Eine Idee, die womöglich von ihrer Schwiegermutter stammte, die nicht mehr als eine Zuchtstute in ihr sah!

Kürzlich, als Mang Kurt wieder einmal zu Hause besucht hatte und sie sich in sein Arbeitszimmer zurückzogen, hatte

Kurt seine Mutter dazugebeten. Charlotte hatte an der Tür gelauscht, und Hedy hatte sie dabei beobachtet, aber nichts gesagt.
»Hubert expandiert, Mutter, und braucht Kapital. Ich möchte mich mit Vaters Rücklagen bei der Mang KG einkaufen«, hatte Charlotte ihren Mann sagen hören.
»Du weißt, dass das Geld mir gehört, Kurt.«
»Ja, aber es ist totes Kapital.«
»Ihr Sohn wird Komplementär«, hatte Mang Charlottes Schwiegermutter großspurig mitgeteilt. »Er bringt eine Einlage von 250.000 Mark in die Firma ein und wird nach der Kapitalerhöhung ein Viertel der Anteile halten. Das ist ein schönes Stück vom Kuchen.«
»Mutter, dieses Geld muss arbeiten, sonst ist es in ein paar Jahren nichts mehr wert.«
»Ihr musstet die Bilder ja unbedingt verkaufen, dein Vater und du«, hatte diese verbittert entgegnet, und Charlotte hatte aufgehorcht.
»Sie zu behalten wäre viel zu riskant gewesen. Seit die Rückerstattungsgesetze in Kraft getreten sind, können wir von Glück sagen, dass uns niemand das Haus streitig macht.«
»Dieses Haus hat dein Vater rechtmäßig erworben«, hatte sich Kurts Mutter ereifert, »das Haus, die Möbel und die Bilder«, und bei jeder Position mit ihrem Gehstock aufs Parkett geklopft.
»Dieses Haus stammt aus einer Zwangsversteigerung.«
»Das werden wir jetzt nicht diskutieren.«
»Ganz, wie du meinst.«
Therese hatte ihren Sohn betteln lassen. »Bitte, Mutter, ich brauche deine Unterstützung. Die Zeit ist reif, die Mang KG expandiert, und ich will diese Gelegenheit nutzen.«
»Ich werde darüber nachdenken«, hatte sie jovial erwidert, und Charlotte hatte gewusst, dass es nur wieder eines ihres kleinen Machtspiele war, mit denen sie ihren Sohn klein hielt. Den Gesichtsverlust, den Kurt dadurch Mang gegenüber erlitt, würde

er ihr nie verzeihen, auch wenn sie ihm das Geld, das offensichtlich aus dem Verkauf von Kunstwerken stammte, die früher den Rubinsteins gehört hatten, letztlich geben würde.

»Erinnern Sie sich an Gemälde, die früher mal im Haus waren, Hedy?«, hatte Charlotte ihre Haushälterin, die ihr immer mehr zur Vertrauten wurde, wenig später gefragt, und Hedy hatte den Namen Gustav Klimt genannt – »Der hat in Großbuchstaben draufg'standen. Aber Franzosen san aa dabei g'wesen.« Hedy hatte hinter vorgehaltener Hand weitergesprochen. »Es gibt Fotos mit dem alten Herrn Lembke im Salon, wo die Bilder noch da sind, die hab ich amal beim Staubwischen g'sehn.«

»Wo?«

»In der Schreibtischschublade von Ihrem Mann.«

Kurts Schreibtisch war immer verschlossen. Charlotte hatte noch keine Möglichkeit gefunden, ihn, ohne Spuren zu hinterlassen, zu öffnen. Trotzdem fasste sie Mut, denn sie wusste nun, dass sie auf irgendeinem Weg etwas Belastendes finden würde, mit dem sie Kurt erpressen und eine Scheidung erzwingen konnte. Er würde sich, Mang und die Firma, in die er investieren wollte, schützen wollen und einlenken. Ihr ein gutes Arbeitszeugnis ausstellen, mit dem sie anderswo eine Anstellung in einem Büro bekäme, und ihr ihre Ersparnisse zurückgeben. Und ihren Schmuck würde sie auch mitnehmen, vor allem das Diamantarmband, das sie jeden Tag daran erinnerte, warum sie das alles tat.

Heute hatte Charlotte frei. Sie hatte ihrer Schwiegermutter gesagt, dass sie Besorgungen machen müsse, und Hans eine Nachricht in den Briefkasten seiner Vermieter geworfen, dass sie sich mit ihm im Englischen Garten treffen wolle. *Komm um drei, wenn Du kannst. Ich werde auf Dich warten*, hatte sie ihm geschrieben.

Jetzt saß sie an einem der mit karierten Tischtüchern eingedeckten Tische des Biergartens am Chinesischen Turm in der Sonne und betrachtete die hohe, hölzerne Pagode, deren Stockwerke mit umlaufenden Schindeldächern überspannt waren. Das ungewöhnliche Wahrzeichen des Englischen Gartens war schon im 18.Jahrhundert gebaut worden, aber im Krieg vollständig abgebrannt. Der »China-Turm«, um den herum die Münchner nun wieder an jedem halbwegs schönen Tag ihre Maßkrüge stemmten, war ein originalgetreuer Nachbau.

In diesem Jahr war es Ende April noch kühl. Charlotte trug deshalb einen Staubmantel über ihrem Kostüm und dazu eine Handtasche, die Hermès neuerdings Kelly Bag nannte, da sich die Hollywood-Schauspielerin Grace Kelly, die den Fürsten von Monaco geheiratet hatte, oft mit diesem Modell zeigte. Vom alten Kinderkarussell klang die Musik der Walzenorgel zu ihr herüber, und sie hörte das Lachen der Kleinen, die in bunt bemalten Kutschen und auf exotischen Tierfiguren ihre Runden drehten. Charlotte machte es seltsam traurig, denn ein Teil von ihr sehnte sich danach, Mutter zu sein, nur keine, die mit Kurt verheiratet war.

»Darf ich?«, fragte Hans und setzte sich zu ihr an den Tisch.

»Du bist gekommen«, sagte sie erleichtert.

»Natürlich. Ich mache mir seit Wochen Sorgen. Warum bist du einfach gegangen?«

»Weil ich nicht bei dir bleiben konnte.«

»Bist du zu ihm zurückgegangen?«

»Ich muss an meine Zukunft denken.«

»Und wie sieht die aus?«

Eine Kellnerin kam an ihren Tisch, und sie bestellten eine Radler-Maß und einen Brotzeitteller, den sie nicht anrührten, so vertieft waren sie in ihr Gespräch.

Charlotte erzählte Hans an diesem Tag jedes noch so erniedrigende Detail ihrer Ehe. Es auszusprechen war leichter, seit sie auch mit Sasa darüber gesprochen hatte, die ihr spontan angeboten hatte, sie könne zu ihr ziehen. »Du schläfst fürs Erste auf der Couch, Lotte-Schatz«, hatte sie zu ihr gesagt und sie zum Trost mit Konfekt gefüttert.

»Und was versprichst du dir von der Arbeit in der Firma deines Mannes?«, fragte Hans Charlotte voller Unverständnis, und sie holte das kleine schwarze Buch aus ihrer Handtasche, in dem sie jeden Hinweis notierte, den sie fand, egal, wie nichtig er ihr erschien.

»Ich suche dort nach Unregelmäßigkeiten in den Büchern. Schwarzgeld, Schmiergelder, Steuerhinterziehung oder irgendwelche anderen Straftaten, um ihn zu zwingen, sich zu meinen Bedingungen von mir scheiden zu lassen.« Charlotte sah sich um, ob es Zuhörer gab, aber am Nebentisch saß niemand. »Bitte, Hans, versteh das doch«, flehte sie, »ich muss doch nach der Scheidung für mich sorgen können.«

»Ich sorge für dich«, sagte er.

»Wie denn? Du studierst.«

»Ich gehe mit der Munich Jazz Combo auf Tournee, sobald ich die Klinische Prüfung hinter mir habe, und dann komme ich für mich selbst auf«, versprach ihr Hans. »Und für dich.«

»Hast du das denn schon mit Leni und deiner Mutter besprochen?«

»Nein, es hat sich noch nicht ergeben.«

»Glaub mir, Hans, Leni wird es verstehen«, versuchte sie, ihm Mut zu machen. »Sie hat selbst große Träume.« *Und auch etwas auf dem Herzen, das sie dir beichten möchte*, dachte Charlotte, doch sie sagte es nicht, um Lenis Vertrauen nicht zu missbrauchen. Der Brotzeitteller war noch immer unberührt. »Hast du gar keinen Hunger?«

»Nein ...«

»Machst du dir Sorgen?«

»Natürlich! Das alles kann Monate dauern, Charlotte!«, sagte Hans mit bebender Stimme. »Und was ist, wenn er dich in der

Zwischenzeit wieder verletzt? Oder wenn du doch von ihm schwanger wirst?«

»Manchmal glaube ich, dass ich gar nicht schwanger werden kann.«

Die beiden spazierten noch eine Weile durch den Englischen Garten und bauten Luftschlösser. Malten sich aus, wie es sein würde, wenn Charlotte geschieden wäre, sie heirateten und zusammenzögen, was angesichts der Tatsache, dass in München immer noch fast achtzigtausend Menschen auf Wohnungssuche waren, jeder Realität entbehrte. Zwar hatten die Amerikaner für die von ihnen beschlagnahmten Wohnungen mittlerweile Ersatz geschaffen, aber es zogen auch immer mehr Menschen hierher.

»Wir könnten auf dem Land leben«, sagte Charlotte, »und uns dort ein Haus bauen.«

»Ich weiß nicht, ob ich noch so lange warten kann«, gestand ihr Hans. Sie standen jetzt am Fuß des Monopteros. An wärmeren Tagen wurde der Ziertempel von Studenten, Müttern mit kleinen Kindern und Rentnern umlagert, die sich zwischen den schnatternden Wildgänsen auf dem Rasen niederließen.

»Das musst du auch nicht«, meinte sie und dachte an ihr Gespräch mit Sasa, der sie nicht nur von dem Martyrium ihrer Ehe, sondern auch von Hans erzählt hatte. Wer, wenn nicht sie, hätte Verständnis für diese Liebe?

»Wie meinst du das?«, fragte Hans, und Charlotte zog den Zettel mit seiner Adresse aus ihrer Handtasche, den er ihr in der Ambulanz des Krankenhauses gegeben hatte. Jetzt stand eine zweite Adresse auf der Rückseite. »Das ist Sasas«, sagte sie. »Du hast sie auf dem Oktoberfest kennengelernt.«

»Ich erinnere mich.«

»Wir können uns dort treffen, bei ihr.«

»Wann?«

»Immer mittwochs, am Nachmittag, da arbeitet sie mit ihren Mädchen an neuen Choreografien, und ich sage zu Hause, dass ich mich mit ihr zum Kaffee treffe oder wir gemeinsam einkaufen gehen. Sie wird uns decken.« Das hatte Sasa Charlotte versprochen – »Solange du mir versprichst, dass du vorsichtig bist, Lotte-Schatz«.

»Und du meinst, wir …«

Hans sprach es nicht aus, aber Charlotte schon: »Wir können dort zusammen sein, wenn du das willst.«

20

Es war seit zwölf Jahren der kälteste Mai-Anfang. Die Blüten vieler Obstbäume waren erfroren, doch Leni ließ sich ihren einundzwanzigsten Geburtstag nicht von den Temperaturen verderben und genoss schon beim Aufstehen das kribbelige Gefühl des Neuanfangs, das sie so liebte. Sie wusch sich, zog sich an und nahm dann vor dem Spiegel die Klammern aus den Haaren, mit denen sie sie jetzt jeden Abend vor dem Schlafengehen zu Sechserlocken eingedreht fixierte, damit sie am Morgen mehr Volumen hatten und nicht in alle Richtungen abstanden. Frauen mit längerem Haar benutzten auch Papiertaschentücher, auf die sie die einzelnen Strähnen aufrollten und dann die Enden locker verknoteten, oder schliefen auf Lockenwicklern, was Leni ziemlich unbequem fand.

Ihre Mutter hatte am Vortag einen Gugelhupf für sie gebacken, der jetzt neben ihrem Geschenk und den allerersten Pfingstrosen aus dem Garten auf dem Küchentisch stand. »Alles Gute zum Geburtstag, Leni«, sagte ihre Mutter, als sie zum Frühstück herunterkam, »jetzt bist endlich volljährig. Bist aufg'regt?«

»Nur wegen der Führerscheinprüfung. Ich muss um neun in Dachau sein.«

»Dein Vater is früher immer ohne Fahrerlaubnis g'fahrn, da hat ma des no net so genau g'nommen.«

»Mein Fahrlehrer hat mir von einem Mann erzählt, der die Prüfung letztes Jahr am Parkplatz vor dem Opel Fischer abgelegt hat, bevor er sein neues Auto mitgenommen hat, ohne dass er vorher in der Fahrschule gewesen wäre.«

»Du hast es ja auch recht schnell g'lernt.«

»Ich habe jemanden gehabt, der mit mir geübt hat«, beichtete Leni ihrer Mutter, denn heute war der Tag, an dem sie ihr Karl als ihren Freund vorstellen wollte. Hans und er, Frieda und Schorsch wollten Leni nach der Fahrprüfung zu einer kleinen Landpartie abholen, um dann am späten Nachmittag – Lenis Mutter hatte heute extra ab vier Uhr keine Termine mehr angenommen – noch bei ihr zu Hause mit ihr zu feiern.

»Wen denn?«

»Den Karl, den Freund vom Hans.«

»Der dir die Postkarte aus Italien g'schrieben hat? Der mit dem Auto von seiner Mutter?«

»Ja.«

»Aha.«

»Er kommt heute Nachmittag mit dem Hans zu uns, und die Frieda und der Schorsch sind auch dabei«, sagte Leni und wartete gespannt, wie ihre Mutter reagierte.

»Hast du net g'sagt, dass die Ursel kommt?«

»Die muss kochen und kann erst weg, wenn ihr Mann zu Abend gegessen hat und fernsieht, sagt sie.«

»Schad, dass du net auf ihrer Hochzeit warst.«

Sie hat mir gar nicht richtig zugehört, dachte Leni, sonst würde sie doch jetzt nicht über die Ursel und ihre Hochzeit reden. »Sie haben ja nur ganz klein gefeiert, Mama«, entgegnete sie, »mit der Familie und den Trauzeugen, weil sie auf neue Möbel sparen.«

»Des machst du amal anders, Leni, gell?« Ihre Mutter klang hoffnungsfroh, und Leni sah in ihren Augen schon die ganze Zeremonie vor sich ablaufen. Wie Hans sie in Sankt Georg zum Altar führte, ihren Zukünftigen, der vorn auf sie wartete, das weiße Kleid, der Blumenschmuck, die Gäste und die Vorfreude auf die Enkelkinder, die schon in der Luft lag. Im Buffet in der guten Stube hatte ihre Mutter ein Einweckglas stehen, in das sie seit der Währungsreform Kupferpfennige warf, um damit einmal Lenis Brautschuhe zu kaufen.

Leni schenkte sich und ihrer Mutter Kaffee ein und schnitt zwei Stücke vom Kuchen ab. »Sandkuchen«, sagte sie, »den hat früher immer die Oma gebacken.«

»Dann kannst deinem B'such heut Nachmittag gleich was anbieten«, meinte Käthe. »Meinst, sie mögen ihn?«

»Der Karl bestimmt.«

»So, so, der Karl ... der Freund vom Hans ...«

»Mama«, sagte Leni nun mutig, »der Karl ist mein fester Freund.«

»Fest? Seit wann?«

»Schon länger. Deshalb hat er auch mit mir Fahren geübt.«

»Und was heißt ›fest‹?«

»Dass wir zusammen sind.«

Käthe wurde plötzlich blass. »Leni, du hast doch hoffentlich net ...«

»Nein, Mama, natürlich nicht!«, log sie, da ihre Mutter aus allen Wolken gefallen wäre, wenn sie ihr gesagt hätte, dass sie mit Karl schlief. So wie Hans wahrscheinlich aus allen Wolken gefallen war, als Karl ihm gestern von sich und ihr erzählt hatte. Zumindest hatten Leni und er es so ausgemacht – Karl würde mit Hans sprechen, Leni mit ihrer Mutter, und dann gab es ab sofort keine Geheimnisse mehr. Fast keine ...

»Kennst du denn seine Eltern?«, wollte ihre Mutter wissen, denn das war für sie ein Gradmesser ernster Absichten.

»Nein, noch nicht. Aber der Hans kennt sie.«

»Und wann will er dich ihnen vorstellen?«

»Mama, wir sehen uns doch nur hin und wieder und unternehmen was zusammen. Wir haben uns gern, aber wir haben nicht vor, gleich zu heiraten, so wie die Ursel.«

Leni nahm ihr Geschenk vom Tisch und packte es aus, während ihre Mutter nachdenklich in ihrer Kaffeetasse rührte. Es waren schimmernde Perlenohrringe in einem alten Etui.

»Die ham früher amal meiner Mutter g'hört«, sagte ihre

Mutter. »Ich hab sie zu meiner Hochzeit getragen.« Das Thema lag heute wohl in der Luft.

»Warum kenne ich die denn gar nicht?«

»Weil ich sie erst wieder anziehen wollt, wenn dein Vater z'rückkommt.«

»Ich tue sie in mein Schubfach in der Kommode«, sagte Leni.

»Nein, du trägst sie. Des is doch ein Schmarrn, wenn ma des schöne Sach immer wegsperrt, und am End hat's keiner ang'habt.«

Lenis Mutter machte sich wenig später auf in die Kolonie zu ihrer ersten Kundin und Leni nach Dachau zur Fahrprüfung, ohne dass sie noch einmal über Karl gesprochen hatten. Aber vielleicht gab es ja auch gar nicht mehr zu sagen.

Die mündliche Prüfung, in der die Verkehrszeichen und Vorfahrtsregeln abgefragt und gefährliche Situationen im Straßenverkehr mit kleinen Modellautos nachgestellt wurden, begann um neun. Da es mehrere Prüflinge gab, musste Leni auf ihre einstündige Prüfungsfahrt quer durch die Stadt und übers Land auf die Autobahn dann zwei Stunden warten. »Was tun Sie, bevor Sie losfahren?«, war die erste Frage ihres Prüfers, einem Herrn Grasmüller, als sie endlich in den zweitürigen DKW einstieg.

»Ich sehe in die Spiegel.«

»Sehr richtig. Rückspiegel und Außenspiegel, und das nicht, um ihren Lippenstift nachzuziehen, sondern …«

»… um den fließenden Verkehr zu beobachten«, unterbrach ihn Leni, denn ihr Lippenstift, den ihre Mutter genauso wenig mochte wie ihre neue Frisur, war ohnehin perfekt!

Leni fuhr vorschriftsmäßig und umsichtig. »Sie dürfen schon Gas geben«, meinte Grasmüller, als sie auf der Stuttgarter Autobahn waren, »und jetzt bitte mal überholen.«

Vor ihrem Wagen bummelte ein Kleinlaster. Sie sah in den Rückspiegel, setzte den Blinker, zog links hinüber, geriet mit dem Vorderreifen fast auf den Grünstreifen zwischen ihrer und der Gegenfahrbahn, lenkte im letzten Moment mit schnellem Herzschlag dagegen, setzte erneut den Blinker und reihte sich vor dem Laster wieder ein. Aus den Augenwinkeln registrierte sie einen strengen Blick. Kurz wurde sie nervös, aber dann dachte sie an ihre Gesellenprüfung und ihren Probetag im Salon am Hofgarten und dass das hier im Gegensatz dazu ein Kinderspiel war.

Zurück an der Fahrschule musste Leni den DKW am Straßenrand zwischen zwei anderen Autos einparken, was sie mit Karls VW Käfer mehrfach geübt hatte, aber der Fahrschulwagen war länger und schwerer. Leni schaffte es trotzdem mit großer Kraftanstrengung beim ersten Mal, stellte erleichtert den Motor ab und sah ihren Prüfer fragend an.

»Die Theorie haben Sie bestanden«, sagte der, »aber auf der Autobahn hätte Ihnen etwas mehr Entschlossenheit nicht geschadet, Fräulein Landmann. Und Augenmaß«, setzte er noch nach.

»Ich weiß.« Leni lächelte tapfer.

»Aber alles in allem haben Sie das Fahren schon recht gut verinnerlicht für eine Frau.«

»Ich fahre wirklich gern.«

»Dann gratuliere ich Ihnen«, sagte Grasmüller und nahm aus seiner Aktentasche den begehrten grauen Stofflappen, füllte die Zeilen mit Lenis Daten aus – »Oh, Sie haben heute Geburtstag, Fräulein Landmann, meinen Glückwunsch!« –, brachte das nagelneue Passfoto, auf dem sie schon die kurzen Haare hatte, mit einer Zange und zwei Lochnieten an, unterschrieb und drückte seinen Stempel auf. »Hiermit erhalten Sie die Fahrerlaubnis für Verbrennungsmaschinen der Klasse drei«, erklärte er, als er Leni den Schein aushändigte, »und dürfen künftig Personenwagen, Kleinlaster bis sieben Komma fünf Tonnen, Motorräder und landwirtschaftliche Zugmaschinen lenken.«

»Ich darf jetzt Traktor fahren?«, fragte sie amüsiert.

»So ist es.«

Leni stieg mit wackeligen Beinen aus dem Wagen und entdeckte vor der Fahrschule ihren Bruder, Karl, Frieda und Schorsch – sie waren alle gekommen!

»Hast du ihn?«, fragte Hans sie aufgeregt, als sie auf sie zulief, und Leni zückte stolz den Schein.

»Ich gratuliere!«

»Danke, Hans.«

»Und zum Geburtstag natürlich auch.«

Hatte Karl schon mit ihm gesprochen? Leni versuchte, es ihrem Bruder vom Gesicht abzulesen, als Karl sie zur Begrüßung freundschaftlich auf die Wange küsste. Sein Geschenk hatte er ihr schon vor Tagen gegeben, damit sie es gleich in der Früh nach dem Aufstehen auspacken konnte. Es war eine krapprote Abendhandtasche aus Satin, die zu den Farben seines Corps passte und die Leni zum Stiftungsball mitnehmen würde. Charlotte hatte ihr versprochen, ihr ein Kleid und Schuhe zu leihen, da sie nur wenig größer war als Leni und die gleiche Schuhgröße hatte. »Du wirst die schönste Frau auf diesem Ball sein«, hatte sie zu ihr gesagt, »wir stecken dich in die Robe von Givenchy, die Kurt mir zum letzten Hochzeitstag geschenkt hat. Das wird deinem Karl und seinen Eltern die Sprache verschlagen.«

»Erlaubt dein Mann das denn? Dass du das Kleid verleihst?« Leni hatte aufgrund von Charlottes Erzählungen manchmal den Eindruck, dass er kein besonders umgänglicher Mensch war. Und dann war da die Sache mit Charlottes Haushaltsunfall gewesen, und einmal war Leni im Salon aufgefallen, dass Charlottes Handgelenke merkwürdig gerötet waren, als hätte sie jemand mit Gewalt festgehalten. Sie hatte nicht den Mut gehabt, ihre Freundin darauf anzusprechen, denn womöglich irrte sie sich, wenn sie dachte, Charlottes Mann wäre daran schuld.

»Es wird ihm gar nicht auffallen«, hatte Charlotte ihre Sorge abgetan. »Das Kleid geht offiziell in die Reinigung und kommt ein paar Tage später wieder zurück.«

Frieda und Schorsch gratulierten Leni nun auch und staunten – wie Hans – über ihre neue Frisur.

»Das sieht wirklich sehr hübsch aus, Leni«, sagte Schorsch.

»Absolut«, meinte Frieda, der eine Kommilitonin aus dem Studentenwohnheim die Haare schnitt, »aber wo bleibt meine Absage an gängige Schönheitsideale, wenn jetzt schon Hollywoodstars ihre Haare so kurz tragen?«

»Das ist Pech, was, Frieda?«, zog Karl sie auf. »Bald bist *du* die, die Autogramme schreiben muss. Setz lieber die Sonnenbrille auf, sonst halten dich die Leute noch für Shirley MacLaine.«

»Touché!«, gab sich Frieda, die Karl sonst immer mit seiner Ähnlichkeit mit James Dean aufzog, geschlagen.

»Das ist so nett, dass ihr alle gekommen seid«, unterbrach Leni das Geplänkel und lächelte Schorsch an, den sie seit ihrem gemeinsamen Besuch auf dem Weihnachtsmarkt nicht mehr gesehen hatte. Damals hatte er ihr den Schal geschenkt, der so weich war wie Franks Fell.

»Wir nutzen die Ruhe vor dem Sturm«, erklärte Frieda, »denn nach den Prüfungen geht's ab in die Leibeigenschaft.«

»Hast du schon eine Assistenzarztstelle?«, fragte Leni sie.

»Sogar zwei und beide in München. Ich muss mir nur noch überlegen, wo ich mehr Schaden anrichten kann.«

»Deine Probleme möchte ich haben«, meinte Karl.

»Und du, Schorsch?«

»Ich gehe nach Stadelheim. Die haben nicht so viele Bewerber.«

»Du willst ins Gefängnis?«

»Auf die Krankenstation, ja, warum nicht?«

Hans hatte Leni erzählt, dass Assistenzstellen, obwohl ganz überwiegend unbezahlt, handverlesen waren. Nur die Besten des

Abschlusssemesters bekamen Stellen an Münchner Kliniken, die anderen mussten die Stadt und oft sogar das Bundesland verlassen. Er und Karl hatten beide noch keine Zusage, ihre Noten waren nicht gut genug, wobei Karl mithilfe seines Vaters bestimmt noch irgendwo unterkommen würde. Hans hingegen würde nicht in München bleiben können. Ein Gedanke, der Leni traurig machte.

Die Sonne schien von einem wolkenlosen Himmel, und auch wenn es kühl war, hatte Karl für Leni und seine Freunde ein Picknick organisiert. »Ich dachte mir, wir setzen uns zur Feier des Tages an die Autobahn ins Grüne und raten, welches flotte Chromobil Leni später mal fahren wird«, sagte er und nahm sie in den Arm. »Wir machen ›Autokino‹.«

»Picknick an der Autobahn?«, fragte Frieda nach. »Bist du jetzt zum Spießer mutiert? So was machen Vati und Mutti am Wochenende mit den lieben Kleinen und nehmen Campingstühle und ein Tischdeckchen mit.«

»Ich habe nur Decken zum Draufsetzen dabei«, entgegnete ihr Karl gelassen, »und Bier. Leni, du fährst.« Karl hielt ihr den Autoschlüssel hin.

»Mit dem Auto deiner Mutter?«

»Klar, warum nicht?«

»Und wenn was passiert?«

»Was soll schon passieren? Die haben dir doch gerade attestiert, dass du fahren kannst. Wir müssen nur vorher noch bei einem Säulenheiligen vorbei, der Tank ist leer.«

Karl auf dem Beifahrersitz und Hans, Frieda und Schorsch auf dem Rücksitz, parkte Leni den Käfer souverän aus. Bisher war sie immer nur heimlich damit gefahren. Jetzt lenkte sie ihn in aller Öffentlichkeit durch die Straßen zur nächsten Tankstelle und dann weiter Richtung Bergkirchen und Palsweis, und fühlte sich wie eine Pionierin. Zwar hatten seit dem Krieg viele Frauen eine Fahrerlaubnis, aber die meisten benutzten sie nicht mehr und begnügten sich mit dem Beifahrersitz.

Leni stellte den Wagen auf einem Feldweg ab, der parallel zur Stuttgarter Autobahn verlief, und Karl lud aus dem kleinen Frontkofferraum des Käfers Decken und einen Picknickkorb aus, in den Gertie belegte Brote, Fleischpflanzerl, Bier und Limonade gepackt hatte. »Sie hat auch einen Schokoladenkuchen für dich gebacken, Leni«, sagte er.

Während Karl mit Frieda und Schorsch in einer Wiese neben der Fahrbahn die Decken auslegte und den Korb ausräumte, ging Leni mit ihrem Bruder ein paar Schritte den Feldweg entlang.

»Du weißt es jetzt, nicht wahr?«, fragte sie.

»Das mit Karl und dir?«

»Ja.«

»Er hat es mir gestern gesagt.«

»Und was meinst du dazu?« Leni wünschte sich so sehr, dass ihr Bruder sich für sie und seinen Freund freute.

»Dass er nicht der Richtige für dich ist.«

»Das haben wir uns schon gedacht.« Sie sah ihn enttäuscht an.

»Deshalb haben wir es auch solange vor dir verheimlicht.«

»Weißt du überhaupt, wie viele Freundinnen er schon gehabt hat, Leni?«

»Ja, er hat es mir erzählt. Aber mich hat er nicht in irgendeinem Club aufgegabelt, und deshalb behandelt er mich auch nicht so«, versuchte sie, ihren Bruder zu überzeugen. »Das ist nicht nur eine kurze Affäre, Hans, wir lieben uns.«

»Dann versuche ich wohl besser, mich an den Gedanken zu gewöhnen«, erwiderte er. »Aber wenn er dich nicht gut behandelt, dann bringe ich ihn um. Und Schorsch macht das auch und Frieda sowieso.«

»Das ist sehr lieb von euch, aber bestimmt nicht nötig.«

»Das sagt Karl auch.«

Hans und Leni setzten sich ein Stück von den anderen entfernt auf einen großen Findling, der am Wegrand lag. Unweit von ihnen düngte in Bauer sein Feld. Das Klopfen des Einzylinders seines Traktors mischte sich mit den Fahrgeräuschen der Autobahn. Alle paar Minuten fuhr dort ein Wagen oder Laster über die Betonplatten.

»Unterstützt du mich heute Nachmittag, wenn ich Karl unserer Mutter vorstelle?«, fragte Leni ihren Bruder. »Ich meine, sie kennt ihn ja schon, aber eben nicht als meinen Freund. Und er will sie fragen, ob ich mit ihm auf das Stiftungsfest seines Corps gehen darf.«

»Du willst da wirklich hin? Das ist ein ganz schön konservativer Verein.«

»Natürlich. An dem Abend lerne ich doch seine Eltern und seinen Bruder kennen.«

»Geht das nicht alles etwas schnell?«

»Wir haben ja nicht vor, uns zu verloben, wir wollen uns nur nicht mehr verstecken müssen. Bitte, Hans«, flehte Leni ihn an, »ich brauche dich.«

Hans nickte und schwieg. Sie hatte das Gefühl, dass er ihr noch etwas sagen wollte, sich aber nicht traute. Sie kannte diesen Blick von früher, wenn sie gemeinsam im Baumhaus gesessen und sich Geheimnisse erzählt hatten. Kleine Lebensbeichten von schlechten Noten oder eingeworfenen Fensterscheiben oder dass Hans die Liesl, mit der er zur Schule gegangen war, geküsst und sie ihn hatte abblitzen lassen und dass Leni auf ihrer Floßfahrt mit dem Katzlmeier Fritz gekentert war. Dinge, die sie ihrer Mutter nicht erzählen konnten.

»Kommt ihr heute noch?«, rief Karl zu ihnen herüber. »Das Bier wird warm, und gerade ist ein Wahnsinnsporsche 356 vorbeigeflitzt. Der wäre was für dich, Leni!«

»Seit wann gefallen dir Sportwagen?«, fragte Hans, als sie zurückgingen. »Ich hätte dich mehr für den Isetta-Typ gehalten.«

»Das merkt Karl schon noch«, antwortete sie und lachte.

»Spätestens wenn er Chefarzt ist und ich ihn mit so einer Knutschkugel vom Krankenhaus abhole.«
»Bist du sicher, dass du nicht ans Heiraten denkst?«, fragte Hans sie besorgt.
Karl rief unvermittelt »Hey, ihr Piepels, die Italiener kommen!«, und deutete auf zwei Topolinos, einen weinroten und einen grauen mit offenem Faltdach, die sich mit vierzehn Pferdestärken ein Rennen lieferten. »Die lahmen Enten werden in Turin gebaut, die schaffen keine hundert Sachen«, wusste er.
»Warst du da schon mal?«, fragte ihn Leni, die sich mit Hans zu ihm setzte.
»Nein, da gibt es nur Industrie und Reisfelder. Ich war in Rom und Florenz.«
»In Rom? Da, wo Audrey Hepburn mit Gregory Peck *Ein Herz und eine Krone* gedreht hat?«
»Meine Mutter hat uns an jeden Drehort geschleppt, der in dem Film vorgekommen ist«, erzählte Karl, »einschließlich diesem komischen Mund der Wahrheit, der dir die Hand abbeißt, wenn du lügst.«
»Wie ich sehe, hast du deine noch«, meinte Frieda, »da muss was schiefgelaufen sein.«
»Sehr witzig.«
»Ein wenig undurchsichtig bist du schon, mein Freund.«
»Ach ja?«
»Nehmen wir nur mal die Sache mit dir und Leni. Dürfen wir das jetzt eigentlich alle wissen, oder ist es immer noch ein schlecht gehütetes Geheimnis?«
Karl sah Hans an, und der nickte. »Ihr dürft es wissen«, sagte er daraufhin und küsste Leni zum allerersten Mal vor den anderen auf den Mund.
Ein besseres Geschenk hätte ihr niemand zu ihrem einundzwanzigsten Geburtstag machen können, mit keinem Geld der Welt! Leni legte ihre Hand auf ihr silbernes Kettchen, das sie

umgelegt hatte, bevor sie nach Dachau gefahren war, und jetzt nie wieder abnehmen würde, und sah Karl zärtlich an. Und hätte Frieda nicht in der Sekunde auf einen voll besetzten VW-Bus gezeigt, aus dessen Autoradio durch die geöffneten Fenster Rock 'n' Roll-Musik ertönte, und gerufen »Der da!« – wobei ihr Limonade aus der Nase schoss und alle sich vor Lachen bogen –, hätte Leni Karl gesagt, dass sie ihn liebte. »Mit so einem fahren wir ans Meer, bevor die Prüfungen losgehen«, erklärte Frieda ihre Begeisterung für den Bulli, als sie wieder Luft bekam. »Was sagt ihr dazu?«

»Meinst du das ernst?«, wollte Schorsch wissen.

»Klar. Wir sollten ein bisschen auf Vorgriff leben. Bist du dabei, Leni?«

»Wann?«

»Na, wenn das Semester um ist. Wir nehmen meine Lernkarten mit, pauken irgendwo am Strand und schlafen im Zelt.«

»Ich müsste fragen, ob ich schon Urlaub bekomme«, sagte Leni und stellte sich vor, wie schön es wäre, mit Karl am Meer zu sitzen.

»Und wie sollen wir das finanzieren?«, fragte Hans.

»Ich glaube, ein gewisser Trompeter hat etwas auf der hohen Kante«, entgegnete ihm Frieda, und Hans warf ihr einen warnenden Blick zu.

»Oder auch nicht. Wir müssen es ja nicht gleich entscheiden«, machte sie einen Rückzieher und wechselte dann abrupt das Thema. »Weißt du denn schon, wen du im September wählen wirst, Leni?«

Hatte sie da irgendetwas nicht mitbekommen? »Du meinst bei der Bundestagswahl?«, fragte Leni und nahm sich vor, ihren Bruder später noch einmal auf ihre Anspielung anzusprechen.

»Klar, jetzt, wo du endlich volljährig bist.«

Leni überlegte. Sie unterhielt sich manchmal mit Kundinnen des Salons über Politik und hörte auf dem Weg ins Lager den Herren zu, wenn sie zwischen Rasierschaum und Pomaden das Tagesgeschehen kommentierten – Ministerialbeamte, Angehörige des amerikanischen Militärs und Geschäftsleute. Die Sozialdemokraten waren gegen die Wehrpflicht und Atomversuche, weshalb der Münchner Stadtrat erst letzte Woche beschlossen hatte, Albert Schweitzers Appell an die Großmächte zu unterstützen. Der Friedensnobelpreisträger hatte gesagt, dass es eine »Gedankenlosigkeit und Torheit« sei, durch immer neue Atomexplosionen die Radioaktivität weiter zu steigern, und dass die Öffentlichkeit wachgerüttelt werden müsse. Das verstand Leni, denn es war nicht so kompliziert wie die Suez-Krise, die europäische Kolonialpolitik oder der Ungarn-Aufstand, den die Flüchtlinge in Hebertshausen an den Radios mitverfolgt hatten. Gegen Krieg und Unterdrückung in der Welt mussten alle etwas tun, davon war Leni überzeugt. Andererseits mochte sie den Rabl Schorsch sehr gern, den Hebertshausener Bürgermeister, und der war bei der CSU, und Adenauer, der ihnen den wirtschaftlichen Aufschwung bescherte, von dem auch sie mit ihrer Gehaltserhöhung profitierte. Die künftige Geschäftsfrau in ihr sympathisierte mit dieser Regierung, obwohl die für die Aufrüstung und damit auch für Atomversuche war. Welche Partei würde sie also wählen?

»Ich berufe mich aufs Wahlgeheimnis«, erklärte Leni diplomatisch, als ein VW Käfer, der ins Schlingern geriet, direkt auf sie zuraste. Der Fahrer – offensichtlich ein betagter Herr – versuchte zu bremsen und kam nur wenige Meter hinter ihrem Picknickplatz, halb in der Wiese, zum Stehen. Schorsch lief sofort los, um nach ihm zu sehen.

»Ich glaube, ein Reifen ist geplatzt!«, sagte der Herr, als er verängstigt ausstieg.

Schorsch sah sich den Wagen an. »Stimmt, vorne links«, stellte er fest. »Ist mit Ihnen alles in Ordnung?«

»Ja, danke, junger Mann, mir fehlt nichts. Ich habe mich nur ordentlich erschrocken.«

»Sie sollten sich kurz hinsetzen«, meinte Schorsch. Mittlerweile waren auch die anderen dazugekommen.

»Nehmt ihr den Herrn mit und gebt ihm etwas zu trinken?«

»Schimmelpfennig«, stellte sich der Mann mit dem schütteren grauen Haar vor, »Jakob Schimmelpfennig.« Er sah bekümmert aus. »Was mache ich denn jetzt nur? Ich muss um drei in Augsburg sein.«

»Haben Sie ein Reserverad dabei?«, fragte Schorsch. »Darf ich?« Er entriegelte die Haube des Kofferraums, öffnete ihn und blickte ins Leere.

»Ach, herrje!« Herr Schimmelpfennig seufzte.

»Wir könnten deines nehmen, Karl«, schlug Schorsch vor.

»Das wird meiner Mutter aber nicht gefallen.«

»Ihr tauscht eure Adressen aus und regelt das«, sagte Schorsch. »Wir können den netten Herrn doch nicht hier sitzen lassen.«

»Irgendwo kommt sicher eine Notrufsäule, da können wir doch den ADAC verständigen.«

»Wozu, wenn wir schon da sind?«, fragte Schorsch.

»Jetzt rück den Reifen schon raus, Karl!«, mischte sich Frieda ein.

»Ach, bitte, ich möchte Ihnen wirklich keine Unannehmlichkeiten bereiten.«

»Das sind keine Unannehmlichkeiten«, sagte Schorsch. »Sie setzen sich, und ich ziehe das Ersatzrad auf. Ist in zehn Minuten erledigt.«

Leni ließ es sich nicht nehmen, Schorsch beim Radwechsel zuzusehen. Falls sie selbst einmal irgendwo liegen blieb, war das sicher eine nützliche Fertigkeit.

Schorsch nahm die verchromte Zierblende ab, lockerte die Schrauben, setzte dann den Wagenheber aus Karls Käfer an der dafür vorgesehenen Vierkantöffnung an, denn Herr Schimmelpfennig hatte nicht einmal sein Bordwerkzeug dabei, und bockte den Wagen auf. Hans stand ein Stück hinter ihnen an der Straße und bedeutete den vorbeifahrenden Autos, dass sie abbremsen und sich links halten sollten, damit Schorsch und Leni nichts passierte. Während Schorsch die Radmuttern löste, das Rad abnahm und das neue aufzog, stellte sie ihm immer wieder Fragen. »Willst du die Muttern anziehen?«, fragte er sie deshalb.

»Kann ich das denn?«

»Natürlich kannst du das. Und dann lässt du das Auto wieder runter.«

Leni war begeistert. Sie brachte am Schluss sogar noch die Zierblende wieder an, und Schorsch lud das kaputte Rad in Herrn Schimmelpfennigs Kofferraum. »Wo hast du das gelernt?«, fragte sie, als sie zu den anderen zurückgingen.

»Da, wo wir früher gewohnt haben, war eine Autowerkstatt nebenan. Da habe ich als Kind oft zugesehen.«

Leni stutzte. »Du hast da was Schwarzes auf deinem Hemd«, sagte sie zu Schorsch, »und im Gesicht.«

»Wo?« Er wischte sich über die rechte Wange.

»Na, da.« Leni deutet auf seine linke, aber Schorsch verteilte die Schmiere nur noch mehr.

»Lass mich«, sagte sie und rieb mit ihrem Daumen darüber.

»Ist es jetzt besser?«

»Besser verteilt«, meinte Leni und versank in Schorschs grauem Blick. Er erzählte ihr wieder diese Geschichte, für die Schorsch keine Worte fand. Hatte sie mit dem Ort zu tun, an dem man ankommen konnte, wenn man gar nichts mehr hatte und nachts das Licht brannte? Leni beschloss, ihn irgendwann danach zu fragen. Vielleicht, wenn Schorsch nicht mehr so verletzt war, weil er sie gernhatte und sie Karl liebte.

21

Lenis Mutter war schon zu Hause, als sie am Steuer des Käfer den Berg hochfuhr, vor dem Gartentor parkte und Karl sich noch schnell die Haare kämmte und eine Krawatte umband. Sie kam herausgelaufen und schlug die Hände über dem Kopf zusammen. »Jessas, Maria und Josef, Leni, du hast's g'schafft!«

»Ja, Mama.«

Hans nahm seine Mutter zur Begrüßung in den Arm, und sie strahlte, wie immer, wenn er nach Hause kam. »Geht's dir gut, Bub?«, fragte sie ihn liebevoll.

»Freilich, Mama. Und dir?«

»Es geht schon, es muss ja.«

»Mama«, sagte Leni und nahm Karl bei der Hand, »du erinnerst dich doch noch an Karl, oder?«

»Natürlich, der Herr Bornheim.«

»Grüß Gott, Frau Landmann.«

Karl überreichte Lenis Mutter eine Schachtel Pralinen aus dem Delikatessenhaus Dallmayr.

»Mei, so was Edles. Danke, Herr Bornheim.«

»Bitte nennen Sie mich doch Karl, Frau Landmann.«

Kurz drauf saßen alle in der guten Stube, in der Lenis Mutter den Kanonenofen angeheizt und den Tisch zum Kaffeetrinken eingedeckt hatte, und Leni verfolgte jede ihrer Regungen, jeden Blick, mit dem sie Karl studierte, und jedes Wort, das die beiden wechselten.

»Sie sind in einer Studentenverbindung, gell, Karl, die Leni hat's erzählt«, begann ihre Mutter das Gespräch.

»Ja, das sind alle Bornheims, immer schon.«

»Alle Männer meinst du wohl«, stichelte Frieda.

»Am siebten Juli ist auf unserem Corpshaus der jährliche Stiftungsball«, fuhr Karl fort, und Frieda holte Luft, um es zu kommentieren, als Hans sie unter dem Tisch ans Schienbein stieß, »und ich hätte gern, dass Leni mich begleitet. Ist Ihnen das recht, Frau Landmann?«

»Mei, da müssen'S mich doch gar nimmer fragen, Karl, die Leni is ja jetzt volljährig.«

»Aber es gehört sich doch«, antwortete Karl, der im Sakko und mit Krawatte kerzengerade am Kaffeetisch saß.

»Des is sehr nett. Und natürlich dürfen'S die Leni mitnehmen. Was ziehst denn da an?«, fragte ihre Mutter.

»Ich leihe mir was von der Charlotte. Ich habe sie schon gefragt.«

»Von der Charlotte, so, so. Lauter neue Leut ...«

Gegen halb sechs brachen Karl, Schorsch und Frieda auf. Hans sagte, dass er später mit dem Zug nach München zurückfahren würde, und kletterte, als die drei fort waren, auf die Kastanie im Garten. Leni zog ihre Nylonstrümpfe aus, damit sie nicht kaputt gingen, und ließ sich von ihm hinaufhelfen. Sie setzte sich auf den Sims vor dem Baumhaus zu ihm, lehnte ihren Kopf an seine Schulter und war wieder acht Jahre alt.

»Ob wir noch reinpassen würden?«, fragte ihr Bruder.

»Ich schon«, sagte sie und sah über die Felder. Der Weizen stand schon hoch, und die ersten Mohnblumen blühten. Rote Tupfen in einem grünen, vom Wind bewegten Gewoge.

Leni dachte ans Meer. An Friedas Vorschlag, dass sie alle zusammen in Urlaub fahren sollten. Ein Urlaub mit Karl ... »Es ist gut gegangen mit unserer Mutter und Karl«, meinte sie und war erleichtert. »Danke, dass du Frieda ausgebremst hast.«

»Vor ihren Spitzen ist keiner sicher. Nicht einmal Schorsch.«

»Das war großartig, wie er heute dieses Rad gewechselt hat.«

»Ja, er überrascht mich immer wieder.«

»Er und Frieda wissen schon ganz genau, wo sie im Leben einmal hinwollen«, sagte Leni und dachte an Schorschs ungewöhnliche Wahl für seine Assistenzarztstelle. Er hatte erzählt, dass es für Stadelheim kaum Bewerber gäbe, aber das war sicher nicht der Grund, warum er dort hinging. Bestimmt wollte er auch als Arzt Menschen helfen, die von der Gesellschaft ausgestoßen worden waren. Außenseitern, die erst wieder auf die Beine kommen mussten, wie jene im Ledigenheim.

»Du weißt es doch auch«, sagte Hans und hatte plötzlich wieder diesen Ausdruck im Gesicht, als wolle er ihr etwas sagen und traue sich nicht.

»Hast du etwas auf dem Herzen, Hans?«, fragte sie ihn deshalb.

»Ja. Aber es muss warten. Es würde dir deinen Geburtstag verderben, Leni.«

»Jetzt, wo ihr das von Karl und mir wisst, kann mich nichts mehr erschüttern.«

»Bist du dir da sicher?«

Hans sah Leni nicht an, als er anfing, ihr von seinen Sektionskursen und den Obduktionen zu erzählen, den Präparierübungen in der Anatomischen Anstalt mit ihren Leichentrögen, den Kranken, die er sterben sah, und jenen, die in der Nervenklinik unheilbar dahinvegetierten. Von Elektroschocktherapien, dem Geruch auf den Krankenhausfluren und Tränen in den Wartezimmern. Leni hörte ihm gebannt zu, und vor ihren Augen verschwammen die Felder. Neue Bilder entstanden, von ausgeweideten Körpern, Seelen, die keine Ruhe fanden, Wahnsinn und Hoffnungslosigkeit. Über den praktischen Teil von Hans' Studium hatte sie nie nachgedacht, aber seine Schilderungen waren ziemlich plastisch – wie ein schlimmer Traum.

»Ich weiß, unser Vater hat sich das für mich gewünscht, und

du und die Mama, ihr arbeitet so schwer für meine Ausbildung, aber ich kann kein Arzt werden«, sagte er verzweifelt. »Ich gehe dabei kaputt, Leni.«

Ihr Bruder wandte sich ab, weil er weinte, und Leni nahm ihn in den Arm. Sein Kummer tat ihr weh, und sie fragte sich, wieso sie ihn nicht erkannt hatte. Und wieso keiner seiner Freunde etwas gesagt hatte. Nicht einmal Karl.

»Aber du hilfst doch auch vielen Menschen«, versuchte sie, Hans zu trösten. »Sie sterben doch nicht alle.«

»Aber zu viele, und ich ertrage den Tod nicht mehr.« Er vergrub seinen Kopf an ihrer Schulter und flüsterte beschämt: »Ich bin ein Feigling, Leni.«

»Sag das nicht!«

»Doch. Unser Vater hat viel Schlimmeres durchgestanden.«

»Das war im Krieg, Hans!«

»Ich höre ständig seine Stimme, die mir sagt, dass ich mich zusammenreißen soll.«

»Wenn er noch hier wäre, würde er bestimmt etwas anderes sagen«, versicherte sie ihm.

»Ich weiß nicht, wie ich es unserer Mutter beibringen soll«, sagte Hans mit leerem Blick. »Sie wird denken, dass ich das Andenken an unseren Vater verrate.«

»Weißt du denn wenigstens, was du sonst werden willst? Ich meine, wenn du kein Arzt wirst?«

Er nickte. »Ich spiele seit letztem Herbst in einer Combo. Wir machen Jazz und Tanzmusik, und ich verdiene fünfundzwanzig Mark pro Auftritt.«

»Hat Frieda das gemeint, als sie gesagt hat, du hättest etwas auf der hohen Kante?«

»Ja, ich habe vierhundert Mark gespart.«

In Hans' Augen kehrte das Leben zurück – ein kleines Licht –, und er erzählte Leni von Miles Davis, einem bekannten amerikanischen Trompeter, den er kennengelernt hatte, und vom

Schwabinger Modell-Ball, wo er neben Max Greger aufgetreten war. Sie hörte ihm staunend zu.

»War Karl nicht auch auf diesem Modell-Ball?«, fragte sie. »Mit seinen Eltern?«

»Ja.«

»Der bekommt was von mir zu hören«, schnaubte sie, »weil er mir nicht gesagt hat, dass du da spielst. Ich hätte dich ja vielleicht auch gerne gehört.«

»Ich habe ihn und die anderen gebeten, dir nichts zu sagen. Außerdem war Karl ja mit diesem Mädchen da«, rutschte es Hans heraus.

»Welches Mädchen?«

»Sie ist nur die Tochter von Freunden seiner Eltern«, versuchte Hans seinen Fehler wiedergutzumachen. »Karls Vater will ihn mit ihr verkuppeln, aber er nimmt *dich* mit auf den Stiftungsball, Leni, und damit ist ja wohl klar, für wen er sich entschieden hat.«

Lenis Herz setzte trotzdem einen Schlag aus, denn Karl hatte dieses Mädchen mit keinem Wort erwähnt.

»Ich muss das mit dem Studium unserer Mutter sagen«, meinte Hans betreten und ließ den Kopf hängen. »Ich hätte es längst tun sollen.«

»Wann?«

»Ich weiß nicht …«

»Wie wäre es mit jetzt?«, fragte Leni.

»Nicht an deinem Geburtstag.«

»Der Tag ist so gut wie jeder andere. Oder vielleicht sogar besser.«

Hans fürchtete sich vor diesem Gespräch, sie sah es ihm an, er zögerte.

»Also?«

»Hilfst du mir? Bitte …«

»Natürlich«, versprach sie ihm und dachte darüber nach, dass sie, wenn Hans nun bald selbst Geld verdiente, die Kursgebühren für den Meister-Vorbereitungskurs der Friseurinnung aufbringen könnte. Der Nächste begann im September, und vielleicht meldete sie sich an. Nein, ganz sicher meldete sie sich an, denn der Meisterbrief war für sie als Friseuse genauso wichtig wie der Doktortitel für Karl als Arzt. Wann er wohl seine Doktorarbeit schreiben würde?

Ihre Mutter hantierte in der Küche, als die beiden hereinkamen und Hans sie bat, sich zu setzen.

»Geh, Hans, mir kocht doch die Suppen über! Kann's net warten?«

»Nein, Mama«, sagte er, »es ist wichtig.«

»Jetzt machst mir aber Angst, Bub! Is was passiert?«

Leni formte den Grieß, den ihre Mutter schon vorbereitet hatte, und legte die fertigen Grießnockerln in die köchelnde Suppe, während Hans zum zweiten Mal an diesem Tag von seiner inneren Not erzählte. Der Duft der Fleischbrühe verströmte Behaglichkeit, doch seine Worte schnitten Leni ins Herz – und ihrer Mutter sichtlich auch. Immer wieder sah sie zum Kruzifix im Herrgottswinkel hoch und flüsterte: »Mei, Otto, wennst doch nur da wärst, wennst doch nur da wärst.«

Hans redete sich an diesem Tag die Last von Jahren von der Seele, und seine Mutter zog ihr Taschentuch aus der Schürzentasche und wischte sich die Tränen vom Gesicht. Als die Landmann-Oma gestorben war, war sie ähnlich verzweifelt gewesen, erinnerte sich Leni. Damals hatte sie sie oft beten gehört, ihre Kraft möge sie nicht verlassen und auch nicht ihr Glaube, der in ihrem Leben schon so oft auf die Probe gestellt worden war.

»Und was heißt des jetzt?«, fragte die Mutter.

»Dass ich nach der Klinischen Prüfung nicht weitermache.«

»Mama«, mischte sich Leni in das Gespräch ein, »der Hans

spielt schon seit einer Weile in einer Band, er macht Tanzmusik und verdient damit Geld.« Dass er auch Jazz spielte, erwähnte Leni lieber nicht, denn ihre Mutter teilte die Meinung vieler älterer Leute, die diese »Negermusik« für das Tor zur Hölle hielten und den Niedergang der Kultur, dicht gefolgt vom Rock 'n' Roll und knappen Bikinis.

»Aber Trompeter is doch kein Beruf, Hans!«, sagte die Mutter fassungslos und rang nach Luft. Der kalte Schweiß stand ihr auf der Stirn.

»Das ist sehr wohl ein Beruf«, entgegnete ihr Hans lauter als gewollt, als versuche er, nicht nur seine Mutter zu überzeugen, sondern auch die Stimme seines Vaters zu übertönen, von der er Leni erzählt hatte. »Nur weil du die Leute nicht kennst, die davon leben, heißt das nicht, dass es sie nicht gibt: Louis Armstrong, Chet Baker, Dizzy Gillespie, Miles Davis ... Mit dem habe ich sogar zusammengespielt, Mama, mit Miles Davis, im Hot Club!«

Seine Mutter wurde kreidebleich.

»Und mit Max Greger, dem Saxophonisten, den kennst du doch, oder?«

»Mama?«, fragte Leni ängstlich und zog die Suppe vom Herd. »Geht's dir nicht gut?«

»Ich weiß net, Leni, es is ...«, ihre Mutter fasste sich an die Brust, »es is nur ...« Sie versuchte aufzustehen, stöhnte und sank wieder auf den Stuhl zurück. Hans griff intuitiv nach ihrem Handgelenk und fühlte ihren Puls.

»Hast du Schmerzen?«, fragte er sie.

»In der Brust ...«

Sie würgte. Hans half ihr auf und stützte sie zur Spüle hinüber, für den Fall, dass sie sich übergeben musste. »Leni, lauf zu unserem Nachbarn«, rief er aufgebracht, »und frag, ob du dir sein Auto ausleihen darfst. Wir müssen die Mama ins Krankenhaus bringen.«

»Glaubst du wirklich …«

»Schnell!«

Leni kam nur Minuten später mit dem Schlüssel des alten Opels zurück, der im Schuppen nebenan Spinnweben ansetzte. »Warum rufen wir keinen Krankenwagen?«, fragte sie ihren Bruder. Im ersten Moment hatte sie gar nicht daran gedacht.

»Weil der sie nach Dachau bringt, aber sie muss in die Klinik in die Ziemssenstraße.«

»Was? Nach München?« Das Dachauer Krankenhaus hatte nicht den besten Ruf, das wusste Leni, aber es war doch wenigstens in zehn Minuten zu erreichen.

»Geh, Kinder, net«, versuchte ihre Mutter, sie aufzuhalten. Sie klammerte sich ans Spülbecken, und Leni sah die Angst in ihrem Blick. Sie zitterte selbst.

»Mama, ich glaube, dass du einen Herzinfarkt hast«, sagte Hans, »und wenn ich recht habe, musst du so schnell wie möglich in die Medizinische Klinik. Ich kenne dort den Chefarzt der Kardiologie.«

»Soll ich net lieber … morgen … zum Hausarzt …« Sie sprach undeutlich und sank plötzlich in sich zusammen. Hans konnte sie gerade noch auffangen und sah Leni mit vor Angst geweiteten Augen an.

Hans fragte in der Notaufnahme nach Dr. Brecht. Nur wenig später machte dieser bei Hans' und Lenis Mutter ein EKG und führte mit ihr ein langes Anamnese-Gespräch, ehe er sie mit der Diagnose Angina Pectoris auf seiner Station aufnehmen ließ.

»Sind Sie sicher, dass es kein Infarkt war, Herr Doktor?«, wollte Hans dort auf dem Flur von ihm wissen, und Leni stand ängstlich daneben.

»Das EKG war unauffällig, Herr Landmann, Sie können es sich gern selbst ansehen.«

»Ja, danke.«

»Und die Symptome, die Ihre Mutter beschreibt, besonders auch die in der Vergangenheit, lassen eigentlich keinen Zweifel zu.«

»Hatte sie denn früher schon Probleme?«, fragte Leni bestürzt.

»Sie sprach von Kurzatmigkeit und verminderter Leistungsfähigkeit, aber die akuten Schmerzen sind heute wohl zum ersten Mal aufgetreten.«

»Sie hat sich aufgeregt«, sagte Hans wie zu sich selbst.

»Das kann ein Auslöser sein. Aber auch zu große körperliche Anstrengung, das muss ich Ihnen ja nicht erklären, Herr Landmann, oder eine genetische Disposition. Ich werde Ihre Mutter zur Beobachtung hierbehalten.«

»Wie lange muss sie denn dableiben?«, fragte Leni.

»Acht bis zehn Tage, sofern keine Komplikationen auftreten. Aber ich konnte veranlassen, dass Frau Landmann allein im Zimmer liegt. Wir sind gerade nicht voll belegt.«

»Das ist sehr nett, Herr Doktor, vielen Dank.«

Leni kam fast um vor Sorge, trotzdem dachte sie an Frau Brandl und Frau Brunner, die morgen früh vor dem verschlossenen Salon stehen würden, und an all die anderen Kunden ihrer Mutter. »Ich muss heim, Hans, und mich um Mamas Termine kümmern«, sagte sie deshalb zu ihrem Bruder. »Ich komme morgen in meiner Mittagspause wieder und bringe der Mama dann noch ein paar Sachen mit. Bleibst du heute Nacht hier?«

»Bis sie mich vor die Tür setzen.«

Leni brachte den Wagen zurück und traf vor der Haustür auf Joseph Mittermaier, den Postboten, der wohl schon länger dort wartete. Lenis Nachbar hatte in der Gastwirtschaft allen erzählt, dass Hans und sie ihre Mutter ins Krankenhaus gebracht hatten.

»Is sie in Dachau gut aufg'hoben?«, fragte Joseph, als Leni ihn mit hineinnahm.

»Wir haben sie nach München gebracht, in die Ziemssenstraße. Hans kennt dort den Herzspezialisten.«

»Ja, hat sie denn einen Herzinfarkt g'habt?«

»Nein, es nennt sich anders. Es ist eine Durchblutungsstörung, sagt mein Bruder, die man behandeln kann.« Zumindest die Symptome, hatte Hans ihr erklärt, aber eine Heilung gab es wohl nicht.

»Die Vevi kann morgen die Schul sausen lassen«, schlug Joseph vor, »und den Salon aufsperren. Dann kann sie den ersten Kunden absagen und für die Käthe die Termine verlegen. Sie geht einfach mit dem Terminbuch rum und hängt für die Laufkundschaft ein Schild ins Fenster.«

Ihre Mutter hatte Leni erzählt, dass sie Vevi ab September als Lehrmädchen zu sich nehmen würde. Leni war darüber mehr als froh. So hatte ihre Mutter eine zusätzliche Ansprache im Salon und jemanden, der ihr mit dem Putzen und der Wäsche half. Wenn eine Waschmaschine doch nur nicht so viel Geld kosten würde!

»Des wird scho, Leni«, meinte Joseph. »Wirst sehen, dei Mama is schnell wieder auf den Beinen. Die hat scho ganz andere Sachen durchg'standen.«

»Ja, das hat sie«, stimmte Leni ihm zu und gab ihm den Schlüssel des Salons.

In der Nacht schlief sie unruhig, stand immer wieder auf, war am nächsten Tag als Erste in der Arbeit und bat ihren Chef um eine längere Mittagspause, damit sie ihre Mutter im Krankenhaus besuchen konnte. Als sie um halb eins auf der Kardiologischen Station ankam, saß Hans am Bett der Mutter und studierte ihr Krankenblatt. Leni kippte das Fenster, es war stickig im Zimmer.

»Wie geht's dir, Mama?«, fragte sie.

»Schon viel besser, danke. Hast mit der Kundschaft g'redt?«

»Die Vevi verlegt deine Termine. Ihr Vater war gestern noch

da und hat es angeboten. Du musst dich um nichts kümmern, nur gesund werden.«

Ihre Mutter nickte matt. »Und was hast mit der schönen Fleischbrüh und den Grießnockerln g'macht?«

»Die habe ich dem Joseph mitgegeben. Ich hatte keinen Hunger, und sie hält sich ja nicht.« *Ein Kühlschrank wäre auch eine hilfreiche Anschaffung*, dachte Leni, obwohl die meisten Hebertshausener noch keinen hatten. Höchstens einen Eisschrank, der mit Eisblöcken gekühlt wurde.

Hans hängte das Krankenblatt seiner Mutter über ihr Bett zurück und griff nach ihrer Hand. Das schlechte Gewissen stand ihm noch immer ins Gesicht geschrieben.

»Du hast auch nix g'essen, Bub«, sagte sie.

»Wie könnte ich ans Essen denken? Ich bin schuld, dass du hier liegst, Mama.«

»Geh, warum denn?«

»Weil ich dich so enttäuscht habe. Und den Vater auch.«

»Er hat sich doch nur was Besseres für dich g'wünscht als die Arbeit in der Schleiferei.«

»Ich weiß.«

»Und später is ihm des halt a Trost g'wesen, dass sein Sohn amal mehr Leben retten wird, als er g'nommen hat. Er hätt sich am End ja lieber selber erschossen, als dass er sein G'wehr noch länger auf andere g'richt hätt.«

Hans stieß einen kläglichen Laut aus. »Woher weißt du das, Mama?«

»G'schrieben hat er's, in seinem letzten Brief. Was er halt sagen konnt, ohne dass es gleich eine Wehrmachtszersetzung g'wesen wär.«

Hans' Augen füllten sich mit Tränen. »Es tut mir so leid, dass ich ganz umsonst studiert habe«, brach es aus ihm heraus, und Leni spürte, wie sehr ihr Bruder sich nach der Vergebung seiner Familie sehnte.

Für ihre Eltern konnte sie nicht sprechen, doch sie trug ihm nichts nach. Ihr Weg wäre nicht anders verlaufen, hätte Hans sein Studium früher abgebrochen. Sie hätte ihre Lehre trotzdem fertiggemacht, darüber hatte sie in der letzten Nacht lange nachgedacht, und ihre Meisterprüfung durften Gesellen sowieso erst drei Jahre nach der Gesellenprüfung ablegen. Sie hatte kaum Zeit verloren.

»Nix, was ma lernt, is umsonst«, versuchte seine Mutter, Hans zu trösten. »Schau dir die Leni an, die hat von der Oma des Seifensieden g'lernt und die Kräuterkunde und des ganze Sach, und jetzt verdient's Geld damit.«

»Als Musiker kann ich auch was aus mir machen«, versicherte ihr Hans.

»Vielleicht hört die Mama dich dann im Wunschkonzert beim Fred Rauch«, meinte Leni, um die Stimmung etwas aufzulockern.

»Die Hauptsach is, dass du dir treu bleibst«, sagte ihre Mutter ernst, »und deinen Frieden findst.«

Hans nickte dankbar.

»Des Leben is kurz, Bub. Des siehst an deim Vater.«

Eine Schwester kam herein und kontrollierte den Tropf. Durch die geöffneten Doppeltüren sah Leni Schorsch auf dem Flur. Er lief am Zimmer ihrer Mutter vorbei und drehte sofort wieder um. »Was macht ihr hier?«, fragte er, als er hereinkam. »Frau Landmann, was ist passiert?«

»Eine Angina Pectoris«, erklärte ihm Hans. »Gestern Abend, kurz nachdem ihr weg wart. Und was machst du hier?«

»Ich besuche einen Bekannten aus dem Ledigenheim. Er liegt schon seit zwei Wochen auf der Station.« Schorsch kam näher. »Wie geht es Ihnen, Frau Landmann?«

»Schon besser, Schorsch, danke. Aber die sagen, dass ich trotzdem die ganze Woch dableiben muss«, klagte sie.

»Das ist nur eine Vorsichtsmaßnahme, Mama«, meinte Hans.

»Haben sie Ihnen Nitro verordnet?«

»So kleine Kapseln, ja.« Sie deutete auf ihren Nachttisch, wo eine Medikamentenschachtel mit dem Aufdruck Nitrolingual lag. »Aber nur im Notfall, hat der Dr. Brecht g'sagt, wenn ich wieder Schmerzen hab.«

»Die stellen die Gefäße weit«, erklärte ihr Hans, und Schorsch nickte.

»Sie müssen sie aber immer dabeihaben, Frau Landmann«, sagte er eindringlich, »egal, wo Sie hingehen. Das ist wichtig.«

Die Schwester hatte die Türen gerade wieder hinter sich zugezogen, als es klopfte. »Darf ich?«, fragte Joseph Mittermaier und kam herein. Er hielt einen kleinen Strauß Wildblumen in der Hand.

»Geh, Sepp, was machst du denn da?« Lenis Mutter lächelte und zupfte ihr Nachthemd zurecht.

»Dich b'suchen, Käthe, und schauen, wie's dir geht.« Er legte den Strauß auf den Nachttisch. »Die sind für dich«, erklärte er, »vom Amperufer.«

»Vergelt's Gott, Sepp.«

»Und von der Vevi soll ich dir ausrichten, dass sie deine Termine von der Woch abg'sagt hat. Wenn du länger im Krankenhaus bist, gibt sie der Kundschaft noch amal Bescheid.«

»Des is scho a Glück, dass wir Kinder ham, gell?«, meinte die Mutter und sah Hans und Leni liebevoll an. Sepp stand neben ihrem Bett und betrachtete sie verlegen. »Wer trägt denn heut die Post aus, wenn du hier bist?«, fragte sie, und er winkte ab.

»Wenn kümmert's, wenn die Rechnungen einen Tag später kommen, oder die Frau Brandl erst morgen von ihrer Schwester hört, dass sie's noch immer mit'm Kreuz hat.«

»Geh, woher weißt denn des?«

»Sie liest mir die Karten doch vor, kaum dass ich sie ihr geb. Und jeds Mal steht desselbe drauf.« Joseph lachte vergnügt.

»Dass d' halt keinen Ärger bekommst, Sepp.«

Leni hatte völlig die Zeit vergessen, und im Krankenzimmer gab es keine Uhr. »Ich muss los«, sagte sie erschrocken. »Ich komme morgen Mittag wieder, Mama.«
»Dann hast ja gar keine Pause den ganzen Tag. Und die Trambahn kost doch auch a Geld.«
»Ich hole heute Abend meinen Roller vom Rabl ab, dann brauche ich bloß fünf Minuten her.«
Leni verabschiedete sich von allen und fragte dann verwundert: »Wo ist denn der Schorsch?« Sie hatte ihn im Trubel um Josephs Besuch ganz vergessen.
»Der wird gegangen sein«, meinte Hans.
»Aber er hat sich gar nicht verabschiedet.«
»Er wollte wohl nicht stören. Das ist so seine Art. Ich sehe ihn am Nachmittag in der Vorlesung und grüße ihn von dir.«

Als Leni kurz darauf am Sendlinger Tor zur Straßenbahnstation ging, sah sie sich um, ob sie Schorsch nicht doch noch irgendwo entdeckte, aber die Stadt hatte ihn schon verschluckt. Wo er wohl so schnell hingegangen war? Und wen hatte er im Krankenhaus besucht? Er konnte doch unmöglich alle Bewohner des Ledigenheimes so gut kennen?
Leni fiel auf, dass sie über Schorsch fast nichts wusste. Von seiner Familie, wo er wohnte, seinen Träumen oder was ihn antrieb. Wenn sie Sorgen hatte und ihr Leben aus den Fugen geriet, tauchte er auf. *... und egal, was ist, ich bin für dich da.* Und nicht nur an ihrem Kummer nahm er Anteil, nein, Schorsch schien die halbe Welt auf seinen schmalen Schultern zu tragen, so wie Christophorus das Jesuskind oder Atlas, der gleich das ganze Himmelsgewölbe stützte. Aber wer stützte ihn?

22

Die Freie Selbsthilfe hatte gerade ihre Tore geöffnet, als Schorsch, den Fotoapparat umgehängt, die umgewidmeten Pferdeställe des Circus Krone betrat. Der Bewohner des Ledigenheimes, den er gestern in der Medizinischen Klinik besucht hatte, hatte ihm seine Armbanduhr mitgegeben und ihn gebeten, sie hier für ihn in Kommission zu geben, dabei mied Schorsch das Viertel, wenn er konnte. Hier überfielen ihn zu viele Erinnerungen.

Das Reich von Kunst und Krempel, das sich jetzt vor ihm auftat, hatte sich erst vor ein paar Jahren auf dem Marsfeld angesiedelt, und man hätte es leicht mit einem Auktionshaus oder einem der vielen Pfandhäuser verwechseln können, die an dem, was andere aus Not verkauften, kräftig mitverdienten, wären da nicht die zwei abgerissenen Gestalten gewesen, die mit Schorsch zusammen hereingekommen waren und jetzt nachfragten, ob ihre Habseligkeiten schon verkauft worden seien. Die betagte Dame hinter der provisorischen Kasse verneinte und legte jedem der beiden fünfzig Pfennig für ein warmes Essen auf ein Spitzendeckchen. »Kommen Sie morgen wieder, meine Herren«, sagte sie freundlich, »vielleicht haben Sie dann mehr Glück.«

Schorsch wartete kurz und zeigte der Dame die Uhr. Er erklärte ihr, wem sie gehörte, und sie bekam ihren Platz in einer Schmuckvitrine. »Augenblick, Sie bekommen eine Quittung.«

Während sie sie ausstellte, sah Schorsch sich weiter um und entdeckte eine Kette mit einem ungewöhnlichen Anhänger. »Darf ich mir die einmal ansehen?«, fragte er und die Dame nickte. »Was soll sie kosten?«

»Missis Randall hat sie mit zehn Mark ausgezeichnet. Sie ist versilbert, aber der Anhänger hat Gebrauchsspuren.«

»Ich könnte acht fünfzig zahlen«, meinte Schorsch und kramte sein Geld zusammen.

»Ich denke, das können wir machen, junger Mann.« Die Dame lächelte. »Ich glaube nicht, dass sich ein besseres Angebot findet. Das Stück ist speziell, finden Sie nicht auch?«

»Wissen Sie, wer es getragen hat?«

»Leider nein. Es stammt aus einem Nachlass.«

Schorsch bedankte sich und stand kurz darauf auch schon wieder auf der Straße. Gegenüber war die Oberpostdirektion, in der sein Vater arbeitete, und nicht weit entfernt hatten sie früher gewohnt. Als Schorsch noch klein gewesen war, hatte er seinen Vater deshalb immer von der Arbeit abgeholt – erst vom Postamt München 2 dreihundert Meter weiter die Arnulfstraße hinunter und später von hier – und hatte ihn nach Hause begleitet. Vorbei am Kramerladen in der Mailingerstraße, wo sein Vater ihm und seiner Schwester Lakritzstangen gekauft hatte, und der Autowerkstatt, in der Schorsch manchmal mit in die Wartungsgrube gedurft hatte.

Jetzt blickte er zum Büro seines Vaters hinauf – das Fenster im obersten Stockwerk, gleich neben einem der vier mächtigen Ecktürme, auf denen im Krieg Flugabwehrgeschütze installiert worden waren. Der nahe Hauptbahnhof war ein häufiges Ziel der Engländer und Amerikaner gewesen, die Brücken, das Streckennetz und alles im Radius von drei Kilometern. *Vater würde sich freuen, wenn ich ihn besuche*, dachte Schorsch, doch in dem Moment raste ein Krankenwagen mit lautem Sirenengeheul an ihm vorbei, und er erstarrte.

Gegrüßet seist du, Maria, voll der Gnade, der Herr ist mit dir …

Schorsch sah auf einmal seine Schwester und seine Mutter im Keller kauern und beten. Draußen fiel der Tod aus dem Himmel und drinnen der Putz von den Wänden – plötzlich war alles wieder da. »Du musst keine Angst haben, Anni, wir graben uns durch, wenn es uns verschüttet«, sagte er zu seiner Schwester, die bei jedem Einschlag weinte, obwohl sie die Ältere war. »Das weißt du doch«, fuhr er fort, und er deutete auf die Stelle an der Kellerwand, die nur halb so dick gemauert war wie der Rest. Falls sie nicht mehr über das Treppenhaus herauskämen, würden sie versuchen, dort ins Nachbarhaus hinüberzukommen. Anni nickte tapfer, und Schorsch nahm sie in den Arm und vergrub sein Gesicht in ihrem roten Haar, weil er selbst Angst hatte, unendlich große Angst. Seine Mutter ließ ihren Rosenkranz durch ihre Finger gleiten – »… du bist gebenedeit unter den Frauen, und gebenedeit ist die Frucht deines Leibes, Jesus« –, und sein Vater erinnerte sie an Murnau und die Urlaube bei seiner Schwester, die jetzt eine Kriegswitwe war – »Wisst ihr noch, Kinder, der schöne See?« Das lenkte sie ab.

Noch bevor die Sirenen Entwarnung gegeben hatten, hatte der Blockwart immer einen von ihnen ausgesucht und ihn nach oben geschickt, um nachzusehen, ob Brandbomben eingeschlagen hatten. Kleinere Feuer mussten sofort mit dem Sand und dem Wasser, die auf jedem Stockwerk in Eimern bereitstanden, gelöscht und das grünschimmernde Phosphorgemisch von den Türen und Wänden im Treppenhaus gewaschen werden, damit sich nicht das ganze Haus in eine Flammenhölle verwandelte. Ein Himmelfahrtskommando, für das sich Schorschs Vater, der mit einem glatten Durchschuss durch die Wade von der Ostfront zurückgekommen war, oft freiwillig gemeldet hatte.

Schorsch stand noch immer wie angewurzelt vor der Oberpostdirektion. Es wären nur ein paar Minuten hinüber in die Elvirastraße, wo sie gewohnt hatten, überlegte er, aber den Kramerladen an der Ecke und das Haus, in dem er einst gewesen war, gab es nicht mehr. Schorsch hatte als Mitglied des Jungvolks geholfen, die Trümmer der rauchenden Ruine wegzuräumen – zerschlagene Vorratsgläser und aufgerissene Lebensmittelpackungen – und die zu bergen, die sich nicht mehr hatten retten können. Die meisten Opfer erstickten, das hatte er mit gerade mal zwölf Jahren gelernt. Die Detonationen und die Gewalt der Druckwellen rissen nicht annähernd so viele in den Tod. »Das war eine Luftmine«, hatte einer seiner Kameraden gesagt, »die ist vorne an der Rupprechtstraße runtergekommen.« Luftminen, Blitzlichtbomben, Sprengbomben, Stabbrandbomben, Phosphorbomben, Flammstrahlbomben und Leuchtbomben, das war das Vokabular der Vernichtung, das Schorsch damals verinnerlichte. Und die Worte der Weißen Rose, der kleinen Widerstandsbewegung der Geschwister Scholl und ihrer Mitstreiter, die in Stadelheim, wo er bald als Assistenzarzt arbeiten würde, hingerichtet worden waren. Die Alliierten hatten ihre Flugblätter tausendfach nachgedruckt und über der Stadt abgeworfen. Bomben und Flugblätter, um den Widerstand der Bevölkerung zu brechen und die Wahrheit über Hitlers Krieg zu verbreiten. Schorsch hatte heimlich eines behalten, er hatte es heute noch.

Wann war das gewesen? Und wie lange hatte der Krieg noch gedauert, nachdem sie den Krämer und seine Familie auf dem kleinen Winthirfriedhof beerdigt hatten? Ein paar Monate ...

Schorsch setzte sich schräg gegenüber dem Haupteingang des Circus Krone am Marsplatz auf einen Mauervorsprung. Die Plakate, die überall hingen, zeigten Elefanten, Kamele, Clowns und Christel Sembach-Krone mit ihrer Pferdenummer. Ihre Großmutter war letzten Monat gestorben, Ida Krone alias Miss Charles, bekannt durch ihre berühmte Dressur von vierundzwanzig Berberlöwen. Halb München war bei ihrer Beisetzung dabei gewesen, und die Zeitungen hatten darüber berichtet.

Schorsch löste den Deckel vom Objektiv seines Fotoapparats und holte die Welt näher heran. Vordergrund – Hintergrund – Abgrund. Sein Herz schlug noch immer zu schnell.

Lauf, Schorsch!

Die Stimme seines Vaters und das Sirenengeheul. Es war nicht real. Es war nur der Schatten des 25. April 1945, wenige Tage vor der Befreiung, als der Fliegeralarm ihn und seinen Vater auf dem Heimweg überrascht hatte und sie losgerannt waren. Sie hatten es ja nicht weit, und sie hatten noch Zeit. Sie konnten es noch mit Anni und der Mutter in den Keller hinunterschaffen. Doch die Flugzeuge kamen an diesem Tag schneller als sonst und dröhnten plötzlich über ihnen am Himmel. Die ersten Einschläge ließen die Luft vibrieren, der beißende Geruch der Feuer verbreitete sich in Minuten, und sie waren plötzlich mittendrin. »Lauf!«, schrie sein Vater durch die Hölle, und er rannte mit ihm um sein Leben.

Bevor die letzte große Detonation dem Spuk ein Ende setzte, drückten sie sich in einen Hauseingang, bis die Sirenen Entwarnung gaben. Ein einzelner, einminütiger hoher Ton, der Schorsch durch Mark und Bein ging. Wer ihn hörte, hatte überlebt, aber hörten Anni und seine Mutter ihn auch?

Heilige Maria, Mutter Gottes, bitte für uns Sünder, jetzt und in der Stunde unseres Todes.

»Komm, Schorsch«, sagte sein Vater zitternd, die Aktentasche noch immer unter dem Arm, »es ist vorbei.«

Die Elvirastraße machte eine Kurve, hinter der ihr Wohnhaus stand, doch als Schorsch und sein Vater an diesem Abend dort ankamen, starrten sie nur noch in einen Bombenkrater und auf aufgerissene Stockwerke, auf Wasserleitungen, die im Nichts endeten, Böden und Decken, die nachgaben und herabstürzten, und Berge von verstreutem Mobiliar, Fotos, Wäsche, Bücher, Kochtöpfe und einen Vogelkäfig, in dem ein Kanarienvogel saß, das Gefieder über und über von Ziegelstaub bedeckt. Er war noch am Leben.

Schorsch lief los, um den Eingang des Kellers zu suchen, doch da war kein Keller mehr auszumachen, und auch sein Vater kämpfte sich durch den Schutt und die brennenden Balken.

Die Feuerwehr versuchte, mit ihren Löschfahrzeugen von der Nymphenburgerstraße aus durchzukommen. Aus den Nachbarhäusern strömten Menschen und gruben wie Schorsch mit bloßen Händen nach den Verschütteten, mit blutigen Fingern, rußgeschwärzt und tränenüberströmt. Er grub und schleppte Steinbrocken fort und grub weiter und rief unentwegt den Namen seiner Schwester, der er versprochen hatte, dass sie herauskommen würde, komme, was wolle. Über das Nachbarhaus, das nun auch nicht mehr dastand, samt der Autowerkstatt mit ihrer Grube.

Es war Selbstmord, sich hier aufzuhalten. Über ihnen ächzte und krachte es, und die verbliebenen Mauern gaben eine um die andere nach. Jemand gab Anweisungen, auf die Schorsch nicht reagierte, und dann sagte einer: »Die sind nicht zu retten, da kommt keiner mehr lebend heraus.«

Das war der Moment, in dem die Küche der Sternbergs aus dem vierten Stock abstürzte, Schorschs Vater hinaufsah und hunderte bunter Briefmarken wie Schmetterlinge mit kleinen gezackten Flügeln durch die Luft schwebten. Manche tanzten und landeten sanft auf den Trümmern, andere verglühten, noch bevor sie den Boden erreichten. Ein Anblick voller Anmut und Poesie.

Ein Feuerwehrmann zog Schorsch aus dem Schutt, und sein Vater griff nach den Alben seines Freundes und Nachbarn Rudolf Sternberg, die vor seinen Füßen lagen, und verstaute sie in seiner Aktentasche. Bückte sich, las an Marken auf, was er zu greifen bekam, las noch mehr von ihnen auf und noch mehr, als wären sie Leben, und steckte sie in die Taschen seines Sakkos und seiner Hosen, um sie dort zu verwahren – Noah und seine papierene Fracht.

Als klar war, dass an diesem Abend keiner mehr geborgen werden würde, nahm Schorsch den Vogelkäfig und ging mit seinem Vater ohne Ziel erst in Richtung Amt und dann weiter über die Gleise nach Süden zur Theresienwiese und weiter, bis es dunkel wurde und sie in der Bergmannstraße Lichter sahen.

Nur mit dem, was sie auf dem Leib trugen, die Taschen voller Briefmarken und den stummen Vogel im Käfig führte sie ein alter Mann im Ledigenheim in ein Zimmer, in dem zwei Notbetten standen und ein Tisch und zwei Stühle. Er brachte ihnen Suppe, ein Stück Seife und Handtücher, damit sie sich waschen konnten, und sagte, dass sie bleiben dürften, solange es nötig sei.

»Bleiben Sie, solange es nötig ist« – das sagte Schorsch heute auch oft zu denen, die dort Zuflucht suchten, wenn er sie während seiner Schicht begrüßte.

In dieser Nacht hatten sie das Licht angelassen, sein Vater und er, wortlos abgesprochen, so wie sie sich fortan immer unterhielten, weil sie dem, was geschehen war, keinen Namen geben durften. Ein Name hätte es wahr gemacht, aber so waren Anni und die Mutter einfach nur zusammen in Murnau, Stempelnummer zweihundertneunzehn auf Rudolf Sternbergs Briefmarken aus der Zeit des Königreichs Bayern, der »guten alten Zeit«, in der sich ein Krieg an den anderen gereiht hatte.

Am nächsten Tag hatte Schorsch den letzten von zweiundsiebzig Luftangriffen auf München erlebt, die ihm seine Kindheit zerbombt hatten, und er hatte die Sirenen noch immer im Ohr: den sich dreimal wiederholenden hohen Dauerton, der angezeigt hatte, dass die akute Luftgefahr vorüber war, und dann die endgültige Entwarnung. Doch an diesem 26. April blieb sie aus. Auf die letzte finale Entwarnung wartete er immer noch.

Schorsch blickte durch die Linse seines Fotoapparats. Im Sucher sah er eine Frau, die vor den Plakaten des Circus Krone stehen blieb und sie studierte. Als sie sich umdrehte, drückte Schorsch auf den Auslöser und fing ihr Lächeln ein. Jetzt war es unsterblich und würde alle Zeitläufte überstehen. So wie die Bilder von der ersten Zirkusvorstellung, die er nach dem Krieg hier gesehen hatte, von Artisten, Dompteuren und Clowns, der Freude und dem Staunen, das er konserviert hatte, um Anni davon zu erzählen.

Das Schrillen zweier Straßenbahnen, die sich in der Arnulfstraße auf Höhe der Hackerbrücke begrüßten, drang bis zu ihm herüber. Schorsch zwang sich aufzustehen, er wollte noch in die Medizinische Klinik, ehe er sich den anderen zum Lernen anschloss. Heute trafen sie sich bei Karl, weil eine Vorlesung ausfiel, und Frieda quälte ihn und Hans sicher schon mit dem geballten Stoff aus fünf Jahren Medizinstudium. Hans würde nach der Prüfung trotzdem nicht weitermachen. Er würde seinen Traum leben und Musiker werden, jetzt, wo er seiner Familie seine Pläne gebeichtet hatte. Er hatte es gestern nach der Vorlesung erzählt und ihn von Leni gegrüßt.

Leni ...

Sie war mit Karl zusammen, und er musste zusehen und versuchen, seine Gefühle für sie, so gut es ging, zu verbergen. Ihr Foto nicht zu oft aus seiner Brieftasche zu holen und die Sehnsucht herunterzuschlucken. Sie füllte ihn ganz und gar aus. Sie war größer als er und verschlang in Wahrheit ihn.

Schorsch stand auf. Er würde ihrer Mutter die Kette bringen, die er gekauft hatte. In das versilberte Döschen, das daran hing, passten genau zwei Kapseln Nitrolingual, die sie dann immer bei sich tragen und im Notfall einnehmen konnte. Eine kleine Lebensversicherung, die Leni hoffentlich beruhigte. Sie hatte so besorgt ausgesehen, als sie gestern am Krankenbett ihrer Mutter gestanden hatte, und Schorsch ertrug es nicht, wenn sie sich sorgte.

*

Hans war gegen ein Uhr mittags bei Karl aufgebrochen, noch bevor Schorsch gekommen war, und hatte sich zu der Adresse aufgemacht, die Charlotte ihm gegeben hatte. Er hatte seinen Freunden erzählt, dass er nun mittwochs immer ab zwei mit der Munich Jazz Combo proben müsse, da er weder ihnen noch seiner Schwester von sich und Charlotte erzählen konnte. Schlimm genug, dass seine Mutter jetzt im Krankenhaus lag, nachdem er ihr die Wahrheit über sein Studium gesagt hatte. Zwar machte sie ihm keine Vorwürfe und Leni auch nicht, sie gaben ihm beide das Gefühl, dass sie ihn liebten, egal welchen Weg er einschlug, aber was seine Mutter über die Hoffnung seines Vaters gesagt hatte, quälte ihn. Wie könnte er je gutmachen, was der Vater als Soldat verschuldet hatte? Und wie viele Leben müsste Hans retten, um diese Schuld aufzuwiegen?

Frieda hatte ihn heute zum ersten Mal gelobt, weil er beim Abfragen besser gewesen war als Karl – der Druck war weg gewesen. »Hans, du bist ständig müde und hast neuerdings Potenzprobleme, was fehlt dir?«, hatte sie ihn gefragt.

»Ein Seelendetektiv, der sein Innenleben umkrempelt«, hatte Karl ihn aufgezogen und sich in einen seiner Sessel gelümmelt. »Zigarette?«

»Nein, danke. Und lass die dummen Witze, Karl«, hatte Frieda ihn gerügt, »produzier lieber mal etwas Gehirnschweiß.«

»Habe ich Gewicht verloren, obwohl ich ständig Hunger habe?«, wollte Hans von ihr wissen.

»Hast du.«

»Und schwitze ich und habe Kopfschmerzen?«

»Ja.«

»Diabetes mellitus, Typ eins – absoluter Insulinmangel durch Zerstörung der Beta-Zellen der Langerhans-Inseln oder Typ zwei mit gestörter Insulin-Sekretion oder Resistenz.« Hans sah Frieda fragend an.

»Wenn du so weitermachst, bestehst du die Prüfung mit Auszeichnung und wirst doch noch Arzt«, prophezeite sie ihm.

»Heute fühlt es sich irgendwie leichter an.«

»Ach, ja?« Frieda blätterte durch ihre Lernkarten. »Dann sag mir, was du bei Schmerzen im rechten Oberbauch diagnostizierst, retrosternales Brennen, Übelkeit, Schüttelfrost und Fieber.«

Hans überlegte.

»Karl?«, fragte Frieda.

»Cholangitis?«, fragte er unsicher zurück.

»Habe ich gesagt, dass deine Haut gelb ist?«

»Nein ...«

»Akute Cholezystitis!«, rief Hans.

»Richtig!«

»Das haut auf den Zeiger«, meinte Karl anerkennend.

Jetzt stand Hans vor dem Haus, in dem Charlottes Freundin Sasa wohnte. Er suchte den Namen Sorell auf dem Klingelschild und ging dann an der Hausmeisterwohnung vorbei und durch ein feudales Treppenhaus in den dritten Stock hinauf, wo ihm Charlotte kurz darauf die Tür öffnete. Sie trug ein atemberaubendes Kleid, ähnlich dem, das sie bei ihrer ersten Begegnung im Club Cubana angehabt hatte, nur der Stoff war schlichter.

»Komm rein«, sagte sie und wirkte nervös.

»Bist du schon länger da?«

»Zehn Minuten. Sasa hat mir einen Schlüssel überlassen. Sie kommt nicht vor halb fünf zurück.«

Hans sah sich in der Wohnung um. Die Wände waren über und über mit Blumen und Tiermotiven bemalt, mit Palmen, Farnen und exotischen Vögeln, die über die Decken flogen. Die grün lackierten Türen schienen Tore in eine andere Welt zu sein, und hinter jeder tat sich ein neuer Paradiesgarten auf. Sasa hatte sogar ein Badezimmer mit einem großen Boiler über einer Wanne, die auf Löwenpranken stand.

Charlotte holte eine Flasche Sekt und Gläser aus der Küche und zog Hans dann ins Schlafzimmer, wo das Bett frisch bezogen war. Ein Himmelbett im Kolonialstil mit zarten hellgrünen Vorhängen und daneben stand eine Schminkkommode mit unzähligen Cremetiegeln, Farbtöpfchen, Lippenstiften, Puderdosen und Parfumflakons. Auf einem der Tiegel las Hans den Namen Landmanns, es war Lenis Rosencreme.

Er stand verlegen im Zimmer, und Charlotte setzte sich auf die Bettkante. Im Wohnzimmer spielte das Radio Count Basie – Hans erkannte Harry »Sweets« Edisons Trompetentöne, und ein Gefühl ungeahnter Euphorie durchfuhr ihn. Vielleicht würde er auch bald seine erste Vinyl-Scheibe aufnehmen und bei AFN oder im Bayerischen Rundfunk gespielt werden. Oder er würde mit seiner Combo – mit Wolle am Bass, Rocky am Schlagzeug, Marty am Piano und Eddie, ihrem Saxophonisten – quer durch Deutschland touren und in diversen Jazzkellern und Konzertsälen auftreten. Und Charlotte würde ihn begleiten, sie würde an seiner Seite sein, wenn sein Traum wahr wurde.

Hans setzte sich zu ihr aufs Bett, streichelte ihr vorsichtig über die Wange, an der Stelle, an der ihr Mann sie verletzt hatte, legte seine Hand in ihren Nacken und küsste sie. »Wir müssen nicht miteinander schlafen«, sagte er dann. »Wir können auch einfach nur hier sitzen, und ich halte dich fest.«

»Möchtest du das?«

»Ich möchte, dass du dich beschützt und sicher fühlst.«

»Das tue ich.«

Charlotte knöpfte Hans' Hemd auf und drückte ihn vorsichtig in die Kissen, küsste seine Brust, seinen Bauch, öffnete seinen Gürtel und ließ sich, als sich ihre Körper wieder an ihre gemeinsame Nacht erinnerten, von ihm aus ihrem Kleid helfen. Sie trug schimmernde Seidenwäsche darunter, French Knickers und ein Hemdchen über dem BH, das sich an ihre zarte helle Haut schmiegte. Die Vorhänge waren nicht zugezogen, sodass Hans jeden Zentimeter ihres schönen Körpers betrachten konnte. Anders als beim letzten Mal, als er sie nur mit seinen Händen vermessen hatte und in seinem Kopf fiktive Bilder entstanden waren. Die Realität war um so vieles schöner. »Sollten wir nicht aufpassen?«, fragte er sie.

»Du meinst …?«

»Ja.«

»Ich rechne mit, mit der Knaus-Ogino-Methode, und heute ist es sicher.«

»Woher kennst du die?« Unter Medizinern war sie schon seit den frühen Dreißigerjahren bekannt, dennoch wurden Publikationen darüber nur unter dem Ladentisch weitergereicht. Vielleicht, weil Männer nicht wollten, dass Frauen über ihre fruchtbaren Tage Bescheid wussten, spekulierte Hans, damit sie sie in dieser Zeit nicht zurückwiesen. Oder machten die Selbstbestimmung und sexuelle Aufgeklärtheit von Frauen Männern Angst? Als Mediziner konnte er sich darüber nur wundern, aber als Mann schämte er sich dafür.

»Kurt hat mir ein Buch gegeben, in dem sie beschrieben wird«, erklärte Charlotte und verzog das Gesicht. »Für seine ›Familienplanung‹.«

»Lass uns trotzdem sichergehen.«

Hans hatte ein Präservativ dabei. Charlotte nahm es und verriet ihm, dass sie noch nie eines benutzt hatte. »Ich weiß nur theoretisch, wie das geht …«

Doch von der Theorie zur Praxis war es dann nur noch ein kleiner, freudvoller Schritt, und noch einer, bis sie sich gänzlich in der Magie des imaginären Gartens verloren, der sie hier umfing, und alles, was geschah, vor der Welt jenseits der grünen Türen verbarg: die Worte, die Küsse und die Zaghaftigkeit, mit der sie sich liebten, und dann das Drängen und ihre Lust.

Jetzt lag Charlotte erschöpft neben ihm. Ihre schweißnasse Haut duftete nach dem Frühling, der sich nun doch über die Stadt legte, und sie lächelte glücklich. Dieses Lächeln füllte Hans' Herz aus, seinen Tag und alle Tage, die kommen würden, das wusste er. Und dass er sich daran festhalten würde, bis sie sich wiedersahen. »Ich liebe dich, Charlotte«, sagte er, und sie vergrub ihre Hände in seinem Haar. Ihr Blick antwortete ihm, aber ihre Lippen schwiegen. Aus dem Wohnzimmer klang noch immer Musik herüber.

»Vorgestern habe ich mit Leni und meiner Mutter gesprochen und ihnen gesagt, dass ich die Medizin aufgebe und Musiker werde«, erzählte er ihr.

»An Lenis Geburtstag? Wirklich?«

»Sie hat uns an dem Tag gebeichtet, dass sie mit einem Freund von mir zusammen ist, mit Karl, da hat es irgendwie gepasst, dass ich auch reinen Tisch mache.« Hans dachte erst jetzt daran, dass Charlotte ja mit seiner Schwester befreundet war und vielleicht von Karl gewusst hatte. »Hat sie dir von ihm erzählt?«, fragte er sie deshalb.

»Ja«, gab Charlotte zu, »aber sie hat mich gebeten, ihr Geheimnis für mich zu behalten. Genau wie du.«

»Ich verstehe.«

»Du bist mir deshalb doch nicht böse, oder?«

»Hättest du es nicht wenigstens andeuten können?«

»Wie denn?«

»Egal«, sagte er, »es hätte sowieso nichts geändert.«

»Wie haben die beiden es denn aufgenommen, dass du kein Arzt werden willst?«

»Leni gut, aber meine Mutter hatte einen Herzanfall. Sie liegt im Krankenhaus.«

Charlotte erschrak. »Wieso bist du dann hier? Solltest du nicht bei ihr sein?«

»Es ist nicht ganz so ernst, wie es klingt. Sie kommt bald wieder nach Hause.«

»Bitte frag Leni, ob ich irgendetwas für sie tun kann.«

»Und was sage ich ihr, wann und wo wir uns getroffen haben?«

»Oh, natürlich ...«, Charlotte seufzte. »Ich muss warten, bis sie es mir selbst erzählt.«

»Das ist alles ziemlich kompliziert, findest du nicht?«

»Und trotzdem wirkst du erleichtert«, sagte sie verwundert. »Wie kommt das?«

»Weil ich jetzt frei bin, Charlotte. Ich bin jetzt endlich frei!«, sagte er und dachte an die Hoffnung seines Vaters. Die Wiedergutmachung, die er nicht für ihn leisten konnte. Den einzigen Wermutstropfen in einem Meer von Glück.

Charlotte betrachtete die pastellene Inszenierung auf Sasas Schlafzimmerwänden, den Schwarm kleiner Kolibris, der Richtung Fenster flog, und, hätte es offen gestanden, so schien es Hans, in den nahen Luitpoldpark hinübergeflattert wäre, und meinte: »Ich werde auch bald frei sein.«

»Und dann?«

»Dann finden wir unser eigenes Paradies, einen Ort, ohne Zeit, der nur uns gehört, nur dir und mir. Und da malen wir dann Noten an die Wände.«

Hans stellte es sich vor. Er stand auf, nahm sich einen von Sasas Kajalstiften von ihrer Schminkkommode und malte Charlotte damit Linien auf den Bauch, zwischen die er kleine Punkte setzte und einen Notenschlüssel davor. »Meinst du so?«, fragte er sie.

»Was ist das?«

»Das ist *My Funny Valentine*.«

»Unser Lied«, sagte sie zärtlich, und er schrieb seinen Namen auf ihre Haut und ihren dazu und umrahmte sie mit einem Herz.

Die letzten Minuten, die ihnen blieben, hielten sie einander im Arm und lauschten auf das Ticken einer Uhr, die im Wohnzimmer stand. »Wir sehen uns nächste Woche«, versprach sie ihm, als er um Punkt halb fünf ging. »Hans?«

Er drehte sich im Treppenhaus noch einmal zu ihr um. »Ja?«

»Ich liebe dich auch.«

Hans ging noch im Luitpoldpark spazieren, nachdem er Charlotte verlassen hatte, um seine Gedanken und Gefühle zu ordnen. Nach dem Krieg hatten sie hier Schuttberge aufgetürmt, mit Erde bedeckt und bepflanzt. Er stand davor und hätte bei ihrem Anblick noch vor zwei Tagen an nichts anderes als die blanke Zerstörung gedacht, doch heute freute er sich an den Wiesen, die auf den Trümmern blühten, den Bäumen und Sträuchern und dem Lachen der Kinder, die in ihren selbst gebauten Seifenkisten von den Hügeln heruntersausten, so wie er früher mit dem Wegener Rudi den Hang unterhalb von Sankt Georg. Die Sonne schien, er setzte sich auf eine Parkbank und horchte lange in sich hinein.

Stille. In ihm war nur Stille. Die strenge, mahnende Stimme seines Vaters war verstummt, und der stolze, unnahbare Soldat, an dessen Gesinnung Hans so lange gezweifelt hatte, war auf einmal ein Mann, der ihn nach dem Vorfall auf dem Schießplatz in den Arm genommen und getröstet hätte. Der ihm gesagt hätte, dass er ihn liebte und nie verlassen wollte. Die unbändige Wut in ihm verschwand und machte dem Vermissen Platz. Hans wusste nicht, wie sich Zukunft anfühlte, aber womöglich begann sie so.

23

Zweitausendfünfhundert Mark! So viel Geld brauchte Leni, um mit Max Albrecht die Landmanns-Gesellschaft mbH für naturkosmetische Erzeugnisse zu gründen. »Ausgeschlossen!«, sagte sie, als er ihr das in den Räumen der Apotheke mitteilte, kurz nachdem ihre Mutter aus dem Krankenhaus entlassen worden war. Dieser ging es besser, aber sie musste sich noch schonen und durfte nicht mehr so viel arbeiten, hatte der Arzt gesagt. »Gib Deutenhofen auf, Mama!«, hatte Leni sie deshalb bekniet. »Und spar dir die Hausbesuche am Montag.«

»Und wo kommt dann des Geld her, des wir brauchen?«

»Der Hans verdient jetzt schon zweihundert Mark im Monat mit seinen Auftritten an den Wochenenden, der braucht von uns nicht mehr so viel«, hatte Leni erklärt, und ihre Mutter hatte geseufzt und den Kopf geschüttelt. »Mama, du musst vernünftig sein, sonst geht es dir wie deiner Mutter.«

»Die hat sich wirklich nicht stillhalten können!«

»Bitte, geh es langsamer an.«

»Ja, meinetwegen«, hatte ihre Mutter widerwillig eingelenkt.

»Schau, dann kannst du dich mehr um den Garten kümmern, das hast du dir doch gewünscht, und dich mal unter der Woche ins Café Rothe setzen und dich bedienen lassen.«

»Was mach ich denn allein im Café?«

»Du kannst ja den Joseph fragen, ob er dich begleitet.«

»Ja, da täten die Leut schön reden!«, hatte ihre Mutter gesagt und sich mit einem verträumten Lächeln die Kittelschürze glatt gestrichen.

Die Kette, die Schorsch Lenis Mutter geschenkt hatte, trug sie nun jeden Tag und legte sie nachts neben sich auf den Nachttisch. Sie erinnerte sie daran, auf sich aufzupassen, genau wie Hans, der seit ihrer Entlassung aus dem Krankenhaus schon zweimal nach Hause gekommen war, um nach ihr zu sehen. Leni fand, dass er sich seit ihrem Geburtstag verändert hatte, er schien glücklich zu sein, fast so, als wäre er verliebt.

»Das ist deine Stammeinlage«, erklärte Max Leni. Sie saßen in dem kleinen Aufenthaltsraum der Apotheke über den Schätzungen der Umsätze und des Gewinns im Gründungs- und Folgejahr ihrer künftigen Firma. »Wir müssen ein Viertel vom vorgeschriebenen Mindeststammkapital auf dem Firmenkonto oder an Betriebsmitteln haben.«

Zweitausendfünfhundert Mark! Dafür musste Leni ein halbes Jahr arbeiten, ohne Abzüge und ohne auch nur eine Mark davon auszugeben. Das waren zwei Waschmaschinen oder eine Erste-Klasse-Passage auf einem Luxusdampfer von Bremerhaven nach New York, wo Hans so gern hinreisen würde, um die Großen des Jazz zu hören. »Hast *du* denn so viel Geld?«, fragte Leni.

»Ich bringe unsere Laboreinrichtung als Sacheinlage ein«, erklärte er ihr.

»Aber wo soll ich denn so viel Geld hernehmen, Max? Weißt du, was ich in München verdiene?«

»Du wirst einen Kredit aufnehmen müssen«, sagte er wie selbstverständlich.

Leni sah auf einmal nur noch Zahlen und Kosten, über die sie bisher gar nicht nachgedacht hatte, wie etwa die Miete für ihr Labor, die sie künftig an den Senior zahlen würden. War das nicht alles eine Nummer zu groß für sie?

»Also, was denkst du?«, wollte Max von ihr wissen.

»Dass ich keine Sicherheiten habe und mir deshalb keine Bank Geld leiht.«

»Deshalb brauchst du einen Bürgen.«

»Max, meine Mutter ist gerade erst aus dem Krankenhaus nach Hause gekommen. Ich kann sie mit so was nicht belasten. Das würde ihr viel zu viel Angst machen.«

»Das weiß ich doch«, sagte er gelassen, »und deshalb bürgt mein Vater für dich.«

»Was? Warum?« Leni konnte gar nicht fassen, was Max da vorschlug, sie kannte seinen Vater doch kaum.

Max griff beherzt nach ihrer Hand. »Leni, ich glaube an unsere Firma, und mein Vater tut es auch. Wir werden schon in einem Jahr schwarze Zahlen schreiben, sieh her.« Er zeigte ihr die geschätzten Prognosen, und Leni sah noch mehr Zahlen, die wie wild in ihrem Kopf herumschwirrten. »Das ist der voraussichtliche Umsatz und das der Gewinn«, sagte Max und deutete auf zwei Spalten, »errechnet anhand der Auftragsentwicklung der letzten sechs Monate. Und diese Schätzung ist durchaus noch verhalten.«

»Niemals!«

»Doch, doch. Ich habe im März die Proben verschickt, die wir abgefüllt haben, und seit gestern haben wir acht neue Reformhäuser, die die Landmanns Kosmetik führen werden. Die Auftragsbücher füllen sich, Leni, obwohl noch nicht einmal der Artikel im *Reformhaus KURIER* erschienen ist.«

Der Fotograf war Anfang Mai in die Apotheke gekommen, am Tag vor Lenis Geburtstag, zusammen mit einem jungen Journalisten, dem sie von ihrer Großmutter und ihren Anfängen in ihrer Küche in Hebertshausen erzählt hatte, von der Wirkung von Düften auf das Gemüt und den Vorteilen von natürlichen Inhaltsstoffen in Haut- und Haarpflegeprodukten. Die Überschrift des Artikels würde *Schönheit und Kompetenz* lauten, hatte der Journalist am Ende des Interviews gemeint, und dass Leni als kreative Kraft hinter der Marke Landmanns diese beiden Attribute aufs Beste in sich vereine. »Dass Sie Friseuse sind, wird unsere weiblichen Leser besonders interessieren, Fräulein Landmann«, hatte er gesagt, »das ist heute einer *der* Wunschberufe junger Mädchen«, und ein Foto von ihr gemacht, wie sie vor einem großen Glasballon, in dem Rosenblätter schwammen, einen Tiegel ihrer Rosencreme hochhielt, und dann noch eines von Max in seinem weißen Kittel mit Haube und Latexhandschuhen vor dem Walzenwerk.

»Leni«, erklärte ihr Max, »wir bedienen deinen Kredit aus den Einnahmen der GmbH und können mit dem Geld von Anfang an arbeiten. Ich denke darüber nach, uns ein solides Vertreternetz aufzubauen und bald jemanden für die Produktion einzustellen.«

»Wenn ich das meiner Mutter erzähle, bekommt sie gleich den nächsten Infarkt«, sorgte sich Leni.

»Das war kein Infarkt, sondern eine Angina Pectoris«, meinte Max, der sich in den letzten zwei Wochen mehrfach nach dem Gesundheitszustand ihrer Mutter erkundigt hatte. Sie hatten alle Anteil genommen, die Damen aus dem Salon in Hebertshausen, die Nachbarn, Schorsch, der sie im Krankenhaus besucht hatte, und Karl auch. Was er wohl von der Idee halten würde, einen Kredit aufzunehmen? Wobei die Summe in seiner Welt wahrscheinlich gar nicht hoch war.

»Bring es deiner Mutter in homöopathischen Dosen bei«, schlug Max vor. »Sag ihr erst einmal nur, dass wir zum Notar gehen.«

»Was machen wir denn da?«

»Da unterschreiben wir den Gesellschaftsvertrag und lassen ihn beurkunden. Dein Einverständnis vorausgesetzt, werde ich als Geschäftsführer fungieren und mich als solcher auch um die Buchhaltung kümmern, denn die ist nicht ohne.«

»Die Buchhaltung«, wiederholte Leni.

»Genau. Die Bilanzen und Jahresabschlüsse.«

»Mir schwirrt der Kopf.«

»Eigentlich musst du nur wissen, dass wir gleichberechtigte Partner sein werden oder besser Gesellschafter, so nennt sich das dann, und dass wir im Falle einer Insolvenz nur mit unserem Stammkapital haften. Maximal also mit je zehntausend Mark.«
»Mit zehntausend Mark?« Leni wurde blass. »Du könntest genauso gut eine Million sagen!«
»Das ist ein rein hypothetischer Fall«, versuchte er, Leni zu beruhigen.
Max erklärte ihr an diesem Tag das gesamte Prozedere. Er sprach über den Eintrag ihrer Firma ins Handelsregister, die Gewerbeanmeldung, die Geschäftsordnung und zu guter Letzt über ihren steigenden Rohstoffbedarf angesichts der größeren Nachfrage. Je länger Leni ihm zuhörte, desto klarer wurde ihr, dass so viel Arbeit auf sie zukam, dass sie ihren Meister-Vorbereitungskurs bis auf Weiteres verschieben musste. Jetzt galt es, andere Prioritäten zu setzen.

Schon drei Tage nach ihrem Gespräch mit Max war Leni mit seinem Vater zur Bank gegangen. Es hatte sie Überwindung gekostet, aber mit dem Senior im Rücken war ihr der benötigte Kredit ohne Probleme gewährt worden. Das Geld lag nun auf dem Firmenkonto, weshalb Leni bereits heute mit Max in der Münchner Residenzstraße, unweit vom Salon am Hofgarten, den Notartermin hatte.

Es war Montag, der 27. Mai, und immer noch kühl für die Jahreszeit. Die Eisheiligen hatten ihrem Namen in diesem Jahr alle Ehre gemacht und die »Kalte Sophie« am fünfzehnten sogar noch einmal Schnee gebracht.

Leni trug zur Feier des Tages die Perlenohrringe, die ihre Mutter ihr zum Geburtstag geschenkt hatte, das petrolfarbene Kleid und neue Schuhe mit Pfennigabsatz, die sie sich bei HERTIE gekauft hatte. Zwar hatte die Fahrt auf ihrem Roller ihrer Frisur etwas zugesetzt, aber das war mit ein paar Handgriffen vor dem spiegelblanken Messingschild des Notariats schnell wieder in Ordnung gebracht.

Max kam in einem schwarzen Anzug, der ihn noch schmaler wirken ließ, als er es schon von Natur aus war. Er trug eine Fliege zum weißen Hemd und hatte seine Aktentasche unter dem Arm. »Na, bereit eine Firma zu gründen?«, fragte er sie noch auf der belebten Straße.

»Ich habe heute Nacht kein Auge zugemacht.«

»Ich auch nicht«, verriet er ihr und schmunzelte. »Schöne Grüße vom Senior, er wünscht uns gutes Gelingen.«

»Danke.«

»Wollen wir?«

Leni und Max gingen durch ein nobles Treppenhaus in den dritten Stock hinauf, läuteten, gaben einer ältlichen Sekretärin, der Leni gern eine Frisur mit etwas mehr Schwung empfohlen hätte, ihre Ausweispapiere, und warteten dann auf zwei gepolsterten Stühlen auf dem langen, hellen Flur des Notariats, dass sie aufgerufen wurden. Die Fenster gingen auf den Max-Joseph-Platz und das kriegszerstörte Nationaltheater hinaus, das immer noch nur provisorisch eingerüstet war; die Münchner sammelten Spendengelder für seine Sanierung, und die Opernaufführungen fanden derweil im Prinzregententheater statt.

Leni sah eine Weile in den weiß-blauen Himmel und blickte dann auf eine große Wanduhr, deren Zeiger sich ähnlich langsam bewegten wie die Bürokräfte auf dieser Insel der administrativen Ruhe und Behäbigkeit. Hin und wieder öffnete sich eine ledergepolsterte Tür, und Herren in dunklen Anzügen kamen mit Bergen von Aktenordnern heraus, würdigten sie keines Blickes, schlurften über den Gang und verschwanden lautlos hinter einer anderen.

»Fräulein Marlene Landmann und Herr Maximilian Basilius Albrecht bitte!«, rief ein beleibter Mann sie auf und durchbrach damit die Stille. Das musste der Notar sein.

»Basilius?«, fragte Leni Max im Aufstehen und versuchte, nicht zu lachen.

»Das ist Griechisch«, erwiderte er betreten, »und eine bedauerliche Entscheidung meines Vaters. Ich glaube, dass er während seines Studiums der Pharmazie mit bewusstseinserweiternden Drogen experimentiert hat.«

Max und Leni nahmen vor einem ausladenden Schreibtisch Platz, und der Notar verlas nach der Begrüßung in horrendem Tempo ihren Gesellschaftsvertrag. Leni gab sich alle Mühe, ihm zu folgen, aber irgendwann zwischen den Paragrafen fünfzehn – »Wettbewerbsverbot« – und siebzehn – »Salvatorische Klausel« – verlor sie den Faden.

»Wenn Sie jetzt bitte unterschreiben würden«, forderte der Notar sie kurz darauf auf. Max setzte seine Unterschrift auf die markierte Linie und reichte Leni seinen Füllfederhalter. Sie nahm ihn und hielt inne.

»Leni?«, fragte Max.

»Ja?«

»Alles in Ordnung?«

»Ja.«

»Brauchst du noch Zeit?«

»Nein ...«

Leni starrte auf den Vertrag, und die Buchstaben tanzten vor ihren Augen.

Jetzt, sagte sie sich.

Oder auch nicht.

»Haben Sie noch Fragen?«, wollte der Notar von ihr wissen, und sie schüttelte den Kopf und dachte: *Ich hafte mit zehntausend Mark! Zehntausend ...*

»Fräulein Landmann?«

Leni sah erst den Notar an und dann Max, atmete durch und beschloss, ins kalte Wasser zu springen. »Wer wagt, gewinnt«, hatte die Landmann-Oma immer gesagt und »Dem Mutigen gehört die Welt«, und Leni hatte sie für ihre Unerschrockenheit stets bewundert. Jetzt dachte sie an die Geschichte, wie ihre Großmutter im Krieg die Idee gehabt hatte, die wertvolle Schützenkette des Hebertshausener Schützenvereins im Altar von Sankt Georg zu verstecken, um sie vor dem Einschmelzen zu bewahren. »Und wenn's nottut, vergrab ma's samt der Glocken in meinem Garten im G'miasbeet, Herr Pfarrer!«, hatte sie damals vorgeschlagen und eisern Stillschweigen bewahrt, als die Staatsgewalt überall nach der Kette gefahndet hatte.

Leni setzte die Feder an und unterzeichnete. Der Notar drückte seinen Stempel auf den Vertrag und gratulierte ihnen. Kurz darauf bekamen sie auch schon ihre Ausweisdokumente zurück und standen nur Minuten später und ein paar hundert Mark Notarkosten ärmer wieder auf der Straße, was Leni an ihre Fahrt im Rotor erinnerte. An das wilde Drehen, die lähmende Wirkung der Fliehkraft, die noch den letzten klaren Gedanken aus ihrem Kopf gesaugt hatte, den Moment, als es ihr den Boden unter den Füßen weggezogen und sie nach Karls Hand gegriffen hatte, und ihre weichen Knie, als die verrückte Fahrt endlich vorbei gewesen war.

Weiche Knie hatte sie jetzt auch. Die Linie 19 bimmelte laut, ein Auto blockierte die Schienen, der Verkehr schob sich rußend an ihr und Max vorbei, und geschäftige Fußgänger drängelten über den Gehsteig. Alles war wie immer, so als wäre es ein Tag wie jeder andere. Dabei hatte sich gerade ihr ganzes Leben verändert, und alles, was bisher nur ein Tasten, ein neugieriges Ausprobieren gewesen war, verlangte auf einmal nach Verbindlichkeit. Doch in die Furcht, die Leni beim Notar überfallen hatte, mischte sich nun auch Euphorie, in die Euphorie Stolz, und zu dem gesellte sich die beruhigende Einsicht, dass sie nicht allein war. Sie hatte in Max einen zuverlässigen Partner, und sie hatte Karl. Er kam heute Abend sogar mit Hans nach Hebertshausen, um dort mit ihr und ihrer Mutter zu feiern – »Damit du sie nicht so lange allein lassen musst«, hatte Karl zu Leni gesagt, und sie hatte ihn für sein Verständnis noch mehr geliebt.

»Wir sollten auf diesen historischen Moment anstoßen«, meinte Max. »Was hältst du von den Pfälzer Weinstuben?«

»Ich muss in einer Stunde auf der Arbeit sein.«

»Das sollte für einen Trollinger und eine Brotzeit reichen. Wir müssen ja keinen Saumagen bestellen«, scherzte Max, der Vegetarier, in bester Stimmung.

»Möchtest du nicht lieber heute Abend zu uns kommen und da mit uns anstoßen? Dann lernst du auch meinen Freund kennen.«

»Karl«, sagte Max, dem Leni während der Arbeit schon das eine oder andere von ihm erzählt hatte. Nichts zu Persönliches natürlich, aber dass sie verliebt war, konnte sie kaum verbergen.

»Ja, Karl«, bestätigte sie und freute sich, dass er sie seinen Eltern beim Stiftungsball nun nicht nur als Friseuse, sondern auch als Geschäftsfrau vorstellen konnte: Marlene Landmann, Gründerin der Landmanns-Gesellschaft mbH für naturkosmetische Erzeugnisse!

*

Als Karl zum ersten Mal nach Bernried am Westufer des Starnberger Sees gefahren war, am Sonntag nach der Antrittskneipe, hatte er zuvor lange überlegt, ob es richtig war, sich mit Sabine Goldschmidt zu treffen, oder wieder nur eine dieser falschen Entscheidungen, die er so oft traf. Aber was war schon dabei, wenn er die Tochter eines alten Freundes seines Vaters besuchte? Er hatte ja nicht vor, Sabine gleich zu verführen.

Sie waren segeln gegangen, an einem strahlend sonnigen Tag, der Himmel und das Wasser hatten um die Wette geleuchtet, und Karl hatte zwei Freunde Sabines kennengelernt, die wie er in einer Studentenverbindung waren – im Akademischen Seglerverein, dessen Verbindungshaus in Herrsching am Ammersee stand, der zweiten großen Badewanne vor den Toren Münchens und dem imposanten Alpenpanorama. Unweit von Bernried, wo Sabine mit ihren Eltern in einer Villa gleich neben dem Strandcafé wohnte, mit eigenem Seehaus, das die Goldschmidts als Apartment ausgebaut hatten. Im Sommer feierte Sabine dort Feste oder verbrachte ihre Tage am Wasser, schwamm, sonnte sich, las und hörte Musik. Sie hatte nicht viele Verpflichtungen, dafür jede Menge Freiheiten und einen eigenen Telefonanschluss auf ihrem Zimmer. Karl konnte sie abends auch noch spät anrufen, so wie gestern, als er überlegt hatte, was er am heutigen Samstag machen wollte. Das Medizinische Quartett traf sich erst morgen wieder zum Lernen, da Frieda arbeiten musste, Hans am Abend einen Auftritt in Augsburg hatte und bereits am Nachmittag mit seiner Combo die Stadt verließ und Schorsch in der Küche des Ledigenheims aushalf.

»Wie geht es dir?«, hatte er Sabine gefragt. »Was hast du heute so gemacht?«

Sie hatte ihm erzählt, dass sie ihren Vater auf die Eröffnungsfeier der Alten Pinakothek begleitet hatte.

»Stell dir vor, der Bundespräsident war da und der Ministerpräsident und jede Menge Ehrengäste. Magst du die Alten Meister?«

»Meinst du damit jetzt den Bundespräsidenten oder Rubens und Rembrandt?«

Sabine hatte gelacht. »Die Letzteren und all die anderen europäischen Maler. Mein Vater sagt, neben dem Zwinger in Dresden ist die Pinakothek zurzeit die einzige deutsche Galerie von internationalem Rang, die sich dem Andenken der europäischen Malerei widmet.«

»Du bist ja richtig in Vortragslaune.«

»Die Bilder sind wirklich unglaublich schön, Karl. Die musst du dir ansehen.«

»Eigentlich wollte ich lieber dich sehen. Hast du morgen Nachmittag schon was vor?«

»Nichts, was ich nicht für dich verschieben könnte«, hatte Sabine gesagt und ihre helle Stimme sich fast überschlagen, so sehr freute sie sich offenbar über seinen Anruf. »Wann kommst du?«

»Nach dem Mittagessen. So gegen zwei. Passt das?«

»Willst du rausfahren? Soll ich die Jungs anrufen?«

Karl hatte im April auf Sabines Drachen als Vorschoter Hand angelegt, obwohl das Segeln noch Neuland für ihn gewesen war, und bei den Wendemanövern und Halsen das Tau der Fock gelöst und auf der anderen Seite des schlanken Segelbootes wieder dicht geholt. Das hatte unglaublich viel Spaß gemacht, zumal der Wind ganz schön gepfiffen hatte.

»Wir können auch bei euch bleiben und baden«, hatte Karl vorgeschlagen, da er sich noch nicht entschieden hatte, ob er später nicht noch am Salon am Hofgarten vorbeifahren würde, wenn er schloss. Er hatte Leni zuletzt am Montag gesehen, als sie in Hebertshausen ihre Geschäftsgründung gefeiert hatten, und dabei diesen Max Albrecht kennengelernt.

Die Fahrt von München nach Bernried dauerte fast eine Stunde, und die Landschaft war schön: die Felder und Wiesen weit, die Bauernhäuser geduckt mit Blumenkästen vor den Balkonen und die kleinen Dörfer wie gemalt – zumindest im Vorüberfahren. Ab Starnberg fuhr Karl am See entlang über Feldafing und Tutzing – eine fantastische Motorradstrecke – und vorbei am Schloss Höhenried, das seit zwei Jahren der Landesversicherungsanstalt Oberbayern gehörte und bald in eine Kuranstalt umgewidmet werden sollte. Goldschmidt hatte ihm von Plänen erzählt, in die er involviert war, und die vorsahen, in dem weitläufigen Park eine Klinik zu bauen. Und dann hatte er Karl auf seine beruflichen Pläne angesprochen und ihm eine Assistenzstelle in der Pädiatrie im Schwabinger Krankenhaus in Aussicht gestellt. »Du bist der Sohn, den ich mit immer gewünscht habe,

Junge«, hatte er zu ihm gesagt und ihn in den Qualm seiner kubanischen Zigarren gehüllt. »Ich würde mich jederzeit für dich verwenden.«

Karl fuhr im gemäßigten Tempo am Strandcafé vorbei und parkte seine Maschine kurz darauf in der gekiesten Auffahrt der Goldschmidts, von der aus er Richtung Süden den kleinen Zwiebelturm der nahen Klosterkirche sehen konnte. Sabine stand schon in der Tür und erwartete ihn. Ihr langes blondes Haar hatte sie zum Pferdeschwanz hochgebunden, das stand ihr, so wie Leni früher, bevor sie ihre schönen Haare abgeschnitten hatte. Sabine trug Caprihosen, eine Wickelbluse, die ein Dekolleté Marke Offenbarungseid präsentierte, und flache Schuhe. Im Badeanzug machte sie eine wirklich gute Figur, da sie groß war, aber heute hatte sie einen Bikini unter ihren Sachen an. Karl sah das Oberteil unter der dünnen Bluse durchscheinen.

»Lach nicht«, sagte sie, als er abstieg, »aber ich habe einen Kuchen für dich gebacken. Den, den es auf der Hochzeit deines Bruders gegeben hat und den du so mochtest.«

Erich hatte am 18. Mai geheiratet. Sabine war mit ihren Eltern eingeladen gewesen und Karls Tischdame. Da es ein Samstag gewesen war, hatte Leni ihn nicht begleiten können, aber es wäre auch keine gute Idee gewesen, sie ausgerechnet auf der Hochzeit seines Bruders der ganzen Familie vorzustellen. Das war Erichs und Inges großer Tag gewesen, außerdem hatte Karl Pflichten als Trauzeuge gehabt. Er hatte in der Kirche vorn beim Brautpaar gestanden und ihnen die Ringe gegeben und später beim Empfang eine Rede gehalten, die seiner Mutter Tränen der Rührung in die Augen getrieben hatte. Aber an solchen Tagen hatten Mütter wohl generell nah am Wasser gebaut.

»Himbeer-Buttercremetorte?«, fragte Karl Sabine.

»Ja. War ganz schön schwierig, aber Doktor Oetker hat mir beigestanden.«

»Ein Küchenhelfer mit Approbation?«

»Für dich nur das Beste!«, erwiderte sie, und ihr Lächeln war wirklich hübsch. »Wenn du mich schon mal beehrst.«

Karl war im April zweimal hier gewesen, hatte sich dann aber nicht mehr bei Sabine gemeldet, nachdem Leni ihn an ihrem Geburtstag endlich ihrer Mutter als ihren Freund vorgestellt hatte und Hans nun auch von ihrer Beziehung wusste. Ohne die Heimlichkeiten, hatte Karl gedacht, würde es in Zukunft leichter sein, sich zu sehen. Sie hatten den Urlaub mit den Freunden geplant, sich auf den Stiftungsball gefreut, und Leni hatte ihr Vorhaben, ihren Friseur-Meister zu machen, auf unbestimmte Zeit verschoben. Karl war darüber sehr froh gewesen. Aber dann hatten dieser Apotheker und sie von der vielen Arbeit gesprochen, die auf sie zukam, dass Leni schon bald eine Vertreterin schulen müsse und Messen besuchen solle und sie die Produktion ausbauen wollten. »Das mit unserem Urlaub mit Hans und den anderen wird leider nichts«, hatte sie zu Karl gesagt, »ich muss die Woche, die Herr Keller mir im August freigegeben hat, mit Max im Labor arbeiten. Der Artikel im *Reformhaus KURIER* erscheint am ersten Juli.«

»Das könnte die Initialzündung für unsere Firma sein!«, hatte Max Albrecht geschwärmt und sich bei Karl entschuldigt, dass ihre vollen Auftragsbücher seine und Lenis Urlaubspläne durchkreuzten. Karl hatte so getan, als würde es ihm nichts ausmachen, ihnen gratuliert und gewusst, dass er auch in Zukunft ohne Leni im Kino sitzen und statt dem Zug nun ihrem Motorroller hinterhersehen würde. Die Stunden, die er sie für sich allein hatte, wurden immer weniger.

Sabines Mutter saß im Wohnzimmer, als Karl sie begrüßte. Die hohen Fenstertüren standen offen und führten auf eine überdachte Terrasse mit einer steinernen Balustrade im Hochparterre hinaus. »Das freut mich wirklich, dass Sie wieder mal vorbeischauen, Karl«, sagte sie. »Sie wissen, dass Sie bei den Goldschmidts immer willkommen sind.«

»Ist Wilhelm auch da?«

»Nein, er lässt sich entschuldigen, er ist im Werk. Geht ihr schwimmen?«

»Ja«, sagte Sabine, »und später essen wir den Kuchen.«

Vom Liegestuhl aus sah Karl Sabines Segelboot, es war an einer Boje festgemacht und schaukelte auf dem Wasser. Weiter draußen fuhren Motorboote, die Wasserskifahrer hinter sich herzogen, und die großen Passagierschiffe der weiß-blauen Flotte kreuzten auf dem See.

Sie waren aus ihren Kleidern geschlüpft und saßen nun in ihren Badesachen nebeneinander, Sabine hatte ihr Transistorradio angemacht, AFN lief, und sie las die neueste *BRAVO*. Leni mochte die Zeitschrift auch, sie bekam sie manchmal von einer Kollegin geliehen und erzählte Karl dann von den aktuellen Kinofilmen und Begebenheiten aus dem Leben der Stars.

»Was gibt's Neues?«, fragte er Sabine.

»Ein Preisausschreiben von den Opal-Textilwerken«, antwortete sie und zupfte sich ihr Bikini-Oberteil zurecht. Das knappe Teil schürte Fantasien. »Wer wird die nächste Miss Germany? Einsendeschluss ist der 21. Juni, der Tag vor der Wahl in Baden-Baden.«

»Was kann man denn gewinnen?«

»Der erste Preis ist ein vierundvierzigteiliges Tafelservice von Rosenthal für zwölf Personen.«

»Arbeitetest du an deiner Aussteuer?«

»Warum nicht?« Sabine hielt ihm die Zeitschrift hin. »Also, was meinst du, welches Mädchen gewinnt?«

Karl sah sich die Fotos der fünfzehn Kandidatinnen an und überlegte. »Schwer zu sagen, die sind alle so farblos.«

»Im Ernst?«

»Ich meine schwarz-weiß.«

»Also ich tippe auf Ingrid Fichtner. Sie ist Stenotypistin.«

»Eine Brünette? Glaube ich nicht. Da hat Christa Rademacher schon bessere Chancen oder die aus Hamburg, Gerti Daub, die passt in die Optik.«

»Die sind beide blond.«

»Sag ich doch.«

»Willst du wetten?«, forderte Sabine ihn heraus. »Ich sage, dass es keine Blondine wird.«

»Klar, um was?«

»Wenn ich recht habe, lädst du mich zum Stiftungsfest ein«, schlug sie unvermittelt vor, und Karl erschrak.

»Das geht nicht ...«, druckste er herum, denn er hatte Leni Sabine gegenüber bisher nicht einmal erwähnt, »ich meine, ich habe schon jemanden eingeladen.«

»Oh, schade ...«

»Das tut mir echt leid, Sabine, aber ich gehe mit meiner Freundin hin.« So, jetzt war es raus.

»Deiner *festen* Freundin?«

»Ich bin mir da nicht mehr so sicher ...«

Karl dachte immer öfter darüber nach, wo das mit Leni und ihm hinführen würde. Brauchte er nicht eigentlich eine Frau, die sich nach ihm richtete und ihr Leben um seines herumbaute? Eine, die keine eigenen beruflichen Ambitionen hatte? Goldschmidt hatte Sabine angeboten, in seinem Werk zu arbeiten, er hatte außer ihr keinen Nachfolger, aber sie würde lieber einen Mann heiraten, der diese Aufgabe später übernahm, das gab sie offen zu, und sich um die Familie kümmern. »Dann suchst du dir also einen Buchhalter«, hatte Karl sie auf der Hochzeit seines Bruders damit aufgezogen, und sie hatte ihm keck entgegnet: »Oder einen Pharmazeuten oder Mediziner. Kennst du zufällig einen?«

»Wie meinst du das, nicht mehr so sicher?«, fragte Sabine.

Karl gab sich einen Ruck und erzählte ihr von Leni. Alles, von ihrer ersten Begegnung in ihrem windschiefen Haus, in dem so viel Wärme zu spüren gewesen war, bis zu dem Nachmittag, an dem sie zum ersten Mal miteinander geschlafen hatten, von Lenis Träumen und ihrem Ehrgeiz, ihrer Bodenständigkeit und ihrem ehrlichen Wesen, dem Humor und dann, wie überflüssig er sich in letzter Zeit in ihrem Leben vorkam.

»Aber ich kann doch nicht der sein, der von ihr verlangt, dass sie das alles aufgibt, nur für mich«, schloss er verdrossen, und es fühlte sich gut an, endlich einmal mit jemandem darüber zu reden. Seinen Freunden konnte er es ja nicht sagen, sein Bruder war bereits ausgezogen, der wohnte jetzt, bis sie gebaut haben würden, bei seinen Schwiegereltern, und Gertie war, was Leni anbetraf, voreingenommen. Sie war der Meinung, dass Karl jetzt für sie verantwortlich war: »So ein Mädchen heiratet man, oder man lässt die Finger von ihr, mein Kleiner! Das wusstest du.«

»Ich bin erst fünfundzwanzig, Gertie!«, hatte er ihr aufgebracht entgegnet.

»In dem Alter war dein Bruder schon so gut wie verlobt.«

Wollte Leni überhaupt heiraten? Sie hatten nie darüber gesprochen, sie hatte lediglich einmal gesagt, dass sie keine Hausfrau sein wolle wie ihre Freundin Ursel, und von einer Gertraud Gruber geschwärmt, deren Mann auf irgendeiner Schönheitsfarm mit ihr zusammenarbeitete.

»Hast du deiner Freundin gesagt, wie du dich fühlst?«, fragte Sabine.

»Nein ... nicht so richtig.«

»Dann rate ich dir, es zu tun«, sagte sie, ohne einen Anflug von Eifersucht. Sie war wirklich unglaublich.

Sie stand auf und zog Karl aus dem Liegestuhl hoch. »Aber vorher schwimmen wir um die Wette, und wenn du gewinnst, bekommst du das erste Stück von der Torte. Na? Wasserscheu, Siegfried?«, provozierte sie ihn und lachte. »Badest du etwa nur in Drachenblut?«

Karl wollte sie zur Abkühlung im See untertauchen, aber da lief sie auch schon los und sprang mit Anlauf vom Steg. Er holte sie erst ein, als sie ihr Segelboot erreichte, und drohte ihr eine Abreibung an, doch sie tauchte ab und kraulte kurz darauf zum Steg zurück. Sie machte es sich wieder in ihrem Liegestuhl bequem und kämmte sich durchs nasse blonde Haar. Die Wassertropfen funkelten auf ihrer zart gebräunten Haut.

»Gibt es Meerjungfrauen in deiner Familie?«, fragte er, als er an Land kam, und setzte sich zu ihr.

»Klar, aber wir verwandeln uns nur nachts.«

»Das würde ich gern mal sehen.«

»Jederzeit.«

Seine Welt war rund an diesem unbeschwerten Ort. Die Sonne, der See, die Sorglosigkeit. *Hier passe ich hin*, dachte Karl, *und zu ihr*. Hier war er willkommen und musste um nichts kämpfen, nur der sein, der er war. Der, der er wirklich war.

Und trotzdem wirst du früher oder später eine Entscheidung treffen müssen – für deine Familie oder gegen sie.

Hatte Gertie etwa das gemeint? Schon als Goldschmidt die Assistenzstelle auf der Pädiatrie angesprochen hatte, hatte er darüber nachgedacht. Ausgerechnet die Kinderheilkunde, in der sein Vater und Erich auch arbeiteten, wenngleich in einer anderen Klinik. Aber je weniger Karl sich von den beiden abzugrenzen versuchte, desto wohler fühlte er sich in seiner Haut. Sich das einzugestehen fiel ihm schwer. Verdammt schwer!

»Bist du mir gar nicht böse, dass ich Leni nie erwähnt habe?«, fragte er Sabine.

»Nein, warum? Ich weiß doch, dass du kein Mönch bist.«

»Aber dein Vater stellt mir die Stelle im Schwabinger in Aussicht, weil er denkt, dass du und ich ...«

»Ja? Was?« Sie stand vor ihm in diesem knappen Bikini und war so verflucht kokett.

»Na, dass wir vielleicht ein Paar werden.«

»Keine Sorge, er wird es verschmerzen und ich auch. Mein Tafelservice und ich werden schon noch den Richtigen finden.«

Karl genoss den Nachmittag in vollen Zügen. Sie badeten, lasen, tranken Cocktails, die Sabines Mutter mixte, und hörten sich eine neue Scheibe aus der Sammlung ihres Vaters an: Duke Ellingtons *Such Sweet Thunder*, eine Vertonung von Shakespeares *Sommernachtstraum*, die bis zum Strandcafé mit seinen bunten Sonnenschirmen hinüberklang. Sabine tanzte auf der Terrasse dazu und alberte ausgelassen herum.

»Karl«, sagte ihre Mutter später zu ihm, »mein Mann hat angerufen. Er würde sich freuen, wenn Sie zum Abendessen bleiben würden.«

»Ich möchte nicht stören, Frau Goldschmidt.«

»Es gibt Schmorbraten, und Bienchen macht ein wunderbares Kartoffelpüree. Bitte, machen Sie uns die Freude.«

Goldschmidt kam um sieben nach Hause und unterhielt sich beim Essen mit Karl über die Malerei. Er erzählte von den beeindruckenden Bildern in der Alten Pinakothek und Karl von seinem Besuch der Uffizien im vergangenen Sommer in Florenz. Die Frauen hingen an ihren Lippen, und Sabine holte später einen Bildband aus dem Regal – *Europäische Malerei* von Wilhelm Müseler –, in dem Karl und sie gemeinsam blätterten.

Es war schon dunkel, als er sich verabschiedete und Sabine ihn zu seinem Motorrad begleitete.

»Danke«, sagte er, »das war heute wirklich glorios.«

»Wir haben da noch eine Wette laufen«, erinnerte sie ihn.

»Was bekomme ich denn jetzt von dir, wenn eine Brünette Miss Germany wird?«

»Was willst du denn?«

»Einen Kuss.«

Verdammt, die Kleine war hartnäckig. »Du weißt, dass das

unfair ist«, klärte er sie auf. »Von den fünfzehn Kandidatinnen sind elf dunkelhaarig.«

»Na und?«

»Meinetwegen«, stimmte er zu, denn ihre Anhänglichkeit schmeichelte ihm. »Und was bekomme ich, wenn ich recht habe?«

»Was willst du denn?«, gab sie die Frage genau wie er zurück.

»Das sage ich dir, wenn sie meiner Favoritin das Krönchen aufsetzen«, ließ er sie schmoren und dachte, dass er so oder so nur gewinnen konnte.

24

In der ersten Juliwoche hatte Charlotte Leni am Montagvormittag zu sich nach Bogenhausen eingeladen, um sie für das Stiftungsfest auszustaffieren. Leni war noch nie zuvor in diesem Stadtteil gewesen, obwohl sich dort Doktor Scheidigs Kosmetikinstitut befand, für dessen Arbeit Leni sich interessierte. Der richtige Ort für ein wenig Luxus, stellte sie fest, als sie ihren Motorroller vor Charlottes Haus parkte, denn die Villen, die sie auf ihrem Weg ins Physikerviertel gesehen hatte, zeugten alle vom Wohlstand ihrer Besitzer.

Charlotte öffnete ihr selbst und stellte Leni kurz darauf ihrer Schwiegermutter vor, die im Wohnzimmer beim Frühstück saß, ganz in Schwarz gekleidet, zwischen schweren Möbeln, die so wenig einladend wirkten wie die prüfenden Blicke der alten Dame. Sie trug ihr schulterlanges graues Haar tief in den Nacken gezogen und zu einer Olympiarolle hochgesteckt. Die antiquierte Frisur war 1936, in Lenis Geburtsjahr, hochmodern gewesen. Über dem Kamin hing ein Porträt von Charlotte, und auf einer Anrichte sah Leni Fotos von ihr. Sie hätten aus der *VOGUE* stammen können oder aus *Harper's Bazaar*, die manchmal im Salon am Hofgarten auslagen, und in denen es keine Kochrezepte gab oder Tipps, wie eine Frau ihrem Mann ein schönes Zuhause schaffen konnte. Diese Zeitschriften zeigten andere Träume. Leni betrachtete die Bilder voller Staunen – Charlotte in fantastischen Kleidern, die genauso farbenfroh waren wie die exotischen Vögel, die bei Sasa über die Wände flogen –, doch sie empfand bei ihrem Anblick nicht dasselbe heitere Schweben.

Sie arbeiten für Bogner?

Früher, unter anderem, aber das war, bevor ich geheiratet habe. Jetzt führe ich meine Kleider nur noch meinem Mann vor.

»Marlene ist Friseuse im Salon am Hofgarten«, erklärte Charlotte ihrer Schwiegermutter. »Sie zeigt mir heute ein paar Abendfrisuren. Jetzt, wo Kurt Teilhaber ist, werden die offiziellen Einladungen immer mehr.«

»Sie machen also auch Hausbesuche?«

»Nein, eigentlich nicht, Frau Lembke. Aber bei Charlotte mache ich eine Ausnahme«, flunkerte Leni.

»Du weißt, dass ich einen Termin bei Doktor Bergmüller habe«, erinnerte ihre Schwiegermutter Charlotte und stützte sich, als sie vom Tisch aufstand, auf einen Gehstock. »Ich werde eine Weile weg sein.«

»Kein Problem, lass dir Zeit, Therese. Wir sind oben.«

Charlotte führte Leni durch das holzgetäfelte Treppenhaus in ihr Schlafzimmer. Ihre Hausangestellte Hedy machte gerade die Betten.

»Meine Freundin probiert heute ein paar meiner Kleider an«, verriet Charlotte ihr. »Sie leiht sich eines für einen Ball am Sonntag aus, aber das soll niemand wissen. Ich habe meinen Mann nicht um Erlaubnis gefragt. Darf ich mich auf Ihre Diskretion verlassen?«

»Freilich, Frau Lembke«, erwiderte Hedy. »Ich sag allerweil, wer viel fragt, geht viel irr.«

Leni mochte die Frau auf Anhieb und das nicht nur, weil sie Bayerisch sprach.

Charlotte hatte ein eigenes Ankleidezimmer, das an ihr Schlafzimmer grenzte. Ihre Röcke, Kleider und Blusen hingen dort nach Jahreszeiten sortiert auf Satin bezogenen Kleiderbügeln, die Tagesgarderobe auf der einen Seite und auf der anderen die Abendkleider. Ihre feinen Stoffe bauschten sich – Seidensatin und Musselin, Chiffon, Taft und Spitzen –, die kräftigen

Farben leuchteten, und Strasssteine funkelten im künstlichen Licht der Deckenlampe. In einem Regal entdeckte Leni eine alte Schildkröt-Puppe neben Abendschuhen und Taschen. Sie trug ein selbst genähtes Kleidchen.

»Hast du die schon lange?«, fragte sie Charlotte und nahm sie behutsam aus dem Regal.

»Sie ist das einzige Geschenk, das mir meine Mutter je gemacht hat, das mir etwas bedeutet. Damals war ich fünf.«

»Wie heißt sie?«

Charlotte schmunzelte. »Das glaubst du mir ja doch nicht«, sagte sie.

»Warum nicht?«

»Sie heißt Helene, aber ich habe sie immer nur Leni genannt. Sie war meine beste Freundin, als ich klein war.«

»Wirklich?«

»Ja.«

»Und warum versteckst du sie dann hier? Ich würde sie auf mein Bett setzen.«

»Mein Mann will keine Puppen in unserem Schlafzimmer.«

Leni küsste Helene auf ihr Zelluloidköpfchen und bemerkte einen Hauch CHANEL N°5 an ihr und eine Spur Lippenstift auf ihrer Wange.

»Also die Farben der Gotharen sind rot, grün und schwarz«, kam Charlotte auf den Grund ihres Treffens zurück und betrachtete ihre Kleider, während Leni die Puppe sorgsam zurückstellte, »und deine Abendtasche ist rot.«

»Es nennt sich krapprot, sagt Karl, das ist ein gedecktes Rot.«

»Ich finde ja immer noch, dass das Grüne von Givenchy am besten zu deiner Haarfarbe passt. Was denkst du?«

»Sie sind alle schön«, schwärmte Leni, die Kleider wie die von Charlotte nur aus Illustrierten kannte. Von Filmfestspielen, Misswahlen und aus Werbeanzeigen. Und jetzt würde sie selbst eines tragen dürfen und Karl in seinem Smoking auf einen richtigen Ball begleiten! Es war wie in den Märchen, die ihr die Landmann-Oma oft vorgelesen hatte, als sie noch klein gewesen war: von Rosen umrankte Schlösser, Prinzen auf weißen Pferden und Küsse, die den Tod besiegten. Geschichten, von denen Leni immer gedacht hatte, dass sie nichts mit der Wirklichkeit zu tun hatten, aber jetzt schien eine von ihnen wahr zu werden.

»Dann probiere das Grüne an«, sagte Charlotte, »aber du brauchst dazu ein Korselett.«

»Ich hab keins.«

»Ich habe dir ein Musterstück aus der Vorjahreskollektion mitgebracht, das kannst du behalten. Meine werden dir obenherum etwas zu weit sein.« Charlotte holte es aus einer Schublade, nahm das grüne Kleid von seinem Bügel und half Leni beim Anziehen. Das trägerlose Korselett betonte ihre Taille, wodurch die Hüften runder erschienen, und hob durch die Polsterung ihre Oberweite hervor, aber es saß so eng, dass Leni zuerst glaubte, sich gar nicht mehr bewegen zu können. »Und so etwas trägst du jeden Tag?«, fragte sie ihre Freundin.

»Man gewöhnt sich daran.«

»Ich weiß nicht, ob ich so eingesperrt arbeiten könnte.«

»Für mich war das die Arbeit: die Luft anhalten, Haltung bewahren und lächeln. So verkauft man Träume.«

Charlotte drapierte den weiten Rock, als Leni vor dem Spiegel stand. Ihre Schultern blieben unbedeckt, der Ansatz ihrer Brüste war zu sehen und ein Großteil ihres Rückens. Leni betrachtete sich unsicher, und Charlotte schüttelte den Kopf. »Nein, das ist wohl doch zu offenherzig für den Anlass«, erklärte sie. »Lernst du nicht an diesem Abend Karls Eltern kennen?«

»Ja.«

»Dann darfst du nicht so viel Haut zeigen, sonst halten sie dich noch für einen Vamp.«

Und das war Leni nun wirklich nicht. *Im Gegenteil*, dachte sie. Irgendwo war da immer noch das Mädchen in ihr, das seine

Firmkerze in der Hand, artig in die Kamera ihrer Patin lächelte, die brave Tochter, die sich an die Regeln ihrer Mutter hielt. Die nicht vor der Ehe mit einem Mann schlief und ihren guten Ruf und ihre Zukunft aufs Spiel setzte und die noch daran glaubte, dass es den Einen gab, mit dem sie für immer zusammen sein würde.

»Leni?« Charlotte holte sie aus ihren Gedanken zurück.

»Woran denkst du? Du siehst plötzlich so ernst aus.«

»Ich habe an Karl gedacht«, gab Leni zu.

»Und da wirst du so nachdenklich?«

Konnte sie mit Charlotte darüber sprechen? Würde sie sie verurteilen, wenn sie wüsste, dass sie mit Karl schlief? »Darf ich dich etwas Persönliches fragen, Charlotte?«, fasste sich Leni ein Herz.

»Natürlich.«

»Kennst du dich mit Verhütung aus?«

»Schon, ja. Aber mein Mann will ein Kind. Er hat seiner Mutter einen Erben versprochen, deshalb verhüten wir nicht«, sagte Charlotte und versuchte, die Häkchen zu öffnen, um Leni wieder aus ihrem Kleid herauszuhelfen. Ihre Hände zitterten.

»Und du wünschst dir keines?«

»Nicht mit ihm«, gestand ihr Charlotte und wandte sich ab. »Entschuldige, ich ...«

»Charlotte, was ist denn los?«, fragte Leni sie sanft, aber ihre Freundin antwortete ihr nicht. Sie ging in ihr Schlafzimmer hinüber und setzte sich dort aufs Bett. Leni folgte ihr besorgt. »Ist es wegen deinem Mann?«, wollte sie wissen und sah, dass Charlotte weinte.

»Kurt ist anders, als die Leute denken«, sagte sie nach einer Weile, und ihr Blick ging zu ihrer Schminkkommode hinüber. Leni kam es so vor, als würde sie dort etwas sehen, das sie quälte. »Er kann sehr ... bestimmt sein.«

Also doch! »Ich habe einmal deine Handgelenke gesehen«,

sagte Leni vorsichtig, und Charlotte sah sie erschrocken an. »Die waren ganz rot. Und dann war da der Unfall im Februar, wo du angeblich von der Leiter gefallen bist, und manchmal hast du blaue Stellen am Hals.«

Charlotte nickte, und Leni griff nach ihren Händen. »Charlotte, tut dein Mann dir weh?«

Sie nickte wieder und zitterte immer noch.

»Aber wieso bleibst du denn dann bei ihm?«, fragte Leni. Wie konnte sich eine Frau wie Charlotte das antun? Wie konnte irgendeine Frau sich so etwas antun?

»Weil Kurt mit einer Scheidung niemals einverstanden wäre. Schon allein, um vor seiner Mutter nicht als Versager dazustehen, als einer, der seine Frau nicht halten kann.«

»Und wenn du einfach gehst? Vielleicht könntest du bei Sasa wohnen?«

»Sie hat es mir sogar schon angeboten, aber dann stehe ich ohne Arbeit und ohne Geld da. Mir gibt doch niemand eine Anstellung, ohne Kurts Einwilligung.«

»Aber irgendetwas musst du doch tun können«, sagte Leni.

»Ja, irgendetwas«, wiederholte Charlotte und erzählte ihr von ihren Plänen. Leni verstand nicht alles, was Charlotte ihr über die Verkäufe von Gemälden, ein geheimes Konto in der Schweiz, Schwarzgeld und die Vergnügungen der Herren der Chefetage auf Dienstreisen verriet, aber dass Charlotte versuchte, sich abzusichern, verstand sie.

»Ist das nicht gefährlich?«, fragte sie sie ängstlich, denn Leni hatte auf einmal das Gefühl, in einem dieser Fortsetzungsromane aus der *BRAVO* gelandet zu sein – ein nervenzerreißender Krimi oder eine Spionagegeschichte. »Was ist, wenn dein Mann dich erwischt?«

»Ich muss es riskieren«, erwiderte Charlotte, und Leni lief es eiskalt den Rücken herunter.

Charlotte sah auf das Kleid, das Leni immer noch anhatte,

fasste sich und stand vom Bett auf. »Komm«, sagte sie, »das ist nicht das Richtige. Wir probieren ein anderes an.«

Sie gingen ins Ankleidezimmer zurück, und Charlotte nahm ein elfenbeinfarbenes Tüllkleid vom Bügel, auf dessen Rock rote Rosen gestickt waren. Leni schlüpfte hinein und liebte das Kleid auf Anhieb. »Du müsstest hier an den Seiten zwei kleine Abnäher machen«, sagte Charlotte. »Ansonsten ist es perfekt.«

»Gerti Daub hat ein ganz ähnliches angehabt, als sie letzte Woche zur Miss Germany gekürt worden ist. Hast du die Fotos gesehen?«, fragte Leni Charlotte.

»Das war vielleicht auch ein Modell von Schulze-Varell, so wie dieses.«

»Weißt du, dass sie diplomierte Kosmetikerin ist?«, schwärmte Leni. Sämtliche Tageszeitungen hatten über die schöne Hamburgerin geschrieben und sie mit Grace Kelly verglichen.

»Probier die Schuhe dazu an.« Charlotte hielt Leni Pumps aus demselben elfenbeinfarbenen Stoff hin, und sie zog sie an. Sie waren ein wenig zu groß, woraufhin Charlotte sie mit Watte ausstopfte. »Auf meiner Schminkkommode liegt ein Lippenstift von Revlon in einer goldenen Hülle«, sagte sie, während sie das Givenchy-Modell wieder aufhängte. »Der sollte den Farbton deiner Abendtasche haben. Trag ihn mal auf.«

Leni musste nicht lange suchen. Der Lippenstift lag neben einer silbernen Puderdose auf einem einfachen weißen Baumwolltaschentuch. Ihr Vater hatte ganz ähnliche gehabt, Dutzendware, die Hans jetzt benutzte. Dieses gehörte sicher Charlottes Mann. »Die Farbe ist perfekt!«, rief Leni ins Ankleidezimmer hinüber, und Charlotte kam zu ihr, um sich selbst davon zu überzeugen.

»Absolut!«, sagte sie begeistert. »Den nimmst du mit. Welchen Schmuck wirst du tragen?«

»Mein Kettchen von Karl«, meinte Leni und deutete darauf, »und die Perlenohrringe von meiner Mutter.«

»Das reicht. Mehr wäre zu viel.« Charlotte überlegte kurz und sagte dann: »Ich bitte Hedy, dir die Sachen in einen Karton zu packen, den du auf deinem Roller transportieren kannst. Und vielleicht brauchst du etwas Paketschnur.«

»Danke, Charlotte. Das ist so lieb, dass du das für mich tust«, sagte Leni.

»Ich kann noch mehr für dich tun, Leni«, meinte sie mit einem verschwörerischen Blick und griff in eine ihrer Wäscheschubladen. Sie holte zwei Bücher heraus: *Zeitwahl in der Ehe* und *Liebe, Ehe und Sexualerziehung.* »Hier drin geht es um die Knaus-Ogino-Methode«, erklärte Charlotte. »Mit der kannst du ausrechnen, an welchen Tagen du nicht schwanger werden kannst.«

»Solche Tage gibt es?«

»Aber ja!«

Leni erzählte, dass sie und Karl Präservative benutzten und dass ihre Freundin Ursel ihr Scheidenspülungen mit Coca-Cola oder Zitronensaft empfohlen hatte, und wurde rot.

»Das muss dir nicht peinlich sein, Leni«, meinte Charlotte. »Das Problem haben doch viele Frauen.«

»Hast du früher mit deiner Mutter über so etwas gesprochen?«

»Wo denkst du hin? Ich bin völlig ahnungslos in die Ehe gegangen.« Charlotte gab Leni die Bücher und stutzte. »Weißt du, welches Datum wir heute haben?«

»Den ersten Juli, warum?«, fragte Leni.

»Ach, nichts, die Zeit vergeht nur so schnell.«

Leni las die Bücher am Abend in ihrer Schlafkammer. In *Zeitwahl in der Ehe* wurde mehrfach betont, dass das Buch nur für verheiratete Paare gedacht sei, da nur diese miteinander schlafen durften. Doch dann stand darin nicht nur, wie Frauen ihre unfruchtbaren Tage berechnen konnten, sondern auch, warum physikalische Verhütung – damit waren sicher Präservative gemeint – im Gegensatz zur Knaus-Ogino-Methode ungesund war. *Der männliche Same wird ja in der Gebärmutter aufgesaugt,* stand da, *und ist berufen, im weiblichen Körper wie eine Arznei zu wirken. Durch die Blutbahn weitergeleitet regt er die Drüsen mit innerer Ausscheidung an und fördert den Stoffwechsel.* Leni sah nach, wann das Buch geschrieben worden war – es war eine Ausgabe aus dem Jahr 1952.

Darüber hinaus schrieb der Autor, ein gewisser Doktor A. Krempel, auch noch etwas über den Höhepunkt, das »Feuerwerk«, das Leni bis heute nicht erlebt hatte, wenn sie mit Karl schlief. *Trotz der Erschlaffung muss der Mann deshalb nach dem Verkehr unbedingt die Zärtlichkeiten fortsetzen,* las sie mit hochroten Ohren, *allenfalls manuell, und so der Frau zum Ausschwingen ihrer Erregung verhelfen ... Tut er es aber bedauerlicherweise nicht, so darf und soll die Frau selber, allerdings nur im unmittelbaren Anschluss an den Verkehr, ihre Erregung so zu Ende führen.*

Zu Ende führen, aber wie? Leni schlug das zweite Buch auf und sah ins Inhaltsverzeichnis: *Verhütung und Ehehygiene – Der verschiedene Ablauf des Liebesaktes bei Mann und Frau – Der Orgasmus.* Sogar Bildtafeln waren eingefügt, die ihr nicht nur die Sexualorgane des Mannes, sondern auch ihre eigenen erklärten. Neuland, das ihr Interesse weckte, und der Ausgangspunkt einer sinnlichen Selbsterkundung, die die Sehnsucht nach Karls Berührungen in ihr wachsen ließ. *Vielleicht werde ich ihr nach dem Ball nachgeben,* dachte Leni mit wildem Herzklopfen. Wenn Karl sie im Auto seiner Mutter heimfuhr, ihrem vertrauten kleinen Liebesnest.

Sie legte das Buch zur Seite und löschte das Licht. Ihre Hand wanderte unter die Bettdecke – *... allerdings nur im unmittelbaren Anschluss an den Verkehr* hatte Doktor Krempel geschrieben! –, sie tastete, forschte, und auf einmal setzte das ersehnte Feuerwerk ein. Es waren kleine Eruptionen, die Leni überraschten und in einem angenehmen, sanften Pochen verebbten.

25

Karl holte Leni am Sonntag um halb sieben in Hebertshausen ab. Der Pfarrer ging gerade über den Friedhof, als er in seinem Smoking mit Band und Studentenmütze am Gartentor stand und sie in Charlottes Abendkleid aus dem Haus kam. Er sah zu ihnen herüber und lächelte.

»Mei, Mädel, du schaust ja aus, als wennst heiraten würdst!«, hatte ihre Mutter andächtig gesagt, als Leni die knarzende Treppe heruntergekommen war, und in dem Moment hatte sie sich wirklich wie eine Braut gefühlt – die Vorbereitungen, die Nervosität und der Schritt in Karls Welt. Sie hatte von einer Ehe mit ihm geträumt und sich gefragt, ob es nicht doch möglich wäre, einen eigenen Salon *und* eine Familie zu haben. In ein paar Jahren vielleicht, wenn Karl seine Facharztausbildung abgeschlossen hatte und ihre Mutter ihr mit den Kindern unter die Arme greifen konnte, so wie die Landmann-Oma ihr.

»Wenn es zu spät wird, Mama, übernachte ich beim Hans«, hatte sie sie noch einmal erinnert, »also mach dir keine Sorgen, wenn ich erst morgen nach der Arbeit heimkomme. Ich habe ein paar Sachen bei ihm gelassen, damit ich mich umziehen kann.«

»Is scho recht, Leni. Ich weiß ja, dass der Karl auf dich aufpasst.«

»Ja, Mama. Das tut er«, hatte Leni gesagt und sich gefreut, dass ihre Mutter ihren Freund so schnell ins Herz geschlossen hatte. Ob es Karls Eltern mit ihr auch so ergehen würde?

»Glaubst du, dass deine Eltern mich mögen werden?«, fragte Leni ihn auf dem Weg nach München.

»Klar, warum nicht? So, wie du heute aussiehst, werden sie dich adoptieren und mich auf die Straße setzen.«
»Mach keine Witze, Karl, ich meine es ernst.«
»Ich auch!«
»Und dein Bruder?«
»Erich schafft es nicht. Er entschuldigt sich.«
»Wie schade.«
Leni hatte sich bereits vorgestellt, wie Karls Eltern und sein Bruder sie heute in der Familie begrüßen würden. Vielleicht mit ein paar Vorbehalten, aber die hatten Hans und ihre Mutter bei Karl ja auch gehabt. Sie hatte sich ausgemalt, was sie ihnen sagen und von sich erzählen würde und wie sie sich mit Karls Schwägerin anfreundete, die nur zwei Jahre älter war als sie.

»Wir sind gleich da«, sagte Karl und überprüfte im Rückspiegel den Sitz seiner Fliege, ehe er den Wagen parkte. Egal wie abgeklärt er tat, Leni wusste, dass er genauso nervös war wie sie.

Das Corpshaus, an dessen Fassade das Wappen der Gotharen prangte, war bereits hell erleuchtet, als sie dort ankamen. Neben dem Eingang brannten Fackeln in Wandhaltern, und in der großen Säulenhalle flackerten Kerzen auf mannshohen Standleuchtern. Aus einer der oberen Etagen erklang ein Walzer.

Leni sah nun endlich einmal Karls Corps – und auch die sogenannten Farbenbrüder von anderen Verbindungen, als sie mit ihm hineinging, Männer jeden Alters, und ihre eleganten Begleiterinnen. Sie unterhielten sich angeregt, Sektgläser in der Hand. Karl trug sich in ein ledergebundenes Gästebuch ein, das aufgeschlagen bereitlag – Karl Bornheim mit dem geschwungenen Zeichen seines Corps dahinter –, und Leni schrieb ihren Namen neben seinen – Marlene Landmann.

»Bornheim«, begrüßte ihn ein junger Mann und tippte sich an seine krapprote Mütze.

»Von Walther«, entgegnete Karl.

»Willst du mir nicht deine Begleiterin vorstellen?«

»Marlene Landmann – Friedrich von Walther. Wir sind zusammen geburscht worden«, erklärte Karl Leni.

»Angenehm«, sagte von Walther, schlug die Hacken zusammen und küsste Lenis Hand.

»Und wo ist *deine* Begleitung?«, fragte Karl ihn, und von Walther deutete auf zwei ältere Herren und eine hübsche Blondine in einem krapproten Kleid.

»Bei deinem alten Herrn und Wilhelm«, sagte er, und Karls Lächeln verschwand.

»Sabine Goldschmidt?«

»Hatte sie schon vor Wochen eingeladen, aber sie hat mich vertröstet. Bis sie heute Morgen den Blumenschmuck gebracht hat, da hat sie in letzter Minute zugesagt.«

Leni sah zu den beiden Herren und der jungen Frau hinüber und wusste sofort, wer Karls Vater war. Zwar sah er Karl nicht ähnlich, aber seine Gesten und die Mimik waren dieselben wie Karls.

»Bist du bereit?«, fragte Karl sie und legte ihren Arm in seinen.

»Vorhin war ich es noch.«

»Ah, da ist er ja!«, rief der Mann, den von Walther Goldschmidt genannt hatte, vernehmlich, als sie näher kamen, »der frischgebackene Assistenzarzt!«

»Ich muss erst noch die Prüfungen bestehen, Wilhelm«, erwiderte Karl.

»Ach, Schnickschnack, das ist für einen Haudegen wie dich doch reine Formsache!«

»Du hast eine Zusage bekommen?«, fragte Leni Karl überrascht. »Wann denn? Und wo?«

»Am Montag … Fürs Schwabinger Krankenhaus … Auf Empfehlung von Wilhelm.«

»Wieso hast du mir das denn nicht gesagt?«

»So sind sie, die jungen Burschen«, tönte Goldschmidt, »ziehen aus, um die Welt zu erobern, und lassen das kleine Frauchen im Ungewissen! Nichts für ungut, gnädiges Fräulein.«

»Möchtest du uns deine Begleiterin nicht vorstellen, Karl?«, schaltete sich sein Vater in das Gespräch ein.

»Natürlich, entschuldige, Vater. Das ist Marlene Landmann, die Schwester eines Kommilitonen«, sagte Karl ziemlich förmlich und zu Leni gewandt: »Und das sind mein Vater Friedrich Bornheim und sein alter Leibbursch Wilhelm Goldschmidt mit seiner Tochter Sabine.«

»So, so, Fräulein Landmann«, wandte sich Karls Vater an Leni, »Sie sind also die ominöse Begleitung meines Sohnes.« Leni wusste nicht, was das Wort ominös bedeutete. »Wir waren ja alle schon sehr neugierig, wen er da heute an seiner Seite haben würde. Charmant!«

»Ich freue mich, Sie kennenzulernen, Herr Doktor Bornheim«, erwiderte sie höflich.

»Ich nehme an, Sie studieren auch, gnädiges Fräulein?«, fragte Goldschmidt.

»Nein, ich bin Friseuse im Salon am Hofgarten und habe gerade eine Firma gegründet, die Kosmetik herstellt«, antwortete Leni so selbstbewusst wie möglich. »Der *Reformhaus KURIER* hat Anfang der Woche einen Artikel darüber gebracht.« Den sie Karl noch gar nicht gezeigt hatte, fiel Leni gerade ein, obwohl sie mehrere Exemplare davon zu Hause liegen hatte und Max ganze Stapel in der Apotheke. Der Artikel war sehr schmeichelhaft und eine wirklich gute Werbung für die Landmanns Kosmetik.

»Ist das eine auflagenstarke Publikation?«, fragte Karls Vater etwas herablassend, wie Leni fand.

»Also *ich* kenne sie«, erklärte Sabine und reichte Leni die Hand. »Freut mich. Karl hat schon viel von dir erzählt.«

Ist das etwa das Mädchen, mit dem er auf dem Schwabinger

Modell-Ball gewesen ist? Leni hatte Karl nie auf sie angesprochen.

»Hat er das?«, fragte Karls Vater nach und betrachtete Leni eingehend. Sie lächelte und versuchte ihren Kopf oben zu halten.

»Ja, das hat er«, entgegnete Sabine, und Leni mochte ihre offene und ungezwungene Art sofort. »Ich würde sagen, das Jungvolk begibt sich jetzt an seinen Tisch. Ihr entschuldigt uns?« Sabine sah Karl und Leni auffordernd an und winkte von Walther zu, der sich ihnen anschloss.

Sie gingen durch ein breites Treppenhaus in den zweiten Stock hinauf, wo die Musik herkam, die Leni schon in der Halle gehört hatte, und sie sah durch geöffnete Flügeltüren in einen Ballsaal. Er war riesig und von Kristallleuchtern erhellt, in die breite Fensterfront war mit Buntglas das Wappen der Gotharia eingearbeitet. An den Seiten standen Tische um die Tanzfläche herum, die mit Damast-Tischtüchern, Kerzenleuchtern, Tafelsilber und dem Blumenschmuck eingedeckt waren, um den sich Sabine laut von Walther gekümmert hatte. An einer Wand hing eine Prunkfahne, die Leni an die Fahne des Hebertshauser Schützenvereins erinnerte, die im Krieg verloren gegangen war, und gegenüber stand ein Flügel, auf dem ein Pianist im schwarzen Anzug spielte, begleitet von Streichern, Blechbläsern und einem Schlagzeug. Die Melodie kannte Leni aus dem Wunschkonzert.

»Wir sind am selben Tisch«, erklärte Sabine und deutete auf zwei andere Paare, die dort schon saßen. Die jungen Männer standen auf und warteten, bis Sabine und Leni sich gesetzt hatten, ehe sie erneut Platz nahmen. Wieder wurde Leni allen vorgestellt.

»Gratulation, Bornheim!«, sagte der Farbenbruder, der sich Leni mit dem Namen »Lerchenberg – Cisaria – angenehm« vorgestellt hatte, zu Karl, »da haben Sie ja ein prächtiges Mädel akquiriert!«, und Leni war von dem zackigen Ton, den hier alle anschlugen, fasziniert.

»Sitzen wir denn nicht bei deinen Eltern?«, fragte sie Karl.

»Nein, die Alten Herren bleiben mit den Hohen Damen unter sich, auch wenn es heute auf dem Ball nicht so förmlich zugeht wie sonst.«

»*Nicht* so förmlich?!« Leni achtete jetzt schon auf jedes Wort und jeden Schritt, den sie tat, und Karl offensichtlich auch.

Der Ballsaal füllte sich, und Leni erkannte ein paar der älteren Damen, die am Arm ihrer Ehemänner hereinkamen. Sie waren Kundinnen im Salon am Hofgarten. Eine von ihnen, die Baronin von Windsheim, die immer mit zwei weißen Pudeln an der glitzernden Leine kam, hatte sie erst gestern frisiert.

»Ist das deine Mutter?«, fragte Leni Karl und sah neugierig zu der Frau an der Seite seines Vaters hinüber. Sie trug ein auffälliges Brillantcollier, das mit den Kristallleuchtern um die Wette funkelte, und hatte ihr Haar kunstvoll aufgesteckt.

»Ja, und die Frau neben ihr ist meine«, antwortete Sabine für Karl.

»Soll ich hinübergehen und mich ihr vorstellen?«, wollte Leni von ihm wissen.

»Nein, du lernst sie nach dem Essen kennen«, meinte er.

Leni nickte und war enttäuscht. Sie hatte mit Karls Vater gerade mal einen Satz gewechselt, und jetzt saß sie im selben Raum mit seiner Mutter und durfte sie nicht begrüßen?

In dem Moment erklangen Fanfaren, und einer von Karls Corpsbrüdern, der eine unschöne Narbe auf der linken Wange hatte, stand auf. »Verehrte Corpsbrüder! Verehrte Farbenbrüder! Sehr verehrte Alte Herren! Hochgeschätzte Gäste! Im Namen der Aktivitas des Corps Gotharia begrüße ich Sie alle von Herzen. ›Hehr und heilig ist die Stunde, die uns heut vereint, zu dem schönen, großen Bunde, dem der Stern der Liebe scheint‹, heißt es in einem bekannten Commersgesang …«

Leni griff unter dem Tisch nach Karls Hand. Dass heute auch Reden gehalten wurden, hatte er ihr gar nicht gesagt.

»Zeiten kommen, Zeiten gehen, unser Bund – er wird bestehen««, ging die Ansprache hochtrabend weiter, und der ganze Saal hörte gebannt zu, bis endlich – Leni kam es wie eine kleine Ewigkeit vor – das mehrgängige Menü angekündigt wurde. Sie legte ihre Serviette auf den Schoß und beobachtete die anderen am Tisch, um zu wissen, welches Besteck sie wofür verwenden musste. Wein- und Sektflaschen gingen herum, die Stimmung wurde ausgelassener, und die ersten Gespräche kamen in Gang.

»Keiner beherrscht die hohe Kunst der Eristischen Dialektik besser als unser von Walther, nicht wahr, Lerchenberg?«, nahm Karl eine Äußerung von Sabine auf und sprach damit seinen Farbenbruder an.

»Wer mit dem Schläger nicht umgehen kann, behilft sich eben mit Schlagfertigkeit«, gab der gut gelaunt zurück.

»Bitte keine Injurien am heutigen Freudentag«, erwiderte von Walther und hob sein Glas. »Auf den guten alten Schopenhauer, meine Herren!«

»*Re!*«

»Und was ist mit den Damen?«, fragte Sabine.

»Die vinophilen mögen sich anschließen. Wie steht es mit Ihnen, Fräulein Landmann? Ihr Umsatz grenzt an Abstinenz!«

»Bitte?«, fragte Leni, die gar nicht wusste, worüber gesprochen wurde.

»Du trinkst kaum etwas«, erklärte ihr Sabine.

»Ich bin es nicht gewöhnt«, entgegnete ihr Leni und kam sich ziemlich einfältig und sittsam vor.

Vor dem Hauptgang wurde noch eine weitere Rede angekündigt, die einer der Gotharen – der Consenior, sagte Karl – auf die anwesenden Damen hielt, die, genau wie Sabine, das ganze Jahr über bei der Organisation von Festen des Corps mithalfen. Der Consenior bedankte sich bei ihnen, und es fielen Worte wie »Zierde ihres Geschlechts«, »Der schönste Schmuck eines Mannes« und ein Vergleich mit dem zweiundzwanzig-karätigen Blattgoldflitter im Danziger Goldwasser, einem hochprozentigen Gewürzlikör. Die Damen schienen geschmeichelt und applaudierten, das Orchester begann erneut zu spielen, und die Alten Herren eröffneten mit ihren Frauen nun endlich den Ball mit einem Wiener Walzer.

Karl forderte Leni auf. Sie schmiegte sich in seinen Arm und nahm bald nur noch die Musik und seine Nähe wahr. Dachte daran, wie er sie auf der Hackerbrücke im Sonnenuntergang zum ersten Mal geküsst hatte; wie er auf der Wiesn mit ihr im Kettenkarussell in den Himmel geflogen und am Hauptbahnhof zu ihr in den Zug gesprungen war, nur um noch eine halbe Stunde länger bei ihr zu sein. An ihre erste gemeinsame Nacht – die einzige, die sie je zusammen verbracht hatten – und wie sie im Morgengrauen in seinem Arm aufgewacht war. Der Ballsaal drehte sich um sie, und sie genoss den leichten Schwindel.

Nachdem der Nachtisch serviert worden war – Fürst-Pückler-Eis, Kaffee und Cognac – und Leni Karl gerade fragen wollte, ob er sie jetzt seiner Mutter vorstellen würde, wurde eine Aufführung der Füchse angekündigt, der Neulinge im Corps. Sie spielten eine Szene aus einem Theaterstück, *Rotkäppchen und der böse Wolf*, und das auf Latein!

Sabine beugte sich zu ihr über den Tisch und stupste sie an. »Kannst du Latein?«, fragte sie, und Leni schüttelte den Kopf. »Ich auch nicht.«

»Und die anderen Damen?«, fragte Leni.

»Wo denkst du hin!«

Zum Glück war die kleine Inszenierung selbsterklärend und kurz. Die Füchse verließen den Saal bald wieder unter brausendem Applaus, und die Tanzfläche füllte sich erneut. Karl stand auf. »Lass uns jetzt zu meiner Mutter hinübergehen«, sagte er. »Sie sitzt gerade allein am Tisch.«

Lenis Herz schlug schneller. Diesen Moment hatte sie sich so lange ausgemalt, und jetzt würde er endlich wahr werden. Sie griff nach ihrer Abendtasche, damit sie sich an etwas festhalten konnte, falls ihre Hände zitterten, und betete im Stillen, dass Karls Mutter sie mögen würde. Dass sie sie bitte, bitte mögen würde!

»Mutter«, sagte Karl und blieb mit Leni am Arm neben dem Altherren-Tisch stehen. Sein Vater war auf der Tanzfläche, genau wie die anderen Herrschaften, die an diesem Tisch saßen.

»Karl, mein Lieber.« Seine Mutter lächelte freundlich.

»Ich möchte dir meine Tischdame vorstellen, Marlene Landmann.«

»Ach ja, Fräulein Landmann.« Karls Mutter setzte ihr Glas ab. »Mein Mann hat mir schon von Ihnen erzählt. Und die Baronin von Windsheim schwärmt in den höchsten Tönen. Wie gefällt Ihnen der Abend?«

»Sehr gut, Frau Doktor Bornheim, danke.«

»Ich bin von Ihrem Kleid fasziniert, Fräulein Landmann. Welcher Modeschöpfer hat es kreiert?«

»Ich glaube, Schulze-Varell«, sagte Leni und war erleichtert, dass sie sich noch daran erinnerte.

»Ja, natürlich! Er ist ein wahrer Künstler, nicht wahr?«

»Eine Freundin von mir hat früher seine Kleider präsentiert«, erwiderte Leni und wartete darauf, dass Karls Mutter sie bat, sich zu ihnen zu setzen, aber sie machte keine Anstalten.

»Wirklich? Dann bin ich ihr womöglich schon einmal auf einer seiner Modenschauen begegnet.«

Es entstand eine Pause, und Leni sah Karl auffordernd an.

»Nun, es hat mich gefreut, Sie kennenzulernen, Fräulein Landmann, genießen Sie den Ball«, sagte seine Mutter, und Leni wusste nicht, was da eben passierte. Verabschiedete sie sich etwa schon von ihr?« »Die Jugend tanzt sicher bis in die Morgenstunden, aber wir werden uns wohl früher empfehlen. Karl.«

»Mutter.«

Was? Das war es? Das war das ganze Kennenlernen? Kein persönliches Wort? Keine Frage nach ihrer Familie, ihrer Arbeit oder ihr und Karl? Nichts? Leni hätte am liebsten vor Enttäuschung geweint. »Wieso hast du mich deiner Mutter als deine *Tischdame* vorgestellt?«, fragte sie Karl mit bebender Stimme, als sie zu ihrem Tisch zurückgingen.

»Weil du meine Tischdame *bist*.«

»Ich bin deine *Freundin*!«

»Das weiß sie.«

»Wirklich? Mir kam das nämlich nicht so vor«, sagte Leni lauter als gewollt.

»Leni, was hast du denn erwartet?« Karl führte sie ins Treppenhaus hinaus, wo es etwas ruhiger war. »Dachtest du, dass sie dich in der Familie willkommen heißt wie meine Schwägerin? Wir haben schließlich nicht vor, uns in absehbarer Zeit zu verloben.«

»Na, und? *Meine* Mutter behandelt dich trotzdem nicht wie einen Fremden. Sie lädt dich zu sich nach Hause ein und backt Kuchen für dich. Sie gibt sich Mühe und ist immer nett zu dir, weil sie weiß, dass ich dich liebe.« Karl zuckte kurz, und Leni hätte sich dafür ohrfeigen können, dass sie ihm das ausgerechnet jetzt in dieser aufgebrachten Stimmung sagte.

»Meine Mutter war doch auch nett zu dir«, verteidigte er sie und ging auf ihr intimes Geständnis gar nicht weiter ein.

»Das stimmt«, meinte Leni bitter, »so nett wie die Baronin von Windsheim, wenn sie mir im Salon Trinkgeld gibt.«

»Bitte, Leni, beruhige dich. So ein Auftritt passt wirklich nicht hierher.«

»*Ich* passe nicht hierher, Karl!«, rief sie aufgebracht, während Ober an ihnen vorbeiliefen und Gäste aus dem Ballsaal kamen, die zur Toilette wollten. »In diese feine Gesellschaft, die mit ihrer Bildung angibt und in der Frauen applaudieren, wenn man sie als ›Goldflitter‹ bezeichnet!« Leni liefen Tränen übers Gesicht. »Und wieso hast du mir nicht gesagt, dass du jetzt eine Stelle als Assistenzarzt hast?«, fragte sie ihn unvermittelt. Das Gefühl, ausgeschlossen zu werden, verstärkte sich immer mehr.

»Wann hätte ich das denn tun sollen? Wir sehen uns ja nie!«

»Aber das ist doch nicht meine Schuld!«

»Natürlich ist das deine Schuld, Leni! Du arbeitest schließlich rund um die Uhr!«

»Karl, bitte geht doch hinunter«, unterbrach ihn Sabine. Sie war aus dem Saal gekommen, weil sie offensichtlich zu laut waren. »Sie reden drinnen schon über euch.«

»Dafür triffst *du* dich mit anderen Frauen!«, warf Leni Karl jetzt unüberhörbar vor, und Sabine sah sie mit großen Augen an. »Dachtest du, ich weiß es nicht?«, setzte sie noch nach.

»Leni, er war doch nur bei mir, weil du keine Zeit für ihn gehabt hast«, verteidigte ihn Sabine.

»Was?«

»Du arbeitest immer an den Wochenenden, und dann hast du deine Firma gegründet und eure Reise abgesagt …«

»Ich meinte den Modell-Ball!«, sagte Leni fassungslos. »Habt ihr euch danach etwa auch noch getroffen?«

Sabine sah auf einmal so schuldbewusst aus, dass es Leni einen Stich versetzte. Sie rannte die Treppen hinunter in die Säulenhalle und von dort auf die Straße hinaus. Sie brauchte frische Luft. Karl kam ihr hinterhergeeilt.

»Leni, bitte, lass mich das erklären«, sagte er mit demselben schuldbewussten Gesichtsausdruck, den sie gerade an Sabine gesehen hatte. Er ließ ihn so klein und erbärmlich wirken.

»Wozu? Ich verstehe das schon. Sabines Vater hat dir eine Assistenzstelle vermittelt, du magst sie, und wenn du mich nicht schon vor Monaten zu diesem Ball eingeladen hättest, wärst du heute mit ihr hier.«

Karl strich sich mit fahrigen Fingern durchs Haar. Er hatte seine Fliege gelöst und den Kragenknopf geöffnet.

»Gib es doch wenigstens zu!«, herrschte Leni ihn an, denn sein Schweigen bestätigte ihre schlimmsten Befürchtungen.

»Was?«

»Dass da etwas ist zwischen Sabine und dir«, sagte Leni ihm auf den Kopf zu, und er erstarrte. »Hast du etwa mit ihr geschlafen?«, sprach sie es aus, denn das ungute Gefühl wurde gerade zur Gewissheit.

Karl zog seine Zigaretten aus der Jackentasche und zündete sich eine an.

»Hast du?«, fragte Leni ihn noch einmal.

»Leni«, wand er sich und inhalierte den Rauch seiner Chesterfield, »ich will dir nicht wehtun …«

»Bitte, Karl. Sei wenigstens ehrlich zu mir.«

Er kämpfte sichtlich mit sich.

»Bitte!«

»Ja, verdammt!«, schrie er sie an und warf seine Zigarette wütend in den Rinnstein. »Das habe ich! Bist du jetzt zufrieden?«

Weißt du überhaupt, wie viele Freundinnen er schon gehabt hat, Leni?

»Nein«, entgegnete sie ihm tonlos, »das bin ich nicht«, drehte sich um und ging davon.

»Leni!«, rief Karl ihr nach. »Wie willst du denn nach Hause kommen?«

Aber sie lief einfach weiter. Über den Platz, die Sparkassenstraße entlang und durch die Passage des Alten Rathauses hindurch auf den Marienplatz, wo sie in die Straßenbahn stieg, mit der sie zum Hauptbahnhof fuhr. Sie wollte den Zug nach Hause nehmen, doch auf dem Bahnsteig entschied sie sich um. Sie wusste selbst nicht warum, sie wusste gar nichts mehr. In ihr

war nur noch dieser grenzenlose Schmerz, der sie ganz und gar ausfüllte, und sie weinte immer wieder.
Das ist nicht nur eine kurze Affäre, Hans, wir lieben uns.
Der Zugführer hielt die Signalkelle hoch und blies energisch in seine Pfeife, woraufhin sich der eiserne Koloss in Bewegung setzte. Leni sah ihm hinterher, er fuhr in ihr altes Leben zurück, in die Geborgenheit der kleinen Schneekugelwelt, die sie für Karl und seine Liebe verlassen hatte.

Sie fröstelte. Sie hatte kein Tuch umgelegt, als sie am Abend zu ihm ins Auto gestiegen war, weil es so warm gewesen war. Aber jetzt sah sie die Sterne über sich am Himmel funkeln, als sie aus der Schalterhalle auf den Bahnhofsplatz trat. Die Nacht war klar und kühl, und die wenigen Menschen, denen sie begegnete, trugen Jacken oder leichte Mäntel und starrten sie verwundert an. *Natürlich*, dachte Leni, *ich sehe ja aus wie eine Prinzessin, die gerade aus ihrem Märchen gefallen ist. Die Turmuhr schlägt Mitternacht, und der Zauber erlischt.*

War es wirklich schon so spät? Zu spät?

Leni ging die Bayerstraße hinunter und sorgte sich, dass das Kopfsteinpflaster die Absätze von Charlottes Schuhen ruinieren könnte, bog zur Theresienwiese ab und blickte dort auf den weiten Platz. Die ersten Bierzelte wurden schon aufgebaut. Sie erinnerten sie an das Meer aus Frohsinn und Farben vom letzten Herbst, an den Duft von gebratenen Hendln, Steckerlfisch, gebrannten Mandeln und Zuckerwatte und die Leierkastenmusik. An Karls Hand in ihrer und ihre verstohlenen Blicke. Die Fassade der Paulskirche war vom Mond beschienen – die große Fensterrosette und das goldfarbene Ziffernblatt der Turmuhr. Leni überlegte, ob sie je die Glocke von Sankt Peter gehört hatte oder ob sie im Krieg eingeschmolzen und noch nicht ersetzt worden war. »Glocken, Orgelpfeifen und Dachrinnen«, hatte die Landmann-Oma oft geschimpft, »vor der Wehrmacht is nix sicher!«

Leni wandte sich ab. Wohin sollte sie von hier aus gehen, und warum war sie nicht in den Zug gestiegen oder zu Hans gefahren? Warum?

Sie lief weiter und versuchte das, was passiert war, hinter sich zu lassen, Abstand zu gewinnen, aber es waren nur Straßenzüge, die sich zwischen Karl und sie legten, sein Betrug begleitete sie.

Noch vor den Messehallen, in denen in manchen Jahren die Deutschen Friseurmeisterschaften stattfanden, bog Leni in die Golierstraße ab und bedauerte, dass sie sich Karl zuliebe nicht zum Meister-Vorbereitungskurs angemeldet hatte. Sie hatte mehr Zeit für ihn haben wollen. Und für ihre Firma, wenn sie ehrlich war. Und ihre Mutter.

Linkerhand ging es in die Bergmannstraße, den Straßennamen kannte sie, auch wenn sie noch nie hier gewesen war. In dem großen roten Backsteinbau, vor dem sie jetzt stehen blieb, brannte noch Licht. Leni ging die Stufen zum Haupteingang hoch und läutete. Es dauerte eine ganze Weile, bis ihr ein alter Mann öffnete. »Entschuldigung, dass ich so spät noch störe. Ist Herr Lindner da?«, fragte sie ihn. »Er arbeitet hier ehrenamtlich.«

»Der Schorsch?«

»Ja.«

»Der ist am ersten Sonntag nie da, Fräulein.« Der Mann betrachtete sie in ihrem langen, mit Rosen besticktem Taftkleid und bemerkte, wie verstört sie war. »Kann ich Ihnen irgendwie helfen? Soll ich Ihnen ein Taxi rufen?«, fragte er mitfühlend. »Ich darf Sie leider nicht reinlassen, Frauen haben bei uns keinen Zutritt.«

»Ja, ich weiß.« Leni schlang ihre Arme um ihren Körper.

»Warten Sie bitte einen Moment«, sagte der Alte und verschwand.

Warum war sie hierhergekommen?

Vielleicht, weil es ein Ort ist, an dem man ankommen kann, wenn man gar nichts mehr hat, und sie lassen nachts das Licht an.
Wohin wollte sie von hier aus? Wohin konnte sie? Gab es denn überhaupt einen Ort ohne Erinnerungen, denn die stiegen eine um die andere in ihr auf und quälten sie. Jeder Kuss, jede Berührung und all ihre dummen Hoffnungen, gefolgt von den Bildern von Karl und Sabine. Wenn sie die Augen schloss, verschwanden sie nicht: er und sie – nackt – voller Zärtlichkeit – er und sie – immer wieder. Leni malte sich jede Einzelheit aus, bis sie schier daran erstickte.

Die Tür ging wieder auf, und der alte Mann reichte ihr eine Strickjacke heraus. »Ziehen Sie die über, Fräulein«, sagte er zu ihr. »Die ist aus unserem Kleiderlager, Sie dürfen sie gerne behalten.«

»Danke«, erwiderte Leni, nahm sie und verabschiedete sich.

Die Straße hinunter sah sie einen Taxistand, und obwohl sie kaum Geld in der Tasche hatte, stieg sie in eine der schwarzen Limousinen ein und nannte dem Fahrer eine Adresse in der Nähe des Luitpoldparks. »Gegenüber vom Reformhaus Wiedemann«, sagte sie und sank auf der Rückbank in das weiche Polster. Die Füße taten ihr weh und alles andere auch – ihr Herz, die Glieder, aber vor allem schmerzte sie ihre grenzenlose Naivität.

Lenis Geld reichte nicht für die Fahrt, deshalb drückte sie dem Fahrer ihr Silberkettchen mit dem kleinen Stier-Anhänger in die Hand, als er ihr den Fahrpreis nannte. Er betrachtete es skeptisch und ließ es dann im Kleingeldfach seiner Geldbörse verschwinden.

Sasa schlief sicher schon. Leni sah zu den Fenstern ihrer Wohnung hinauf und zögerte. Fast wäre sie wieder gegangen, aber dann läutete sie doch, und Sasa kam in einem rosaroten Morgenmantel, ein Tuch um die Haare gewickelt und mit arabischen Pantoffeln an den Füßen herunter und sperrte ihr die Haustüre auf. »Herzchen!«, rief sie außer sich, als sie sie sah.

»Was ist denn passiert?«, und zog Leni herein. Sie setzte sie oben in ihrem Paradiesgarten auf die Couch, kochte ihr Tee und fütterte sie mit Konfekt. Hörte ihr zu und hüllte sie in eine voluminöse, weiche Umarmung und den Duft ihres schweren, süßen Parfums, bis Leni vor Erschöpfung einschlief. Jetzt lag sie mit Karl auf einer warmen Sommerwiese. Über ihr zogen Schwärme kleiner bunter Vögel dahin, und er sah sie aus seinen grauen Augen liebevoll an. »Egal, was ist«, sagte er, »ich bin für dich da.«

26

*D*ie Vorlesung von Professor Schäfer – Epidemiologie – fand im Hörsaal der Anatomischen Anstalt statt, einem um die Jahrhundertwende erbauten, einst innovativen Gemäuer, in dessen Kellern die Spenderkörper verwahrt wurden, denen Hans zum ersten Mal bei seinen Präparierübungen begegnet war. In der Prüfung der Pathologischen Anatomie würden sie wieder vor ihm auf dem Tisch liegen, denn dann würde er eine vollständige Sektion einer der drei Haupthöhlen – Kopf, Thorax oder Bauchraum – vornehmen müssen. Wenn er nur daran dachte, wurde ihm schon übel, aber er würde es aus Respekt vor der Schufterei seiner Mutter und Lenis zu Ende bringen, wenn er schon die Hoffnung seines Vaters nicht erfüllte.

Hätte er das überhaupt je gekonnt? Konnten Söhne die Schuld ihrer Väter tilgen? *Diese* Schuld? Und wäre ein Arzt dafür wirklich der Richtige, fragte er sich, oder müsste es nicht eher ein Heiliger sein, der sich dieser Erlösung annahm?

»Landmann?«, rief Professor Schäfer, der die Anwesenheit seiner Studenten überprüfte, in den Saal.

»Jawohl, hier!«

»Lindner?«

»Hier, Herr Professor!«

»Müller?«

Hans' Gedanken schweiften schon wieder ab. Sie wanderten zu seiner Schwester, die heute kurz vor sieben, eine große Einkaufstasche in der Hand, bei den Pohls geläutet hatte. Sein Vermieter hatte sie in sein Zimmer geschickt und ihr Frühstück angeboten.

»Wo kommst du denn um diese Zeit her?«, hatte Hans sie überrascht gefragt. »Und was hast du da an?«

»Ein altes Kleid von Sasa.«

Hätte er sich mehr darüber wundern sollen, dass Lenis füllige Bekannte einmal in ein derart schmales Kleid gepasst hatte, oder darüber, dass *sie* es jetzt trug?

»Warum?«

»Ich habe bei ihr übernachtet und wollte nicht in meinem Ballkleid zu dir fahren.« Sie deutete auf die Einkaufstasche und stellte sie ab. »Ich muss es in die Reinigung bringen, und die Schuhe müssen zum Schuster, bevor ich sie Charlotte zurückgeben kann.«

»Hat Karl dich denn nicht heimgebracht? Wie war der Ball? Hast du seine Eltern kennengelernt?«

Hans verstand nicht, warum ihm nicht gleich aufgefallen war, wie verstört Leni gewesen war. Dass etwas mit ihr nicht stimmte, hatte er erst bemerkt, als sie auf seinem Bett gesessen hatte und ihr die Tränen übers Gesicht gelaufen waren. Und dann hatte sie ihm von dem Ball und Karls Eltern erzählt, wie fremd sie sich unter seinen Corpsbrüdern gefühlt hatte, von Sabine Goldschmidt und der Assistenzstelle, die ihr Vater Karl im Schwabinger Krankenhaus besorgt hatte. »Er hat mit ihr geschlafen und mir vorgeworfen, dass es meine Schuld ist, weil ich zu viel arbeite und kaum noch Zeit für ihn habe«, hatte Leni unter Tränen gesagt und am ganzen Körper gezittert. Seine kleine Schwester hatte wegen Karl geweint und gezittert! »Stimmt das, Hans?«, hatte sie ihn verzagt gefragt, und ihm war fast das Herz gebrochen. »Bin ich selbst schuld, dass er mich betrogen hat?«

»Natürlich nicht!«

»Ich habe die ganze Zeit gedacht, wir bauen uns beide etwas auf, und dass er stolz auf mich ist. Aber ich habe ihm nicht richtig zugehört.«

»Wie meinst du das?«

»Na, wenn er gesagt hat, dass ich nach München ziehen soll, und gemeint hat, dass er bald Termine bei mir machen muss.«

Jetzt saß Karl Hans in dem halbrunden Hörsaal, der sich wie ein Amphitheater unter der großen Lichtkuppel der Alten Anatomie über zehn Sitzreihen in die Höhe erstreckte, fast gegenüber und starrte ihn an. Karl war zu spät gekommen und hatte keinen Platz mehr neben Frieda, Schorsch und ihm bekommen. Oder war es Absicht gewesen, und er wollte gar nicht bei ihnen sitzen?

Hans konnte noch immer nicht glauben, was Leni ihm erzählt hatte. Karl war doch sein Freund, sie waren zusammen durch die Clubs gezogen, er war bei seinen allerersten Auftritten dabei gewesen, und Hans hatte ihm von Charlotte erzählt, nur ihm, da Karl ihm als Einziger keine Vorwürfe machte, weil er sich mit einer verheirateten Frau traf. Sie hatten sich beim Lernen unterstützt und wollten zusammen in die Abschlussprüfungen gehen – sie waren das Medizinische Quartett! Hatte Karl all das wirklich verraten? Ihre Freundschaft? Einfach so?

Am liebsten wäre Hans aufgesprungen und hätte ihn ins Treppenhaus hinausgeschleift, so wütend war er.

Professor Schäfer sprach über Basisreproduktionszahlen und ihre Berechnung, aber Hans hörte ihm nur mit einem Ohr zu. Er musste immer wieder daran denken, dass Karl ihnen allen etwas vorgemacht hatte. Von wegen Rebell! Er war ein Opportunist, der sich in der Rolle des unverstandenen reichen Sohnes gefiel, und hatte Leni bei der ersten Gelegenheit für sein Fortkommen über die Klinge springen lassen. Eingetauscht für eine Assistenzstelle im Schwabinger Krankenhaus!

»Soll ich nicht später im Salon am Hofgarten Bescheid geben, dass du krank bist, Leni, und heute nicht kommen kannst?«, hatte Hans sie vorhin noch gefragt, ehe er aufgebrochen war, weil er den Schein für die heutige Vorlesung unbedingt brauchte. Ohne ihn würde er nicht zur Prüfung zugelassen werden.

»Nein«, hatte sie ihm pflichtbewusst geantwortet, »ich gehe zur Arbeit.«

»Dann warte wenigstens hier, bis ich zurück bin. Die Vorlesung geht bis zehn, dann komme ich wieder her, und wir reden.« Professor Schäfers kräftige Stimme holte Hans aus seinen Gedanken zurück. »Sie haben sicher schon von der Mutation des anfänglich nur in China aufgetretenen Geflügelpest-Virus gehört, meine Herren, dem Erreger der aviären Influenza, der auf den Menschen übergesprungen ist. Wer kann mir den Fachbegriff für eine Tier-zu-Mensch-Übertragung nennen?«

»Zooanthroponose, Herr Professor«, rief Frieda zu Schäfer hinunter, »im Gegensatz zur Anthropozoonose, der Übertragung vom Menschen auf ein Tier.«

»Sehr richtig«, sagte Schäfer. »Interessant ist in diesem Zusammenhang die Vermutung des Biochemikers Norman Pirie, die er vor drei Wochen in der Fachzeitschrift *The Lancet* geäußert hat, dass diese spezielle Zooanthroponose eine Folge der Kernwaffenversuche in Sibirien und dem Südpazifik sein könnte.«

»Denken Sie, dass sich das Virus auch in Deutschland verbreiten wird, Herr Professor?«, fragte der Kommilitone, der neben Frieda saß.

»Nun, ich persönlich sage Ihnen eine Pandemie höchsten Ausmaßes schon ab September voraus«, erwiderte Schäfer, »und Todesraten, wie wir sie seit der Spanischen Grippe nicht mehr verzeichnet haben.«

Die Studenten notierten sich seine Ausführungen, während Hans noch immer zu Karl hinübersah.

»Na, wunderbar«, meinte Frieda, »wir haben im Herbst acht Prüfungen am Patienten. Wenn uns da einer wegstirbt, müssen wir einen Sektionsbefund erstellen, das wisst ihr.«

»Vielleicht haben wir ja Glück, und es rafft unsere Dozenten dahin«, erwiderte der Kommilitone, der nach der Verbreitung des Virus gefragt hatte.

»Würden uns die Herren in ihre Erörterungen einbeziehen?«, bat Schäfer.

»Entschuldigung, Herr Professor, es ging lediglich um die Frage der Resistenz des Lehrkörpers«, erklärte Frieda frech und grinste, woraufhin Schäfer kommentarlos den antiquierten Vorkriegsprojektor einschaltete, den die Studenten seit Jahren mithilfe von auf dem Trödelmarkt erstandener Ersatzteile notdürftig instand hielten. Er schob die Tafel hoch und warf eine Berechnung an die Wand.

»Betrachtet man ein Modell mit anfänglich exponentiellem Wachstum der Infizierten …«, fuhr er fort, und Hans' und Karls Blicke trafen sich.

»Hast du vor, Karl zu hypnotisieren?«, fragte ihn Frieda. »Oder fängst du noch irgendwann an, dir Notizen zu machen?«

»Entschuldige, wo sind wir?«

»Bei der Euler-Lotka-Gleichung«, erwiderte Frieda mit strengem Ton. »Was ist denn heute nur los?«

»Was meinst du?«

»Na, Karl und du. Ihr starrt euch an, als hätte einer dem anderen die Brieftasche geklaut.«

»Das erkläre ich dir später«, sagte Hans und zückte seinen Bleistift.

»Wir suchen also nach einer Gleichung, die die Basisreproduktionszahl mit dem anfänglichen exponentiellen Wachstum der Epidemie verbindet …«, referierte Schäfer weiter, und Hans versuchte, sich wenigstens partiell auf seine Vorlesung zu konzentrieren.

Kurz vor Schluss stand Karl plötzlich auf. Er verließ den Hörsaal als Erster, und Hans lief ihm nach. »Sie werden das Thema im Herbst sicher spannender finden«, rief Schäfer ihnen hinterher, »wenn die Asiatische Grippe weltweit grassiert, meine Herren!«

Im Vestibül, am Ende der breiten Steintreppe, holte Hans Karl ein. »Ich denke, wir sollten reden!«, sagte er.

»Nicht jetzt«, entgegnete Karl und hatte schon den Griff der Schwingtür in der Hand, als Hans ihn ohne Vorwarnung am Kragen packte.

»Sag mir, dass sie das falsch verstanden hat«, schrie er ihn an. »Sag mir, dass du nicht mit diesem Mädchen geschlafen hast, damit dir ihr Vater eine Assistenzstelle verschafft.«

»Lass mich los!«

Hans drängte Karl an die Wand. »Ich habe dir gesagt, was passiert, wenn du sie nicht gut behandelst.«

»Es tut mir leid, wirklich. Ich wollte das alles nicht«, wand sich Karl, er sah reumütig aus, »aber das mit Leni und mir funktioniert schon länger nicht mehr.«

»Den Eindruck hat es an ihrem Geburtstag aber nicht gemacht.«

»Ich weiß, aber wir sehen uns seitdem kaum noch, weil ihr ihre Arbeit immer wichtiger ist.«

»Sie bekommt eben nicht alles geschenkt, so wie du!«, schrie Hans, ballte seine rechte Hand zur Faust und schlug zu – zum ersten Mal in seinem Leben. In der Schule und später auf den Maifeiern und zur Kirchweih hatte er sich aus den Raufereien der Burschen immer herausgehalten, aber heute ging es mit ihm durch.

Gerade als er zum zweiten Mal ausholen wollte, obwohl Karls Nase bereits blutete, riss ihn Schorsch von Karl weg, und Frieda stellte sich zwischen sie und fragte, was um alles in der Welt nur los sei. Die Vorlesung war zu Ende, und ihre Kommilitonen kamen nun alle herunter und umringten sie.

»Er hat meine Schwester mit der Tochter von diesem Goldschmidt betrogen!«, schrie Hans außer sich, und es war ihm egal, wer außer Frieda und Schorsch noch zuhörte. »Und ihr dann gesagt, dass sie selbst schuld daran ist.«

»Du hast was?«, fragte Frieda Karl, der sich mit einem Taschentuch das Blut vom Gesicht wischte.

»Ihr wisst doch überhaupt nicht, worum es geht«, verteidigte er sich.

»Er hat sie für eine Assistenzstelle im Schwabinger verkauft!«, klärte Hans seine Freunde auf.

»Ist das wahr, Karl?«, fragte Frieda entgeistert, aber er antwortete ihr nicht. »Warum sagst du denn nichts dazu?«

»Weil es euch nichts angeht. Das ist eine Sache zwischen Leni und mir.«

»Das war es nie, und das weißt du«, mischte Schorsch sich nun auch noch ein. »Leni ist Hans' Schwester und unsere Freundin.«

»Du bist ganz still, von wegen Freundin«, herrschte Karl ihn an, und er wirkte nun gar nicht mehr reumütig. »Als ob nicht jeder wüsste, dass du in sie verliebt bist. Aber sie will dich nicht, du Blindgänger, egal wie sehr du dich aufdrängst! Und jetzt sieh zu, dass du Boden gewinnst!«

Durch die Reihen der Studenten ging ein Raunen.

»Wenn hier einer Boden gewinnt, dann du, Karl«, sagte Frieda. »Und bei der Gelegenheit kannst du dir gleich eine andere Lerngruppe suchen. Mit uns gehst du nicht in die Prüfungen.«

»Hau mal lieber nicht so aufs Blech«, entgegnete Karl, »sonst stehst du am Ende noch ohne Assistenzstelle da, Frieda. Soweit ich weiß, gehst du auch ans Schwabinger, und da habe ich verdammt gute Beziehungen. Wäre doch schade, wenn sie dir kurzfristig absagen würden – *Frau* Doktor.«

Das war der Moment, in dem Hans endgültig Rot sah. Ein kleiner Teil in ihm hatte noch gehofft, die Sache könnte wieder in Ordnung kommen, Leni könnte Karl verzeihen und seine und Karls Freundschaft das irgendwie überstehen, aber jetzt explodierte er. Er holte erneut aus und traf Karl mit solcher Wucht am Kinn, dass der zu Boden ging.

»Hans, um Gottes willen, das reicht!«, rief Frieda. »Ist alles in Ordnung? Brauchst du Hilfe, Karl?«, wandte sie sich erschrocken an ihn und wollte ihm aufhelfen, doch Karl sah sie voller Hass an.

»Nicht von dir«, zischte er, rappelte sich wieder auf, setzte betont langsam seine Sonnenbrille auf und ging. Zwei Minuten später heulte der Motor seiner Maschine auf, und Hans und seine Freunde hörten, wie Karl über die Pettenkoferstraße davonraste.

»Verflucht harter Schlag, Landmann«, sagte Frieda anerkennend und untersuchte Hans' Hand. »Fühlst du dich jetzt besser?«

»Nein«, antwortete er bedrückt. »Ich fühle mich erst besser, wenn Leni nicht mehr weint.«

*

Verdammt! Verdammt! Verdammt!

Warum hatte er Leni nur gesagt, dass er mit Sabine geschlafen hatte? Und warum hatte er es überhaupt getan? Ständig traf er falsche Entscheidungen, aber diesmal hatte er es wirklich abendfüllend vermasselt.

Karl raste halsbrecherisch an der Blechlawine in der Sonnenstraße vorbei Richtung Stachus und weiter zum Odeonsplatz. Der Salon am Hofgarten hatte noch zu, aber er würde warten, bis Leni kam. Falls sie kam.

Wie es ihr wohl ging? Karl hatte sich solche Sorgen gemacht, als sie letzte Nacht einfach davongelaufen war, aber er hatte verstanden, dass sie ihn nach seinem unrühmlichen Geständnis fürs Erste nicht mehr sehen wollte. Sicher war sie zu ihrem Bruder gegangen und hatte dort übernachtet, wie sonst hätte Hans so schnell von ihrem Streit erfahren und von dem, was zwischen Sabine und ihm vorgefallen war.

Er hatte es wirklich nicht darauf angelegt. Sabine hatte *ihn* angerufen, nachdem diese Gerti Daub die Wahl zur Miss Germany gewonnen hatte. »Nicht schlecht, Herr Doktor«, hatte sie gesagt, »offensichtlich weißt du, worauf es bei der weiblichen Anatomie ankommt. Ich sage nur: 88 – 54 – 92!«

»Ich weiß vor allem, wo die Herren Punktrichter hinsehen.«

»Jedenfalls hast du jetzt einen Wunsch frei.«

Das war am Sonntag vor zwei Wochen gewesen, traumhaftes Motorradwetter, und Leni hatte wie immer in Dachau gearbeitet. Sie hatte ihm angeboten, in der Maximilian-Apotheke vorbeizukommen, damit er sich ihr Labor ansah, aber da hätte er doch nur dumm herumgestanden, während sie mit diesem blassen Pharmazeuten Cremes anrührte. »Lass uns mit dem Drachen rausfahren«, hatte er deshalb zu Sabine gesagt, »nur du und ich.«

»Dann musst du dir aber von mir sagen lassen, was du zu tun hast, Vorschoter.«

»Kein Problem. Ich mag dominante Frauen«, hatte er erwidert, und sie war später auf dem Wasser noch einmal auf das Thema zurückgekommen. In einer menschenleeren Bucht, in der sie angelegt hatten. »Du gehorchst mir ja wirklich aufs Wort«, hatte sie ihn aufgezogen.

»Gewöhn dich nicht daran.«

»Was ist denn jetzt mit deinem Wunsch? War er das schon, dass wir segeln gehen, oder fällt dir noch etwas Besseres ein?«, hatte sie ihn gefragt und dabei absolut hinreißend ausgesehen in ihrem knappen roten Bikini, der ihre filmreifen Karrierekurven verschärft zur Geltung gebracht hatte.

»Wenn ich dich so ansehe, fällt mir jede Menge ein, kleine Meerjungfrau.«

»Dann lass hören!«

Es war ein Spiel, und Sabine beherrschte es genauso gut wie er. Die Gratwanderung, den Tanz auf Messers Schneide. Wenn er abrutschte, würde er sich übel verletzen. »Ich würde dich gern nachnominieren«, gab er einer spontanen Idee nach, »zur Wahl der Miss Germany.«

»Soll ich etwa für dich schaulaufen? Das wird schwierig auf dem Drachen.«

»Wir können ja erst mal mit deinen Maßen anfangen. Hast du auch eine Achtundachtzig?«

»Nein. *Meine* Oberweite ist eine Dreiundneunzig wie bei der Monroe.«

»Darf ich das nachprüfen, oder muss ich mich da auf dein Wort verlassen?« Er wusste, wo das hinführte, er wusste es ganz genau.

»Vergeben Sie dafür extra Punkte, Herr Preisrichter?«, fragte sie ihn und kam näher.

Das Boot schaukelte unter ihnen auf den Wellen, die Sonne wärmte ihre Haut, und ein leichter Wind fuhr durch den Schilfgürtel am Ufer, als Karl Sabines Bikini-Oberteil löste. Zuerst wanderten seine Hände nur über ihren Rücken, doch dann glitten sie über ihre Brüste, ihren Bauch und langsam – sehr langsam – zwischen ihre Schenkel, und sie zog ihn an sich.

Er wusste, dass sie keine Jungfrau mehr war, aber das war es ja gerade, was Karl so reizvoll an ihr fand, Sabines Erfahrung. Leni war immer so zurückhaltend, wenn sie miteinander schliefen, sie machte sich ständig Sorgen, dass sie schwanger werden könnte. Aber dieses blonde Gift …

»Ich soll dir übrigens von meinem Vater ausrichten, dass du die Stelle im Schwabinger hast«, hatte Sabine später zu ihm gesagt.

»Obwohl ich nicht mit dir auf den Stiftungsball gehe?«

»Hast du wirklich gedacht, er macht es davon abhängig? Ich bin doch keine Ausschussware, die man mit einem Pöstchen aufhübschen muss, um sie an den Mann zu bringen.«

»Entschuldige, das wollte ich damit nicht sagen.«

»Ich weiß schon, was du sagen wolltest. Aber mein Vater mag dich wirklich, Karl, er sieht etwas in dir.«

»Und du?«, hatte er sie gefragt.

»Das weißt du.«
»Ich will es aber von dir hören.«
Hatte er gedacht, Sabine würde ihm sagen, dass sie ihn liebte? Und was hätte er mit diesem Geständnis angefangen? Er war schließlich gebunden, auch wenn es sich gerade nicht so anfühlte. »Ich mag, wie du dich in Schwierigkeiten bringst«, hatte sie ihm kess geantwortet und gelacht. Nur das, nicht mehr. Und dann hatten sie den Anker gelichtet, er war am Abend nach Hause gefahren und hatte sich nicht mehr bei ihr gemeldet. Dass Sabine dann als von Walthers Tischdame auf dem Ball aufgetaucht war, hatte ihn ziemlich überrascht und auch ein wenig beunruhigt. Sicher hatte sie einen Blick auf Leni werfen wollen und von Walther deshalb Hoffnungen gemacht. Aber eine Frau wie sie war eine Nummer zu groß für seinen Corpsbruder, für die hatte er nicht genug Sprit unterm Tankdeckel.

Karl parkte seine Maschine direkt vor der Theatinerkirche und setzte sich auf die Stufen der Feldherrenhalle zwischen die beiden marmornen Löwen. Er wartete auf Leni, um sich bei ihr zu entschuldigen, wenigstens das. Und ihr zu erklären, wie das mit Sabine und ihm passiert war, wenn ihm schon seine Freunde nicht zuhörten. Die hatten ihn einfach abgeurteilt, und Hans hatte ihn verprügelt, bis er zurückgeschlagen hatte – verbal.

O Gott, ihm wurde ganz schlecht, wenn er daran dachte, dass er Frieda gedroht hatte, sie könne ihre Assistenzstelle verlieren, wenn sie sich mit ihm anlegte. Und Schorsch hatte er gedemütigt, indem er ihm gesagt hatte, dass Leni ihn nicht wollte. Aber was hatten sie erwartet? Er hatte im wahrsten Sinne des Wortes mit dem Rücken zur Wand gestanden, und dass sie ihn aus ihrer Lerngruppe geworfen hatten, war wirklich das Allerletzte. Hans hatte die Moral schließlich auch nicht mit Löffeln gefressen, der schlief mit einer verheirateten Frau, und Frieda gab sich heimlich mit Mädchen ab. Die brauchten ihm gar nichts erzählen!

Dabei wollte Karl Hans doch eigentlich nur sagen, wie leid ihm das alles tat. Und dass er Leni liebte, wirklich liebte, aber keine gemeinsame Zukunft mehr für sich und sie sah. Sie war einfach zu ehrgeizig und stellte ihre Arbeit über alles andere. Oder zumindest über ihre Beziehung mit ihm, denn für ihre Familie nahm sie sich schon Zeit. Für ihre Mutter vor allem.

Dort! Leni kam tatsächlich! Karl sah auf seine Uhr, es war Viertel nach zwölf. Er sprang auf und lief los, über den Platz und am Café Annast vorbei auf sie zu. Sie hob den Kopf, sah ihn und erstarrte.

»Bitte, Karl«, sagte sie, als er vor ihr stand, »bitte geh wieder.« Sie wirkte so elend.

»Leni, lass uns reden, wenigstens kurz. Ich will dir erklären, wie ...«

»Und ich will es nicht hören!« Sie klopfte an die Tür des Salons, und ihr Chef öffnete ihr. Das Geschlossen-Schild war noch ins Fenster gedreht.

Sollte er sie zwingen, mit ihm zu sprechen? Vor ihren Kollegen? Oder sich wieder auf die Stufen der Feldherrnhalle setzen und warten, bis sie am Abend herauskam? Verzweifelt genug war er. Und das schlechte Gewissen, das ihm an dem Tag auf Sabines Boot gänzlich abgegangen war, erdrückte ihn jetzt förmlich. Leni war so verzagt, und es war seine Schuld.

Karl lehnte sich an den warmen Stein des Treppenaufgangs und ließ seinen Zündschlüssel nervös durch die Finger gleiten. Er machte sich Vorwürfe, spürte Zweifel in sich aufsteigen, Bedauern und Wut – aber worüber? Darüber, dass er Leni nicht gewachsen war? Ihrem Fleiß, ihrem Ehrgeiz und ihren Visionen? Und Schorsch und Frieda auch nicht, die schon an ihren Dissertationen schrieben, während er sich weder um ein Thema noch um einen Doktorvater gekümmert hatte. Aber wahrscheinlich würde Goldschmidt ihm den auch noch vermitteln.

Karl schämte sich für die unverhohlene Freude seines Vaters

über seine Assistenzstelle. Sein Erzeuger hatte ihm voller Stolz auf die Schulter geklopft, als er ihm davon erzählt hatte, und Karl hatte die unverdiente Anerkennung gierig in sich aufgesaugt. Wo blieb nur seine Selbstachtung?

Er saß den ganzen Nachmittag über vor der Feldherrenhalle und ließ die Ereignisse der letzten Wochen Revue passieren, während er der Bettlerin vor dem Odeon zusah, wie sie die Tauben fütterte, der Kundschaft des Salons am Hofgarten, die dort ein und aus ging, den stinkenden Autos, die an ihm vorbeifuhren und ihm die Lunge mit Abgasen füllten, und dem Zeitungsverkäufer an der Ecke zur Brienner Straße. »Alles über die Kinderluftbrücke!«, rief er ständig und »Berliner Kinder werden ab heute von der amerikanischen Luftwaffe zu Ferieneltern nach Bayern ausgeflogen!« Jetzt war es halb sieben, die Putzfrau kam, und die ersten Kollegen Lenis gingen nach Hause. Christel und Irmi und die beiden Herrenfriseure, die Lehrlinge und zuletzt Leni selbst. Sie sah zu ihm herüber. Karl stand auf und wartete, was sie tun würde. Sie zögerte und kam dann auf ihn zu.

»Sitzt du schon die ganze Zeit über da?«, fragte sie, und er bemerkte erst jetzt, dass sie ihre Kette nicht mehr trug.

»Ich konnte nicht gehen, bevor wir nicht miteinander geredet haben.«

»Wie geht es deinem Kinn?«

»Nicht so schlimm.«

»Das tut mir leid, Karl, das wollte ich nicht«, sagte sie.

»Ist nicht deine Schuld.« Gott, sie sah so hübsch aus und war dabei so traurig, dass er sie am liebsten in den Arm genommen hätte. »Leni, das mit Sabine und mir ...«

»Ich weiß, dass es nicht nur um die Assistenzstelle ging.«

Ja, *sie* wusste es. »Ich wollte wirklich, dass das mit uns funktioniert, aber in deinem Leben ist gar kein Platz mehr für mich«, erklärte er ihr geknickt. »Ich passe da nicht mehr hinein.«

»Und ich nicht in deines.«

Karl spürte, wie sehr sie sich bemühte, nicht zu weinen.

»Ich habe es erst gestern auf dem Ball wirklich verstanden.«

»Wie meinst du das?«, fragte er.

»Dass die Welt, in der du lebst, mir fremd ist, und du bist es auch, wenn du mit diesen Leuten zusammen bist.«

»Sprichst du etwa von meinen Eltern?«

Sie nickte. »Und von deinen Corpsbrüdern und Sabine und ihrem Vater, einfach von allen. Wir haben gar nichts gemein.«

»Ich verstehe.«

Leni zögerte und fragte dann: »Hast du deinen Eltern wirklich gesagt, dass ich deine Freundin bin, Karl? Haben sie gewusst, dass wir seit fast einem Jahr ein Paar waren?«

Seit dem Tag auf der Hackerbrücke, dachte er. Da hatten ihre Haare wie Kupfer in der Abendsonne geleuchtet, und er hatte nicht anders gekonnt, als sie zu küssen. Sie war so rein gewesen, so unberührt und heil – alles, was er nicht war. »Nein, nicht so richtig«, gestand er ihr und wusste selbst nicht, warum er es so lange hinausgezögert hatte.

»Das dachte ich mir.«

Karl schluckte den Schmerz herunter, der ihm den Hals zuschnürte, er konnte kaum sprechen. »Leni, denkst du, wir können Freunde sein?«

»Irgendwann vielleicht«, sagte sie, »wenn es nicht mehr so weh tut.«

»Darf ich dich wenigstens noch zum Bahnhof bringen?« Der Gedanke, sie für immer loszulassen, war kaum auszuhalten.

»Nein, ich gehe lieber zu Fuß.«

Leni drehte sich um und ging ohne ein weiteres Wort davon. Aufrecht, ihr hellblauer Tellerrock schwang um ihre Beine, und sie trug die neuen Schuhe mit den Pfennigabsätzen, die sie sich erst kürzlich gekauft hatte. Sie lief die Theatinerstraße hinunter und verlor sich in der Menge, als etwas in Karl zerbrach. Der Teil von ihm, den sie geliebt hatte, und all das, was er für sie hatte sein wollen.

Verdammt, dachte er, *verdammt*, stieg auf seine Maschine und fuhr nach Bernried.

27

Der 1. August war ein geschäftiger Donnerstag. Der Verkehr rollte über den Marienplatz, die Menschen drängten sich auf den Gehsteigen an unzähligen Wahlplakaten vorbei, die mittlerweile die ganze Stadt überfluteten, bestaunten die Auslagen der Kaufhäuser oder warteten vor dem Neuen Rathaus auf den Beginn des historischen Glockenspiels. Täglich um elf Uhr vormittags erklangen hoch oben im Turm die Glocken, und zweiunddreißig lebensgroße, bunt bemalte Figuren stellten Szenen aus der Stadtgeschichte nach. Wie Charlotte wusste, erinnerten sie an das Ritterturnier, das anlässlich der Vermählung des späteren Herzogs Wilhelm V. von Bayern mit Renata von Lothringen vor über vierhundert Jahren in der Stadt abgehalten worden war – Feierlichkeiten, die zwei Wochen gedauert hatten, mit Schlittenfahrten und Feuerwerk –, und zeigten den berühmten Schäfflertanz, mit dem die Fassmacher während einer Pestepidemie die verängstigte Bevölkerung zurück auf die Straßen gelockt haben sollten. Die Sommerhitze war nach Tagen sintflutartigen Regens zurückgekehrt, manche Krawatte wurde schon vor dem Mittagessen gelockert, Sakkos lässig über die Schultern geworfen, die Frauen trugen ihre luftigsten Sommerkleider, und ihre Füße steckten wie Charlottes in Sandalen.

Sie hatte in der Nähe des Viktualienmarkts einen Termin bei ihrem Frauenarzt gehabt und sah jetzt, die Augen hinter ihrer Sonnenbrille verborgen und den Kopf in den Nacken gelegt, den Rittern im Rathausturm bei ihrem Turnier zu – eine unverrückbare Choreografie zweier Reiter und ihrer tödlichen Lanzen. Die Augen der Kinder auf dem Platz leuchteten, und kleine Finger deuteten hinauf, als der blau-weiße Recke den weiß-roten aus dem Sattel hob und sich kurz darauf auch schon die Schäffler in ihren roten Jacken eine Etage tiefer munter um die eigene Achse drehten. Charlotte betrachtete sie, die Worte ihres Arztes noch im Ohr, und fühlte sich den starren Gestalten, die seit fast fünfzig Jahren auf ihrer vorgegebenen Bahn kreisten, seltsam verwandt. Protagonisten einer Inszenierung, aus der es kein Entrinnen gab.

»Ich gratuliere Ihnen, Frau Lembke, Sie sind schwanger«, hatte ihr Arzt zu ihr gesagt, und dass der Test, bei dem ihr Urin einem Frosch injiziert worden war, der kurz darauf seinen Laich abgelegt hatte, hundertprozentig sicher sei. Sie hatte es bereits befürchtet, als ihr Unwohlsein Anfang Juli ausgeblieben war, und jetzt die lähmende Gewissheit.

Die Menschenmenge löste sich nach dem letzten Glockenschlag auf, nur Charlotte blieb stehen und wusste nicht, was sie als Nächstes tun sollte. Ihr Wagen stand ganz in der Nähe, aber sie wollte nicht in das dunkle Haus zurück. Ich könnte zu Hans fahren, überlegte sie. Sie hatte ihr gestriges Treffen mit ihm abgesagt, da sie es nicht ertragen hätte, ihn während des Wartens auf das Testergebnis zu sehen. Und jetzt? Jetzt musste sie ihm sagen, dass seine schlimmsten Befürchtungen wahr geworden waren und sie von Kurt ein Kind bekam. Würde er sie dann überhaupt noch haben wollen? Mit dem Kind eines anderen?

Nein …

Charlotte spürte, wie ihr schwindlig wurde. Ein Passant fing sie auf, als ihre Beine unter ihr nachgaben, und begleitete sie zum Alten Peter, wo sie sich neben dem Kerzengeschäft im Schatten der Kirche auf eine Bank setzte. »Sind Sie sicher, dass es gehen wird?«, fragte der Herr.

»Ja, vielen Dank. Mein Wagen steht gleich dort drüben.«

Nein, sie konnte nicht zu Hans. Sie musste zuerst mit ihrem Mann sprechen, ihm sagen, dass sie schwanger war, und dann die Scheidung von ihm verlangen. *Besser eine alleinerziehende Mutter ohne Geld, als weiter diese Ehe zu erdulden*, dachte sie. Und dass sie Kurt das kleine schwarze Buch zeigen würde, in dem sie die Kontobewegungen des Schweizer Kontos notiert hatte, auf das der Erlös aus den Verkäufen der Kunstwerke eingezahlt worden war. Sie hatte die Belege im Sekretär ihrer Schwiegermutter zwischen ihrer privaten Korrespondenz gefunden, sich aber nicht getraut, sie an sich zu nehmen. Dabei wären sie der ultimative Beweis für die horrenden Einzahlungen eines Basler Auktionshauses in den Jahren 1950 und 1951 gewesen und der Barabhebung von 250.000 D-Mark im Mai dieses Jahres, was exakt der Höhe von Kurts Einlage in die Mang KG entsprach. Egal, Charlotte würde ihm einfach drohen, diese Informationen an die zuständigen Behörden weiterzuleiten, falls er nicht in die Scheidung einwilligte, und ihm dann die Namen der Mädchen nennen, mit denen Mang in den letzten Monaten etwas gehabt hatte. Elly Stein hatte ein paar höchst pikante Details ausgeplaudert, die Mangs Frau jederzeit vom Wahrheitsgehalt ihrer Enthüllungen überzeugen würden.

Auf der Heimfahrt ging Charlotte ihr Gespräch mit Kurt in Gedanken noch einmal durch. *Ich muss selbstsicher auftreten,* sagte sie sich, *und schon vorher meine Koffer packen.* Tatsachen schaffen.

Und wenn er sich trotzdem weigerte?

Dann würde sie ihm beichten, dass sie eine Affäre hatte, und ihm sagen, dass der Mann, mit dem sie sich seit drei Monaten traf, genauso gut wie er der Vater ihres Kindes sein könnte. Diese Schmach würde Kurt nicht hinnehmen und die Ungewissheit, die ihn jedes Mal befiele, wenn er »sein« Kind ansah. Nein, dazu wäre er zu stolz.

Als Charlotte am Nachmittag in ihrem Schlafzimmer drei große Koffer packte, zitterte sie am ganzen Körper, und ihr war übel. Sie hatte noch nie in ihrem Leben so viel Angst gehabt.

Ich gratuliere Ihnen, Frau Lembke, Sie sind schwanger.
Die Stimme ihres Arztes geisterte noch immer durch ihre Gedanken. Ein Kind ... Sie bekam ein Kind ...
Kurt wurde zwei Stunden später von seinem Chauffeur nach Hause gebracht. Er löste im Flur seine Krawatte, schenkte sich im Wohnzimmer einen Whiskey ein, erzählte seiner Mutter von seinem Tag und verschwand dann in seinem Arbeitszimmer, in dem noch immer die alten Bücher seines Vaters die Regale füllten. Charlotte klopfte.
»Was ist?«
Sie öffnete die Türe einen Spalt breit und fragte, ob sie ihn sprechen könne.
»Kann es nicht warten?«
Er saß hinter seinem Schreibtisch und blätterte in Papieren. Der Schlüssel, den er immer bei sich trug, steckte im Schloss der breiten Schublade, in der sich die Fotos befanden, die ihr für ihre Beweisführung ebenso fehlten wie die Kontoauszüge ihrer Schwiegermutter. Was sie hatte, war Stückwerk.
»Nein, es ist wichtig«, erwiderte sie und setzte sich in einen Sessel. Sie wollte nicht wie ein Bittsteller vor seinem Schreibtisch Platz nehmen und zu ihm aufsehen müssen. Außerdem schien ihr ein wenig mehr Abstand und ein kürzerer Weg zur Tür angeraten. Sie hielt ihr Notizbuch in Händen.
»Ich höre«, sagte ihr Mann und leerte sein Glas.
»Ich bin schwanger, Kurt«, gestand sie ihm ohne Umschweife »und ich möchte die Scheidung.«
Es war so still im Raum, dass sie ihn atmen hörte. Er lehnte sich in seinem Stuhl zurück, sah sie verwundert an und lächelte dann. Er lächelte! »Woher weißt du das?«, fragte er sie ruhig.
»Von Doktor Adam. Ich habe das Testergebnis heute Morgen bekommen.«
Wieso sagte er denn nichts dazu, dass sie ihn um die Scheidung gebeten hatte? Hatte er es überhaupt gehört? »Kurt, ich bin

in unserer Ehe nicht glücklich«, erklärte sie ihm deshalb, »und ich denke, du weißt warum.« *Meine Stimme könnte kräftiger sein*, dachte sie.

»Du bist der Meinung, dass ich dich zu hart anpacke. Und du nimmst mir immer noch übel, dass ich dir verboten habe, weiter diese Kleider vorzuführen.« Charlotte nickte. »Aber damit ist ja jetzt sowieso Schluss, Charlotte, du wirst Mutter und bleibst zu Hause, um dich um unser Kind zu kümmern«, bestimmte er.

»Es gibt auch berufstätige Frauen mit Kindern.«

»Gewiss, aber meine Frau wird nicht dazugehören.«

»Hast du mir nicht zugehört, Kurt?« Charlotte stand auf und ging nun doch zu seinem Schreibtisch hinüber. »Ich will die Scheidung!« So ignorant konnte er doch gar nicht sein!

»Natürlich habe ich dir zugehört. Ich werde Vater und willige nicht ein.«

Charlotte sammelte sich, sie schlug ihr Notizbuch auf und las ihm daraus vor: »Bankhaus Julius Bär und Co, Kontonummer 17-293 555, Einzahlung vom 12. April 1950, 185 000 Schweizer Franken von der Galerie Berit & Partner in Basel und im Folgenden noch zwei weitere Einzahlungen in ähnlicher Höhe; des Weiteren ein paar kleinere Barauszahlungen und dann eine Auszahlung von 250.000 Mark diesen Mai ...«

»Du kannst damit aufhören, ich habe es schon verstanden«, sagte ihr Mann.

»Das Konto läuft auf den Namen deiner Mutter, die in all den Jahren keine Kapitalertragsteuer gezahlt hat.«

»Na und?«

»Ich bin mir sicher, dass sich das Finanzamt dafür interessieren würde. Und das Landesentschädigungsamt dafür, dass das Geld auf diesem Konto aus Verkäufen von Kunstwerken stammt, die Teil einer Zwangsversteigerung gewesen sind. Vielleicht gibt es Erben, die Ansprüche stellen.«

»Du möchtest mich also erpressen«, stellte ihr Mann gelassen fest.

»Ich möchte nur die Scheidung und meine Ersparnisse«, verteidigte sich Charlotte. »Ich verlange keinen Unterhalt.«

»*Nur*, ja?«, verhöhnte er sie. »Und wenn ich nicht zustimme, wirst du mir gleich auch noch sagen, dass du mit Mangs Frau über die Affären ihres Mannes sprechen wirst.«

Charlotte sah Kurt mit vor Schreck geweiteten Augen an. Woher wusste er das?

»Denkst du wirklich, die kleine Elly hätte mir nicht von euren Gesprächen erzählt?«, fuhr ihr Mann fort. »Und Mutter mich nicht informiert, dass du dich seit Wochen in mein Büro schleichst, wenn ich nicht zu Hause bin, und das halbe Haus durchsuchst?« Kurt lachte.

Irgendetwas stimmte nicht. Charlotte konnte das Zittern nicht mehr kontrollieren. Ihr Herz raste, und sie glaubte, ihr Kopf würde zerspringen.

»Du kannst mit deinen kleinen Entdeckungen gern zum Finanzamt oder sonst wohin gehen, Charlotte. Mutter und ich haben bereits gründlich hinter uns aufgeräumt. Und was das Geld für meine Einlage bei Mang betrifft, das stammt offiziell aus dem Verkauf einer Münzsammlung meines Vaters. Nichts, worüber ich einen Nachweis führen müsste.«

»Aber das Konto …«

»Als ob ein Bankhaus wie Bär deutschen Behörden Auskünfte erteilen würde.«

Er bluffte. Kurt bluffte doch nur!

»Das ganze schöne Kartenhaus fällt zusammen, nicht wahr?«, verhöhnte er sie. »Dir bleibt nur Mangs Untreue, aber dir ist klar, dass Elly ihre Stelle verliert, wenn du damit zu seiner Frau gehst, und das willst du doch nicht.«

Charlotte saß in der Falle. *So also ergeht es Tieren, die sich ein Bein abnagen, um dem Grauen zu entkommen*, dachte sie. Aber

was konnte sie tun? Was, außer ihrem Mann nun doch noch von Hans zu erzählen, was einem Selbstmord gleichkam? Wenn sie Glück hatte, warf er sie nur aus dem Haus, aber wenn nicht ...
»Ich habe dich betrogen, Kurt«, sagte sie voller Angst, »dieses Kind ist vielleicht gar nicht von dir.«
Ihr Mann verzog keine Miene. Er stand auf und kam hinter seinem Schreibtisch hervor. Sie duckte sich instinktiv. »Solange ich es als meines anerkenne, *ist* es meines, Charlotte«, erwiderte er seelenruhig.
»Ich verstehe nicht ...«
»Dieses Kind wurde in unserer Ehe gezeugt und wird meinen Namen tragen.«
»Aber Kurt, das kannst du doch nicht wirklich wollen!«
»Oh doch, genau das will ich. Und wenn du trotzdem die Scheidung anstrebst, kannst du gewiss sein, dass das Kind bei mir bleiben wird und hier bei mir und meiner Mutter aufwächst.«
Charlotte wurde bleich, ihr war schwindlig, sie fühlte Panik in sich aufsteigen.
»Oder denkst du, dass dir irgendein Richter das Sorgerecht zusprechen würde? Einer arbeitslosen Mutter, die ihren rechtschaffenen Ehemann betrogen und böswillig verlassen hat?«, sprach ihr Mann weiter, und Charlotte liefen Tränen über die Wangen. Ihr Notizbuch fiel ihr aus der Hand. Sie ließ es liegen, es war nutzlos! Alles, was sie in den letzten Monaten ausgegraben hatte, war nutzlos, denn Kurt hatte die ganze Zeit über wie eine Spinne in seinem Netz gesessen und ihr zugesehen, wie sie sich immer weiter in seinen klebrigen Fäden verstrickte.
Jetzt stand er so nah vor ihr, dass sie den Alkohol in seinem Atem riechen konnte. »Geh ruhig, wenn du willst«, sagte er. »Wir sehen uns dann wieder, wenn du aus dem Kreißsaal kommst und meinen Erben zur Welt gebracht hast.«
Kurts Worte hallten in Charlottes Kopf nach, und ihr wurde schwarz vor Augen. Ihr Körper schaltete ab, ihre Gedanken stan-

den still, ihr Empfinden, alles. Vor ihr tat sich ein Abgrund auf, und sie glitt langsam hinein und versank.

Als sie wieder zu sich kam, lag sie in ihrem Schlafzimmer auf dem Bett, und Dr. Bergmüller saß bei ihr. Charlottes Blick ging zur Tür, ihre Koffer standen nicht mehr dort, aber Kurt lehnte neben ihrem leer geräumten Schminktisch.

»Wie geht es Ihnen, Frau Lembke?«, fragte Bergmüller, und sie versuchte zu sprechen. »Keine Angst, das wird schon wieder, das war nur ein kleiner Zusammenbruch. Die Nerven, Sie verstehen?« Sie nickte und registrierte, dass das Zittern aufgehört hatte und ihr Herz wieder ruhiger schlug. »Ich habe Ihnen ein leichtes Sedativum gespritzt. Nichts, was dem Kind schaden könnte.«

Kurt sah besorgt aus. »Bist du sicher, Peter, dass sonst alles in Ordnung ist?«, fragte er seinen Freund.

»Absolut. Deine Frau braucht nur ein paar Tage Bettruhe. Ich lasse Ihnen ein Mittel zur Beruhigung und zum besseren Einschlafen da, Frau Lembke, das wegen seiner hohen Verträglichkeit speziell für werdende Mütter empfohlen wird. Und es hilft auch gegen die Morgenübelkeit. Dreimal täglich eine Tablette.«

Charlotte sah auf ihrem Nachttisch ein blau-weißes Röhrchen mit der Aufschrift Contergan forte liegen.

»Der Pharmavertreter hat mich zur Markteinführung mit Proben eingedeckt«, erklärte Bergmüller, »aber Sie bekommen das Mittel in ein paar Wochen auch rezeptfrei in jeder Apotheke.«

Kurt wollte seinen Freund hinausbegleiten, doch der lehnte dankend ab. »Bleib bei deiner Frau«, sagte er, »ich finde allein hinaus.«

Charlotte suchte nach ihren Koffern. »Ich habe sie ins Ankleidezimmer gestellt«, erklärte ihr Kurt, der ihren Blick deutete. »Hedy wird sie morgen auspacken.«

Sie war zu schwach, um zu protestieren.

»Oder hast du immer noch vor zu gehen? Zu diesem Landmann, dem Bürschchen, das gerade seinen Abschluss in Medizin macht?«

Wie konnte Kurt das wissen? Sie hatte ihm doch seinen Namen gar nicht genannt und ihm auch sonst nichts über ihn verraten?

»Oder in euer kleines Liebesnest bei deiner Freundin Sasa?«, fragte ihr Mann, und Charlotte dachte an das Glockenspiel und begriff, dass sie die vorbestimmte Bahn, auf der ihr Leben kreiste, zu keiner Zeit hätte verlassen können. Die Freiheit war nur eine Illusion, und sie war eine Spielfigur, eine Marionette, deren Fäden Kurt zog. Der Gedanke von einer Brücke zu springen kam ihr in den Sinn. Sich fallen zu lassen und ihr Kind mitzunehmen, aber ihr fehlte der Mut.

»Du fragst dich sicher, seit wann ich von euch weiß«, sagte ihr Mann mit einem maliziösen Lächeln, aber Charlotte hatte nicht mehr die Kraft, ihm zu antworten. »Nein? Nun, dann würde ich sagen, wir lassen die Sache auf sich beruhen. Ruh dich aus, Charlotte, und …«, er küsste sie auf die Stirn, »… ich gratuliere dir. Du wirst Mutter. Das ist ein Grund zum Feiern.«

Die Tür fiel hinter ihm ins Schloss, Charlotte überlegte, sie abzuschließen. Aber wozu? Sie suchte nach ihrer Handtasche, sie stand noch auf dem Stuhl neben dem Fenster. Sie ging auf wackligen Beinen hinüber, holte Hans' Taschentuch heraus, schob es unter ihr Kopfkissen und überließ sich dann der Wirkung des Beruhigungsmittels, das Bergmüller ihr gespritzt hatte. Nichts zu fühlen war eine Gnade.

*

Im Salon am Hofgarten war neben einem neuen vielversprechenden Haarwuchsmittel die nahende Bundestagswahl *das* beherrschende Thema im Herrensalon. »Ollenhauer nennt Adenauers Wahlreden eine ›Verwilderung der politischen Sitten‹ und meint, dass der Wahlkampf auf ein ›Niveau der Unanständigkeit‹ abgleitet«, sagte ein Kunde gerade zu Fred Lingen hinter der halben Wand, während Leni Charlotte die Haare schnitt. Sasa und Mrs. Randall waren in die neuesten Zeitschriften vertieft, und sie überlegte, was sie für ihre bevorstehende Beratungsreise einpacken musste.

Max hatte sie mit der Nachricht überrascht, dass er eine Vertreterin gefunden hätte, die die Landmanns Kosmetik auf Provisionsbasis vertreiben würde. Eine Marianne Golling, Mitte dreißig, die medizinische Badezusätze, Vitaminpräparate und Stärkungsmittel an Apotheken, Drogerien und Reformhäuser in Bayern und Baden-Württemberg verkaufte. »Du könntest sie bei deinen nächsten Beratungen einarbeiten«, hatte er zu Leni gesagt und dass er den Artikel aus dem *Reformhaus KURIER* zusammen mit einer Angebotsliste ihrer Produkte nicht nur an unzählige Reformhäuser, Apotheken und Friseursalons verschickt hätte, sondern auch an exklusive Hotels und Kurhotels. In seinem Begleitschreiben hatte er Lenis kosmetische Beratung und ihre Produktvorstellungen als *willkommene Abwechslung für den anspruchsvollen, gesundheitsbewussten weiblichen Kurgast und interessierte Sommerfrischler* angepriesen und von vier Häusern – Schloss Elmau bei Krün, dem Alpenhof in Garmisch, dem Lindenschlösschen in Bad Kohlgrub und dem Kurhotel Seehausen am Staffelsee – kurzfristig Zusagen bekommen.

»Sie haben dich für Anfang August eingeladen, das ist deine Urlaubswoche, in der wir zusammen im Labor arbeiten wollten. Was sagst du dazu?«

»Und wer hilft dir dann, Max? Wir haben doch so viele Bestellungen«, hatte Leni entgegnet. Sie war nicht annähernd so begeistert gewesen, wie er es erwartet hatte, denn ihr war seit ihrer Trennung von Karl zumute, als wäre jemand gestorben. Es war dasselbe Vermissen und dieselbe Endgültigkeit. Und damit nicht genug, zweifelte Leni nun auch an ihrer Lebensplanung: dem Wunsch, ihren Meister zu machen und einen eigenen Salon zu eröffnen, denn dieses Leben würde einsam sein.

»In der Woche wird sich ein Laborant vorstellen, und wenn er der Richtige für die Landmanns Kosmetik ist, stelle ich ihn ein. Wir brauchen jemanden für die Herstellung, Leni, damit wir uns wieder mehr auf unsere ›Nebentätigkeiten‹ konzentrieren können.«

»Nebentätigkeiten?«, hatte sie nachgefragt.

»Na, die Apotheke und der Salon am Hofgarten. Von irgendetwas müssen wir ja leben, bis unsere Firma sich trägt.«

Leni hatte sich von Ursel einen Koffer ausgeliehen und bereits eine Packliste geschrieben: Regenschirm, Schuhputzzeug, Nähzeug, Rei in der Tube … Am liebsten hätte sie ihren ganzen bescheidenen Hausstand mitgenommen einschließlich Frank, dem Kater, aber Max, der ihr und Marianne Golling den dunkelroten Opel Olympia Kastenwagen mit der gelben Aufschrift *Maximilian-Apotheke* für die Reise lieh, meinte, sie hätten nicht allzu viel Platz, da er den Laderaum mit ihren Produkten vollpacken würde.

»Was erwarten Sie?«, entgegnete Fred Lingen seinem Kunden. »Der Bundeskanzler hat auf einer Wahlversammlung behauptet, ein Sieg der Sozialdemokraten bedeute für Deutschland den Untergang. Da muss Ollenhauer doch reagieren.«

»Aber doch nicht so, Fred. Ist das ein Wahlkampf oder eine Stammtischrunde?«

Leni hörte, wie Lingen mit einem Dachshaarpinsel Rasierseife aufschäumte und roch das zarte Aroma von Kokosöl und Lanolin. Sicher drückte Fritz dem Kunden gerade ein feuchtes, dampfendes Handtuch aufs Gesicht, weshalb es nebenan still wurde.

»Lotte-Schatz, hast du das gelesen?«, entspann sich dafür

eine Unterhaltung bei den Damen. »Die römischen Polizeireviere wurden angewiesen, den Mangel an Anstand in der Bekleidung zu bekämpfen.«

Charlotte reagierte nicht auf Sasas Frage. *Sie steht heute irgendwie neben sich*, dachte Leni.

»Lotte?«, sprach Sasa sie ein zweites Mal an und beugte sich zu ihr, um nach ihrer Hand zu greifen. In der anderen hielt sie eine Zigarette.

Charlotte erschrak. »Ja, was?«

»Hast du mir nicht zugehört?«

»Nein, entschuldige, was hast du gesagt?«

»Ich sagte, dass die italienische Polizei jetzt gegen Touristen vorgeht, die in der heiligen Stadt in Shorts herumlaufen. Wenn du mich fragst, sind Shorts kein Mangel an Anstand, sondern an Selbstachtung.« Sasa inhalierte den Rauch ihrer NIL und blies ihn ihrem Spiegelbild entgegen. Frau Berger, die ihr gerade die roséfarbenen Locken aufdrehte, hustete und entschuldigte sich.

»*O, my gosh*, ihr Europäer seid immer so *bourgeois*, so spießig«, sagte Mrs. Randall, und Christel setzte die Schere ab, weil die Majorsgattin ihren Kopf bewegte. »In Amerika, wir tragen Shorts überall.«

»Ihr tragt ja auch überall Lockenwickler, das macht es nicht besser«, konterte Sasa.

Leni konzentrierte sich wieder auf Charlottes Schnitt. Sie stufte ihre Haare heute besonders sorgfältig und schuf weiche, fließende Übergänge, damit das Deckhaar nicht zu schwer wurde und ihre Locken länger ihre Sprungkraft behielten. Da Leni die ganze nächste Woche einschließlich Samstag frei haben würde, wollte Charlotte erst in der Woche darauf wieder in den Salon kommen.

»Sie fallen gut«, sagte Leni.

Charlotte nickte teilnahmslos und griff nach ihrer Handtasche. »Dürfte ich ein Glas Wasser haben?«, bat sie Leni und holte ein Medikamentenröhrchen heraus. Leni las die Aufschrift, der Name sagte ihr nichts.

»Geht es dir nicht gut, Lotte?«, fragte Sasa.

»Doch, doch, es ist nur eine Magenverstimmung.« Charlottes Hände zitterten, als sie nach dem Glas griff und eine der Tabletten schluckte.

»Ich könnte einen Pfefferminztee aus dem Tambosi holen«, bot Leni ihrer Freundin an.

»Nein, danke, Marlene, es wird gleich besser.«

»Vielleicht werden Sie krank, *my dear*?«, meinte Mrs. Randall. »Der Major hat erzählt, dass eines unserer Schiffe, die *General Patch*, in Bremerhaven vor Anker gehen musste, weil an Bord die Asiatische Grippe ausgebrochen ist. Die Passagiere und die Crew stehen unter Quarantäne.«

»Hast du kürzlich eine Kreuzfahrt gemacht, Lotte-Schatz?«, scherzte Sasa. »Oder dich mit amerikanischen Seeleuten eingelassen?«

»*Don't joke about it, Darling*. Diese Grippe verbreitet sich rasant. *Some people have died.*«

»Es geht mir gut, macht euch bitte keine Sorgen«, sagte Charlotte und sah in den Spiegel. »Danke, Marlene, der Schnitt ist wirklich sehr schön.«

»Jetzt werden Sie nicht mehr so viel Taft brauchen, Frau Lembke«, erklärte ihr Leni, was Herrn Keller jedoch nicht davon abhielt, kurz darauf zur Spraydose zu greifen und Charlottes Frisur zu versiegeln, als würde er schon die ersten Herbststürme erwarten. »*Marvelous!*«, rief er wie immer begeistert und nicht minder theatralisch »*What a beauty!*« und bat Leni dann übergangslos, in ihrer Mittagspause in sein Büro zu kommen.

»Ist etwas nicht in Ordnung?«, fragte sie ihren Chef verunsichert.

»Sagen *Sie* es mir, Marlene«, erwiderte er so leise, dass die

Kundschaft die Unterhaltung nicht mitanhören konnte, aber da verabschiedete sich Charlotte auch schon von Sasa und Mrs. Randall, und Leni brachte sie zur Tür.

Charlotte war heute mit dem Wagen ihres Mannes gekommen, sein Chauffeur wartete auf sie. »Ich wünsche Ihnen eine gute Reise, Marlene«, sagte sie zu Leni und setzte ihre Sonnenbrille auf.

In der kleinen Sitzecke neben der Garderobe wartete bereits die nächste Kundin. »Ich bringe Sie gleich zu Ihrem Platz, Frau Wegscheid«, versicherte Leni ihr. »Geht es dir wirklich gut?«, flüsterte sie Charlotte zu, schon halb auf der Straße. »Du warst heute so still.« Aus den Augenwinkeln sah sie, dass ihr Chef auffordernd zu ihr herüberblickte.

»Aber ja, es ist nichts«, versicherte Charlotte ihr und lächelte etwas gezwungen.

»Ich schreibe dir«, versprach Leni, »und vielleicht kann ich dich auch mal von unterwegs aus anrufen. Wenn du nicht in der Firma bist.«

»Ich arbeite nicht mehr. Ich habe zum ersten August aufgehört«, eröffnete ihr Charlotte überraschend.

»Was? Warum?« Da stimmte doch etwas nicht.

»Ich erzähle es dir, wenn du wieder da bist, ja?«

»Frau Lembke?«, Charlottes Chauffeur hielt ihr die Wagentür auf, und sie stieg ein, ohne sich noch einmal umzusehen.

Der Vormittag zog sich zäh dahin. Leni war nicht wirklich bei der Sache und seufzte, sobald draußen ein Motorrad vorbeifuhr und sie an Karl dachte oder Charlotte ihr in den Sinn kam. Sie machte bei Frau Wegscheid eine Thermwelle, zwei Kundinnen kamen für eine Ansatzfärbung, und sie türmte unzählige Lockenberge zu der beliebten, französisch anmutenden Pudelfrisur auf, ehe sie mittags an Herrn Kellers Bürotür klopfte und Maria herausschlüpfte.

»Darf ich?«, fragte Leni ihren Chef, der wie immer elegant in einem hellen Zweireiher mit Fliege und passendem Einstecktuch hinter seinem Schreibtisch saß – ein Déjà-vu, nur dass Keller beim letzten Mal Blau getragen hatte.

»Bitte.« Er deutete auf die Couch, Leni nahm dort Platz, und er setzte sich zu ihr in einen Sessel. »Marlene«, begann er, »ohne Umschweife. Sie sind in letzter Zeit wie ausgewechselt. Was ist los? Geht es Ihrer Mutter schlechter?«

»Nein, sie hat sich gut erholt.«

»Oder haben Sie Probleme mit Frau Berger?«

Leni schüttelte den Kopf.

»Gibt es sonst irgendetwas, das ich wissen sollte?« Er sah sie auffordernd an.

»Nein, Herr Keller.«

»Ich frage ja nicht, weil Ihre Arbeit leiden würde, daran gibt es nichts auszusetzen, aber Sie merken ja selbst, dass Sie kaum noch Pflegeprodukte verkaufen und Ihr Trinkgeld weniger wird, weil Sie so wortkarg sind.«

Leni nickte betreten.

»Wo ist Ihr Esprit hin, frage ich mich, Ihre gute Laune, die Freude, die Sie immer zur Arbeit mitgebracht haben?«

Jetzt lief ihr eine Träne über die Wange.

»Eine Herzensangelegenheit«, erriet Keller den Grund, und Leni schniefte. Ihr Chef schob ihr eine Packung Tempo-Taschentücher über den Couchtisch, sie nahm eines und bedankte sich. »Arbeit ist die beste Medizin!«, sagte er und tätschelte ihr väterlich die Hand. »Glauben Sie mir, ich weiß, wovon ich spreche.«

Tatsächlich? War ihr Chef etwa auch unglücklich verliebt? Und wenn ja, warum gab er dann nicht einfach zu, dass er und Maria ein Paar waren, und heiratete sie? Es gab doch überhaupt keinen Grund, aus ihrer Beziehung ein Geheimnis zu machen. Oder doch?

»Was ist denn aus Ihren Plänen geworden, Ihren Meister zu machen?«, fragte er.

»Ich hätte mich im Mai fast bei der Innung zum Vorbereitungskurs angemeldet«, erzählte Leni ihm mit gesenktem Kopf, »aber dann ging es meiner Mutter so schlecht, und ich habe meine Firma gegründet.«

»Verlieren wir Sie etwa an die Kosmetikbranche, Marlene?«

»Nein. Mein Geschäftspartner und ich stellen gerade jemanden ein, damit wir uns beide wieder mehr auf unsere eigentliche Arbeit konzentrieren können und nicht jeden Sonntag im Labor stehen müssen.«

»Also gibt es keinen Grund, warum Sie sich nicht auf Ihre Meisterprüfung vorbereiten sollten.«

»Jetzt ist bestimmt kein Platz mehr im Kurs frei.«

Keller lehnte sich in seinem Sessel zurück, legte die Fingerspitzen aneinander und dachte nach. Lange. Dann strich er sich über den schmalen Oberlippenbart und sagte: »Nun, dann bereite *ich* Sie eben vor.«

»Sie?«

»Wir treffen uns jeden Montag im Salon, vormittags von acht bis zwölf. Ich gebe Ihnen die Bücher, die Sie brauchen werden, und besorge Ihnen Modelle. Sie lernen zu Hause und üben hier.«

»Warum sollten Sie das für mich tun?«, fragte Leni perplex.

»Weil mir bald ein zweiter Meister im Salon fehlt. Unter uns, Frau Berger wird uns zum Jahresende verlassen.«

»Was?« Leni konnte kaum glauben, was Keller sagte.

»Es sind ihre Hände, der Arzt spricht von einer Atopie. Die Salben, die er verschreibt, helfen nur kurzfristig, sie wird ihren Beruf deshalb aufgeben müssen.«

»Und da kann man gar nichts machen? Meine Ringelblumensalbe ...«

»Ihre Ringelblumensalbe in Ehren, Marlene, aber hier fehlt

es doch weiter. Frau Berger hat eine Stelle als Verkäuferin in einer Drogerie gefunden. Sie fängt dort im Dezember an.«

Eigentlich war das eine gute Nachricht, aber Leni freute sich nicht. Sie wusste, dass Frau Berger ihren Beruf genauso liebte, wie sie es tat, und dass sie ein großer Verlust für den Salon sein würde – fachlich, nicht menschlich.

»Ich werde die Kollegin nicht ersetzen«, erklärte Keller. »Helga wird im nächsten Monat ihre Gesellenprüfung ablegen, und Sie machen im März Ihren Meister, dann können wir bald wieder eine neue Friseuse ausbilden. Was denken Sie?«

»Dass ich erst in drei Jahren ausbilden darf, wenn ich vierundzwanzig bin.«

»Offiziell bilde ich natürlich aus.«

»Und dass ich mich auf keinen Fall in so kurzer Zeit auf die Prüfungen vorbereiten kann«, gab Leni zu bedenken.

»Selbstverständlich können Sie das. Ich war schließlich nicht umsonst viele Male im Prüfungsausschuss, ich weiß genau, worauf es ankommt und welcher Stoff relevant ist.« Keller rutschte auf seinem Sessel nach vorn und sah Leni eindringlich an. »Sie übernehmen ab Dezember die Kundinnen von Frau Berger und Helga Ihre.«

»Aber nicht die Frau Lembke, die möchte ich behalten.«

»Meinetwegen. Also?«

Leni ahnte, dass das einer dieser Momente im Leben war, in denen etwas Entscheidendes passierte. Er war weichenstellend, wie der, als sie Kellers Anzeige in der Tageszeitung entdeckt oder Max das erste Mal von den Rezepturen ihrer Großmutter erzählt hatte, und doch zögerte sie, weil sie seit der Trennung von Karl begriff, wie hoch der Preis für ihren Erfolg war – ein Preis, den Männer im Übrigen nicht zahlen mussten! »Ihr Angebot ist sehr großzügig, Herr Keller, aber ich muss darüber nachdenken«, sagte sie deshalb. »Darf ich Ihnen meine Antwort geben, wenn ich aus dem Urlaub zurück bin?«

»Wo geht es denn hin?«

»Nach Garmisch und an den Staffelsee«, erklärte Leni, »mit einer Bekannten.«

Neue, unbeschrittene Wege, auf die sie sich noch vor ein paar Wochen uneingeschränkt gefreut hätte. Vor vier Wochen, um genau zu sein.

28

Leni lernte Marianne Golling am Montagmorgen kennen. Den Laderaum des Opels voll mit Kisten mit der Landmanns Kosmetik parkte die Vertreterin vor ihrem Haus und studierte eine Straßenkarte, als sie mit ihrem Koffer herauskam.

»Ich würde vorschlagen, ich fahre, und Sie lotsen uns, wenn ich nicht weiterweiß«, sagte Marianne, nachdem sie sich einander vorgestellt hatten, »ist das für Sie in Ordnung, Leni?«, und ihre wachen dunklen Augen sprühten nur so vor Tatendrang hinter den Gläsern eines schmetterlingsförmigen Brillengestells.

»Sie müssen mir nur die Karte richtig herum in die Hand drücken«, meinte Leni.

»Waren Sie denn schon einmal auf Schloss Elmau?«, wollte Marianne gleich von ihr wissen.

»Ich war noch nie irgendwo, außer in München«, gab Leni zu und winkte ihrer Mutter, die am Küchenfenster stand, zum Abschied. Sie nahm sich den Montag jetzt immer frei. Sie hatte ihre Hausbesuche aufgegeben und nutzte den Tag für die Hausarbeit und den Garten. Und ins Krankenhaus nach Deutenhofen fuhr sie auch nicht mehr, sodass ihr Salon nun mittwochs auch am Nachmittag geöffnet blieb.

»Ich habe im Reisebüro nachgefragt«, erklärte Marianne. »Das Hotel wurde von einem Schriftsteller gebaut, der es als Refugium für seine Freunde und Leser geplant hatte. Es verfügt angeblich über eine umfangreiche Bibliothek. Lesen Sie gerne?«

»Nur den Fortsetzungsroman in der *BRAVO* und Illustrierte, die ich mir manchmal ausleihe. Für Bücher fehlt mir die Zeit.«

»Ich bin eine Leseratte und Mitglied beim Lesering«, verriet ihr Marianne, deren schmales tailliertes Reisekostüm gut zu ihren dunklen Haaren passte, die sie hochgesteckt trug, »das ist eine famose Sache!«

Der Opel der Maximilian-Apotheke wogte wenig später wie auf Wellen über den Asphalt. Sie hatten die Fenster heruntergekurbelt, und Marianne hatte sich ein Tuch umgebunden, um ihre Frisur zu schützen.

Die Fahrt ging bei strahlendem Sonnenschein Richtung Süden an München vorbei und durch das Würmtal nach Starnberg. Dort bog Marianne auf die viel befahrene Olympiastraße ab, die nach Garmisch führte, wo 1936, im Jahr von Lenis Geburt, die Olympischen Winterspiele ausgetragen worden waren.

»Max sagt, dass Sie ein großes Vertreternetz haben«, meinte Leni, und der Motor des Kastenwagens dröhnte ihr in den Ohren.

»Ja, ich habe es von meinem Vater übernommen. Er musste aus gesundheitlichen Gründen kürzertreten, da bin ich für ihn eingesprungen.«

»Und Ihr Mann ist damit einverstanden, dass Sie so viel unterwegs sind?« Leni war Mariannes Ehering aufgefallen.

»Oh, ich bin nicht verheiratet«, entgegnete sie ihr munter. »Das ist der Ehering meiner Großmutter, den trage ich, damit mich meine Kunden nicht als Freiwild betrachten und versuchen, für ihre Abschlüsse einen kleinen ›Bonus‹ herauszuschlagen. Sie glauben ja nicht, was einem als alleinstehende Frau in dieser Branche alles passiert!«

Hinter Pähl fuhr Marianne zuerst an Streuobstwiesen vorbei, dann durch ein kurzes Waldstück und über eine Kuppe, die unvermittelt den Blick auf Weilheim freigab. Der kleine Ort lag in einem malerischen Tal und wurde von Bergen begrenzt. »Das da ist das Karwendelgebirge«, erklärte sie Leni, »hier sehen Sie die Zugspitze, und das da drüben ist der Hohe Peißenberg. Imposant, nicht wahr?«

»Allerdings.« Leni sah die Alpen immer nur, wenn sie bei Föhn als dünnes Band am Firmament auftauchten, blass und unwirklich wie eine Luftspiegelung, doch jetzt standen ihre Ausläufer in voller Größe vor ihr und schienen das Ende der Welt zu markieren.

»Das ist der direkte Weg nach Italien!«, schwärmte Marianne, und Leni dachte, dass sie heute losgefahren wären, sie, Karl und die anderen, genau heute.

Die Landschaft veränderte sich. Wo vorher vor allem Grünland gewesen war, reihte sich jetzt ein Feld ans andere. Die Bauern ernteten das letzte Getreide, banden es zu Garben zusammen und stellten sie zum Trocknen auf. *Bald wird auch hier der ohrenbetäubende Lärm der Dreschmaschinen zu hören sein*, dachte Leni. Sie kannte das Geräusch von zu Hause. »Max sagt, Sie verkaufen Produkte der Firma Lederle«, begann sie erneut ein Gespräch, um mehr über Marianne und ihre Arbeit zu erfahren.

»Vitaminpräparate gegen Stress und Leberschäden«, gab sie ihr Auskunft, »aber das größte Geschäft mache ich mit dem Seelentröster von Homoia.«

»Ein Seelentröster?«

»Kennen Sie die Werbung ›Frauengold schafft Wohlbehagen, wohlgemerkt an *allen* Tagen‹?«, fragte Marianne.

»Damit ist das Unwohlsein gemeint, oder?«

»Ein guter Grund, sich ab und an ein Gläschen Hochprozentiges zu gönnen«, scherzte Marianne. »Außerdem hilft Frauengold gegen Depressionen, Nervosität, Erschöpfung und Torschlusspanik«, zählte sie die bekannten Heilanzeigen auf und lachte herzerfrischend.

»Wirklich?«

»Wenn man der Werbung glauben darf. Übrigens, stört es Sie, wenn ich rauche?«, fragte sie und fischte eine Schachtel Ernte 23 aus ihrer Handtasche, die sie zwischen Leni und sich auf die Sitzbank des Opels gestellt hatte.

»Nein, gar nicht, aber Max ist ein überzeugter Nichtraucher. Denken Sie, er merkt es?«

»Wir lüften gut durch«, sagte Marianne und steckte sich eine Zigarette an.

Kurz vor Murnau bat sie Leni dann, in die Straßenkarte zu sehen. »Wir können die schnellere Strecke über Murnau nehmen«, sagte sie, »oder die schönere über Kochel, dann müssten wir jetzt irgendwo abbiegen. Was ist Ihnen lieber?«

»Haben wir denn genug Zeit?«

»Reichlich, Ihre Vorführung beginnt um drei, bis dahin sind wir zweimal da.«

»Dann also die schönere Strecke«, bestimmte Leni und lotste Marianne durchs Kochler Moor zum Kloster Benediktbeuern und bei Ried an einer alten Kalkhütte vorbei, deren Schornstein heftig qualmte.

»Perfekt«, meinte Marianne, als ihr der Rauch entgegenschlug, »wenn Max sich über den Geruch im Wagen beschwert, schieben wir es auf unsere Route!«

Kochel am gleichnamigen See war der Ausgangspunkt für ihre Fahrt über den Kesselberg, eine serpentinenreiche Strecke, auf der sich der Opel bedächtig nach oben quälte. Leni wurde bei dem Geschaukel ganz flau im Magen, doch schon bald wurde sie mit dem Anblick des türkisblauen Walchensees entschädigt.

»Haben Sie Badesachen dabei?«, fragte sie Marianne und wäre am liebsten sofort hineingesprungen.

»Aber ja! Am Staffelsee soll es eine nagelneue Badeanstalt geben. Schwimmen Sie auch gern?«

»Ich habe früher oft mit meiner Freundin Ursel in der Amper gebadet«, erzählte Leni, doch seit sie ihre Lehre begonnen hatte, hatte sie keine Zeit mehr dafür gehabt. Anders als ihr Bruder, der regelmäßig mit seinen Freunden im Englischen Garten am Eisbach lernte oder im Ungererbad.

Es war so aufregend, unterwegs zu sein und die eingefahrenen Routinen einmal zu unterbrechen. Leni kam sich vor wie auf einem Schulausflug. In Wallgau, einem Ort mit einladenden Gasthöfen und Fremdenzimmern, bestaunte sie die für die Gegend so typische Lüftlmalerei. Szenen aus dem bäuerlichen Leben, die sich kunstvoll und überdimensional über die Fassaden der Häuser mit ihren breiten, geschnitzten Balkonfronten zogen. Sie waren mit Blumenkästen geschmückt, in denen üppige Geranien blühten. Postkartenmotive, die Leni aus dem Dachauer Land nicht kannte. »Werden Sie die Landmanns Kosmetik auch Friseuren anbieten?«, fragte sie Marianne, als sie an einem Salon vorbeikamen, der dem ihrer Mutter ähnelte.

»Auf jeden Fall, aber nicht den kleinen, bei denen die Kundinnen noch ihr eigenes Handtuch und ihre Seife mitbringen«, entgegnete sie ihr, »für die sind Ihre Produkte zu teuer.«

»Das sagt meine Mutter auch.«

»Ich werde mich auf die großen Salons konzentrieren und dort damit werben, dass die Landmanns Kosmetik von einer jungen Friseuse entwickelt worden ist, die in einem der besten Salons Münchens arbeitet. Das ist ein Türöffner!«

»Denken Sie?«

»Aber ja! Und in den Apotheken stelle ich darauf ab, dass die Produkte in Zusammenarbeit mit einem studierten Pharmazeuten hergestellt werden.«

»Und was ist mit den Drogerien und Parfümerien?«

»Dort kaufen die Kunden überwiegend bekannte Produkte ein«, erklärte ihr Marianne, »für die Prominente in Illustrierten werben. Und der Markt für die Haarpflege gehört WELLA und Schwarzkopf. Gegen diese Konkurrenz kommen Sie nicht an, und das wollen Sie auch gar nicht.«

»Nein?«

»Nein! *Natürliche* Schönheit bedient eine Nische. Klein, aber fein!«

Eine Nische, in die Leni eher zufällig und unter dem Einfluss von Max gerutscht war, aber je mehr sie von ihm über die Wirkung und vor allem die Nebenwirkungen handelsüblicher Kosmetik und ihrer Inhaltsstoffe lernte, desto wohler fühlte sie sich dort. Und die Überempfindlichkeit ihrer Kundin und Frau Bergers Hände machten ihr klar, dass auch die Friseur-Chemie, die sie noch vor einem Jahr für eine Wundertüte gehalten hatte, ihre Schattenseiten hatte. Was hatte Max noch gesagt?

Unsere Produkte mögen Ihnen unmodern erscheinen, weil sie auf Rezepturen Ihrer Großmutter beruhen, aber sie haben durchaus ihre Vorzüge.

Als Leni und Marianne schließlich auf Schloss Elmau mit seinem wuchtigen Walmdach und dem dominanten Turm ankamen, das ganz allein auf einer Hochebene unter dem Wettersteingebirge thronte, hatte Leni plötzlich Bedenken, dass womöglich niemand zu ihrer Präsentation kommen würde. Das Publikum in einem derart vornehmen Hotel war sicher sehr anspruchsvoll. Doch der Direktor, der sie persönlich begrüßte – ein Spanier –, eröffnete ihr schon in der von schweren Säulen getragenen Eingangshalle, dass ihre Präsentation aufgrund der großen Nachfrage heute nicht in dem ursprünglich dafür vorgesehenen Nebenzimmer, sondern im Teesaal stattfinden würde. »Die Damen freuen sich bereits, Señorita Landmann«, sagte er und begleitete sie und Marianne an die Rezeption. Ein Hausdiener half ihnen beim Ausladen der Kisten, und pünktlich um drei machten es sich dann fast fünfzig Damen der besseren Gesellschaft an kleinen Tischen, auf Polsterstühlen und Rattansesseln bequem: Unternehmergattinnen, Ehefrauen von Politikern, Firmengründerinnen und sogar die Frau des Programmdirektors des Bayerischen Rundfunks, die von Lenis Präsentation mehr als begeistert war. »Sie sind Kosmetikerin«, sagte sie zu ihr, »das merkt man gleich.«

»Nein«, erwiderte Leni, »ich bin Friseuse, aber in dem Beruf lernt man auch viel über Hautpflege.«

»Das erklärt die schicke Frisur.«

Ihr Mann überreichte Leni später seine Visitenkarte und fragte sie, ob sie sich vorstellen könne, in einer Hörfunksendung aufzutreten: »So wie Annemarie Lindner beim Sender Leipzig.«

»Annemarie Lindner?« Der Name sagte Leni nichts, aber offensichtlich lebte und arbeitete die Kollegin im Osten, in der DDR.

»Ja, sie ist wie Sie eine Pionierin in Sachen Naturkosmetik und referiert jeden Mittwoch eine Viertelstunde in der Sendung *Achtzig bunte Minuten für die Frau* über Körperpflege. Meine Frau meinte, dass wir das im BR auch einführen könnten, im Familienfunk. Lassen Sie uns doch einfach einmal telefonieren.«

Da Marianne und Leni in den Hotels, in denen Leni ihre Beratungen abhielt, auch übernachten durften, stießen sie am Abend auf der Terrasse von Schloss Elmau mit einem Glas Sekt auf ihren Erfolg an, und Marianne bot Leni das Du an. Die Grillen zirpten in den Wiesen, sie hörten das Plätschern eines nahen Baches und genossen die exklusive Stille. »Was für ein Luxus«, schwärmte Marianne und lehnte sich entspannt zurück. »Ich könnte für immer hier sitzen, aber ich will mir vor dem Schlafengehen unbedingt noch die Bibliothek ansehen. Kommst du mit?«

»Auf jeden Fall«, stimmte Leni zu, aber vorher würde sie noch eine Postkarte an Charlotte schreiben und sie anrufen, um sich zu erkundigen, wie es ihr ging.

»Oh, da fällt mir ein, in der Bibliothek im Amerika-Haus am Karolinenplatz gibt es eine Biografie, die dir gefallen würde, Leni. Wie gut ist dein Englisch?«, fragte Marianne sie.

»Ein ganzes Buch habe ich noch nicht auf Englisch gelesen.«

»Dann fang mit Martha Matilda Harper an«, riet ihr Marianne mit leuchtenden Augen. »Glaub mir, die wird dein Leben verändern!«

Das Parkhotel Alpenhof in Garmisch, in dem Leni am nächsten Tag ihre Beratung abhielt, war mit seinen Türmchen, Erkern und langen Balkonen genauso eindrucksvoll wie Schloss Elmau, nur filigraner und verspielter. Es lag direkt am Kurpark und war das erste Haus am Platz.

Auch an diesem Tag kamen an die fünfzig Damen und sogar zwei bekannte Tänzerinnen, die sich im Alpenhof von ihrer Filmpremiere in Kassel erholten. Die Kessler-Zwillinge hatten dort am letzten Donnerstag mit den Geschwistern Günther, bekannt aus dem *Doppelten Lottchen*, ihren neuen Film *Vier Mädels aus der Wachau* vorgestellt und würden, wie sie Leni erzählten, spätestens Ende der Woche zusammen mit Isa und Jutta Günther auf jedem Titelblatt im Land zu sehen sein. »Wenn Ihre Produkte so gut sind, wie ich denke, erwähnen wir sie in einem unserer nächsten Interviews«, versprach ihr Ellen Kessler, und ihre Schwester Alice lobte Lenis Rosencreme. Leni bat sie um ein Autogramm und beschloss, es irgendwann einzurahmen und in ihrem Salon aufzuhängen, zusammen mit dem von Annette von Aretin und anderen, die vielleicht noch dazukamen.

Später rief Leni erneut aus einer der Telefonkabinen in der Hotelhalle bei Charlotte an, doch genau wie am Vortag hob ihre Schwiegermutter den Hörer ab und sagte, dass Charlotte nicht zu sprechen sei.

»Geht es ihr denn gut?«, fragte Leni sie. »Sie hat am Samstag im Salon über eine Magenverstimmung geklagt. Und eine Kundin meinte, dass eine Grippe umgeht.«

»Es geht ihr ausgezeichnet, danke der Nachfrage. Ich richte ihr aus, dass Sie angerufen haben, Fräulein ...«

»Marlene«, sagte Leni, »sagen Sie ihr, Marlene aus dem Salon am Hofgarten hat angerufen.«

»Natürlich.«

Auf der Fahrt nach Bad Kohlgrub, einem kleinen Moorheilbad, das nur zwanzig Minuten Autofahrt von Garmisch entfernt lag, steuerte Leni tags darauf den Opel, und Marianne sah in die Straßenkarte, und auch, als sie am Donnerstag weiter zum Staffelsee fuhren. Im ausgebuchten Kurhotel Seehausen, wo ihnen die Produkte ausgingen, konnten Leni und Marianne nicht übernachten, weshalb für sie Zimmer im Hotel Post reserviert worden waren, das nur eineinhalb Kilometer entfernt im Ortskern von Murnau lag. Der Luxus der letzten Tage hatte damit ein Ende, denn sie bekamen die ehemaligen Gesindezimmer unter dem Dach, die Leni an ihre Schlafkammer in Hebertshausen erinnerten – im Winter eiskalt und im Sommer selbst bei geöffnetem Fenster zu heiß. Von der Post aus rief sie Charlotte zum dritten Mal in dieser Woche an, und ihre Schwiegermutter sagte ihr diesmal, dass sie mit ihrem Mann verreist sei.

»Davon hat sie gar nichts gesagt.«

»Mein Sohn hat sie damit überrascht.«

»Ach so ...«

Leni bedankte sich und legte auf. Als Nächstes wählte sie die Nummer der Auskunft, um sich mit Sasa verbinden zu lassen. Sie ließ es minutenlang bei ihr klingeln, doch Sasa war nicht zu Hause. Sie überlegte, was sie sonst noch tun könnte. Einfach bei Charlotte in der Tür stehen, wenn sie morgen nach Hause fuhr, obwohl ihre Schwiegermutter gesagt hatte, dass sie verreist wäre? Leni fragte sich, wohin und für wie lange. Charlotte hatte ihr erzählt, dass sie nicht mehr arbeite, und sie hatte auch erst nächste Woche wieder einen Termin im Salon. Also blieb sie womöglich länger weg, immerhin war Ferienzeit.

Während Marianne sich schon gegen neun Uhr mit einem Buch hinlegte, machte Leni noch einen Spaziergang durch den Ort, um auf andere Gedanken zu kommen. Sie ging über die Hauptstraße – den Ober- und Untermarkt –, an der sich ein Murnauer Geschäft an das andere drängte, Richtung Süden, wobei ihr Blick immer wieder auf den dominanten Treppengiebelbau des Gasthof Angerbräu fiel und auf die Bergkette dahinter. Tagsüber staute sich hier der Verkehr von und nach Italien. Da war die Hauptstraße eine einzige qualmende und lärmende Autoschlange und bebte unter dem schweren Lastverkehr, aber jetzt war es deutlich ruhiger.

Nach dem Schneidergaßl bog Leni rechts ab und lief weiter über die Eisenbahnlinie und hinauf zum Haus der Malerin Gabriele Münter, von dem der Wirt der Post ihr erzählt hatte, als sie ihn nach dem kleinen bunten Ölbild gefragt hatte, das in ihrem Zimmer hing. »Die wohnt da droben im Russenhaus«, hatte er gesagt.

»Warum heißt das so?«

»Weil's da früher mit dem Kandinsky g'lebt hat. Kennen'S den?«

»Nein ...«

»Des sollten'S aber schon, wenn'S aus München kommen, Fräulein. Wo die Frau Münter der Stadt doch im Februar an ganzen Schwung von seine Bilder g'stiftet hat. Des hat in der Zeitung g'standen.«

Es wurde schon dunkel, als Leni an dem Haus auf dem Hügel ankam. Es war kleiner, als sie es sich vorgestellt hatte, und erinnerte sie an ihr Elternhaus. Das tiefgezogene Mansarddach hatte Gauben, die Front des Hauses war im Obergeschoss mit verwitterten Holzlatten verkleidet, und die Fassade und Fensterläden hätten dringend einen Anstrich gebraucht. Das war selbst im Schein der schwachen Umgebungslichter zu erkennen. Im Garten blühten Stockrosen, Dahlien und Hortensien. Leni ging am Gartenzaun entlang zur Rückseite, wo der Eingang des Hauses lag. Hier gab es eine schmale Veranda und einen zurückgesetzten Balkon. Im Giebelfenster unter dem Dach brannte Licht.

»Der Blaue Reiter, Fräulein«, hatte der Wirt zu ihr gesagt, »so ham's g'heißen, die Künstler, die sich da getroffen ham. Ham'S von dene noch nix g'hört?«

Wie auch, dachte Leni. Sie war schließlich noch nie in einem Museum gewesen. Früher hatte es genügt, wenn sie gewusst hatte, welches Angebot es gerade beim Metzger Herzog gab, aber im Salon am Hofgarten musste sie über Politik, Kunst und Kultur informiert sein, damit sie sich mit den Damen unterhalten konnte. Leni wollte sich deshalb weiterbilden, und mit der Städtischen Galerie im Lenbachhaus würde sie anfangen, in dem die Bilder dieser Blauen Reiter zu sehen waren. Und wenn sie die Zeit fand, würde sie auch in die Alte Pinakothek gehen, von der Karl ihr einmal erzählt hatte, und vielleicht würde Charlotte sie begleiten.

Wie es ihr wohl ging?

Leni sah den Mond am Himmel stehen, eine schmale, weiß leuchtende Sichel, und beschloss, sich langsam auf den Rückweg zu machen. Diesmal bog sie erst hinter dem Kurpark nach rechts in die Postgasse und bemerkte am historischen Postamt einen jungen Mann, der ihr bekannt vorkam. Er wurde langsamer und blieb dann stehen. Seine Haare waren nachlässig über den Kopf gekämmt, und die Hände steckten in den Taschen einer kurzen Lederhose. Konnte das sein?

»Schorsch?«, fragte sie ungläubig und freute sich mächtig, ihn zu sehen.

»Leni?« Über sein Gesicht ging ein Lächeln, das er gleich wieder zurücknahm. »Was machst du hier?«

»Ich habe meine Kosmetik im Kurhotel vorgestellt. Und du?«

»Meine Tante wohnt hier. Mein Vater und ich sind zu Besuch.«

»Die, die mir den Schal gestrickt hat und deinen Janker?«

»Ja, genau.«

»Ich hab dich noch nie in einer Lederhose gesehen«, sagte Leni verwundert.

»Die trage ich auch nur hier«, antwortete er ihr, und sie fand, dass sie ihm stand. »Und wo übernachtest du?«, fragte er sie.

»In der Post.«

»Gehst du da jetzt hin? Darf ich dich begleiten?«

»Wolltest du nicht in die andere Richtung?«

»Das hat Zeit.«

»Dann würde ich mich freuen.«

Sie machten sich gemeinsam auf den Weg, und Leni war, als ob Schorsch sich heute anders bewegte als sonst. Seine Schritte waren fester, als wüsste er genau, wohin sie ihn führten, und seine Gesten bestimmter.

»Wie geht es dir, Leni?«, fragte er sie, nachdem sie ihm von ihrer Reise und den Beratungen erzählt hatte, den vornehmen Hotels, in denen sie gewohnt, und den Menschen, die sie kennengelernt hatte. Und von Marianne.

»Gut.«

»Wirklich?« Sie fühlte seinen grauen Blick auf sich. Er berührte sie fast.

»Du meinst wegen Karl«, sagte sie und setzte sich am Obermarkt, dessen Fassaden früher einmal sehr schön gewesen sein mussten – bunt bemalt, in kräftigen Farben – auf eine Bank.

»Ein Kollege im Ledigenheim hat mir gesagt, dass in der Nacht, als ihr euch getrennt habt, eine junge Frau in einem Ballkleid nach mir gefragt hat«, sagte Schorsch und ließ sich neben ihr nieder.

»Mir war so kalt. Er hat mir eine Strickjacke geschenkt«, erinnerte sie sich und stand wieder mit dem alten Mann in der Tür. Der Schmerz war zurück, wenn auch nur für einen kurzen Moment.

»Leni«, begann Schorsch seine Frage, »warum wolltest du in dieser Nacht zu mir?«

Sie zuckte mit den Schultern. »Vielleicht, weil du immer da bist, wenn ich dich brauche.«

Schorsch nickte.

»Aber diesmal nicht. Und du bist auch später nicht gekommen.« Sie hatte auf ihn gewartet. Hatte gedacht, er stünde wie früher in ihrer Mittagspause plötzlich vor ihr – als Freund.

»Ich wollte mich nicht aufdrängen.«

»Das tust du nicht!«

»Nein?«

Schorsch fuhr sich durchs Haar, das er heute nicht mit Frisiercreme gebändigt hatte, und Leni bemerkte erst jetzt, dass er unrasiert war. Sein Hemdkragen stand offen, die Ärmel waren aufgekrempelt, und er trug Wanderschuhe. Etwas an ihm war anders als sonst.

»Deine Tante also«, wechselte sie das Thema. »Ist sie die Schwester deiner Mutter oder deines Vaters?«

»Meines Vaters.«

»Und wieso lebt sie in Murnau?«

»Ihr Mann kam von hier. Er ist gefallen.«

»Das tut mir sehr leid.«

»Sie war früher Lehrerin.«

War das ein Stück der Geschichte, für die Schorsch keine Worte fand? Der Geschichte der Lichter? »Ich will irgendwann herziehen«, erzählte er weiter, »und hier als Landarzt arbeiten.«

»Wegen deiner Tante?«

»Auch.«

»Und warum noch?«

Schorsch überlegte. »Weil meine Welt hier heil ist«, sagte er dann. »Hier bin ich ganz, verstehst du, Leni, und in der Stadt fehlt mir immer ein Stück.«

»Hat das etwas mit deiner Mutter zu tun?« Es war ein Tasten entlang einer wunden Biografie, das spürte sie, und auch die alten Narben. »Du sprichst nie über sie, sagt Hans.«

»Sie ist tot.«

»Das dachte ich mir schon. War sie krank?«

»Nein.«

»Und wie alt warst du, als sie gestorben ist?«

»Zwölf«, sagte Schorsch, und Leni verstand, dass der Tod seiner Mutter etwas mit dem Krieg zu tun gehabt haben musste, einem Krieg, der außerhalb ihrer Schneekugelwelt stattgefunden hatte, jenseits des Weinbergs und in anderen Leben. Leni hatte nur die Nachwehen am eigenen Leib erfahren, den Mangel, die Enge und das vergebliche Warten der Mutter. »Wenn wir jemanden verlieren, den wir lieben, verlieren wir auch ein Stück von uns«, fuhr Schorsch fort. »Es ist, als ob in dem Haus, in dem deine Seele wohnt, ein Zimmer einstürzt. Oder das ganze Haus.«

Leni dachte an Karl und dass seinetwegen ihr Zimmer des Vertrauens eingestürzt war. Das der Zärtlichkeit war randvoll mit Sehnsucht, und in dem der Hoffnung klemmte die Tür. Nichts war wie zuvor. »Ist unsere Seele dann nicht irgendwann obdachlos?«, fragte sie Schorsch. »So wie die Männer, die zu dir ins Ledigenheim kommen?«

»Ich glaube, dass neue Menschen auch wieder neue Zimmer für uns bauen. Wenn wir sie lassen.«

Leni gefiel der Gedanke. »Wie würde dein Zimmer aussehen?«, wollte sie von ihm wissen. »Wenn du dir von jemandem ein neues wünschen dürftest?«

»Wie meine Dunkelkammer. Es wäre klein, und trotzdem hätte die ganze Welt darin Platz. Und deines?«

»Wie unser Baumhaus, Hans' und meins!«

»Ich erinnere mich daran. Und an euren Garten und die Blumen. Es ist ein guter Ort. Ein bisschen wie hier.«

»Wird dir München denn gar nicht fehlen, wenn du hierherziehst?«, fragte Leni, die sich nicht vorstellen konnte, ihr Zuhause jemals zu verlassen.

»Das hat Hans mich auch gefragt.«

»Und?«

»Nein. München nicht«, erwiderte Schorsch, und sein Blick sagte: nur du. »Aber der Arzt, dessen Praxis ich übernehmen will, hört erst in ein paar Jahren auf, ich werde also noch eine ganze Weile in der Stadt leben.«

Die Turmuhr der kleinen Maria-Hilf-Kirche, die sich hier auf der Hauptstraße in die Flucht der Läden einreihte, schlug zur vollen Stunde. Es war schon elf. Die Zeit war unbemerkt vergangen.

»Ich muss los«, sagte Schorsch, »sonst machen sie sich doch noch Sorgen.«
»Ja, natürlich.«
»Leni?«
»Ja?«
»Bist du noch traurig wegen Karl?«
»Schon, aber die Arbeit hilft mir. Ich werde mich auf meine Meisterprüfung vorbereiten«, sagte sie und hatte es in dem Moment entschieden. Das und mehr! Denn sollte sie die Prüfung im März schaffen, wie ihr Chef glaubte, dann hätte sie ab dem Frühjahr Zeit, montagvormittags im Rundfunk über Naturkosmetik zu sprechen, und könnte dem Programmdirektor zusagen. »Und wenn ich sie bestehe, feiere ich ein Fest mit meiner Familie und Freunden. Würdest du auch kommen, Schorsch?«
»Wenn du mich einlädst.«

Leni küsste ihn statt einer Antwort auf die Wange, und er legte seine Hand auf die Stelle, an der ihre Lippen ihn berührt hatten, und sah sie fragend an. Er sah sie nur an. *Ein Zimmer für das Ungesagte*, dachte sie, *Schorschs Seele bräuchte ein Zimmer für sein Schweigen und das, was es beschützt.*

29

Sie war nicht da gewesen. Charlotte hatte ihn zweimal versetzt, und Sasa hatte ihm beim zweiten Mal ausgerichtet, dass ihr Mann kurzfristig mit ihr verreist wäre und sie Hans erst nächsten Mittwoch wieder treffen könne.

»Sehen Sie sie am Samstag im Salon?«, hatte er sie gefragt.

»Nein. Marlene hat doch Urlaub, Lotte wollte deshalb erst nächste Woche wieder zum Friseur.«

»Hat sie sonst irgendetwas gesagt? Geht es ihr gut?«

»Ehrlich gesagt, hat sie letzte Woche ein wenig angeschlagen gewirkt. Ich habe gedacht, dass sie sich vielleicht eine Grippe eingefangen hat.«

»Aber dann würde sie doch nicht wegfahren.«

»Nein, das wohl nicht.«

Hans war vor Sorge fast umgekommen. Er war das ungute Gefühl, dass etwas nicht stimmte, nicht mehr losgeworden, und es verstärkte sich noch, als er heute auf Sasas Haus zuging und eine schwarze Limousine bemerkte, die am Straßenrand parkte. Er kannte den Wagen, er gehörte Charlottes Mann. Am Steuer saß ein Chauffeur.

Hans schlug den Kragen seines Sakkos hoch und schlüpfte ins Haus. Er lief eilig in den dritten Stock hinauf und klingelte.

Sasa öffnete ihm, ihre Handtasche schon am Arm und bereit zu gehen. »Sie ist im Wohnzimmer«, sagte sie.

»Wissen Sie, was passiert ist?«

»Gehen Sie zu ihr«, erwiderte sie und schüttelte betrübt den Kopf. »Ich lasse euch allein.«

Charlotte saß auf der Couch. Sie war blass, hatte dunkle Ringe unter den Augen, und ihr Blick war leer. Sie sah aus wie damals in der Ambulanz, nur dass sie nicht verletzt zu sein schien – äußerlich zumindest.

»Charlotte, was ist los?«, fragte er sie ängstlich.

Sie wollte ihm antworten, aber ihr kam kein Wort über die Lippen. Sie weinte, ihr Kinn zitterte, und sie schüttelte resigniert den Kopf.

»Charlotte?«

»Ich bin schwanger«, flüsterte sie dann, »von Kurt …«

Für einen Moment hörte die Welt auf, sich zu drehen.

»Woher willst du wissen, dass es sein Kind ist?«, fragte Hans, ohne die Tragweite dessen, was sie ihm eröffnet hatte, zu begreifen.

»Wir haben aufgepasst«, erinnerte sie ihn, »du und ich.«

»Aber doch nicht immer. Nicht so, dass es wirklich hundertprozentig sicher gewesen wäre.«

»Das ist egal, Hans. Kurt sagt, dass es sein Kind ist und dass er es mir wegnimmt, wenn ich mich scheiden lasse.«

»Aber was ist mit dem, was du über ihn und sein Geld herausgefunden hast?«

»Er wusste es …«

»Was?«

»Alles, Hans. Er wusste, dass ich seine Unterlagen durchsucht habe. Und von uns.«

Hans versuchte noch zu erfassen, was Charlotte gesagt hatte, da sprach sie schon weiter und erzählte ihm von dem Tag, an dem sie das Testergebnis von ihrem Frauenarzt bekommen hatte, und dem anschließenden Gespräch mit ihrem Mann. Seinem Hohn, seiner perfiden Freude, den Drohungen und ihrem Zusammenbruch. »Ich kann ihn nicht verlassen«, sagte sie tonlos, »jetzt nicht mehr. Ich kann mein Kind nicht bei ihm zurücklassen.«

»Was denkt er, wo du jetzt bist?«, wollte Hans wissen.

»Hier. Er hat mir eine Stunde Zeit gegeben, um mich von dir zu verabschieden. Unten steht sein Fahrer und wartet auf mich.« Hans lief ans geöffnete Fenster und sah hinunter. Der Wagen stand noch immer da.

»Er bringt mich jetzt überallhin«, erklärte sie ihm. »Zum Arzt, zum Einkaufen, zum Friseur. Es ist sicherer für mich und das Kind, wenn ich nicht mehr selbst fahre, sagt Kurt.«

Hans hörte ihr zu, und spürte auf einmal Kurt Lembkes lähmende Präsenz. Sie vergiftete die Luft, die er atmete, und beschmutzte seine Liebe. Hans empfand diesen Mann als Eindringling, denn auch, wenn er eigentlich *ihm* die Frau gestohlen hatte, so hatte Lembke doch seinen Anspruch auf Charlotte verloren, als er das erste Mal seine Hand gegen sie erhoben hatte. Jetzt war Hans ihr Mann, er war ihr rechtmäßiger Mann.

»Lass uns fortgehen, heute noch«, flehte er Charlotte an, »in eine andere Stadt, in ein anderes Land. Wir fangen irgendwo neu an.«

»Ohne Geld?«

»Ich weiß von einer Band, die einen Trompeter sucht. Sie gehen im Herbst nach Marokko und treten dort in amerikanischen Offiziersclubs auf.« Sie spielten Latin Jazz und Nummern von Perez Prado. Hans könnte das Repertoire noch einstudieren, wenn er die Prüfungen hinschmiss. »Wir könnten mitfahren«, sagte er.

»Für wie lange?«

»Wer weiß, ein paar Monate ...«

»Und dann?«, fragte sie. »Wir können uns doch nicht ein Leben lang verstecken!«

»Warum nicht?«

»Denk doch an deine Familie!«

»*Du* bist jetzt meine Familie«, entgegnete er ihr aufgewühlt, »*ihr* seid meine Familie.«

Hans setzte sich wieder zu ihr, und Charlotte schmiegte ihr Gesicht in seine Handfläche wie Lenis Kater, der scheue Kerl, manchmal sein Köpfchen. »Nein«, sagte sie, »es ist vorbei, Hans«, und küsste ihn. Er schmeckte Tränen, es waren seine. »Wir dürfen uns nicht wiedersehen.«

»Aber ich muss doch wenigstens wissen, wie es dir geht«, beschwor er sie. »Und sicher sein können, dass er dir nichts antut!«

»Das wird er nicht. Solange ich mit seinem Kind schwanger bin, rührt er mich bestimmt nicht an.«

»Sag das nicht!«

»Was?«

»*Sein* Kind!«

Die Resignation in ihrem Blick wich blanker Verzweiflung. »Denkst du denn, ich würde mir nicht wünschen, es wäre deins?«, fragte sie aufgebracht. »Und nicht hoffen, dass es deine Augen sind, in die ich sehe, wenn es zur Welt kommt?« Charlotte holte mit zitternden Fingern sein Taschentuch aus ihrer Handtasche und wischte sich die Tränen vom Gesicht.

Ich gehe damit auf Reisen. Ich halte mich daran fest und bin dann woanders.

Bei mir?

Ja, bei dir.

»Nicht, dass es an unserer Situation etwas ändern würde«, fuhr sie fort, »aber dann wüsste ich doch wenigstens, dass ich es lieben kann, so wie eine Mutter ihr Kind lieben *sollte*.«

Hans hatte sich noch nie so ohnmächtig gefühlt. *Warum nur kann ich die Frauen in meinem Leben nicht beschützen?*, dachte er. Seine Mutter vor dem Verlust des Vaters? Leni vor Karls Betrug und Charlotte vor ihrem Mann und dieser Ehe, die sie zerstörte?

Ihr Chauffeur hupte, sie sah auf die Uhr.

»Noch nicht«, sagte er, »bitte, noch nicht …«

Sie stand auf, ging zum Plattenspieler hinüber und setzte den Tonarm auf die Vinylscheibe, die auf dem Plattenteller lag. Chat

Baker spielte *My Funny Valentine*, und sie streckte ihre Arme nach ihm aus.

»Es ist unser Lied«, sagte sie. »Weißt du noch, wir wollten die Noten an die Wände unserer Wohnung schreiben.«

»Ein Ort, ohne Zeit, der nur uns gehört«, erinnerte er sich und glaubte, an seiner Traurigkeit zu ersticken.

My funny valentine, sweet comic valentine, you make me smile with my heart ...

Hans umfasste Charlottes Taille, versank in den Trompetenklängen und wünschte sich, der Moment möge nicht enden. Spürte, wie sie ihn ansah, erwiderte ihren Blick und hielt sich an ihm fest. Seine Hände berührten ihren Rücken, als er seine Wange an ihre legte und ihre beiden Körper wieder zu einem wurden. Einem, der schmerzte.

Stay little Valentine stay, each day is Valentines day ...

Unten hupte erneut ihr Chauffeur.

»Ich liebe dich«, sagte sie und löste sich von ihm, »und ich bereue keinen Moment.«

»Geh nicht«, bat er sie inständig, »bitte, Charlotte.«

Sie griff nach ihrer Tasche, ging in den Flur hinaus und öffnete die Haustür.

»Bitte nicht«, wiederholte er und hörte, wie sie die Tür hinter sich zuzog. »Bitte nicht ...« Der Tonarm schlug gegen die Achse des Plattenspielers, Sasas Kolibris umschwirrten ihn, und unten startete ein Wagen.

Hans sank erschöpft auf die Couch und zündete sich eine Zigarette an. Er saugte den Rauch in seine Lunge, bis die Glut ihm die Finger verbrannte und zündete sich die nächste an.

Was war nur passiert? Sie hatten doch Pläne geschmiedet. Die Munich Jazz Combo war im neuen Jahr schon für mehrere Auftritte gebucht, Hans und seine Bandkollegen würden ab Januar auf Tour gehen, und er hatte mit Charlotte darüber gesprochen, dass sie ihn begleitete, wenn bis dahin schon alles mit ihrem Mann geregelt wäre. Hans war voller Zuversicht gewesen, die alten Dämonen waren verschwunden, doch jetzt griff ein neuer nach ihm, und aus seiner Umklammerung konnte er sich nicht aus eigener Kraft befreien. Die Fesseln, die Kurt Lembke Charlotte angelegt hatte, banden auch ihn.

Ein Schlüssel drehte sich im Schloss. Hans sprang auf und lief zur Tür, aber es war nur Sasa, die heute früher zurückkam. »Ist sie fort?«, fragte sie ihn.

»Ja.« Hans wusste, dass er schrecklich aussah.

»Ich kümmere mich um sie«, versprach sie ihm. »Und Marlene tut das sicher auch. Lottes Mann hat keine Ahnung, dass sie Ihre Schwester ist, deshalb darf sie weiterhin in den Salon am Hofgarten gehen, sagt sie.«

»Aber Leni weiß doch gar nichts von uns.«

»Dann reden Sie mit ihr, Hans. Lotte braucht jetzt eine Vertraute, und auf mich ist ihr Mann nicht gut zu sprechen, seit er herausgefunden hat, dass ihr euch hier bei mir getroffen habt.«

Hans überlegte fieberhaft. Sollte er das wirklich tun? Sich Leni anvertrauen? Sie würde ihm die größten Vorwürfe machen und sich womöglich von Charlotte und ihm verraten fühlen, am Ende kündigte sie ihr sogar die Freundschaft. »Ich weiß nicht, wie sie reagieren wird«, sagte Hans unsicher.

»Aber ich«, erwiderte Sasa umso überzeugter. »Marlene wird Ihnen den Kopf waschen und unserer Lotte dann beistehen. So ist sie.«

Hans lief an diesem Tag ziellos durch die Straßen und setzte sich dann im Luitpoldpark auf eine Bank. Die Freude, die er dort noch vor wenigen Monaten empfunden hatte, war verschwunden. Jetzt waren da nur noch Schuttberge und Kinder, deren Anblick ihm das Herz zerriss. Lange hielt er es nicht aus, dann ging er nach Hause und durchwühlte dort wie ein Verrückter seine Schreibutensilien.

Weißt du noch, wir wollten die Noten an die Wände unserer Wohnung schreiben. Er fand die Kohlestifte, die er immer für seine anatomischen Zeichnungen verwendet hatte, stieg auf sein Bett und begann in der obersten Ecke seines Zimmers, Linien an die Wand zu malen. Linien und Punkte und einen Notenschlüssel davor.
My Funny Valentine.
Er schrieb die Notation Zeile um Zeile quer über die weiße Wand und darunter weiter, auf dieser und auf der anderen Seite des Raums, überall. Er malte Linien und Punkte und setzte Notenschlüssel davor, schrieb Charlottes und seinen Namen dazu und umrahmte sie mit einem Herz. Und dann öffnete Hans die Fenster, setzte seine Trompete an die Lippen und spielte. So wie damals mit neun Jahren, als er sich seine Angst und die Verzweiflung aus dem Leib gespielt hatte. »Jeder hat seine eigene Stimme«, hatte sein Musiklehrer zu ihm gesagt, und das war seine. Sie war dunkel und brach immer wieder, fing sich, brach und setzte neu an. Wie einer, der auf der Flucht war und stürzte, sich aufrappelte, erneut stürzte und sich weiterschleppte. Im Wohnzimmer stimmte Herr Pohl an seinem Flügel mit ein. Er begleitete ihn und schenkte ihm *seine* Stimme – eine Klaviatur der Freundschaft und des Trostes, die Hans über den Abgrund trug.

*

Leni war wie vor den Kopf geschlagen.

Hans war an Mariä Himmelfahrt nach Hebertshausen gekommen und hatte ihr nach dem Kirchgang und der traditionellen Weihe der Kräuterbüschel, die die Gläubigen über das Jahr vor Unglück, Krankheit, Gewitter und Feuer schützen sollten, von seiner Affäre mit Charlotte erzählt und dass sie nun schwanger sei. Sie saßen wie zuletzt an Lenis Geburtstag auf dem Sims vor ihrem Baumhaus – Leni in ihrem Sonntagsgwand und er im dunklen Anzug.

»Aber sag es nicht der Mutter«, bat Hans inständig. »Sie ist ja gerade erst darüber hinweg, dass ich die Medizin aufgebe, ich darf sie nicht schon wieder aufregen.«

Leni nickte. »Da hast du recht, das würde sie umbringen.« Sie fühlte sich schändlich hintergangen. Es war genau wie mit Karl, all die Heimlichkeiten und Lügen, und natürlich hatte sie in ihrer grenzenlosen Naivität und Gutgläubigkeit mal wieder nichts gemerkt! Leni kam sich so dumm vor. Tagelang hatte sie versucht, Charlotte zu erreichen, und sich Sorgen gemacht. Sie hatte befürchtet, ihr Mann hätte ihr etwas angetan, und sogar überlegt, die Polizei einzuschalten, dabei war nicht Charlotte das Opfer, sondern ihr Mann. »Wer hat es sonst noch gewusst?«, fragte sie aus einer Ahnung heraus. »Außer Sasa?«

»Ich habe es Karl erzählt.«

Natürlich! Wem sonst? Am liebsten hätte Leni ihren Bruder vom Baum gestoßen!

War denn überhaupt irgendjemand ehrlich zu ihr? Und was war mit Charlotte? Hatte sie sich etwa nur mit ihr angefreundet, um Hans nahe zu sein? Mein Gott, sie war verheiratet, wie konnte sie sich da mit einem anderen Mann einlassen? Kein Wunder, dass ihr Ehemann nicht wollte, dass sie als Fotomodell herumreiste, und ihr jetzt sogar verbot, weiter in seiner Firma zu arbeiten, wenn sie die erstbeste Gelegenheit nutzte, um fremdzugehen!

Leni steigerte sich immer mehr in ihre Entrüstung hinein und ließ ihren Gefühlen freien Lauf, doch dann gewann die Sorge um ihre Freundin wieder die Oberhand, und sie begriff, dass es jetzt gar nicht mehr darauf ankam, ob Charlottes Freundschaft echt war, sondern allein darauf, ob *ihre* Freundschaft es war.

»Charlotte braucht jetzt jemanden, mit dem sie reden kann, Leni, und der auf sie aufpasst«, beschwor ihr Bruder sie und

blickte traurig auf den Friedhof hinüber, »aber sie traut sich bestimmt nicht, dir von uns zu erzählen.« Auf dem Grab der Großeltern standen frische Rosen.
»Das kann ich mir vorstellen.«
»Ich habe solche Angst um sie.« Leni fiel Charlottes Zittern wieder ein und die Tabletten, die sie genommen hatte. Sicher konnte Max ihr etwas über dieses Medikament sagen.

Sie saßen noch lange oben auf der Kastanie, und Hans redete sich seinen Kummer von der Seele, während ihre Mutter einen Braten in den Ofen schob und die geweihten Kräuterbuschen im Haus aufhängte: Wermut, Kamille, Johanniskraut, Salbei, Königskerze, Spitzwegerich und Arnika. Früher hatte Leni die kleinen Sträuße zusammen mit ihrer Großmutter gebunden, jetzt machte sie sie allein.

»Es könnte mein Kind sein, Leni«, sagte Hans immer wieder, und Leni beobachtete ihre Mutter durchs Küchenfenster, wie sie sich zum Herrgottswinkel hochstreckte, um den alten Kräuterbuschen auszutauschen, »und selbst, wenn nicht, liebe ich sie.«

Wenn wir jemanden verlieren, den wir lieben, verlieren wir auch ein Stück von uns. Es ist, als ob in dem Haus, in dem deine Seele wohnt, ein Zimmer einstürzt. Oder das ganze Haus.

Als Charlotte auch am darauffolgenden Samstag nicht in den Salon kam und sich für Leni keine Gelegenheit ergab, mit Sasa allein zu sprechen, versuchte sie nach der Arbeit erneut, ihre Freundin anzurufen. Diesmal war Charlotte selbst am Apparat.

»Entschuldige, Leni«, sagte sie, »ich musste meine Schwiegermutter heute zu unserem Hausarzt begleiten, und Alexander hatte keinen späteren Termin für mich.«

»Hast du meine Karte aus Elmau bekommen?«

»Ja, danke, ich habe mich sehr gefreut.«

»Hättest du nächste Woche vielleicht Zeit, dass wir uns treffen? Ich habe etwas für dich.«

»Passt es dir am Montag? Am Vormittag trifft sich meine Schwiegermutter mit einer Bekannten, und Kurt ist in der Firma.«

»Ich komme vor der Arbeit bei dir vorbei«, sagte Leni, denn sie hatte mit ihrem Chef vereinbart, in der darauffolgenden Woche mit der Vorbereitung für die Meisterprüfung zu beginnen.

Jetzt saß sie zusammen mit Charlotte auf deren Terrasse und trank Limonade, ein Gärtner schnitt auf der anderen Seite des weitläufigen Grundstücks die Hecke, und Hedy putzte durchs Haus. Sie öffnete hin und wieder eines der Fenster im ersten Stock der Villa, um die Betten zu lüften oder ihr Staubtuch auszuschütteln.

»Wie war deine Reise?«, fragte Charlotte. Sie war immer noch blass und wirkte angeschlagen. »Erzähl mir von der neuen Vertreterin. Marianne, nicht wahr? Wie macht sie sich?«

Leni hätte ihr so gern jede Kleinigkeit berichtet. Die Beratungsreise hatte ihr wieder Auftrieb gegeben, doch sie konnte keine Minute länger so tun, als wäre alles in Ordnung. »Hans hat mir von euch erzählt«, sagte sie deshalb, und Charlottes Augen füllten sich mit Tränen. »Er sagt, dass du schwanger bist.«

»Ja …«

»Und dass du Sasa nicht mehr sehen darfst, außer im Salon«, fuhr Leni fort.

»Weil sie …«

»Ich weiß. Ich weiß jetzt alles, Charlotte.«

Charlotte sah sie verzagt an.

»Wie hat dein Mann es herausbekommen?«

»Er hat einen Privatdetektiv engagiert, als ich nach dem Vorfall im Februar über Nacht nicht nach Hause gekommen bin.«

»Er spioniert dir schon seit Februar hinterher?« Das hatte

Hans Leni gar nicht erzählt, aber womöglich hatte er es selbst nicht gewusst.

»Und ich ihm«, erwiderte Charlotte deprimiert.

»Aber dass deine Friseuse die Schwester deines ... Liebhabers ist, das hat dieser Detektiv nicht herausbekommen, oder?«, fragte Leni.

»Dabei muss er auch im Salon gewesen sein, meint Sasa, aber dort nennen dich zum Glück alle nur Marlene. Dein Nachname wäre ihm sicher aufgefallen.«

Leni blickte in den Garten. Der Gärtner belud gerade eine Schubkarre mit Grünschnitt, die Vögel sangen, und in den gepflegten Beeten blühten Rosen. Ein trügerisches Idyll. »Das ist unheimlich«, sagte sie.

»Viel unheimlicher ist Kurts Reaktion. Früher hat er mir schon eine Szene gemacht, wenn ich auch nur mit einem anderen Mann gesprochen habe.«

»Dazu hatte er ja auch allen Grund.«

»Nein, Leni, wirklich nicht, das musst du mir glauben. Ich war meinem Mann immer treu ... trotz allem. Hans ist der Einzige, mit dem ich je ...« Sie stockte. »Als Kurt es herausgefunden hat, hat er kein Wort gesagt«, fuhr sie dann fort und zitterte schon wieder, als würde sie an diesem sonnigen Sommertag frieren. »Er hat nicht getobt oder mich geschlagen, er hat nur zugesehen und gewartet, bis er sich sicher sein konnte, dass ich ihn nicht mehr verlassen kann.«

»Entschuldigung, Frau Lembke, Sie ham Ihre Medizin net g'nommen.« Hedy war auf die Terrasse gekommen und legte eine Tablette neben Charlottes Glas. »Die is noch am Nachtkastl g'legen.«

»Danke, Hedy.«

»Ist das dieses Contergan?«, fragte Leni.

»Ja, es ist ein Beruhigungsmittel und soll gegen die Morgenübelkeit helfen.«

»Nimmst du die oft?«

»Nein, erst ein paar Mal. Sie machen mich müde.«

»Max hat mir von einem Hustensaft erzählt, an dem in Amerika über hundert Menschen gestorben sind, nachdem er auf den Markt gekommen ist«, erzählte Leni rundheraus. Sie hatte ihn nach Charlottes Tabletten gefragt, und er hatte ein dickes rotes Buch aufgeschlagen, in dem das Mittel jedoch noch nicht verzeichnet gewesen war. »Auch Kinder. Da war ein giftiges Lösungsmittel drin.«

Charlotte erschrak. »Wird so was denn nicht vorher getestet?«

Nicht annähernd so gut wie meine Kosmetik, dachte Leni, die ihre neuen Produkte nicht nur selbst ausprobierte, bevor sie auf den Markt kamen, sondern auch Ursel, Max' Mutter, ihre Apothekenhelferinnen und eine Hautärztin aus dem Dachauer Krankenhaus samt ihren Stationsschwestern. Max kannte sie vom Studium und hatte mit ihr die Vereinbarung getroffen, dass sie für ihre Rückmeldungen zu den Produkten auf das ganze Sortiment einen beträchtlichen Preisnachlass bekamen.

»Nein«, sagte Leni, denn Max hatte ihr Beunruhigendes über die Zulassung von neuen Medikamenten erzählt. Anscheinend genügte die bloße Registrierung, um ein Arzneimittel verkaufen zu dürfen, ohne besonderen Nachweis seiner Qualität, der Wirksamkeit oder Unbedenklichkeit. Und an Schwangeren oder Kindern, für die das Medikament, das Charlotte einnahm, empfohlen wurde, war es ganz bestimmt nicht getestet worden!

Hedy machte sich wieder an die Arbeit, und Leni griff nach der Einkaufstasche, die sie mitgebracht hatte. »Ich habe hier ein Rosmarinhydrolat für dich und Pfefferminztee«, sagte sie zu Charlotte, »die helfen auch gegen Morgenübelkeit. Und dieses Lavendelkissen ist gut zum Einschlafen.«

Charlotte war sprachlos.

»Dann Fenchelöl, falls du Wassereinlagerungen bekommst,

und eine Mischung mit Lavendel, Neroli und Rose, um Schwangerschaftsstreifen vorzubeugen. Max hat sie gestern mit mir zusammen in der Rezeptur der Apotheke hergestellt.«

Und das, ohne neugierige Fragen zu stellen, dachte Leni, ganz im Gegensatz zu ihrer Mutter.

»Für wen is denn des alles?«, hatte sie sie gefragt, als sie den Tee und die Fläschchen mit nach Hause gebracht hatte, und mit argwöhnischen Blicken Lenis Figur vermessen.

»Für die Ursel.«

»So, so, für die Ursel. Wann is es denn so weit?«

»In drei Wochen.«

»Da wird's aber nix mehr für'n Magen brauchen«, hatte Käthe gesagt.

»Aber ein Stillöl und etwas für die Rückbildung«, hatte Leni geflunkert.

»Ham's scho Namen ausg'sucht?«

»Monika, wenn es ein Mädchen wird, und Wolfgang, wenn es ein Bub ist.«

»Aha.«

Leni griff nach Charlottes Hand. Sie fühlte sich kalt an. »Und das nächste Mal, wenn wir uns sehen, bringe ich dir noch Zitronenmelisse mit«, sagte sie. »Meine Großmutter hat immer gesagt, die klart das Gemüt auf.«

»Ich habe das gar nicht verdient, dass du dich so um mich kümmerst, Leni«, erwiderte Charlotte verzagt. »Ich würde verstehen, wenn du mir böse wärst, weil ich dir das mit Hans nicht gesagt habe, aber ich wusste einfach nicht, wie.«

Aus dem Wohnzimmer hörten sie Stimmen. Charlottes Schwiegermutter war nach Hause gekommen und unterhielt sich mit Hedy, ehe sie auf die Terrasse kam. »Du hast Besuch?«, fragte sie Charlotte und sah Leni misstrauisch an.

»Meine Bekannte aus dem Salon am Hofgarten«, sagte Charlotte. »Erinnerst du dich?«

»Deine Friseuse, Fräulein ...«

»Marlene«, antworte Leni geistesgegenwärtig, »einfach nur Marlene, gnädige Frau, oder Leni, wenn Sie wollen.«

»Leni hat einen Freund, der Apotheker ist. Sie hat mir ein paar Hausmittel gegen Schwangerschaftsbeschwerden mitgebracht.«

»Was ist mit den Tabletten, die Doktor Bergmüller dir gegeben hat?«

»Die machen mich müde.«

»Dann lass dir etwas anderes von ihm verschreiben. Er kommt gerne ins Haus.«

»Nein, ich versuche es lieber damit«, sagte Charlotte und deutete auf die Schätze aus Lenis Kräuterapotheke.

»Ganz, wie du meinst.« Auf ihren Stock gestützt ging Charlottes Schwiegermutter wieder ins Haus zurück, ohne sich von Leni zu verabschieden.

»Weiß sie das von Hans und dir?«, fragte Leni Charlotte ängstlich.

»O Gott, nein! Kurt würde sich niemals diese Blöße vor ihr geben.« Charlotte nahm das Lavendelkissen und roch daran. »Das duftet wunderbar«, sagte sie und lächelte zum ersten Mal an diesem Tag.

»Meine Großmutter hat diese Kräuterkissen schon für meine Mutter gemacht, als sie mit Hans schwanger war.«

Charlotte wischte sich eine Träne vom Gesicht. Ihr Blick verlor sich in den Rosenbeeten. »Ihr seid die Familie, die ich mir immer gewünscht habe«, sagte sie traurig, und Leni spürte, wie nahe sie sich gekommen waren, seit sie sich vor einem Jahr kennengelernt hatten. Die elegante, weltgewandte Dame aus der Stadt und das Mädel vom Land, die auf den ersten Blick nichts miteinander verband, wünschten sich dieselben Dinge: einen Mann, der sie liebte, und ein selbstbestimmtes Leben. Mit Geld oder Status hatte beides nichts zu tun.

»Ich hätte dich gerne zur Schwägerin gehabt«, sagte Leni.
»Und ich dich«, erwiderte Charlotte und legte ihre Hände auf ihren Bauch. Die Schwangerschaft war ihr noch nicht anzusehen, dabei würde das Kind schon im März zur Welt kommen. Etwa um die Zeit, wenn Leni ihre Meisterprüfung ablegte.

30

Im Oktober waren die Wahlplakate, die nur noch von der Anzahl der Baustellen in München übertroffen worden waren, verschwunden. Leni sah auf ihrem Weg von Hebertshausen in die Stadt kein einziges mehr. Konrad Adenauer war erneut zum Bundeskanzler gewählt worden, und in der bayerischen Landeshauptstadt regierte nach wie vor ein roter Oberbürgermeister. Alles war wie zuvor.

Oder doch nicht? Waren die Herbstfarben in diesem Jahr nicht kräftiger als sonst? Das Gelb und Rosé und Rot und all die Brauntöne des knisternden, raschelnden Laubs? Und war der Herbstduft nicht viel intensiver? Oder nahm Leni ihn auf ihrer Vespa nur deutlicher wahr als früher im Zug?

Auf ihrer Fahrt zur Arbeit erinnerte er sie an ihre Streifzüge mit der Landmann-Oma durch die Wälder rund um Hebertshausen, wo sie früher um diese Jahreszeit gemeinsam Pilze gesammelt hatten. An den weichen Waldboden und die Geschichten von struppigen Moosweiblein, die in ihren Höhlen Kuchen backten. »Siehst, wie der Rauch aufsteigt, kleine Hex?«, hatte ihre Großmutter sie immer gefragt, sobald die ersten Morgennebel über dem Land gehangen hatten. »Da schüren's grad ihre Öfen an.«

Letzte Nacht hatte Leni geträumt, dass Charlotte einen Buben bekommen hatte und er mit ihrer Mutter durch die lichten Wälder gelaufen war. Die beiden hatten Pfifferlinge gesammelt, Steinpilze und Brätlinge. Ihre Mutter hatte den kleinen Blondschopf an der Hand gehalten und ihm erklärt, dass die Pilze im Boden miteinander verbunden waren. »Wie eine große Familie,

Bub«, hatte sie zu ihm gesagt, und er hatte sie mit staunenden Augen, die die Farbe des Wassers in den kleinen Tümpeln der Amper hinter dem Wehr gehabt hatten, angesehen.

Leni parkte ihren Roller wie immer direkt vor dem Salon am Hofgarten und sah auf die Turmuhr der Theatinerkirche. Es war halb acht, sie war pünktlich. Vor ihr lag ein langer, anstrengender Arbeitstag, da Irmi und Christel am letzten Wiesn-Wochenende fast gleichzeitig an der Asiatischen Grippe erkrankt waren und seit gestern auch noch die beiden Lehrlinge und Helga fehlten. Helga hatte im September ihre Gesellenprüfung bestanden und übernahm jetzt schon die eine oder andere Kundin von Leni, doch heute würde Leni die Damen Seite an Seite mit ihrem Chef und Frau Berger bedienen.

Seit sie wusste, dass Herr Keller Leni als ihre Nachfolgerin aufbaute, war sie noch strenger mit ihr als sonst, aber Leni sah es ihr nach und hatte ihr letzte Woche sogar ihre Ringelblumensalbe mitgebracht. Frau Berger hatte sich mit knappen Worten bedankt und sie später, als sie sich unbeobachtet glaubte, aufgetragen und erleichtert geseufzt.

Die Schaufenster waren seit dem Vorabend neu dekoriert, und Leni nahm sich einen Moment Zeit, um sie anzusehen, ehe sie den Salon betrat. Maria hatte zusammen mit dem Chef Birkenäste hineingestellt, die Herbststimmung verbreiteten, und bunte Blätter auf Schnüre aufgefädelt, die wie ein Vorhang die Rückwände der Fenster schmückten. Im ersten stand ein Aufsteller von WELLA, auf dem eine Neuheit angepriesen wurde, mit der die Friseure »ihr Geschäft in Schwung halten« sollten, wie der Vertreter es formuliert hatte: Accord, ein Einlegemittel, das Frisuren aller Art festigte, das Haar pflegte und zarte Farbtöne schuf.

Im zweiten Fenster hatten Keller und Maria die Frisiercremes von Schwarzkopf ausgestellt – Fit für den Herren und Flot für die Dame – sowie eine Pyramide aus Taft-Spraydosen vor dem

Bild einer blonden Schönheit im zarten Unterkleid mit der Aufschrift *Schönes Haar gewinnt!* aufgebaut. Leni ging weiter und traute ihren Augen kaum, als sie in das dritte Schaufenster sah, denn dort warb ihr Chef für die Duftöl-Wäsche der Landmanns Kosmetik. Auch hier umrahmte eine Inszenierung aus Ästen und Blättern die Produkte, und Lenis Artikel aus dem *Reformhaus KURIER* stand eingerahmt daneben. Ein Anblick, der ihr Herz höherschlagen ließ und sie mit der Tatsache versöhnte, dass sie seit ihrer Beratungsreise – abgesehen von Mariä Himmelfahrt – keine freie Minute mehr gehabt hatte. Die Vorbereitung auf ihre Meisterprüfung, die jetzt sogar schon im Februar stattfinden sollte, war ungemein anstrengend; das praktische Üben an Frisierköpfen und lebenden Modellen und dann die trockene Theorie. Ihr Chef hatte ihr einen ganzen Stapel Bücher in die Hand gedrückt – *Die Friseur-Chemie* von Bunke, *Die Friseur-Rechenschule* von Heeren, *Die Meisterprüfung in Frage und Antwort* sowie ein *Arbeitsheft für Übungsbuchungen zum Erlernen der doppelten Buchführung* und den dicken Knöss. Leni studierte sie Abend für Abend zu Hause am Küchentisch und rechnete, bis ihr der Kopf rauchte.

»Wie viel Prozent Zuschlag sind auf den Lohn zu kalkulieren, wenn die Löhne 6800 D-Mark und die Unkosten 5440 D-Mark betragen?«, las ihre Mutter ihr die Aufgaben vor, ein Buch in der einen und einen Kochlöffel in der anderen Hand, und Leni schlug ihr Schulheft auf, zückte einen Bleistift und fühlte sich wieder wie in der achten Klasse.

»Die Unkosten mal Hundert geteilt durch den Lohn … Die Nullen kann ich wegkürzen, das macht …«

Ihre Mutter rührte derweil Einbrennen an oder kochte ganze Suppenhühner.

»Achtzig Prozent!«

»Brav!«

»Ich hab Riesenhunger, Mama«, sagte Leni dann immer,

denn sie kam tagsüber im Salon kaum noch dazu, etwas zu essen.
»Erst erstellst mir noch eine Eröffnungsbilanz.«
»Nein, bitte erst nach dem Essen, Mama.«
»Nix da! Danach mach ma Inventur!«
Leni schwirrte schon der Kopf vor lauter Bilanzen und Inventuren, Hypotheken- und Darlehenszinsen, Schuldwechseln und Steuerrückständen. Musste sie wirklich den Unterschied von Giro –, Depositen –, Lombard –, Depot- und Diskontgeschäften kennen oder den kompletten Instanzenzug von Zivilprozessen, um einen eigenen Salon zu eröffnen?

»Mein Mann und die halbe Firma sind krank«, klagte Frau Bergers Acht-Uhr-Termin, als diese ihr den Frisierumhang umgelegte, »und die Sekretärinnen sitzen mit Atemmasken hinter ihren Schreibmaschinen, um sich nur ja nicht anzustecken.«

Die Asiatische Grippe hatte das ganze Land mit rauem, trockenem Husten, Fieber und Schüttelfrost fest im Griff. In den Schulen wurden komplette Klassen geschlossen, weil so viele Schüler erkrankten, in den Betrieben fehlte teilweise ein Drittel der Belegschaft, und Ärzte, Pflegerinnen und Apotheker wie Max machten jede Menge Überstunden. Leni hatte ein Foto in der *Abendzeitung* gesehen, auf dem hunderte krankgeschriebener Arbeiter zu sehen gewesen waren, die vor einer Krankenkasse anstanden, um sich am Schalter ihr Krankengeld abzuholen, denn im Gegensatz zu Angestellten bekamen sie keine Lohnfortzahlung. Zum Glück war ihre Mutter noch gesund, dachte Leni, und Vevi, die jetzt bei ihr im Salon lernte, auch. Sie war ihr eine große Hilfe, was Leni angesichts ihres eigenen Arbeitspensums beruhigte. Und eine Ansprache hatte ihre Mutter in Vevi auch.

»Diese Masken gab es schon bei der Spanischen Grippe«, erinnerte sich die Baronin von Windsheim, die ebenfalls um acht

Uhr mit ihren Pudeln Louise und Camille gekommen war. Herr Keller, der sie heute bediente, fütterte die beiden mit Hundekuchen und kraulte ihnen die Krönchen.

»Ich weiß noch, dass damals das Trinken von Cognac, Rum und Magenbitter zur Vorbeugung empfohlen wurde – mein Mann war wochenlang betrunken!« Die Baronin rümpfte die Nase. »Und dass wir mit Negruol gegurgelt haben, diesem Mundwasser mit Wasserstoffsuperoxyd«, sagte sie zu Frau Bergers Kundin auf dem Stuhl neben ihr.

»Das wird heute auch wieder empfohlen«, meinte Leni, die es von Max wusste, »und Tabletten mit Formalin.« Sie frisierte gerade Frau Biederstedt, deren Tochter Helga letztes Jahr die Haare versengt hatte, was nie aufgeflogen war.

»Dann sitzen Sie ja an der Quelle«, meinte die Baronin. »Das Wasserstoffsuperoxyd geht Ihnen hier im Salon sicher nicht aus.«

»Vielleicht servieren Sie es in nächster Zeit statt Sekt, Alexander«, schlug Frau Biederstedt vor und griff nach ihrem Glas.

Im Herrensalon hinter der halben Wand und dem Philodendron wurde derweil das zweite große Thema dieser Tage diskutiert.

»Wenn die Russen einen Satelliten ins All schießen können, dann erreichen sie auch Amerika mit ihren Atomsprengköpfen«, sagte ein Kunde vernehmlich zu Anton Riedmüller und referierte hitzig über den künstlichen Erdtrabanten, den die Sowjetunion jüngst als erste Nation in die Umlaufbahn gebracht hatte. Die Sputnik-Mission hatte die westliche Welt in Angst und Schrecken versetzt und ließ die Kriegsgefahr, die seit der Suez-Krise greifbar war, immer realer erscheinen.

»Was sagt denn Ihr Gatte zu dem Vorstoß der Russen?«, fragte Herr Keller, der das kurze Gespräch mitangehört hatte, die Baronin, während er hingebungsvoll ihre lichten Ansätze toupierte. Baron von Windsheim war früher Staatssekretär im Verteidigungsministerium gewesen.

»Er versichert mir jeden Morgen beim Frühstück, dass der Dritte Weltkrieg naht«, erzählte sie unbeeindruckt, und Keller ließ sie in einem Taft-Nebel verschwinden.

»*Marvelous!*«, rief er, als sie hüstelnd wiederauftauchte.

»Absolut«, bestätigte die Baronin und betrachtete seine Kreation.

»Soll ich Ihr Haar im Nacken vielleicht etwas kürzer schneiden?«, fragte Frau Berger ihre Kundin und überprüfte ihren Schnitt. Um die schmerzhaften Entzündungen zu kaschieren, trug sie mittlerweile bei der Arbeit dünne Baumwollhandschuhe, die ihre Finger freiließen.

»Nein, danke, die Länge ist gut«, meinte die Kundin, »genauso trägt es die Queen.«

»Aber ihre Schwester hat die Haare jetzt kürzer«, wusste Frau Berger.

»Eine anrüchige Person«, mischte sich die Baronin in das Gespräch ein, »und immer gut für einen Fauxpas!«

Leni hatte in einer Illustrierten gelesen, dass Prinzessin Margaret schon mittags Wodka trank, zwei Päckchen Chesterfields am Tag rauchte, von Party zu Party zog und unzählige Affären hatte.

»Wie geht es denn eigentlich dem jungen Herrn Bornheim, Marlene? Legt er nicht gerade die Staatsprüfung ab?«, wechselte die Baronin von Windsheim das Thema, und Frau Berger horchte auf.

»Ich glaube schon.«

»Sie wissen es nicht?«

Leni hatte so gehofft, dass die Baronin ihre Beziehung mit Karl nicht ansprechen würde. »Wir haben uns getrennt«, entgegnete sie ihr und hätte am liebsten nach Frau Biederstedts Sektglas gegriffen.

»Nein, wie schade. Wo er doch so ein galanter junger Mann ist, und er kommt aus einer erstklassigen Familie.«

»Das könnte man von Prinzessin Margaret auch sagen«, erwiderte Frau Berger und zwinkerte Leni zu, »und die macht der Krone nun wirklich keine Ehre.«

Hatte ihre strenge Kollegin sie da wirklich gerade in Schutz genommen?

»*Indeed!*«, bekräftigte Keller die Spitze seiner Kollegin, und Leni lächelte dankbar. »Darf es noch eine Pflegepackung für zu Hause sein, Baronin?«

*

Die Luft war kalt. Es fielen Schneeflocken aus dem Nachthimmel, und Hans stand tränenüberströmt und mutterseelenallein im Innenhof der Frauenklinik in der Maistraße und rauchte.

Auf den Stationen brannte noch Licht, es erhellte die winterkahlen Mandelbäume, verblühten Rosenrabatten und Buchsbaumhecken. Bei schönem Wetter gingen die Patientinnen in diesem Garten spazieren, doch jetzt war er menschenleer. Schorsch hatte Hans erzählt, dass hier während des Krieges ein riesiger Löschteich angelegt worden war. Damals, als in dieser Klinik mit ihrer nestwarmen Neugeborenen-Station und den mild lächelnden Ordensschwestern über eintausenddreihundert Frauen, die als erbkrank gegolten hatten, zwangssterilisiert worden waren. Frauen, die an angeborenem Schwachsinn gelitten hatten, an Schizophrenie, Epilepsie, Blinde, Taube oder aus anderen Gründen der Willkür der Machthaber unterworfene, ausgestoßene Kreaturen, über die heute niemand mehr sprach.

Das Wasser des Muschelkalkbrunnens im Zentrum des Hofes war bereits abgestellt worden. Es kühlte im Sommer über unterirdische Leitungen den Hörsaal, in dem sich Hans drei Semester lang mit der Frauenheilkunde gequält und sich die derben Scherze seiner Kommilitonen angehört hatte, die Frieda als

Einzige pariert hatte. Schwester Leodegar war immer noch da. Sie hatte schon unter Professor Bickenbachs Vorgänger den Projektor im Hörsaal bedient und in ihrer Tracht mit der wuchtigen weißen Flügelhaube Patientinnen hereingeschoben. Frauen, in völliger Schutzlosigkeit und erniedrigender Blöße, die die zweifelhafte Ehre gehabt hatten, ihre Kinder vor den Augen hunderter Studenten mittels einer Sectio zu entbinden. Blut, Schweiß und andere Körperflüssigkeiten, blitzendes Operationsbesteck und grelles Licht. Hans hatte sich die roten Muster eingeprägt, die das Blut schuf, wenn es sich auf dem nackten Fliesenboden dem Abfluss entgegenschlängelte.

Sein Blick fiel auf die Kapelle, in der die Schwestern und das übrige medizinische Personal zusammen mit den Patientinnen ihre Gottesdienste feierten. *Ich sollte hineingehen und beten*, dachte er. Ja, er sollte für ihre arme Seele beten, aber zu wem? An diesen Gott, der so viel Leid zuließ, glaubte er immer weniger, und in den weihrauchgeschwängerten Floskeln der Pfarrer fand er im Gegensatz zu seiner Mutter keinen Trost.

Wie einsam er war. Und wie verlassen er sich fühlte und müde. Seit das Medizinische Quartett, das jetzt nur noch ein Trio war, vor fünf Wochen die Klinische Prüfung angetreten hatte, schlief er kaum noch. Wenn er Auftritte hatte, führte ihn sein Heimweg immer über Bogenhausen, egal, in welchem Club er gespielt hatte und wie spät es war, und da stand er dann im Morgengrauen am Galileiplatz vor der alten Sternwarte unter der Straßenlaterne und sah zu Charlottes Schlafzimmer hinauf. Stellte sich vor, wie sie hinter der Gardine den Atem anhielt, um ihren Mann nicht zu wecken, und ihre Blicke sich durch den mondhellen Tüll hindurch trafen. Nachtsamtene Blicke voller Sehnsucht. Seine waren ein einziges Rufen.

Die Hälfte der Prüfungen hatten sie schon absolviert – die Chirurgie, Pharmakologie, Hygiene sowie Gerichtliche und Innere Medizin und die Augenheilkunde, und das, obwohl immer wieder Dozenten an der Asiatischen Grippe erkrankten und sich vertreten lassen mussten.

In den mündlichen Teilen wurden Frieda, Schorsch und er gemeinsam unter den strengen Augen des Vorsitzenden des Prüfungsausschusses von den jeweiligen Dozenten der zu prüfenden Fachrichtung abgefragt, wobei auch andere Lehrkräfte der Medizin und die unteren Semester, die gerade an den Kliniken als Praktikanten tätig waren, bei den Prüfungen anwesend sein durften. Doch in den praktischen Teilen, wenn sie Patientengespräche führen mussten, Untersuchungen vornahmen, Diagnosen und Heilpläne erstellten, waren sie auf sich allein gestellt. Die Befunde mussten schriftlich festgehalten werden und abschließend eine Epikrise, ein kritischer Bericht, vorgelegt werden.

Hans' erste Patientin in der Inneren Medizin, einem der vier »großen Fächer«, hatte an einem Ulcus ventriculi gelitten, einem Magengeschwür, das er gastroskopisch bestimmt und für das er eine operative Entfernung vorgeschlagen hatte, sowie im weiteren Verlauf einen Kuraufenthalt, da dieses Krankheitsbild nach neuesten Erkenntnissen stressbedingt war. Seine Patientin war Hausfrau und Mutter von zwei Kindern und hatte als Bürokraft im Handwerksbetrieb ihres Mannes gearbeitet. Frieda hätte die Gelegenheit genutzt und den Fall als Paradebeispiel für die Versklavung und Ausbeutung von Frauen angeführt, aber er hatte sich auf den medizinischen Aspekt beschränkt.

Abstand wahren. Die Patienten und ihr Leid nicht zu nah an sich herankommen lassen. Denken wie ein Chirurg. Die Übel ohne jede Emotion aus den Leibern herausschneiden. Dabei hatten sie in der Chirurgischen Prüfung nicht einmal ein Skalpell in die Hand nehmen müssen. Die Operations- und Instrumentenlehre war nur mündlich abgefragt worden, genau wie ihre Orthopädiekenntnisse. Sie hatten Fragen zu verschiedenen Traumata, Knochenbrüchen und Verrenkungen beantwortet und ihre Fähigkeiten im »kunstvollen Anlegen von Verbänden« unter Beweis gestellt. Für eine Drei würde es reichen, und mehr brauchte er nicht.

Hans trat die Glut seiner Zigarette aus, und die Bilder, die er hier draußen hatte abschütteln wollen, waren wieder da. Die Schwangere, die mit Schmerzen und leichten Blutungen in die Frauenklinik gekommen war und die er heute unter der Aufsicht zweier Prüfer – seines Dozenten, Dr. Döring, wissenschaftlicher Oberassistent der Klinik, und eines Medizinalassistenten – untersucht hatte: Kindslage und Geburtsperiode, Herztöne des Ungeborenen, Blutdruck der Mutter. Er war zu hoch gewesen, und ihre Gebärmutter und das Abdomen waren verhärtet. Hans hatte versucht, die Quelle der Blutung zu lokalisieren, doch von einer Minute auf die andere hatte da keine Fremde mehr vor ihm auf dem Untersuchungsstuhl gesessen, sondern Charlotte, die mit seinem Kind schwanger gewesen war. Die Patientin hatte blondes Haar und blaue Augen gehabt und den gleichen verzagten Blick. Am liebsten hätte er seinen Kittel ausgezogen und sie damit vor den bohrenden Blicken der Anwesenden geschützt.

»Ihre Diagnose, Landmann?«, hatte Döring ihn gefragt, und er hatte eine vorzeitige Plazentaablösung, eine Uterusruptur oder Placenta praevia vermutet.

»Wie gehen Sie vor?«

»Ich empfehle eine Sectio«, hatte er gesagt, »umgehend«, auch wenn der Fötus noch nicht voll entwickelt war.

»Zur Beobachtung auf die Station«, hatte der diensthabende Oberarzt sich wenig später dagegen entschieden. »Der Blutverlust ist minimal, die Patientin ist stabil, und die Herztöne des Fötus sind kräftig.«

Doch dann war die junge Frau immer unruhiger geworden, ihr Blutdruck fiel ab, ihr Puls raste, und sie wurde ohnmächtig. Symptome, die eine vorzeitige Ablösung der Plazenta immer wahrscheinlicher machten. Da die Versorgung des ungeborenen

Kindes nicht mehr sichergestellt und das Leben der Mutter akut gefährdet schien, wurde um dreiundzwanzig Uhr dreißig ein Not-Kaiserschnitt eingeleitet. Hans war als Beobachter in den Operationssaal zitiert worden, dabei musste er im Rahmen seiner Prüfung doch nur eine normale, gesunde Schwangere untersuchen und sich an den geburtshilflichen Maßnahmen beteiligen. Die Wöchnerin nach der Entbindung besuchen, ihre Pflege und den Gesundheitsstatus des Kindes in seinen Bericht aufnehmen und an einem Phantom regelwidrige Kindslagen demonstrieren. Als er heute in die Klinik gekommen war, hatte er sich auf den zarten Himmelduft der Neugeborenen gefreut, stattdessen kämpfte er jetzt gegen den metallischen Geruch von Blut an und einen üblen Würgereiz.

Es war überall gewesen, überall, nachdem der Oberarzt das Skalpell angesetzt und den Uterus eröffnet hatte, denn die Frau hatte die ganze Zeit über in ihre Gebärmutterwand hinein geblutet. »Absaugen!«, »Kompressen!«, »Mehr!«, »Schneller, um Himmels willen!«, »Mehr Blutkonserven anhängen!« – die Anweisungen des Chirurgen kamen in immer kürzeren Abständen, die Nervosität übertrug sich auf den Anästhesisten, die OP-Schwestern und den Assistenzarzt, die Hektik im Operationssaal nahm von Minute zu Minute zu, und er verwandelte sich in ein Schlachthaus. Sie kämpften. Alle. Gegen die Zeit und um ein Leben, das nicht mehr zu retten war, weil sie diese gottverdammte Blutung nicht mehr stoppen konnten – Herzversagen durch kardiale Ischämie kurz nach Mitternacht.

Als Hans gewusst hatte, dass das unumkehrbar war, war er aus dem Operationssaal gestürmt. Er hatte sich wie früher in der Anatomischen Anstalt in den Waschräumen übergeben und war dann in den Hof hinausgerannt. Die kalte Luft, die ihm dort entgegengeschlagen war, hatte sich wie eine Ohrfeige angefühlt, und er hatte auch noch den letzten Rest Gallensaft hochgewürgt, ehe er wieder einen halbwegs klaren Gedanken fassen konnte.

War irgendjemand benachrichtigt worden? Und was war mit dem Vater des Kindes? Es war ein Junge, den sie schon, bevor die Situation eskaliert war, weggebracht hatten. Er war so dunkel wie ein kleiner Mohr. Ein Besatzungskind und womöglich eine Waise. Aufgrund der Plazentaablösung war er eine ganze Weile von der Nährstoffversorgung abgeschnitten gewesen und hatte unter akutem Sauerstoffmangel gelitten. Ob er durchkam, war fraglich, und wenn ja, wie.

»Landmann.« Sein Dozent, Dr. Döring, der bei der Operation assistiert hatte, stand auf einmal neben ihm.

»Herr Doktor.«

»Wir hätten nichts mehr für die Frau tun können«, versicherte er ihm.

»Ich weiß.«

»Der Obduktionsbericht liegt uns in zwei Tagen vor, Brandstätter macht ihn. Sie können ihn dann einsehen und in Ihre Epikrise aufnehmen. Keine Sorge, Landmann, Ihre Diagnose war einwandfrei. Sie haben auf jeden Fall bestanden«, sagte Döring, aber das war Hans herzlich egal. Was interessierte ihn jetzt sein Examen? »Geben Sie mir den Bericht Ende der Woche«, fuhr Döring fort, »ich leite ihn dann mit ein paar persönlichen Worten an den Vorsitzenden weiter. Gute Nacht.«

»Gute Nacht, Herr Doktor.«

Es hatte aufgehört zu schneien. Der Mond kam hinter den Wolken hervor, die dünne Schneedecke im Innenhof reflektierte sein kaltes Licht. Hans horchte in die Nacht. Sie war still, viel zu still, totenstill. Ob Frieda noch im Kreißsaal war? Oder Schorsch, der heute ebenfalls eine Kreißende, die kurz vor ihrer Niederkunft gestanden hatte, untersucht hatte? Sollte er sie suchen?

Hans entschied sich dagegen. Er holte seinen Mantel, der noch im Untersuchungszimmer hing, und verließ die Klinik, als Karl ihm entgegenkam. Er blieb stehen.

»Karl«, grüßte Hans ihn zuerst, und Karl wirkte erleichtert.
»Hans«, entgegnete er.
»Prüfung?«, fragte Hans.
»Ja, bei meiner Schwangeren haben die Wehen eingesetzt. Sie haben mich angerufen. Und du?«
»Plazentaablösung. Sie hat es nicht geschafft.«
»Verdammt!«

Karl sah ihn mitfühlend an. Fast hätte Hans ihm von Charlotte und ihrer Schwangerschaft erzählt und wie viel Angst er um sie und ihr Kind hatte, aber dann hielt er sich doch zurück. Zu viel stand zwischen ihnen.

»Und wie geht es …«
»Nicht!«, unterbrach ihn Hans. »Frag mich nicht nach ihr!«
»Klar«, steckte Karl zurück und war im nächsten Moment wieder der Alte. »Ich sollte dann mal los, sonst dreht der Gasmann den Hahn noch ohne mich auf«, scherzte er und spielte darauf an, dass immer öfter Anästhesisten bei natürlichen Geburten Lachgas einsetzten. Angesichts der Tatsache, dass in Kreißsälen sechs bis acht Kreißende, die nur durch einen dünnen Vorhang voneinander getrennt waren, gleichzeitig ihre Kinder bekamen, war das, auch was den Geräuschpegel anging, eine Erleichterung.

»Viel Glück«, sagte Hans und spürte, wie erschöpft er war. So erschöpft.

Er ging Richtung Isar und weiter nach Bogenhausen. Auf seinem Weg zum Galileiplatz versuchte er, die Schatten zu vertreiben, aber das Sterben seiner Patientin begleitete ihn. Der Schmerz fraß an seinen Eingeweiden und zersetzte ihm das letzte bisschen Zuversicht. Karl kam ihm wieder in den Sinn und dann Leni. »Sie sterben doch nicht alle«, hatte sie ihn oben vor ihrem Baumhaus zu trösten versucht. »Aber zu viele, und ich ertrage den Tod nicht mehr«, hatte er ihr entgegnet. *Damals hätte ich einen Schlussstrich ziehen sollen*, dachte er jetzt, *keine Zu-*

geständnisse mehr machen und aufhören, um etwas zu kämpfen, das mich kaputt macht. Sich von den Erwartungen der anderen und der unsinnigen Hoffnung seines Vaters befreien. Ja, genau das hätte er tun sollen.

31

Sie setzte sich in ihrem Bett auf, und ihr war schon wieder schwindlig, aber es dauerte nicht lange, bis Charlotte es wagte, aufzustehen und zu ihrer Schminkkommode hinüberzugehen.

»Guten Morgen, mein Schatz«, sagte sie zärtlich und legte die Hände auf ihren runden Bauch. Das Kleine trat sie und boxte, und manchmal spürte sie sogar seinen winzigen Po, der sich ihr unter der Bauchdecke entgegenwölbte, wenn es sich drehte. »Du hättest mich ruhig ein bisschen länger schlafen lassen können.«

Charlotte betrachtete sich im Spiegel. Ihr Haar war in den letzten Wochen noch voller geworden, und ihre Haut leuchtete. Die Schwangerschaft stand ihr gut, auch wenn sie immer häufiger Rückenschmerzen und Sodbrennen hatte. Sie benutzte Lenis Öle, damit sie keine Schwangerschaftsstreifen bekam, und trank die Tees, die sie ihr im Salon zusteckte oder nach der Arbeit vorbeibrachte. Dann saßen sie zusammen mit Hedy unten in der Küche, und Leni erzählte Charlotte von dem Leben jenseits des Käfigs, in den Kurt sie gesperrt hatte und dessen Gitter die Welt für sie zerteilten. Sie aufteilten in kleine unerreichbare Ausschnitte – Parallelogramme der Sehnsucht.

Die Hydrolate, die Leni ihr mitbrachte, taten Charlotte gut. Sie rieb sich damit schon am Morgen die Hand- und Fußgelenke ein und versprühte Nebel zarten Dufts um sich herum. Ihr Eau de Toilette mochte sie nicht mehr, und den Geruch von Kaffee ertrug sie kaum noch; sie aß kein Fleisch, außer Weißwürsten, die Hedy ihr schon zum Frühstück servierte, und dazu frischen Kräuterquark mit sauren Gurken und eine Tafel Schokolade.

Seit Charlotte nachts öfter aufstehen musste, um zur Toilette zu gehen, schlief ihr Mann im Gästezimmer, und sie genoss das Alleinsein. Sie sprach dann mit ihrem Kind, sang ihm Lieder vor und überlegte sich Namen, von denen sie wusste, dass sie sie Kurt gegenüber nicht erwähnen durfte: Helene für ein Mädchen, der Name ihrer Puppe, die sie im Arm hielt, wenn sie einschlief, und Hans-Peter für einen Jungen, nach *ihm*.

Manchmal stand er nachts draußen unter der Laterne und sah zu ihr hoch, und Charlotte stellte sich vor, wie ihre Blicke sich durch den mondhellen Tüll hindurch trafen. Wie sie barfuß und im Nachthemd zu ihm hinauslief, in seine Arme, und er ihr seinen Mantel umlegte, sie festhielt und küsste. Nie zuvor hatte sie jemanden so sehr vermisst, doch sie hatte sich arrangiert. Das Leben an Kurts Seite war erträglich geworden. Abends kam er erst spät aus der Firma nach Hause oder aus einer dieser Bars am Hauptbahnhof, wo er den Tänzerinnen in ihren billigen Kostümen Geld zusteckte und mit ihnen in schummrigen Séparées verschwand. Oft sah sie ihn vor dem Schlafengehen gar nicht mehr. Und morgens, wenn Charlotte zum Frühstück herunterkam, war er meist schon fort. Wenn sie sich doch begegneten, sprach Kurt kaum mit ihr, es sei denn, seine Mutter betrat das Zimmer, dann griff er nach ihrer Hand. *Wenn Therese tot wäre*, dachte Charlotte in diesen Augenblicken, *würde Kurt sich seinen Stolz bewahren, sie vor Gericht durch den Dreck ziehen und sie ohne eine Mark samt ihrem Kind auf die Straße setzen.* Wenn ihre Schwiegermutter doch nur schon tot wäre!

Es klopfte, heftiger als sonst, und Hedy kam herein. Sie brachte Charlotte jeden Morgen eine Tasse heiße Schokolade, aber heute hielt sie nur ein Kuvert in der Hand und war weiß wie die Wand. Als hätte sie einen Geist gesehen.

»Was ist denn los, Hedy?«, fragte Charlotte und legte sich ein Tuch um die Schultern.

»Der Herr Lembke is heut später weg als sonst. Er war noch

in seinem Arbeitszimmer, als ich in der Früh zum Putzen rein bin«, sprudelte es aus ihr heraus, wobei sie immer wieder über ihre Schulter und zur Tür sah. »Er hat telefoniert, und der Safe is offen g'standen.«

»Und?«

»Ich hab einen Umschlag g'sehen, der ihm rausg'fallen is. Der hat am Boden g'legen, und ich hab ihn mit'm Fuß unter den Sessel g'schoben und meinen Eimer davorg'stellt!«

»Warum?«

»Weil ich g'hofft hab, dass da vielleicht die Fotos drin sind, die Sie g'sucht ham.«

Die gute Seele, dachte Charlotte gerührt. »Und was war dann, Hedy?«

»Dann hat er mich rausg'schmissen und mich ang'schrien, dass ich ihn g'fälligst net stören und später putzen soll.« Hedy stieß hörbar die Luft aus. Sie hielt noch immer das Kuvert in der Hand. »Der Umschlag is noch da g'legen, als ich später wieder rein bin«, sagte sie dann so leise, als hätte sie Angst, dass sie jemand belauschen könnte. »Unterm Sessel.«

»Dieser Umschlag?«

»Ja.«

Charlotte sah, dass der Name ihres Mannes und in Großbuchstaben PERSÖNLICH darauf stand, und wusste, dass sie den Umschlag schon einmal gesehen hatte. Es war anThereses siebzigstem Geburtstag gewesen. Dr. Bergmüller hatte ihn Kurt mitgebracht, und sie waren damit in seinem Arbeitszimmer verschwunden. Charlotte hatte damals gedacht, es könnten Untersuchungsergebnisse ihrer Schwiegermutter darin sein, da Therese den Arzt kurz zuvor in seiner Praxis aufgesucht hatte.

»Vielleicht können'S sich jetzt scheiden lassen«, meinte Hedy voller Hoffnung, und Charlotte sah sie dankbar an. Zwar hatte sie nie mit ihrer Haushälterin über ihre fehlgeschlagenen Pläne, Kurt zu verlassen, gesprochen, doch Hedy hatte von ihren verzweifelten Bemühungen gewusst. Sie war ihre Augen und Ohren im Haus. »Weil, wenn net, hama a Problem, weil wir den Umschlag nämlich net z'rücklegen können«, sagte sie ängstlich.

Charlotte nahm das Kuvert und zog mehrere maschinengeschriebene Seiten heraus.

»Schad, des sind net die Fotos«, meinte Hedy bei ihrem Anblick enttäuscht und ließ die Schultern hängen. »Dann war's umsonst.«

»Ich danke Ihnen trotzdem, Hedy. Für alles. Sie sind in diesem Haus mein einziger Halt«, versicherte ihr Charlotte.

»Ich kann's net mitanschauen, wie Ihr Mann mit Ihnen umgeht«, gestand Hedy ihr, »und wie die alte Frau Lembke Sie behandelt. Des is net recht.«

Charlotte las den Briefkopf, nachdem ihre Haushälterin die Tür wieder hinter sich zugezogen hatte – dort standen der Name und die Adresse eines Wiener Arztes, eines Urologen –, und sie erinnerte sich, dass Kurt Ende Juni letzten Jahres einen Geschäftstermin in Wien gehabt hatte. Der Begriff *Sterilitas virilis* fiel ihr ins Auge und im Weiteren das lateinische Wort *Orchitis*, das sie nicht kannte. Eine Seite war überschrieben mit *Morphologie der Spermatozoen*, dort waren Zahlen und Prozentangaben aufgeführt, und auf der letzten Seite stand eine abschließende Diagnose: *Azoospermie* aufgrund einer *post-pubertären Parotitis epidemica*.

Offensichtlich hatte ihr Mann, der als Patient genannt war, den Arzt, einen Professor Doktor Wilfried Haas, zu Tests aufgesucht, und der hatte seinen Befund später an Dr. Bergmüller weitergeleitet.

Sterilitas virilis ...

Charlotte spürte, dass ihr Herz schneller schlug. Sie ahnte, was sie da in Händen hielt, doch sie brauchte Gewissheit. Sie wählte die Nummer ihres Frauenarztes. »Lembke hier. Ich müsste bitte mit dem Herrn Doktor sprechen.«

»Er ist gerade in einer Untersuchung. Kann er Sie zurückrufen, Frau Lembke? Gibt es Probleme mit der Schwangerschaft? Brauchen Sie einen Termin?«

»Nein, danke, ich muss ihn nur kurz sprechen.«

Ihr Telefon klingelte bereits zehn Minuten später. Zehn Minuten, in denen Charlotte in ihrem Schlafzimmer auf und ab gelaufen war und versucht hatte, keine voreiligen Schlüsse zu ziehen. »Praxis Dr. Adam, einen Moment, ich verbinde.« Es knackte in der Leitung, und ihr Arzt fragte: »Frau Lembke, was kann ich für Sie tun?«

Sie erklärte ihm, dass eine enge Freundin sie um Rat gebeten habe. Ihr Mann habe sich von einem Urologen untersuchen lassen und die Diagnose laute: Azoospermie aufgrund einer post-pubertären Parotitis epidemica. Außerdem habe der Urologe von einer Orchitis gesprochen.

»Unfruchtbarkeit aufgrund einer Hodenentzündung in Folge einer Mumpserkrankung im jungen Erwachsenenalter«, übersetzte Dr. Adam die Fachbegriffe, und Charlotte hielt den Atem an. Ihre Schwiegermutter hatte ihr erzählt, dass Kurt erst mit siebzehn Jahren Mumps gehabt hätte.

»Der Urologe meinte wohl, es wäre nicht behandelbar, aber meine Freundin würde gern eine zweite Meinung einholen. Könnten Sie ihr vielleicht einen Facharzt empfehlen?«

»Nun, ich fürchte, der Kollege hat bei diesem Krankheitsbild mit seiner Diagnose recht. Ich kenne zwar den genauen Grad der Schädigung nicht«, entgegnete der Arzt, »aber ich würde bei diesem Befund auch von einer dauerhaften Sterilität ausgehen.«

»Ich verstehe.«

»Ist sonst alles in Ordnung, Frau Lembke? Verläuft die Schwangerschaft normal?«, fragte Dr. Adam.

»Ja, mir geht es gut, und das Kleine ist zurzeit sehr munter.«

»Regelmäßige Mahlzeiten, täglich an die frische Luft und

ausreichend Schlaf, Frau Lembke, dann halten Sie bald ein gesundes Kind im Arm!«

»Ich kann es kaum erwarten, Herr Doktor«, sagte Charlotte und legte den Hörer auf. Eine Flut von Gedanken schoss ihr durch den Kopf, und sie versuchte, sie zu sortieren, um zu begreifen, was geschehen war: Ihr Mann, der unbedingt einen Erben haben wollte, war offensichtlich unfruchtbar! Er wusste es seit letztem Sommer und sein guter alter Freund, Dr. Bergmüller, auch. Was bedeutete, dass *beiden* klar war, dass Kurt nicht der Vater ihres Kindes sein konnte. Aber warum hatte er dann …?

Die Erkenntnis traf Charlotte wie ein Schlag! Ihr Mann musste *gehofft* haben, dass sie schwanger werden würde, nachdem er von ihrer Affäre mit Hans erfahren hatte! Ihr Fremdgehen war die einzige Möglichkeit für ihn gewesen, Vater zu werden und jeden Zweifel an seiner Zeugungsfähigkeit auszuräumen. Nur so konnte er seine Mutter zufriedenstellen, die sich seit dem Tod ihres Mannes einen Enkel wünschte.

»Mein Kleines«, flüsterte Charlotte und weinte vor Glück, als ihre Käfigtür aufschwang, »jetzt lernst du deinen Vater kennen. Deinen richtigen Vater.« Ihre Erleichterung war grenzenlos.

Charlotte ging rasch ins Bad, frisierte und schminkte sich und schlüpfte in eines ihrer Umstandskleider. Sie legte ihren Schmuck an, allem voran das Diamantarmband, wählte hohe Schuhe mit spitzem Absatz, die ihr ein Gefühl von Stärke gaben, und lief in die Eingangshalle hinunter. Dort zog sie ihren Nerzmantel an und griff nach ihrem Hut. Es war ein eiliger Aufbruch, den ihre Schwiegermutter vereitelte, als sie plötzlich wie eine Saatkrähe neben ihr auftauchte. »Wo willst du denn hin?«, fragte sie sie.

»Zu Kurt in die Firma, Mama.« So hatte sie Therese noch nie genannt. Die zuckte kurz. »Ich habe eine Überraschung für ihn.«

»Ach ja? Und welche, wenn ich fragen darf?«

»Du erfährst es bald, das verspreche ich dir.«
»Du wirst warten müssen, bis sein Chauffeur zurück ist«, ermahnte Therese sie.
»Nicht nötig, ich fahre selbst.«
»Ich weiß nicht, ob das meinem Sohn gefällt«, entgegnete ihr ihre Schwiegermutter und klopfte dabei mit ihrem Gehstock auf den Fliesenboden.
Wie oft hätte Charlotte ihr diesen Stock am liebsten aus der knorrigen Hand geschlagen, aber heute war sie so euphorisch, dass sie Therese stattdessen auf die Wange küsste. »Finden wir es heraus!«, sagte sie und nahm ihre Autoschlüssel vom Schlüsselbrett. »Finden wir es heraus, Mama.«

»Er ist in einer Besprechung!«, erklärte ihr Kurts Sekretärin wenig später, als Charlotte das Vorzimmer seines neuen Büros betrat und nach ihm fragte.
»Kein Problem«, erwiderte sie und ging einfach durch.
»Aber Frau ...«
Ihr Mann saß mit Hubert Mang auf der roten Kunstledercouch, die er sich – wie die übrige moderne Einrichtung – zu Repräsentationszwecken geleistet hatte, als er Komplementär geworden war. Sie sahen zwei Miedermädchen bei der Präsentation der neuen Kollektion zu. Eine Schneiderin notierte sich letzte Änderungen, ein Maßband um den Hals gelegt und das Kissen mit den Stecknadeln am Handgelenk.
»Charlotte!« Kurt sprang auf, als er sie sah. »Das passt jetzt nicht.«
»Warum denn nicht?«, entgegnete ihm Mang und tätschelte mit seinen dicken Fingern ihre Hand. »Setz dich zu uns, Lotte-Mädchen, und sag uns, was du über die neuen Mieder denkst. Erste Sahne, was?« Seine Augen glänzten lüstern.
»Hubert, ich muss mit meinem Mann unter vier Augen sprechen. Es ist dringend. Könnt ihr bitte eine Pause machen?«

Charlotte lächelte Mang charmant an. Ganz das brave Frauchen, das er sich für seinen Kompagnon wünschte.

»Aber natürlich. Meine Damen«, sagte Mang, »wir machen in einer halben Stunde weiter«, und kniff beim Hinausgehen einem der Mädchen in den Po. Sie quiekte kokett.

»Was kann ich für dich tun?«, fragte Kurt ungehalten und setzte sich hinter seinen überdimensionierten Schreibtisch.

Charlotte blieb stehen, es würde nicht lange dauern.

»Ich weiß von deiner Untersuchung in Wien bei Doktor Haas letzten Sommer«, sagte sie knapp, und seine Gesichtszüge entgleisten. Es war ein wunderbarer Anblick.

»Woher?«

»Du hättest den Arztbericht nicht aufheben sollen.«

»Unter anderen Umständen hätte ich ihn womöglich gebraucht«, erwiderte er, um Beherrschung bemüht.

»Du meinst, wenn deine Mutter gestorben wäre und du dich hättest scheiden lassen wollen.«

Kurt stritt es nicht ab.

»Aber so hast du dich dazu entschieden, lieber ein Kuckuckskind aufzuziehen, als zuzugeben, dass du zeugungsunfähig bist.«

Er sah sie hasserfüllt an, holte ein Päckchen Zigaretten aus seiner Schreibtischschublade und zündete sich eine an. Er rauchte nicht oft, seine Hände zitterten. Charlotte kostete es aus.

»Wo ist der Bericht?«, fragte er.

»An einem sicheren Ort.«

»Und jetzt?«

»Jetzt wirst du die Scheidung einreichen. Du sagst deinem Anwalt, dass du erfahren hast, dass ich dir untreu gewesen bin und du mein Kind nicht anerkennen wirst.«

»Und wenn ich das nicht tue?«

»Dann wird deine Mutter erfahren, dass du tatenlos zugesehen hast, wie deine Frau dir Hörner aufgesetzt hat, und dass ihr ersehnter Enkel das Kind eines anderen ist.« Charlotte formulierte es absichtlich hart, um ihrem Mann die Konsequenzen zu verdeutlichen. »Wenn du Glück hast, ist sie nicht allzu überrascht, sie weiß schließlich, dass du ein korrupter Opportunist bist, ohne einen Funken Stolz im Leib.«

Kurt sog gierig den Rauch der Zigarette ein, und Charlotte konnte sehen, dass er vor Wut kochte, während er nachdachte. Er suchte fieberhaft nach einem Ausweg, einer Möglichkeit, die Situation wieder in den Griff zu bekommen. »Charlotte, wollen wir das nicht in Ruhe besprechen? Wir finden sicher einen Kompromiss«, begann er zu verhandeln, als wäre sie irgendein Geschäftspartner, dem er etwas verkaufen wollte. Es musste ihn ungeheure Überwindung kosten.

»Ich wüsste nicht, wo der liegen sollte.«

»Du bleibst bei mir und bekommst sämtliche Freiheiten. Du kannst diesen Jungen wiedersehen, solange du diskret bist. Wir arrangieren uns, das machen viele Paare.«

Wie eloquent er doch war! Und aalglatt!

»Und was hätte ich davon, außer deinem dreckigen Geld?«, provozierte sie ihn weiter. »Und der zweifelhaften Freude, deine böse Mutter weiterhin um mich zu haben? Deinen ach so guten Namen vielleicht?« Es brach förmlich aus ihr heraus, sie überschüttete ihn mit ihrer Verachtung, bis Kurt mit der Faust auf die Schreibtischplatte schlug. Sein Gesicht lief rot an, und seine Halsschlagader pochte. »Ich ziehe noch heute zu Sasa und nehme meine Kleider und den Schmuck mit«, fuhr sie unbeirrt fort, »und mein Auto.« Ihre rote Borgward Isabella, die sie so liebte.

»Raus!«, schrie er. »Verschwinde, bevor ich mich vergesse!«

»Zuerst wirst du mir noch einen Scheck über meine Ersparnisse ausstellen. Und falls du ihn sperren lässt, wenn ich fort bin, lade ich mich bei deiner Mutter ein und serviere ihr deinen Arztbericht zum Tee!«

War das zu viel? Hatte sie den Bogen damit überspannt?

Kurts Kiefer mahlten, doch zu ihrer Überraschung griff er nach seinem Scheckheft, trug eine Summe ein und unterschrieb.
»Und eine Empfehlung für eine neue Stelle brauche ich auch. Meine Adresse hast du ja von deinem Detektiv bekommen«, sagte sie deshalb, »gib sie deinem Anwalt, er soll mich kontaktieren.«

Jetzt sprang ihr Mann auf und stürzte hinter seinem Schreibtisch hervor. Seine Selbstbeherrschung war aufgebraucht. Er stieß sie auf die Couch, baute sich über ihr auf und legte seine Hand um ihren Hals. Charlottes Herz raste, als er langsam zudrückte. »Warum sollte ich dich stattdessen nicht einfach umbringen?«, knurrte er. »Dich zerquetschen wie ein lästiges Insekt, du billige kleine Hure?«

»Weil du dann den Rest deines Lebens im Gefängnis sitzt.«

Sein Blick flackerte, aber sie wich ihm nicht aus, sie zeigte keine Furcht und gab nicht klein bei. An diesem Punkt entschied es sich, das wusste sie und beobachtete mit Erleichterung die Veränderung auf seinem Gesicht, als er begriff, dass sie recht hatte.

»Das bist du nicht wert«, spuckte er aus und ließ sie los. Sie holte tief Luft, schob ihn weg und stand langsam auf. Griff nach ihrer Handtasche, die auf dem Boden lag, ging zum Schreibtisch hinüber, nahm den Scheck, überprüfte die Summe, faltete ihn zusammen und steckte ihn ein. Auf dem kurzen Weg zur Tür sah sie, wie sich ihre spitzen Absätze bei jedem Schritt in den teuren Perserteppich bohrten. »Mach's gut, Kurt«, sagte sie und betrachtete die Spur, die sie hinterlassen hatte, »wir sehen uns dann vor Gericht wieder. Und bitte nimm es schnell in Angriff, denn ich werde bald Mutter und habe Heiratspläne.«

Kurts Sekretärin erschrak, als Charlotte das Vorzimmer durchquerte und im Büro nebenan ein Glas an der Wand zerschellte. »Ich würde jetzt nicht hineingehen«, sagte Charlotte zu ihr.

Als sie wieder auf der Straße stand, spürte sie, wie die Anspannung von ihr abfiel. Sie hatte mit allem gerechnet, mit jeder nur möglichen üblen Wendung, so wie beim letzten Mal, als sie ihrem Mann von dem geheimen Konto seiner Mutter erzählt und geglaubt hatte, ihn damit erpressen zu können. Aber diesmal hatte es funktioniert! Zwar hätte er sie fast umgebracht, aber am Ende war er eingeknickt und hatte nachgegeben. Er hatte tatsächlich nachgegeben!

Charlotte atmete durch und fühlte sich wie früher am Ende eines Laufsteges – unbesiegbar. Fast erwartete sie Blitzlichtgewitter, doch stattdessen begann es zu schneien. Sie sah in den Himmel, und ihr fiel ein, dass am Sonntag der erste Advent war. Hans würde jetzt weniger Auftritte haben, und seine Prüfungen waren womöglich auch schon vorüber. Sie würde zu ihm fahren, heute noch, beschloss sie, doch vorher musste sie ein letztes Mal nach Bogenhausen.

Hedy half Charlotte, ihre Sachen zu packen, nur die großen Abendkleider nahm sie nicht mit. In ihrem neuen Leben brauchte sie sie nicht mehr und auch nicht die Wäsche, die Kurt ihr von seinen Dienstreisen mitgebracht hatte, das rote Mieder, die Schnürkorsagen und durchsichtigen Büstenhalter, an denen er sich aufgegeilt hatte. Sie warf sie angeekelt aufs Bett, nahm ihren Ehering ab und legte ihn zusammen mit den Aufzeichnungen ihrer fruchtbaren Tage, zu denen Kurt sie gezwungen hatte, dazu. Sah ein letztes Mal zu ihrer Schminkkommode hinüber, widerstand der Versuchung, den Spiegel zu zerschlagen, und verließ den Ort ihrer Demütigung.

»Sie haben nichts zu befürchten, Hedy«, versicherte sie ihrer Haushälterin, als sie in ihren Wagen stieg, »Kurt weiß nicht, wie ich an den Umschlag gekommen bin.« Sie sagte Kurt, nicht mein Mann, denn das war er nun nicht mehr.

»Hat da was von den Rubinsteins dring'standen?«

»Nein, aber das, was dort stand, hat genügt, dass Kurt in die Scheidung eingewilligt hat.«

»Ich such mir vielleicht auch was Neues, jetzt, wo Sie nimmer da sind«, meinte Hedy. »In dem Haus hat's mir zu viele Geister.«

»Haben Sie sie auch gespürt?«

»Ja, freilich, die armen Seelen. Und im Arbeitszimmer hockt immer noch der alte Herr Lembke hinterm Schreibtisch und raucht seine grausigen Zigarren.«

Charlottes Schwiegermutter war ausgegangen, weshalb Charlotte unbehelligt zu Sasa aufbrechen konnte, mit der sie bereits telefoniert hatte. Sie zog sie freudig in ihre Wohnung und ließ es sich nicht nehmen, Charlottes Koffer hinaufzutragen.

»Ich räume das Zimmer aus, in dem ich meine alten Kostüme aufbewahre, Lotte-Schatz, da stellen wir dann ein Bett hinein und machen es wohnlich.«

»Und was machst du mit deinen Kostümen?«

»Die Paradiesvögelchen schwirren schon seit Jahren drumherum. Ich bringe sie ihnen nächste Woche mit, dann machen wir ein frühes Weihnachtswichteln.« Sasa wogte in ihre Küche hinüber und setzte Teewasser auf.

»Ich kann nicht bleiben, Sasa, ich muss erst noch zu ihm«, sagte Charlotte. »Er weiß es doch noch gar nicht.«

»Gott, wie ich dich beneide«, raunte ihre Freundin. »Es geht doch nichts über ein Happy End. Außer Versöhnungssex.«

Bei Charlottes letztem Besuch in der Haimhauserstraße war noch am Vorderhaus gebaut worden. Jetzt war es fertig, und sie ging durch einen breiten Torbogen in den Hof und zum Hinterhaus, das noch genauso aussah, wie sie es in Erinnerung hatte.

»Das Fräulein Charlotte«, begrüßte sie Hans' Vermieter, nachdem sie geklingelt hatte, obwohl er wusste, dass sie verheiratet war. »Kommen Sie herein.«

Charlotte knöpfte ihren Mantel auf und zog ihre Handschuhe aus.

»Wann ist es denn so weit?«

»Mitte März.«

»Kinder sind immer ein Segen«, sagte Herr Pohl und strahlte.

»Möchten Sie vielleicht ein Tässchen Tee?«

»Ist Hans denn nicht da?«

Der alte Herr sah von einer Sekunde zur nächsten bekümmert aus. »Oh, doch. Er geht kaum noch aus dem Haus, wissen Sie, nur wenn er Auftritte hat.«

»Und seine Prüfungen?«

»Da fragen Sie ihn besser selbst. Aber erschrecken Sie nicht, Fräulein Charlotte, wenn Sie ihn sehen«, warnte er sie. »Er ist gerade an einem dunkeln Ort, unser Hans, und ich befürchte, er hat dort alte Bekannte getroffen.«

Charlotte klopfte an Hans' Tür. Er lag noch im Bett, obwohl es bereits Mittag war, die Vorhänge waren zur Hälfte zugezogen. »Hans«, rief sie leise zu ihm hinüber und sah seine Kleider auf dem Boden liegen und verstreute Bücher neben dem Ölofen, in dem das Feuer ausgegangen war. Erst jetzt bemerkte sie, dass die Wände über und über mit Noten und ihren Namen beschrieben waren.

Ein Ort, ohne Zeit, der nur uns gehört, nur dir und mir.

Es schien Lichtjahre zurückzuliegen, dass sie sich in Sasas Paradiesgarten geliebt hatten und Charlotte die bunten Kolibris dabei beobachtet hatte, wie sie im steten Flug der Freiheit entgegenstrebten.

Hans setzte sich auf und sah sie ungläubig an. »Ich sehe dich oft«, sagte er scheinbar zu sich selbst, und fuhr sich durchs struppige Haar. »Ich sehe dich, aber du bist nicht da. Ich weiß, dass du es nicht bist.«

»Doch, Hans«, erwiderte sie und setzte sich zu ihm. »Jetzt schon. Und ich bleibe auch.«

Ihm liefen Tränen über die Wangen. Charlotte küsste sie fort, da zog er sie an sich und hielt sich an ihr fest, als würde er in der Dunkelheit, die Herr Pohl erwähnt hatte, ertrinken. Charlotte sah sie nicht, und doch schien sie überall zu sein.

»Hast du heute keine Prüfungen?«, fragte sie ihn.

»Ich habe abgebrochen. Ich bin nicht mehr hingegangen.«

»Warum?«

Hans schluchzte. Er saß in seinem Bett wie ein Kind, das aus einem Albtraum aufgewacht war und nach seiner Mutter rief, aber niemand kam. Sie kannte das Gefühl, die Verlassenheit und die Angst, wenn die Monster sich zwischen den Kissen versteckten und das Nachtlicht nicht brannte. Sie zog den Arztbericht aus ihrer Tasche und gab ihn ihm.

»Was ist das?«

»Hedy hat es heute Morgen gefunden.«

Er überflog die Seiten, stand auf, öffnete die Vorhänge und ging zu seinem Schreibtisch hinüber, nahm ein Buch und schlug es auf. Sie konnte ihren Blick nicht von ihm lösen, wie er da stand, mit nacktem Oberkörper, nur in seinen Schlafanzughosen, und las. »Ist es das, was ich denke?«, fragte er.

»Mein Frauenarzt meint, dass es nicht zu behandeln ist. Ich habe ihm den Befund am Telefon vorgelesen.« Charlotte erzählte Hans von dem Telefonat und der anschließenden Auseinandersetzung mit ihrem Mann, wobei sie Kurts Gewaltausbruch nicht erwähnte, und sein Gesicht hellte sich mehr und mehr auf. »Ich kann bei Sasa bleiben, bis ich geschieden bin und wir gemeinsam etwas für uns und unser Kind finden«, sagte sie.

»Für unser Kind«, wiederholte er noch immer ungläubig und nahm sie in den Arm. »Unser Kind.«

»Deines und meines, ja.«

»Ich muss mit meiner Mutter und Leni reden«, rief er plötzlich voller Energie, »ich muss ihnen sagen, dass ich Vater werde!«

»Und ich meinen Eltern, dass ich mich scheiden lasse«, erwiderte Charlotte weniger enthusiastisch und wusste schon jetzt, wie es enden würde. Sie würden den Kontakt zu ihr abbrechen und ihr sagen, was für eine grenzenlose Enttäuschung sie für sie war, so wie damals, als sie nach München gezogen und Mannequin geworden war. Aber darauf kam es jetzt auch nicht mehr an. Diesen Preis musste sie zahlen.

»Egal, was passiert«, beschwor Hans sie, »wir werden heiraten.«

»Ja, das werden wir.«

»Und unser Kind wird meinen Namen tragen.«

»Hans-Peter Landmann«, sagte Charlotte und sah den kleinen Blondschopf schon vor sich.

»Und wenn es ein Mädchen wird?«

»Das kann nicht sein, Hans. So wie er mich jetzt schon tritt, wird er einmal Fußballer.«

Charlotte legte Hans' Hand auf ihren Bauch. Er erschrak, als er das Baby spürte, lachte und streifte den letzten Rest Dunkelheit ab wie sie ihren Ehering und mit ihm ihr altes Leben.

Ihr seid die Familie, die ich mir immer gewünscht habe. Menschen, die einander ohne Vorbehalte lieben, dachte sie, *die sich vertrauen und aufeinander achtgeben.* Jetzt gehörte sie dazu.

32

Lenis Bruder kam am ersten Advent nach Hause. Er stand durchgefroren, aber strahlend in der Tür der guten Stube, in der der Ofen eingeheizt war und die erste Kerze am Adventskranz brannte. Leni hatte ihn aus frischen Tannenzweigen gebunden und mit Strohsternen und Bienenwachskerzen dekoriert. »Da bist ja, Bub«, rief ihre Mutter froh und sprang auf, um ihn zu umarmen. Leni und sie hatten Hans seit Wochen nicht gesehen. Er war mit seinen Prüfungen beschäftigt gewesen, und Leni hatte auch kaum Zeit gehabt. Sie übte, lernte und fertigte ihr Meisterstück an: eine Straßenperücke, für die sie selbst die Montur genäht hatte, auf die sie nun schon seit Wochen Echthaar knüpfte. Ihr Chef stellte sie für diese zeitraubende Arbeit, die regelmäßig von einem Schaumeister, den der Prüfungsausschuss der Handwerkskammer bestimmt hatte, begutachtet wurde, so oft es ging, frei, und Leni liebte sie, denn sie konnte dabei ihren Gedanken nachhängen. Die Hände waren in Bewegung, der Blick war konzentriert, aber der Geist ruhte sich aus.

»Wie geht's dir, Mama?«, fragte Hans die Mutter und setzte sich zu Leni und ihr an den Tisch. Ihre Mutter hatte schon die ersten Plätzchen gebacken, Vanillekipferl, und Hans griff hungrig zu.

»Gut, Bub, warum auch net?«, sagte sie und schenkte ihm Kaffee ein. Sie hatten das gute Geschirr aus dem Buffet geholt, auf dem das alte Foto des Vaters und das von Leni und ihrem Bruder auf dem Weihnachtsmarkt neben dem Radioempfänger standen, an dem sie nach wie vor jeden Mittwoch das Wunschkonzert hörten. Wobei Leni nebenbei in ihre Bücher schaute und ihre Mutter strickte.

»Bist jetzt fertig mit der Prüfung?«, fragte Lenis Mutter neugierig. »Hast bestanden?«

Hans stellte seine Tasse ab und räusperte sich. Leni hielt vor Aufregung die Luft an.

»Nein«, sagte er, »ich habe sie abgebrochen.«

»Was?« Ihre Mutter sah zu dem Bild des Vaters hinüber und seufzte.

»Die Schwangere, die ich bei der Geburt begleiten sollte, ist während des Kaiserschnitts gestorben. Sie ist vor meinen Augen verblutet.«

»Das tut mir leid«, sagte Leni und versuchte, sich vorzustellen, wie es Hans dabei ergangen sein musste.

»Ich habe mir die Entscheidung wirklich nicht leicht gemacht, Mama, und lange mit einem meiner Dozenten darüber gesprochen, mit Doktor Brandstätter.«

»Und was hat der g'sagt?«, fragte sie.

»Dass man wissen muss, wann es Zeit ist, etwas loszulassen.«

Sie nickte und strich sich die Kittelschürze glatt. Sie versuchte zu lächeln, sah aber kreuzunglücklich aus. Leni wusste, dass sie im Stillen gehofft hatte, Hans würde es sich anders überlegen und doch noch Arzt werden, wenn er die Prüfung bestand. Aber in diesem Moment holte sie die Wirklichkeit ein.

»Dann bist jetzt also Trompeter«, sagte sie kraftlos.

»Ab Silvester haben wir jede Menge Auftritte, nicht nur in München, sondern in ganz Deutschland«, erzählte Hans stolz.

»Und wie kommt ihr da hin?«, wollte Leni von ihm wissen.

»Mit unserem Tourbus. Unser Schlagzeuger hat einen alten Bulli.«

Leni dachte an den VW Bus, den sie an ihrem Geburtstag auf der Autobahn gesehen hatten, und ihre geplatzten Urlaubspläne. Nachdem sie mit Marianne unterwegs gewesen war, hatte sie beschlossen, irgendwann selbst nach Italien zu fahren, mit ihrer Mutter oder allein, Hauptsache, sie würde das Meer sehen.

Hans nahm die Hände der Mutter in seine und sagte: »Da ist noch etwas, Mama, das ich dir und der Leni heute sagen will.«

»Aha.«

»Die Leni weiß es schon. Ich meine, sie weiß, dass ich letztes Jahr eine Frau kennengelernt und mich verliebt habe.«

Leni erschrak. Wollte ihr Bruder ihrer Mutter etwa von Charlotte erzählen? Warum, um alles in der Welt? Und warum war er so guter Stimmung, wenn er doch die Prüfung gar nicht geschafft hatte und die Frau, die er liebte, nicht mehr sehen durfte? Hatte es vielleicht etwas damit zu tun, dass Charlotte und Sasa gestern beide ihre Termine im Salon abgesagt hatten?

»Sie ist schwanger … und das Kind ist von mir«, ließ Hans die Bombe platzen, und Leni verstand überhaupt nichts mehr.

»Aha«, sagte die Mutter erneut.

»Und sie ist verheiratet«, beichtete Hans, und sie wurde bleich. Sie griff mit fahrigen Fingern an ihr Medikamentendöschen, das an der langen Kette um ihren Hals hing. »Aber sie lässt sich scheiden«, fuhr Hans fort, »und dann werden wir heiraten.«

»Na!«, sagte sie jetzt entschieden. »Na!«

»Doch, Mama, wir heiraten, egal, was du sagst.«

»Und *du* hast des g'wusst?«, fragte ihre Mutter Leni und sah sie fassungslos an.

»Nur, dass der Hans und die Charlotte zusammen waren.«

»Die Charlotte, so, so. Is des etwa die, die dir des Kleid g'liehen hat? Deine Freundin, der du dauernd die Sachen aus der Apotheke bringst?«

»Ja«, gab Leni zu und wandte sich dann an Hans. »Wieso kann sie sich auf einmal scheiden lassen? Und woher willst du wissen, dass das wirklich dein Kind ist? Sie hat doch auch mit ihrem Mann …«

»Jessas, Maria und Josef!«, rief ihre Mutter und sprang auf. Sie wollte zur Tür, hielt aber schon auf halbem Weg am Sessel des Vaters ein und setzte sich wieder.

»Ist alles in Ordnung, Mama?« Hans lief zu ihr, kniete sich vor sie hin, griff nach ihrem Handgelenk und fühlte ihren Puls.

»In Ordnung?«, fuhr sie ihn an und stieß seine Hand weg. So zornig hatte Leni ihre Mutter selten erlebt. »Da is nix in Ordnung, des is a Sünd, Hans, einem anderen die Frau wegzunehmen. Und sie is ein Flitscherl, wenn sie so was macht.«

»Das ist sie nicht!«, ging Leni jetzt dazwischen. »Charlottes Mann hat sie von Anfang an geschlagen und gequält. Einmal sogar so fest, dass sie in die Notaufnahme ins Krankenhaus musste.« *Die Mutter sollte das wissen*, dachte sie, *um Charlotte zu verstehen.* »Er hat sie zu Hause eingesperrt, Mama, und ihr nicht erlaubt zu arbeiten und ihr ihre Ersparnisse weggenommen.«

»Zu so was g'hören immer zwei«, sagte ihre Mutter ohne eine Spur von Mitleid.

»Das würdest du nicht sagen, wenn du sie kennen würdest«, meinte Hans.

»Kennen? So eine? Eine Ehebrecherin? Was täten denn da die Leut sagen, wenn ich die ins Haus lass? Und der Herr Pfarrer, wenn du die heiraten tätst? Ihr dürft's ja net amal in d'Kirch!« Sie schüttelte vehement den Kopf. »Dein Vater tät sich im Grab umdrehen, wenn er von dem Bankert wüsst!«

Leni erschrak über den Ausdruck. Sie wollte ihre Mutter zurechtweisen, aber zuerst musste sie wissen, warum Charlotte sich plötzlich doch scheiden lassen konnte und wie sie sich sicher sein konnte, dass Hans der leibliche Vater ihres Kindes war. Was war denn da nur passiert? »Wieso ist jetzt auf einmal alles anders?«, fragte sie ihren Bruder, und der erzählte ihr von einem Arztbericht, den Charlotte gefunden hatte, ihrem Gespräch mit ihrem Mann, und dass sie jetzt bei Sasa wohne, bis sie geschieden war und sie heiraten konnten. Leni hörte ihm gebannt zu, doch während sie erleichtert war, dass Charlotte jetzt endlich frei war und keine Angst mehr vor ihrem Mann haben musste, versteinerte das Gesicht ihrer Mutter immer mehr. »Ursels Kind ist auch schon unterwegs gewesen, als sie geheiratet hat«, sagte sie deshalb zu ihr, in der Hoffnung, es könne sie milder stimmen. »Und gegen die Ursel hast du doch auch nichts gesagt.« Oder ihr Kind einen Bankert genannt.

»Ich hab viel net g'sagt«, erwiderte ihre Mutter.

»Was meinst du damit?«

»Dass du auch net besser bist als dein Bruder!«

»Was? Wieso?«

»Glaubst du, ich hätt's net g'funden, deine unanständigen Bücher, die du in der Schubladen versteckst?« Leni lief hochrot an. »Und mir hast du g'sagt, ihr seid's net miteinander im Bett g'wesen.«

»Mama, ich …«

»Red net, Leni, du hast Glück g'habt, dass nix passiert is, aber a Sünd is des aa.«

Hans kniete immer noch vor dem Sessel, in dem die Mutter saß. »Bitte, Mama, gib uns deinen Segen«, beschwor er sie. »Ich will die Charlotte an Weihnachten mit nach Hause bringen, sie hat doch sonst niemanden.«

»Warum? Was is mit ihren Eltern?«

»Die wohnen in Frankfurt, aber sie wollen sie nicht mehr sehen, seit sie wissen, dass sie sich scheiden lässt. Ihre Mutter sagt, sie sei für sie gestorben.«

Ihre Mutter rang mit sich. »Hans«, sagte sie, »du bist mein Kind, und meine Tür steht immer für dich offen, aber diese Frau kommt mir net ins Haus.«

»Bitte, Mama«, insistierte jetzt auch Leni, »schlaf erst mal drüber.«

»Des braucht's net. A Sünd is a Sünd, egal wie oft ma drüber schläft.«

»Wenn ich sie nicht mitbringen darf, komme ich auch nicht mehr«, sagte Hans, und Leni blieb das Herz stehen. Sie mussten doch zusammenhalten, sie waren doch eine Familie, sie drei, Charlotte und das Kind!

»Dann kommst halt net«, sagte ihre Mutter und ging hinaus. Hans sah ihr wie ein geprügelter Hund hinterher, als sie die Tür zuschlug. Zum Glück war Frank nicht da, der Kater hasste laute Geräusche.

Der feine Duft der Plätzchen stieg Leni in die Nase, und sie sah die Flamme der Bienenwachskerze tanzen. *Heute ist der erste Advent, bald feiern wir Jesu Geburt*, dachte sie, *und meine Mutter verschließt ihr Herz vor dem eigenen Enkel? Wie kann das sein?*

»Ich freue mich für Charlotte und dich«, sagte sie zu ihrem Bruder, »bitte, sag ihr das, wenn du sie siehst.«

Hans blickte sie dankbar an. »Leni, du hast ihr die ganze Zeit über beigestanden, das vergesse ich dir nie.«

»Braucht ihr irgendetwas?«

»Nein. Charlotte hat ihre Ersparnisse, und ich verdiene auch schon was. Wir werden keine großen Sprünge machen können, aber wir kommen durch.«

»Es ist ein Weihnachtswunder«, meinte Leni und schaute noch immer auf den Adventskranz. »Und wenn die Mama das nicht einsieht, kann ich ihr auch nicht helfen.«

»Ich will mich aber nicht zwischen ihr und meiner neuen Familie entscheiden müssen«, entgegnete ihr Hans niedergeschlagen, und Leni fiel der Traum wieder ein, in dem ihr Neffe an der Hand ihrer Mutter durch den Wald spaziert war. Draußen wirbelten jetzt Schneeflocken durch die Luft, und sie sah den kleinen Kerl vor sich, wie er das erste Mal auf seinem Schulranzen den Weinberg hinuntersauste und seine Schiefertafel dabei zerbrach. Ihre Mutter, die schimpfte und ihm kurz darauf Kuchen zusteckte, den er dann oben im Baumhaus mit seinen Freunden teilte. Und dann ein Mädchen, das im Salon ihrer Mutter seinen Puppen die Haare flocht und mit den wildesten Buben der Schule spielte. Mit ihnen Floß fuhr, furchtlos kenterte und sie im Winter auf Schlittschuhen über den Herzogweiher jagte. »Es wird sich schon alles fügen«, versprach sie ihrem Bruder, denn das Gefühl, dass ihnen dieses Kind längst ins Stammbuch geschrieben war, ließ sie nicht mehr los. Sie waren eine Familie – mit oder ohne den Segen der Kirche!

*

Der Heilige Abend fiel in diesem Jahr auf einen Dienstag, und Käthe stand noch bis Mittag mit Vevi im Salon. Das Mädel machte sich wirklich gut, sie war genauso fleißig und ordentlich wie Leni und hatte auch genauso viel Freude an der Arbeit.

Seit Vevi ihre Lehre bei Käthe angefangen hatte, schaute auch ihr Vater öfter in den Salon herein oder kam bei Käthe zu Hause zum Kaffee vorbei. Dann saßen sie in ihrer Küche, der Joseph und sie, und sprachen über die Kinder und das einschichtige Leben als Witwe und Witwer. Schauten sich an und trauten sich nicht, die Hand nach dem anderen auszustrecken. In ihrem Alter ...

Im März würde Käthe fünfundfünfzig werden, so alt wie ihre Mutter, als sie gestorben war, und sie war sich der Endlichkeit schmerzlich bewusst. Die machte ihr Angst, und der Gedanke stimmte sie traurig, dass sie irgendwann fort sein und so vieles nicht mehr miterleben würde. Ihr Herz bereitete ihr nach wie vor Probleme, aber sie sprach nicht darüber. Hans und Leni hatten schließlich mit sich selbst genug zu tun, Leni lernte seit Monaten für ihre Meisterprüfung und Hans ... *Oh, mei, der Hans* ...

Käthe sperrte ihre Salontür zu – bis Freitag hatte sie jetzt frei – und ging vor zur Straße, die den Weinberg hinaufführte, da ihr auf den verwitterten Stiegen zum Friedhof hinauf jedes Mal die Luft ausging. Es war kalt, ihr Atem kondensierte, aber in diesem Jahr lag wenigstens kein Schnee. Ein Bub kam ihr entgegen, er zog ein kleines Wägelchen mit zwei Zementsäcken hinter sich her und wollte sicher in die Kolonie, wo immer noch emsig gebaut wurde. Vielleicht nicht gerade bei Minusgraden, aber sonst schon. Die Flüchtlinge gingen sich gegenseitig zur Hand, um ihre Häuser hochzuziehen, und eine hochmoderne, zentrale Wasserversorgungsanlage hatte Hebertshausen jetzt auch. Die Pumpanlage und der Tiefbrunnen lagen hinter der Schule, die aus allen Nähten platzte, ein Neubau war beschlossene Sache.

»Grias Gott«, grüßte sie der Pimpf.

»Grias di!«, murmelte Käthe und sah zur Kirche hoch.

Es war zwölf Uhr dreißig, die Glocke von St. Georg schlug zweimal. Leni würde bald aus München kommen, und dann würden sie gemeinsam die Tanne schmücken, die der Schmidschorle wieder für sie aus dem Wald geholt hatte. Ein bisschen verkrüppelt war sie, aber für sie zwei tat sie es schon. Hauptsache, die Gans kam rechtzeitig in den Ofen. Sie hätte eine kleinere kaufen sollen, überlegte Käthe und blieb kurz stehen, an der würden sie ohne den Hans drei Tage lang essen. »Wenn der Bub doch nur ein Einsehen hätt …«, murmelte sie vor sich hin und wickelte ihren Schal um den Kopf wie ein altes Kräuterweiberl vom Viktualienmarkt.

»Mit wem redst denn, Käthe?« Plötzlich stand der Rabl neben ihr, der seine Werkstatt auch schon zugesperrt und eine Aushilfe an der Tankstelle sitzen hatte.

»Mit mir selber, Schorsch, so kommt's, wenn ma alt wird.«

»Geh, Schmarrn, Käthe«, erwiderte er und lachte, »wir wern doch net alt, nur reifer. Wie ein guter Rotwein.«

»Oder ein Allgäuer Bergkäs'«, erwiderte sie mit einem schmalen Lächeln.

»Genau«, stimmte ihr der Rabl zu und zog seinen Hut. »Frohe Weihnachten, Käthe, grüß die Leni und den Hans von mir.«

»Und du die Ida«, sagte sie und seufzte schon wieder. Es verging kein Tag, an dem sie nicht einen Rosenkranz für die verirrte Seele ihres Sohnes betete. Das mit der Musik, das hatte sie ja noch verstanden, und dass er die Prüfung nicht geschafft hatte, nahm sie auch hin. Er war halt ein Künstler, der Bub, und zart besaitet. Nicht jeder hatte so eine Rossnatur wie sie. Der Otto auch nicht, der hatte es nur besser versteckt, damit ihm in der Holzschleiferei, die sie in diesem Jahr zugesperrt hatten, keiner dumm gekommen war. Ja, das mit der Musik hatte sie verstanden, aber das mit dem Ehebruch und dem Kind konnte sie Hans nicht nachsehen. Sie wollte schon, aber sie konnte nicht.

Und trotzdem schaute sie sich jetzt um, ob er nicht vom Bahnhof her den Berg hochkam oder ob die Leni ihn vielleicht auf ihrem Roller mitbrachte. Es war doch Weihnachten, und das feierten sie immer zusammen, seit Hans auf der Welt war.

Käthe erinnerte sich noch so gut an den Tag seiner Geburt. An die Hebamme, die gerade noch rechtzeitig gekommen war, und ihre Schwiegermutter, die schon heißes Wasser abgekocht und alte Handtücher bereitgelegt hatte. Otto war mit seinem Vater zum Wirt hinuntergegangen und erst wieder hochgekommen, als der Bub schon auf der Welt gewesen war. Käthe ging das Herz über, wenn sie heute daran dachte, wie stolz ihr Mann damals war und wie glücklich sie. Die Hebamme hatte den kleinen Wurm fest in Windeln eingewickelt und ihr in den Arm gelegt, und er hatte ausgesehen wie eine der geschnitzten Putten im Freisinger Dom – pausbäckig und mit Himmelaugen, nur die Flügerl hatten gefehlt.

»Frohe Weihnachten, Käthe!«, rief ihr Nachbar herüber, als sie ihre Haustür aufsperrte. Der Garten lag in der üblichen Winterstarre, und die Felder um das Haus waren gefroren. Nicht einmal die Rabenvögel fanden noch ein Korn.

»Frohe Weihnachten, Ludwig!« Sie winkte und ging hinein. Legte ihren Schal ab und zog den Mantel und die schweren Winterschuhe aus. In den groben Strümpfen war ein Loch.

Für Hans hatte sie neue gestrickt, schöne, warme, damit er nicht frieren musste, wenn er jetzt nachts so viel unterwegs war. Auf der Bühne konnte er sie freilich nicht tragen, aber die übrige Zeit. Und einen neuen Schal und Handschuhe hatte sie ihm auch gemacht. Graue, die zu seinem Mantel passten. Zwischen den Wollresten war noch die Anleitung der Landmann-Oma für Babysöckchen gelegen, und Käthe hatte sich erinnert, wie ihre Schwiegermutter zu ihr gesagt hatte, dass so ein Würmerl am Anfang seines Lebens eigentlich zur zwei Sachen brauchte: Liebe und Wärme.

Käthe heizte den Ofen an und füllte die Gans mit Äpfeln und Zwiebeln. Das Blaukraut hatte sie gestern schon vorbereitet, und den Knödelteig wollte Leni machen. Gerade kam sie heim. Käthe sah durchs Fenster, wie sie ihren Roller vor dem Haus abstellte, und freute sich auf sie, auch wenn sie fürchtete, dass Leni sie gleich wieder auf ihr Zerwürfnis mit Hans ansprechen und sie beknien würde einzulenken. Aber egal, was ihre Tochter sagte, dieses g'schlamperte Verhältnis konnte sie nicht gutheißen.

»Hast du schon angefangen, Mama?«, fragte Leni, als sie mit roten Wangen in die Küche trat und ihre kalten Hände dem Herd entgegenstreckte.

»Nur mit der Gans. Magst schon amal den Baum putzen?«
»Wir könnten noch warten«, schlug Leni vor.
»Auf was?«
»Auf wen, Mama, nicht auf was!«
»Glaubst, er kommt doch? Hat er was g'sagt zu dir?«, fragte sie hoffnungsvoll.
»Nein.«

Es war ein stilles Weihnachtsfest, ohne Trompetenklänge, nur das Radio lief. Käthe und Leni sprachen kaum miteinander, weder beim Essen noch bei der anschließenden Bescherung. Von Leni bekam Käthe in diesem Jahr ein neues Terminbuch für ihren Salon, das sie bei Kaut-Bullinger in München gekauft hatte, einem der schönsten Schreibwarenläden der Stadt, und sie schenkte ihr eine Regenpelerine für ihre Fahrten auf dem Roller. Hans' Päckchen blieb ungeöffnet. Käthe sah es verwaist unter dem Baum liegen und schaute sehnsüchtig auf das Bild ihrer Kinder, das sie ihr letztes Jahr geschenkt hatten. Da hatte Hans diese Frau, die jetzt ein Kind von ihm erwartete, schon gekannt, ging es ihr durch den Kopf, was seine finstere Stimmung an den Weihnachtstagen erklärte. Doch als er ihr vor drei Wochen von Charlotte erzählt hatte, hatte er gestrahlt. Da war er so glücklich gewesen wie seit Jahren nicht mehr.

Hatte sie sich nicht genau das gewünscht? Dass die Freude auf sein liebes Gesicht zurückkehrte? Die unbändige helle Freude des kleinen Buben mit seiner neuen Trompete?

In der Christmette saß Käthe mit Leni neben Joseph und Vevi in der Kirchenbank und hielt die Kerze in der Hand, die jeder Gläubige am Eingang bekam, wenn er die dunkle Kirche in dieser Nacht betrat. Ein Glöckchen bimmelte, und der Pfarrer zog mit seinen Ministranten unter Orgelklängen ein. In der Predigt sprach er über Gnade. Sie sei wie die göttliche Liebe, sagte er, eine Liebe, die das Leben verwandele, vom Bösen befreie und den Menschen Frieden und Freude einflöße. »Diese Liebe ist Jesus«, sagte er und dass sich Gott in seinem Sohn zum Kind gemacht habe, um sich von den Menschen umarmen zu lassen.

Joseph griff nach Käthes Hand und schob seinen Schal darüber, um die kleine Geste vor den Blicken der anderen zu verbergen. Sie staunte über seinen frischen Mut. Der Pfarrer erzählte jetzt die Legende vom armen Hirten, der sich schämte, weil er als Einziger mit leeren Händen zur Krippe gekommen war, und dass Maria ihm ihr Kind hineingelegt hatte, damit er es für sie hielt. »Wenn auch euch eure Hände manchmal leer erscheinen«, sagte er, »wenn euer Herz arm an Liebe ist, so wird die Gnade

Gottes in dieser Nacht in eurem Leben aufleuchten, auf dass ihr sie annehmt und weitertragt.«

Käthe lauschte den tröstlichen Worten, und ihr Widerstand begann zu bröckeln, bis er schließlich ganz brach und sie die Gnade Gottes erkannte. Sie kam über sie wie der Heilige Geist über die, die Erlösung suchten, und erfüllte ihr Herz mit unbändiger Liebe – der Liebe für ein ungeborenes Kind. Als wenig später die Fürbitten gesprochen wurden, formulierte sie in Gedanken eine eigene – »Herr, halte deine schützende Hand über sie« – und hielt, als sich die Kirche geleert hatte, Zwiesprache mit ihrer Schwiegermutter an ihrem Grab. »Ich hab dem Buben g'sagt, dass es a Sünd is«, gestand sie ihr.

»A Sünd is, wenn du die Familie net z'ammhältst, Käthe. Hast du denn net schon genug verloren?«

»Schon ...«

»Dann freu dich doch über des Wuzerl und dass du noch eine Tochter dazubekommst. Wen interessiert denn, was die Nachbarn denken oder der Herr Pfarrer sagt?«

»Du redst dich leicht«, antwortete sie ihrer Schwiegermutter im Stillen, »*dein* Sohn is kein Ehebrecher g'wesen.«

»*Mein* Sohn hat sich andere Sachen auf sein G'wissen g'laden, Käthe. Ich tät's net aufwiegen wollen.«

Nein, besser nicht, dachte sie, und bekreuzigte sich, *besser nicht*.

Am nächsten Morgen überraschte Käthe Leni damit, dass sie nicht zum Hochamt gehen, sondern nach München zu Hans fahren wollte. »Ich bin zum Mittagessen z'rück«, sagte sie zu ihr, »und vergiss net, dass am Nachmittag der Joseph und die Vevi zum Kaffee kommen. Ich hab uns an Nusskranz g'macht.« Leni bestürmte sie mit Fragen, aber sie wimmelte sie ab, stieg kurz darauf in den Zug und am Hauptbahnhof in die Straßenbahn, mit der sie weiter zur Münchner Freiheit fuhr. Zur Haimhauserstraße war es von hier aus nur noch ein Katzensprung. »Du musst ins Hinterhaus«, hatte Leni gemeint, und dass sie bei den Pohls klingeln solle.

»Entschuldigen Sie die Störung am Feiertag«, sagte Käthe jetzt zu dem Herrn, der ihr öffnete. Er trug einen adretten Anzug mit Krawatte und Einstecktuch und lächelte. »Ich bin die Mutter vom Hans.«

»Frau Landmann, Sie schickt der Himmel!«, rief er, und Käthe dachte: *Wie recht er doch hat!* »Möchten Sie ein Tässchen Tee? Meine Frau hat gerade Wasser aufgesetzt.«

»Das wäre sehr nett, Herr ...«

»Pohl. So wie es am Klingelschild steht. Wobei es manchmal abfällt, die Schrauben sitzen locker.«

»Ist mein Sohn da?«, fragte Käthe.

»Ich sag ihm und dem Fräulein Charlotte gleich Bescheid. Sie hat gestern mit uns gefeiert, wissen Sie«, erklärte er ihr, »und da wollten wir sie in ihrem gesegneten Zustand nicht mehr in die Nacht hinaus und auf Herbergssuche schicken.« Er zwinkerte verschmitzt, nahm Käthes Mantel, und sie setzte sich im Wohnzimmer an einen Tisch, der kaum genug Platz für die Tassen und die bauchige Teekanne bot, die die Pohls wenig später hereinbrachten. Der Deckel hatte einen Sprung. Die wenigen Möbel schienen zusammengetragen zu sein, die Vorhänge waren verschlissen, aber ein paar schöne Landschaftsbilder schmückten die Wände, und ein Flügel stand im Raum. Gleich neben einem Baum mit angelaufenem Christbaumschmuck und einem siebenarmigen Leuchter auf dem Fensterbrett. Von der Decke blätterte der Putz. Hans' Unterkunft war baufällig, stellte Käthe fest, aber was durfte man für die paar Mark im Monat schon groß verlangen? Und seine Vermieter schienen nette Menschen zu sein, die ihren Sohn ins Herz geschlossen hatten. Sie plauderten miteinander, bis Hans mit einer jungen Frau an seiner Seite hereinkam.

»Mama, das ist Charlotte«, stellte er sie ihr vor, und Käthe bemerkte die Verwunderung auf seinem Gesicht. Er hatte nicht mit ihr gerechnet.

»Grüß Gott, Frau Landmann«, begrüßte Charlotte sie zaghaft.

»Grüß Gott«, erwiderte sie und betrachtete die junge Frau. Sie war ein wenig größer als Leni, hatte ein hübsches, offenes Gesicht und trug ein Umstandskleid, unter dem sich ihr Bauch schon deutlich wölbte.

»Wir gehen in die Küche hinüber«, meinte Frau Pohl, die für sich und ihren Mann nicht mitaufgedeckt hatte. »Bleiben Sie zum Essen, Frau Landmann?«

»Nein, danke, die Leni richt daheim schon was her.«

Frau Pohl nahm ihren Mann bei der Hand und schloss die Tür hinter sich. *Wie schön es doch ist, im Alter nicht allein zu sein*, dachte Käthe und blickte in ihre Teetasse. Hans und Charlotte setzten sich zu ihr und warteten darauf, dass sie etwas sagte.

»Du bist gestern net heimgekommen«, begann sie das Gespräch mit leisem Vorwurf in der Stimme.

»Du hast mir gesagt, dass wir nicht willkommen sind«, erwiderte Hans.

»Ja«, meinte Käthe, »an dem Tag is viel g'sagt worden.« Sie sah Charlotte an und musste zugeben, dass sie sie sich anders vorgestellt hatte, viel mehr Dame von Welt. Doch die junge Frau, die da ungeschminkt und ohne Schmuck in einem einfachen Kleid vor ihr saß, erinnerte sie eher an Lenis Kater, der immer noch zusammenzuckte, sobald jemand eine schnelle Bewegung machte, als an ein Fotomodell, das vor Fotografen posierte. Sie schien ihr fast ein wenig scheu zu sein. »Aber jetzt weiß ich, ihr habt's recht g'habt, du und die Leni«, sprach sie weiter, »und des einzige Unrecht is, wenn man sein Herz verschließt.«

Hans und Charlotte sahen sie mit großen Augen an.

»Ich hoff, dass du mir des nachsiehst, Hans, und du auch«, sagte sie zu Charlotte und griff nach ihrer Tasche, die sie neben ihren Stuhl auf den Boden gestellt hatte. Sie holte Hans' Weihnachtsgeschenk heraus und gab es ihm. Er wickelte die Socken, den Schal und die Handschuhe aus und bedankte sich. »Und des is für dich«, sagte Käthe und drückte Charlotte auch ein Päckchen in die Hand. Sie zog die Schleife ab und packte die kleinen Söckchen aus, die Käthe in der Nacht noch gestrickt hatte, als Leni schon schlief – ein hellblaues und ein rosarotes Paar. »Sie sind wunderschön«, sagte Charlotte gerührt, »wunderschön«, und umarmte sie, so wie Käthe früher *ihre* Schwiegermutter umarmt hatte. Eine feine Frau mit Rückgrat und einem großen Herzen, die ihr die Mutter ersetzt hatte. Gestern Nacht auf dem Friedhof hatte Käthe sich daran erinnert und beschlossen, dasselbe für Charlotte zu tun, denn jetzt war *sie* die Landmann-Oma, und das Kind, das ihr der Himmel in die leeren Hände legte, war die Gnade, von der der Pfarrer gesprochen hatte – *auf dass ihr sie annehmt und weitertragt.*

33

München war noch im Dezember 1957 Millionenstadt geworden und damit gerade rechtzeitig zum achthundertjährigen Stadtjubiläum im neuen Jahr. Zwar war von den für den Sommer geplanten Feierlichkeiten noch nichts zu bemerken und die festliche Gestaltung der Häuser, vor allem in den Hauptgeschäftsstraßen, ließ noch auf sich warten, aber die Stadtverwaltung hatte die privaten Hausbesitzer bereits dazu aufgerufen, Fassaden, die noch die Spuren des Krieges zeigten, rechtzeitig instand zu setzen und im Juni zu schmücken. Und natürlich würde dann auch das Rathaus herausgeputzt werden, las Leni in der Zeitung, mit weiß-blauen und schwarz-gelben Fahnen, leuchtenden Schabracken und Wimpeln. Hunderttausende Münchner und auswärtige Besucher würden die Straßen säumen und das Münchner Kindl in der Kutsche des Oberbürgermeisters den großen Festzug anführen. Leni freute sich schon sehr darauf und hatte ihrem Chef bereits eine passende Schaufensterdekoration für die 800-Jahr-Feier vorgeschlagen.

Anfang Februar waren die Schneeberge dann so hoch, dass die Straßenschilder kaum noch herausragten, und Lenis Kaufmännische Prüfung stand an. Sie übernachtete am Vorabend vorsorglich bei Hans, um nur ja nicht zu spät zu kommen, machte aber vor lauter Nervosität kein Auge zu. War sie wirklich gut genug vorbereitet, oder hätte sie nicht doch besser den Kurs bei der Innung absolvieren sollen? Würden viele Friseusen unter den Prüflingen sein, oder würde sie die einzige Frau sein? Und waren die anderen auch so jung wie sie?

»Leg die Bücher weg, du weißt schon alles«, sagte ihr Bruder, als sie am Morgen mit ihm und den Pohls am dreibeinigen Küchentisch beim Frühstück saß und keinen Bissen herunterbrachte. Im Gegensatz zu ihr war Hans in Hochstimmung.

»Das ist nur Lampenfieber, Fräulein Landmann«, versuchte Frau Pohl, sie zu beruhigen, »das vergeht, sobald sich der Vorhang hebt.«

»Sie kennen die Noten auswendig«, versicherte ihr Herr Pohl, »glauben Sie mir. Sie könnten mit verbundenen Augen spielen.«

»Ich würde trotzdem lieber aufs Blatt schauen«, griff sie seinen Vergleich mit einer Konzertveranstaltung auf und machte sich auf den Weg.

Vor der Handwerkskammer München, die vor drei Jahren in einen Neubau in der Max-Joseph-Straße umgezogen war, spürte Leni dann, wie ihr die Angst die Kehle zuschnürte. So viele Menschen hatten mit ihr gelernt, und die wollte sie nicht enttäuschen. Und sich selbst auch nicht, denn, wenn sie ehrlich war, wollte sie ihre Meisterprüfung nicht einfach nur bestehen, nein, sie wollte die Beste sein, die jahrgangsbeste Friseuse 1958 und die Ehrenurkunde neben ihrem Meisterbrief im Salon am Hofgarten aufhängen.

Neugierig betrachtete sie die angehenden Jungmeister, die mit ihr zusammen eintrafen, und konnte nicht sagen, welche von ihnen Friseure waren beziehungsweise Friseusen, nur dass alle genauso angespannt schienen wie sie. Die Prüfung würde in dem Saal abgehalten werden, in dem im Herbst immer die offizielle Meisterfeier stattfand, wusste einer von ihnen, ein Bäcker, der direkt aus seiner Backstube gekommen war und dem noch Mehl im Haar hing, als sie zusammen durchs Treppenhaus hinaufgingen. Jetzt standen an die fünfzig Schulbänke im Saal, und Leni suchte sich mit wild klopfendem Herzen einen Platz am Fenster. Der Bäcker nahm in der Bank neben ihr Platz.

Um Punkt acht Uhr hielt der Präsident der Kammer eine

Ansprache über den Wert des Handwerks, und die Prüfungsbogen wurden verteilt. Alle schrieben ihre Namen darauf, und auf einmal war es mucksmäuschenstill.

Leni fühlte sich an ihre Gesellenprüfung erinnert, aber da war sie viel ruhiger gewesen. Sie begann damit, die Fragen zur geschichtlichen Bedeutung und Organisation des Handwerks zu beantworten, die sie mit ihrer Mutter wieder und wieder durchgegangen war, schrieb sauber und ordentlich – ihre schönste Terminbuchschrift! – und achtete auf die Rechtschreibung. So weit, so gut. Jetzt kam sie zum Wirtschafts –, Genossenschafts –, Arbeits- und Verfahrensrecht sowie dem Versicherungs- und Steuerwesen und arbeitete auch hier Punkt für Punkt ab. Von den vier Stunden, die sie für die Prüfung Zeit hatten, waren schon eineinhalb vergangen, als sie zu der großen Wanduhr blickte, die nur aus einem angedeuteten silberglänzenden Ziffernblatt und zwei Zeigern bestand, die auf der Stirnseite des Saals auf der Holztäfelung angebracht waren. War sie zu langsam? Würde sie rechtzeitig fertig werden?

Sie musste noch eine Eröffnungsbilanz erstellen, erklären, weshalb das Eigenkapital darin auf der Passivseite stand und Fragen zur Umsatzsteuer beantworten. Einem der Prüflinge fiel ein Stift unters Pult, und Leni hörte leises Stöhnen. Ihr Banknachbar, der Bäckergeselle, versuchte, bei ihr abzuschreiben, und musste seinen Prüfungsbogen vorzeitig abgeben, als er zum dritten Mal zu ihr herüberschielte. Er verließ den Saal mit hängenden Schultern.

Zweieinhalb Stunden. Leni setzte einen Geschäftsbrief auf und erstellte im Anschluss ein Mahnschreiben. Zwei Dinge, die sie erst letzte Woche noch mit Charlotte geübt hatte, nachdem Hans sie im Januar mit nach Hause gebracht hatte. Er wollte, dass sie sein Elternhaus kennenlernte, und Lenis Mutter hatte sie eingeladen zu bleiben. »Die Schlafkammer von der Landmann-Oma steht leer«, hatte sie zu ihr gesagt, »und wenn der

Hans jetzt so viel unterwegs is, dann bist doch bei uns besser aufg'hoben als in München. Magst net ab und zu hier übernachten?« Charlotte hatte zugestimmt und pendelte seither zwischen Sasas Wohnung, Hans' Elternhaus und seinem Zimmer bei den Pohls hin und her.

Dreieinhalb Stunden. Leni war fertig, während die meisten noch schrieben. Sie nutzte die verbliebene Zeit, um alles noch einmal durchzulesen, ehe sie ihren Prüfungsbogen abgab und mit den anderen um halb eins den Saal verließ. Als sie kurz darauf unten auf der Straße beisammenstanden und ihre Antworten miteinander verglichen, hätte sie sonst was dafür gegeben, ihre Note zu kennen, doch leider würde sie die erst Anfang März zusammen mit dem Ergebnis ihrer Praktischen Prüfung erfahren. Ihre kleine private Meisterfeier hatte Leni trotzdem schon geplant, ein Fest am Geburtstag ihrer Mutter, damit diese ihn in diesem Jahr nicht wieder überging. »Geh, seit wann feiern wir denn meinen Geburtstag?«, hatte sie sie dann auch prompt gefragt, als Leni es ihr vorgeschlagen hatte.

»Seit du fünfundfünfzig wirst, Mama, das ist doch eine schöne Zahl. Ich habe den Joseph und die Vevi eingeladen und die Ursel mit ihrem Mann und dem Kind. Und der Schorsch kommt auch, der Freund vom Hans, und der Max.«

»Is der Hans net unterwegs?«

»Der kommt rechtzeitig zurück, hat er gesagt, und Charlotte bleibt an dem Wochenende bei uns.«

»Wenn's net scho in den Wehen liegt.«

»Genau!«, hatte Leni gesagt und übers ganze Gesicht gestrahlt, denn 1958 würde *ihr* Jahr werden! Sie würde ihren Meistertitel bekommen, einen kleinen Neffen oder eine Nichte, eine ihrer engsten Freundinnen heiratete ihren Bruder, im Salon am Hofgarten übernahm sie Frau Bergers leitende Position, und die Landmanns Kosmetik verkaufte sich dank Marianne Golling auch immer besser. In diesem Jahr war sie nicht aufzuhalten!

»Geht noch jemand einen Kaffee trinken?«, erkundigte sich eine junge Frau, die so gut frisiert war, dass Leni sie schon fragen wollte, in welchem Salon sie arbeite, aber leider hatte sie ihrem Chef versprochen, nach der Prüfung zur Arbeit zu kommen. Frau Berger fehlte ihnen überall, auch wenn Helga sich immer geschickter anstellte und Benny und Fritz sie nun ebenfalls im Damensalon unterstützten. Nachdem die beiden über ein Jahr bei den Herren zugebracht hatten, lernten sie jetzt das Damenfach.

In der Faschingswoche tönte Leni im Salon am Hofgarten unzählige bunte Haarsträhnen und zauberte ohne Pause Steckfrisuren für die großen Bälle der Saison, wobei kein Tag verging, an dem sie nicht an ihre Prüfung dachte. Zur Weiberfastnacht am Donnerstag, an dem die Männer um ihre Krawatten fürchten mussten, konnte sie wenigstens in ihrer Mittagspause zur Ablenkung auf dem Marienplatz zusehen, wie es Konfetti, Bonbons und Schokolade regnete, die von fantasievoll gestalteten Festwagen aus in die Menge geworfen wurden, und am Faschingsdienstag, wie die Marktweiber auf dem Viktualienmarkt tanzten und Blaskapellen und Spielmannszüge durch die Stadt zogen. Der Münchner Fasching lief zur Hochform auf, und den Zuschauern des närrischen Treibens tropfte das Schmelzwasser von den Hausdächern ins Genick. Hans hatte einen Auftritt nach dem anderen, aber Leni hatte leider keine Zeit, ihn spielen zu sehen, denn jetzt rückte die Praktische Prüfung immer näher.

»Sie sind ausgezeichnet vorbereitet, Marlene«, sagte ihr Chef zu ihr, als sie am Samstagabend den Salon gemeinsam zusperrten, »und Ihr Meisterstück ist eines der besten, das ich je gesehen habe. Mein Kompliment.«

Leni hatte eine Reisetasche mit Frisierutensilien gepackt, die er ihr für die Prüfung am Montag und Dienstag lieh – eine elektrische Haarschneidemaschine, Bürsten, Kämme und ein

Brenneisen, Haarnetze, zwei Frisierköpfe und das unverzichtbare Taft –, und ihre Scheren noch einmal überholt. Jetzt zückte ihr Chef seinen Stielkamm aus echtem Schildpatt und gab ihn ihr. »Ein Glücksbringer kann trotzdem nicht schaden«, meinte er, und Leni hätte vor Rührung fast geweint.
»Danke, Herr Keller.«
»Der ganze Salon steht hinter Ihnen, Marlene. Machen Sie uns stolz!«, sagte er und schritt beschwingt auf die Feldherrenhalle zu, vor der Maria, die heute früher gegangen war, mit einem Mann an ihrer Seite stand und offensichtlich auf ihn wartete.

In der Nacht zum 24. Februar – es war wieder bitterkalt geworden – übernachtete Leni erneut bei ihrem Bruder, wobei Hans diesmal nicht da war, da er mit der Munich Jazz Combo durch amerikanische Offiziersclubs tourte, die es mit dem Tanzverbot in der Fastenzeit nicht so genau nahmen. Die Pohls freuten sich trotzdem über ihren Besuch, servierten ihr am Morgen ein Frühstück, von dem sie wieder nichts anrührte, wünschten ihr Glück und winkten ihr zum Abschied, als sie im Hof auf ihren Roller stieg und mit Sack und Pack zur Friseurinnung in die Holzstraße aufbrach.

Hatte sie auch wirklich nichts vergessen? Was, wenn ihr plötzlich die Wickler fehlten oder sie das Taft nicht eingepackt hatte? *Unsinn*, dachte Leni, als sie ihren Roller kurz darauf am Straßenrand parkte. Sie hatte sich doch eine Liste gemacht und jeden Posten abgehakt.

Sie betrat die Innung mit zehn anderen Friseuren und einer Friseuse, die sie an Christel erinnerte, nebst ihren Modellen. Lenis erstes Modell war auch schon da, es war eine von Sasas Tänzerinnen, mit blondiertem, halblangem Haar. Sie setzte sich an einen der beleuchteten Frisiertische, die an drei Seiten des Prüfungsraums aufgestellt worden waren, und Leni nahm die Prüfungskommission in Augenschein: vier gesetzte Herren und eine etwas jüngere Dame, die alle ein Klemmbrett in Händen hielten und sich jedem, der hereinkam, vorstellten. Leni versuchte, sich ihre Namen zu merken, wuchtete ihre Reisetasche auf einen Stuhl, packte sie aus und schlüpfte in ihren Kittel.

Als sie sich jetzt umsah, stach ein Friseur aus der emsigen, blütenweißen Menge heraus, denn er trug als Einziger einen schwarzen Kittel mit dem goldenen Schriftzug *Coiffeur Adler*, ein Salon in der Nähe vom Künstlerhaus, der nach Lenis Einschätzung auch nicht französischer war als ihr Chef britisch. *Oh, my goodness ...*

»Deine Hände zittern«, flüsterte Sasas Mädchen Leni zu.

»Ich weiß.«

»Du musst sie dir nackt vorstellen«, erklärte sie ihr, »dann sind sie nicht mehr so furchteinflößend.«

Ein Gedanke, den Leni lieber nicht zuließ.

Das erste Probestück, das sie anfertigen musste, war ein Schnitt, den sie nur mit einer einfachen Schere und einem Kamm ausführen durfte. Die Frisur, die Leni sich ausgesucht hatte, hieß »Dacapo« und war in der Herbst-Winter-Saison 1957/58 in allen Fachzeitschriften zu sehen gewesen. Angelehnt an die Mode der Zwanzigerjahre liefen die schmalen Seitenpartien zu einer Sechs aus, die Stirnfransen und der Oberkopf wurden jedoch lockig und duftig frisiert, der Hinterkopf bauschig, und im Nacken lagen die Haare eng an. Leni kontrollierte immer wieder den Fall des feuchten Haars und rechnete bei der Länge mit ein, dass sie im Anschluss noch eine Dauerwelle legen musste, was bei chemisch vorbehandeltem Haar Fingerspitzengefühl verlangte. Sie drehte die Wickler deshalb besonders gleichmäßig, mit etwas Zug, aber nicht zu fest auf, rollte die Spitzen sorgfältig ein und berechnete die Einwirkzeiten. Zweimal überprüfte sie, wie das Haar ihres Modells die Kaltwelllösung und den Fixierer annahm, dann wusch sie es in einem Nebenraum gründlich aus, ließ eine

Pflegespülung einwirken, wusch es erneut und griff – zurück an ihrem Platz – zu großen Lockenwicklern. Während ihr Modell unter der Trockenhaube saß, trank sie einen Schluck Wasser und genoss die konzentrierte Arbeitsatmosphäre. Die Friseuse, die Christel ähnlich sah, kaute nervös auf ihrer Unterlippe, der angehende Jungmeister neben ihr fegte gerade Haare zusammen. Die Zeitschaltuhr klingelte, Leni stellte die Trockenhaube ab und zog ihrem Modell die Wickler aus dem Haar.

Toupieren, frisieren, fixieren ... Nein, noch nicht! Leni nahm erst noch Kellers Stielkamm, hob damit demonstrativ eine Partie am Hinterkopf an und griff dann erst zum Haarspray. Die Kommission beobachtete sie, begutachtete dann ihr fertiges Werk und machte sich Notizen. Einer der Herren zwinkerte ihr anerkennend zu, und Leni glaubte fast ein »*Marvelous!*« zu hören.

Als Nächstes musste sie an einem Übungskopf Wasserwellen mit genau vorgegebener Linienführung legen und im Anschluss einem weiteren Modell – es war wieder eines von Sasas Mädchen – die Haare zuerst färben und dann ondulieren, wobei der Ansatz der Welle möglichst natürlich aussehen sollte. Dass das Mädchen so hübsch war und ungeniert mit den Friseuren flirtete, verschaffte Leni einen kleinen ungerechten Vorteil, da deren Aufmerksamkeit litt. Der künftige Meister des Coiffeur Adler verbrannte seinem Modell sogar ein Ohr, als sie ihn anlächelte, und bekam prompt Punkteabzug.

»Wirklich, das ist mir noch nie passiert!«, erklärte er immer wieder entschuldigend, als Leni schon mit der Maniküre angefangen hatte und ihrem Modell später eine Gesichtspflege mit ihren eigenen Kosmetikprodukten angedeihen ließ. Am Ende des Tages zeigte sie an einem männlichen Modell eine Kopfmassage und schnitt ihm die Haare, denn Friseure wie Friseusen mussten sowohl das Herren- als auch das Damenfach beherrschen. Hierbei kam Leni natürlich die Routine aus dem Salon ihrer Mutter zugute, und hätte ihr die Prüfungskommission heute noch einen Rauhaardackel präsentiert, sie hätte ihm im Nullkommanichts das Fell getrimmt.

Am zweiten Prüfungstag, den Leni nun schon selbstsicherer anging, wurden die Meisterstücke beurteilt, während der Direktor der Berufsschule, den sie noch von früher kannte, alle Gesellen zur Arbeitszeitordnung, den Ladenschlusszeiten und Rabattgesetzen befragte. Eineinhalb Stunden dauerte diese weltliche Inquisition, dann mussten sie noch einen Aufsatz zum Thema »Das Friseur-Handwerk als Kunst« verfassen, in dem Leni Friseure mit Malern wie Kandinsky verglich. Der habe in Murnau mit seinen Bildern neue Formen geschaffen, schrieb sie, so wie Guillaume – ein Friseur, von dem sie in einem Fachblatt gelesen hatte – es in Paris mit seinen geometrischen Haarschnitten tat und Vidal Sassoon in London, zu dem sogar Prinzessin Margaret ging. Zwar hatte Leni es noch nicht geschafft, sich Kandinskys Werke im Lenbachhaus anzusehen, wie sie es vorgehabt hatte, aber Mrs. Randall hatte ihr einen Ausstellungskatalog geschenkt, in dem sie ein blaues Pferd gesehen hatte und ein Bild von Murnau, das nur aus bunten Flächen und einem schrägen Kirchturm bestand. Auf den ersten Blick irritierend, aber bei längerer Betrachtung hatte Leni den Ort ähnlich empfunden – anheimelnd und heiter –, zumindest vom Hügel des Münter-Hauses aus, von wo aus man die viel befahrene Olympiastraße, die Murnau zerteilte, nicht sah. Als Kandinsky das Bild gemalt hatte, gab es sie noch nicht, da war der Ort noch eine verträumte Sommerfrische gewesen.

Jetzt folgte die Fachtheorie, in der Leni ihr Wissen über Pflegeprodukte, die Friseur-Chemie, ihr Handwerkszeug von A wie Abziehbürsten bis Z wie Zentraltrockenanlagen und die Geschichte historischer Frisuren unter Beweis stellen musste, dann durfte sie am Nachmittag endlich ihre Abendfrisur anfertigen.

Die genaue Ausführung hatte sie schon vorab in sämtlichen Arbeitsschritten in einer Mappe beschrieben, die Frisur gezeichnet, das Material aufgeführt, das sie verwenden würde, die Zeit veranschlagt, die sie für das Frisieren benötigte, und natürlich hatte sie auch an ihrem Modell – diesmal war es Sasa höchstpersönlich! – geübt.

»Herzchen, wenn ich mich hier umsehe, bin ich die Einzige über einundzwanzig«, sagte Sasa amüsiert, als Leni ihr den Frisierumhang umlegte.

»Sie sind auch die Einzige, die nicht blond ist«, erwiderte sie, denn es war keine Brünette oder Schwarzhaarige unter den Modellen, worauf Leni im Stillen gehofft hatte, um herauszustechen.

»Darf ich?« Einer der Prüfungsmeister kam an ihren Platz und schlug ihre Mappe auf.

»Wissen Sie, dass Sie wie Albers aussehen?«, fragte Sasa ihn mit einem gewagten Augenaufschlag.

»Hans Albers?« Der Prüfer sah sie über seinen Brillenrand hinweg an. Sein Haar war weiß, nicht blond, und auch sonst konnte Leni keinerlei Ähnlichkeit erkennen.

»Haben Sie *Die Nacht gehört mir* gesehen?«, wollte Sasa von ihm wissen.

»Ich bin kein großer Freund des Kinos, gnädige Frau«, antwortete er ihr höflich und wandte sich dann wieder an Leni, die sich gerade Haarteile, Haarnadeln, Kämmchen und Klammern zurechtlegte. »800 Jahre München«, las er den Namen, den Leni sich für ihre Abendfrisur ausgedacht hatte, »ich bin gespannt, Fräulein ...«, er sah auf ihren Kittel, »Marlene.«

Er ging zum nächsten Platz weiter, wo der Kollege des Coiffeur Adler schon mit seinem Probestück begonnen hatte, und stellte ihm Fragen.

Leni teilte jetzt Sasas Haare ab, toupierte einzelne Strähnen und steckte die ersten Haarteile an ihrem Hinterkopf fest, um

Fülle zu schaffen, oder, wie ihr Chef sagen würde, eine Bombage. Sie arbeitete Perlenschnüre ein, drapierte die Seitenpartien über Sasas Ohren und krönte die Kreation mit zwei aus rosarot gefärbtem Haar modellierten Türmen, die genauso aussahen wie die des Liebfrauendoms mit seinen typischen Welschen Hauben. Haarspray durfte sie heute nicht benutzen, weshalb sie die bombastische Inszenierung zur Stabilisierung mit einer Strassbrosche abschloss.

Beim Blick hinüber an den Platz ihres Kollegen verschlug es ihr die Sprache. Er formte die Haarspitzen seines Modells, die wie ein Fächer von ihrem Kopf abstanden, wie kleine Palmwedel und setzte Cocktailschirmchen in die fertige Frisur. Das Ganze verbreitete Urlaubsstimmung, aber womöglich war es nicht elegant genug.

»Haben Sie das Gefühl, es hält?«, fragte Leni Sasa, und die drehte vorsichtig ihren Kopf in alle Richtungen.

»Kommt darauf an, was man damit vorhat«, erwiderte sie anzüglich, und Leni nahm ihr den Frisierumhang ab. Sasa trug ein violettes Abendkleid, das mit ihren zyklamfarbenen Fingernägeln und den falschen Wimpern, die Leni ihr angeklebt hatte, den Gesamteindruck perfekt machte. Die Prüfungskommission besprach sich, und Sasa nahm den Prüfungsmeister, dem sie die Ähnlichkeit mit Albers angedichtet hatte, wieder ins Visier, fest entschlossen, ihn heute noch zu einem Cognac einzuladen.

Leni hätte zu gern gewusst, was die Kommission gesagt hatte. Sie zweifelte eigentlich nicht mehr daran, dass sie bestanden hatte, aber würde es zur Besten reichen? Alle Friseure im Raum waren älter und erfahrener als sie, und bis Oktober würden noch weitere Kandidaten ihre Prüfung ablegen.

»Herzchen, die hast du umgehauen«, sagte Sasa, als sie sich später voneinander verabschiedeten und Leni sich noch einmal bei ihr für ihre Unterstützung und die ihrer Mädchen bedankte. »Gibt es heute noch eine Party?«

»Nein, erst, wenn ich weiß, dass ich bestanden habe«, antwortete Leni, die kaum glauben konnte, dass die Prüfung jetzt hinter ihr lag. Seit sie ihre Lehre im Salon ihrer Mutter begonnen hatte, hatte sie davon geträumt, und jetzt, nach über sieben Jahren, war es endlich geschafft – hoffentlich. »Falls ich das Ergebnis rechtzeitig bekomme«, sagte sie, »feiern wir meinen Meister zusammen mit dem Geburtstag meiner Mutter am 9. März. Würden Sie auch kommen?«

»Ist Lotte denn da?«

»Natürlich! Und Hans auch. Meine Mutter weiß es noch nicht, weil es eine Überraschung werden soll, aber er und seine Combo spielen an dem Tag bei uns.«

»Ist vielleicht einer der Jungs noch frei?«, fragte Sasa erwartungsvoll.

»Der Bassist, soviel ich weiß.«

»Männer, die Bass spielen, wissen, wie man eine Frau zu nehmen hat, die nicht die Maße einer Blockflöte hat«, raunte Sasa und schnurrte wie Frank an einem guten Tag. »Plant mich bei der Torte mit ein!«

34

Dieser finstere Keller in Ludwigsburg war für Hans und die Munich Jazz Combo vorerst die letzte Station ihrer Tour. Charlotte konnte jeden Tag ihr Kind bekommen, und Hans wollte nicht wegen des Wetters in der Provinz festsitzen, wenn es so weit war. Die Straßen waren die meiste Zeit über vereist, und die Reifen ihres VW Busses, der ihrem Schlagzeuger Rocky gehörte, hatten auch schon mal mehr Profil gehabt. »Genau wie sein Besitzer!«, hatte Piet gescherzt, der diese Woche ihren Saxophonisten Eddie ersetzte, den die zweite Welle der Asiatischen Grippe erwischt hatte.

»Einem geschenkten Gaul schaut man nicht ins Maul, Piet!«, hatte Rocky erwidert. »Und so gut wie dein klappriges Blasrohr ist mein Wagen allemal noch in Schuss.«

Die Combo hatte Hans zuliebe vereinbart, bis Ostern nicht mehr außerhalb Münchens aufzutreten. Sie würden stattdessen proben und neues Repertoire einstudieren. Zwei von ihnen, Rocky und ihr Pianist Marty, hatten außerdem einen Vertrag mit der Bavaria Filmproduktion in der Tasche, wo sie in den nächsten Wochen etwas Geld mit dem Einspielen von Filmmusik verdienten.

»Die Diva ist verstimmt«, sagte Marty, der sich schon mal ans Klavier gesetzt hatte und schräge Tonleitern klimperte, während Hans sich noch umsah. Die Ausstattung des Jazzkellers, in dem sie heute auftraten, war spartanisch – Stühle, Tische und ein paar Poster an den Wänden –, aber eigentlich brauchten sie für einen guten Gig auch nicht mehr. Die Amerikaner, für die sie spielten, waren meist schon bester Laune, bevor die Combo auch nur den ersten Ton anstimmte, und völlig aus dem Häuschen, sobald sie Stücke spielten, die sie aus der *Voice of America Hour* mit Willis Conover kannten. Die Erkennungsmelodie der Sendung, die über einen Langwellensender in Tanger übertragen wurde, war auch *ihr* musikalischer Aufmacher: *Take the ›A‹ Train* von Duke Ellington.

»Da muss noch mal einer ran, bevor ich meine Hände heute Abend über die Tasten fliegen lasse«, erklärte Marty, und seine Kollegen wussten, dass sie das mit dem Über-die-Tasten-Fliegen wörtlich nehmen durften. Zwar war Marty kein zweiter Art Tatum, Gott hab ihn selig, aber seine rasante Spielweise erinnerte schon an den großen Art und seinen dichten, komplexen Klang. Wer immer Arts alte Platten hörte, glaubte, es säßen zwei am Klavier.

»Ich sag mal Bescheid«, meinte Piet und verschwand wieder nach oben in die Gastwirtschaft, in deren Keller sich die Amerikaner eingerichtet hatten. Rocky mit seinen Trommeln und ihr Rhythmus-Mann Wolle mit dem Bass kamen die Treppe herunter.

»Ich bau mich da drüben hin.« Rocky deutete auf ein kleines Podest auf der Bühne, »dann hat Wolle mit seinem Schrankkoffer genug Platz.«

Wolfgang Wolle Schmitt, der Meister der dicken Saiten, wuchtete seinen Bass auf die Bühne und zupfte ein paar federleichte Tonleitern, in die Hans, der schon im Bus Trockenübungen mit seinem Mundstück gemacht hatte, um seinen Ansatz zu trainieren, mit einstimmte.

»Die ham ein', der dein' Schteinway noch schtimmt«, verkündete Piet etwas vernuschelt, als er zurückkam, weil er das Schilfrohrblättchen seines Saxophons schon im Mund hatte.

»Hey, Piet, sag mal: Der Streusalzstreuer zahlt keine Streusalzstreuersteuer«, rief ihm Marty von der Bühne aus zu.

»Lieber nicht«, meinte Wolle, »sonst verschluckt er das Ding noch.«

Ihr Gig begann um einundzwanzig Uhr, als sich der Keller mit jeder Menge Uniformen und aufgerüschter Mädchen füllte und Marty den Klavierdeckel anhob. Er intonierte *Take the ›A‹ Train*.

»*Ladys and Gentlemen*«, sagte Hans ihn an, »unser *piano man* Marty Hafner!«

Marty wiederholte den Auftakt noch einmal, ehe die anderen mit einsetzten. Als Rocky ein kurzes Solo an seinem Schlagzeug anstimmte, stellte Hans auch ihn vor: »Rocky Mayer, unser Überzeugungstäter an den Trommeln!«, und später Piet und Wolle, der wiederum Hans dem begeisterten Publikum präsentierte: »*The one and only* Hans Landmann, *Ladys and Gentlemen*, einer, der schon mit Miles Davis gejammt und seine Selbstgedrehten mit ihm geraucht hat!«

Die Amerikaner johlten und holten ihre Mädchen auf die Tanzfläche.

Das Repertoire der Munich Jazz Combo war auf dieser Tour bunt gemischt, sie spielten ein paar swingende Mainstream-Titel wie *Begin the Beguine* in einem Arrangement für kleine Besetzung und ihre eigene Version von *Willow Weep for Me*, das Hans von der unvergleichlichen Sara Vaughan kannte. Die schwarze Sängerin hatte gerade bei Mercury gekündigt, das hatte in der *BRAVO* gestanden, um zu Morris Levys Label Roulette zu wechseln, der schon Count Basie, Bud Powell und Phineas Newborn unter Vertrag hatte. Karrieren, von denen Hans nur träumen konnte, zumal die Künstler, die bei Levy unterschrieben hatten, auch in seinem New Yorker Club, dem Birdland, auftreten durften.

»Ein Bier, Kleiner?«, rief die Bedienung, die Rocky gerade seinen fünften Whiskey hingestellt hatte, zu Hans auf die Bühne hinauf. Es war gerade mal Mitternacht, und Marty, Piet und Wolle tankten auch nicht schlecht, was ihrem Spiel jedoch keinen Abbruch tat.

»Danke, nein, später vielleicht«, sagte Hans und fragte sich, wie die anderen das nur machten. Piet war auf der Bühne omnipräsent, der konnte auch noch im Koma spielen, und Rockys Sticks wirbelten jenseits der Promillegrenze mit Schallgeschwindigkeit über die Felle. Ein paar Mädchen, die sich keinen Meter vom Bühnenrand entfernten, himmelten ihn und Hans an, aber Hans sehnte sich nur nach Charlotte – auf jeder Bühne, in jedem billigen Hotelzimmer und auf jeder gottverlassenen Bundesstraße. Wenn er morgen Nachmittag heimkam, um seine Mutter an ihrem Geburtstag mit einem Ständchen zu überraschen, konnte er sie endlich wieder im Arm halten. Und am besten blieben sie dann in Hebertshausen, Charlotte und er, denn sie hatte bereits Senkwehen gehabt. Lange würde es nicht mehr dauern, bis das Kind kam, doch die Hebamme hatte ihnen versichert, dass keine Komplikationen zu erwarten waren.

Wolles schwere, erdige Bassläufe nahmen Hans gerade mit auf eine Reise. Charlotte hielt ihr Kind im Arm, und Hans' Mutter und seine Schwester umsorgten sie.

Leni hatte jetzt ihren Meistertitel. Sie war völlig aus dem Häuschen gewesen, als sie ihm Anfang der Woche erzählt hatte, dass das Schreiben der Handwerkskammer gekommen war und sie gute Chancen hatte, mit ihren Noten Jahrgangsbeste unter den Friseurmeistern zu werden. »Das ist mein Jahr, Hans!«, hatte sie überglücklich zu ihm gesagt, und er war so erleichtert gewesen, weil sie die Trennung von Karl nun endgültig überwunden und sich davon nicht von ihrem Weg hatte abbringen lassen. *Aber es ist auch mein Jahr*, dachte er. Er bekam ein Kind mit seiner Traumfrau, würde sie heiraten und durfte nun endlich sein Geld als Musiker verdienen. Ja, 1958 war auch *sein* Jahr!

Tosender Beifall – das Publikum hatte den finsteren Keller längst in ein brodelndes Chemielabor verwandelt, in dem allerlei zwischenmenschliche Reaktionen abliefen –, und Hans spürte dem Gefühl nach, das er an der Seite von Miles Davis gehabt hatte, als sie zusammen gejammt hatten. Seiner Kraft, die er damals für sich entdeckt hatte, seinem Mut und der Rebellion,

die ihn hierhergebracht hatte – auf diese Bühne und an diesen Punkt in seinem Leben.
Do not fear mistakes, there are none.

Als Hans und seine Jungs am Sonntagmorgen bei klirrender Kälte gegen zehn Uhr den VW Bus beluden, waren alle außer ihm ziemlich verkatert, denn sie hatten noch bis vier Uhr früh weitergespielt und getrunken. »Soll nicht lieber ein anderer fahren?«, fragte er Rocky und half ihm, seine Trommeln und Becken hinter der Rückbank zu verstauen, wobei sie die große Basstrommel, Piets Saxophonkoffer und Hans' Trompetenkasten in die letzte Sitzreihe packten. Piet und er teilten sich die Mittelbank mit Wolles Bass, der über dem umgeklappten Sitz neben den Seitentüren lag und mit seinem Hals fast an die Rückscheibe stieß. Hans fand es ganz bequem, er stützte während der Fahrt seinen rechten Arm auf dem Möbel ab. »Was ist der Unterschied zwischen einem Cello und einem Kontrabass?«, hatte Piet sie gefragt, als er das erste Mal beim Einladen geholfen hatte, und sie hatten ihn ratlos angesehen. »Der Bass brennt länger!«, hatte er einen seiner Witze losgelassen und noch einen Kalauer über das Versenden von Sperrgut hinterhergeschickt.

»Willst *du* etwa hinters Steuer?«, fragte Rocky Hans, wohlwissend, dass er keinen Führerschein hatte. »Oder sollen wir lieber Wolle oder Piet fragen?«

Hans sah die beiden an und konnte sich nicht entscheiden, wer von ihnen übler aussah.

»Ist ja nicht so weit«, beruhigte ihn Rocky, »da haben wir schon andere Strecken verschlafen«, und lachte. »Alles einsteigen, meine Herren, die wilde Fahrt beginnt!«

Kurz vor Kirchheim war die Autobahn abschüssig, und der Bus wurde schneller. »Satte neunzig Stundenkilometer«, verkündete Wolle, der vorn zwischen Rocky und Marty saß und auf den Tacho sah. Marty hatte sein Fenster heruntergekurbelt, weil mal wieder alle rauchten. »Du siehst ja gar nichts bei dem Nebel«, sagte er über Wolle hinweg zu Rocky. »Hey, Rocky!«

»Was ist?«, fragte Wolle.

»Der pennt doch!«, rief Marty aufgebracht, als der Bus schon nach rechts abdriftete. Wolle stieß Rocky an, der erschrak und intuitiv dagegenlenkte. Sie hatten soeben die Ausfahrt Kirchheim passiert und waren jetzt an einer Stelle, an der eine Überführung über die Autobahn lief. Piet schrie irgendetwas, Hans sah den Mittelpfeiler auf sie zurasen und duckte sich, Rocky trat in die Bremse, und der Bus prallte auf der Fahrerseite mit unbeschreiblicher Wucht und einem Knall, der Hans fast die Trommelfelle zerriss, dagegen, schien sich dann mit dem Heck zu drehen und schlitterte noch ein ganzes Stück die vereiste Autobahn entlang, bis er schließlich zum Stehen kam.

Es war alles auf einmal und im Bruchteil einer Sekunde passiert. Hans registrierte die Stille, diese gespenstisch dumpfe Stille, die er seit der Nacht in der Frauenklinik mehr fürchtete als jeden Schmerzensschrei. Ihm war plötzlich kalt. Die Seitentüren waren aufgeflogen, und eisige Luft strömte herein. Wolles Bass war geborsten. Hans' rechter Arm blutete und seine Stirn auch. Eine Platzwunde womöglich oder Schlimmeres. Rocky? »Rocky«, schrie er. Der Pfeiler hatte sich seitlich in den Bus gebohrt und die erste Sitzreihe samt Fahrer, dem Armaturenbrett und dem Lenkrad in die Mittelbank geschoben.

Was von Rocky noch übrig war, blendete Hans aus. Wolle musste durch die Windschutzscheibe katapultiert worden sein, und Marty hing irgendwo dazwischen. Piets linkes Bein schien abgetrennt worden zu sein, sein rechtes war eingeklemmt. Er war bei Bewusstsein und wimmerte.

»Du musst etwas tun«, sagte Hans' Vater, und Hans trat die Reste von Wolles Kontrabass aus dem Bus. Er versuchte, Piet herauszuziehen, doch der brüllte wie ein Tier. Er konnte ihn keinen Millimeter bewegen.

»Abbinden«, antwortete Hans seinem Vater, zog den Gürtel aus seiner Hose und band Piets Oberschenkel ab. Redete auf ihn ein, sagte ihm, dass Rocky tot war und Wolle wohl auch und dass Hilfe kommen würde, auch wenn er nicht wusste, wann.

»Der andere«, sagte sein Vater, und Hans quälte sich aus dem Bus. Das Blut tropfte ihm von der Stirn, aber er konnte sich auf den Beinen halten. Sein Herz raste, und das Atmen fiel ihm schwer, womöglich hatte er sich ein paar Rippen gebrochen. Wolle lag ein ganzes Stück entfernt auf der Straße, grotesk verrenkt und ohne Zweifel nicht mehr am Leben.

Marty! Hans zerrte und riss mit übermenschlichen Kräften an der Beifahrertüre – der ganze Bus hatte sich verschoben, ein Wunder, dass er überhaupt herausgekommen war – und konnte sie schließlich öffnen. Er schleppte Marty zur Böschung und legte ihn dort ins gefrorene Gras.

Die Vitalzeichen überprüfen!

Marty atmete nicht. Verdammt, er atmete nicht!

»Du kannst das«, sagte sein Vater zu ihm, und Hans war so froh, dass er da war. Er erinnerte sich an die Herzdruckmassage und das Beatmen und legte sein ganzes Gewicht auf seine Hände, drückte mit aller Kraft auf Martys Brustkorb und blies ihm seinen Atem in die Lunge. Wenn er doch nur Verbandszeug und Kompressen hätte, dann könnte er mehr tun, er könnte so viel mehr tun.

Rubinroter Schnee … und der Geschmack von Blut …

Es war so kalt. Hans' Mantel und seine neuen Handschuhe lagen im Bus. Und sein Schal. Seine Mutter hatte sie für ihn gestrickt, damit er nachts nicht fror.

Marty kam wieder zu sich, er starrte Hans mit weit aufgerissenen Augen an. In seinem Blick stand Todesangst. Hans diagnostizierte multiple Frakturen, einen Schädelbasisbruch, Schnittwunden, Quetschungen … Er brachte Marty in eine stabile Seitenlage und holte seinen Mantel und den Schal aus dem

Wrack, in dem Piet immer noch wimmerte. Die Blutlache, in der er saß, breitete sich aus. Immer weiter. »Es kommt Hilfe«, versprach ihm Hans, »hörst du, Piet, es kommt Hilfe.« Irgendjemand würde einen Krankenwagen rufen, auch wenn seit dem Unfall kein einziges Auto vorbeigekommen war, aber irgendjemand würde es tun, das wusste er.

Hans sank neben Marty ins Gras, legte seinen Mantel über ihn und bedeckte die Kopfwunde mit seinem Schal. Er würde noch die Unfallstelle sichern und Wolle von der Straße holen. Gleich ... wenn der Schmerz nachließ, der in seine Schulter ausstrahlte. Seine Bauchdecke war bretthart, Schweiß stand ihm auf der Stirn, ihm wurde schwindelig, und sein Puls galoppierte. Eine Milzfraktur, überlegte er, oder die Leber. Ein stumpfes Trauma, innere Blutungen wie bei der jungen Mutter, die sie nicht hatten retten können.

Ein Kind ohne Mutter. *Sein* Kind ohne Vater. Charlotte ...

»Zwei«, sagte er zu seinem Vater, »ich konnte nur zwei retten.« Und ob sie wirklich durchkamen, war fraglich.

»Eine Seele wiegt schon genug«, antwortete er ihm.

»Dann habe ich es doch geschafft?« *Für dich*, dachte Hans, *damit du Frieden findest und ich auch.*

»Ja, des hast, Bub, des hast«, sagte sein Vater und nahm ihn in den Arm. Hans wusste nicht, wie sich Erlösung anfühlte, aber womöglich begann sie so.

Epilog

Eine Woche später

In der Nacht nach Hans' Beerdigung setzten Charlottes Wehen ein, und Leni lief auf dem Weg zur Hebamme am Friedhof mit dem frisch aufgeschütteten Grab und den trostlosen Kränzen vorbei. Fast hätten es die Totengräber nicht ausheben können, der Boden war noch immer gefroren, aber dann hatten sie sich doch Spatenstich um Spatenstich bis zu den Gebeinen der Großeltern ins Erdreich gegraben. Das Hacken und Scharren und Schaufeln war überall auf dem Weinberg zu hören gewesen. Lenis Mutter hatte es stumm ertragen und die schwarzen Sachen geflickt, die ganz hinten in ihrem Schrank gehangen hatten, und Leni hatte sich in Hans' Zimmer versteckt. Dort war er noch und sprach mit ihr, dort und oben auf der Kastanie.

Weißt du noch, Leni, früher im Baumhaus, da haben wir uns immer alles erzählt.

Gibt's denn was, des du mir erzählen magst?

Nein, aber ich habe das Gefühl, dass dir etwas auf der Seele liegt.

Die halbe Gemeinde und alle, die den Geburtstag ihrer Mutter und Lenis Meistertitel mit ihnen gefeiert hatten, waren gekommen: Schorsch, Max, Sasa, Vevi und ihr Vater, Ursel … So viele, nur Charlotte nicht. Sie hatte während Hans' Beerdigung in der guten Stube am Ofen gesessen und das Foto angestarrt, das Schorsch Hans' Mutter geschenkt hatte, darauf spielte Hans in einem Club Trompete. Jetzt hing ein schwarzes Band am Rahmen, und daneben stand sein Trompetenkoffer, den ihnen die Polizeibeamten, die ihnen die Nachricht von Hans' Tod überbracht hatten, Tage später ausgehändigt hatten. »Ihr Sohn hat zwei seiner Kollegen das Leben gerettet, Frau Landmann«, hatten sie gesagt. »Sie sind schwer verletzt, aber dank ihm werden sie durchkommen.«

»Er war Arzt, der Hans«, hatte sie ihnen geantwortet und später die Trompete aus dem Kasten genommen. Leni hatte Angst gehabt, sie würde sie wegwerfen, weil ihre Mutter seiner Musik die Schuld an seinem Tod gab, aber dann hatte sie sie poliert und ihm in den Sarg gelegt, weil sie wusste, dass er ohne sie nicht sein konnte.

Nein, nicht! Sie wollte doch nicht daran denken, sie durfte es nicht. Leni musste die Trauer verschieben, auf irgendeinen anderen Tag, auf morgen oder besser nächste Woche, nächsten Monat, damit sie sich um ihre Mutter und um Charlotte kümmern konnte. Einer musste es doch tun, einer musste funktionieren.

Den Weinberg hinunter Richtung Bahnhof. Schnell! Leni sah kein Licht bei der Hebamme und läutete Sturm. Im ersten Stock ging ein Fenster auf, und ihre Tochter sah heraus. »Marei, wir brauchen deine Mama!«, rief sie hinauf. »Bei meiner Schwägerin haben die Wehen eingesetzt, und die Fruchtblase ist schon geplatzt!«

Dass Hans und Charlotte nicht verheiratet waren, konnten sich die Hebertshausener denken, aber das kümmerte Leni nicht, sie nannte sie trotzdem Schwägerin. Und dass sie mit einem *anderen* Mann verheiratet war und auf ihre Scheidung wartete, musste nun wirklich keiner wissen.

»Die Mama is in Deutenhofen bei der Wagner Annamirl. Des dauert bestimmt seine Zeit«, meinte Marei. »Vielleicht fahrt's doch besser nach Dachau.«

Leni hielt sich nicht lange auf. Sie lief nach Hause und klingelte ihren Nachbarn aus dem Bett, lieh sich von ihm den alten Opel, mit dem sie letztes Jahr ihre Mutter nach München in die Klinik gebracht hatte, und half Charlotte auf die Rückbank.

Lenis Mutter deckte sie mit einer Wolldecke zu und setzte sich zu Leni nach vorn. »Sorg dich net, Mädel«, sagte sie zu Charlotte gewandt, die aufstöhnte, sobald eine neue Wehe einsetzte, »des dauert noch. So schnell geht's net beim ersten Mal.«

Immerhin spricht sie wieder, dachte Leni, denn die Beileidsbekundungen hatte ihre Mutter schweigend entgegengenommen, und zum Leichenschmaus beim Herzog war sie gar nicht erst mitgegangen. Leni hatte sich mit Joseph um die Gäste gekümmert, dabei hätte sie lieber allein oben auf der Kastanie gesessen, hätte ihren Kopf an die Schulter ihres Bruders gelehnt und sich ihren Erinnerungen überlassen. Solange sie ihnen nachgab, war der Schmerz erträglicher. Für Sekunden oder Minuten und den kurzen Moment am Morgen, wenn sie aufwachte und Hans' Tod noch nicht in ihrer Realität angekommen war. Wenn alles noch heil war. Aber dann stand sie auf, zog sich an und stellte sich der Leere und ihrer Einsamkeit. Trotzte ihr, so gut sie konnte, damit sie nicht zusammenbrach. Nicht heute und morgen auch nicht.

Jetzt saß Leni mit ihrer Mutter auf einer langen weiß lackierten Bank auf dem Flur der Entbindungsstation des Dachauer Krankenhauses, und Charlotte war bereits im Kreißsaal. Vor den Zimmern standen Blumenvasen auf dem Boden, die nachts herausgeholt wurden, und über einer der Türen blinkte ein rotes Licht. Wohin war die Schwester verschwunden, die Charlotte mitgenommen hatte?

Der Kreißsaal lag rechts den Flur hinunter, aber dort gab es keine Möglichkeit, sich hinzusetzen, und das stoßweise, laute Atmen und Stöhnen der Kreißenden war zu hören.

»Soll ich dich nicht lieber wieder heimfahren, Mama?«, fragte Leni ihre Mutter, und die blickte auf und schüttelte den Kopf.

»Oder dir eine Tasse Tee holen? Vielleicht gibt es im Schwesternzimmer eine Kochplatte?«

»Ich brauch nix, Leni, danke.«

»Aber du siehst so blass aus.«

Und nicht nur das. Ihre Mutter hatte ihren Salon seit der Nachricht von Hans' Tod nicht mehr aufgesperrt und zu Hause kaum noch einen Handgriff getan. Sie aß und schlief zu wenig, und wäre Charlotte nicht bei ihnen gewesen, wäre sie wohl zum Wehr hinuntergegangen und hätte sich in die eisige Amper gestürzt. Leni umsorgte sie mit ängstlichem Blick. Sie hielt nicht inne, nicht einen Moment. Später vielleicht, später. Der Grabstein musste doch noch zum Steinmetz und das Grab neu angepflanzt werden.

Eine Schwester kam mit quietschenden Sohlen und müdem Blick den Flur entlang und verschwand in dem Zimmer, über dessen Tür noch immer das Licht blinkte. »Wir haben gar nichts für Charlotte mitgenommen«, sagte Leni zu ihrer Mutter und hörte die Neonröhren über sich summen. Dieses Krankenhaus war so trostlos, dabei lagen hier doch irgendwo winzige Wesen in kleinen Bettchen und schliefen. Neue Seelen, die gerade erst angekommen waren. Wenn es einen Ort gab, der Trost versprach, dann doch dieser.

»Dann bringst ihr halt morgen was«, sagte ihre Mutter. »Und vielleicht muss sie ja gar net lang dableiben.«

»Ja, vielleicht.«

Die Schwester kam zurück und stellte das rote Licht ab. Ein Schmerz war gelindert, eine Sorge geteilt, ein Pflaster aufgeklebt. Wenn es doch nur immer so einfach wäre.

»Entschuldigung, Schwester«, sprach Leni sie an, »meine Schwägerin ist vor zwei Stunden in den Kreißsaal gekommen. Können Sie mir sagen, wie es ihr geht?«

»Wie heißt sie?«

»Lembke. Charlotte Lembke.« Zumindest hieß sie noch bis zu ihrer Scheidung so, dann wollte Charlotte wieder ihren Mädchennamen annehmen.

»Ich frage mal nach, Fräulein.«

»Danke.«

Leni griff nach der Hand ihrer Mutter. Deren Blick war leer und ihr Haar binnen einer Woche grau geworden. »Wir müssen noch die Wiege herrichten«, erinnerte sie sie, in der Hoffnung, es könne ihr etwas Auftrieb geben.

»Meinst, dass sie dableibt? Bei uns?«, fragte Käthe.

»Natürlich. Sasa hat gesagt, dass sie ihr ihre übrigen Sachen bringt.«

Die von Hans hatten die Pohls ihnen heute gegeben, als sie zur Beerdigung gekommen waren. Ein Koffer vollgepackt mit seinem kurzen Leben und zwei Kisten mit Büchern. Sein Studienbuch hatte obenauf gelegen und neue Notenhefte. Auf einem stand der Name des Pianisten der Munich Jazz Combo: Marty Hafner. Er war einer der beiden Überlebenden des Unfalls.

Überlebende … Hinterbliebene … Menschen, die noch da waren, ohne da zu sein, so wie sie. Aber darüber durfte Leni jetzt auch nicht nachdenken, sonst fraß die Traurigkeit sie auf, so wie ihre Mutter und Charlotte, und einer musste sich doch um sie kümmern. Der Hebamme Bescheid geben, damit sie zur Nachsorge kam, und das Stillgeld beantragen.

Leni, du hast ihr die ganze Zeit über beigestanden, das vergesse ich dir nie.

Wo die Schwester nur blieb? Am Ende des Flurs gingen zwei Männer nervös auf und ab, die Leni bis jetzt nicht aufgefallen waren. Einer hielt einen Morgenmantel in der Hand und der andere einen kleinen Stoffbären. Was hätte Hans Charlotte wohl mitgebracht? Ein Lied …

Die Neonröhren summten noch immer und flackerten hin und wieder. Summten und flackerten. Leni fielen die Augen zu, aber sie schlief nicht, sie durchkämmte nur ihre Seelenzimmer und stieg über Berge von Schutt. Alles war eingestürzt, und ihre Seele hockte jetzt schutzlos auf den Trümmern.

Schorsch war da gewesen. Er war heute mit Frieda auf Hans' Beerdigung gewesen, um sich von seinem Freund zu verabschieden. *Wenn ich ihn darum bitten würde, würde er wiederkommen*, dachte Leni. Sie auf seinen schmalen Schultern über diesen reißenden Fluss tragen, der kein Ufer zu haben schien, und ihr helfen, den Tod ihres Bruders zu überstehen. Er hatte ihr Leben aus der Zeit gerissen, es zerteilt in ein Davor und Danach, in Freude und Bedeutungslosigkeit.

»Sie dürfen jetzt zu ihr, Fräulein Landmann!«, sagte die Schwester, die auf einmal wieder vor ihr stand, und Leni und ihre Mutter schreckten auf.

»Ist es vorbei? Ist das Kind da? Geht es den beiden gut?«

»Frau Lembke hat einen gesunden Jungen bekommen. Zweiundfünfzig Zentimeter, dreitausendzweihundert Gramm und eine starke Lunge. Kommen Sie mit.«

Charlotte trug ein Krankenhausnachthemd und saß, das Kind im Arm, in ihrem Bett, als sie hereinkamen. Es brannte nur ein kleines Nachtlicht, und in den Betten neben ihr schliefen noch zwei andere Frauen. »Sie dürfen eine halbe Stunde bleiben«, bestimmte die Schwester, »später kommt noch eine andere Wöchnerin ins Zimmer«, und zog die Türe hinter sich zu.

Lenis Mutter streichelte Charlotte über ihr verschwitztes Haar. »Des hast gut g'macht«, sagte sie zärtlich zu ihr und sah sie dankbar an.

»Willst du ihn halten?«, fragte Charlotte und legte ihr das Kind in den Arm. Es atmete ruhig, seine Nasenflügel blähten sich unmerklich, und die Lippen waren in Bewegung.

»Mei«, sagte Lenis Mutter und kämpfte gegen die Tränen, die sie in den letzten Tagen zurückgehalten hatte, »mei ...«

»Ich möchte ihn Hans-Peter nennen und mit zweitem Namen Otto, das hat Hans sich gewünscht. Ist euch das recht?«

»Recht?«, wiederholte Lenis Mutter, und die Tränen liefen ihr über die Wangen. »Freilich is uns des recht, gell, Buzerl?« Der Kleine gluckste, es war ein zartes Geräusch, das ihr ein Lächeln aufs Gesicht zauberte.

»Sieht er ihm ähnlich?«, fragte Charlotte.

»Ja, genauso hat er ausg'schaut, der Hans, als er damals auf d'Welt kommen is. Wie ein Engerl.«

Leni hielt es nicht mehr länger aus. »Darf ich auch?«, fragte sie und streckte ihre Arme nach dem Kleinen aus. »Nur ganz kurz.«

Sie hatte gedacht, dass sie wüsste, wie es sich anfühlen würde, das Neugeborene zu halten, weil sie Ursels Kind auch auf dem Arm gehabt hatte, doch die Gefühle, die sie jetzt überwältigten, waren um so vieles intensiver. »Hallo«, flüsterte sie und spürte die Wärme, die sie umgab. Nein, nicht umgab, vielmehr füllte sie sie ganz und gar aus. »Ich bin deine Tante Leni.« Sie küsste den Kleinen auf sein Köpfchen, und er schlug die Augen auf. Wie vertraut er ihr war, der sanfte blaue Blick, und es lag so viel Hoffnung darin.

»Weißt du schon, wann du nach Hause darfst?«, fragte sie Charlotte, denn sie hatte auf einmal ein Bild vor sich: drei Frauen, die aufeinander achtgaben und einander unterstützten. Drei starke Frauen im Haus auf dem Weinberg.

»Die Schwester meint, vielleicht morgen.«

»Morgen ...«, wiederholte Leni und war so froh, dass es ein Morgen gab. Einen neuen Tag, der noch unberührt war und voller Möglichkeiten.

ENDE

Zum Weiterlesen

Assél, Astrid und Huber, Christian: Münchens vergessene Kellerstadt – Biergeschichte aus dem Untergrund; Verlag Friedrich Pustet, Regensburg 2016

Borghorst, Hans: Die Jugendsprache der 50er – Tanzmaus & Lehrerschreck; Lappan Verlag, Oldenburg 2011

Braun, Annegret und Göttler, Norbert: Dachauer Diskurse – Nach der Stunde Null II – Historische Nahaufnahmen aus den Gemeinden des Landkreises Dachau 1945 bis 1949; Herbert Utz Verlag, München 2013

Braun, Annegret: Dachauer Diskurse – Die 50er Jahre im Landkreis Dachau – Wirtschaftswunder und Verdrängung; Herbert Utz Verlag, München 2018

Flügel, Rolf: Lebendiges München; Verlag F. Bruckmann, München 1958

Holzheimer, Gerd und Sebald, Katja: Das München Album – Zwischen Wirtschaftswunder und Studentenrevolte; Volk Verlag, München 2015

Hütt, Hans: Die 50er – Ein Jahrzehnt in Wörtern; Dudenverlag, Berlin 2019

Irro, Werner: Udo Walz, Coiffeur – Jede Frau ist schön; Bastei Lübbe, Köln 2014

Karl, Willibald und Pohl, Karin: Amis in Giesing – München 1945–1992; Volk Verlag, München 2013

Knöss, Conrad: Der Friseur; Fachbuchverlag Dr. Pfanneberg & Co., Gießen 1959

Kraus, Werner: Schriftenreihe des Bayerischen Jazzinstituts Band 3 – Jazz in Bayern; ConBrio Verlagsgesellschaft, Regensburg 1997

Kraus, Werner: Schriftenreihe des Bayerischen Jazzinstituts Band 5 – Jazz in Bayern 2; ConBrio Verlagsgesellschaft, Regensburg 2000

Krempel, Anton: Zeitwahl in der Ehe; Albert Pröpster Verlag, Kempten 1952

Lewien, Lothar: Chet Baker Blue Notes – Engel mit gebrochenen Flügeln. Eine Hommage; Hannibal Verlag, Wien 1991

Lindner, Annemarie: Ein Leben für die Naturkosmetik; Walter Hädecke Verlag, Weil der Stadt 2000

Naura, Michael: Jazz – Toccata Ansichten und Attacken; Rowohlt Taschenbuch Verlag, Reinbek bei Hamburg 1991

Ranz, Werner, Bauer, Erich und Schaefer-Rollfs, Gerd: Handbuch des Kösener Corpsstudenten; Selbstverlag des Verbandes alter Corpsstudenten, Hamburg 1953

Rasche, Adelheid: Botschafterinnen der Mode – Star-Mannequins und Fotomodelle der Fünfziger Jahre in internationaler Modefotografie; Schwarzkopf & Schwarzkopf Verlag, Berlin 2001

Rieser, Werner: Leitfaden für Gesellen- und Meisterprüfung; Schlütersche Verlagsanstalt, Hannover 1965

Rosenberger, H.: Das Friseur-Fachbuch für Schule und Beruf; Gildeverlag, Alfeld/Leine 1958

Rothemann, Karl: Das Große Rezeptbuch der Haut- und Körperpflegemittel; Dr. Alfred Hüthig Verlag, Heidelberg 1949

Sem, Peter: Bayern Spezialkatalog Band I – Handbuch Kreuzerausgaben; Selbstverlag des Verfassers, Gundelsheim 2000

Silenus, Crescentius Gregarius: Hortus Injuriarum oder »Der feine Couleurbummel«; Books on Demand GmbH, Norderstedt 2010

Spoerl, Alexander: Mit der Kamera auf du; Piper & Co. Verlag, München 1960

Teufel, Andreas und Rey, Johannes: Lernkarten Innere Medizin 6. Auflage; Urban & Fischer, München

Toussaint; Angela: Der Münchner Hauptbahnhof – Stationen seiner Geschichte; Verlagsanstalt Bayerland, Dachau 1991

West Kurz, Susan: Das Dr. Hauschka-Konzept – Schönheit pur; Wilhelm Goldmann Verlag, München 2007

Wilhelm, Hermann und Kurz, Gisela: Jazz – Treffpunkt München von 1920 bis zu den 80er Jahren; Books on Demand, Norderstedt 2003

Winkler, Sebastian und Schiermeier, Franz: München farbig 1946–1965 – Vom Trümmerfeld zum U-Bahnbau; Franz Schiermeier Verlag, München 2018

Sowie

Deutsche Allgemeine Friseurzeitschrift, Fachblatt für Friseure, verschiedene Ausgaben der Jahre 1956–1958

Lockende Linie, Friseurkundenmagazin, verschiedene Ausgaben der Jahre 1956–1958

CONSTANZE; *Elegante Welt*; *NEUE ILLUSTRIERTE*, verschiedene Ausgaben der Jahre 1956–1958

BRAVO, verschiedene Ausgaben der Jahre 1957–1958

Danksagung

*D*as schönste Kapitel des Buches ist für den Autor die Danksagung.

Mein Dank geht zuallererst an meine Verlagslektorin Gerke Haffner, die die Idee zum *Salon* hatte und den Mut, sie mir anzuvertrauen. Weiter an meine Außenlektorin, Dr. Ulrike Brandt-Schwarze, für ihr sorgfältiges Lektorat. Sie haben mit Ihrem klaren Blick ein Netz für mich gespannt, liebe Frau Brandt-Schwarze, in das ich als Autor fallen darf und das mich trägt.

An Nadja Kossack und Lars Schultze-Kossack, meine Agenten, die mir die Chance eröffnet haben, mich in einem für mich neuen Genre auszuprobieren: dem historischen Roman. Da ich in München geboren bin und immer noch hier lebe, ist es mir eine besondere Freude, »meine« Stadt nun mit anderen Augen zu sehen – nämlich mit Lenis.

Ganz lieben Dank auch Dir, Antje Hartmann, von der Literarischen Agentur Kossack für deine Begleitung.

Prof. Joe Viera, Jazz-Saxophonist, Autor und Mitbegründer der Internationalen Jazzwoche in Burghausen, hat mir seine Zeit geschenkt und von seiner Kindheit im München der Fünfzigerjahre erzählt, den Jazzkellern und dem Leben als Musiker. Ich war so aufgeregt, mit Ihnen sprechen zu dürfen, Herr Viera, sind Sie doch nur ein Jahr älter als mein Hans.

Der Jazz-Violinist, Autor und BR-Kollege Marcus Woelfle hat mich mit der passenden Literatur zum Thema Jazz versorgt.

Dr. Eva Moser, Leiterin des Bayerischen Wirtschaftsarchivs, war mir bei der Recherche zu Lenis Meisterprüfung behilflich. Lieben Dank für Ihr Engagement.

Franz Fedra half mit Einblicken in das weite Feld der Philatelie. Die Kataloge brauche ich noch, Franz – Schorschs Vater hat noch Lücken in der Sammlung.

Jörg M. Schmid, lieber Freund und Weggefährte, du hast mich durch Murnau begleitet und für mich deine Kindheit und Jugend wiederauferstehen lassen. Und jetzt habe ich mich dort in Villen verliebt – allen voran die Seidl-Villa –, die längst nur noch in der Erinnerung einiger weniger existieren.

Karl-Heinz Sporer, Fachjournalist für Steuerrecht und geschätzter Kollege vom Beck-Verlag, hat mich durch die Untiefen der GmbH-Gründung anno 1957 navigiert und für mich Kurt Lembkes Schwarzgeld bei der Mang KG untergebracht. Es geht doch nichts über einen Fachmann!

Ohne Dr. Gesa Greilinger und ihre erstklassige Dissertation »Das Studium der Medizin an der Ludwig-Maximilians-Universität München in den Jahren 1946 bis 1954« hätte ich meinen Hans nicht Medizin studieren lassen können. Liebe Gesa, Ihre inspirierende Arbeit hat mich lange begleitet.

Dr. med. Christian Drewes-Fischer stand mir mit unzähligen medizinischen Auskünften zur Seite, immer ohne Termin und gewissermaßen auf Privatrezept.

Zum guten Schluss möchte ich den Initiatoren der Dachauer Diskurse danken, deren Zeitzeugenberichte u. a. Hebertshausen in den Fünfzigerjahren für mich lebendig werden ließen. Ein großer Schatz!

Besuchen Sie mich gerne auf meiner Facebookseite oder auf Instagram. Dort finden Sie Bilder und Berichte über meine Recherche zu dem Roman:

https://de-de.facebook.com/JuliaFischerAutorin
https://www.instagram.com/juliafischer.autorin/?hl=de

Drei starke Frauen. Ein kleines Atelier. Eine verbotene Liebe ...

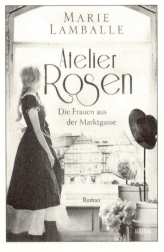

Marie Lamballe
ATELIER ROSEN
Die Frauen aus
der Marktgasse
Roman

544 Seiten
ISBN 978-3-404-18399-9

Kassel, 1830. Die zwanzigjährige Elise Rosen betreibt zusammen mit ihrer Mutter und Großmutter ein kleines Putzmacher-Atelier. Ihre Hutkreationen sind weithin gefragt und öffnen ihnen Türen in höchste gesellschaftliche Kreise. So macht Elise eines Tages die Bekanntschaft der jungen Sybilla von Schönhoff, mit der sie schon bald eine innige Freundschaft verbindet. Als sich deren Verlobter unsterblich in Elise verliebt, gerät diese in einen schweren Konflikt, der sie auf die Spur eines lang gehüteten Geheimnisses führt ...

Die neue große Saga von Bestsellerautorin Marie Lamballe

Lübbe

Die Ruhrpott-Saga geht weiter

Eva Völler
EINE SEHNSUCHT
NACH MORGEN
Roman

464 Seiten
ISBN 978-3-7857-2742-3

Das Ruhrgebiet, 1968: Flowerpower, Studentenbewegung, Arbeitskampf. Als Bärbel nach dem Medizinstudium in ihre Heimatstadt Essen zurückkehrt, spiegelt sich die Zerrissenheit der Gesellschaft auch in ihrer eigenen Familie wider: Die Schwester und ihr Schwager kämpfen mit Sorgen, für die es keine Lösung zu geben scheint. Ihr Bruder setzt mit politischen Aktionen seine Zukunft aufs Spiel. Doch vor dem größten Problem steht Bärbel selbst, als sie den Mann wiedersieht, den sie früher für die Liebe ihres Lebens hielt ...

Einmal mehr verbindet EIN GEFÜHL VON HOFFNUNG das Kleineleute-Dasein mit dem ganz großen Gefühl. WAZ

Lübbe

„*Aber sich zu lieben war eben nicht genug. Für eine gemeinsame Zukunft würde Liebe nicht reichen.*"

Fenja Lüders
DER FRIESENHOF
Auf neuen Wegen

352 Seiten
ISBN 978-3-7857-2763-8

Ostfriesland, 1949: Nach dem Tod des Vaters müssen beiden jungen Schwestern Gesa und Hanna um den Erhalt des Familienhofes im friesischen Marschland kämpfen. Während Hanna auf dem Hof die Zügel in die Hand nimmt, fängt Gesa als Packerin in einem Teehandel an. Fasziniert von dieser für sie neuen und aufregenden Welt steigt sie bald zur rechten Hand des Juniorchefs auf, dem Kriegsheimkehrer Keno. Die beiden kommen sich näher, aber Keno ist ein verheirateter Mann. Und auch Gesas Herz ist nicht frei. Ihr Verlobter gilt als in Russland verschollen. Als böse Gerüchte die Runde machen, drohen die Schwestern alles zu verlieren, was sie sich aufgebaut haben.

Lübbe

Eine bewegende Familiengeschichte um Heimat, Verlust und eine sehnsuchtsvolle Liebe

Gabriele Sonnberger
ABSCHIED VON
DER HEIMAT
Eine böhmische
Familiensaga
Roman

528 Seiten
ISBN 978-3-7857-2757-7

Hohenfurth, eine beschauliche Kleinstadt in Südböhmen, wo sich Berge und Täler mit Wäldern und Wiesen abwechseln. Dort wächst die lebensfrohe Erika bei ihrer Tante zu einer selbstbewussten jungen Frau heran. Sie träumt von der Liebe und einer aufregenden Zukunft, und als sie dem Marineoffizier Heinz begegnet, scheint ihr Glück zum Greifen nah. Doch mit der Besetzung des Sudetenlandes 1938 ist die vertraute Idylle bedroht. Und als sämtliche deutschen Bewohner Hohenfurths den amtlichen Befehl erhalten, sofort das Land zu verlassen, verliert nicht nur Erikas Familie ihre Existenz. Doch Erika ist entschlossen, trotz aller Widerstände für ihr Lebensglück zu kämpfen ...

Lübbe